Dana Carpenter

DIE SCHATTENSCHRIFT

DANA CARPENTER

DIE SCHATTENSCHRIFT

Roman

Aus dem Englischen
von Beate Brammertz

Deutsche Erstausgabe

WILHELM HEYNE VERLAG
MÜNCHEN

Titel der amerikanischen Originalausgabe:
BOHEMIAN GOSPEL

Der Verlag weist ausdrücklich darauf hin, dass im Text enthaltene externe Links vom Verlag nur bis zum Zeitpunkt der Buchveröffentlichung eingesehen werden konnten. Auf spätere Veränderungen hat der Verlag keinerlei Einfluss. Eine Haftung des Verlags ist daher ausgeschlossen.

MIX
Papier aus verantwortungsvollen Quellen
FSC® C083411
FSC www.fsc.org

Verlagsgruppe Random House FSC®N001967

Deutsche Erstausgabe 09/2016
Bearbeitung: Catherine Beck

Printed in Germany
Umschlaggestaltung und -illustration: Ann-Kathrin Hahn,
DAS ILLUSTRAT, München,
unter Verwendung von mehreren Motiven von Shutterstock
Satz: Christine Roithner Verlagsservice, Breitenaich
Druck und Bindung: CPI books GmbH, Leck

ISBN: 978-3-453-31727-7

www.heyne-fantastisch.de

Für Greg,
der immer an mich glaubt,
und für L und J,
die mir zeigen, wo die Magie zu Hause ist

FIGUREN

Kloster Teplá

Maus	Mädchen, das in Teplá aufwuchs
Pater Lucas	Abt, Maus' Mentor
Oberin Kazi	Priorin und Heilerin, Maus' Mentorin
Bruder Jan	Prior
Adele	Maus' Amme
Bruder Milek	Küchenmeister
Schwester Kveta	Nonne
Schwester Ida	Nonne

Ottokar und seine Männer

Ottokar	Der Jüngere König von Böhmen
Vok	Graf Rozemberk, Ottokars rechte Hand
Damek	Ritter
Evzen	Ritter
Gernandus	Ritter
Hartwin	Königlicher Wundarzt

Prag

Vaclav	Ottokars Vater und König von Böhmen
Mutter Agnes	Ottokars Tante, Vaclavs Schwester
Prinz Vladislaus	Ottokars älterer Bruder

Graf Rozemberk	Voks Vater und Vaclavs rechte Hand
Gräfin Rozemberk	Voks Mutter
Luka	Graf Rozemberks Neffe
Bischof Bansca	Bischof von Rom
Bischof Miklaus	Erzbischof von Prag
Gräfin Harrach	Dameks Gemahlin
Gräfin Lemberk	Evzens Gemahlin
Graf Olomouc	Vaclavs Freund
Gitta	Dienstmagd am Königshof

Burg Hluboka

Ludolf	Steinmetzmeister

Burg Rozemberk

Hanzi	Anführer des Roma-Clans
Margarete	Witwe von Heinrich, dem Großherzog von Österreich

Sušice

Enede	Bäuerin

Marchfeld

Vitek	Erbe der Rozemberks
Rudolf	Kaiser des Heiligen Römischen Reiches

Podlazice

Bischof Andreas	Abt des Klosters Podlazice

01

Der zukünftige König von Böhmen lag sterbend zu ihren Füßen.

Schillernde Sterne zerbarsten am Rand ihres Sichtfelds und ließen die Welt zu dunklen Flecken und Licht zusammenschrumpfen, während sich ihre Augen an den düsteren Raum gewöhnten.

Sie machte die schattenhaften Umrisse der Männer aus, die sich in der Krankenstube des Klosters an den Wänden drängten. Sie sahen aus wie Löcher, ausgestanzt von der Nachmittagssonne, die durch die Fenster hinter ihnen fiel. Das Mädchen schloss die Augen gegen das grelle Licht und war sich der drückenden Enge nur allzu bewusst. Männer pressten sie von hinten gegen den Soldaten vor ihr, alle keuchten von dem schnellen Ritt, die Äxte und Schwerter bei jeder Bewegung klirrend, ungezückt und nutzlos.

Sie war ihnen vom Fluss bis zum Kloster nachgejagt und mühte sich nun ab, wieder zu Atem zu kommen. Sie musste Luft holen – und sich bewegen. Also streckte sie sich, drückte den Rücken durch und drängte sich gegen die Kettenhemden, bis sie sich ein wenig Platz erkämpft hatte, eine Luftblase, die sie hastig einsog.

Ihr Magen rumorte. Die Luft war erfüllt vom Geruch nach Leder, angesäuert durch Schweiß und Urin, vermischt mit dem süßen Kiefernduft des Waldes, der den Männern immer noch in Haaren und Kleidung hing.

Bei ihren Würgelauten drehte sich der Mann vor ihr um und trat einen Schritt beiseite, wobei er seinen Nebenmann unsanft wegschob. Sie beugte sich vor, presste die Hände auf die Knie und wartete auf das Brennen, das ihre Kehle hinaufkriechen und durch Nase und Mund dringen würde, doch da schlüpfte ein Schwall saubere Luft durch die Lücke zwischen den Männern. Sie sog ihn langsam ein, den Mund fest gegen den Brechreiz geschlossen.

Und dann sah sie ihn.

Er wirkte so klein, wie er dort lag, eingerahmt vom Fenster, mehr Junge als König, nur dass die Strähnen seines lohfarbenen Haars, zerzaust und vom Sonnenlicht angestrahlt, aussahen, als würden sie brennen: eine Krone aus Flammen. Den Jüngeren König nannten sie ihn, die Adligen des Landes, die ihm geraten hatten, seinen Vater zu stürzen. Mit gerade einmal fünfzehn Jahren hatte er sich ihrem Willen gebeugt, seinen Vater belagert und sich des Throns bemächtigt, aber dann forderte der Papst einen Kompromiss, einen, der Vater und Sohn gemeinsam regieren ließ. Und sie hatten geherrscht, bis der Vater seinen Eid brach und der Sohn um sein Leben rannte. Jetzt lag er hier im Sterben.

Die stinkenden, verängstigten Ritter, die Söhne jener machtgierigen Adligen, drängten sich um den sterbenden Mann, den sie hätten beschützen sollen. Nun beobachteten sie, wie sich ihre aristokratische Zukunft auf dem kalten Steinboden wand und zu Staub zerfiel, während Blut neben dem Pfeil in der Brust ihres Königs sickerte.

Für diese Männer war sie ein Nichts. Doch für ihn könnte sie alles sein.

Die Schulter in eine Lücke rammend, stürzte sie neben den König ins Licht.

»Halt!« Der Befehl kam aus der dunklen Ecke auf der anderen Seite des Königs.

Das Mädchen machte einen weiteren Schritt. Das Kratzen von Klingen gegen Scheiden hallte um sie wider, als die Wachen des Königs ihre Schwerter zogen, doch sie fiel auf die Knie und legte eine

Hand auf den König. Der Raum schloss sich immer enger um sie, so als würde jemand die Kordel eines Beutels zuziehen.

Ein Mann trat aus den Schatten und drückte ihr das Schwert an die Kehle, während sie den Kopf drehte. Sie hatte diesen Mann am Fluss gesehen, wie er sein Pferd mit einer Hand das Ufer hochgetrieben hatte, die andere hinter sich gestreckt, um die gekrümmte Gestalt in seinem Rücken zu stützen. Die Zeit hatte die Szene für einen Moment erstarren lassen – mit dem Mädchen, dem Pferd, dem Reiter und dem verwundeten König. Sie hatte die kalte Wut im Gesicht des Reiters gesehen, als er auf sie herabgeschaut hatte, den blutigen Waffenrock des Königs, die Gänsebefiederung des Pfeils in seiner Brust, die bei jedem stampfenden Schritt des Streitrosses zitterte. Sie hatte aufgeblickt und das Gesicht des Königs gefunden: blass, aber mit offenen Augen, die sie anstarrten. Nicht wütend wie der Reiter, sondern freundlich, mit den Augen eines Mannes, der wusste, dass er im Sterben lag und die Welt sanftmütig verlassen wollte.

Instinktiv hatte sie den Arm nach ihm ausgestreckt, und der metallene Rossharnisch an der Flanke des Pferds hatte ihr im Vorbeipreschen die Handfläche aufgeritzt. Hastig war sie herumgewirbelt, um ihm zu folgen, aber das dröhnende Klappern von Zaumzeug und das Wiehern Dutzender weiterer galoppierender Pferde ließen sie innehalten. Donnernd krachten die Tiere aus dem Wald auf der anderen Seite der Teplá und stürzten sich in den Fluss, klatschten ins Wasser und schoben eine Welle vor sich her. Schon im nächsten Moment erklommen sie das nahe Ufer, wo sie stand.

»Lauf, Mädchen! Aus dem Weg!«, schrien die Männer, doch es blieb keine Zeit zum Weglaufen.

Sie drehte sich zur Seite, versuchte, sich kleiner zu machen. Die Pferdeleiber dampften, als sie wieder auf kühle Luft trafen. Das Mädchen holte tief Luft, als die ersten grauen Finger des Nebels sie berührten und kurz bevor die Hufe der Pferde in den Schlamm neben ihr donnerten.

Und dann bewegte sie sich.

Ein paar Schritte vorwärts und zurück, ein Drehen des Körpers, das Wirbeln des Saums ihres Mantels, bis das Futter aus Kaninchenpelz verdreckt war und sich das offene Haar um ihren Hals schlang. Es sah aus, als tanzte sie eine perfekt einstudierte Choreografie mit den Pferden, zu einer Musik, die niemand außer ihr hören konnte. Allein durch ihre ausgeprägte Beobachtungsgabe wusste sie, wie sich alle bewegen würden, welches Pferd durchgehen und welches Ruhe bewahren, welcher Reiter unvermittelt an den Zügeln reißen und welcher sein Ross treten würde, um es schneller und schneller anzutreiben. Sie huschte den Bruchteil einer Sekunde vor ihnen davon, erst in diese Richtung, dann in die andere, dabei so nah, dass ihr die fliegenden Mähnen der Pferde ins Gesicht peitschten.

Die Horde Reiter war über sie hinweggerauscht, nach links und rechts ausweichend, als wäre sie ein Fels in der Strömung. Zitternd, nass vom Flusswasser und besprenkelt mit schweißigem Schaum, der vom Maul der Pferde auf sie troff, blieb sie zurück. Die glühenden Augen der Tiere hatten sich vor Überraschung verdreht, die Reiter sich vor dem Mädchen bekreuzigt.

Aber sie war daran gewöhnt, dass sich Menschen vor ihr fürchteten.

Sobald die Reiter auf den Weg zupreschten, nahm sie die Verfolgung auf, nutzte aber eine Abkürzung durch den dichten Wald. Das Kloster war ihr Zuhause, sie wusste, wohin sie ihn bringen würden.

Sie kam genau in dem Moment in den Innenhof, als der letzte Reiter von seinem Pferd abstieg. Gezwungen, dem langsamen Strom an Männern durch den schmalen Torbogen zu folgen, sah sie die Blutspur an der Türschwelle, während die Tropfen aus der Schnittwunde in ihrer Hand wie Inseln in dem roten Fluss landeten, den der verwundete Mann vergossen hatte. Sie biss die Zähne zusammen und lehnte sich fest gegen den Mann zu ihrer Rechten, quetschte sich unter seinem Arm hindurch und spürte, wie sich das metallene Kettenhemd in ihrer Wange verbiss.

Nun war sie hier, in dem heiligen Rund, das die verängstigten Männer um ihren König freigelassen hatten, mit einem Schwert an ihrer Kehle und einem weiteren Dutzend im Rücken. Die Männer starrten sie an, ein Raunen ging durch den Raum. Sie flüsterten sich zu, was sie am Fluss gesehen hatten. Einer von ihnen nannte sie Hexe. So hatte man sie schon früher bezeichnet.

Pater Lucas nannte sie seine kleine *andílek*. Engel oder Hexe, sie wusste nicht, was sie war, aber es spielte auch keine Rolle.

»Lasst mich ihn retten«, sagte sie zu dem Mann, der aus den Schatten getreten war. Bei jedem Wort schabte sein Schwert über ihre Kehle.

»Er braucht mehr als Gebete, Schwester. Raus mit Euch!« Er senkte sein Schwert und drehte ihr den Rücken zu.

»Ich bin keine …«

»Damek!«, rief er einen der Ritter herbei. »Kümmert Euch um sie.«

»Ja, Graf Rozemberk«, ertönte die Antwort hinter ihr.

Sie wollte sich gerade umdrehen, um zu sehen, wer da gesprochen hatte, als sie eine Hand spürte, die sich in ihre Haare grub, und Nägel, die sich in ihre Kopfhaut bohrten. Gleichzeitig wurde sie angehoben und nach hinten gerissen, als wäre sie eine Marionette und er der Puppenspieler.

»Der König muss am Leben bleiben, bis mein Mann den Wundarzt bringt«, sagte Rozemberk zu irgendwem in den Schatten. »Holt Euren Heiler!«

»Wie schon gesagt, Bruder Jakub ist selbst schwer krank und …« Es war die Stimme von Bruder Jan, dem Prior des Klosters.

»Bringt ihn trotzdem!«

»Er kann Euch nicht helfen, Graf Rozemberk. Kommt und seht selbst!«

Das leise Klatschen von Bruder Jans Schuhen auf dem Steinboden hallte im Gleichklang mit dem hastigen, scharfen Klappern von Graf Rozemberks Eisenschuhen, während sie die Krankenstube durchschritten und einen anderen Raum betraten.

Der König stöhnte, und das Mädchen versuchte instinktiv, zu ihm zu eilen, doch als sich ihre Füße in Bewegung setzten, wurde ihr Kopf zurückgerissen. Immer noch gefangen in Dameks eisernem Griff, verlor sie das Gleichgewicht, knallte gegen sein Kettenhemd und spürte, wie es sich in ihrem Umhang verhakte, bis sie das Bein zur Seite drehte und wieder aufrecht stand.

Sie wollte etwas sagen, aber der Puppenspieler hatte ihr das Kinn fest gegen die Brust gedrückt. Sie spürte das schnelle Pochen ihres Herzens im Mund und biss die Zähne zusammen, verärgert über die kostbare Zeit, die sie verlor. Sie konnte kaum etwas anderes als ihre schlammigen Füße sehen, aber sie richtete die Augen mit aller Gewalt nach oben, bis ihre Muskeln brannten und sie schon fürchtete, sie würden reißen. Dann fand sie das Gesicht des Königs und sah die blutigen Bläschen auf seinen Lippen.

»Er wird sterben«, knurrte sie durch die Zähne.

Damek riss ihren Kopf nach vorne, um sie zum Schweigen zu bringen.

»Sonst gibt es niemanden?«, fragte Graf Rozemberk Bruder Jan bei ihrer Rückkehr.

Sie hörte die Angst in seiner Stimme.

»Es tut mir leid, mein Herr, aber Mutter Kazi, unsere Heilerin … sie ist fort, um …«

»Tut etwas für ihn!« Graf Rozemberk sank auf die Knie, beugte sich über den König und schlang die Hände um den Pfeilschaft, um die Blutung zu stillen. Der König krümmte sich vor Schmerz und röchelte, während die Blutbläschen an seinen Lippen platzten und erneut anschwollen.

Sie hatte keine Zeit zu verlieren. Der König würde wegen ihrer Schwäche sterben. Doch als ihre Augen vor Verbitterung über ihre eigene Ohnmacht anfingen zu tränen, begriff sie endlich, was zu tun war. Sie hatte beobachtet, wie es Kinder bei ihren Müttern taten. Natürlich war es keine Mutter, die sie hielt und ihr das Gesicht gegen die Brust rammte, aber sie musste dennoch irgendetwas unternehmen.

Unvermittelt ließ sie ihren Körper schlaff werden und zwang Damek so, nach vorne zu kippen, um ihr Gewicht aufzufangen, dann schlang sie ihr Bein um seins und zog mit aller Kraft. Er fiel nach hinten und ließ sie los, um nicht selbst das Gleichgewicht zu verlieren, und sie knallte neben dem König auf den Boden.

»Hört auf!«, schrie sie, während sie anfing, Rozemberks Hände von der Brust des Königs zu zerren. »Ihr erschwert ihm das Atmen!«

Dameks Arm legte sich um ihre Kehle und riss sie zurück.

Graf Rozemberk betrachtete den keuchenden König, der vergeblich versuchte, Luft zu bekommen, dann zog er die Hände zurück. »Lasst sie los, Damek.«

»Bringt Wein, Bruder Jan«, befahl sie, während sie sich aus dem Umhang schälte und ihn beiseite schleuderte. Rasch legte sie die Wange an die Brust des Königs, bevor sie sich wieder aufsetzte. »Mutter Kazi hat einen Beutel in ihrer Zelle unter der Liege. Darin sind Instrumente, die ich brauche.«

Doch Bruder Jan rührte sich nicht. Er war allein Pater Lucas unterstellt, dem Abt von Teplá, aber der war schon seit über einem Jahr auf Reisen. Im Rausch seiner eigenen Autorität war Bruder Jan nicht daran gewöhnt, Anweisungen von einem Mädchen entgegenzunehmen. Besonders nicht von diesem.

»Jetzt! Oder Euer König wird sterben!«

»Tut, was sie sagt«, befahl Graf Rozemberk.

Schließlich verneigte sich Bruder Jan und drehte sich zur Tür.

Das Mädchen löste bereits das kleine Messer, das an ihrem Gürtel hing. »Helft mir, ihm die Kleidung auszuziehen!«

Der Ring aus Männern, der immer näher gerückt war, wich jetzt aufgeregt murmelnd zurück. Bruder Jan, der gerade die Tür geöffnet hatte, wirbelte wieder herum. »Nacktheit ist nicht gestattet, insbesondere in …«

Sie sah zu ihm hoch, während sie entschlossen den Stoff des königlichen Waffenrocks aufschnitt. Das mit Pelz verbrämte Innenfutter war blutgetränkt und trennte sich mit einem widerlichen Schmatzen von der Tunika darunter. »Wie soll ich mich um seine Wunden kümmern, wenn ich sie nicht sehen kann?«

Graf Rozemberks Finger legten sich um ihr Handgelenk und ließen sie innehalten. Sie drehte den Arm und versuchte, sich zu befreien.

»Was habt Ihr vor, Schwester?«

»Ich habe vor, diesem Mann das Leben zu retten. Und ich bin keine Nonne. Jetzt helft mir, ihm die Kleidung auszuziehen! Und Ihr«, sagte sie mit einem Blick auf den Prior, »bringt mir die Tasche und den Wein!«

Graf Rozemberk packte die Tunika des Königs am Halsausschnitt und riss sie auf, woraufhin seine nackte Brust zum Vorschein kam. Die Haut des Königs spannte über dem Brustkorb und sank in die Mulden zwischen den Rippen, sobald er versuchte, Atem zu holen. Das Mädchen hatte bisher nur Zeichnungen nackter Männer gesehen, aber sie errötete nicht, als sie die Hand unter den entblößten Rücken des Königs schob.

»Ich spüre die Spitze. Sie muss zwischen den Rippen stecken. Wie wurde er angeschossen?«

»Das spielt keine Rolle.«

»Wenn ich weiß, wie er angeschossen wurde, weiß ich auch, wie der Pfeil eingedrungen ist und was dabei möglicherweise verletzt wurde.«

»Es war ein Unfall. Der Bogen war nicht ganz gespannt. Ein Mann am Boden ist gestolpert, ein Pfeil hat sich gelöst. Der König saß auf seinem Pferd.«

Die Lider des Mädchens schlossen sich, während sie sich die Szene vorstellte. Da sie nun wusste, wie der Pfeil eingedrungen war, legte sie den Kopf auf seinen nackten Bauch und lauschte. Sie hörte Bruder Jans missbilligendes Zischen, während er näher kam, doch sie griff bereits nach dem Wein und Mutter Kazis Beutel. Hastig entknotete sie die Lederriemen und wickelte das Etui auf, in dessen Innern die Silberinstrumente klirrend gegeneinanderschlugen. Mit flinken Fingern holte sie ein Röhrchen und ein kleines Messer aus der Tasche, legte sie auf die Brust des Königs und goss Wein darüber, der über die Instrumente in die Wunde rann und schließlich die Strohpritsche darunter tränkte.

Als sie das Messer nahm, krallte sich Graf Rozemberks Hand wieder um ihr Handgelenk.

»Was tut Ihr da?«, fragte er.

»Ich muss ihn aufschneiden, damit er Luft bekommt.« Das Blut des Königs tropfte ihr von der Wange.

»Das ist Ottokar, der König von Böhmen.« Der harsche Blick war in Rozemberks Augen zurückgekehrt. Er würde nicht zulassen, dass irgendein dahergelaufenes Mädchen seinen König aufschlitzte.

»Er wird der tote König von Böhmen sein, wenn Ihr mich nicht lasst.«

»Wer seid Ihr?«

»Wie Bruder Jan Euch hätte sagen können …«, sie blickte zum Prior hoch, der die Arme verschränkte und die Kiefer aufeinanderpresste, »bin ich Heilerin. Ich wurde von Mutter Kazi wie auch

Bruder Jakub unterwiesen, den Siechenmeistern der Abtei. Ich habe alle Bände des *al-Tasrif* gelesen. Ich kenne den Galen auswendig. Und jetzt lasst mich diesen Mann retten.«

Zweifel huschten über Graf Rozemberks Gesicht, er ließ ihre Hand nicht los. »Nein, wir sollten auf den Wundarzt warten. Er wird bald hier sein.«

»Meint Ihr Vilém, Teplás Bader, der zugleich Fleischer ist?« Sie lachte spöttisch. »Wisst Ihr, wie wir ihn nennen? Glücklicher Vilém. Wisst Ihr auch, warum? Messer machen ihn glücklich – jede Art von Messer. Die großen Klingen, mit denen er das Fleisch hackt. Die geschmeidigen kleineren, mit denen er hübsche Gesichter rasiert. Die langen, mit denen er an Patienten herumschnippelt. Fleisch schneiden, der Geruch von Blut, diese Dinge machen ihn glücklich.« Sie spuckte ihm die Worte regelrecht vor die Füße. »Und wann ist er nicht glücklich? Wenn seine Patienten sterben und die Familien ihm die Schuld geben. Wenn das passiert, betrinkt sich Vilém, und er ist fast immer betrunken, Graf Rozemberk.«

Sie wartete, bis die Botschaft ihrer Worte endlich in sein Bewusstsein drang, dann blickte sie in Ottokars Gesicht. »Wir haben keine Zeit mehr. Seht, seine Lippen werden schon blau. Er bekommt keine Luft. Lasst mich ihm helfen!«

Angst legte sich erneut über Graf Rozemberks Gesicht, und er ließ sie los.

Sie beugte sich wieder über den König. »Ihr müsst ihn festhalten, wenn ich ihn aufschneide. Er darf sich nicht bewegen, sonst könnte der Pfeil noch größeren Schaden anrichten.«

Graf Rozemberk nickte. »Damek. Evzen. Nehmt seine Beine«, sagte er, während er Ottokars Arme packte.

Die Männer schlurften nervös zu ihrem König und wühlten im Gehen den schweren Geruch von Blut und Schweiß und nassem Pelz auf.

Die Hand des Mädchens zitterte leicht, als sie das Messer knapp unter der letzten Rippe in Ottokars Haut presste. Mehrere kurze, präzise Stiche mit dem Messer, dann war der Schnitt groß genug. Sie nahm die weingetränkte Kanüle und schob ein Ende davon in die Öffnung, die sie freigelegt hatte. Ein heißer Schwall Blut ergoss sich über ihre Hand, und Ottokar keuchte erschrocken auf, bevor er einen längeren, tieferen Atemzug nahm. Er hatte Mühe, Luft zu bekommen, aber zumindest atmete der König wieder.

Das Mädchen kroch rückwärts und hinterließ purpurne Handabdrücke auf dem Steinboden, dann stemmte sie sich auf die Beine und ging auf die Mauer aus Männern zu.

»Lasst mich durch. Ich muss zu den Regalen. Dort.« Sie nickte hinter die Menschenmenge, die sich vor ihr teilte, wie es die Pferde am Fluss getan hatten – nur dass sie jetzt das Wasser war, das gegen die anderen strömte, und die Männer, allesamt in Rüstung, waren Steine, die von ihr fortgetrieben wurden. Sie nahm eine kleine Schüssel, ein wenig Koriander und Nelken und begann, sie mit dem blutigen Handballen zu zermahlen, während sie zurück zur Pritsche ging.

Sie fiel neben Ottokar auf die Knie, dessen Augen wieder offen waren, die Lippen wieder rosa, das Gesicht immer noch blass. Behutsam strich sie ihm mit dem Handrücken die Haare aus der Stirn und beugte sich zu ihm hinab.

»Ich muss jetzt den Pfeil entfernen.«

Er nickte.

»Das wird wehtun, aber Ihr dürft Euch nicht bewegen. Versteht Ihr das?«

Er sah zu ihr empor und nickte noch einmal.

Sie setzte sich auf. »Graf Rozemberk, was für eine Art Pfeilspitze war es?«

»Breite Blattspitze. Mit Widerhaken.«

Sie seufzte, während sie sich ansahen. Beide wussten, was das bedeutete. Mehr Schmerz. Mehr Blutverlust. Mehr Gefahr.

Sie packte den Schaft, verkrampfte sich, schüttelte dann aber den Kopf. »Meine Hände sind zu rutschig. Könntet Ihr …«

Graf Rozemberks Hände legten sich über ihre und umfassten den Pfeil. Ottokar drückte den Rücken durch.

»Dreht ihn auf die Seite. Genau so. Vorsichtig und langsam, damit der Pfeil nicht bewegt wird.«

Die Männer befolgten ihre Anweisung.

Ottokar schrie auf, als sie die Finger in die Wunde schob. Sie stimmte ein Lied an, um ihn zu beruhigen. »›O Herr, schenk uns deine Liebe‹«, sang sie und legte die andere Hand auf seinen Rücken, wo die Blattspitze knapp unter der Haut lag. Sie lehnte die Stirn an seine Schulter. »›Erlöse und erhöre uns.‹«

Sie atmete im Gleichklang zu Ottokars Atem und schloss die Augen, um sich Galens Zeichnungen der Organe zu vergegenwärtigen. Dann drückte sie den Schaft, während sie den Pfeil behutsam durch den Körper des Königs leitete und ihn an manchen Stellen leicht drehte, bis er zwischen seinen Rippen hindurchglitt und die Haut an seinem Rücken durchstieß. Als sie die Spitze packte und vorsichtig zu sich zog, ritzte ihr die Klinge die Finger auf. Mit einem feuchten Plopp rutschte der restliche Pfeil aus dem Körper.

Hastig schleuderte sie die Waffe zu Boden und betastete die Eintrittswunde. Blut von ihrer Schnittwunde am Finger vermischte sich mit dem von Ottokar, während sie herauszufinden versuchte, welche Organe womöglich von der breiten Pfeilspitze verletzt worden waren. Zwei Rippen waren gebrochen, und Blut rann aus einer Blessur an der Milz.

Sie zog ein Eisenrohr aus Mutter Kazis Tasche.

»Erhitzt es im Feuer«, sagte sie und reichte es Bruder Jan, bevor sie das Gesicht wieder Ottokar zuwandte. Er stöhnte laut. »Schsch, schsch. Wir haben es gleich geschafft.«

»Singt«, flüsterte er heiser.

»›O Herr, schenk uns deine Liebe‹«, setzte sie wieder an. Sie nahm das heiße Eisen und zuckte mit keiner Wimper, als sie sich die Finger verbrannte, und sah Graf Rozemberk an, der die Augen zukniff und die Arme des Königs ein weiteres Mal festhielt.

Rasch und präzise drückte sie das Brenneisen auf die Pfeilwunde, schloss die gerissene Milz mit dem glühenden Eisen und stillte den Blutfluss. Bei Ottokars gellendem Schrei biss sie sich auf die Lippe. Er klang wie die Pferde, die bei dem Marktfest vor vielen Jahren verbrannt waren. Damals war sie erst sieben gewesen, und Pater Lucas hatte sie an den Armen packen und zu Boden drücken müssen, damit sie nicht in den Stall des Dorfschmieds lief, um die Pferde zu retten. Es sei zu spät, hatte er gesagt. Zu gefährlich. Sie konnten nichts mehr tun. Pater Lucas beschützte sie immer, zügelte sie, erklärte ihr, was sie nicht tun konnte. Aber sie wusste es besser. Sie hätte diese Pferde retten können. Und diesen Mann hier *würde* sie retten.

»›Kyrie Eleison‹«, sang sie, während sie die Wunden mit schmalen Leinenstreifen verband, auf die sie eine Paste aus gemahlenem Koriander und Nelken gab, vermischt mit ein wenig Wein. »›Kyrie Eleison‹«, sang sie, wusch seine Brust mit noch mehr Wein und bandagierte sie mit weiterem Leinen. Sie beugte sich vor, um wieder mit ihm zu sprechen. Als sie zu singen aufhörte, ging das Lied weiter, tiefer, leiser.

Sie drehte sich um und sah, dass die Krankenstube zum Bersten voll war mit Brüdern, die gekommen waren, um zuzuschauen und zu warten und zu beten. Sie alle – Ritter und Brüder gleichermaßen – knieten und sangen für ihren König.

Ottokar legte die Hand auf ihre. »Was habt Ihr getan?«, fragte er flüsternd.

»Euch gerettet.«

»Gott hat Euch gerettet, Majestät«, sagte Bruder Jan und trat Aufmerksamkeit heischend näher an die Pritsche. »Es ist ein Wunder. Die Antwort auf all unsere Gebete.«

»Ihr«, sagte Ottokar zu dem Mädchen. »Ein Wunder. Wie Cosmas und Damien mit den Engeln.«

»Nein. Das war nur ich«, erwiderte sie. »Nur ein Mädchen. Ich habe keine Engel gesehen.«

»Und wer seid Ihr?«, fragte er.

»Ich bin Maus.«

02

»Ein passender Name für ein solch kleines Ding«, sagte Damek, und Graf Rozemberk kicherte.

Maus' Wangen brannten.

»Bringt mir etwas zu trinken«, sagte Ottokar, doch als sie Anstalten machte aufzustehen, schloss sich seine Hand um ihre. »Nicht Ihr. Vok.« Er blickte zu Graf Rozemberk hoch. »Und schickt die Männer fort. Ich brauche keine Zuschauer an meinem Krankenbett.« Er versuchte, das Gewicht zu verlagern, und stöhnte leise.

»Geht zum Küchenmeister und bittet ihn, einen Schafgarbe- und Schwarzwurztee aufzubrühen«, sagte Maus zu Graf Rozemberk.

»Nein. Ich will Bier. Starkbier.« Ottokar sog hastig die Luft ein und ließ Maus' Hand los, um sich die Finger gegen die Seite zu drücken.

»Bier macht Euch träge und verlangsamt Eure Atmung. Ich muss wissen, dass Eure Lunge so arbeitet, wie sie soll. Schwarzwurz wird Euren Schmerz lindern und Schafgarbe die Blutung stillen.«

Vok wartete keine weitere Ausführung ab. »Raus!«, befahl er mit ausgestreckten Händen und scheuchte die königliche Garde in Richtung Tür. Das laute Klappern von Rüstungen und Waffen hallte in der Kammer wider, als sich die Männer schwerfällig aufrappelten.

Bruder Jan glitt an den Platz, den Graf Rozemberk neben dem König freigegeben hatte, kniete sich nieder und murmelte: »Ehre sei Gott in der Höhe und Frieden auf Erden den Menschen seiner Gnade, wir loben dich, wir preisen dich …«

»Geht und betet woanders, Bruder«, sagte Ottokar.

»Ja, Majestät.«

Maus, die sich ein Grinsen verkneifen musste, konnte den Prior nicht ansehen, als der das Zimmer verließ.

»Wie lautet Euer richtiger Name?«, fragte Ottokar, sobald sie allein waren.

»Ich habe keinen anderen. Nur Maus.«

»Ihr wart am Fluss. Ich habe Euch gesehen …« Er schloss die Augen. »Ihr seid ein seltsames kleines Ding«, murmelte er, während er in den Schlaf sank.

Maus hatte man sie schon genannt, als sie noch klein genug gewesen war, dass alles, was sie tat, nur als sonderbar erachtet wurde, nicht als furchterregend.

Anfangs hatte sie angenommen, sie wäre wie alle anderen Mädchen, die ins Kloster gebracht wurden, weil ihre Eltern sie nicht wollten. Familiennamen wurden an der Türschwelle abgelegt, und die Mädchen traten eine trostlose Reise an, um Bräute Christi zu werden. Aber schon von der ersten Stunde an war Maus anders. Sie schlief nicht im Dormitorium mit den restlichen Laienschwestern, sondern in einer kleinen Kammer mit Adele, der Amme, die sie ins Kloster gebracht hatte. Maus durfte der Messe nicht beiwohnen oder das Sakrament des Leibs und Bluts Christi empfangen. Das Seelenheil, das einem solchen Bund entsprang, war ihr nicht vergönnt.

Und Maus hatte nie irgendeinen Namen bekommen – weder Vor- noch Nachnamen.

Sie griff nach dem blutigen Stroh am Rand von Ottokars Pritsche und schob es durch die Lache, die sich am Boden gebildet hatte. Doch das Stroh war zu feucht, um weiteres Blut aufzusaugen. Mit dem Finger fuhr sie durch das nasse Rot, das im sterbenden Licht glitzerte. *Anna*, schrieb sie. *Ludmila. Marie.* Alles Namen, aber keiner gehörte zu ihr.

Es war ein sinnloses Spiel, das sie schon als kleines Mädchen gespielt hatte, angefangen von dem Tag, als Pater Lucas ihr die Laute und Formen der Buchstaben beigebracht hatte. Er brach die Sitten – ein Mädchen zu unterrichten, das nicht einmal für die Kirche bestimmt war –, aber er erklärte, dass Gottes Pfade manchmal verlangten, die Regeln Roms zu umgehen.

Maus hatte an jenem Tag nach der Frühmesse das Lesen gelernt und sich bis zur Vesper desselben Abends das Schreiben selbst beigebracht. Sie war noch keine fünf. In ihrem Versteck in dem leeren Gästehaus der Abtei, der Länge nach ausgestreckt vor der erkalteten Feuerstelle, hatte sie die Buchstaben in die Asche gemalt und sie mit der Hand weggewischt, wenn sie ihr nicht genauso glückten wie im Buch. Sie brauchte nicht lange – solche Dinge flogen Maus zu –, und schon bald konnte sie die Buchstaben den Lauten zuordnen und Wörter formen.

Sie hatte mit den wichtigsten begonnen: *Adele. Lucas. Kazi. Gott.* Die Namen der Menschen, die sie liebte, der Menschen, die sie liebten – vier auf der ganzen Welt. Und an diesem Tag begann sie mit ihrem Spiel, ihrem Versuch, sich einen Namen zu geben: Anna, Ludmila, Marie. Doch keiner dieser Namen gehörte zu ihr. Keiner passte.

Seufzend hatte sie damals MAUS in die Asche geschrieben – ein Spitzname, den ihr ihre Amme Adele gegeben hatte, als sie noch ein Säugling gewesen war. *Leise wie eine Maus. Klein wie eine Maus. Hilflos wie eine Maus*, ging es ihr durch den Kopf, während sie auf das in Asche geschriebene Wort starrte. In diesem Moment war sie vor Selbstmitleid zerflossen. Sie hatte tief Luft geholt und so lange gepustet, bis MAUS verschwunden und sich die Asche über der Feuerstelle verteilt hatte, und dann hatte sie wieder um Adele geweint, die gestorben war, und um sich selbst, weil niemand sie genug gewollt hatte, um ihr auch nur einen Namen zu geben.

Aber das war jetzt zehn Jahre her, und sie war kein Kind mehr. Hastig schnappte sie sich die Handvoll Stroh vom Boden und wischte damit über die mit Blut geschriebenen Namen. Sie war eine junge Frau, fünfzehn an Allerheiligen, und bereit, sich einen Platz in der Welt zu suchen. Aber wer wollte schon ein Mädchen ohne Familie, ohne Mitgift, ohne Namen? Sie konnte etwas. Mit ihrem Wissen und ihrer ruhigen Hand hatte sie gerade das Leben eines Königs gerettet. Doch das waren nicht die Fertigkeiten, die eine Ehefrau ausmachten.

Sie hatte angenommen, ihre Fähigkeiten würden ihr einen Platz im Kloster sichern, aber Mutter Kazi hatte unmissverständlich klargestellt, dass die Kirche nichts für Maus wäre. Niemand hatte ihr jemals erklärt, warum die Türen der Kirche für sie verschlossen waren, und Maus hatte nie nachgefragt. Immer hatte sie entweder Angst oder Ehrfurcht in den Gesichtern der Schwestern gelesen. Selbst Pater Lucas und Mutter Kazi schienen sich manchmal vor ihr zu fürchten.

Denn Maus besaß mehr als erlernte Fähigkeiten. Sie hatte auch »Gaben«. So nannte es zumindest Pater Lucas. Sie selbst wusste nur, dass sie Dinge tun konnte, zu denen sie eigentlich nicht fähig sein dürfte. Dinge, die ihr selbst Angst einjagten.

Sie presste sich das blutige Stroh an die Brust und erhob sich, als sie Graf Rozemberk hörte, der einen Becher Tee neben Ottokar auf den Boden stellte – und einen weiteren mit Bier. »Soll ich ihn wecken, damit er trinken kann?«

Mit gesenktem Gesicht schüttelte sie den Kopf. »Wir sollten ihm so viel Ruhe wie möglich gönnen.«

»Könnt Ihr ihn kurz allein lassen?«

Verwirrt sah Maus ihn an.

»Ein weiterer meiner Männer ist verwundet.«

Maus folgte ihm zum Bogengang, der zum Mariengarten neben der Krankenstube führte. Sie konnte den Mann riechen, lange bevor sie ihn sah, und wusste, dass sie nichts für ihn tun konnte. Sie hatten ihn neben die Hagebutte gelegt, die an der Steinmauer rankte. Die letzte ihrer Blüten, verwelkt und braun, lag auf dem Boden beim Kopf des Mannes. Ein Zweig, schwer mit roten Früchten beladen, hing neben seinem Gesicht. Der Busch sah aus, als würde er blutige Tränen vergießen. Es war Oktober, und die Tage wurden allmählich frisch. Maus kniete sich neben den Mann und hob das Laken an, das jemand über ihn geworfen hatte. Seine Eingeweide ergossen sich aus zwei tiefen Schnittwunden.

»Wer hat das getan?«, fragte sie.

»Ich.« Falls es Graf Rozemberk leidtat, zeigte er es zumindest nicht. »Er hat den König angeschossen.«

»Ich dachte, Ihr sagtet, es wäre ein Unfall gewesen.«

»Er hat den König angeschossen.«

»Ich kann nichts für diesen Mann tun«, sagte sie.

Graf Rozemberk zuckte mit den Achseln und machte auf dem Absatz kehrt, um zur Krankenstube zurückzugehen.

Maus strich mit der Hand über die Stirn des sterbenden Mannes, wo sie rote Striemen von Ottokars Blut und ihrem eigenen hinterließ. Der Mann holte schwer und rasselnd Luft und schlug dann die Augen auf.

»Bitte.« Seine Stimme war belegt vor Schmerz. »Der König?«

»Er wird überleben. Seid unbesorgt.« Maus wusste, welchen Trost sie den Gläubigen in der Stunde des Todes schenken musste. Sie hatte Mutter Kazi häufig zugesehen.

Doch der Mann schüttelte den Kopf und packte mit überraschender Kraft Maus' Arm.

Erneut versuchte sie, ihn zu beruhigen. »Sie wissen, dass es ein Unfall war. Ihr seid frei von jedem Verdacht.«

In hektischer Verzweiflung bewegte der Mann den Mund, bis er genug Luft zum Sprechen hatte. »Nein. Ein Priester.«

»Ich kann jemanden holen.« Sie wollte schon aufstehen, aber er ließ ihren Arm nicht los.

»Keine Zeit. Ihr, Schwester.«

Mit zehn Jahren war Maus in die Sakristei geschlichen, hatte eine Oblate und einen Kelch mit Altarwein genommen und war allein in den Wald geschlüpft, während die anderen zur Messe gingen. Sie hatte sich unter eine Linde gesetzt und ein Fläschchen Weihwasser entkorkt, das sie aus der Krankenstube entwendet hatte.

»›Ich taufe dich im Namen des Vaters, des Sohnes und des Heiligen Geistes‹«, hatte sie gesagt, während sie ihre Stirn, die Brust und Schultern mit einer Hand berührte und sich mit der anderen das Weihwasser über den Kopf goss, genau wie Mutter Kazi es immer bei sterbenden Säuglingen tat. »Amen.« Das Taufwasser rann ihr beim Reden in den Mund. Es schmeckte wie jedes andere Wasser.

Maus hatte ihre eigene Taufe gestohlen. Sie war nicht unter den Erretteten, weshalb sie den sterbenden Mann anlügen konnte. »Ich darf Euch die Beichte abnehmen.«

»Ich habe … Geld genommen.« Blut sickerte ihm beim Sprechen durch die Lippen. »Um den Jüngeren König zu töten.«

Maus zitterte und versuchte, den Arm wegzureißen.

»Sprecht mich von meinen Sünden los. Schnell.« Seine blutige Spucke spritzte ihr ins Gesicht.

»Wer hat Euch dafür bezahlt?«

»Sprecht mich los!«

»Ich …« Maus sah, wie sich der trübe Schatten des Todes über seine Augen legte, und sie wollte ihm seinen Frieden geben, aber die Schwere seines Verbrechens war so unvorstellbar, dass sie sie nicht mit einer weiteren Lüge ausradieren könnte. »Ich kann nicht.«

Er war tot, bevor sie den Satz zu Ende gesprochen hatte.

Sie drehte sich zum Kloster zurück, um zu sehen, ob ein Dritter seine Beichte gehört oder jemand sie beobachtet hatte, aber sie war allein.

»Schenk ihm ewige Ruhe, o Herr, und … und das ewige Licht

leuchte ihm …« Die Worte blieben ihr in der Kehle stecken. »Erlös seine Seele von den Toren der Hölle, o gütiger Gott.« Aber sie schüttelte den Kopf, weil sie es besser wusste. Maus mochte kein Teil des norbertinischen Klosterlebens sein, doch sie kannte ihre Regeln und versuchte, nach ihnen zu leben. Sie wusste, was ihre Lüge diesen Mann gekostet hatte.

Rasch sammelte sie zwei schwarze Steine vom Pfad im Mariengarten auf, legte sie ihm auf die Lider, nachdem sie ihm die Augen geschlossen hatte, und bedeckte den Toten mit dem Laken. Es gab nichts, was sie noch für ihn tun konnte, aber da war das Leben eines anderen Mannes, das es zu retten galt. Wenn es eine Verschwörung gegen Ottokar gab, Menschen, die ihm nach dem Leben trachteten, welcher seiner Männer mochte dann ebenfalls ein Verräter sein?

In Windeseile wusch sich Maus das Blut von den Händen und die Spuren ihrer Tränen aus dem Gesicht. Mit ihrem Gewissen würde sie erst ringen, sobald Ottokar in Sicherheit war. Als sie die Krankenstube betrat, stöhnte der König und wand sich gequält auf der Pritsche. Graf Rozemberk saß auf dem Boden neben ihm, während der Schein des Feuers über sein Gesicht flackerte. »Tut etwas für ihn!«

»Es sind die Rippen, die ihm wehtun. Nur die Zeit kann sie heilen. Der Schmerz sollte in ein paar Tagen nachlassen.« Sie durchmaß die Kammer.

»Wohin wollt Ihr?«

»Das Blut ist aus seiner Brust geflossen. Es ist an der Zeit, die Wunden zu nähen. Ich brauche Licht.« Sie ging an ihm vorbei zu den Regalen in der dunklen Ecke am Fenster.

»Er ist tot«, sagte sie und nahm eine Handvoll Kerzen.

»Was?«

»Der Mann, der den König angeschossen …«

»Gernandus. So lautete sein Name.«

»Er sagte …« So zuversichtlich, wie Maus war, dass sie Ottokars

Wunden heilen konnte, so wenig wusste sie, wie sie ihn allein beschützen sollte, gäbe es einen weiteren Mordversuch. Offensichtlich vertraute der König Graf Rozemberk, aber Maus mochte ihn nicht. Bedeutete das, dass sie ihm auch nicht trauen sollte?

»Was hat er gesagt?«, fragte Graf Rozemberk.

Maus ging zum Feuer, kniete sich mit dem Rücken zu ihm hin, um die Dochte zu entzünden, und schloss die Augen. Sie sperrte das Husten und Stöhnen der kranken Brüder aus, den Geruch nach brennendem Holz, die Hitze auf ihrem Gesicht. Einen Moment lang kehrte sie ihre Sinne nach innen und sandte sie dann in Richtung von Graf Rozemberk aus. Sie erspähte seine Silhouette, die sich glühend gegen die grobkörnige Schwärze ihres Bewusstseins abzeichnete.

Das war eine weitere ihrer Gaben, diejenige, die Maus am meisten Angst einjagte: diese Fähigkeit, das Innere eines Menschen zu sehen, seine Seele. Es war die Gabe, die sie als Erstes bemerkt, diejenige, die alles verändert hatte.

Damals war sie gerade einmal sechs Jahre alt und mit Mutter Kazi im Wald spazieren gewesen. Klein genug, um mühelos durch das Unterholz und die jungen Triebe zu huschen, war Maus einem Eichhörnchen gefolgt, allein darauf bedacht, mit dem Tier ein Abenteuer zu erleben. Sie hatte keinen Gedanken daran verschwendet, irgendwann wieder zurückkehren zu müssen. Doch dann war dichter Nebel zwischen den eng stehenden Bäumen aufgezogen, und die pergamentenen weißen Stämme der Birken hatten gefunkelt wie Knochen, die aus dem Boden wuchsen, wie der Brustkorb eines riesigen, halb vergrabenen toten Geschöpfs. Die nassen Blätter und üppigen Farngewächse klebten an ihren nackten Füßen, während sie ziellos durch das Dickicht streifte. Maus hatte sich verirrt.

»Mutter Kazi?«, hatte sie gerufen. Der Nebel ließ alles anders aussehen, und die Geräusche des Waldes klangen mit einem Mal bedrohlich. Sie kämpfte ihre Panik nieder, als der Regen anschwoll und prasselnd durch das Blätterdach fuhr. Innerhalb weniger Augenblicke war sie völlig durchnässt und zitterte vor Kälte.

»Mutter Kazi, wo bist du?«

Das Beben in ihrer Stimme erschreckte sie selbst – sie wollte nicht weinen. Ihr Atem wurde flach, ihr Herz raste. Sie sank auf den feuchten Waldboden. Den Kopf in die Hände gestützt, wiegte sie sich vor und zurück, während der Regen ihr die ins Gesicht hängenden Haare in einen Wasserfall verwandelte.

Und dann geschah etwas Sonderbares.

Als sie die Augen schloss, um sich das Wasser wegzuwischen, erkannte sie jäh, dass sie wusste, wo sich Mutter Kazi befand. Sie konnte sie in ihrem Kopf sehen – nicht direkt sie selbst, nicht ihren Körper oder ihr Gesicht, sondern den Umriss von Mutter Kazi, der in der Ferne glühte.

Maus hatte viel über Seelen gelernt. Obwohl sie den Gottesdienst nicht besuchen durfte, hatten sich Mutter Kazi und Pater Lucas inbrünstig um Maus' religiöse Erziehung gekümmert, und deshalb fand die kleine Maus keine andere Erklärung: Das Schimmern, das von Mutter Kazi ausging, musste ihre Seele sein, und die ungewöhnliche Sehkraft, die ihr in der Stunde der Not zuteilgeworden war, stammte von Gott.

Sie hatte die Idee mit der felsenfesten Gewissheit eines Kinds angenommen, war aufgesprungen und in die Richtung gelaufen, die ihr nun so offensichtlich erschien. Genau in dem Moment, als sich Mutter Kazi umdrehte, betrat Maus die Lichtung mit einem breiten Lächeln im Gesicht.

»Wo hast du gesteckt?« Die Stimme von Mutter Kazi war scharf vor Erleichterung und dem Nachhall ihrer Angst.

»Ich habe mich verlaufen, Mutter Oberin.« Maus hatte sich in die stämmigen Arme der Frau gekuschelt. »Ich bin einem Eichhörnchen gefolgt, und es ist zu weit weggehüpft. Und dann sind der Nebel und der Regen gekommen, und ich wusste nicht, wo ich war, aber Gott hat mir eine Vision geschickt, und ich wusste genau, wo ich dich finde.« Sie hatte die Geschichte mit der Zuversicht eines geliebten Kindes heruntergerattert, das keinerlei Zurechtweisung fürchtete. Umso entsetzter war sie, als Mutter Kazi sie an den Armen packte und energisch von sich wegschob.

»Was meinst du damit, Gott hat dir eine Vision geschickt?« Ihr Gesicht war streng, und die kalte Angst in ihrer Stimme erschreckte die kleine Maus.

»Ich habe die Augen zugemacht, und als ich an dich gedacht habe, konnte ich deine Seele sehen und wusste, wie ich dich finde«, flüsterte Maus. »Habe ich etwas falsch gemacht, Mutter Oberin?«

Mit gezwungen ruhiger Stimme fragte Mutter Kazi: »Woher wusstest du, dass du meine Seele siehst?«

»Ich konnte dein Gesicht oder dich selbst nicht richtig sehen, aber da war ein … leuchtender Schein, und ich wusste, dass du es bist, weil es sich richtig angefühlt hat und das war, was ich mir gewünscht hatte. Dieses Schimmern war deine Seele, nicht wahr? Ich habe davon gelesen …«

»Maus, woher weißt du, dass die Vision von Gott kam?«

»Wer sonst hätte sie mir schicken sollen, Mutter Oberin?«

Mutter Kazi presste die Lippen fest zusammen und sagte kein Wort mehr, während sie Maus zurück zum Kloster Teplá führte. Maus musste laufen, um mit ihr Schritt zu halten. Als sie durch die Tür traten, kniff sie die Augen zu, um sie an die tiefe Dunkelheit im Innern zu gewöhnen.

Während sie den Umriss von Pater Lucas, der von seinem Schreibtisch aufstand, nur halb sehen konnte, hörte sie Mutter Kazi sagen: »Es hat begonnen.«

Mutter Kazi sah sie nicht an, aber das Mädchen konnte die Angst in den Augen der Frau ausmachen, die sich in denen von Pater Lucas widerspiegelte.

»Ah, meine kleine Maus, komm her.« Einladend klopfte Pater Lucas auf die Bank neben dem Feuer. »Du bist ein ganz besonderes Mädchen, weißt du das?«

»Natürlich, Vater. Wir sind alle besonders. Wie die Lilien, nicht wahr?«

Er beugte sich vor, um ihr einen Kuss auf den Kopf zu drücken, und ihr kam der Gedanke, dass er schrecklich traurig aussah, auch wenn sie nicht wusste, warum.

»Ja, *andílek*, mein kleiner Engel, aber du bist sogar noch besonderer als der Rest von uns. Die Zeit ist nun gekommen, dass wir herausfinden müssen, *wie* besonders du bist.«

»Und *warum* Gott mich so gemacht hat?« Diese Frage hatte Maus schrecklich unter den Nägeln gebrannt, aber Pater Lucas hatte sie nur angesehen.

Und nun, als Maus zu Graf Rozemberk blickte, konnte sie seinen schimmernden Umriss vor ihrem geistigen Auge ausmachen, und betrachtete ihn eingehend.

Als sie ihre Gabe damals bemerkt hatte, hatte sie sich mit unverhohlener Faszination Seelen angesehen. Sie hatte die Schwestern beim Beten oder Essen oder Streiten beobachtet, und auch die schweigenden Brüder, während sie ihren Studien nachgingen oder auf dem Feld arbeiteten. Und Maus hatte erkannt, dass sich die Große und Leuchtkraft des Schimmers von Mensch zu Mensch unterschied. Schwester Kvetas war gespannt, als würde ein Stock durch sie hindurchgehen, und Mutter Kazis war gelb. Pater Lucas' schien fast überzuschäumen, sein Schimmern sprudelte über den Umriss seines Körpers hinaus und war so hell, dass Maus ihn überall im Kloster finden konnte, selbst in der sich drängenden Menschenmenge am St.-Wenzel-Fest oder in tiefster Nacht, wenn sie einen Albtraum hatte.

Als sie jünger war und all diese Seelen beobachtet hatte, hatte sie sie stets mit Pater Lucas' strahlendem Schimmer verglichen. Jetzt benutzte Maus ihn als Richtschnur für Graf Rozemberk. Seine war kaum mehr als ein mattes Glimmen.

»Was hat Gernandus gesagt, Mädchen?«, fragte Graf Rozemberk erneut.

Maus stand mit brennenden Kerzen in beiden Händen da und ging zurück zu Ottokar, die Lippen zu einer dünnen Linie gepresst. »Er sagte … er sagte, es täte ihm leid.«

Der König mochte diesem Adligen vertrauen, Maus tat es nicht.

Sie setzte sich auf den Boden neben die Pritsche und schob die Kerzenhalter näher an Ottokars Körper. Die Schuldgefühle, einen Mann verdammt zu haben, ließ sie die Zähne zusammenbeißen, und ihre schmale Gestalt war gebeugt von der drückenden Last der Verantwortung, einen König am Leben zu halten. Aber nichts davon war der Grund für den Schauder, der ihr die Wirbelsäule hinabrann.

Als Kind hatte Maus viele Tage damit zugebracht, ihren eigenen Schimmer zu finden, während sie auf dem Bett in ihrer Kammer lag, jede Nahrung verweigerte und so lange in sich suchte, dass ihr Körper vor Anspannung zuckte und sich krümmte, bis sie ohnmächtig wurde. Sie erzählte niemandem, was sie tat, nicht einmal Pater Lucas. Irgendwann hörte sie damit auf, weil sie Angst hatte, er könne es herausfinden.

Doch an diesem Abend konnte sie sich nicht zurückhalten. Sie musste einen weiteren Versuch wagen, und nun krallte sich die Wahrheit erneut in ihre Eingeweide, kalt und hart.

Sie konnte nicht den kleinsten Funken entdecken. Soweit Maus es beurteilen konnte, besaß sie keine Seele.

03

»Singt«, sagte er, als sie die sauberen Ränder der Pfeilwunde zusammendrückte.

»›Herrin, wenn du mich retten willst‹«, sang sie, während sie den Faden einfädelte. »›Dann sieh mich noch ein wenig an.‹«

Graf Rozemberk kniete neben dem Kopf der Pritsche, die Hände auf die Schultern des Königs gedrückt, aber dieses Mal hätte man Ottokar nicht festhalten müssen. Er ballte die Fäuste im Stroh und biss die Zähne gegen den Schmerz zusammen, als sie die Kanüle aus seiner Brust holte. Maus arbeitete rasch und zog den weingetränkten Seidenfaden mit fein säuberlichen Stichen durch das Fleisch.

»Ich will Bier«, murmelte Ottokar, nachdem sie den letzten Stich verknotet, den Faden durchtrennt hatte und den König endlich erlöste. Gierig griff er nach dem Becher, den Graf Rozemberk ihm reichen wollte.

»Noch nicht«, sagte sie und drückte ihn wieder auf sein Lager.

»Wie alt seid Ihr?«, fragte Ottokar, während er den Kopf ins Kissen zurückfallen ließ. »Ihr erteilt Befehle, als wärt Ihr … Wie alt seid Ihr, kleine Maus?«

»An Allerheiligen werde ich fünfzehn. Wie alt seid Ihr, edler König?« Sie schob das Bein in einer übertriebenen Verbeugung nach hinten.

»Ah, sie ist bissig, diese Maus.« Ottokar drehte sich und lächelte Graf Rozemberk an, der nicht zurücklächelte. »Achtzehn«, sagte er schläfrig.

»Noch nicht ganz«, fügte Graf Rozemberk an. »Und Ihr werdet den König mit ›Majestät‹ ansprechen.«

Maus musste nicht aufblicken, um sein höhnisches Feixen zu sehen, sie konnte es in seiner Stimme hören.

»Vok, geht und seht nach den Männern.« Der Befehl kam leise und kalt. Zum ersten Mal konnte Maus den König in dem verwundeten Jungen erkennen.

»Ja, Majestät.« Graf Rozemberk verneigte sich beim Verlassen des Raums, elegant und respektvoll. Im Hinausgehen fing er Maus' Blick auf.

Sie verstand. Wenn von ihm verlangt wurde, sich vor dem König zu erniedrigen, was wurde dann von ihr erwartet, einem namenlosen Mädchen, das von den Almosen der Kirche lebte?

Sie drehte sich zurück zu Ottokar. »Ich müsste Eure Atemgeräusche abhören. Darf ich?« Sie war verunsichert und wagte nicht, ihn anzusehen, während sie den Kopf auf seine Brust senkte.

»Ihr habt Blut im Haar«, sagte er.

Maus setzte sich auf. Eine ihrer Haarsträhnen lockte sich in Ottokars Handfläche.

»Es ist Euer Blut.« Sie erhob sich und ging zu dem Becher Bier, den Graf Rozemberk neben das Feuer gestellt hatte. »Und ich werde es so bald wie möglich auswaschen, Majestät.«

»Wie lange seid Ihr schon im Kloster?«

»Seit ich ein kleines Mädchen bin.« Sie legte den Arm hinter seinen Rücken und hielt ihm den Becher an den Mund. »Hier. Euer Atem ist besser. Ihr dürft Euer Bier haben.«

Nachdem Ottokar ihn gierig geleert und sich wieder zurückgelehnt hatte, fasste er sich an die Seite.

Sie beschloss, dass dies eine gute Gelegenheit war, ihm von Gernandus' Geständnis zu erzählen. Er wüsste am besten, wie er sich schützen und wem er trauen konnte. Sie beugte sich vor und redete leise, um keinesfalls belauscht zu werden. »Majestät, Euer Gefolgsmann, derjenige, der …«

»Eure Eltern hatten viele Töchter und gaben Euch deswegen der Kirche?« Seine Augen waren geschlossen.

»Nein. Majestät, ich muss …«

»Ich auch. Ich meine, mein Vater hatte einen Sohn zu viel und wählte die Kirche für mich, bis …« Er fuhr sich mit der Zunge über die Lippen. »Bis mein älterer Bruder starb, und dann …«

»*Ich* bin nicht für die Kirche bestimmt.« Es schmerzte, die Worte laut auszusprechen.

»Warum seid Ihr dann hier? Wer sind Eure Eltern?« Er öffnete halb die Augen und blinzelte heftig.

»Ich habe keine Eltern.«

»Jeder hat Eltern.« Er lächelte und schloss die Lider.

»Na schön, aber ich kenne meine nicht, Majestät. Bitte …«

»Nennt mich nicht so«, sagte er schwach.

»Bitte. Ich muss Euch …«, setzte Maus wieder an, aber sein Atem ging nun gleichmäßig. Er war eingeschlafen.

Maus lehnte sich mit dem Rücken an die Wand neben dem Fenster, wo sie den aufgehenden Mond beobachtete, der über den Kirchturm kroch.

Als Graf Rozemberk zurückkehrte und sich auf der anderen Seite des Königs auf den Boden legte, begriff Maus, dass sie nicht allzu bald eine weitere Möglichkeit bekäme, Ottokar zu warnen. Also hielt sie stattdessen Wache. Seine Atemzüge waren tief und ruhig, noch gab es kein Anzeichen von Fieber oder Fäulnis in seinen Wunden. In dieser Nacht war Maus keine Heilerin, sondern seine Leibgarde. Ihr gefiel der Nervenkitzel, der sie überkam. In dieser Nacht erfüllte sie einen Zweck. In dieser Nacht war sie dort, wo sie gebraucht wurde, wo sie hingehörte.

Und für Maus war es nicht neu, nachts Wache zu halten.

Es hatte auf dem Friedhof für Neugeborene begonnen. Sie war acht gewesen und hatte im Dämmerlicht des frühen Morgens im Wald nach Trüffeln gesucht. Niemand außer ihr konnte die schwarzen Pilze finden, die sich unter den Blättern neben Bäumen versteckten. Man musste wissen, an welchen Bäumen man nachschauen musste, und dann die besondere Modrigkeit des Trüffels inmitten all der anderen Waldgerüche ausmachen. Schweine konnten es, aber Menschen nicht. Abgesehen von Maus. Jedes Mal, wenn sie mit einem fast vollen Körbchen aus dem Wald zurückkehrte, bekreuzigten sich die Schwestern.

Bei dieser speziellen Trüffeljagd war Maus höher in die Berge gewandert. Sie hatte ihn nicht finden wollen, diesen kleinen Platz, eingerahmt von einer lose aufgeschichteten Steinmauer, ein weiches Fleckchen Erde genau über einer heißen Quelle. Aber der Boden war warm und feucht, und Maus konnte die Trüffel riechen.

Und die Säuglinge.

Ihre Nase hatte sie im Dunkeln dorthin geführt. Der Mond war fast untergegangen. Sie war über den ersten Stein gestolpert – kein richtiger Grabstein, nur ein kleiner Felsblock. Maus kauerte sich nieder, die Augen wenige Zentimeter von der Steinoberfläche entfernt, während sie mit den Fingern die schlichte Gravur nachfuhr. Ein Kreuz. Ein Wort, in den dünnen, langen Linien des Altkirchenslawisch in den Stein geritzt: KIND. Maus streckte die Hand weiter in die Dunkelheit und fand einen weiteren Stein, zu dem sie kroch. Ein Schädel war in diesen geschnitzt und ein Name. PETER. Und dann ein weiterer mit drei ineinander verwobenen Spiralen, den drei Strahlen – ein heidnisches Grab. Als ihre Finger den Stein fanden, der mit gemeißelten Schmetterlingen bedeckt war, musste sie weinen. Diese Mutter oder dieser Vater hatte Hoffnung für das verstorbene Kind, selbst wenn die Kirche dem Säugling den geheiligten Boden verwehrte, der die Durchreise zum Himmel garantierte.

Dies war ein Friedhof für die Ungetauften, die Unseligen, die Ungewollten. Maus überkam das Gefühl, als gehörte sie dorthin.

Genau in diesem Moment hatte sie es gehört, etwas, das durch die Blätter am Rand der Mauer glitt. Sie hatte gesehen, wie es sich aus der Dunkelheit schälte und die Gestalt eines Kinds annahm, von derselben Größe wie Maus. »Hallo«, sagte es. Seine Stimme klang wie das raschelnde Flüstern des Windes. »Komm her und spiel mit mir.«

Maus schüttelte den Kopf, ihre Hände schlangen sich um den Grabstein, der ihr am nächsten stand.

»Warum nicht?«, fragte es.

»Weil ich nicht will«, flüsterte sie.

Das Kind-Wesen begann, an der Außenmauer entlangzulaufen. Maus wirbelte herum, folgte ihm mit den Augen. Sie versteifte sich, als es das Tor erreichte, aber es blieb unvermittelt stehen und drehte sich zu ihr. Das Kind-Wesen neigte den Kopf und nahm einen tiefen Atemzug durch die Nase. Dann lächelte es. »Du riechst anders. Wer bist du?«

Maus wusste es besser. Die alten Frauen in der Stadt hatten erzählt, dass man seine Seele preisgab, wenn man einem Fremden seinen Namen verriet. Maus mochte nicht imstande sein, ihre eigene Seele zu sehen, aber sie würde die Hoffnung darauf nicht verschenken. Sie schüttelte den Kopf, zitternd und abwartend – worauf, das wusste sie nicht.

Das Kind-Wesen sank hüpfend zu Boden und setzte sich, die Beine im Schneidersitz gekreuzt. Es lehnte die Stirn gegen das hölzerne Gatter und starrte Maus durch die Latten hindurch an. Sie verstand nicht, warum es sich nicht auf sie stürzte. Maus zwickte sich, sobald ihre Augen schwer wurden, zwickte sich, bis ihre Arme mit blauen Flecken übersät waren. Doch sie blieb wach.

Beim ersten Dämmerlicht sprang das Kind-Wesen auf und wischte sich mit dem Ärmel den Rotz ab, der ihm über die Lippen lief und vom Kinn tropfte. »Vielleicht willst du ein andermal spielen«, sagte es, sprang mit einer ausholenden Geste in die Dunkelheit zwischen einer Baumgruppe und war verschwunden.

Maus blieb sitzen, bis die Sonne vollständig aufgegangen war und es keine Schatten mehr gab. Da bemerkte sie die Symbole, eingeritzt in einen Stein an jeder Ecke der Mauer und auf der Rückseite des Tors. Kreuze. Die Kirche mochte dies nicht als heiligen Boden erachten, irgendjemand anders aber schon. Maus konnte nicht zum Gatter gehen, ohne auf einen Säugling zu treten, vergraben in der weichen Erde. Unter ihren Füßen spürte sie das Knirschen von getrockneten Knochen.

Mit leerem Körbchen war sie den ganzen Weg zum Kloster zurückgelaufen und hatte den Nachmittag damit verbracht, Dochte in heißen Talg zu tauchen und Kerzen zu ziehen. An jenem Abend hatte sie jede davon in ihrer Zelle angezündet, um die Schatten zu vertreiben.

Ottokar hustete. Maus krabbelte zu ihm und strich ihm sanft mit den Fingern über die Lippen. Kein Blut. Sie senkte den Kopf an seine Brust. Kein Rasseln und keine Flüssigkeit in den Lungen. Der Schein des Feuers flackerte auf den Steinwänden, wurde aber rasch von der Dunkelheit geschluckt.

Lautlos erhob sie sich, ging zu den Regalen neben der Feuerstelle und holte sämtliche Kerzen, die noch übrig waren. Bruder Jan würde wütend werden, doch das kümmerte Maus nicht. Sie baute einen Kreis aus Kerzen um den König, Graf Rozemberk und sich selbst, obwohl er wenig Schutz vor Meuchelmördern bieten würde. Diese Aufgabe fiel Maus zu.

Im Morgengrauen erwachte Ottokar und versuchte, sich aufzusetzen.

»Wartet«, sagte Maus, während sie den Faden durchbiss, mit dem sie die Schnittwunde in ihrer Hand genäht hatte. Sie heilte bereits.

Das Fleisch begann sich schon wieder zu schließen, und nach ein paar Tagen würde nicht mal eine kleine Narbe zurückbleiben.

Das war eine weitere von Maus' Gaben. Sie wurde nie krank, und Verletzungen heilten rasch. Zu rasch. Niemandem im Kloster würde es noch auffallen. Sie sahen sie kaum mehr an – taten so, als existiere sie nicht, und vielleicht war es auch so. Doch falls Graf Rozemberk oder Ottokar es bemerken sollten … Maus wollte nicht lügen, aber sie wollte normal sein, zumindest in den Augen eines Fremden. Der König hatte sie bereits seltsam genannt. Mit seltsam konnte sie leben, aber bei dem Gedanken, er könne sie mit angsterfülltem Blick anstarren oder sich bekreuzigen, war Maus auf die Suche nach Nadel und Seide gegangen. Sie zog den letzten Knoten fest und rutschte näher zum König, als die Kerze nah bei ihm zu flackern begann.

Sie kauerte sich nieder und hielt die Nadel wie ein winziges Schwert, während Schatten in der Dunkelheit schwankten und eine Gestalt ins trübe Licht trat.

»Wer ist da?«, fragte sie den Mann, der sich näherte.

Er ignorierte sie und versuchte, sich an ihr vorbei zum König zu drängen. Maus stellte sich ihm in den Weg und brachte ihn zum Taumeln, dann legte sie ihm die Hand auf die Brust.

»Keinen Schritt weiter, bis ich weiß, wer Ihr seid und was Ihr hier wollt!«

Hinter sich hörte sie Ottokars leises Lachen. »Wie es scheint, habe ich eine neue Wache, Vok.«

Graf Rozemberk schob ihren Arm von der Brust des Mannes. »Endlich seid Ihr hier, Hartwin.«

Maus drehte sich um, als Graf Rozemberk Platz machte, um den Mann zum König durchzulassen. Sie wollte dem Fremden nachlaufen, als sich eine Hand um ihren Arm schloss.

»Ihr werdet nicht mehr gebraucht. Raus«, zischte Bruder Jan ihr ins Ohr.

»Wer ist …?«

»Ein richtiger Arzt vom Hof. Graf Rozemberk hat gestern Abend nach ihm geschickt.« Der Prior zog sie zurück, während sich der Arzt neben den König kniete und etwas aus den Falten seiner Kleidung holte.

»Nicht!«, schrie Maus und wollte sich auf ihn stürzen, aber Graf Rozemberk fing sie ab. Er packte sie an den Schultern und schob sie in die dunklen Schatten der Krankenstube.

»Nein! Ottokar. Er könnte …«, stotterte Maus und drehte sich zurück zum König, aber Graf Rozemberk schubste sie mit langen Schritten, denen sie nichts entgegenzusetzen hatte, rückwärts, bis sie gegen die hintere Wand knallte. Mit einer Hand glitt er zwischen ihren Kopf und den Stein und ergriff eine Handvoll Haare, während er sich mit der anderen zum Türgriff streckte.

»Mädchen, Ihr werdet den König mit ›Majestät‹ anreden.« Er bohrte seinen Eisenschuh in ihre Kniekehle, was sie straucheln ließ. »Und jetzt raus …«

»Er ist in Gefahr! Der König ist in Gefahr«, platzte es aus ihr heraus, während sie den Kopf aus seiner Umklammerung wand.

Graf Rozemberk riss sie auf die Beine. »Was faselt Ihr da?«

»Gernandus hat etwas … gesagt, bevor er gestorben ist. Der König ist in Gefahr. Ich weiß es.«

»Warum sollte ich Euch glauben?« Seine Stimme war fest, kalt.

»Warum sollte ich lügen?« Maus sah ihm in die Augen.

Er ging einen Schritt auf sie zu und flüsterte: »Erzählt mir genau, was Gernandus gesagt hat.«

»Ich traue Euch nicht. Ich werde es dem König sagen.«

Maus fürchtete schon, er wolle sie schlagen, aber er stand einfach nur da und starrte sie an. Sie machte sich die Stille zunutze. »Wie gut kennt Ihr diesen Arzt, der bei Eurem König ist? Bis auf Bruder Jan ist niemand bei ihnen, und der könnte keinen …«

Graf Rozemberk packte sie am Handgelenk und zog sie hinter sich her, zurück zum König.

»Hartwin, lasst uns allein«, herrschte er den Wundarzt an, während er sich der Pritsche näherte.

Der Arzt hatte gerade die Wunde freigelegt. Nun sammelte er im Aufstehen den blutigen Verband auf.

»Und Ihr.« Graf Rozemberk nickte dem Prior zu. »Raus mit Euch!«

Bruder Jan verneigte sich, während er aus der Wandnische trat, doch der König sah es nicht. Er maß Maus mit Blicken.

»Erzählt dem König, was Gernandus gesagt hat, Mädchen!«, befahl Graf Rozemberk, sobald sie allein waren.

Maus wollte einen Schritt in Richtung Ottokar machen, aber Graf Rozemberk hielt ihr Handgelenk fest umschlossen. »Er wusste, dass er im Sterben liegt. Er wollte einen Priester. Aber da war nur ich. Er sagte, jemand habe ihn bezahlt, Euch zu töten.« Sie sah, wie sich Ottokars Pupillen weiteten, als wäre ein Schatten über ihn geglitten, dann bohrten sich Graf Rozemberks Finger in ihre Haut. »Majestät«, schob sie durch zusammengepresste Zähne nach.

Ottokar schwieg. Er lehnte den Kopf zurück und schloss die Augen.

»Wer hat ihn bezahlt?«, fragte Graf Rozemberk.

»Das weiß ich nicht.«

»Euch ist nicht in den Sinn gekommen, ihn danach zu fragen?« Der Graf verschluckte sich fast an seiner Verachtung.

»Ich habe gefragt, aber er ist vorher gestorben.«

»Warum sollten wir Euch glauben? Kann sonst jemand Eure Worte bezeugen?«

»Ihr habt mich mit ihm allein gelassen.«

»Warum habt Ihr uns nicht gleich davon erzählt, nachdem Gernandus es Euch gebeichtet hat? Stattdessen habt Ihr gewartet, bis Ihr nicht länger gebraucht werdet. Vielleicht habt Ihr es Euch ausgedacht in der Hoffnung, länger beim König bleiben zu dürfen.«

Maus spürte die Hitze im Gesicht und konzentrierte sich mit aller Gewalt auf Pater Lucas' Worte über das Mäßigen ihrer Wut. *Wer geduldig ist, der ist weise. Und du willst weise sein, nicht wahr, kleine* andílek?, hatte er immer gesagt. *Und du, die so viel vollbringen kann, musst besonders vorsichtig sein, nicht im Zorn zu handeln.*

Maus würde nicht zulassen, dass Graf Rozemberk sie reizte. Sie senkte den Blick und folgte schweigend der dunklen Linie eines Risses im Steinboden, bis er in den Schatten verschwand.

»Warum habt Ihr es mir nicht gestern Nacht erzählt?« Graf Rozemberk riss an ihrem Arm und wirbelte sie herum, damit sie ihm ins Gesicht sah.

»Ich … ich dachte …«

»Sie hat Euch nicht über den Weg getraut, Vok.« Ottokars Stimme war selbstsicher und betrübt. »Immerhin wäre es möglich gewesen, dass Ihr Teil des Komplotts gegen mich seid.«

Maus sah auf und bemerkte, wie er sie wieder musterte.

»Sie ist ein großes Risiko mit Eurem Leben eingegangen, Majestät. Ihr wart unbewacht. Die Männer, die ihr Nachtlager unten in den Stallungen hatten, und ich, der hier geschlafen hat. Es wäre ein Leichtes für wen auch immer gewesen …«

»Maus hat Wache gehalten. Das habt Ihr, nicht wahr?«

»Ja … Majestät.«

Graf Rozemberk ließ ihr Handgelenk los. »Und Gernandus hat nichts weiter gesagt?«

»›Ich habe Geld genommen, um den Jüngeren König zu töten‹, war alles, was er gesagt hat. Und ›sprecht mich von meinen Sünden los‹.« Maus hoffte, dass sie das Stocken nicht hörten, das sie in ihrer Kehle spürte, aber Ottokars Augen verengten sich zu Schlitzen.

»Und, habt Ihr es getan? Ihn von seinen Sünden losgesprochen?«, fragte er.

Schweigend schüttelte sie den Kopf.

»Wer versucht wohl diesmal, mich umzubringen?«, fragte der König, während er auf die frische Wunde an seiner Seite blickte.

Maus ging zu dem Korb mit sauberem Leinen in den Regalen. Sie nahm eine Schüssel und Kräuter und kniete sich neben die Pritsche.

»Ihr glaubt ihr?«, fragte Graf Rozemberk.

Maus goss etwas Wein über die Wunde und konzentrierte sich auf die säuberliche Naht und die Haut, die sich bereits im Heilungsprozess befand.

»Ja«, sagte Ottokar. »So wie Ihr.«

Graf Rozemberk seufzte resigniert. »Und genau wie Ihr weiß ich, wer Euren Tod will, Majestät.«

Maus blinzelte, als die Morgensonne über die Baumkronen stieg und durch das Fenster strömte. Sie brachte eine jähe Verlegenheit mit sich, da sich Maus mit einem Mal nur allzu deutlich bewusst wurde, dass sie gemahlene Kräuter und Wein auf Ottokars nackten, nun in helles Licht getauchten Brustkorb rieb.

Er musste es ebenfalls gespürt haben, denn er fuhr zusammen und legte die Hand auf ihre. »Hartwin kann das übernehmen. Vok, holt ihn.«

Sie riss die Hände zurück.

Ottokar sah das Aufblitzen von Wut in ihren Augen. »So habe ich das nicht gemeint, Maus. Offensichtlich versteht Ihr Euer Handwerk. Ich verdanke Eurem Können mein Leben. Aber Ihr seid auch die ganze Nacht wach gewesen. Ihr solltet schlafen. Gewiss können wir Hartwin so weit vertrauen, dass er meine Wunde verbindet.«

»Er war einst der Leibarzt Eures Vaters«, sagte Graf Rozemberk, die Stimme voll Missbilligung und Zweifel.

»Was spielt das für eine Rolle? Mein Vater hat uns nach Prag beordert, um sich zu versöhnen, Vok. Ich bin sein einziger Sohn. Er will nicht meinen Tod.«

Graf Rozemberk verschränkte die Arme vor der Brust. »Wie Ihr meint, aber das Mädchen tut es auch. Lasst sie die Arbeit beenden.«

»Denkt Ihr, Ihr könnt sitzen?«, fragte Maus Ottokar, während sie sich mit aller Macht darauf konzentrierte, allein Heilerin zu sein und kein Mädchen.

»Liebend gern«, erwiderte er und wollte sich aufrichten, verzog dann aber das Gesicht vor Schmerz.

»Wartet! Sonst löst sich noch die innere Naht.« Sie schob ihm den Arm unter die Schulter. »Ihr.« Sie nickte Graf Rozemberk zu. »Legt ihm den Arm um die andere Seite. Auf mein Kommando heben wir ihn hoch. Aber behutsam.«

Sobald er aufrecht stand, stieß Ottokar den Atem aus, den er die ganze Zeit angehalten hatte. »Vok, holt einen Stuhl. Ich habe das Krankenlager satt. Und bringt mir ein Hemd.«

»Ihr müsst euch langsam und vorsichtig bewegen, ansonsten könnte Eure Lunge wieder zusammenfallen«, erklärte Maus und wickelte das Leinen um seine Brust. Sie knotete gerade den Verband zu, als Graf Rozemberk mit dem Stuhl und einem Hemd sowie Bruder Jan und Hartwin auf den Fersen zurückkehrte.

»Stellt den Stuhl neben das Feuer«, befahl Maus, als sie unter Ottokars Schulter schlüpfte und darauf wartete, dass Graf Rozemberk ihrem Beispiel auf der anderen Seite folgte. Sie bewegten sich im Gleichklang und stützten den König, während er ein paar schlurfende Schritte zum Stuhl machte und sich setzte. Maus nahm das Hemd, half ihm, die Arme durch die Ärmel zu stecken, und ließ das Leinen auf den Sitz fallen, wo es sich in wallenden, weißen Bergen gegen das Schwarz seiner wollenen Beinlinge abzeichnete.

»Majestät, ich wurde gerufen, da Ihr meine Dienste benötigt«, sagte Hartwin im Näherkommen, sichtlich verwirrt.

»Wie es scheint, habe ich bereits einen Arzt, Hartwin.«

Maus konnte sich das Lächeln nicht verkneifen.

»Majestät, ich denke, Ihr seid einem Irrtum erlegen. Dieses Mädchen mag Euch gewisse … Annehmlichkeiten bereiten, aber sie ist kein Arzt.« Bei seiner Anspielung grinste er höhnisch.

Maus erstarrte. Sie zwang ihre Augen, wieder den Riss im Boden zu finden, und atmete betont gleichmäßig, doch der Stachel der Verlegenheit bohrte sich immer tiefer in sie hinein.

Ottokar verlagerte sein Gewicht auf dem Stuhl. »Graf Rozemberk, bezahlt den Mann für seine Umstände. Und, Hartwin, seid so gut und richtet meinem Vater aus, sobald Ihr ihn das nächste Mal seht, dass ich mich bester Gesundheit erfreue.«

Maus wandte sich ab, um einen frischen Kelch Wein einzuschenken, und lenkte sich dann mit Nichtigkeiten ab, um genügend Zeit zu haben, ihre Fassung wiederzuerlangen. Mit gesenktem Kopf reichte sie Ottokar den Kelch.

»Ich bin hungrig. Darf ich etwas essen?«, fragte Ottokar sie unvermittelt.

»Kein Fleisch. Beginnt mit einer einfachen Suppe und Brot. Heute ist das Fest Mariä Geburt. Bruder Milek wird für die Armen in Teplá Fischsuppe zubereiten.« Sie wandte sich an Bruder Jan. »Bringt nur die Brühe.« Ihre Stimme war so ausdruckslos wie möglich, ganz Heilerin, nicht Frau, die sich schämen müsste, von einem Fremden als Zielscheibe des Spotts benutzt worden zu sein, keine eigenständige Person, die beleidigt sein dürfte wegen Ottokars Versagen, ihre Ehre zu retten.

Bruder Jan wartete auf ein Nicken des Königs, bevor er sich zum Gehen anschickte und durch Maus hindurchsah, als wäre sie überhaupt nicht anwesend.

»Ihr dürft gehen«, sagte Ottokar.

Maus glaubte, er habe mit dem Prior gesprochen.

»Ich sagte, Ihr dürft gehen, Maus.« Ottokars Verabschiedung kam plötzlich, wenn auch nicht unfreundlich. Sie verbeugte sich steif und murmelte: »Majestät.« Auf ihrem Weg zur Tür kam sie an Graf Rozemberk vorbei, der sie keines Blickes würdigte.

Als sich ihre Hand auf den Riegel legte, hörte sie den König sagen: »Sorgt dafür, dass die Männer abreisebereit sind.«

04

Maus rannte hinab zur Teplá und an ihrem Ufer entlang, bis sie eine seichte Stelle fand. Sie hatte Angst vor Wasser und konnte nicht schwimmen, aber hier berührten ihre Füße den Boden, die Zehen krallten sich um die glatten Steine, fest verankert in der Strömung. Während sie ins Wasser glitt, das von den heißen Quellen in der Gegend angewärmt war, trieben ihre Haarsträhnen vor ihr her. Sie sah, wie sich rote Streifen von ihr abschälten und im Fluss versickerten. Das Wasser löste das Blut des Königs von ihrem Umhang und sammelte sich in kräuselnden Lachen vor ihrer Brust, als würde sie selbst bluten. Aber auch die verschwanden langsam.

Und dann war sie mit dem König fertig, so wie er mit ihr fertig zu sein schien.

Sie warf den Umhang ans Ufer und legte den Kopf zurück ins Wasser, während sie mit dem Gedanken spielte, sich vom Fluss in eine Zukunft treiben zu lassen, die sie nicht vorhersehen konnte. Gewiss wäre diese besser, als zurück zum Kloster zu gehen.

Doch dann stand Maus trotzdem auf, während das Gewicht ihrer nassen Haare an ihrem Hals zog und das Leinen ihres Unterkleids schwer an ihrem Körper klebte. Als sie ein Geräusch aus dem nahen Unterholz hörte, tauchte sie zurück unter Wasser und schlang wartend die Arme um die Brust.

Schnaufend und fauchend taumelten zwei Baummarder um die Zwergkirsche am Waldrand und kämpften um die Überreste eines Eichhörnchens. Der Marder weiter vorne ließ sein Stück Fleisch fallen, stürzte sich auf seinen Feind und brachte ihm eine klaffende Wunde in dem goldenen Fell bei. Der verletzte Marder bleckte die Zähne und duckte sich sprungbereit.

»Aufhören!«, schrie Maus.

Im nächsten Moment saßen die beiden Marder in der Hocke, die Mäuler immer noch vor Zorn geschürzt, die Körper zitternd vor Verlangen, sich wieder zu rühren, doch sie starrten Maus gebannt an und warteten unwillig auf ihren nächsten Befehl.

Maus schauderte.

Dies war eine weitere ihrer Gaben, die sie hasste und über die sie kaum Kontrolle zu haben schien. Es spielte keine Rolle, was sie sagte oder wie sie es sagte, aber manchmal, insbesondere wenn sie wütend oder verängstigt war, schien es, als könne sie Lebewesen ihrem Willen unterwerfen. In ihrem eigenen Leben fühlte sie sich so machtlos, folgte sie doch den Regeln der Kirche und versuchte mit aller Gewalt, sämtliche Erwartungen zu erfüllen, dass es ihr wahrhaftig fernlag, sich als Herrin über andere Geschöpfe aufzuspielen.

»Fort von hier«, flüsterte sie.

Die wilden Tiere drehten sich gehorsam um und verschwanden im Dickicht, ohne ihre Beute mitzunehmen.

Maus presste sich die Fäuste in den Magen. Ihr war übel, obwohl ein kleiner Teil von ihr aufgrund der Machtausübung frohlockte. Die letzten Jahre war sie so vorsichtig gewesen – abgesehen von letzter Nacht hatte sie nicht nach Seelen gesucht und war wie Pater Lucas oder der heilige Norbert barfuß gegangen. Den Schmerz ihrer geschundenen Füße nahm sie nicht als Buße für das, was sie getan hatte, sondern als ständige Erinnerung daran, wozu sie fähig war. Sie war so fleißig wie die Schwestern und so schweigsam wie die Brüder. Maus mochte kein norbertinischer Mönch sein, aber sie lebte wie einer, was bedeutete, dass sie bis zum gestrigen Tag seit drei Jahren kaum mehr als ein Dutzend Worte mit irgendwem gewechselt hatte.

Abgesehen mit Pater Lucas. Gemeinsam brachen sie das Schweigegelübde, lasen oder unterhielten sich im Skriptorium, in der Bibliothek, und selbst bei ihren Spaziergängen im Mariengarten. Aber er war nun schon seit über einem Jahr fort, und in jenen Monaten der Stille hatte sie sich fast vorgaukeln können, sie sei normal. Doch es war eine Lüge. Kein normaler Mensch konnte die Seele von Menschen sehen oder Tiere mit einem Wort befehligen.

Andílek, nannte Pater Lucas sie. Ein Engel. Mit besonderen Gaben.

Pater Lucas hatte sie gelehrt, diese Gaben zu verbergen und nie einzusetzen, hatte ihr eingeschärft, dass Menschen vor allem Angst hatten, was sie nicht verstanden. Und als sie erwidert hatte, dass Jesus davor warnte, Talente zu verstecken, oder als sie die Heiligen zitiert hatte, die ihre Fähigkeiten für Gott einsetzten, hatte Pater Lucas ihr ernst erklärt: *Wir leben in einem Zeitalter des Zweifels, kleine Maus, blind für die Wunder Gottes. Die Menschen würden dich verurteilen.*

Aber auch Pater Lucas war blind – vor Liebe zu Maus. Nichts lag ihm mehr am Herzen, als sie in Sicherheit zu wissen, doch sie war längst nicht mehr seine »kleine Maus«, und sie musste nicht beschützt werden. Wenn sie ganz allein einen König retten konnte, wozu wäre sie dann erst imstande, wenn sie ihre Kräfte entfesseln und zu dem würde, zu was Gott sie geschaffen hatte?

Sie atmete tief ein, schmeckte die metallische Kälte der Luft und stieg aus dem Fluss. Zögerlich ging sie zu dem blutigen Leichnam, den die Marder zurückgelassen hatten. Er glich einem Lumpen. Nur sein Kopf, das Gesicht teilweise vom Schädel geschält, ließ darauf schließen, zu was Gott ihn geschaffen hatte – ein Eichhörnchen.

Sie riss einen dünnen Zweig von einem Buchenschössling und glitt mit dem Fingernagel über das Ende, bis sie ihn zu einer scharfen Spitze gefeilt hatte. Dann kniete sie sich zwischen das entstellte Eichhörnchen und den Fluss und begann, im Schlamm zu zeichnen, fertigte die Skizze eines Eichhörnchens an, das sie in einem deutschen

Bestiarium gesehen hatte. Pater Lucas hatte es ihr als Kind von einer seiner Reisen mitgebracht. Sie erinnerte sich an jedes Detail, jeden Pinselstrich im Fell oder dem Schwanz, die Form des Auges, die Beschaffenheit der Nuss, die es in den winzigen Vorderpfoten hielt. Am Fluss malte sie mit dem Zweig und etwas Erde eine exakte Kopie des Bildes nach.

Maus vergaß nie etwas. Keine Illustration. Keinen Text. Kein Wort. Sie erinnerte sich an alles. Pater Lucas nannte auch das eine Gabe, aber nach Adeles Tod hatte Maus die Wahrheit erfahren.

Sie konnte immer noch Adeles Gesicht zeichnen, als säße ihre Amme direkt vor ihr, sie konnte ihre Stimme hören, genau so, wie sie gewesen war: weich und hoch, mit einem deutlichen französischen Akzent. Maus konnte in Gedanken jeden Moment durchspielen, den sie mit Adele erlebt hatte, aber sie konnte sie nicht zum Leben erwecken, würde nie die Antworten auf Fragen erhalten, die Maus mit fünf nicht zu stellen gewagt hatte und die nun so wichtig für sie waren: Wer waren ihre Eltern? Was war mit ihnen geschehen? Wohin gehörte sie?

Und so kam es, dass ihr perfektes Erinnerungsvermögen den Kummer immer akut schmerzen und niemals abstumpfen ließ, so wie es bei anderen Menschen der Fall war, wenn die Gesichter der Verstorbenen allmählich verblassten. Dies war keine Gabe, es war ein Fluch.

Und dasselbe Schicksal würde den Stunden zuteilwerden, die sie mit der Rettung des Jüngeren Königs von Böhmen zugebracht hatte, als Teil von etwas Größerem, verbunden mit jemandem, wenn auch nur für kurze Zeit. Er könnte sie fortschicken, sie könnte sich das Blut wegwaschen, und Ottokar würde abreisen, doch die Erinnerung an diesen Tag wäre für immer in ihren Kopf eingebrannt.

Als sie mit der Zeichnung fertig war, blickte sie zu dem entstellten Eichhörnchen und dachte verwundert über den wiederauferstandenen Jesus Christus nach. Hatte er nach etwas Totem gerochen? Hatte sein Herz geschlagen? Thomas hatte die Hände in die Wunden gesteckt, was bedeutete, dass Jesus' Körper nicht verheilt war. Sie sog scharf die Luft ein, als sie sich eine auferstandene Adele vorstellte, das Fleisch verfault, die Knochen von Dingen in der Erde abgenagt, die Zähne gegeneinander klackernd bei dem Versuch, Maus' Fragen zu beantworten.

Und dann begann das Eichhörnchen zu zucken.

Maus wich zurück und beobachtete, wie Hautfetzen und Muskeln des Tiers wieder zusammenwuchsen. Teile des Gesichts spannten sich über dem Schädel und streckten sich nach der anderen Hälfte, die irgendwo im Wald liegen musste. Winzige Klauen kratzten über die Erde. Und dann stieß es einen Schrei aus, hoch und durchdringend.

»Hör auf«, flüsterte Maus, aber nichts geschah. Das Eichhörnchen krümmte sich kreischend weiter. »O Gott, hör auf.« Als Maus in ihrer Verzweiflung den Kopf abwandte, fiel ihr Blick auf das Bild, das sie gezeichnet hatte, und in jäher Hoffnung grub sie die Finger in den Schlamm und zerkratzte die Abbildung. Das Eichhörnchen verstummte. Mit zitternden Händen zog Maus das Fleisch auseinander und brach hastig die kleinen Knochen, bis der Kadaver wieder verstümmelt und tot dalag. »O Gott, was habe ich nur getan?«

Sie tauchte ihre erneut blutigen Hände in den Fluss, wo sie bis zum Schlick versanken, und beugte sich würgend nach vorne. Galle und Spucke tropften aus ihrem Mund, während Brechreiz sie schüttelte.

Als sich Maus schließlich langsam zurück zum Kloster aufmachte, versuchte sie das Ganze zu verstehen. Sie hatte das Eichhörnchen nicht zum Leben erwecken wollen. Vielleicht hatten die Baummarder es nicht wirklich getötet und das, was sie gesehen hatte, war sein letztes Aufbäumen gewesen … kein Leben, das sie gegeben hatte. Maus wollte das glauben, doch sie hatte das Fleisch gesehen, das sich ineinander verwoben hatte. Irgendwie hatte sie das Unmögliche möglich gemacht.

Der Gedanke erschreckte sie – ihre Tat und der Schauder, der sie gepackt hatte.

Sie brauchte Pater Lucas. Er könnte es ihr erklären. Doch er war fort, und es gab niemanden, der ihr helfen, niemanden, dem sie trauen, keinen Ort, an dem sie nach Antworten suchen könnte. Abgesehen von Pater Lucas' Büchern.

In Pater Lucas' Alkoven im Kloster kroch Maus unter dem Schreibtisch zu einem kleinen Schränkchen in der hintersten Ecke. Sie saß einen Moment da, strich mit den Fingern über die Schnitzarbeit an den Türen und versuchte, ihre Schuldgefühle niederzukämpfen, da sie das Vertrauen des Paters missbrauchte. Für die Bücher, die er in diesem Schrank aufbewahrte, war er weit gereist. Es waren die Bücher, die seine Mitbrüder nicht sehen durften, die Bücher, die er Maus nie zum Lesen gegeben hatte. Sie sollte Geduld haben und auf seine Rückkehr warten. Immerhin würde sie nirgends hingehen, und die Fragen wären auch später noch da.

Aber sie hatte es satt, keine Antworten zu bekommen.

Während sie ein Buch nach dem anderen herausriss, hastig darin blätterte und Lederverschlüsse öffnete, die quietschend nachgaben, begriff Maus, dass sie einzig und allein danach suchte, wie sie sich ihrer Gaben entledigen und normal sein könnte. Sie und Pater Lucas hatten viele Texte gelesen, in denen Dämonen ausgetrieben wurden. Sie fragte sich, ob ein solches Buch auch über das Austreiben von Gottes Gaben existierte. Doch als sie die Regale geleert hatte, war in keinem der Bücher Antworten oder Trost zu finden gewesen.

Entmutigt stellte Maus die Bücher zurück an ihren Platz, da strich ihre Hand über etwas Hartes an der Rückwand. Fast fühlte es sich an, als wäre es Teil des Schranks. Ihre Finger krallten sich darum und zogen. Ein Buch knallte auf das Regalbrett. Sie legte den schmalen Kodex in ihren Schoß und beugte sich mit leicht zitternden Händen darüber, während eine dunkle Vorahnung ihre Wirbelsäule hinaufkroch.

Ebenso wie viele der Brüder hatte Maus mehrere Sprachen gelernt – es half beim Lesen und Abschreiben von Manuskripten –, aber als sie den Holzeinband aufschlug und den Titel des kleinen Büchleins vor sich hatte, konnte sie ihn nicht lesen. Sie beugte sich vor, um die verblasste Schrift näher in Augenschein zu nehmen, und erkannte sogar noch undeutlichere Buchstaben am oberen Rand der Seite. Jemand hatte dort FRATRES PURITATIS notiert – »Bruderschaft der Reinheit«. War es eine Übersetzung oder ein Hinweis auf den Besitzer? Falls es eine Übersetzung war, könnte Maus sie benutzen, um den Text zu dekodieren. Das Buch war alt, womöglich älter als alles, was sie bisher zu Gesicht bekommen hatte. Behutsam blätterte sie die Seiten um, betrachtete die Illustrationen und schlug dann wieder den Titel auf, während sie gleichzeitig versuchte, Wörter mit den ihr unbekannten Symbolen und dem Kontext der Bilder zu verbinden. Einige Dinge in den Darstellungen kannte sie – Zahlen, astrologische Symbole, Tiere –, aber nichts davon ergab Sinn.

Als unvermittelt eine Hand auf den Tisch über ihrem Kopf schlug, fuhr sie erschrocken auf.

Bruder Stefan beugte sich unter den Tisch und gab ihr zu verstehen, dass sie mitkommen sollte. Aufgewachsen in der Stille des norbertinischen Ordens, war die kanonische Zeichensprache die erste, die Maus gelernt hatte. Alle Brüder und Schwestern benutzten sie, um einfache Bedürfnisse und Wünsche auszudrücken. Und Bruder Stefan wollte, dass sie aufstand. Sofort.

Maus wollte das sonderbare Buch schon wieder zurück in den Schrank stellen – Manuskripte verließen nie die Studierstube –, aber der Kodex übte eine ungeahnte Anziehungskraft auf sie aus. Eher gewillt, die Regeln zu brechen, als das Buch herzugeben, schob sie es rasch in den Lederbeutel, der an ihrer Hüfte hing. Bruder Stefan stampfte mit dem Fuß auf und drängte sie schweigsam zum Gehen. Sobald sie unter dem Tisch hervorgekrochen war, legte er ihr die Hand auf den Kopf, die Finger nach oben zeigend. Eine Krone. Der König. Und dann deutete er zur Tür am Ende des Kreuzgangs.

Maus rannte in die Krankenstube.

Die Pritsche war leer, blutiges Stroh lag überall am Boden verstreut. Maus wirbelte herum und hastete zurück zur Tür, als einer der kranken Brüder vom Bett aus nach ihr rief. »Sie sind zum Gästehaus gegangen.«

Atemlos vom Rennen fand sie Damek, der an der Tür zum Gästehaus Wache stand. Ohne ein Wort öffnete er sie, und dort traf sie Graf Rozemberk in der Vorhalle.

»Wo seid Ihr gewesen?«

»Ist es wieder die Lunge? Oder Fieber?«, fragte Maus, während sie sich den Umhang über den Kopf zog und sich schweigend schalt, dass ihr Stolz die Oberhand gewonnen und sie ihren Patienten vernachlässigt hatte.

»Seht selbst.«

Der König lag, auf Kissen gestützt, im Bett. »Endlich! Hättet Ihr die Güte, Vok zu sagen, dass ich etwas anderes essen darf als Fischpisse? Es ist längst Mittag. Ich will anständige Nahrung.«

Maus lächelte, während sie sich hinabbeugte, um seine Atmung zu kontrollieren. »Habt Ihr heute Wasser gelassen und …?«

»Ja, ja, alles läuft einwandfrei.«

»Dann werde ich Euch etwas aus der Küche holen.«

»Nein. Vok kann gehen.«

»Eier, Haferbrei mit Gemüse, Brot«, sagte sie mit einem Blick über die Schulter, wo Graf Rozemberk am Fenster stand und Wache hielt.

»Während ich Euer Essen hole, könntet Ihr Euren Arzt fragen, ob Ihr morgen reiten dürft, so wie Ihr das vorhabt, oder lieber noch warten solltet, Majestät.« Durch die Art, wie Graf Rozemberk über das Wort *Arzt* hinweghuschte, stellten sich bei Maus die Härchen an den Armen auf. Zornesröte stieg ihr ins Gesicht. Aber die Marder und das Eichhörnchen dienten als unliebsame Mahnung dafür, was passierte, wenn sie ihre Selbstdisziplin schleifen ließ. Als Graf Rozemberk das Zimmer verließ, scheuchte Maus gleichzeitig ihre Wut mit hinaus.

»Ihr habt das Blut abgewaschen.« Ottokar betrachtete ihr Haar, das in welligen Strähnen getrocknet war. Sie hatte sich nicht die Zeit genommen, es zu bürsten, und kämpfte nun den Drang nieder, es mit den Fingern auszukämmen, obwohl sie sich bildlich vorstellen konnte, wie sie aussehen mochte, zerzaust und struppig.

»Ja«, erwiderte sie.

»Aber Ihr seht nicht aus, als hättet Ihr geschlafen.«

»Ich hatte Dinge zu erledigen.«

»Weitere Kranke und Verwundete?«

»Nein. Ich bin hier keine Heilerin. Ich helfe nur aus, wenn …«

»Welche Dinge?«

Maus verstand nicht, warum irgendetwas davon den König interessierte, doch sie wusste, dass sie antworten musste. Die Erinnerung an die Pfote des Eichhörnchens, die über den Boden kratzte, ließ sie schaudern.

»Ich war … im Skriptorium.«

»Die Schwestern hier haben ein Skriptorium?«

»Nein, ich war …« Sie hatte geantwortet, ohne vorher nachzudenken. In dem Bestreben, die eine Wahrheit zu vermeiden, hatte Maus eine andere preisgegeben. Ottokars Gesicht nach zu urteilen, eine schockierende.

Sie kannte natürlich die Kirchenregeln. Selbst die Schwestern durften im Kloster nicht die Klausur der Brüder betreten, aber dieser Ort war das einzige Zuhause, das Maus kannte. Sie mochte nicht zur Kirche gehören, aber sie hatte immer zu diesem Kloster gehört.

Maus kannte es besser als jeder andere – die findigsten Verstecke, die losen Steine, die Stellen, an denen im Frühling die Kräuter wuchsen – dieser Ort gehörte ihr ebenso wie jedem anderen auch, und sie hatte nie darüber nachgedacht, warum allein sie sich völlig frei bewegen durfte. Sie war wie ein Geist, der diese Abtei heimsuchte und der von den Brüdern und Schwestern zwar wahrgenommen, durch den aber dennoch hindurchgesehen wurde.

»Euch ist das Betreten der Klausur der Brüder gewiss untersagt«, erwiderte Ottokar.

Maus verstand nicht, warum er so traurig klang, und dann erkannte sie, dass er sie bei einer Lüge ertappt zu haben glaubte. Wenn er sie für eine Lügnerin hielt, würde er wohl auch annehmen, dass sie in Bezug auf Gernandus' Beichte gelogen hatte, genau, wie Graf Rozemberk es angedeutet hatte.

Doch wenn sie jetzt die Wahrheit sagte und verriet, dass Pater Lucas ihr erlaubte, sich im Kloster frei zu bewegen, brächte sie ihn in Gefahr.

»Ich schlüpfe manchmal hinein, wenn die Brüder beten.« Dabei starrte sie aus dem Fenster. Maus war nicht daran gewöhnt zu lügen, musste nun jedoch feststellen, dass sie es beschämend gut konnte. »Wie sollte ich an das Wissen gelangen, das ich brauche, wenn ich keinen Zugang zu Büchern habe?« Sie drehte sich wieder zu ihm um, denn dieser Teil war die Wahrheit, und sie wollte, dass er es in ihrem Gesicht las. Es würde helfen, die Lüge zu kaschieren.

Ottokar schob sich in seinen Kissen hoch. »Danke, dass Ihr mir die Wahrheit sagt, Maus, aber das Gesetz der Klausur ist das Fundament des Klosters. Ihr habt den Ort entweiht.«

Sie zuckte zusammen, nickte jedoch und fragte sich insgeheim, was er davon halten würde, wenn er wüsste, dass sie in den Augen der Kirche ungetauft und gottlos war. Abgesehen davon, dass sie eine Frau war und nie das ewige Gelöbnis ablegen würde.

»Wenn der Abt wüsste …«, begann er.

Maus zog sich der Magen zusammen. Sie durfte nicht zulassen, dass Ottokar irgendwem von ihrem Treiben erzählte. Sie konnte Bruder Jans Frohlocken förmlich hören, wenn er dem König gestand, dass Pater Lucas sie höchstpersönlich mit in die Klausur nahm, um dort mit ihr zu studieren. Sollte sich die Gelegenheit ergeben, würde Bruder Jan den Frevel so gut es ging ausnutzen, denn immerhin stand er in der Rangfolge direkt unter Pater Lucas und würde als Abt folgen. Und die Kirche würde Pater Lucas gewiss seinen Titel entziehen und ihn bestrafen. Maus hatte gesehen, wie sich Brüder selbst geißelten, sich das Fleisch als Akt der Buße blutig rissen. Sie wollte sich nicht vorstellen, was sie einem aus ihren eigenen Reihen antun würden, der das Gesetz der Kirche brach.

Maus begann sich zu fragen, ob sie Ottokar zum Schweigen bringen könnte, so wie sie die Baummarder zum Erstarren gebracht hatte.

Einmal hatte sie einem Menschen ihren Willen aufgezwungen, aber es war ein Unfall gewesen und mit dem Jungen irgendwas nicht ganz in Ordnung. Einen »Idioten« nannten ihn die Leute, lachten ihn aus oder beachteten ihn nicht. Maus hatte Mitleid mit ihm, bis zu dem Tag, als sie für Mutter Kazi eine Besorgung im Dorf gemacht hatte. Sie war zwölf gewesen. Der Junge, groß wie ein Mann, sah sie. Er wollte, was er nicht haben durfte. Als er sie in den Stall hinter der Schmiede zerrte, schrie sie ihn an, sie loszulassen und abzuhauen. Und genau das tat er. Er ging aus dem Stall zur Weide und marschierte immer weiter.

Als er am Abend nicht nach Hause kam, fingen seine Eltern an, nach ihm zu suchen. Tagelang durchkämmte die ganze Stadt die Gegend nach ihm, aber niemand bekam ihn jemals wieder zu Gesicht. Und Maus sagte nichts. An jenem Tag schwor sie sich und Gott, falls er ihr denn zuhörte, dass sie, abgesehen von Pater Lucas, nur noch reden würde, wenn es sich überhaupt nicht vermeiden ließe. Sie hatte diesen Eid nie gebrochen, bis zum gestrigen Tag bei Ottokar.

»Ich weiß, es war ein Fehler, und Ihr habt das Recht …«

»Ich werde es niemandem erzählen, aber Ihr müsst schwören, nie wieder die Klausur der Brüder zu betreten.«

Maus dachte an die Bücher und die Tage des Lernens mit Pater Lucas, auf die sie verzichten müsste, sobald er zurückgekehrt war – wenn er denn jemals zurückkehrte. Aber sie würde sein Leben nicht aufs Spiel setzen.

»Versprochen«, sagte sie.

»Und, habt Ihr ihn überzeugt, nicht zu reiten?«, rief Graf Rozemberk, während er um die Ecke ins Zimmer bog, mehrere Laienbrüder im Schlepptau, die das Essen trugen.

»Noch nicht«, sagte Maus und huschte, bestürzt über die unvermittelte Störung, vom Bett des Königs zurück, während sie inständig hoffte, dass Graf Rozemberk sie nicht belauscht hatte. »Seid Ihr von der Krankenstube allein hierhergegangen?«, fragte sie Ottokar, erfreut, zurück in die Rolle der Heilerin schlüpfen zu können.

»Nein. Wir haben ihn hergetragen«, erwiderte Graf Rozemberk.

»Und wie war das?«, fragte Maus den König.

Ottokar öffnete den Mund, aber Graf Rozemberk kam ihm wieder zuvor. »Er hat gestöhnt wie ein Weib, das …«

»Vok!«

»Entschuldigt, Majestät.« Graf Rozemberk verneigte sich vor dem König, doch seine Augen ruhten lächelnd auf Maus.

»Könnt Ihr Euch aufsetzen, mit den Füßen auf dem Boden?« Maus legte Ottokar zur Unterstützung den Arm um den Rücken. Bei jeder Bewegung biss er sich auf die Lippe, offenbar fest entschlossen, nicht zu stöhnen. »Gut«, sagte sie. »Jetzt holt tief Atem.«

Sie wusste, was geschehen würde, wenn er Luft in seine Lungen sog. Er griff sich an seine gebrochenen Rippen und schrie vor Schmerz auf.

»Ihr seid nicht in der Lage zu reiten. Morgen nicht und viele Tage nicht.«

»Wir brechen morgen auf. Und jetzt bringt mir mein Essen!« Er gab den Laienbrüdern ein Zeichen, die einen kleinen Tisch holten und ihn ans Bett des Königs stellten. Ottokar griff nach dem Brot.

»Falls Ihr reiten solltet, könnten Eure Rippen gegen die Lunge pressen und ein Loch hineinbohren. Erinnert Ihr Euch, wie es sich angefühlt hat, nicht atmen zu können?«, fragte Maus.

Ottokar kaute schweigend.

»Wenn Ihr reiten solltet, könnte sich der Riss in Eurer Milz wieder öffnen und Euren Bauch mit Blut füllen, noch bevor Ihr es merkt. Und Ihr würdet sterben.«

Ottokar tauchte das Brot in den Haferbrei.

»Wenn Ihr reiten solltet, werdet Ihr schwitzen und schmutzig werden. Eure Wunden werden eitern. Ihr werdet innerlich verfaulen. Habt Ihr schon einmal jemanden gesehen, der verfault ist? Das Fleisch quillt auf und wird schwarz und nässt …«

»Genug«, sagte Ottokar und knallte das Brot auf den Tisch.

»Hübsche Aussichten, die sie Euch zu bieten hat, Majestät«, sagte Graf Rozemberk. »Ich kann Euch vor einem Meuchelmörder beschützen, aber ich kann nichts gegen Fäulnis oder einen blutigen Bauch tun.«

»Sie schon«, erwiderte Ottokar. »Wir nehmen sie mit.«

05

Maus wusste nicht, wie ihr geschah.

Sie wartete draußen und musste mit anhören, wie sich Ottokar mit Graf Rozemberk stritt, bis Damek mit dem Befehl herauskam, sie solle bei Morgengrauen gepackt haben, um mit ihnen zu reiten.

Die Abenddämmerung setzte allmählich ein. Maus schlüpfte in den Keller der Abtei, nahm eine Handvoll Kerzen und eilte in ihr Zimmer am Ende des Schlaftrakts der Schwestern. Sie musste die dunkle Treppe in den noch dunkleren Gang hinabgehen, während ihr eine kleine Fackel Licht spendete. Sie hielt den Atem an, lauschte auf andere Geräusche, aber da war nur das Ächzen der Tür, als sie ihre winzige Kammer betrat, fensterlos und stockdunkel.

Maus legte die Kerzen auf den Boden neben der Tür und entzündete einen Docht mit der Flamme der Fackel. Schatten tanzten auf den Wänden. Über den schmucklosen weißen Putz hatte sie Wandgemälde gemalt, hauptsächlich Bilder, die sie in Büchern gesehen hatte – Tiere, Drachen, Heilige –, und an der Decke hatte sie bis ins kleinste Detail einen nächtlichen Sommerhimmel über dem Kloster festgehalten.

Das aufwendigste Bild befand sich an der Wand gegenüber ihrer kleinen Schlafpritsche. Es sah aus wie Maria, die das Jesuskind hielt, aber Maus hatte weder einen Heiligenschein noch eine Krone gemalt – nur eine Mutter, die ihr Kind wiegte. Der Mund der Frau war leicht geöffnet, sie sang. Die Lippen des Säuglings waren an ihrer Brustwarze, wollten dort nuckeln. Die beiden lagen auf einem Bett. Schnitzereien in dem Kopfteil prunkten über ihren Gesichtern.

Es war wunderschön – abgesehen von dem Blut, das durch die Bettwäsche sickerte und auf den Boden tropfte, und einer finsteren Gestalt, die am Rand des Bilds verschwamm.

Dies war Maus' erste Erinnerung, von der sie nie jemandem erzählt hatte. Wer würde auch glauben, dass sie sich an ihre eigene Geburt erinnerte? Und doch war es so. Eingepfercht an einem solch winzigen Ort, immer weiter zusammengedrückt, bis sie sich nicht mehr bewegen, nicht mehr atmen konnte, die Arme zu fest auf die Brust gepresst. Hastig holte Maus Luft, als selbst jetzt noch bei dem Gedanken an die Enge Panik in ihr aufstieg.

Sie erinnerte sich auch an ihre Mutter – an ihren Geruch, ihre Berührung und ihre Stimme. Sie hatte ein paar Strophen eines Wiegenlieds gesungen, bevor Adele gekommen und Maus in die Nacht fortgebracht hatte.

Maus bückte sich nun rasch, um die anderen Kerzen zu entzünden, die den kleinen Raum in warmes, gelbes Licht hüllten, doch das reichte noch nicht. Heute Nacht würde sie Besuch bekommen … Besuch, angelockt vom Gebrauch ihrer Macht.

Das schattenhafte Wesen, das sie im Friedhof der Säuglinge getroffen hatte, hatte sein Versprechen gehalten, sie wiederzufinden. In jener Nacht war die achtjährige Maus mit seinem Atem auf ihrem Gesicht erwacht. Es war gekommen, um mit ihr zu spielen. Aber seine Spiele hatten ihr Angst eingejagt – es hatte das Gesicht verändert, von einem Jungen zu einer Schlange, zu einem knurrenden Wolf und zu einem Dämon mit zwei Reihen blutiger, zerfurchter Zähne. In jener ersten Nacht hatte Maus geschrien, und Mutter Kazi war herbeigelaufen. Das Wesen war zurück in die Schatten geschlüpft, sodass Maus nur seine Augen sah, die die alte Frau durch die Tür beobachteten. Mutter Kazi hatte gesagt, es wäre nur ein Traum.

Nach jener ersten Nacht brachte das dunkle Wesen andere mit. Als

Maus keine Angst mehr vor den sich verändernden Gesichtern hatte, fingen sie an, die Form von Mutter Kazi oder Pater Lucas anzunehmen. Im Licht des Tages wusste Maus, dass nichts davon echt war, aber nachts spielten die Wesen mit ihrem Verstand. Nachts zerkratzte Pater Lucas sie mit langen, scharfen Fingernägeln, und Mutter Kazi verbrühte sie mit heißem Wachs. Nachts nannten die beiden einzigen Menschen, die sie liebte, Maus unnatürlich und ungewollt, eine Last, einen Fluch. Die Geschöpfe führten sie von Angst zu Wut zu Verzweiflung, wie eine Nadel, die durch Stoff glitt, immer und immer wieder.

Maus erinnerte sich, wie das Wesen beim ersten Anzeichen der Dämmerung vom Friedhof geflohen war und sie ihre Tage darauf verwendet hatte, Dochte in heißen Talg zu tauchen, um Kerzen zu ziehen, die sie die Nacht über in jeder Ecke ihres Zimmers brennen ließ. Wenn es auch nur ein winziges Fleckchen Dunkelheit gab, tauchten sie auf. Maus hielt nachts Wache, damit sie frische Kerzen entzünden konnte, sobald eine flackerte und die Schatten zu wachsen begannen.

Nun selbst zu einem Geschöpf der Nacht geworden, war sie immer wach, wenn die Schwestern zur Laudes zur Kapelle hinabstolperten. Monatelang schlief Maus nur tagsüber ein paar gestohlene Minuten, mit dem Rücken an die Kirchenwand gelehnt, dem monotonen Summen der Brüder beim Gebet lauschend. Sie hoffte, die Gebete würden sie wie eine zweite Haut umhüllen, sie geschickt tarnen, damit die dunklen Wesen ihre Fährte verloren und sie in Ruhe ließen.

Pater Lucas war während jener Zeit fort gewesen und hatte die Erlösung des Herrn zu den Menschen in den Karpaten gebracht. Geschockt traf er bei seiner Rückkehr auf einen hohläugigen Geist von Maus.

»Hast du Probleme gesucht, kleine *andílek*?«, hatte er gefragt und ihre Hand gehalten, während sie im Mariengarten zwischen Fingerhut und wildem Thymian spaziert waren.

»Sie haben mich gefunden, Pater.«

Er hatte ein wenig geweint, als sie ihm von ihren Albträumen erzählte.

»Es sind nicht bloß Träume, nicht wahr?«, hatte sie gefragt. »Gott stellt mich auf die Probe. Das macht er mit all seinen Schäfchen.«

Pater Lucas vergrub das Gesicht in den Händen. Als er wieder aufblickte, sagte er: »Ich werde dir zeigen, was du tun musst.«

Niemand hatte je einen Fuß in ihr Zimmer gesetzt, und Maus errötete, als der Abt ihre Zeichnungen musterte. Sie sorgte sich, dass er wegen der Farben und des Blattgolds fragen könnte, die sie aus dem Skriptorium gestohlen hatte. Stattdessen hatte er den Kopf geschüttelt und völlig entzückt gesagt: »Kleine Maus, du bist eine echte Künstlerin!«

Und dann brachte er ihr einen Schutzzauber bei. Er zeigte ihr, wie sie mit dem Salz, das sie aus dem Keller hochholten, ein Symbol der Macht streuen konnten. Viele Formen funktionieren, hatte Pater Lucas gesagt – Kreise, ein Pentagramm, ein Kreuz. Aber der erste Umriss, den er sie lehrte, war ein Fisch, den schon die frühesten Christen benutzt hatten, um sich heimlich zu erkennen zu geben, auch wenn Maus lernte, dass die Form viel älter war als Jesus Christus und vielen Menschen die unterschiedlichsten Dinge bedeutete, was ihm seine Macht verlieh. Pater Lucas zog einen Salzfisch um ihr Bett, ritzte sich dann in die Handfläche, was Maus ein Keuchen entlockte, und ließ das Blut ins Maul des Fisches und jeden Schwanzfächer tropfen. Er las aus einem Buch vor, während er die Salzlinie entlangschritt. Maus prägte sich die Worte ein, sobald sie sich von seinen Lippen lösten, wie eine Katze, die einem Säugling den Atem stahl.

Da sie dem Zauber nicht traute, war Maus wach geblieben und

hatte gewartet. Nichts kam. In der zweiten Nacht, als ihr Glaube allmählich wuchs, lag sie auf ihrer Pritsche, die Arme auf der Brust verschränkt wie bei einem Leichnam, der zur Beerdigung vorbereitet worden war, und schloss die Augen. Während sie in den Schlaf driftete, hörte sie die Wesen, wie reißende Tücher, die sich durch die Dunkelheit zogen.

Maus setzte sich auf. Eine einzige Kerze brannte noch innerhalb des salzgesprenkelten Fischs. Dutzende der Kind-Wesen rempelten sich an, während sie sich dem Bett näherten, doch beim Anblick des Salzes erstarrten sie und kreischten schrill. Maus hatte gelacht. Sie konnten sie nicht berühren, weder ihren Körper noch ihren Geist.

Aus Dankbarkeit hatte sie Pater Lucas ein Bild geschenkt, ein Porträt von sich selbst, klein genug, um in sein Brevier zu passen, damit er sie auf Reisen mit sich tragen konnte. Damit er sie nicht vergäße, hatte sie ihm gesagt. Damit er immer zu ihr zurückkäme.

Damals war sie ein Kind gewesen, in der Hoffnung, dass Pater Lucas sie retten könnte, doch nun war sie fast eine Frau und musste lernen, selbst für sich zu sorgen.

Maus nahm den Beutel Salz, den sie in ihrem Zimmer aufbewahrte, und zeichnete ein Kreuz mit ihrem Bett in der Mitte. Sie fuhr sich mit dem Messer über den Unterarm und ließ das Blut auf alle vier Ecken des Kreuzes tröpfeln, während sie die Worte des Zauberspruchs murmelte. Mochten die dunklen Kreaturen nur kommen, jede von ihnen, während die Kerzen zischend erstarben, denn die Wesen könnten sie nicht erreichen – weder die Zähne in ihr Fleisch rammen noch mit ihrem Verstand spielen.

Seufzend warf sich Maus auf ihre Pritsche und verband ihren Arm mit einem Stück Leinen. Heute Nacht bräuchte sie einen klaren Kopf. Sie musste viele Entscheidungen treffen. Sie wusste, dass sie Ottokar nicht begleiten konnte. Eine junge, unverheiratete Frau, die allein mit einer Gruppe Männer reiste, wäre leicht Opfer für Tratsch oder

Schlimmeres. Aber wenn sie Ottokar ziehen ließe, wäre die Wahrscheinlichkeit hoch, dass seine Lunge kollabierte oder sich die Wunde entzündete. Der König würde sterben, und es wäre ihre Schuld.

Sie musste mit Mutter Kazi sprechen, denn sie würde wissen, was Maus tun sollte. Aber Mutter Kazi weilte in dem Nonnenkloster in Chotesov. Hastig setzte sich Maus auf – sie könnte es bis morgen früh schaffen, wenn sie sofort aufbräche. Doch dann sah sie das Salz, das im Kerzenschein schimmerte. Heute Nacht würde sie nirgendwo hingehen.

Sie legte sich wieder hin und holte tief Luft. Beim süßen Duft des Honigs musste sie lächeln, denn anscheinend hatte sich ein Teil von ihr im Stillen für den nächtlichen Ausflug entschieden. Ohne nachzudenken, hatte sie die Bienenwachs- anstatt der Talgkerzen geholt. Bruder Jan hatte sie von den Prager Kerzenmachern speziell für das Michaelsfest gekauft. Für diesen Frevel würde er ihr das Fell über die Ohren ziehen, sollte sie bleiben. Im wahrsten Sinne des Wortes.

Maus wurde von dem Wunsch überwältigt, sich von den Ritualen und Vorschriften des Klosterlebens zu befreien. Dieses Leben war ohnehin nicht für sie bestimmt. Gewiss gäbe es einen Ort, an den sie gehörte, aber wie sollte sie ihn finden, wenn sie Teplá nie verließ?

Sie schob sich ans Ende der Pritsche und griff in die kleine Schachtel auf dem Boden, aus der sie eine Handvoll Münzen, eine kleine Engelsstatue mit einem ungarischen Silberdenar in seiner Brust und ein Armband herausholte – alles, was sie abgesehen von der Kleidung, die sie am Leib trug, besaß. Die Münzen hatte sie sich im Laufe der Jahre bei Mutter Kazi verdient, und der Engel war ein Taufgeschenk von Pater Lucas, nachdem Maus ihm ihr unrechtmäßiges Taufsakrament gebeichtet hatte. Er hatte die Tonfigur über die Karpaten getragen, eingewickelt in mehrere Lagen Wolle und vor seine Brust geschnürt, sodass nicht mal die zarten Spitzen der Engelsflügel abgebrochen waren. Das Armband hatte ihrer Mutter gehört.

Es war der einzige Beweis, den Maus für die Erinnerung an ihre Geburt besaß, und ihre einzige Verbindung zu gleich welcher Vergangenheit oder Familie, die sie haben mochte. Sie strich mit den Fingern über den geflochtenen Goldreif und fuhr die eingravierte Schwalbe nach. In den Klauen hielt der Vogel einen roten Stein, der mit Goldfäden überkreuzt war, sodass es aussah wie ein rot-gold gestreiftes Banner. Maus wusste nicht, was es bedeutete, aber sie war sich sicher, dass es sie irgendwann zu ihrer Familie führen würde. Adele hatte nie von Maus' Familie mütterlicherseits erzählt, aber gewiss war immer noch irgendjemand von ihnen am Leben. Womöglich kannten sie auch ihren Vater. Maus hatte nicht den blassesten Schimmer, ob er tot war oder noch lebte. Adele hatte ihn mit keiner Silbe erwähnt.

Viele Male hatte sich Maus ein Wiedersehen ausgemalt. Sie war nicht naiv – in keiner ihrer Fantasien hatte er sie mit überschwänglicher Freude, sie endlich gefunden zu haben, an sich gepresst. Sie wusste, dass sie weggeschickt und vergessen worden war. Aber nun, da sie erwachsen war, wäre sie vielleicht von Wert. Die Menschen hatten ihr gesagt, sie sei hübsch – Adele natürlich, aber auch Fremde auf den Marktfesten in der Stadt. Vielleicht würde ihr Vater sie nun zu schätzen wissen.

Allerdings nicht, wenn sie ihren Ruf unwiederbringlich zunichtemachte, indem sie mit Ottokar und seinen Männern reiste.

Maus schlang sich das Armband ums Handgelenk. Wenn sie auch nur die kleinste Hoffnung haben wollte, in den Schoß ihrer Familie zurückzukehren, musste sie achtgeben, dass nicht nur ihre Tugend, sondern selbst der Anschein ihrer Tugend gewahrt blieb.

Erschrocken sah Maus auf, als eine der Kerzen in der hinteren Ecke neben der Tür zischend verlosch. Sie fuhr zusammen und wartete. Ihre Augen tränten, während sie beobachtete, wie sich die Schatten dehnten, dünn und spitz, bis eine dürre Hand mit langen Nägeln

Gestalt annahm. Das reißende Geräusch sandte einen Schauder durch Maus hindurch. Sie wusste, was nun kam.

Die Wesen stolperten übereinander, strauchelnd und purzelnd, krallten sich einen Weg aus der Dunkelheit in ihre kindhaften Gestalten aller Altersstufen, dunkeläugig und ausgemergelt und nackt. Selbst jetzt war sich Maus nicht sicher, ob sie real waren oder nicht. Vielleicht waren sie Halluzinationen, verursacht durch Schlafmangel oder Anspannung, oder es waren die Geister all der gottlosen Säuglinge, die ewig im Limbus gefangen waren, so wie es die Kirche lehrte. Maus wusste nur, dass sie hungrig und gemein waren.

Aber heute Nacht könnten sie ihr nichts anhaben. Die Kinder drängten sich um das Salzkreuz, ihre rußgeschwärzten Zehen nur eine Haaresbreite von der ausgefransten weißen Linie entfernt. Die Wesen wirkten heute anders, weniger verspielt, wachsamer. Ihr Schweigen zerrte an Maus' Nerven. Es gab kein ruheloses Herumgezappel wie bei normalen Kindern, keine Atemgeräusche. Mit ihrem besonderen Gehör konnte Maus normalerweise den Herzschlag der Menschen in ihrer Nähe ausmachen, doch hier war nichts zu hören. Bisher war ihr dieser Umstand nie aufgefallen, weil die dunklen Geschöpfe für gewöhnlich lachten oder sie lautstark verhöhnten.

Schließlich fuhr eines der Kinder mit der Zunge über den durchsichtigen Rotzfaden, der von seiner Nase zu seinen Lippen tropfte, und fragte: »Was hast du getan?«

Obwohl sich sein Mund bewegte, kam die Stimme von überall im Zimmer wie ein Flüstern.

»Was meinst du?«, erwiderte Maus.

»Wir haben dich gespürt, aber es war hell, und wir konnten nichts sehen.«

»Ich weiß nicht …«, begann sie.

»Es hat sich nach Spaß angefühlt«, sagte ein weiteres Kind und schob den Kopf über die Schulter des Wesens vor ihm.

»Du hast ohne uns gespielt.«

»Was hast du getan? Erzähl schon!« Sie bohrten nun alle gleichzeitig nach. Der winzige Raum war mit Hunderten geflüsterten Fragen erfüllt, und es klang wie das Zischen von Schlangen.

Maus begann zu zittern. Sie wusste, dass sie von der Wiederauferstehung des Eichhörnchens sprachen. Wenn sie das für Spaß hielten, dann waren sie zweifellos böse.

»Bring uns dein neues Spiel bei«, baten sie.

Maus schüttelte den Kopf, zog die Knie an die Brust und schlang die Arme um die Beine. Da erinnerte sie sich an ihr eigenes Frohlocken über die Macht, die sie heute Morgen am Fluss ausgeübt hatte.

Wie auf Kommando warfen die Kinder die Köpfe in den Nacken, rissen die Münder auf und offenbarten Reihen von blutigen, schwarzen Zähnen, die zu schartigen Spitzen gefeilt waren. Sie kreischten vor Wut.

Maus presste sich die Hände auf die Ohren und wich auf ihrem Bett zurück, auch wenn die Kreaturen weiterhin mehr als eine Armlänge von ihr entfernt waren.

»Bring es uns bei!«

»Nein«, schluchzte sie wimmernd.

Von einem Augenblick zum anderen verstummten die Kreaturen, waren wieder nichts als Kinder. Sie drehten sich um und glitten zu der Dunkelheit in einer Ecke der Zelle, wo eine weitere Kerze hinuntergebrannt war. Eines der hohläugigen Kinder blieb an der Salzlinie des Kreuzes stehen und musterte Maus, bis die anderen verschwunden waren.

»Du wirst es uns beibringen«, sagte es.

»Nein, ich …«

»Du kennst Tricks«, sagte es und deutete auf das Salz. »Die anderen hier allerdings nicht.«

»Was meinst du …?«

»Du wirst es uns beibringen«, wiederholte es und löste sich dann in den Schatten auf.

Der erste Schrei kam aus einem Zimmer am anderen Ende des Gangs. Schwester Ida. Maus machte einen Schritt in Richtung Tür, ihr Fuß schwebte über der Salzlinie.

Noch ein Schrei. Lauschend senkte sie den Kopf. Sie hörte Angst, keinen Schmerz. Niemand war verletzt worden. Sie setzte sich wieder auf ihr Bett. Zumindest wusste sie nun, dass die dunklen Gestalten real waren. Wenn andere sie sehen konnten, mussten sie auch außerhalb von Maus' Kopf existieren.

Sobald sie das Salz überschritt, wäre sie ungeschützt. Sie wusste nicht, über welche Macht diese Geschöpfe verfügten, aber sie wusste, dass die Kreaturen mit ihrem Bewusstsein spielen konnten. Sie würden sich nehmen, was sie wollten. Könnten sie ihr ihre Gaben rauben? Lernen, was Maus mit dem Eichhörnchen getan hatte? Es an anderen toten Dingen ausprobieren? Maus konnte das Risiko nicht eingehen.

Sie zog die Knie wieder an die Brust, legte den Kopf darauf ab und wiegte sich vor und zurück. Es war ihre Schuld, dass die Schwestern litten. Maus' Tränen färbten die eingetrockneten Flecken von Ottokars Blut auf ihrem Umhang dunkler.

Als die Schreie schließlich verebbten, wusste Maus, dass die Morgendämmerung eingesetzt hatte.

Ihr Körper schmerzte beim Aufstehen, aber ihr Verstand war ganz klar. Sie würde die Abtei noch heute verlassen.

Graf Rozemberk wartete an der Tür des Gästehauses auf sie.

»Wo sind Eure Sachen?«

Maus schlug ihren Mantel zurück und zeigte auf den Lederbeutel, der an ihrer Hüfte hing.

»Wir benötigen das andere Pferd nicht«, sagte er über die Schulter zu einem seiner Männer.

Maus streckte die Hand nach dem Türgriff aus, da packte Graf Rozemberk sie am Arm. »Wohin wollt Ihr?«

»Ich muss mit dem König sprechen.«

»Nein, Ihr müsst auf Euer Pferd steigen. Wir reisen ab.«

»Ich komme nicht mit Euch.«

»Was?«

»Ich muss zuerst etwas erledigen, anschließend hole ich Euch ein«, sagte Maus und befreite ihren Arm aus seinem Griff.

»So gern ich Euch auch zurücklassen würde, will Euch der König bei uns haben, für den Fall, dass er nach Euch verlangt.« Er gab sich nicht einmal Mühe, die Zweideutigkeit zu verbergen. »Ihr habt keinerlei Mitspracherecht. Ihr geht, wohin er Euch schickt, und zwar, wann auch immer es ihm beliebt. Was jetzt ist.«

Graf Rozemberk wollte wieder ihren Arm packen, aber Maus hatte es vorausgeahnt und drehte sich genau in dem Moment weg, als er nach ihr griff. Sie stieß ihm fest gegen die Brust. Lächelnd zog sie die Tür auf, während sie ins Gästehaus schlüpfte, und knallte sie ihm vor der Nase zu.

Er holte sie genau in dem Moment ein, als sie das Zimmer des Königs erreichte. »Majestät …«, rief er.

»Habt Ihr gut geschlafen?«, fiel sie Lord Rozemberk ins Wort und näherte sich Ottokar, der auf einem Stuhl am Feuer saß.

»Nein.« Er klang in der Tat müde.

Bruder Jan kam mit einem Becher warmem Met herein. »Es war eine sonderbare Nacht, Majestät.« Im Näherkommen verneigte er sich vor dem König, der den Becher entgegennahm.

»Und wie habt Ihr geschlafen, Maus?«, fragte Ottokar.

Sie schüttelte schlicht den Kopf.

»Wie es scheint, war es für alle keine gute Nacht«, sagte er. »Grund genug, den neuen Tag zu begrüßen.« Er deutete auf einen Kettenpanzer vor dem Fußende des Betts. »Ich bin bereit, Vok.«

»Könnt Ihr nicht ohne die Rüstung reiten? Das zusätzliche Gewicht verstärkt den Druck auf Eure Rippen«, sagte Maus.

»Es ist sicherer, wenn er eine trägt«, sagte Graf Rozemberk.

»Nicht, wenn es die Wunde verschlimmert.«

»Das ist der Grund, weshalb Ihr mitkommt.«

»Nein, das werde ich nicht, ich muss …«

»Der König hat gesagt, dass Ihr …«

»Genug!«, rief Ottokar. »Was meint Ihr damit, Ihr kommt nicht mit?«, fragte er Maus.

»Ich muss die Erlaubnis meines Vormunds einholen, Mutter Kazi. Sie bildet Schwestern in Chotesov aus. Ich kann bis zum Mittagsgebet dort sein, und wenn sie mir ihren Segen erteilt, kann ich Euch schon morgen eingeholt haben.« Maus hatte ihren Plan im Laufe der Nacht ausgearbeitet. »Wenn Ihr langsam reitet und häufig Rast einlegt, um Euren Verband zu wechseln …«

»Ich muss nach Prag. Mein Vater erwartet mich. Und wie Ihr selbst gesagt habt, brauche ich einen Arzt, der sich um meine Wunden kümmert.« Ottokar zuckte zusammen, als er die Arme hob, damit Graf Rozemberk ihm den Kettenpanzer über den Kopf ziehen konnte.

»Und was ist mit mir, wenn wir die Burg mit Eurem Hofstaat, einschließlich Eurer eigenen Wundärzte, erreicht haben? Dann werdet Ihr mich nicht mehr brauchen. Wie wird das dann für andere aussehen, eine Frau, weder mit einem Ehemann noch mit Jesus Christus verheiratet, die allein mit Männern gereist ist?« Beim Reden spielte sie mit dem Armband in dem Beutel an ihrer Hüfte.

Ottokar kam auf sie zu. »Ihr werdet unter meinem Schutz stehen, Maus.«

Ihr Blick war auf den Boden geheftet.

Er neigte den Kopf, um leiser auf sie einzureden. »Fühlt Ihr Euch bei mir denn nicht sicher?«

Ihr Herz raste – zu sehr war ihr bewusst, dass sie mit dem König stritt, zu sehr auch, wie nah er war. »Ich fühle mich bei Euch sicher, aber könnt Ihr mich auch davor bewahren, was andere über mich denken? Andere wie Hartwin?« *Oder Eure eigenen Männer*, hätte sie am liebsten hinzugefügt.

»Dann werde ich die Vormundschaft für Euch übernehmen. Wir werden die Papiere hier und jetzt unterzeichnen. Bringt jemanden …«

»Majestät, das ist wahrlich kein kluger Schachzug! Ihr wisst nichts über dieses Mädchen«, sagte Graf Rozemberk.

»Was meint Ihr, Maus?«, fragte Ottokar.

Maus wusste nicht, was sie antworten sollte. Eine solche Reaktion hätte sie nie erwartet. »Ich fühle mich … sehr geehrt, aber Graf Rozemberk hat recht, ich bin ein Niemand, ohne jegliche Familie. Meine einzigen Bindungen sind hier. Ich kann mir nicht vorstellen, dass Eure Freunde Euch raten würden …«

»Ich bin der König von Böhmen. Oder zumindest einer von ihnen. Ich habe niemandes Rat nötig. Wird meine Vormundschaft genügen, um Euren Leumund wie auch Eure Tugend zu schützen?«

Maus nickte.

»Ihr braucht die Unterschrift des derzeitigen Vormunds, um die Angelegenheit zu legitimieren, Majestät.« Bruder Jan sprach leise aus der Ecke, wo er die Szene still beobachtet hatte.

Alle drehten sich zu ihm um. Maus durchschaute sein aufgesetztes Lächeln. Obwohl er sie aus dem Kloster haben wollte, wollte er nicht, dass Maus als Günstling des Königs ging.

»Und ich muss leider anmerken, dass Pater Lucas fort ist. Wir haben schon seit Monaten nichts mehr von ihm gehört.«

»Mutter Kazi ist ebenfalls mein Vormund. Sie kann unterzeichnen«, sagte Maus.

»Habt Ihr Papiere, um das zu beweisen?«, fragte Graf Rozemberk.

Maus wollte schon antworten, dass sich die Papiere in der Bibliothek befänden, als sie jäh erkannte, dass sie direkt in Bruder Jans Falle tappen würde, wenn sie dem König und Graf Rozemberk preisgab, in der Klausur der Brüder gewesen zu sein. Dann bliebe ihnen keine andere Wahl, als sie und Pater Lucas zu bestrafen.

»Ich bin sicher, Bruder Jan weiß, wo sie sind«, sagte sie.

»Holt sie«, befahl Ottokar. »Und jemanden, der die neuen Vormundschaftspapiere aufsetzt. Rasch! Wie es scheint, werden wir einen kleinen Abstecher nach Chotesov machen müssen.«

»Ich kann sie schreiben«, sagte Maus.

Ottokar schreckte sie alle mit seinem Lachen auf, dann griff er sich an die Seite und setzte sich zurück auf den Bettrand. »Ihr seid wahrlich eine sonderbare Maus«, sagte er mit einem Blick auf sie.

»Gewiss kennt Ihr Frauen, die lesen und schreiben können«, sagte sie und trat an einen Tisch, der bereits mit Pergamenten übersät war. Der König hatte gearbeitet.

»Ein bisschen lesen, ein bisschen schreiben, aber keine von ihnen ist des Verfassens eines rechtskräftigen Dokuments kundig.« Er kicherte unbeschwert.

Als Bruder Jan mit den Papieren zurückkehrte, war Maus fast fertig. Er reichte sie dem König.

»Vielen Dank, Prior«, sagte Ottokar. »Wir brauchen außerdem eine Anstandsdame. Eine Schwester, die sofort mit uns reitet.«

»Jawohl, Majestät.«

Maus gab Ottokar das Dokument, das sie geschrieben hatte. Ihre Schrift war wunderschön gleichmäßig und geschmeidig, ihre Hand ruhig, doch in ihrem Kopf schwirrte es. In Bälde wäre sie ein Mündel des Königs von Böhmen, und so erstaunlich, wie dieser Umstand war, musste Maus eingestehen, dass es für Ottokar der leichteste Weg war, sein Ziel zu erreichen. Seine Protektion würde enden, sobald sie Prag erreichten, und sie hatte das Dokument so verfasst, um ihm zu zeigen, dass sie das verstand. Was sie verwirrte, war seine Bitte um eine Anstandsdame, nach der sie nicht verlangt hatte. Anstandsdamen waren etwas für reiche Menschen.

Schwester Ida war bereits aufgesessen, als Ottokar, Graf Rozemberk und Maus in den Innenhof traten. Die Schwester sah elend aus. Maus, die den Nachhall ihrer Schreie noch in den Ohren hatte und deren Schuldgefühle wieder entfacht waren, wollte zu ihr eilen, aber Graf Rozemberk schob sie zu ihrem Pferd, die Hand um ihren Arm. Im nächsten Moment saß sie rittlings auf dem Tier und rückte ihren Umhang und ihr Kleid zurecht, während sich die Karawane an Pferden allmählich in Richtung Tor bewegte. Anschließend preschten sie so schnell den Hügel zum Fluss hinab, dass Maus keine Möglichkeit hatte, sich von dem einzigen Ort zu verabschieden, der jemals ihr Zuhause gewesen war. Sie warf einen letzten Blick über die Schulter, aber alles, was sie sah, war die Kirchturmspitze, die sich gegen den altrosa Himmel abzeichnete.

06

»Vok! Der König!«, schrie Maus. Sie hatte Ottokars kaum merkliches Zusammensacken gesehen, während die Pferde vor den Stufen des Nonnenklosters zum Stehen kamen, aber sie war zu weit hinten, um etwas zu tun. Graf Rozemberk war gerade abgestiegen, um mit der Äbtissin zu sprechen. Jetzt drehte er sich rasch in Richtung des Königs und fing ihn auf, bevor er vom Pferd fiel.

Als Maus sie erreichte, wollte die Äbtissin den Verletzten bereits in die Krankenstube schicken.

»Nein, in den Gästezimmern wäre es bequemer für ihn«, sagte Maus. Sie bedeutete Graf Rozemberk mit einer Geste, ihr zu einer unscheinbareren Tür an der Ecke des Vorderflügels zu folgen. Im Laufe der Jahre hatte sie viel Zeit mit Mutter Kazi hier verbracht, um andere Heilerinnen auszubilden. Über die Schulter sprach Maus mit der Äbtissin. »Mutter Marta, könntet Ihr bitte Mutter Kazi rufen?«

Als die Äbtissin Maus erkannte, bekreuzigte sie sich rasch, nickte und verschwand. Sie war Nonne in Teplá gewesen, als Maus ein kleines Kind war.

Die Gästezimmer in Chotesov waren klein, aber prunkvoll ausgestattet mit kunstvollen Schnitzereien in den Wandvertäfelungen und schweren Wandteppichen in kräftigen Farben. Die Decke war mit Wandgemälden böhmischer Heiliger bemalt: Cyril und Methodius, die gegen Rom aufbegehrten und den Slawen das Christentum in deren eigener Sprache näherbrachten. Ludmila, die wegen ihres unerschütterlichen Glaubens mit ihrem Schleier erdrosselt wurde. Und Eurasia, die lieber ihre Gliedmaßen und ihren Kopf verlor als ihre Tugend.

Es war das Bild der Eurasia mit ihren abgeschlagenen Händen, blutend, das Maus als Kind am meisten in den Bann gezogen hatte und sie darüber nachgrübeln ließ, woran sie so sehr glaubte, dass sie freiwillig ein solches Opfer erbrachte. An eine Kirche, die sie ablehnte? An einen Glauben, von dem sie nicht sicher war, das sie ihn hatte? Es waren Menschen, die Maus Halt und Zuflucht gaben. Pater Lucas, Mutter Kazi – für sie würde Maus alles tun.

Maus blickte in Ottokars Gesicht. Es war milchiggrau, und er hatte die Augen geschlossen, als sie ihn aufs Bett legten. Sie spürte, dass es ein untrennbares Band zwischen ihr und diesem Mann gab, den sie erst seit zwei Tagen kannte. Diese Erkenntnis ängstigte und berauschte sie zugleich.

»Nehmt ihm den Wappenrock und den Kettenpanzer ab«, sagte sie zu Graf Rozemberk, während sie ihren eigenen Umhang auszog und ihn beiseite schleuderte. Und zu Damek, der beim Tragen des Königs geholfen hatte: »Bringt mir kühles, sauberes Wasser und Wein.«

Erschrocken runzelte sie die Stirn, als sie das Blut bemerkte, das Ottokars Tunika verfärbte, und ihr graute vor dem, was sie unter der Kleidung vorfinden mochte. Der König begann sich zu rühren, als sie den Leinenverband von der Wunde wickelte. Sie seufzte vor Erleichterung: Das Blut sickerte nur aus den Rändern der Wunde, die Nähte hatten gehalten. Lauschend legte sie die Wange auf seine Brust.

»Wie geht es ihm, mein Kind?«

Bei der Berührung von Mutter Kazis Hand auf ihrer Schulter wäre Maus fast in Tränen ausgebrochen. »Die Atmung ist gut, aber er hat Fieber.« Ihre Stimme brach.

»Sag mir, was man gegen Fieber tut«, fragte Mutter Kazi sie aus, ganz Lehrmeisterin zu ihrer Schülerin.

Damek kam mit dem Wasser und dem Wein. »Man lässt ihn zur Ader«, sagte er.

»Nein«, antwortete Maus, die durch die Anwesenheit von Mutter Kazi an Ruhe gewonnen hatte und in ihre Rolle als lernende Heilerin schlüpfte. »Er hat durch die Wunde schon zu viel Blut verloren. Er ist schwach und hat sich überanstrengt. Seht nur!« Sie legte die Hand auf seinen Bauch. »Keine Schwellung des Unterleibs.«

»Mutter, werdet Ihr ihn untersuchen?«, bat Graf Rozemberk.

»Das ist nicht nötig«, erwiderte Mutter Kazi. »Maus ist eine bessere Heilerin als ich. Sie weiß, was zu tun ist.«

Maus holte ein Stück sauberes Leinen aus dem Beutel an ihrer Taille, tränkte es in Wasser, wischte Ottokar den Schweiß aus dem Gesicht und legte ihm dann den kühlen Lappen auf die Stirn und einen weiteren in den Nacken.

»Gegen das Fieber gibt man Koriandersamen«, sagte sie zu Mutter Kazi. »Ebenso Honig und warmes Bier. Kannst du mir das bringen?«

Mutter Kazi nickte und verschwand den Gang hinab.

Während Maus auf die Rückkehr von Mutter Kazi wartete, wusch sie Ottokars Wunden mit Wein aus und legte ihm einen neuen Verband an.

»Was ist passiert?«, fragte er.

»Ihr habt Euch überanstrengt und Fieber bekommen. Nichts, was ich nicht in Ordnung bringen könnte.«

Ottokar lächelte. »Wir sind demnach in Chotesov?«

»Ja …« Beim Klang von Schritten drehte sie sich um. »Und das ist Mutter Kazi. Mutter Oberin, das ist …«, stammelte Maus, verunsichert, wie sie einen König angemessen vorstellen sollte.

»Ich weiß, wer er ist, mein Kind. Eure Majestät.« Mutter Kazi verneigte sich.

Maus bemerkte, wie Graf Rozemberk den Kopf schüttelte. Beschämt senkte sie den Kopf, um sich der Aufgabe zu widmen, Koriander zu zerstoßen und mit Honig und Bier zu vermischen.

»Trinkt das. Es wird das Fieber senken.« Maus hielt ihm den Becher an die Lippen.

»Bringt die Papiere. Und dann werden wir essen und wieder aufbrechen«, sagte er, nachdem er getrunken hatte.

»Nein«, fauchte Maus, mäßigte nach einem Blick von Mutter Kazi jedoch ihren Ton. »Wenn Ihr Euch heute ausruht, könnt Ihr morgen länger reiten und die verlorene Zeit aufholen.«

»Ich habe den Männern bereits aufgetragen, ihr Lager neben einem Teich ganz in der Nähe aufzuschlagen. Soll ich meinen Befehl widerrufen, Majestät?«, fragte Graf Rozemberk.

Ottokar schloss wieder die Augen. »Nein. Wir brechen bei Tagesanbruch auf. Lasst mich schlafen.«

Maus wechselte das Leinen auf seiner Stirn. Sie und Mutter Kazi gingen zu einem Tisch auf der anderen Seite des Zimmers, um dem König Ruhe zu gönnen. Graf Rozemberk verschwand, um nach seinen Männern zu sehen.

»Ich habe dich im Kloster zurückgelassen, damit du hilfst, die kranken Schwestern zu versorgen«, sagte Mutter Kazi, während sie ihnen einen Becher Wein einschenkte. »Wie hast du es geschafft, einen König zu finden?«

»Er ist zu mir gekommen, Mutter.« Maus erzählte ihr alles, abgesehen von dem Zwischenfall am Fluss und dem Schrecken, der die Abtei in der vergangenen Nacht heimgesucht hatte.

»Ich schwanke, ob ich dich für deinen Leichtsinn und deine Vermessenheit schelten oder dich für das, was du getan hast, bewundern soll.«

»Du hättest dasselbe getan, Mutter. Nur deinetwegen wusste ich, was ich zu tun hatte, denn ich habe mir vorgestellt, was du tun würdest.« Maus legte den Kopf auf den Tisch.

»Du bist müde. Ich kümmere mich darum, dass man dir ein Zimmer herrichtet.«

»Nein. Er könnte mich nachts brauchen, falls das Fieber steigt.« Maus gähnte. »Während der vergangenen zwei Tage hatte ich wenig Zeit zum Schlafen.«

»Wie ich gehört habe, gab es gestern Nacht in der Abtei Schwierigkeiten?«

Maus fuhr hoch.

»Schwester Ida hat mir von den schrecklichen Albträumen erzählt … nicht nur von ihren, sondern von denen aller Schwestern.«

»Die Brüder wurden auch nicht verschont«, fügte Maus angespannt hinzu.

»Und du? Hattest du auch Albträume?«

»Ich habe nicht geschlafen.« Den Rest würde Maus nicht preisgeben.

Mutter Kazi schwieg eine geraume Weile, bevor sie anmerkte: »Schwester Idas Beschreibung dessen, was geschehen ist, hat mich sehr an die Träume erinnert, die dich vor nicht allzu langer Zeit geplagt haben.«

Maus' Kopf sackte zurück auf den Tisch, und wieder legte sich ein Schweigen über sie.

»Warum bist du gekommen?«, fragte Mutter Kazi. Maus konnte die Anspannung in ihrer Stimme hören. Mutter Kazi hatte Angst.

»Der König will, dass ich mit ihm nach Prag gehe. Ich meinte, ich müsste erst deine Einwilligung einholen.«

»Geh.«

Maus setzte sich erneut auf, verwirrt von der unwirschen Antwort. »Und das Kloster verlassen?«

»Das Kloster ist nicht dein Zuhause, Maus. Und das war es auch nie.«

Wut stieg in Maus auf. »Es ist das einzige Zuhause, das ich kenne.«

Mutter Kazi seufzte. »Ich weiß, und das tut mir leid. Ich habe Pater Lucas gewarnt, als er dich aufgenommen hat, und dann wieder, als du …«

»Du wolltest mich nicht?«

»Oh, Maus. Ich wollte dich, aber ich habe auch die Schwierigkeiten gesehen, die sich daraus ergeben würden – für uns und für dich. Die Welt bietet den wenigsten Frauen eine Chance auf Glück, und für jemanden in deinen … Umständen … Ich habe bloß … ich habe versucht, es Pater Lucas zu erklären, aber es war Liebe auf den ersten Blick, als wärst du sein eigen Fleisch und Blut, und er konnte an nichts anderes denken, als dich zu beschützen, selbst …«

»*Er* hat mich geliebt … aber du nicht?«

»Natürlich liebe ich dich! Habe ich mich nicht um dich gekümmert, dir alles beigebracht …?«

»Warum kann ich dann nicht mit dir und Pater Lucas ins Kloster zurückkehren?«

»Du hast im Kloster keine Zukunft.«

»Woher weißt du das? Fragt Gott dich etwa um Rat?«, zischte Maus.

»Hüte deine Zunge, Kind.«

»Nein.« Maus beugte sich näher zu der Frau. »Ich habe die Nase voll davon, gesagt zu bekommen, was ich tun kann und was nicht. Es scheint dir leicht von der Hand zu gehen, Türen zuzuschlagen, aber welche andere Zukunft wartet auf mich?«

»Das ist genau das, was ich mit dem Pater besprechen wollte, bevor er zu seiner Reise aufgebrochen ist, und jetzt …« Besorgnis trübte Mutter Kazis Augen.

»Hast du von ihm gehört?« Maus war mulmig zumute, ihre Gefühle huschten von Traurigkeit zu Wut und jetzt zu Angst um den Pater.

»Nein. Du?«

Maus schüttelte den Kopf.

»Ich wollte vor seiner Abreise einen Plan mit ihm schmieden, was wir mit dir anstellen sollen, für den Fall, dass er … aber jetzt scheinst du deinen eigenen Weg gefunden zu haben.« Mutter Kazi nickte in Richtung Ottokar. »Ein großes Abenteuer erwartet dich, voller Möglichkeiten.« Sie wollte ermutigend klingen, aber Maus hörte die Erleichterung in ihrer Stimme heraus. Mutter Kazi war froh, sich von einer Last zu befreien. Vielleicht waren die höhnischen Bemerkungen der hohläugigen Kinder doch nicht ganz aus der Luft gegriffen.

»Maus, bitte, ich …«

»Ich muss schlafen«, sagte Maus, drehte sich weg und ging zur Wand. Sie schmiegte sich im Sitzen an die Steinmauer neben dem Feuer, mit dem Rücken zu Mutter Kazi, denn sie wollte nicht, dass die alte Frau sie weinen sah.

Maus erwachte zum Klang von Stimmen. Sie blieb still sitzen und lauschte.

»Es tut mir leid, Majestät«, flüsterte Mutter Kazi. »Ich kann Euch wenig darüber berichten.«

»Wie ist sie zur Abtei gekommen?«, fragte Ottokar.

»Ihre Amme hat sie gebracht.«

»Und hat die Amme nichts über ihre Familie erzählt?«

»Nichts.«

Maus vernahm die Lüge in Mutter Kazis Stimme und spürte, wie ihr Herz kurz aussetzte.

»Sie … sie stammt von irgendwo aus Frankreich«, fügte Mutter Kazi hinzu. »Und sie hatte mehrere Schmuckstücke bei sich, die dem Kloster zuteilwurden. Die Amme sagte, der Schmuck habe Maus' Mutter gehört.«

Maus hörte, wie der Stuhl über den Boden kratzte, als Ottokar das Gewicht verlagerte. »Was für Schmuckstücke?«

»Ketten, Ringe, Armbänder, Spangen. Hauptsächlich Gold. Manches aus Silber.«

»Edelsteine?«

»Ja.« Mutter Kazis Antworten kamen zögerlich.

»Dann stammt sie aus einer Adelsfamilie.«

»Majestät, das vermag ich nicht zu sagen. Die Amme könnte den Schmuck gestohlen haben. Das Mädchen könnte einfach ihres sein.« Eine weitere Lüge.

»Was glaubt Ihr, Mutter Oberin?«

»Was ich glaube, ist nicht wichtig, Majestät.«

Maus rührte sich, um sie wissen zu lassen, dass sie wach war. Graf Rozemberk lag schlafend am Fenster. Schwaches Licht sickerte herein. Die Morgendämmerung. Maus hatte die ganze Nacht durchgeschlafen. Keine Träume. Keine Schreie. Ein Teil von ihr entspannte sich etwas bei der Hoffnung, die dunklen Geschöpfe hätten ihre Fährte verloren, aber sie fürchtete, sie könnten weiterhin die Brüder und Schwestern im Kloster heimsuchen.

»Vok, es ist Zeit, die Männer zum Aufbruch zusammenzutrommeln«, sagte Ottokar, während er auf Graf Rozemberk zuschritt.

Maus ging steif zum Tisch, mit schmerzenden Muskeln vom gestrigen Ritt und einer Nacht auf dem Steinboden. Sie schnappte sich ein Stück Brot und einen Becher Wein.

»Guten Morgen, kleine Maus«, sagte Mutter Kazi, in deren Stimme Versöhnung mitschwang.

Maus aß einen Bissen Brot.

»Gut geschlafen?«, fragte Ottokar, der zurück zum Tisch trat und sich über sie hinweg nach einem Stück Brot streckte.

»Und, habt Ihr?«

»Einigermaßen.«

Maus legte ihm die Hand auf die Stirn. »Kein Fieber.« Sie lächelte.

»Werter Arzt, habe ich dann die Erlaubnis zu reiten?«

»Erlaubnis erteilt.«

»Dürfte ich rasch mit Maus sprechen, bevor Ihr abreist, Majestät?«, fragte Mutter Kazi.

»Natürlich. Meine Männer werden noch eine gute Stunde benötigen. Und ich muss mich selbst fertig machen.«

»Ihr könntet länger reiten, wenn Ihr den Kettenpanzer nicht anlegt«, sagte Maus über die Schulter, als sie den Raum verließ.

Mutter Kazi führte sie in einen nahen Aufenthaltsraum und verlor keine Zeit. »Ich weiß, du bist wütend auf mich, Maus. Aber ich will dir wirklich helfen.«

»Ich brauche deine Hilfe nicht.«

»Doch, tust du. In diesem Aufzug kannst du nicht bei Hof erscheinen.«

Maus blickte auf ihren schmutzigen Umhang und das schlammbespritzte Kleid hinab.

»Ich habe dir ein paar Kleidungsstücke von einem Mädchen herausgelegt, das kürzlich zu uns gekommen ist. Ihre Familie ist häufig am Hof in Prag, also sollten sie der neuesten Mode entsprechen.« Mutter Kazi nahm ein dunkelblaues Kleid von einem Haufen Kleidung, der auf dem Stuhl zusammengefaltet dalag. »Und du musst Schuhe tragen. Hier.« Sie reichte Maus ein Paar weiche Lederpantoffeln und hölzerne Trippen.

»Nein. Ich tue Buße mit meinen nackten Füßen, so wie Pater Lucas.«

»Du bist kein Mönch, Maus. Du bist Teil des königlichen Hofstaats. Von dir wird erwartet, dass du Schuhe trägst und dich anständig kleidest.«

Maus blickte zu der kunstvoll gearbeiteten Kleidung. »Ich weiß nicht, wie sie anzulegen ist.«

»Ich werde eine Schwester holen, die dir beim Ankleiden hilft.« Mutter Kazi erhob sich zum Gehen.

Maus' Finger strichen über die zarten Goldranken, mit denen der Kragen und die Ärmelaufschläge des Kleids bestickt waren. Immer noch gekränkt und von dem Wunsch getrieben, es Mutter Kazi heimzuzahlen, packte Maus sie am Arm. »Was weißt du über meine Eltern?«

»Du weißt, dass ich nichts weiß«, antwortete Mutter Kazi argwöhnisch.

»Du lügst.«

»Maus! Du solltest ...«

»Sag mir nicht, was ich tun soll. Dazu hast du nicht mehr das Recht. Und ich kann deine Lüge hören, dort.« Maus streckte die Finger nach Mutter Kazis Brust aus, aber die alte Frau zuckte zusammen. Maus zog die Hand zurück. »Warum fürchtest du dich vor mir?«

Es war mehr ein Flehen als eine Frage. Mutter Kazis Furcht verletzte sie zutiefst. Abwehrend ballte Maus die Fäuste.

»Du darfst deine ... Gaben nicht benutzen. Pater Lucas hat es dir verboten, hat dir beigebracht ...«

»Ich kann nichts dafür, was ich höre oder sehe oder rieche. Das ist Teil dessen, was ich bin. Warum hast du solche Angst davor? Ich liebe dich, Mutter Kazi.« Weinend sank sie auf den Stuhl.

»Ich liebe dich auch, mein Kind. Und ich habe keine Angst.« Sie verzog das Gesicht, wusste sie doch, dass Maus diese Lüge ebenfalls heraushörte. Dann kniete sie sich vor den Stuhl und zog Maus an sich. »Das wird sehr schwer für dich werden. Der Hof ist anders als alles, was du kennst. Beobachte genau, was die anderen tun. Du lernst schnell. Du wirst es schaffen.« Sie versuchte, nicht nur Maus, sondern auch sich selbst Mut zuzusprechen.

Maus nickte, während ihr immer noch Tränen die Wangen hinabkullerten. »Wirst du ...« Sie presste sich die Hand auf die Lippen, um die Worte herauszubekommen. »Wirst du Pater Lucas sagen, wo ich bin? Wenn er zurückkommt und ich nicht mehr hier bin?«

Mutter Kazi stand auf. »Mach dich vom Kloster frei, Maus. Blick nicht zurück. Tu, was richtig ist. Pater Lucas und ich haben viel getan, um dir das Gute nahezubringen, und du bist … du bist ein gutes Mädchen, Maus.«

Das verräterische Aussetzen eines Herzschlags in Mutter Kazis Brust entlarvte auch ihre letzten Worte als Lüge. Aber Maus hatte nicht den Mut zu fragen, was sie denn wäre, wenn sie kein gutes Mädchen war.

07

Sie waren seit drei Tagen unterwegs, als es geschah.

Maus war wund vom Sattel. Jeden Tag ritten sie bei Sonnenaufgang los und schlugen ihr Lager kurz nach der Mittagsstunde auf. Der König hätte niemals eine Pause eingefordert, weshalb Maus es tat. Die Blässe in seinem Gesicht und wie er sich auf dem Ross hielt, verrieten ihr, wann der Schmerz in seinen Rippen ihn zu überwältigen drohte. Die Männer nahmen an, sie wäre der Klotz am Bein, und sie ließ sie in dem Glauben. Tatsächlich war sie immer erleichtert, vom Pferderücken zu steigen, und ihr leises Stöhnen bei jeder Bewegung war nicht gespielt.

Den Männern kamen auch andere Gedanken, wenn sie die Klaue des riesigen Adlers lüpfte, der vorne auf Ottokars Zelt gestickt war, und ihm jeden Nachmittag ins Innere folgte. Dass sie später nach Minze und Kamille roch, änderte nichts an dem, was sie sich ausmalten. Maus konnte ihr Flüstern hören, jede schmutzige Einzelheit, die ihr die Schamesröte ins Antlitz trieb, obwohl sie diese Sünden nie begangen hatte. Sie konnte die Lust in ihren Blicken sehen, während ihre Augen ihr vom Zelt des Königs in ihr eigenes folgten.

Maus verbrachte ihre restliche Zeit in der klaustrophobischen Enge ihres eigenen Zelts, nervös auf- und abgehend. In der Kleidung, die Mutter Kazi ihr gegeben hatte, kam sie sich vor wie ein aufgezäumtes Pferd. Das Gebände aus Leinen schnitt so tief in ihr Kinn ein, dass sie nur mühsam essen oder reden konnte. Glücklicherweise stand ihr kaum der Sinn nach beidem, es sei denn, sie war bei Ottokar. Dann unterhielten sie sich über Geschichten und Wissenschaft – Ottokar, der voller Pläne steckte, um neue Ideen nach Böhmen zu bringen, und Maus, die sich häufig auf etwas bezog, das Pater Lucas gesagt, oder ein Buch, das er ihr gezeigt hatte.

»Eine ungewöhnliche Beziehung zwischen einem norbertinischen Kanoniker und einem Mädchen«, sagte Graf Rozemberk eines Abends beim Essen. Graf Rozemberk wich ihnen fast nie von der Seite.

»Was meint Ihr?«, fauchte Maus zurück.

»Wenn ich mich recht entsinne, dürfen Norbertiner keine familiären Bindungen eingehen, damit sie ihr ungeteiltes Herz der Kirche schenken können.«

»Wie könnte seine Güte für mich seine Liebe zu Gott schmälern?«

»Vielleicht habt Ihr Barmherzigkeit mit Freundlichkeit verwechselt.«

Maus schluckte ihre Wut hinunter. »Er ist der einzige Vater, den ich jemals gekannt habe, und daran wird sich wohl auch nichts ändern.«

»Ich beneide Euch um den Vater, den Ihr habt, Maus«, hatte Ottokar leise gesagt.

In jener Nacht hatte sie sich in den Schlaf geweint, fühlte sie sich doch ganz allein auf der Welt und war sich sicher, dass angesichts von Mutter Kazis Verhalten Pater Lucas niemals erfahren würde, wohin Maus gegangen war. Maus fürchtete, dass sie ihn nie wiedersehen würde.

Später war sie aus einem Albtraum hochgeschreckt – das Eichhörnchen war ihr mit ruckartig zuckenden Gliedern nachgekrochen, wie ein verirrter Golem auf der Suche nach seinem Meister. Hastig sog sie die schwer mit Minze und totem Eichhörnchen geschwängerte Luft ein. Der Geruch stammte von dem neuen Mantel, den Mutter Kazi ihr gegeben hatte. Er war mit Feh verbrämt.

Maus schleuderte den Mantel aus dem Zelt und riss an dem

Gebände, das fest um ihren Hals geknotet war. Aus Angst, es nie wieder richtig anlegen zu können, hatte sie es nicht angerührt und sogar damit geschlafen. Aber jetzt war sie frei, während die kühle Luft beruhigend um ihren nackten Hals strich.

Und so kam es, dass Maus am nächsten Morgen, als sie zur letzten Etappe ihrer Reise nach Prag aufbrachen, nur einen einfachen Schleier trug, der in ihre Haare gesteckt war und ihre Ohren freiließ für das Vogelgezwitscher, das Klappern der Hufe, die Geräusche des Waldes. Da ihr unfehlbares Gehör nicht länger von mehreren Lagen kratzendem Stoff gedämpft war, hörte sie alles. Und das rettete sie.

»Beschützt den König!«, schrie sie. Die Pferde in ihrer Nähe scheuten, und die Männer starrten sie ungläubig an. Doch Maus gab ihrem Ross die Sporen und lieferte sich ein Wettrennen mit dem Geräusch der nahenden Pfeile, während sie versuchte, Ottokar als Erste zu erreichen.

»Schilde hoch!«, befahl Graf Rozemberk, und der Ring aus Männern um den König zog sich zu einem Kreis aus leuchtenden Adlern zusammen, sodass hölzerne Schilde klackernd aufeinandertrafen. Die anderen Männer ritten weiter, verwirrt und den Himmel mit zusammengekniffenen Augen absuchend.

»Aus Süden!«, rief einer von ihnen, der die ersten Pfeile entdeckte. Aber es war zu spät. Zwei Männer stürzten von ihren Pferden, die Hände an die Hälse gepresst.

Genau in dem Moment, als Maus Ottokar erreichte, grub sich ein Pfeil in die Flanke ihres Pferds und ein weiterer in seine Kehle. Das Tier strauchelte mit einem entsetzten Schrei und warf Maus im Fallen ab. Sie flog mit einem Salto durch die Luft, knallte gegen eine große Linde und krabbelte dahinter, um dort wieder zu Atem zu kommen.

»Weiterreiten! Weiterreiten!«, befahl Graf Rozemberk. Während die Pferde, die den König umringten, sicher mit ihm in ihrer Mitte davonpreschten, lenkte Graf Rozemberk sein Ross in Maus' Richtung, den Arm nach ihr ausgestreckt. »Steht auf!«

Sie rannte zu ihm, packte seine Hand und sprang genau in der Sekunde auf den Rücken des Pferds, als ein neuer Schwall Pfeile herabsauste, von denen einer Graf Rozemberk in den Arm traf. Maus schlang die Arme um seine Taille, während das Pferd den anderen den Abhang hinab folgte. Im Tal konnte Maus Türme ausmachen und wusste, dass es Prag sein musste. Sie blickte sich um, konnte aber keine Verfolger erkennen.

Schaum hing dem Pferd in weißen Striemen vom Maul, als sie schließlich unter dem Bogen des Torhauses hindurchpreschten. Krachend wurden die riesigen Holztüren hinter ihnen geschlossen, und das Tier bäumte sich auf, als es in letzter Sekunde zu den anderen in den Burghof huschte. Graf Rozemberk hätte Maus in seiner Hast, vom Pferd zu steigen, fast umgestoßen, aber sie war nicht weit hinter ihm, als er sich mitten ins Gewühl stürzte.

»Aus dem Weg!«, rief er. »Lasst mich durch!«

Maus schlängelte sich durch die Lücken, die Graf Rozemberk geschlagen hatte, bis er unvermittelt stehen blieb. Sie hörte Ottokar, konnte aber an den Männern nicht vorbeiblicken.

»Wachen, das war nur ein Wettrennen. Ein kleiner Jux, um zu sehen, wer die Burg als Erster erreicht, nicht wahr, Männer?« Ottokars Soldaten gaben johlend ihre Zustimmung, denn sie hätten alles für ihren König getan.

Graf Rozemberk drehte sich leicht zu Maus um und flüsterte: »Zieht den Schaft heraus, bevor die Wachen ihn sehen.«

Sie legte die Hand um die Befiederung und riss daran. Der Schaft löste sich mühelos, wie sie es vorhergesehen hatte, doch die Pfeilspitze blieb in seinem Arm stecken.

»Wie es scheint, Vok, habt Ihr die Wette verloren.« Ottokar redete in unbeschwertem Ton, aber Maus hörte die Anspannung in seiner Stimme heraus. »Was hat Euch aufgehalten?«

»Das Mädchen ist aus dem Sattel gefallen, Majestät.« Graf Rozemberk trat beiseite und gab den Blick auf Maus frei. »Ich dachte, es läge in Eurem Interesse, dass ich sie mitnehme.«

Die Männer lachten. Maus kaute auf der Innenseite ihrer Wange und ballte die Faust fest um den Schaft, den sie hinter dem Rücken versteckte.

»Sie ist verletzt«, sagte Ottokar, und Graf Rozemberks Blick glitt nun ebenfalls zu ihr.

Maus sah nach unten, suchte ihren Körper mit den Augen nach einer Verletzung ab. Ihr schien nichts zu fehlen, aber dann spürte sie das Brennen und hob die Hand an die Stirn. Als sie den Arm wieder senkte, waren ihre Finger blutig.

»Bringt sie auf ein Zimmer«, befahl der König, und Graf Rozemberk packte sie an der Schulter und zog sie mit sich durch das Gewühl aus Männern zu einem großen Steingebäude, das sich zu einer Mauernische verengte und dann zu einer schwarzen Holztür.

»Bringt sie in meine Gemächer. Nehmt den Dienstboteneingang«, zischte Ottokar, als sie einen Gang mit einer Treppe betraten, die nach rechts führte, und dann zu einem weiteren Korridor nach links.

»Wohin wollt Ihr, Majestät?«, fragte Graf Rozemberk.

»Ich will im Rittersaal gesehen werden, gesund und munter«, erwiderte er barsch und stieg die Treppe hoch.

Maus folgte Graf Rozemberk durch schmale Gänge und Treppenfluchten nach oben, bis sie schließlich einen breiteren Korridor erreichten. Dann traten sie durch eine Tür gegenüber des kleinen Treppenhauses. Der Raum war genauso groß wie der gesamte Schlafsaal in Teplá. Ein riesiges Bett thronte auf der anderen Seite des Kamins, ein Tisch und Stühle standen in der Nähe der Tür, und eine weitere Sitzgruppe befand sich am anderen Ende des Zimmers. Es war kalt, kein

Feuer war entzündet, und nur düsteres Sonnenlicht drang durch die Ritzen in den Fensterläden. Maus blinzelte heftig, als Graf Rozemberk diese aufriss.

»Bring Wasser und Wein und entzünde ein Feuer für den König.«

Maus glaubte, er rede mit ihr, doch als sie sich zurück zur Tür drehte, um das Gewünschte zu holen, sah sie einen hochgewachsenen jungen Mann, der hinter ihr stand. Er verneigte sich und verschwand. Schwerfällig ließ sich Graf Rozemberk auf einen Stuhl neben dem Tisch sinken und griff sich an den Arm.

Maus zog ein kleines Lederetui aus ihrer Tasche, während sie sich neben ihn kniete.

»Lasst das«, murmelte er und wandte sich ruckartig von ihr ab.

»Um Himmels willen, seid kein Dummkopf!«, sagte sie. »Das muss raus. Und jetzt stillhalten.«

Sie riss sein Hemd auf, um die Wunde freizulegen.

»Soll ich den Leibarzt des Königs rufen?« Der junge Mann war mit einem Krug in jeder Hand zurückgekehrt.

»Nein«, sagten Maus und Graf Rozemberk wie aus einem Munde.

»Reicht mir einfach den Wein«, fügte Maus hinzu.

Sie goss ihn über die Wunde und dann über ein metallisches Instrument, das wie ein Löffel geformt war, am Griff gespalten und zu beiden Seiten leicht eingedreht. An der Spitze war ein Loch ausgestanzt. Sie nahm ihr Messer, weitete die Wunde mit einem Schnitt und glitt mit dem löffelförmigen Werkzeug an der Pfeilspitze entlang, bis sie spürte, dass der vorderste Teil ins Loch rutschte. Dann zog sie vorsichtig am Löffel, bis sich die Pfeilspitze aus dem Fleisch löste und klackernd zu ihren Knien auf den Boden fiel.

Ottokar trat ins Zimmer, als Maus gerade mit Nähen fertig war. Er goss sich einen Becher Wein ein und ließ sich auf einen Stuhl gegenüber von Graf Rozemberk plumpsen. Rasch blickte Maus auf und bemerkte, dass er sie anstarrte.

»Mein Feind beobachtet uns genau, wenn er unsere Reiseroute so gut kennt, oder wir haben abgesehen von Gernandus noch einen weiteren Verräter unter uns«, sagte Ottokar.

»Oder beides«, murmelte Maus mit der Nadel zwischen den Zähnen.

»Und wie war es mit Eurem Vater?«, fragte Graf Rozemberk den König.

»Er war nicht hier.«

»Was soll das heißen? Er hat uns doch nach Prag einbestellt. Wo steckt er?«

»In Österreich. Die Adligen sind nicht glücklich über den Herzog, den Rom für sie ausgewählt hat.«

»Was wollen sie mit Eurem Vater?«

»Ich könnte mir vorstellen, dass der eine oder andere von ihnen Anspruch auf den Thron erheben will und die Hilfe meines Vaters sucht.«

»Gewiss sind sie nicht daran interessiert, ihn als Herzog einzusetzen?«

»Das vermag ich nicht zu sagen, und es kümmert mich auch nicht. Ich will nur wissen, wer hinter den Mordanschlägen steckt.«

Graf Rozemberk schnaubte. »Luka, ist Evzen hier?«

»Nein, Onkel«, sagte der junge Mann, der den Wein gebracht hatte.

Ottokar rutschte auf seinem Stuhl zurück und verlagerte das Gewicht von der verwundeten Seite. »Vok, Ihr habt Evzen aufgetragen, nach Prag zurückzukehren, sobald er Gernandus' Familie befragt hat?«

»Ja, Majestät.«

»Sie leben in Pilsen … weniger als eine Tagesreise entfernt. Warum ist Evzen dann noch nicht hier?«

»Höchstwahrscheinlich ist er tot«, sagte Maus.

»Ein entzückendes Bild, das Ihr da zeichnet«, erwiderte Ottokar.

»Immer noch besser, als dass er ein Verräter ist«, fügte Graf Rozemberk hinzu.

»Ja, nur dass wir dann unter unseren Männern nach einem weiteren Ausschau halten müssen«, sagte der König verbittert. »Es sei denn, Ihr habt mir etwas zu sagen, Vok?«

Lord Rozemberk wirbelte herum, genau in der Sekunde, als Maus den Verband verknotet hatte.

»Was soll das heißen, Majestät?«, fragte er hitzig. »Ihr befragt mich und nicht dieses Mädchen?«

Maus setzte sich auf die Fersen und richtete den Blick zum Boden.

»Was meint Ihr?«, fragte Ottokar.

»Immerhin war sie es, die die Warnung ausgestoßen hat, lange bevor es auch nur das kleinste Anzeichen eines Angriffs gab.«

»Also muss ich Maus erneut danken, dass sie mir das Leben gerettet hat?«

»Es hätte das Signal für den Angriff sein können. Und sie hat vorgeschlagen, dass Ihr ohne Rüstung reitet.«

»Hätte Maus meinen Tod gewollt, wäre es ihr neulich ein Leichtes gewesen, ohne dass irgendjemand sie dafür zur Rechenschaft gezogen hätte.«

»Nun, dann muss Gernandus ihr verraten haben, wann und wo ein weiterer Anschlag auf Euer Leben geplant ist.« Graf Rozemberk klang nervös. »Wie sonst wollt Ihr erklären, dass sie den Angriff kommen sah, da es keinem unserer Männer geglückt ist? Die Soldaten haben in vielen Schlachten gekämpft, und sie ist bloß ein Mädchen.«

»Maus?«

Seufzend blickte sie auf. Sie hatte keine andere Antwort als die Wahrheit, und sie wusste, wie lächerlich sie klang. »Ich habe sie gehört.«

»Ihr habt was?«, fragte Graf Rozemberk.

»Ich habe das Zischen der Pfeile gehört.«

»Und woher wollt Ihr das Geräusch einer Salve Pfeile kennen? Wart Ihr schon einmal im Krieg?«

»Ich mag noch nie in einer Schlacht gewesen sein, Graf Rozemberk, aber ich bin kein Dummkopf. Ich habe etwas gehört, das nicht dorthin passte. Es hat nur den Bruchteil einer Sekunde gedauert, bis ich verstanden habe, was es bedeutet.«

»Ihr könnt sie von so weit weg nicht eher gehört haben als meine Männer«, fauchte er sie an.

Sie warf ihm einen gelassenen Blick zu, obwohl ihr Herz hämmerte. »Ich habe gute Ohren, Graf Rozemberk.«

Ottokar lachte. »Und ich bin sehr froh darüber!« Maus drehte sich lächelnd zu ihm um. Seine Augen glitten zu dem Blut in ihrem Gesicht, und seine Heiterkeit verflog. »Ist die Wunde tief?«

Maus hatte den Schnitt längst vergessen, so sehr war sie daran gewöhnt, ihren Selbstheilungskräften blind zu vertrauen. Vorsichtig strich sie mit den Fingern über die klaffende Wunde, die einen Finger lang war und wahrscheinlich bis zum Knochen reichte, aber Maus spürte, dass sie sich schon wieder schloss. Sie schüttelte den Kopf.

»Luka, bringt die Dame auf ein Zimmer und schickt eine Zofe, die sich darum kümmert, dass sie alles hat, was sie braucht«, befahl Ottokar.

»Ja, Majestät.«

Maus wollte schon entgegnen, dass sie seinen Verband wechseln und eine Heilpaste auftragen müsste, doch sie biss sich auf die Zunge. Augenscheinlich wollte der König niemandem in Prag offenbaren, dass er in einen Hinterhalt geraten war. Bei ihr war sein Geheimnis gut aufgehoben. Und außerdem hatte er nun die Hofärzte, die ihn versorgen konnten.

»Ihr wolltet mich keinen Verräter nennen, oder, Majestät?«, fragte Graf Rozemberk eisig, während Maus Luka aus dem Zimmer folgte.

»Natürlich nicht, Schafskopf«, fauchte der König zurück. »Aber ich habe Euch einen Befehl erteilt, Vok. Beschützt mein Mündel. Und dennoch ist sie hier, blutüberströmt und …«

Die schwere Schlafzimmertür schloss sich mit einem lauten Knall hinter Maus.

»Hier entlang, Gräfin.«

»Ich bin …« *Keine Gräfin*, wollte Maus sagen, doch als was hätte sie sich sonst bezeichnen sollen? Als Mädchen? Als Maus? Sie blickte zu den hohen Deckengewölben empor, dem prächtigen, auf Hochglanz polierten Holz. Ihre Lederpantoffeln klatschten über die Schilfmatten, mit denen der Steinboden bedeckt war. Der süße Geruch von Flohkraut hing in der Luft. »Maus« schien nicht hierherzupassen.

»… Euch dankbar«, beendete sie kleinlaut den Satz.

Maus sah gerade unter dem Bett nach, das dreimal so groß war wie ihre kleine Pritsche im Kloster, als das Mädchen überraschend hereinkam.

»Ich bin geschickt worden, um Euch zu baden und anzukleiden, Gräfin.«

»Wozu ankleiden?«, fragte Maus.

»Um unten im Rittersaal mit den anderen zu speisen, Gräfin.«

»O nein, das werde ich nicht.« Der Gesichtsausdruck der Zofe besagte, dass Maus gegen das Protokoll verstoßen hatte. »Ich bin nicht wohlauf«, fügte Maus hinzu. Ihr Kopf tat immer noch weh, obwohl die Wunde längst kaum mehr als ein Kratzer war. Doch bei dem Gedanken, all diesen Leuten und ihren Fragen ausgeliefert zu sein, wurde ihr übel. Sie war noch nicht bereit.

Nachdem das Dienstmädchen Maus beim Baden geholfen und ihr

eine geliehene Tunika und einen Seidenumhang gebracht hatte, schickte Maus sie zu Ottokar, damit sie ihm ausrichtete, dass sie nicht zum Abendmahl nach unten käme. Aber Maus wusste, dass sie sich nicht ewig in ihrem Zimmer verstecken könnte. Sie brauchte Antworten auf die Fragen, die unweigerlich gestellt werden würden, nämlich wer sie war und was sie hier tat. Sie strich sich mit den Fingern durchs Haar und rieb sich den Schädel, der von den Zöpfen und vielen Haarnadeln schmerzte, ebenso wie von dem Sturz, als sie mit dem Kopf gegen den Boden geschlagen war.

Ein Klopfen an der Tür schreckte sie auf, und wieder war sie nicht sicher, wie sie reagieren sollte. Sie schlang sich den Umhang fester um den Körper und bewegte sich in Richtung Tür, doch diese öffnete sich, bevor Maus sie erreichte.

»Gräfin, Ihre Majestät, der König von Böhmen.« Die Zofe verneigte sich leicht, und Ottokar rauschte ins Zimmer.

»Mir wurde gesagt, dass Ihr Euch unwohl fühlt. Euer Kopf?«, fragte er und trat näher, die Augen auf ihre Stirn geheftet.

Sie wollte antworten, aber sie konnte den Blick nicht von seinem scharlachroten, mit goldenem Pelz gefütterten Mantel abwenden, der sich hinter ihm bauschte, sowie dem silbernen Gürtel um seine Taille und den Perlen, die in seinen Waffenrock eingestickt waren. Seine Krone fing das Kerzenlicht ein. Es war alles zu viel für Maus, der mehr denn je bewusst wurde, wie wenig sie hierhergehörte.

Betreten brachte sie schließlich ein gemurmeltes »Nein« heraus und taumelte rückwärts zu den Stühlen am Feuer.

»Könntet Ihr mir sagen, was los ist? Immerhin seid Ihr mein Mündel.« Sie hörte das Lächeln in seiner Stimme.

Maus rang sich ein Lachen ab. »Und Ihr mein weiser, alter Vormund.« Aber dann bekam sie kalte Füße wegen des allzu vertrauten Tons. Hier in der Burg war er mehr der König als ein Junge oder ihr Patient. »Es tut mir leid, Majestät. Ich hätte nicht …«

»Wusstet Ihr, dass ich einen älteren Bruder hatte, Maus?«, fragte er, als er sich auf den Stuhl ihr gegenüber setzte. »Vladislaus.«

»Ihr habt es mir erzählt … in jener ersten Nacht.«

»Ich war nie dazu bestimmt, König zu sein.« Er zerrte an dem goldenen Gürtel, streckte sich und nahm die Krone ab. Dann seufzte er. »Vok und ich waren Ziehbrüder. Einen Teil des Jahres habe ich bei seiner Familie gewohnt, und den anderen Teil er bei mir. Er ist auch ein jüngerer Sohn. Wir sind gemeinsam auf die Jagd gegangen. Wurden gemeinsam unterrichtet. Damals, als ich noch der zweitgeborene Sohn war, war ich einfach nur Ottokar für ihn. Das habe ich verloren, als mein Bruder gestorben ist.«

Maus blickte zu ihm hoch.

»Ich weiß, dass ich König bin, Maus. Und Ihr wisst, dass ich König bin«, sagte er mit einem Lächeln. »Und am Hof gibt es eine gewisse Etikette, die wir einzuhalten haben, aber hier …«, er machte eine ausladende Handbewegung, »fände ich es schön, einfach nur Ottokar sein zu können.«

Maus wollte ihm beipflichten, aber sie war nicht sicher, was sie zugestimmt hätte – ihn bei seinem Rufnamen zu nennen, damit er sich nicht in seinem Titel verlor und zumindest ein Mensch auf der Welt wusste, wer er in Wirklichkeit war? Das konnte sie nachvollziehen, diesen Versuch, daran festzuhalten, wer man war. Sie könnte ihm dabei helfen. Aber bat er auch um eine andere Art von Vertrautheit?

»Maus?«

Sie hatte sich nie groß Gedanken um Jungen gemacht. Ihr Verstand hatte sich immer nur mit Gott und Büchern beschäftigt. Als Ottokar ihren Namen sagte, verriet ihr Körper sie.

»Aber wer bin dann ich?«, fragte sie.

»Was meint Ihr?«

»Bin ich Euer Leibarzt? Ich bin nicht mehr Euer Mündel. Laut den Papieren stehe ich nur unter Eurer Obhut, bis wir Prag erreichen.«

»Mutter Kazi hat darauf bestanden, dass ich diesen Absatz ändere. Ich bin weiterhin Euer Vormund, weise und alt oder auch nicht.«

Dass Mutter Kazi immer noch ihre schützende Hand über sie hielt, überraschte Maus, aber es löste nicht ihre Probleme. »Was bin ich nun? Sie nennen mich ›Gräfin‹, aber Ihr und ich, wir wissen ...« Sie zögerte mit einem Blick auf die Zofe. Ottokar folgte ihren Augen.

»Ah, Gitta weiß ihre Zunge im Zaum zu halten.« Er drehte sich zu Maus zurück. »Und Ihr und ich, wir wissen überhaupt nichts über Eure Abstammung. Im Grunde bin ich angesichts dessen, was Mutter Kazi mir erzählen konnte, davon überzeugt, dass Ihr einer Adelsfamilie entstammt, höchstwahrscheinlich aus Frankreich. Sobald ich die Angelegenheit geregelt habe, wer hinter dem Mordanschlag auf mich steckt, werde ich herausfinden, woher Ihr kommt und wer Eure Eltern waren.«

Maus war sich nicht sicher, ob sie diese Antworten überhaupt wissen wollte. Womöglich schlossen sich dann mehr Türen, als sich für sie öffnen würden. »Und in der Zwischenzeit, wer bin ich?«

»Gräfin Maus?« Er kicherte, und Maus schüttelte den Kopf. »Gräfin Dusana? Nein. Gräfin Ester.« Er lehnte den Kopf gegen die Stuhllehne.

Maus lächelte bei dem Gedanken, dass sie nun jemanden hatte, mit dem sie ihr Namensspiel fortführen konnte.

»Ich weiß es. Da war eine Frau, die meine Mutter einmal erwähnte.« Eine sonderbare Pause entstand. »Aus Österreich. Sie hat Menschen geholfen, den Armen und Kranken, allen, die sie getroffen und die sie gebraucht haben. Es heißt, sie wird eines Tages als Heilige selig gesprochen werden. Ihr Name war Emma. Ihr seid Gräfin Emma.«

Der Name gehörte ebenso wenig zu ihr wie all jene, die Maus als Kind ausprobiert hatte, aber fürs Erste würde er genügen – bis sie herausfand, wer sie in Wirklichkeit war.

08

Maus stand an der Schwelle zur Kapelle, zögerte jedoch. Der heilige Wenzel und Ludmila starrten von den Buntglasfenstern, die den Altar umrahmten, zu ihr herab. So nah wie jetzt war sie der Messe nie gekommen. Maus kaute am Rand ihres Schleiers, während sie den Mut aufzubringen versuchte, geheiligten Boden zu betreten. Gräfin Emma müsste beim Gottesdienst erscheinen. Und die Kommunion empfangen. Und beichten. Aber nicht heute.

Unbemerkt schlich sie hinaus in den Innenhof. Leichter Regen fiel, doch es störte sie nicht, nass zu werden, wenn sie im Gegenzug etwas Ruhe und frische Luft fand. Aber das Klappern von Pferdewagen auf Stein, das Platschen von Füßen im Schlamm, unterdrücktes Husten und laute Begrüßungen machten ihre Hoffnungen zunichte, allein zu sein. Die Luft war von dichtem Nebel erfüllt und trug die Gerüche von Menschen und Tieren mit sich, die auf engstem Raum zusammengepfercht waren. Maus sehnte sich nach Wald und dem Flussufer. Wenn sie der Mauer folgte, würde sie gewiss einen Weg nach draußen und hinab zur Moldau finden, zu den Bäumen und den Geräuschen der Tiere – was ihr womöglich den Mut verliehe, den sie bräuchte.

»Wohin wollt Ihr, Gräfin?«

Sie wirbelte herum. »Luka.« Sie seufzte erleichtert.

»Mein König schickt mich, um nach Euch zu suchen, da er Euch nicht in der Frühmette gesehen hat, Gräfin.«

»Oh.« Maus zermarterte sich den Kopf nach einer Ausrede. »Ich wollte einen kleinen Spaziergang außerhalb der Mauern machen, aber ich konnte den Weg nach draußen nicht finden.«

»Am Südturm, dort.« Er zeigte zurück zu dem Weg, von dem sie gekommen war. »Und am Schwarzen Tor, dort auf der Rückseite von St. Georg. Aber Ihr solltet nicht ohne Begleitung außerhalb der Burgmauern spazieren gehen. Dürfte ich Euch nun zurückbringen? Sie werden den Rittersaal zum Mittagessen gedeckt haben.«

Maus gab keinen Ton von sich und bedachte Luka mit einem kurzen Nicken, aber die ganze Zeit dachte sie darüber nach, wie schnell sie sich entschuldigen und diesen Spaziergang im Wald trotz Lukas mahnenden Worten machen könnte. Sie war es nicht gewohnt, gesagt zu bekommen, wohin sie gehen durfte, oder unwillkommene Gesellschaft ertragen zu müssen.

Als Luka sie am Eingang zum Rittersaal allein ließ, entschwand mit ihm jeglicher Mut, den sie sich zugesprochen hatte. Sie reckte den Hals, um zu den unvorstellbar hohen Decken zu spähen. Steinsäulen wuchsen wie Bäume aus dem Boden und verzweigten sich dann in kleinere Bögen entlang der Decke, wo sie sich wie die Äste der Eisenbäume im Kloster Teplá kreuzten. Leuchtend bunte Wandgemälde füllten die Leere zwischen den Gewölbebögen, die Decke ein Baldachin aus Bildern, mit Tieren, die sie aus den Bestiarien kannte. Dazu Burgen, Turnieren, Schlachten und Menschen, die ihr fremd waren. Die Künstlerin in ihr staunte über das Geschick und die Schönheit der Malerei. Unvermittelt streckte sie die Hand aus, um die Bilder zu berühren. Ein Diener, vollbeladen mit Tellern und Tassen, eilte an ihr vorbei und lenkte Maus' Aufmerksamkeit zurück zu den Damen und Herren im Rittersaal.

Maus erkannte einige der Männer wieder – Damek und andere aus Ottokars Gefolge –, aber es waren die Frauen, die sie eindringlich beobachtete. Sie schienen regelrecht über den Boden zu schweben mit ihren langen Gewändern, die sich hinter ihnen ergossen und trotzdem nie verhedderten, ohne dass diese Frauen auch nur eine Hand auf ihren Rock gelegt oder ihn angehoben hätten. Maus hingegen stolperte ständig über ihren. Die Frauen hielten die Hälse gerade und die Hände in einer eleganten Pose. Sie trugen alle Gebende, die eng um ihre Kinnpartien gebunden waren, die Köpfe mit kunstvoll bestickten Schleiern bedeckt, die Haare mit geknüpften Netzen aus Goldfäden umhüllt. Maus schüttelte leicht den Kopf, denn sie hatte das Gefühl, eingeengt und zusammengeschnürt zu sein. Die Damen hoben und senkten die Augen, während sich ihnen hier und da Männer und Frauen näherten, offenkundig eine schwer zu durchschauende Hierarchie aus gesellschaftlichen Ständen und politischen Kalkülen. Bei dem Gedanken, dass sie dieses Spiel erlernen müsste, drehte sich Maus der Magen um, und dann erinnerte sie sich an Mutter Kazis Abschiedsworte: dass sie nichts weiter tun müsse, als die anderen zu beobachten und nachzuahmen.

Und so kam es, dass Maus im Schutz der Wand und mit pochendem Herzen all ihre widernatürlichen Sinne darauf konzentrierte, die Damen zu beobachten. Sie erkannte, dass sie vorhersagen konnte, wie sich die Frauen bewegen würden, wie damals die Pferde am Fluss, nur dass es hier viel weniger gefährlich war.

Es war die Musik, die sie schließlich ins Gemenge zog, ein hohes Trällern im Gleichklang zu den brummenden Trommeln und dem unwiderstehlichen Sog eines Rebec. Maus wollte die Musiker sehen, aber die Menschen waren im Weg. Nach einem tiefen Atemzug drückte sie den Körper durch und ahmte die Pose einer der Frauen nach, die aussah, als hätte jemand ein Seil durch ihren Schädel gefädelt und würde sie nun nach oben ziehen. Die Frau stand kerzengerade da, und Maus gelang es, ihren Körper auf dieselbe Art zu strecken. Sie hielt die Arme steif neben sich und dann, als sie fast unmerklich mit dem Knie gegen das lange Gewand stieß und mit dem Fuß nach vorne glitt, betrat Maus den Rittersaal.

Den Blick auf den Boden vor sich geheftet, folgte sie der Musik, doch als sie endlich die gegenüberliegende Ecke mit den Minnesängern erreicht hatte, waren ihre Wangen knallrot vor Verlegenheit. Sie konnte spüren, dass jeder im Saal sie ansah. Mit aller Gewalt versuchte sie, sich auf die Musik zu konzentrieren, aber sie konnte nur das sich überschlagende Flüstern der Menschen hören, die sich fragten, wer sie wohl sei.

Und dann begann der Mann zu singen. Maus war die Stimmen der Brüder und Schwestern gewohnt, erhoben im Gebet, und sie waren wunderschön, aber nie zuvor hatte sie jemanden so singen gehört – hell tönend, allein, die Geschichte eines entehrten Ritters erzählend, der nach Wiedergutmachung strebte, um die Hand einer Dame für sich zu gewinnen.

»Der König verlangt nach Euch«, flüsterte Luka ihr ins Ohr, und sie fuhr erschrocken hoch. Als sie sich umdrehte, öffnete der Sänger zum ersten Mal die Augen. Sie waren milchig und rollten zuckend hin und her.

»Er ist blind«, sagte Maus und wollte sich zu ihm zurückdrehen, als könnte sie irgendetwas dagegen tun, doch Luca nahm ihren Arm und führte sie zur Tafel des Königs, an der alle anderen längst aßen. Die Männer und Frauen hielten inne, als sie bemerkten, dass sich Maus auf den Stuhl neben dem Jüngeren König setzte, den Ehrenplatz.

»Euch gefällt die Musik?«, fragte Ottokar lächelnd.

»Sehr, Majestät«, erwiderte sie.

Graf Rozemberk, der auf der anderen Seite des Königs saß, drehte den Kopf leicht in ihre Richtung, offenkundig angetan von ihrem veränderten Erscheinungsbild.

Die Billigung war allerdings nur von kurzer Dauer, denn im nächsten Moment packte Maus vor Aufregung den Arm des Königs. »Oh, seht nur!« Sie zeigte auf die Gobelinstickereien, die an den

Wänden hingen – eine mit einem dunklen Berg und einem Mann, eingefasst in Gold, der auf grüne Auen hinabblickte. Eine andere war leuchtend rot und blau und stellte eine Frau mit Krone dar, die Hand eines Pflügers ergreifend, der die Zügel zweier Ochsen hielt. Gemeinsam blickten sie auf eine prächtige Stadt. Es war die Geschichte Böhmens – Čech, der die Karpaten herabstieg und dieses Land erspähte, die Prophetin Libussa, die den ersten Přemysl heiratete und die Errichtung Prags voraussah. Jeder der ein Dutzend Wandteppiche im Rittersaal zeigte einen Teil der böhmischen Geschichte, direkt aus der *Chronica Boemorum* entnommen, die Maus schon häufig im Kloster abgeschrieben hatte.

Maus riss ein Stück Brot von dem Laib auf dem Tisch ab und tauchte es in den Becher Wein, der ihr am nächsten stand, aber sie interessierte sich mehr für den Raum und die Musik als für das Essen. Sie verlor sich in dem bunten Spektakel, bis Ottokar sie aus ihren Tagträumen holte.

»Es gibt jemanden, den ich Euch gern vorstellen würde«, flüsterte er ihr zu und beugte sich dann vor, wo er formeller mit der Person rechts von Graf Rozemberk sprach. »Gräfin Lemberk, gestattet mir, Euch Gräfin Emma vorzustellen, mein Mündel.«

Maus drehte sich gerade rechtzeitig um, um die Überraschung im Gesicht der Dame abzulesen. Es war die Frau, deren Körperhaltung und Bewegungen Maus nachgeahmt hatte. »Gräfin Emma, das ist Gräfin Lemberk«, fuhr Ottokar nun mit Blick auf Maus fort.

»Ich wusste nicht, dass Ihr ein Mündel habt, Majestät«, erklärte Gräfin Lemberk, während sie Maus ins Gesicht sah und dann mit den Augen an ihrem Körper hinabglitt.

»Ich bin sicher, Gräfin Lemberk wird Euch liebend gern in der Burg herumführen und Euch zeigen, wie der Alltag des Hoflebens zu bewältigen ist«, sagte er. »Gräfin Emma weilte bis vor Kurzem in der Abtei in Teplá.«

»Ich verstehe«, sagte Gräfin Lemberk. »Es wäre mir ein Vergnügen, Majestät.«

»Vielen Dank.« Er erhob sich und verneigte sich leicht.

Plötzlich standen alle auf und verbeugten sich, da Ottokar den Raum verließ – das Zeichen, dass das Essen nun offiziell beendet war. Während der Rest des Hofs aus dem Rittersaal drängte, blieb Maus mit Gräfin Lemberk allein zurück.

»Ihr müsst mir alles über Euch erzählen«, sagte Gräfin Lemberk und bedeutete Maus, ihr zu folgen, doch Maus brachte kein Wort über die Lippen, während sie dem Zug an Damen die Treppe hinauf folgte. Stattdessen zählte sie lautlos die Stufen und versuchte, das Gefühl der Beklemmung niederzukämpfen – neunundsiebzig Stufen bis zum Treppenabsatz, zwölf breite Stufen bis zu den großen Holztüren. Das Solar war vom Summen weiblicher Stimmen erfüllt. Maus trennte sie sogleich voneinander, sog Gesprächsfetzen in sich auf und setzte sie wieder zusammen, um so viel wie möglich in Erfahrung zu bringen. Sie kannte viele der Namen, bevor Gräfin Lemberk ihr die Damen vorstellte und Maus dann sanft auf einen Stuhl neben dem Feuer drückte.

»Spielt Ihr?«, fragte Gräfin Lemberk, während sie ein kleines Tischchen mit einem Schachbrett näher an Maus heranschob.

Maus nickte. Als Kind hatte sie mit Pater Lucas gespielt.

»Seid Ihr gut?«

Maus zuckte mit den Achseln.

»Die Damen hier haben keinerlei Interesse daran. Ihr Leben dreht sich allein um Musik, Sticken und Klatsch.« Gräfin Lemberk stellte die Figuren auf und wählte Weiß.

Maus richtete den Blick auf das Brett, aber ihre Aufmerksamkeit galt den Damen im Zimmer. Die Frau neben dem Fenster war schwanger, Maus konnte den Herzschlag des ungeborenen Kindes hören.

Gräfin Lemberk zog einen Bauer.

Bei dem Mädchen, das auf einer Laute in ihrem Schoß zupfte, war ein Rasseln in der Brust zu vernehmen. Maus wollte schon zu ihr eilen und ihr einen heilenden Kräuterwickel anbieten, als sie das Flüstern einer der Frauen hörte, die über einen Stickrahmen gebeugt war.

»Ein Mädchen ihres Alters als Mündel und er unverheiratet?«, tuschelte eine der Frauen.

Maus schob ihren Bauern vor.

»Wie lange seid Ihr schon das Mündel des Jüngeren Königs?«, fragte Gräfin Lemberk, während sie ihren König auf dem Brett bewegte.

»Eine kleine Weile.« Maus zog diagonal mit ihrem Läufer.

»Ist sie Familie? Sie muss zur Familie gehören«, murmelte die andere Stickerin.

»Vielleicht die Bastard-Tochter des Alten Königs«, kam die Antwort.

Die Hitze des Feuers leckte über Maus' Gesicht.

»Ist die Mutter des Königs hier?«, fragte Maus.

Im Zimmer wurde es schlagartig still. Sie musste nicht aufblicken, um zu wissen, dass alle entweder sie oder Gräfin Lemberk anstarrten, erfüllt von gespannter Erwartung, was sie erwidern würde.

»Ich hätte angenommen, Ihr wüsstet davon«, sagte die Gräfin mit Wehmut in der Stimme. »Aber andererseits reden sie nur ungern darüber. Verständlicherweise.« Sie bekreuzigte sich, und Maus hörte das Rascheln von Seide, als die anderen Frauen ihrem Beispiel folgten.

»Oh, das tut mir leid«, sagte Maus. »Gott habe sie selig.« Auch sie bekreuzigte sich mit leicht zitternden Händen.

»Sie ist nicht bei Gott, meine Liebe. Es war … Freitod.« Gräfin Lemberk hatte das letzte Wort geflüstert, aber die anderen Frauen, blass und kurzzeitig still vor Schreck, griffen die Geschichte begierig auf, und ihre Augen leuchteten vor Aufregung, den Tratsch an alle weiterzuerzählen, die es noch nicht gehört hatten.

»Es geschah, als der Jüngere König gegen seinen Vater aufbegehrte und sie immer noch so untröstlich wegen Prinz Vladislaus waren.«

»Meine Herrin, die Königin, war außer sich vor Kummer. Und dass sich dann noch ihr anderer Junge gegen seinen eigenen Vater auflehnt …«

»Passt auf, was Ihr sagt! Wir wissen alle, dass es sein gutes Recht war. Ein Vater, der seinen Sohn derart hasst … eine Sünde. Und da waren noch andere Dinge – dieses seltsame Gebaren, das der Alte König auch jetzt noch an den Tag legt«, sagte die Schwangere.

»Ihr solltet Eure Zunge im Zaum halten, Gräfin Harrach, oder Ihr werdet sie verlieren, sollte das meinem Herrn, dem König, zu Ohren kommen.«

»Genug!«, entschied Gräfin Lemberk. »Seine Heiligkeit höchstpersönlich hat befohlen, dass wir Frieden schließen und Vater und Sohn gemeinsam regieren lassen. Wir sollten …«

»Sie hat sich aufgeschlitzt, die Königin«, platzte es aus dem Mädchen heraus. »Bis zum Knochen, an beiden Armen. Das Blut ist durch den Boden gesickert und in den Rittersaal getropft. Die Spuren sind immer noch zu sehen.«

»Und keiner hat sie betrauert, weder Vater noch Sohn.« Fieberhafte Aufregung legte sich über die Stimme und breitete sich im Zimmer aus.

»Aber der Jüngere König hat sie von den Seilen geschnitten, als die Menschen sie hinter sich herziehen wollten. Hat nicht zugelassen, dass sie geschändet wird. Er hat sie selbst zu den Schwestern im Kloster Agnes getragen, das habe ich mit eigenen Augen gesehen. Hat sie gezwungen, sie zu nehmen, jawohl. Welch eine Schande!«

Maus' Brust zog sich zusammen.

»Man sagt, der Grund für den Hass des Alten Königs auf den Jüngern sei, dass sie …«

»Schluss jetzt!« Gräfin Lemberks Befehl war kalt und sehr bestimmt.

Die Frauen pressten die Lippen zusammen und wandten sich wieder ihren Passionen zu, und kurz darauf wieder ihrem geflüsterten Tratsch, der sich hauptsächlich um die verstorbene Königin drehte. Ein Teil davon drang bis zu Maus vor.

Sie versuchte, sich nur noch auf das Schachspiel zu konzentrieren, aber im Gegensatz zum Seelen-Schauen hatte sie keine Kontrolle über das, was ihre Gaben sie sehen, schmecken oder hören ließen.

»Und woher stammt Ihr?«, fragte Gräfin Lemberk während ihres nächsten Zugs.

Maus' Herz raste, aber sie zwang sich, ihre Stimme ruhig klingen zu lassen. »Meine Familie kommt aus Frankreich.« Sie opferte einen Turm und hörte, wie Gräfin Lemberks Herz hüpfte, als sie mit dem Läufer Maus' Figur schlug. Die Gräfin war dem Irrglauben erlegen, sie würde gewinnen.

»Und Sie sind …?«

»Schachmatt, Gräfin.«

»Oh!« Brüskiert blickte die Gräfin auf das Spielbrett und versuchte wutentbrannt, sich einen Reim auf diese unschöne Wendung zu machen, aber nach wenigen Sekunden hatte sie sich wieder im Griff. Sie mochte ein Spiel verloren haben, doch sie war entschlossen, das andere zu gewinnen. »Es ist so schön, jemanden hier zu wissen, der die Kunst des Spiels beherrscht, Gräfin Emma. Was habt Ihr gleich noch über Eure Familie gesagt?«

Sie reichte Maus einen Stickrahmen und stellte ihren Nähkorb auf den Tisch. Geistesabwesend nahm Maus ihn entgegen, ihr Kopf ein Durcheinander aus Fragmenten über Ottokars Mutter und dem zischenden Flüstern der Frauen.

»Habt Ihr gesehen, wie der Jüngere König das Mädchen angesehen hat? Und sie ihn? Was er ein Mündel nennt, würden andere eine …«

Maus stand abrupt auf und warf den Stickrahmen auf den Tisch, wobei mehrere Schachfiguren klappernd umfielen. »Es tut mir leid, Gräfin, aber ich bin die Wärme des Zimmers nicht gewöhnt. Im Kloster haben wir keine so großen Kamine. Bitte entschuldigt mich, ich muss etwas frische Luft schnappen.«

Maus hob ihren Rock an, während sie die Treppe hinabhuschte. Niemand war zu sehen, was sie mit Erleichterung durchflutete. Sie musste allein sein. Sie überlegte, in ihr Zimmer zu gehen, fürchtete jedoch, Gitta dort anzutreffen. Stattdessen entschied sie sich, Lukas Warnung in den Wind zu schlagen und durch eines der Tore in das Wäldchen in der Nähe der Burg zu schlüpfen. Doch als sie den untersten Treppenabsatz erreichte, sah sie die Tür zur Kapelle einen Spalt offen stehen und dahinter ein Bündel Sonnenstrahlen, die sich in dem Buntglasfenster brachen. Maus sehnte sich nach der Stille ihres Zuhauses. Nach dem, was die Frauen über sie geflüstert hatten, fühlte sie sich wie beschmutzt, und ihr taten Ottokar und seine Mutter leid. Maus wusste nur zu gut, wie es war, eine Geächtete zu sein. Ein Aufblitzen von Wut legte sich über ihre Trauer, und sie schob die schwere Tür weiter auf. Sie hatte es satt, immer ausgeschlossen zu sein. Flugs betrat sie die Kapelle.

Ihre Lederpantoffeln klatschten leise über den Steinboden und hallten in der Stille wider. *Wer sind diese Frauen, dass sie Ottokar oder seine Mutter verurteilen?*, dachte Maus. *Wer ist Mutter Kazi, dass sie mir sagen will, was ich tun darf und was nicht?*

Als sie die Mitte des Kirchenschiffs erreichte, blieb sie stehen und versuchte zu beten. Sie kannte Hunderte Gebete, die bekanntesten aus dem Stundenbuch, und vergessene, die sie und Pater Lucas in alten Texten entdeckt hatten. Sie begann mit dem siebenunddreißigsten Psalm. Bei der Erwähnung von Zungen, die verwelkten und wie

Gras abgehauen wurden, wollte sie eigentlich nicht lächeln. Maus wollte sich nicht fragen, ob sie das ebenfalls vollbringen könnte, aber sie spürte die Macht in sich, die an ihrer Brust kratzte, allzeit bereit, nur auf eine Gelegenheit hoffend.

»›Steh ab vom Zorn und lass den Grimm, erzürne dich nicht, dass du nicht auch übel tust‹«, murmelte sie immer wieder.

Und dann öffnete sich die Tür. Sie beeilte sich, in den Schutz der Bänke entlang des Seitenschiffs zu schlüpfen, aber sie war bereits entdeckt worden.

»Es sollte mich wohl nicht wundern, eine Kirchenmaus in einer Kapelle zu finden.« Ottokar streckte die Hand nach ihr aus, zuckte jedoch beim Schmerz in seinen Rippen leicht zusammen, als er Maus hochzog. »Warum seid Ihr nicht bei den anderen Frauen und näht und tratscht?«

»Es war heiß, und ich nähe nicht sonderlich gern.«

Er führte sie näher zum Altar, aber Maus stemmte sich leicht dagegen. Ihr Magen drehte sich immer noch, während sie gegen ihre Wut ankämpfte. »Oder tratsche.« Das letzte Wort war ein leises Zischen.

»Ah«, sagte er und wandte sich zu ihr um. »Welche Geheimnisse sind Euch zu Ohren gekommen?«

»Ihr seht müde aus«, wich sie seiner Frage aus. »Ihr solltet ruhen. Soll ich Euch einen Kräuterwickel machen, der den Schmerz aus Eurem Körper zieht?«

»Ihr habt meine Frage nicht beantwortet.«

Sie seufzte. »Ich bin mit den Gepflogenheiten der Frauen nicht vertraut.«

Ottokar lachte. »Ihr habt Euer ganzes Leben mit einem Schwarm Schwestern verbracht, Maus! Wie könnt Ihr dann nicht …«

»Aber sie sind keine Frauen. Sie sind Glaubensschwestern und reden nicht viel.« Sie schüttelte den Kopf. »Diese Damen, sie behaupten …« Sie wollte ihm nicht offenbaren, was sie gehört hatte. »Unwichtig. Ich sollte gehen und Euch …«

»Ich bin hergekommen, um den Kopf für die nachmittäglichen Pflichten zu klären. Ich muss mich um die wachsende Zahl Menschen kümmern, die sich mit ihren Anliegen an mich wenden. Mein Vater hat viel brachliegen lassen.« Nun war er an der Reihe zu seufzen.

»Gefällt es Euch nicht, Euer Volk zu führen?«

»Die meiste Zeit schon, aber, wie Ihr schon sagtet, ich bin müde, und meine Gedanken kreisen um die vordringlichen Probleme.« Er berührte die Pfeilwunde. »Ich würde gern wissen, wer mich umbringen will.«

»Dann werde ich Euch allein lassen.« Sie drehte sich zum Gehen, aber er packte sie sanft am Arm.

»Nein. Ihr helft mir, den Kopf zu klären, Maus.«

Ihr Atem blieb ihr in der Kehle stecken, doch diesmal stammte das warme Kitzeln in ihrer Brust nicht von der Wut oder dem unstillbaren Verlangen, ihre Macht zu gebrauchen. Sie dachte an die Intimität, zu der er sie am gestrigen Abend ermuntert hatte – sie, einfach Maus, und er, einfach Ottokar. Was wollte er von ihr?

»Wie kann ich helfen?«

»Betet mit mir«, sagte er nach kurzem Zögern.

Und schon kniete Maus mit dem König vor dem Altar.

»Und jetzt raus mit der Sprache, was haben die Frauen gesagt, das Euch in die Kapelle getrieben hat«, fuhr er nach einer Weile fort.

Maus hielt die Augen geschlossen. »Sie haben Euch den Jüngeren König genannt.« Sie hörte, wie er sich ein Kichern verbiss.

»So wurde ich schon viele Male genannt, und obwohl ich weiß, dass es eine Beleidigung sein soll, entspricht es der Wahrheit. Ich bin jung. Ich bin König. Ich bin nicht mein Vater.«

Maus hörte, wie er mit den Zähnen knirschte, als er zurück zum Altar blickte.

»Was noch?«

Sie wollte ihn nicht anlügen, aber sie wollte auch nicht zugeben, was sie über seine Mutter erfahren hatte. Gewiss würde ihn der Tratsch verletzen, und wenn er es ihr eines Tages von sich aus erzählen würde, wäre es ein Zeichen echten Vertrauens. Das Versprechen von etwas Größerem.

Weshalb sie ihm stattdessen eine andere Wahrheit auftischte.

Maus holte tief Luft. »Sie haben Fragen gestellt, auf die ich keine Antwort weiß. Woher ich stamme. Über meine Familie. Sie glauben nicht, dass ich Euer Mündel bin. Sie glauben, dass ich … dass wir …« Das warme Kitzeln loderte nun in ihrem Gesicht. »Was auch Hartwin angenommen hat«, beendete sie den Satz.

»Ich verstehe.« Seine Stimme war angespannt, und Maus drehte den Kopf, um zu sehen, ob er sie wieder auslachte, aber seine Miene war undurchdringlich. »Und das haben sie Euch ins Gesicht gesagt?«

»Nein. Ich habe es zufällig mit angehört.«

»Ah.« Er setzte sich zurück auf die Fersen. »Es tut mir leid, Maus. Ich kann ihnen ihre Gedanken nicht verbieten. Sollten sie Euch öffentlich eines solchen Verhaltens bezichtigen, kann ich …« Er streckte den Arm aus und nahm ihre Hand. Ähnlich wie die Schwestern hatte sich Maus nie wirklich selbst als Mädchen oder Frau betrachtet, abgesehen von dem Zwischenfall mit dem Dorfjungen und der versuchten Vergewaltigung, nach der sie sich wegen ihres leichtsinnigen Gebrauchs von Macht wie ein Monster gefühlt hatte. Alles in ihr schwirrte nun vor Gefühlen, die sie nicht verstand.

»Spielt es denn eine Rolle, was sie denken, Maus? Ihr und ich, wir wissen …«

Da öffnete sich wieder die Tür, und ein Priester schlurfte in die Kapelle. Ottokar erhob sich rasch und zog Maus mit sich hoch.

»Oh, Majestät, verzeiht vielmals. Ich bin zur Nachmittagsmesse gekommen, aber ich kann …«

»Nein, nein, Eure Exzellenz. Gräfin Emma und ich wollten gerade um eine Linderung ihres Heimwehs beten. Ich fürchte, sie vermisst das Klosterleben.« Er lächelte sie an. »Bischof Miklaus, das ist mein Mündel, Gräfin Emma. Ihr werdet feststellen, dass sie überaus gebildet ist. Die Schwestern in Teplá haben gute Arbeit geleistet.«

»Ah, Teplá! Wer ist jetzt dort Abt?«, erkundigte sich Bischof Miklaus.

»Pater Lucas«, antwortete Maus.

»Oh? Wenn ich Bruder Jan nicht missverstanden habe, ist der Pater verschollen, von seiner letzten Reise nicht zurückgekehrt. Ich nahm an, Bruder Jan sei …«

»Nein, Eure Exzellenz. Pater Lucas ist nicht verschollen. Er ist der Abt von Teplá. Er wird bald zurückkehren«, sagte sie, ihre Stimme unnatürlich ruhig in der Hoffnung, sich selbst wie auch den Bischof zu überzeugen.

»Ich verstehe.« Bischof Miklaus' Augen glitten über Maus und zurück zum König. »Majestät, da Ihr gerade beten wolltet, wäre es mir eine Freude, wenn Ihr Euch mir anschließen würdet. Ich könnte Gräfin Emma den Trost spenden, den sie braucht.«

Statt eine Antwort zu geben, führte Ottokar Maus zur nächsten Kirchenbank, während der Bischof seinen Platz hinter dem Altar einnahm. Maus wusste, was sie tun, was sie sagen und wann sie sich hinknien musste, doch ihr Herz raste die ganze Zeit. Am Ende der kurzen Predigt verspürte sie ein zunehmendes Gefühl von Befreiung. Es gab hier niemanden, der sie aus der Kirche ausschließen würde, niemanden, der wusste, dass sie gottlos und ungetauft war und eine Ungläubige.

Niemanden außer ihr selbst.

09

Ottokar ließ sie den ganzen Nachmittag bei sich im Rittersaal bleiben, während Luka nacheinander all jene hereinführte, die eine Audienz beim König hatten. Einige der Dispute drehten sich um Land und Steuern, andere um Streitereien zwischen Adligen, aber am meisten Interesse schien Ottokar an den Beschwerden der Bauern zu haben, die ihr Land pachteten und bestellten. Während Maus zuhörte, wie er zwischen den Parteien vermittelte, winkte sie Luka zu sich.

»Könnt Ihr mir Pergament, Tinte und eine Feder bringen?«, flüsterte sie.

Als der letzte Besucher seinen Fall darlegte und das Urteil des Königs akzeptierte, hatte Maus mehrere Seiten vollgeschrieben, die sie nun Ottokar zeigte.

»Was ist das?«

»Ein Protokoll der Debatten, die heute geführt wurden, und Eure Entscheidungen.«

»Warum?«

»Ihr habt ihnen allen so genau zugehört, selbst dem alten Mann mit seiner Ziege, und habt Euch dann so viel Mühe gegeben, ihnen Euer Urteil zu erklären. Ich dachte, andere könnten daraus lernen. Es müsste eine Sammlung mit Aufzeichnungen geben für den Fall, dass später Missverständnisse auftreten. Oder falls Euch jemand bezichtigt, dass Ihr Euer Wort gebrochen oder aufgrund von Vetternwirtschaft anders entschieden habt. Die Niederschrift würde als Zeugnis Eurer Integrität dienen.«

Ottokar las die Seiten durch. »Ihr habt jedes Wort mitgeschrieben, Maus. Genau, wie es gesagt wurde.«

Sie hörte die Ehrfurcht in seiner Stimme, und sie missfiel ihr.

»Ja«, erwiderte sie leise.

»Das ist wundervoll. Wir könnten ein Gesetzesbuch erstellen.« Lächelnd klopfte er ihr mit dem Stapel Pergamente auf den Kopf. »Wärt Ihr bereit, morgen dasselbe noch einmal zu tun?«

Als sie jetzt nickte, musste sie sich keinen Faden vorstellen, der sie aufrecht und gerade nach oben zog.

Maus strahlte immer noch übers ganze Gesicht, als sie kurz darauf ihr Zimmer betrat, um sich vor dem Umziehen zum Abendessen kurz auszuruhen. Allmählich hatte sie das Gefühl, als könne es für sie einen Platz hier bei Ottokar geben. Sie lag auf dem Bett und träumte von ihrer Zukunft, als Gitta mit einem Armvoll Kleidung hereinkam.

»Ein frisches Kleid für Euch, Gräfin.«

»Von wem?« Maus wollte nur ungern in der Schuld einer der Frauen am Hof stehen.

»Gräfin Harrachs Zofe kam zu mir und meinte, ihre Herrin fürchtete, Ihr könntet kein weiteres Kleid besitzen, da Ihr gerade aus der Abtei angereist seid. Sie kann dieses hier nicht tragen, da sie gerade in froher Erwartung ist, weshalb sie mich schickt, es Euch zu bringen.«

»Gräfin Harrach … sie ist Dameks Gattin, nicht wahr?« Maus erinnerte sich an sie. Sie hatte Ottokar im Solar verteidigt. Maus strich mit den Fingern über das Kleid und zermarterte sich den Kopf, ob das Geschenk eine Geste der Freundschaft oder eine Falle war. Sie schüttelte den Kopf. Sie würde nicht anfangen, Entscheidungen aufgrund von möglichen Verschwörungen oder politischen Ränkespielchen zu treffen.

Eine Stunde später lächelte Gitta und klatschte in die Hände, zufrieden mit ihrer Arbeit. »Ihr seht wunderschön aus, Gräfin.«

Maus blickte hinab auf die schimmernde grüne Seide. Perlen saßen in der Mitte von aufgestickten roten Blumen, die am Ausschnitt und dem äußeren Rand ihrer Brüste hinab zu ihrer Taille entlangliefen, wo sich der Stoff bauschte. Geistesabwesend fuhr sie mit dem Finger über die entblößte Haut ihres Dekolletés.

»Habt Ihr keine Juwelen, Gräfin?«

Maus schüttelte den Kopf, und ihr Schleier kitzelte sie an der Wange, doch dann erinnerte sie sich. »Oh, einen Moment!« Sie marschierte zu ihrem Beutel auf dem Bett und zog das Armband ihrer Mutter heraus. Nie zuvor hatte sie es getragen, hatte nie das Gefühl gehabt, als gehöre es zu ihr. Sie schob es über den eng anliegenden Ärmel um ihr Handgelenk.

»Fertig!«, sagte Gitta mit einer Verbeugung.

Diesmal zögerte Maus an den Türen zum Rittersaal nicht, sondern rauschte mit geübten Schritten zu ihrem Platz am Ehrentisch, nur einmal kurz innehaltend, um Gräfin Harrach zuzunicken, die ihr ein Lächeln schenkte. Während sie Platz nahm, neigte Maus den Kopf und ließ ihre Haare und den Schleier zur Seite gleiten, damit sie sich nicht darauf setzte. Gitta hatte ihr die Haare nur teilweise geflochten, sodass ein Großteil offen herabfiel und sich an Maus' Hüften lockte. Der König war noch nicht am Tisch. Mit einem Aufflackern von Sorge, da er am Nachmittag so schrecklich müde gewirkt hatte, ließ sie die Maske der gespielten Adligen fallen und war wieder ganz Heilerin, doch gerade als sie sich erhob, um Luka oder Graf Rozemberk zu suchen, betrat Ottokar den Saal nebst einer Horde Diener mit Servierplatten und Schüsseln, die an ihm vorbeihuschten.

»Werte Gäste, ich bin noch einen Moment unabkömmlich, aber ich bestehe darauf, dass Ihr mit dem Essen beginnt.« Er nickte den Minnesängern zu und verließ dann den Saal.

Maus kaute auf ihrer Unterlippe, verunsichert, was sie nun tun sollte. Er sah müde aus, sein Gesicht blass und ausgezehrt. Am liebsten hätte sie nach seinem Befinden gefragt, aber alle Anwesenden würden ihr Verschwinden beobachten, und sie konnte sich lebhaft vorstellen, was sie dann denken mochten. Also blieb sie sitzen und ließ den Blick über die leeren Stühle zu dem nächsten ranghöchsten Adligen schweifen – Olomouc, so hatte ihn jemand genannt. Er war keiner von Ottokars Männern. Sie beobachtete, wie sein Messer in die Federn eines Schwans stach, der auf einer goldenen Servierplatte angerichtet war. Der Vogel sah fast aus, als wäre er gerade zum Nisten aus dem Wasser gekommen. Jemand hatte ihm die Federn in fein säuberlichen Reihen wieder angenäht, doch seine Augen waren ausdruckslos und leer.

Als Graf Olomouc eine Scheibe des gerösteten Schwans absäbelte, belauschte Maus unabsichtlich, wie er seinem Nachbarn zuflüsterte: »Wie es scheint, mangelt es dem Jüngeren König am Hof nicht an Ärger.«

Sie drehte sich zu ihrem eigenen Teller zurück und tat so, als gelte ihre ganze Aufmerksamkeit dem Diener, der ihr Wein eingoss, aber Maus' Sinne waren allein auf das Gespräch weiter unten am Tisch gerichtet.

»Ich fürchte, dieser notdürftige Frieden wird nicht lange halten«, sagte Graf Olomouc.

Maus zog ihr Messer aus ihrem Beutel an der Taille und schnitt widerwillig ein kleines Stück Schwan ab, als ihr der Vogel gebracht wurde. Nie zuvor hatte sie Fleisch gegessen, sondern sich wie die norbertinischen Brüder und Schwestern allein von Fisch und Eiern und den Früchten des Ackers ernährt. Doch sie wollte nicht, dass sie an diesem sonderbaren Ort noch etwas von den anderen unterschied.

»Der Jüngere König wird wohl bald erkennen, dass er mehr Feinde hat, als er vermutet.« Die Stimme kam von dem Mann auf der anderen Seite von Olomouc.

Maus drehte den Kopf und versuchte, sein Gesicht zu erkennen, aber sie konnte an Graf Olomoucs Leibesfülle nicht vorbeisehen.

Während sie von den unbekannten Speisen kostete – Schnecken und Austern und Fleisch, das sie nicht zuordnen konnte –, gab sie sich allergrößte Mühe, die Unterhaltung weiterhin zu belauschen, doch die Männer hatten den Mund zu voll zum Reden. Dann verstummten die Minnesänger, wichen zurück an den Rand des Saals, und eine Handvoll Adlige stellten sich kreisförmig in der Mitte auf.

Barrump-barrump.

Das Trommeln setzte so tief ein, dass Maus es in ihrer Brust spüren konnte. Die Männer und Frauen stampften im Takt. Als eine hellere Trommel ein *tadum-tadum, tadum-tadum* entgegenhielt, rasch und leise, hoben die Frauen leicht ihre Röcke und hüpften erst auf dem einen Bein, dann auf dem anderen, bewegten sich in die Mitte des Kreises und wieder hinaus, während die Männer im Gleichklang zur schweren Trommel stampften.

Maus hatte beobachtet, wie Besucher auf dem Jahrmarkt in Teplá auf dieselbe Weise um eine Linde getanzt hatten, aber sie war mit Mutter Kazi dort gewesen, die missbilligend dreingeblickt und etwas über alte Heidenbräuche genuschelt hatte. Sie waren nicht stehen geblieben, um dem Spektakel zuzusehen. Maus spürte, wie beim Anblick der leichtfüßig hüpfenden Männer und Frauen ein Wonneschauer durch sie hindurchging, während die Flöte und die Rebec die Melodie aufnahmen.

»Möchtet Ihr tanzen?«

Sie drehte sich um und bemerkte Damek neben sich.

»Meine Gattin schickt mich. Sie weiß, wie sehr ich das Tanzen liebe, und ist leider unpässlich. Sie meinte, Ihr wärt womöglich ein williger Ersatz.«

Maus' Blick glitt zu Gräfin Harrach, die ihr aufmunternd zulächelte und zum Kreis der Tänzer zeigte.

»Ich kenne die Schritte nicht«, erklärte Maus ruhig, während sie sich erhob und sich von Damek zur Tanzfläche führen ließ. Sie fand mühelos in den Rhythmus, aber es kostete sie mehrere Schrittfolgen, bis sie durchschaute, wie sie ihre Röcke zu bändigen hatte. Doch nach ein paar Drehungen wirbelte und stampfte und hüpfte sie im Kreis, als hätte sie ihr Leben lang nichts anderes getan. Maus fühlte sich wie ein kleines Mädchen, wie damals, als Adele sie hoch in die Luft geschleudert und wieder aufgefangen hatte. Lachend warf sie den Kopf zurück.

Da hörte unvermittelt die Musik auf, und der Raum drehte sich um sie, obwohl Maus still stand. Damek nahm ihren Arm, um sich selbst und auch ihr Halt zu geben. Die Minnesänger begannen wieder, auf ihren Instrumenten zu spielen, doch diesmal eine leise Melodie, langsam und nachdenklich. Die Tänzer hielten sich an den Händen, machten einen Schritt nach rechts und lehnten sich zur Seite, beugten sich dann leicht vor und wieder zurück, während sie den Kreis immer enger schlossen und dann wieder auffächerten, vor und zurück, wieder und wieder.

Und dann stimmten sie ein Lied an.

Ich sage dir, ich sage dir,
mein Geliebter, komm zu mir.
Mein Geliebter, komm zu mir,
ich sage dir, ich sage dir.
Süßester Mund, samtig und rot,
komm und erlöse mich aus meiner Not.
Komm und erlöse mich aus meiner Not,
süßester Mund, samtig und rot.

Die Melodie und das Zusammenspiel der Tänzer und sich wiegender Körper und Stimmen legte eine hypnotische Ruhe über den Saal. Als sich der Kreis drehte und Maus mit dem Gesicht zum Ehrentisch stand, bemerkte sie, dass Ottokar sie beobachtete, doch sie konnte seine Miene nicht lesen. Er wirkte so schrecklich ernst, und erst jetzt kam Maus der Gedanke, nach dem Mann auf der anderen Seite von Graf Olomouc Ausschau zu halten, aber der war verschwunden.

Als Damek sie zu ihrem Platz begleitete, war ihr Gesicht gerötet und Maus völlig außer Atem. Ottokar erhob sich, um ihnen entgegenzutreten. Seine Hand legte sich auf ihren Rücken, sein Mund war zu einer waagerechten Linie zusammengepresst.

»Seid Ihr krank?«, flüsterte sie ihm zu, als sie sich setzten. »Eure Wunde?«

Er schüttelte den Kopf. Sein Gesicht entspannte sich leicht, und er nahm eine Scheibe Wildbret von der Servierplatte, die ihm gereicht wurde. Maus griff nach ihrem Becher Wein.

»Was ist das?«, fragte Ottokar und spielte an dem Armband.

»Es gehörte meiner Mutter. Es ist alles, was ich von ihr habe.«

Sein Daumen glitt über die Schwalbe. Die Stille machte Maus nervös, und der Umstand, dass er ihren Arm nicht losließ.

»Wo ist Graf Rozemberk?«, fragte sie schließlich.

»Er macht eine Erledigung für mich. Darf ich es haben?«

»Was?«

»Das Armband … nur für eine Weile. Das …«, er zeigte auf den roten Stein, der von goldenen Linien überkreuzt war, »sieht aus wie ein Wappen, und dieser Vogel könnte ein Siegel darstellen. Wenn dem wirklich so ist, könnten wir etwas über die Familie Eurer Mutter erfahren.«

Sie wusste nicht, ob es Begeisterung darüber war, womöglich Antworten auf ihre Vergangenheit zu bekommen, die ihr die Kehle zuschnürte, oder ob es an Ottokar lag, dessen Daumen über ihre Haut strich, während er das Armband über ihr Handgelenk schob.

Doch als er den Mund nah an ihr Ohr brachte, um ihr zuzuflüstern: »Die Männer können die Augen nicht von Euch lassen«, wusste sie, warum ihr auf einmal so schwindlig war.

Maus erwachte zu Erbrochenem, das in ihrer Kehle brannte, und hatte kaum genügend Zeit, um sich aufzusetzen und den Kopf über die Bettkante zu beugen, bevor es sich würgend aus ihrem Mund Bahn brach und auf den Boden spritzte. Gitta, die glücklicherweise auf einer Pritsche auf der anderen Seite schlief, war schnell mit einer Waschschüssel in der Hand bereit und strich Maus mit der anderen die Haare aus der Stirn. Maus hatte sich noch nie übergeben. Als ihr Magen endlich leer war, war sie erschöpft und ihre Kehle ganz wund.

»Ihr habt wohl etwas gegessen, das nicht gut war, Gräfin«, mutmaßte Gitta, während sie sich hinkniete und das Erbrochene vom Boden aufwischte.

Maus stimmte ihr zu. Fast alles, was sie am gestrigen Abend gegessen hatte, war »nicht gut« gewesen. Heute würde sie fasten, aber zuallererst bräuchte sie etwas Minze, um die Übelkeit zu lindern.

Die Sonne war noch nicht ganz aufgegangen, als Maus durch das Tor im Schwarzen Turm in das nebelumhüllte Wäldchen vor der Burg schlüpfte. Der kalte Boden stach ihr in die Füße. Maus blieb stehen, neigte den Kopf und konzentrierte sich allein auf den Schmerz – Schmerz als Sühne für die gestrige Völlerei. Sie legte die Hand an einen Baum, als ein neuer Brechreiz sie überrollte, aber der kam nicht nur aus ihrem Magen. Bei der Erinnerung an Ottokars Worte war sie peinlich berührt. Sie wollte nicht, dass all diese Männer sie anstarrten, doch es war ihr durchaus nicht unrecht, dass Ottokar einer derjenigen gewesen war, die die Augen nicht von ihr lassen konnten. Die Begierde in seiner Stimme, die sich mit ihrer deckte, war nicht zu überhören gewesen.

Maus schlang den Umhang fester um den Körper und spazierte tiefer in den Wald hinein. Zum ersten Mal seit vielen Tagen entspannte sie sich, stimmte in das Pfeifen der Vögel ein, strich mit den Händen über die glatte Rinde der Bäume. In der Ferne vernahm sie ein kleines Bächlein und steuerte darauf zu. Sie ging neben dem Wasser in die Hocke und achtete mehr als sonst darauf, die Knie nach oben zu strecken und den Saum nicht mit dem Schlamm in Berührung kommen zu lassen, während sie die Blätter der Minze im Bach abspülte und sich dann in den Mund steckte. Schon nach kurzem Kauen spürte sie die süße Kühle, die ihren Magen beruhigte.

Sie erklomm gerade einen kleinen Hügel, als sie die Männer erblickte, die vor einer Felszunge kauerten. Ein Hirsch hing von einem Baum herab, zwei weitere lagen auf dem Boden.

Verwundert fragte sich Maus, warum sie das Blut nicht gerochen hatte. Selbst jetzt brannte ihre Nase noch von der Minze, obwohl sie die blutverschmierten Männer und das Rot sah, das sich wie ein Wasserfall aus der aufgeschlitzten Kehle des Tiers ergoss. Zwei der Männer hielten den hängenden Kadaver, während ein dritter in das dünne Gewebe zwischen Fleisch und Haut hackte. Anfangs glaubte Maus, es handele sich um Ottokars Männer, aber dann bemerkte sie ihre zerlumpte Kleidung, die zottigen Haare und Bärte, die ausgemergelten Gesichter – es waren Bauern oder Diebe, die das Rotwild des Königs wilderten.

Die Männer würden den Krähen zum Fraß vorgeworfen werden, sollten sie geschnappt werden. Maus kümmerte das Gesetz nicht, sie hielt es sogar für ungerecht und grausam, aber die Männer wüssten das nicht, sollten sie Maus bemerken. Sie würden annehmen, von ihr verraten zu werden.

Vorsichtig entfernte sich Maus von der Hügelkuppe. Sie gab keinen Laut von sich, doch einer der Männer drehte jäh das Gesicht in ihre Richtung.

Maus stürzte los, die Röcke so weit wie möglich nach oben geschoben, und rannte in Richtung Burg. Sie hörte das Knistern von gefallenem Laub und trockenem Farnkraut, als die Männer die Verfolgung aufnahmen.

»Fangt sie, bevor sie die Männer des Königs auf uns hetzen kann!«, schrie einer von ihnen.

Maus hätte sich mühelos zwischen Bäumen und Gestrüpp hindurchgeschlängelt, wäre da nicht ihr Kleid gewesen, das sich immer wieder verhakte und ihr Tempo drosselte. Sie blieb stehen, um die Seide von den Dornen zu reißen, und als sie wieder loslaufen wollte, tauchte Luka unvermittelt hinter einer Tanne auf.

»Ah, ich habe Euch gefunden. Die Wache sagte, Ihr seid …«

»Los, los!« Maus drängte ihn zurück und versuchte, ihn in Richtung Burg zu schieben, doch dann fuhr sie erschrocken herum. Einer der Männer hatte eine Strähne ihres Haars gepackt und riss fest daran. Sie landete hart auf dem Rücken, ihr Kopf knallte auf den Boden, und einen Moment lang verschwamm ihre Sicht. Sie hörte Kampfgeräusche, wurde aber weggezerrt. Und dann presste sich ein Knie auf ihre Brust, und eine Hand schloss sich um ihre Kehle.

»Meine beiden Freunde da drüben reißen deinem Meister Hosenscheißer die Eingeweide aus dem Körper, während sich mein Schwanz schon auf dich freut. Vielleicht schlitz' ich dir auch die Kehle auf, bevor sie an der Reihe sind.« Er stank nach Tierblut und saurem Atem. Maus wollte den Kopf wegdrehen, aber sein schwerer Körper erdrückte sie. Sie bekam keine Luft.

Er verlagerte das Gewicht, krallte sich mit einer Hand in ihre Röcke und bohrte mit der anderen in die Haut und den Stoff an ihrer Brust. Als er sich bewegte, drehte sich Maus mit einem schwungvollen Ruck auf die Seite und drückte sich hoch, woraufhin er das Gleichgewicht verlor. Hastig krabbelte sie weg und wollte aufstehen, aber sie war zu langsam, und er warf sich wieder auf sie. Sie stemmte sich gegen ihn, doch diesmal war er auf ihre Gegenwehr gefasst. Seine Arme legten sich wie eine Schraubzwinge um sie, und er setzte seine gesamte Körpermasse ein, um sie mit dem Gesicht nach unten in die Erde zu drücken.

Maus spuckte Blut und Gestrüpp aus und ließ ihren Körper schlaff werden. Er war zu schwer. Sie könnte ihn nicht bekämpfen. Nicht mit ihrem Körper. Sie richtete ihre Gedanken nach innen. Ihre Nasenlöcher weiteten sich, als sie tief in ihr Innerstes griff und das Kribbeln von Macht entfachte, das in ihrer Kehle kitzelte.

Und dann ließ der Mann los.

Als sie herumwirbelte, sah sie ihn in den Wald zurückhasten, und ihre Hand flog an ihren Mund. Sie hatte kein Wort gesagt. War sie in der Lage, andere allein kraft ihrer Gedanken zu befehligen? Und dann hörte sie etwas hinter ihr. Geduckt drehte sie sich um und erblickte Luka, der mit einem blutigen Schwert in der Hand auf sie zulief. Er musste den Mann verscheucht haben.

»Gräfin, seid Ihr verletzt? Hat er …« Luka kniete sich neben sie.

Sie schüttelte den Kopf, fuhr mit der Hand von ihrem Gesicht zum Oberkörper und begriff, dass ihr Kleid zerrissen und eine ihrer Brüste entblößt war. Erschrocken fummelte sie an dem Stoff herum und versuchte sich zu bedecken, da packte Luka sie an den Armen, um ihr hochzuhelfen. Sie ertrug seinen Atem an ihrem Gesicht nicht. Seine Nähe. Seine Berührung.

Erschrocken schob sie ihn von sich weg und zerrte wieder an ihrem Kleid. »Ihr dürft mich nicht sehen!« Der Schrei brannte in ihrer Kehle.

Und dann fiel Lukas Schwert klirrend zu Boden. Seine Finger krallten sich in seine Augen, und ein hohes Jaulen drang aus seinem Mund, während er auf die Knie sackte.

»Was ist los?«, schrie sie und kroch zu ihm, ihr Körper zitternd vor Schock.

Sie riss an Lukas Händen, versuchte zu erkennen, woher seine

Verletzung stammte, doch er kämpfte gegen sie an. Spucke tropfte durch seine Hände, mit denen er sich das Gesicht bedeckte.

Schließlich gelang es ihr, eine seiner Hände für einen kurzen Moment wegzuschieben. Sie sah sein weit aufgerissenes Auge.

Es war mit einer milchig weißen Schicht überzogen, so als hätte ihm jemand Wachs darüber geschüttet.

Maus wich vor ihm zurück, die Arme über dem Kopf verschränkt, weinend. »Was habe ich getan? Großer Gott, was habe ich getan?«

Und dann kam es zu ihr zurück, laut und schrill – *Ihr dürft mich nicht sehen!* Das hatte sie zu Luka gesagt, aber sie verstand es nicht. Sie hatte es nicht als Befehl gemeint. Es waren nur Worte, der Angst entsprungen – wie damals, als sie dem Dorfjungen gesagt hatte, er solle sie in Frieden lassen. Der Junge, der verschwunden und nie wieder zurückgekehrt war.

»Nein«, wimmerte sie und krümmte sich auf den Boden, niedergedrückt von Schuld. »Das darf nicht sein. Ich habe das nicht gewollt …«

Ein Zweig knackte.

Spucke, Tränen und Blut tropften von ihrem Kinn, und Maus wischte sich mit dem Ärmel über den Mund, der sich zu einem hässlichen Grinsen verzog, als sie dem Mann ins Gesicht blickte, der versucht hatte, sich an ihr zu vergehen. Maus hatte noch nie einen Menschen gehasst, aber sie ließ dieses Gefühl durch ihren Körper peitschen und sich davon verbrennen. »Ihr seid zurück.«

»Hab gehört, 's gibt hier Ärger«, sagte der Hirschdieb, während er einen Schritt auf den zusammengekrümmten und sich windenden Luka zutrat. »Klang wie meine Chance, zurückzukommen und eine Sorge loszuwerden. Wenn ihr zwei tot seid, genauso, wie's meine beiden Freunde sind, wer is' dann noch da, um mich anzuschwärzen?« Er griff nach seinem Messer an der Hüfte, aber Maus war schneller. Sie riss Lukas Schwert hoch und rammte es dem Mann in den Bauch. Dann ließ sie es entsetzt los, als er schwerfällig nach hinten taumelte. Sie beobachtete, wie er sich die Hände aufritzte, als er vergeblich versuchte, sich die Klinge aus dem Körper zu ziehen. Schließlich blieb er reglos liegen.

Maus kroch zurück zu Luka und legte den Kopf an seinen Rücken, um sein Zittern zu beruhigen, doch sie zitterte selbst.

Sie wusste nicht, wer sie vom Waldboden aufhob. Es interessierte sie auch nicht.

Maus hatte einen Menschen getötet und einen anderen geblendet.

10

Maus rollte sich zu einer kleinen Kugel zusammen. Sie sprach kein Wort, nicht einmal mit Ottokar. Sie hatte zu große Angst vor dem, was geschehen könnte.

Sie sehnte sich nach Pater Lucas.

Drei Tage waren seit dem Übergriff vergangen, und sie hatte weder gegessen noch geschlafen. Ihre Zunge war geschwollen, da sie auf ihr herumgebissen hatte, bis ihr das Blut in den Rachen gelaufen war. Sie fürchtete die Hölle zu sehr, um den Freitod zu suchen, aber sie musste Buße üben für das, was sie getan hatte. Häufig hatte sie Striemen am Rücken behandelt, die sich die Schwestern bei Selbstkasteiungen mit Peitschenhieben zugefügt hatten, oder die wunde Haut gesalbt, die sich durch das wochenlange Tragen von Büßerhemden entzündet hatte, bis sich Bläschen bildeten und verkrusteten. Maus hatte ihre Lehre gezogen: Schmerz bedeutete Sühne, und die Gerechten durften nie vergessen, dass sie in einem Zustand der Sünde sowie der Gnade schwebten. Maus würde wohl nie Gnade ernten, aber sie säte gewiss Sünde.

Die Tür öffnete sich. Sie wusste, wer es war. Sie kannte das Geräusch seiner Schritte im Korridor, die immer begleitet waren vom klirrenden Klappern bewaffneter Wachen, vier an der Zahl, wenn sich Maus' Ohren nicht täuschten. Verwundert fragte sie sich, welche neue Bedrohung aufgetaucht sein mochte, aber als sich die Frage in ihrem Mund formte, schlug sie sich die Zähne in die Lippen. Sie war weitaus gefährlicher als alles, wovor ihn seine Wachen schützen könnten. Sie konnte ihn mit einem einzigen Wort töten.

»Majestät«, sagte Gitta von der anderen Seite des Zimmers.

Ottokar legte Maus die Hand auf die Schulter. »Bitte sprecht mit mir, Maus.«

Sie verharrte still, bis er verschwunden war.

Sie musste eingeschlafen sein. Draußen war es dunkel, das Feuer in ihrer Kammer nichts weiter als glühende Asche und ein gelegentliches Knistern, wenn es einen Luftzug gab. Etwas musste sie geweckt haben.

Maus setzte sich rasch auf und suchte den Raum nach dunklen Gestalten ab, sah jedoch nichts. Sie blickte zu Gittas Pritsche, aber das Mädchen war nicht da. Und dann hörte sie den Schrei.

Sie schnappte sich ihren Umhang und sprang auf. Sterne explodierten in ihren Augen, und das Zimmer drehte sich. Sie streckte die Hand nach dem Bettpfosten aus, um sich daran festzuhalten, bis der Schwindel nachließ – die Folge eines leeren Magens und vieler Tage, die sie reglos im Bett zugebracht hatte. Sie müsste sich langsam bewegen. Als sie einen Schritt in Richtung Tür machte, wurde diese aufgerissen. Ottokar stand draußen im Flur, eine Kerze in der Hand, doch es war Damek, der auf sie zustürzte.

»Bitte. Meine Frau … sie braucht Euch.«

Maus konnte seine Angst spüren. Sie nickte, griff nach ihrem Lederbeutel auf dem Tisch und folgte ihm, als er den Korridor hinabhastete.

Im Zimmer glühte es von der Hitze des Feuers und der Kerzen. Gräfin Harrach lag still im Bett. Maus ging zu ihr und legte ihr die Hand auf die Stirn. Gitta schloss die Tür, ließ die Männer im Flur zurück.

»Mein ungeborenes Kind?«, fragte Gräfin Harrach.

»Es lebt«, sagte Maus. Sie hörte den Herzschlag des Kindes. Er raste und setzte dann bei jeder Wehe aus. Maus drehte sich zur Hebamme um.

»Es liegt falsch herum«, sagte die alte Frau. »Es gibt keine Hoffnung.«

»Ich werde es auf die Welt bringen«, flüsterte Maus.

Sie gab Gitta und der Hebamme leise Anweisungen, während sie ihre Instrumente aus ihrer Tasche holte, sie aufs Bett legte und mit Wein säuberte. Maus kletterte über das Fußteil und spreizte die Beine der Schwangeren, während die anderen beiden Frauen die Arme der Gräfin packten. Maus zögerte, als sie auf ihre weiche, cremefarbene Haut blickte. Sie hatte die blutigen Ergebnisse von Viléms Versuchen, ungeborene Kinder aus dem Mutterleib zu schneiden, mehrmals gesehen. Es hatte nie Überlebende gegeben.

Maus schüttelte sich und führte dann rasch die Schnitte aus, erst durch die Haut in einer langen roten Linie den Bauch hinab und dann durch die Muskeln in der tieferen Schicht, bis sie die Gebärmutter sah, die sich wie eine geballte Faust zusammenzog. Gräfin Harrach schrie und krümmte sich.

Doch als die Wehe vorüber war, bewegte sich das Kind nicht mehr. Maus konnte keinen Herzschlag hören.

Hastig schnitt sie durch das Gebärmuttergewebe. Eine winzige blaue Hand schnalzte heraus, als Maus ihre eigene in die Öffnung steckte und dem Kind unter die Schultern griff, um es vorsichtig herauszuziehen. Seine Lippen waren blau, die Brust reglos, die verknotete Nabelschnur zweimal um seinen Hals geschlungen. Maus schob die Finger hinter die glitschige Schnur und zerrte sie behutsam über seinen Kopf, bis das Kind frei war.

Es war zu still in der Stube. Die Gräfin war vor Schmerz in Ohnmacht gefallen.

Maus krabbelte zum Fußende zurück und presste den blutigen Säugling an ihre Brust, die Nabelschnur hinter sich herziehend. Dann kauerte sie sich auf den Boden und legte ihn sich seitlich in den Schoß. Seine schlaffen Gliedmaßen baumelten herab. Sie schob ihm den Finger in den Mund, holte eine zähe Flüssigkeit heraus und rieb ihm mit der anderen Hand über den Rücken.

Sie wartete.

Er atmete nicht.

Maus schüttelte sich vor Wut und Kummer. Sie würde es nicht zulassen. Dieses Kind musste leben.

»Atme«, flüsterte sie dem Säugling ins Ohr und flocht eine Prise Macht in ihre Worte ein.

Nichts geschah.

Maus' Hände schlossen sich um die Brust des Säuglings, pressten ihn an sich. Sie bemerkte erst, dass sie weinte, als sie sich über die Lippen leckte und Salz auf ihrer Zunge brannte.

Ein kehliges Stöhnen baute sich in ihrer Brust auf, während sie den Säugling wiegte.

»Du wirst leben!« Die Macht brach sich in ihrer Kehle Bahn, und die Worte platzten aus ihr heraus.

Der Säugling gab ein leises Wimmern von sich und füllte seine Lungen, während Hände und Füße und Lippen dasselbe Altrosa annahmen, das Teplá am Tag von Maus' Abreise überzogen hatte. Nachdem Maus die Nabelschnur abgebunden und durchgeschnitten hatte, stand sie langsam auf und reichte den weinenden Säugling der lachenden Hebamme.

Auf Maus wartete Arbeit. Als sie sanft an der abgetrennten Nabelschnur zog und zusah, wie die Gebärmutter kontrahierte, entband sie anschließend die Nachgeburt und beugte sich dann über die Wunde. Ihre Finger waren steif und schmerzten, als sie endlich den letzten Stich verknotet hatte, doch sie weigerte sich, den anderen Frauen das Säubern oder Bandagieren zu überlassen. *Buße*, dachte sie, und die Muskeln in ihrem Rücken verkrampften sich vom langen Stehen.

Die Hebamme gab Gräfin Harrach schluckweise Kamillen- und

Beinwelltee. Gitta kümmerte sich um den Säugling und legte ihn neben seine Mutter. Die Bettlaken waren blutgetränkt, ähnlich wie in dem Wandgemälde an Maus' Wand in Teplá und wie bei ihrer eigenen Geburt, nur dass diesmal Mutter und Kind überlebt hatten. Maus fragte sich, ob ihr Leben anders verlaufen wäre, wäre dieses Schicksal auch ihr vergönnt gewesen. Sie fragte sich, ob die Rettung dieser Mutter und ihres Kinds womöglich auch einen glücklichen Ausgang für ihr Leben nach sich zöge.

»Kommt und seht Euch den Kleinen an«, sagte Gitta.

Maus schüttelte den Kopf. Das Bild war zu freudvoll, der Säugling zu frisch und sauber, zu unschuldig. Mit Tränen in den Augen ging sie aus dem Zimmer.

»O Gott, nein!«, rief Damek, als er ihren blutigen Umhang sah.

»Ihr habt einen Sohn. Eure Gemahlin ist wohlauf.« Sie ließ zu, dass er die Arme um sie warf. »Lasst die Hebamme alles sauber machen, dann könnt Ihr hinein.«

»Vielen Dank, Gräfin.«

»Dankt Gott«, sagte sie und drehte sich weg.

Ottokar lehnte hinter Damek an der Mauer, mit Wachen zu beiden Seiten von ihm. Als er auf Maus zukam, blickte er sie an, ohne ein Wort zu sagen. Sie blieb nach ein paar Schritten stehen. Ihre Zähne klapperten, ihr Körper zitterte vor Erschöpfung. Sie barg das Gesicht in den Händen und drehte sich dann zu Ottokar, der sie an sich zog.

Sie weinte nur kurz. »Ich bin müde«, murmelte sie an seiner Brust.

»Setzt Euch«, sagte er, also ließen sie sich auf dem Boden in der Nähe des Treppenabsatzes nieder. Abgesehen von einer flackernden Kerze in einem Wandleuchter war der Korridor dunkel.

Maus legte den Kopf auf die Knie, die sie an ihre Brust zog. Sie waren klebrig vor Blut, doch das kümmerte sie nicht.

»Ich habe den Mann getötet«, sagte Maus. Eigentlich wollte sie die Beichte darüber ablegen, was sie Luka und dem Säugling und dem Eichhörnchen angetan hatte, aber davor hatte sie zu große Angst.

»Ihr habt Luka gerettet«, sagte Ottokar leise.

»Nein. Luka war mutig.« Sie strich sich mit den Fingern durchs Haar. »Er hat mir verboten, allein im Wald spazieren zu gehen. Ich dachte, ich … es war alles meine Schuld.«

»Der tote Mann trägt die Schuld«, entgegnete er wütend. »Ein gemeiner Dieb und ein … Maus, hat er Euch …«

Sie schüttelte den Kopf.

Eine der Wachen rührte sich, was Maus die Frage in Erinnerung rief, die sie vorhin hatte stellen wollen.

»Warum die zusätzlichen Wachen? Hat noch jemand versucht, Euch umzubringen?«

Ottokar lachte freudlos. »Nein. Aber jemand hat versucht, meinen Vater zu töten.«

»Euer Vater ist hier?«

»Nein. Auf seiner Rückreise aus Österreich hat er auf Burg Rozemberk übernachtet. Voks Vater ist ein Freund meines Vaters, und dort ist es geschehen – Gift. Aber mein Vater hat überlebt. Nun besteht Vok darauf, dass ein Diener mein Essen und meine Getränke vorkostet.«

»Graf Rozemberk ist zurück?«

Er nickte. »Ja. Ich hatte ihn nach Pilsen geschickt, damit er mit Gernandus' Familie redet und nach Evzen sucht. Er hat ihn gefunden. Ihr hattet recht. Evzen ist tot. Vok war gerade nach Prag zurückgekehrt, als er Euch im Wald fand. Er hatte gehört …«

»Graf Rozemberk hat mich gefunden? Dann muss ich mich bei ihm bedanken.« Diese Verpflichtung behagte ihr nicht, insbesondere da Maus gleichzeitig die Schuld auf sich geladen hatte, seinen Neffen geblendet zu haben. »Wo ist er?« Sie lehnte den Kopf gegen die Wand und schloss die Augen.

»Höchstwahrscheinlich befragt er gerade Graf Olomouc. Das tut er schon seit mehreren Tagen. Wie es scheint, steckte Olomouc hinter dem Anschlag auf meinen Vater, und er hat auch Gernandus bezahlt, um mich zu töten. Aber sein Geständnis fehlt noch. Insgeheim ist er ein Anhänger der Slavník, einer mit meinem Geschlecht verfeindeten Familie. Wir dachten, wir hätten sie alle getötet. Diese Aufgabe werden wir bald nachholen. Vok will zuerst noch die Namen der anderen Verschwörer herausbekommen.«

Maus schauderte wieder. Sie stellte sich die Foltermethoden vor, die Graf Rozemberk benutzte, und zweifelte, ob er sie wirklich nur einsetzte, um an Informationen zu gelangen.

Maus verkroch sich zwar auch am nächsten Tag noch in ihrer Stube, doch Ottokars Besuche und Gittas unterhaltsames Gerede lockten sie allmählich zurück in die Welt. Sie verpasste die öffentliche Folter und anschließende Enthauptung von Graf Olomouc, obwohl alle anderen selbst am Ende der Woche, als Maus zum ersten Mal in den Rittersaal hinabging, noch in Hochstimmung waren. Maus bekam die Gelegenheit, Graf Rozemberk zu danken, was sie hastig hinter sich brachte. Der Versuch, sich für das zu entschuldigen, was mit seinem Neffen geschehen war, schmerzte weit mehr.

»Wie geht es Luka?«

»Er weilt bei den Brüdern in Strahov.«

»Ist er wieder genesen?«

»Warum? Seid Ihr eine so großartige Heilerin, dass Ihr ihm die Sehkraft zurückgeben könntet?«

Maus spürte den Stachel seiner Worte. Sie verdiente sogar noch Schlimmeres. »Er war sehr mutig.«

»Und Ihr sehr dumm.«

»Das reicht, Vok«, tadelte ihn Ottokar. Er nahm Maus' Hand und drehte sie, bis sie auf seiner lag. »Es war nicht Eure Schuld«, sagte er und beugte sich zu ihr.

Maus wollte sich schon mit ihm anlegen, doch sie fürchtete sich immer noch vor sich selbst, davor, unabsichtlich mit einem falschen Wort ihre Macht zu entfesseln. Also schwieg sie, legte den Kopf gegen die Lehne und konzentrierte sich auf den sanften, warmen Puls in Ottokars Handgelenk, das auf ihrem Unterarm ruhte.

Seit dem Überfall hatte sie keine Berührung mehr ertragen und war schon zusammengezuckt, wenn Gitta ihr beim Ankleiden half, aber die raue Wärme von Ottokars Haut auf ihrer, leicht und sicher, machte sie gierig nach mehr.

»Ich habe Euer Armband einem der Brüder aus Strahov mitgegeben«, sagte er. »Er wollte zur Universität in Paris aufbrechen. Ich habe ihn gebeten, es dort jemandem zu zeigen. Eigentlich müsste er bereits angekommen sein. Schon bald werden wir Antworten zu Eurer Familie haben.« Sie wollte noch unzählige Fragen stellen, aber ihr blieben die Worte in der zugeschnürten Kehle stecken. Ihre Gedanken kreisten allein darum, wie Ottokars Daumen ihr Handgelenk streichelte. Die Zukunft, die sich vor ihrem geistigen Auge aufbaute, vollführte einen Tanz mit ihrer Begierde und ließ sie atemlos zurück.

11

Während jener ersten Tage des Wartens übte sich Maus in Geduld und tat Buße, um sich nicht der Fantasie hinzugeben, wie es wohl wäre, schließlich doch Antworten darauf zu bekommen, wer sie war. Und eine Familie zu haben und ihre Mutter zu kennen. Ganz besonders versuchte sie, nicht der Hoffnung zu erliegen, ihren Vater zu finden.

Die meisten Vormittage verbrachte sie damit, ihre Aufzeichnungen über Landstreitigkeiten und Ottokars jeweilige Entscheidungen zu übertragen. Da sie Schlaf und die daraus resultierenden Träume vermeiden wollte, arbeitete sie bis spät in die Nacht, nähte die Seiten zusammen und fertigte ein Buch an. Sie bemalte den Holzeinband blau, mit wilden Hyazinthen auf dem Buchrücken. Die Künstlerin in ihr seufzte ein wenig, als Ottokar dem Werk seinen profanen Titel gab – *Landtafeln* –, aber sie platzte fast vor Stolz über seine Ehrfurcht, mit der er eine Hand auf das Buch legte und es dem Hof präsentierte.

Jeden Tag spazierte Maus die zwei Meilen nach Strahov und wieder zurück. Sie wollte Luka besuchen, aber die Brüder erlaubten es nicht. Maus weigerte sich aufzugeben, bis die Wache, die man ihr zugewiesen hatte, einmal zu viel in sich hineinmurmelte, dass sie lernen müsse, ihre Schranken in der Gesellschaft zu akzeptieren. Im Grunde wusste sie sowieso nicht, was sie Luka hätte sagen wollen, obschon schwere Schuldgefühle sie plagten. Wenn sie doch einmal einschlief, plagten sie Albträume, und sie erwachte zu Schreien, die sich in ihrer Kehle auftürmten.

Doch kurz vor Allerheiligen erwachte sie zu dem Schrei einer anderen.

Maus hatte ihn schon einmal gehört. Gräfin Harrach. Sie rannte den Gang hinab zu ihren Gemächern, überzeugt, die Gräfin mit hohem Fieber vorzufinden. Maus hatte häufig nach ihr gesehen. Der Heilungsprozess schien gut zu verlaufen, aber solch schwere Wunden konnten sich schnell entzünden.

Gräfin Harrach saß auf dem Bett und wiegte ihren Sohn. »Er ist nicht tot«, flüsterte sie ununterbrochen. Damek saß an ihrer Seite.

Maus schluckte schwer, doch dann hörte sie das Herz des Säuglings, sein schnelles *Poch, Poch, Poch*.

»Nein, meine Liebe, er ist nicht tot. Es war bloß ein Traum«, sagte Damek. »Sieh nur, hier ist Gräfin Emma. Sie wird dir versichern, dass es dem kleinen Kerl gut geht.«

Maus nahm das Kind, der sich ausgezeichneter Gesundheit erfreute und gleich wieder einschlafen würde.

»Aber es war so echt, Damek. Ich war wach. Ich bin sicher, dass ich wach war. Ich bin aufgestanden, um ihn zu stillen, und er lag dort, ohne zu atmen, und dann hat er die Augen geöffnet und … Oh, Damek! Sie waren eingesunken und dunkel und tot. Er war tot. Ich weiß es«, schluchzte sie. Maus reichte ihr zur Beruhigung den Säugling. Sie hatte gerade Gitta beauftragt, einen Lavendeltee zu kochen, als sie einen zweiten Schrei in weiter Entfernung auf dem Burggelände hörte. Ein Angstschauder lief durch Maus hindurch. Waren die Kind-Wesen ihr hierhergefolgt, angezogen von ihrer Benutzung der Macht?

Am nächsten Tag ließ niemand ein Wort über die Albträume fallen, aber Maus füllte dennoch ihre Tasche mit Salz, und als sie Gräfin Harrach aufsuchte, streute sie ein Kreuz mit dem Bett und der Wiege in der Mitte, während sie so tat, als ginge sie nervös im Zimmer auf und ab. Das Salz knisterte, als es sich in den Ritzen der

Binsenmatte festsetzte. Es würde nicht weggeweht werden. Maus blieb an jedem Arm des Kreuzes stehen, um Blut aus einer Wunde tropfen zu lassen, die sie sich in die Handfläche geritzt hatte, und wartete, bis es durch die geflochtenen Binsen drang und sich mit dem Salz darunter vermischte. Leise murmelte sie einen Zauberspruch, während Gräfin Harrach über die rosigen Wangen ihres Kindes, das Strahlen seiner Augen, seinen gesunden Appetit plapperte – alles, um die gestrigen Visionen des toten Geschöpfs wegzuwischen.

Maus legte ebenfalls einen Schutzzauber über ihr eigenes Zimmer, aber sie konnte nicht unbemerkt in Ottokars Schlafgemach schlüpfen und dort dasselbe tun, ohne dass man ihr Fragen stellen würde. Weshalb sie stattdessen für ihn betete und hoffte, ihre Befürchtungen wären unbegründet, und dass die dunklen Kreaturen sie nicht schon wieder gefunden hatten. Doch die hohläugigen Wesen hatten bei dem Eichhörnchen derart gegeifert, dass sie wegen eines zum Leben erweckten Säuglings gewiss völlig aus dem Häuschen wären.

Mehr denn je wünschte Maus, sie wüsste, wo sich Pater Lucas aufhielte. Er müsste längst zurück sein. Wenn Pater Lucas zurückkehrte – falls er es denn tat –, wurde von ihm erwartet, dass er zuerst in Strahov einen Bericht über seine Mission erstattete. Aber Bischof Miklaus hatte noch nichts von ihm gehört. Maus verbat sich jegliche düsteren Gedanken, was Pater Lucas widerfahren sein mochte, einem Abgesandten der Kirche zwischen lauter Heiden, und entschied, dass sie ihre Schwierigkeiten allein lösen müsste.

Wenn die dunklen Dinge Maus vom Friedhof der Säuglinge nach Prag gefolgt waren, musste sie vorbereitet sein.

Sie packte ihren Lederbeutel, in dem sich all ihre Habseligkeiten aus Teplá befanden, und eilte in den Privatgarten, der einst Ottokars Mutter gehört hatte. Niemand sonst ging dorthin, besudelt, wie das

Fleckchen Grün von den Sünden der Frau war. Es war der perfekte Ort für das, was Maus vorhatte.

Eingeschlossen von der Kapelle und der äußeren Burgmauer, bot der Garten Maus Abgeschiedenheit und war ihr eigener klösterlicher Rückzugsort geworden. Selbst verwildert und ungepflegt war er wunderschön. Die Rosen, die an den Rankgittern vor den Mauern emporkletterten, bereiteten sich auf den Winter vor, und die letzten verschrumpelten Blüten klammerten sich an den dornigen Zweigen fest, während sich die Blätter vor ihnen einrollten und zu Boden fielen. Maus folgte dem Irrgarten aus mannshohen Hecken, bis sie sich zu einem kleinen Springbrunnen öffneten, der von hohem Gras und einstmals blühenden Büschen umgeben war. Moos kroch die Steinbank auf der anderen Seite des Wassers hinauf.

Mit einem Seufzen ließ sich Maus nieder. Schwere Schuldgefühle nagten an ihr, als sie ein Buch aus ihrem Beutel zog. Es war der kleine Kodex, den sie aus Pater Lucas' Schränkchen entwendet hatte. Sie hatte ihn zurückstellen wollen, aber da Ottokar darauf beharrt hatte, sie mit nach Prag zu nehmen, hatte sie keine andere Wahl gehabt, als ihn mitzunehmen – die Rätsel des unlesbaren Buchs waren stärker als ihre Scham, eine Diebin zu sein. In welcher Sprache war es geschrieben, und wer war der Verfasser? Welche Geheimnisse barg es, und warum stellten sich ihr vor Besorgnis die Nackenhaare auf?

Doch als sie das Buch öffnete, während die helle Sonne auf das Pergament blitzte und die alten Seiten in der Brise knisterten wie die abgestorbenen Rosen, brachte ihre Verzweiflung Schuldgefühle und Neugier zum Schweigen. Ihre einzige Hoffnung lag darin, dass das Buch die Antworten böte, die sie bräuchte: Wie sie die Burg vor den dunklen Kreaturen beschützen könnte.

Denn wenn sie nicht schon hier waren, das wusste Maus, würden sie sie bald finden.

Sie verbrachte den Nachmittag mit dem Versuch, den Text zu entziffern – anfangs auf Spurensuche, ob die verblasste BRUDERSCHAFT DER REINHEIT Buchstaben beinhaltete, die auch in den Wörtern vorkamen, die offenbar den Titel bildeten. Sie versuchte, die Abbildungen der Pflanzen zu bestimmen, damit sie die Wörter unter den Bildern ins Lateinische oder Deutsche oder Französische oder irgendeine andere ihr vertraute Sprache übersetzen konnte, aber trotz des Kräuterwissens, das Mutter Kazi sie gelehrt hatte, konnte Maus keine einzige Pflanze in dem gesamten Manuskript benennen. Frustriert und mit vor Müdigkeit getrübten Augen gab sie schließlich auf.

In der darauffolgenden Nacht kamen die Schreie von außerhalb der Burg.

»Es passiert jedes Jahr zu Allerheiligen«, sagte Gräfin Lemberk herablassend am nächsten Tag, als die Frauen ihre angestammten Plätze im königlichen Solar einnahmen. »Das einfache Volk verfügt über keinerlei Selbstkontrolle. Sie ängstigen sich vor der Dunkelheit und dem kleinsten Knarzen oder Ächzen.«

»Und trotz all ihrer Kirchengänge glauben immer noch zu viele an die alten Bräuche«, fügte eine andere Frau lachend hinzu. »Wahrscheinlich glauben sie, dass irgendein Baumgeist aus dem Wald gekommen ist, um sie zu holen.«

Aber Maus wusste zu viel, als dass die Worte ihr Trost gespendet hätten, und sie ließ das Mittagessen ausfallen, um in den Garten zu gehen. Die Schatten streckten sich von einer Mauer zur anderen, als sie schließlich das Buch zuschlug und den Kopf in die Hände stützte. Mehr denn je war sie überzeugt, dass in diesem Kodex die Antworten steckten, die sie bräuchte, aber er wollte seine Geheimnisse nicht preisgeben. Sie würde sich diesen dunklen Kreaturen allein stellen müssen, und das mit nichts weiter als ein paar Schutzzaubern, die

Pater Lucas ihr beigebracht hatte. Es würde nicht ausreichen. Sie könnte nicht die ganze Burg beschützen.

Auf einmal hörte sie Schritte. Jemand kam durch den Irrgarten auf sie zu.

Es gab keinen anderen Weg nach draußen. Maus schlich auf die andere Seite des Brunnens und schlüpfte hinter die Hecke, damit sie den Eindringling beobachten konnte, ohne gesehen zu werden. Doch die Augen des Mannes fanden sie mühelos trotz des undurchdringlichen Grüns. Sie hätte ihn fast nicht wiedererkannt. Es war über ein Jahr vergangen.

»Komm her, kleine *andílek*! Ich habe dich so sehr vermisst.«

Maus war in seinen Armen, noch bevor er den Satz beendet hatte, das Gesicht an seiner kratzigen weißen Ordenstracht vergraben. Sie atmete seinen Geruch tief ein – exotische Düfte, die sie nicht einordnen konnte, süß, schwer, der Geschmack von Salzwasser mit etwas Vertrautem gemischt. Ein anderer Pater Lucas, aber trotzdem noch er selbst.

»Eine der Zofen hat mir verraten, dass ich meine kleine Maus hier im Garten finden würde. Und so ist es.« Er streichelte ihr übers Haar, während er sie fest an sich drückte.

»Ihr seid dünner geworden«, sagte sie und wich schließlich weit genug zurück, um sein Gesicht zu begutachten.

»Wie es scheint, bekommt mir das Reisen auf dem Wasser nicht sonderlich.«

»Wo seid Ihr gewesen? Wir dachten, Ihr …«

»Ich bin über zwei Meere gereist, krank geworden und musste erst genesen, damit ich nach Hause zu dir zurückkehren kann. Stell dir meine Überraschung vor, dich stattdessen hier vorzufinden.« Er strich mit dem Daumen über ihre Wange. »Aber warum weinst du?«

»Weil ich glücklich bin, dass Ihr hier seid.«

»Hmm.« Er kannte sie gut genug, um die kleine Lüge zu durchschauen, doch er ließ es auf sich beruhen. Er nahm ihre Hand in seine beiden, als sie sich auf die Bank setzten. »Nun, wo waren wir stehen geblieben? Ach, ich weiß … ›Während die anderen Tiere die Erde betrachten, gab er dem Menschen einen hoch erhobenen Kopf und befahl, dass er den Himmel sehe und aufrecht zu den Sternen den Blick erhebe‹.«

Maus lächelte. Es war ihre eigene Version von Schach, ein Spiel, das sich Pater Lucas ausgedacht hatte, um sich und sie auf die Probe zu stellen – sie mussten den Autor samt Buch benennen und den anschließenden Satz zitieren.

»Isidor«, sagte sie. »Buch elf der *Enzyklopädie*. Der nachfolgende Satz heißt: ›Zwei Teile hat aber der Mensch: einen inneren und einen äußeren. Der innere Mensch ist die … ist die Seele, der äußere ist der Körper‹.« Sie verhaspelte sich, nicht weil sie die Worte vergessen hatte, sondern weil es jetzt mehr schmerzte, den Satz laut auszusprechen, als damals, als sie ihn vor Jahren zum ersten Mal gelesen hatte. Das war kurz nachdem sie aufgehört hatte, nach ihrer eigenen Seele zu suchen.

Pater Lucas seufzte. »Ah, du liest es immer noch nicht so, wie ich es gern hätte. Isidor erklärt uns als Nächstes, dass die Seele dem Wind gleicht. Kannst du den Wind sehen?«

»Nein, Pater, aber ich kann Eure Seele sehen. Sie glüht so hell, dass sie in meinen Augen schmerzt. Ich bin in meinem Innersten dunkel und jetzt …« Sie schluckte schwer an ihren Schuldgefühlen und Ängsten vor den dunklen Kreaturen. Pater Lucas sah so müde aus, und Maus wollte nichts weiter, als im Glück über sein Kommen zu schwelgen.

»Bist du auf Schwierigkeiten gestoßen, *andílek*?« Seine Frage glich der, die Mutter Kazi gestellt hatte, aber Maus wusste, dass er sie niemals wegschicken würde, egal, welche Schwierigkeiten sie gefunden hatte. »Ist das der Grund, weshalb du nicht zu Hause bist, wo du eigentlich sein solltest? Bist du jetzt eines Königs Maus?«

»Nein, Pater!« Verlegenheit flammte in ihrem Gesicht auf, doch sie blickte so rasch weg, dass er den Rest der Wahrheit nicht in ihren Augen lesen konnte, die Wahrheit, dass sie wahrlich gern zu Ottokar gehören würde. Stattdessen empörte sie sich. »Ich konnte nicht in Teplá bleiben. Und außerdem war es Mutter Kazi, die mir geraten hat, den König zu begleiten. Er brauchte eine Heilerin.«

»Mutter Kazi hat dich geschickt? Aber warum bist du nicht zurückgekehrt, sobald der König …« Als seine Hand auf die Bank sank, stieß sie gegen das Buch, das Maus dort vergessen hatte. »Was ist das?«

Maus wollte das Büchlein unter ihre Röcke schieben und ihm eine Lüge auftischen, aber das brachte sie nicht übers Herz. »Ich … ich habe es aus dem Schränkchen hinter Eurem Schreibtisch genommen. Ich musste …« Sie schüttelte den Kopf. »Das spielt keine Rolle. Ich habe das Buch gestohlen, obwohl ich wusste, dass ich es gegen Euren Willen lesen würde. Es tut mir leid, Pater.«

»Und, hast du es gelesen?«

»Seid Ihr wütend, weil ich es genommen habe?«

»Ach, kleine Maus.« Er beugte sich vor und gab ihr einen Kuss auf den Scheitel. »Wann bin ich jemals wütend auf dich gewesen? Ich hatte die Absicht, diese Bücher gemeinsam mit dir zu lesen, das ist wohl wahr, denn immerhin erzählen sie dunkle und verwirrende Geschichten. Aber in den vergangenen Jahren habe ich mehr mit Abwesenheit geglänzt, als dass ich zu Hause gewesen wäre, auf der Jagd nach weiteren Büchern wie diesem hier, und ich hatte wenig Zeit, um sie mit dir zu studieren. Daher ist es richtig, dass du sie allein liest und so viel wie möglich in Erfahrung bringst. Vielleicht kannst du neue Einsichten daraus gewinnen, indem du unbefangen und vorurteilsfrei an sie herangehst.« Er nahm das Buch. »Aber du hast nicht geantwortet. Hast du es gelesen?«

»Das war mir nicht möglich. Ich kenne die Sprache nicht. Könnt Ihr sie mir beibringen, Pater?« Mit einem Lächeln drehte sie sich zu ihm und fühlte sich wieder wie sie selbst, fest entschlossen, von ihm zu lernen, mit ihm gemeinsam Neues zu entdecken.

»Ich bin der Sprache ebenfalls nicht mächtig.«

Sie spürte, wie sie innerlich zusammensackte, als die Last ihrer Sorgen sie wieder niederdrückte.

»Und im Laufe der vergangenen paar Jahre, bei all meinen Reisen habe ich niemanden getroffen, der diese Sprache lesen kann«, fügte er hinzu.

»Wie ist das möglich?«

»Entweder ist es eine ausgestorbene Sprache, so alt, dass wir keine Spur mehr von ihr haben, oder das Buch ist in keiner Sprache geschrieben, sondern in einem Code.«

»Warum sollte jemand etwas aufschreiben, das niemand lesen kann?«

»Die Menschen tun alles, um Geheimnisse zu bewahren. Und um die Geheimnisse anderer zu enthüllen.«

»Aber es muss einen Schlüssel geben. Einen Weg, diesen Code zu entziffern.«

»Da stimme ich dir zu«, sagte er.

Maus setzte sich aufrechter hin, las in seinem Gesicht. Sie hatte etwas in seiner Stimme, seinem Herzschlag gehört. »Ihr seid im Besitz des Schlüssels.«

Pater Lucas lachte. Er hob die Hand, ließ sie sanft an ihrem Gesicht herabgleiten und schloss ihr die Augen. »*Andílek*, wenn du mich noch genauer betrachtest, werde ich wahrscheinlich zersplittern und vom Wind fortgeblasen.«

Maus wich jäh zurück, verunsichert, zu was sie tatsächlich fähig war – wenn sie die Sehenden blenden und die Toten auferstehen lassen konnte, könnte sie dann nicht auch einen Menschen in tausend Fragmente zersplittern lassen?

Pater Lucas legte ihr die Hand unters Kinn und hob ihr Gesicht an.

»Ich werde ihn dir zeigen, und vielleicht können wir ihm gemeinsam seine Geheimnisse entringen.«

»Das würde ich sehr gern«, sagte sie. »Aber erst gibt es da jemanden, den ich Euch vorstellen möchte.«

12

Maus stellte die beiden Männer einander viel eleganter vor als bei Mutter Kazi, verneigte sich tief und flocht bei jeder passenden Gelegenheit ein höfliches »Majestät« ein. Sie war enttäuscht, dass Ottokar steif und unnahbar schien und Pater Lucas abgelenkt wirkte.

Ottokar entschuldigte sich rasch wegen einer Besprechung mit Graf Rozemberk, und Pater Lucas machte sich auf den Weg, um bei Bischof Miklaus Bericht zu erstatten. Maus begleitete ihn bis zum Südtor, wagte sich jedoch nicht jenseits der Burgmauern.

Kalter Regen trübte ihr die Sicht, als sie sich zum Bergfried umdrehte, und während sie den Burghof in Richtung des Veitsdoms durchquerte, stieg Maus ein metallischer Geruch in die Nase. Es war Schlachtzeit. Sie hörte das Brüllen der Schafe und Kühe, die darauf warteten, als Nächstes das Messer zu spüren, aber Maus bog nicht um die Ecke, um das Schicksal der Tiere mit eigenen Augen zu sehen. Ihr Magen krampfte sich zusammen, und sie betrat genau in dem Moment die Dunkelheit des Portikus, als der Regen heftiger wurde und schwallartig an der Fassade der Basilika herablief.

Maus lehnte sich gegen die Mauer und ließ das stetige Hämmern des Regens die Geräusche der panischen Tiere übertönen. Sie hob die Röcke an, hielt ihren Fuß unter den Wasserfall und bohrte die Finger zwischen die Zehen, um den getrockneten Schlamm zu lösen. Nach dem Vorfall mit Luka hatte sie zur Buße wieder angefangen, es dem heiligen Norbert mit seinen bloßen Füßen gleichzutun. Ihre Fußsohlen waren wund und schmerzempfindlich, und das Wasser tat gut.

»Ich liebe die Tage der Ernte. Die Gerüche des vergangenen Sommers erfüllen dann die Luft, während die Frauen das Korn dreschen. Aber ich hasse die Schlachtzeit.«

Maus wirbelte zu der dunklen Ecke herum. Wie war es möglich, dass sie ihn dort nicht gesehen hatte? Es war der blinde Minnesänger von ihrem ersten Abend im Rittersaal.

»Der Geruch des Todes. Aber ein unrechter. Nicht wie der alte Stern, der in die tiefe Finsternis gleitet, friedvoll und still. Oder der Tod eines Märtyrers, der für das Gute, Rechtschaffene und Erhabene stirbt.« Er redet wie ein Poet, dachte Maus, wie die Lieder, die er sang. »Während dieser Zeit des Jahres nimmt sich der Tod, was er will, ist zu ungeduldig, um zu warten. Jene armen Geschöpfe dort draußen sind nur ein Teil seiner überschäumenden Fülle.«

»Ihr Fleisch wird diesen Winter wohl vielen das Leben retten«, gab Maus leise zu bedenken. »Wie das Blut Christi.«

»Das mag durchaus der Wahrheit entsprechen, doch sie gilt nicht für dich«, sagte der blinde Minnesänger.

»Was meinst du?«, fragte sie scharf.

»Du würdest sie nicht schlachten lassen. Du wirst nicht das Leben kosten, das ihnen gestohlen wurde.«

Maus' Kopf drehte sich. »Nein. Ich meine, ich weiß es nicht. Ich würde zumindest den Lebenden das Grauen ersparen, bei der Schlachtung der anderen zusehen zu müssen.«

»Ist es besser, wenn sie ihr Schicksal nicht kennen?«

»Ich denke, ich würde es nicht wissen wollen, bis ich das Messer an der Kehle spüre.«

»Der Tod wäre dann einfacher?«

»Vielleicht«, sagte sie. »Ich bin überzeugt, dass das Leben leichter wäre, könnte ich nicht zu viel des kommenden Wegs sehen.«

»Ich frage mich, ob es das Leben süßer machen würde, wüsste man, was einen erwartet. Hätte ich gewusst, dass ich das Augenlicht verliere, hätte ich vielleicht mehr gesehen – mehr Farben, mehr Gesichter.« Er seufzte. »Ich vermisse Gesichter und die Veränderungen in ihnen, wenn die Menschen meiner Musik lauschen.«

Maus wischte sich mit dem Ärmel über die Wange. Ihre Tränen flossen wegen des Verlusts, den der alte Mann zu beklagen hatte, und dem, was sie Luka genommen hatte. Mit schmutzigen Händen umschloss sie das Gesicht des Minnesängers, und ihre Daumen glitten an seiner Stirn hinab zu seinen Augen, die sich bei ihrer Berührung schlossen. »Ich wünschte, du könntest wieder sehen«, flüsterte sie, während sie sich hinabbeugte und ihm einen Kuss auf die Stirn drückte.

Dann drehte sie sich um und trat hinaus in den Regen, um zurück zur Burg zu eilen.

»Was hast du getan?«, fragte er heiser.

Maus blieb einen Moment wie erstarrt stehen, bevor sie zu dem alten Mann zurückwirbelte. Er stand auf der anderen Seite der Regenwand und blickte sie an.

Blickte sie mit ungetrübten blauen Augen an.

»Nein«, murmelte Maus. Der Regen rann ihr in den Mund, während sie sich zu dem alten Minnesänger beugte und beobachtete, wie sich seine Pupillen beim Einfall des Lichts weiteten. Ihr Magen bebte.

»Was bist du?« Er wollte nach ihr greifen, ihr Handgelenk packen, Gesicht und Stimme von Ehrfurcht erfüllt. »Du bist wunderschön! Dunkle Haare, Haut so weich.« Seine andere Hand glitt durch den Regen zu ihrem Gesicht. »Deine Augen, grün wie die Blätter einer Eibe. Bist du eine Heilige? Ein Engel?«

»Nein. Ich bin ein Nichts. Ein Mädchen.« Sie wollte ihren Arm aus seiner Umklammerung befreien. »Nur ein Mädchen. Bitte, ich habe das nicht getan.« Aber die Glückseligkeit darüber, was sie vollbracht hatte, bezwang allmählich ihre Angst. Sie hatte dem Mann das Augenlicht zurückgegeben. Vielleicht könnte sie dasselbe für Luka tun.

Der Minnesänger küsste ihr die Hand. »Komm. Wir müssen es meinem Sohn erzählen, Matthias. Oh, mein Sohn, dessen Gesicht ich seit seiner Geburt nicht mehr gesehen habe.« Er trat zu ihr hinaus in den Regen.

Wie der Blitz traf Maus die Erkenntnis, was geschehen würde, sollte der Minnesänger seine sonderbare Geschichte öffentlich machen und ihr das Wunder zuschreiben. Teplá würde sich wiederholen – Menschen, die sich bei ihrem Anblick bekreuzigten, sie vor Ehrfurcht oder Angst anstarrten. Doch diesmal wäre sie nicht vom Kloster geschützt, von Menschen, die sie ihr ganzes Leben kannten. Diese Fremden könnten sie ebenso gut als Hexe beschimpfen, sie auf einen Scheiterhaufen werfen und am Halloweenabend verbrennen.

Dann stieg ein Bild in ihr auf, wie sie, umringt von Kranken und Verwundeten, diese heilte. Vielleicht war es das, was Gott für sie vorgesehen hatte. Ihr Leben ergab auf einmal Sinn, all diese unzusammenhängenden und fehlenden Teile waren mit einem Mal so klar – sie war nicht Teil der Kirche, sondern Teil der Welt, wo sie ihre Gabe und ihr Können als Heilerin für das Gute einsetzte. Sie wäre eine Heilige.

Aber noch nicht. Noch war sie nicht bereit.

Der Minnesänger zog an ihrem Arm. Maus überrumpelte ihn und schubste ihn zurück unter den Portikus, den Arm auf seine Brust gepresst, ihr Gesicht nur Zentimeter von seinem.

Sie lachte, als das Kitzeln der Macht ihre Kehle emporstieg. »Es war die heilige Ludmila, die zu dir kam und dir das Augenlicht wiedergab, ein Geschenk für all die Freude, die du anderen bringst.«

Seine Augen wurden einen Moment ausdruckslos, und Maus fürchtete schon, sie hätte das Wunder zunichtegemacht, aber dann sah er sie an und umarmte sie. »Ich kann wieder sehen! Die heilige Ludmila hat mir das Augenlicht geschenkt!« Mit diesen Worten tanzte er in den Regen hinaus.

»Ihr seid ja klitschnass!«, rief Gitta, als sich Maus wenige Minuten später frohlockend im Zimmer drehte. Regenwasser spritzte zu allen Seiten. »Warum so glücklich, Gräfin?«

»Heute ist mein Geburtstag, und Pater Lucas ist zu mir zurückgekommen!« Sie packte Gitta an den Armen und wirbelte sie mit sich herum.

»Heute ist Euer Namenstag? An Halloween?«, fragte Gitta atemlos, während sie anfing, Maus ihre nasse Kleidung auszuziehen.

»Kein Namenstag – so etwas besitze ich nicht –, sondern mein richtiger Geburtstag.«

»Nun denn, Gott segne Euch, Gräfin! Und wie schön, dass es ein glücklicher ist. Nach dem Ungemach im Wald verdient Ihr etwas Freude.«

»Vielen Dank, Gitta.« Aber das Geschenk, das Maus im Sinn hatte, war das, was sie Luka zukommen lassen würde, sobald sie die Mönche überreden konnte, ihr Einlass in Strahov zu gewähren.

Später, beim Fest vor der Nachtwache zu Allerheiligen, bat sie Ottokar erneut, ihr Zutritt ins Kloster zu verschaffen.

»Nein«, erwiderte Ottokar wieder. »Ich habe Euch schon gesagt, dass ich mich in die Belange der Brüder nicht einmischen werde.« Aber er lächelte. Wie hätte er nicht lächeln können? Maus strahlte übers ganze Gesicht, wie sie es seit dem Überfall im Wald nicht mehr getan hatte. Ihre Verspieltheit und ihr Selbstvertrauen zogen ihn an wie ein Lied, ähnlich wie in jener Nacht, als er ihr beim Tanzen zugesehen hatte.

»Aber heute ist mein Geburtstag, Majestät.« Ihre Augen funkelten.

Er neigte sich näher zu ihr, den Rücken Graf Rozemberk zugewandt und so vertieft in Maus, dass er die Menschen im Rittersaal völlig ausblendete. Alle tuschelten über das Wunder des Minnesängers.

»Dann bittet mich um etwas anderes, das ich Euch schenken kann.«

Maus spürte seinen Atem, der an ihrer Wange zu ihrem Nacken herabglitt, und sah ihr Spiegelbild in seinen Augen. Sie wusste, was sie wollte. Und was er wollte.

Doch dann fiel sein Blick über ihre Schulter, und er setzte sich aufrecht hin. »Willkommen, Pater Lucas.«

Der ältere Mann verneigte sich. »Vielen Dank für die Einladung, Majestät«, sagte er und wandte sich an Maus. »Dürfte ich einen Moment unter vier Augen mit dir reden?«

»Gräfin Emma«, sagte Ottokar. »Beeilt Euch. Wir brechen bald zur Nachtwache in St. Georg auf.«

Pater Lucas führte sie den Korridor hinab und in die Kapelle zu einer Bank im hinteren Teil des Gotteshauses.

»Mir ist die Sache mit dem Minnesänger zu Ohren gekommen. Was hast du getan?«, fragte er.

»Ich weiß nicht, was Ihr …«

»Das Mädchen, das ich in Teplá zurückließ, erzählte nie Lügen oder Halbwahrheiten. Die Frau, die ich am Hof vorfinde, tut fast nichts anderes.«

Peinlich berührt, wie leicht er sie durchschaute, und beschämt von der Richtigkeit seiner Anschuldigung flammten ihre Wangen auf, doch statt ihre Sünden einzugestehen, kritisierte sie den Geistlichen scharf. »Erntet, was Ihr gesät habt, Pater. Ist es nicht das, was Ihr Euren Schäfchen predigt?« Sie spürte die Macht in sich, die seit dem nachmittäglichen Wunder vollständig erwacht war, lautstark schnurrte und sich in ihrer Brust streckte.

»Ich kann dir nicht folgen. Was habe ich gesät? Und bist du nicht mehr eins meiner Schäfchen?«

»Laut Mutter Kazi bin ich das nie gewesen«, fauchte sie.

»Ah, ich verstehe. Du wendest dich gegen die, die dich verletzt haben. Aber ich habe dich etwas anderes gelehrt. Und wann habe ich dich jemals gekränkt, Maus?«

Die Sanftheit seiner Stimme und die unverhohlene Zuneigung in seinem Gesicht verschluckten die wütenden Worte, die sie ihm eigentlich ins Gesicht schleudern wollte, und irgendetwas in ihrem Inneren entknotete sich ein kleines bisschen, sodass sie wieder atmen konnte.

Sie barg das Gesicht in den Händen. »Verzeiht mir, Pater.« Und sie erzählte ihm alles – alles abgesehen von dem Säugling, denn dieses Geheimnis gehörte allein ihr. »Ich wollte nichts von alledem, Pater. Nicht die Lügen. Nicht Luka. Nicht den Minnesänger. Aber das war etwas Gutes, nicht wahr?«

»Oh, kleine *andílek* …«

Maus seufzte, bedauerte die Enttäuschung in seiner Stimme. »Ihr nennt mich so, Euren kleinen Engel, aber bin ich das denn wirklich?«

»Habe ich dir nicht gesagt, dass du Gottes Geschöpf bist? Reicht das nicht? Nach seinem Willen zu leben? Gutes zu tun?«

»Aber ich habe Gutes getan, Pater. Selbst Jesus Christus hat die Blinden sehend gemacht.«

»Selbst Jesus Christus? Ist es das, wofür du dich jetzt hältst?«

Maus errötete. »Nein, so habe ich das nicht gemeint. Ich meinte, dass auch andere Wunder vollbracht haben. Der heilige Wenzel hat einer blinden Frau das Augenlicht geschenkt. Der heilige Prokop hat Dämonen ausgetrieben. Die heilige Ludmila …«

»Ludmila wurde aus ihrer Heimat vertrieben und dann erwürgt. Wenzels eigener Bruder hat ihn zerstückelt.« Seine Frustration und Furcht ließen seine Worte schärfer klingen als beabsichtigt. »Ist es das, was du willst? Ich wünsche es dir nicht.« Wütend schüttelte er den Kopf.

Maus dachte an die Schafe und die Kühe, die vor den Außenmauern auf ihre Schlachtung warteten.

»Aber wenn es Gottes Wille ist? Er hat mir diese Gaben geschenkt, sollte ich sie dann nicht einsetzen?«, fragte sie leise.

Diesmal war es Pater Lucas, der den Kopf in die Hände sinken ließ. »Es ist nicht sicher, Maus. Du hast gesehen, wie die Menschen in Teplá dich behandelt haben, und sie haben nur das sonderbare Verhalten eines Kindes gesehen, ohne eine Vorstellung dessen, wozu du in Wirklichkeit fähig bist. Außerdem sind deine Argumente schal. Du weißt bereits um die Gefahr. Laut dem Minnesänger war es die heilige Ludmila, die ihm das Augenlicht schenkte. Aber ich bin sicher, dass sie heute nicht im Veitsdom war. Habe ich recht?«

Maus schüttelte den Kopf, und sie saßen schweigend da.

»Pater, wisst Ihr, wer meine Eltern waren?«

Die Frage schien den alten Mann nicht zu überraschen. »Gott hat dich erschaffen, wie er uns alle erschaffen hat. Nichts anderes spielt eine Rolle.«

»Für mich schon. Und auch für Ottokar.«

»Du wolltest sagen ›für Ihre Majestät‹.« Er hob den Kopf, um sie anzusehen, die Augen dunkel vor Sorge. »Hüte dich, Maus. Der Hof ist ebenso gefährlich wie die Kirche, beide tief verstrickt in politische Intrigen und Ränke und voller ehrgeiziger Menschen. Willst du nicht mit mir zurück nach Teplá kommen?«

»Ich bin dort nicht willkommen, Pater. Und Ihr werdet sowieso nicht lange dort bleiben.«

»Ich habe das Gefühl, dass meine Reisen ein Ende haben.« Er klang müde. »Ich habe etwas für dich.« Er zog ein Buch aus seinem Lederbeutel und reichte es ihr.

Es war kleiner als die meisten, der Einband rissig vom Alter. Maus schlug es auf. Es roch nach Salzwasser und Sand. *Das Buch von Enoch* stand in Schnörkelschrift oben auf der Titelseite. »Es ist auf Hebräisch«, sagte sie erleichtert, froh darüber, ein Buch vor sich zu haben, das sie tatsächlich lesen konnte.

»Ja, aber es ist wie mit den anderen in meinem Schränkchen. Nicht jeder würde verstehen, warum wir solch ein Buch lesen wollen.«

»Was steht darin?«

»Geschichten, die du noch nie gehört hast, aber ich denke, du wirst das Buch aus anderen Gründen hilfreich finden.«

Beim Durchblättern dachte Maus über seine Worte nach. Sie sah ihn scharf an. »Es ist der Schlüssel! Um das andere Buch zu lesen!«

Er nickte. »Ich bin weit gereist, in der Hoffnung, dass dem so ist, aber ich muss gestehen, ich habe keine Antwort gefunden, wie der Code entschlüsselt werden könnte. Ich bin allerdings zuversichtlich, dass du etwas siehst, das mir entgangen ist. Aber fürs Erste solltest du das Buch auf dein Zimmer bringen, und dann werden wir uns wieder unter die Wölfe mischen. Wahrscheinlich haben wir die Geduld des Königs längst überstrapaziert.«

Schwer parfümierter Rauch wirbelte wie fahle Wolken unter den Deckenfreskos im Rittersaal, nur darauf wartend, sich auf die Handvoll Feiernder zu ergießen. Als Maus eintrat, winkte Ottokar sie zu sich, dann stand er auf, zog sie an sich und gab ihr einen Kuss auf die Wange. Er roch nach süßem Wein und fettigem Essen.

»Ich habe die anderen zur Kirche vorgeschickt«, sagte er, während sie in die Nacht hinaustraten.

Nur wenige Menschen waren noch im Burghof und hatten sich in einer ungeordneten Schlange vor der St.-Georgs-Basilika aufgereiht. Die Luft hatte sich abgekühlt, der Nieselregen war in Regenschauer übergegangen, und die Wolken waren nun so dicht, dass sie das Mondlicht gänzlich aussperrten. Ein unscharfer Kreis aus Kerzen leuchtete von Laternen, die an Haken zu beiden Seiten der offenen Kirchentüren hingen. Sie wirkten wie Augen, die neben einem feurigen Mund glühten, und die dunklen Spitzen des Adam-und-Eva-Turms erhoben sich wie Hörner in den Nachthimmel. Das Ganze sah aus wie ein erwachender Drache, der sich den Bauch mit Menschen vollschlug, bevor er in den Kampf zog.

Am folgenden Tag würden die Gläubigen in der Kirche Allerheiligen mit einem Fest begehen, doch am Vorabend hielten sie Wache gegen die Dunkelheit von Halloween mit einer Nacht voller Gebete für die Toten.

»Allerseelengebäck«, dröhnte die Stimme eines Kindes über den Innenhof.

Verwirrt drehten sich die Menschen um.

»Allerseelengebäck!«, schallte es von einem anderen Kind zurück, bis überall im Burghof, vom Palast bis zur Kirche, das hohe, klagende Wimmern von Stimmen widerhallte. »Allerseelengebäck, Allerseelengebäck, Allerseelengebäck.«

Maus blickte an der sich lichtenden Menschenmenge vorbei und sah sie: Dutzende von Kindern mit Masken, die klaffenden Münder rot gemalt, weiße Gesichter mit schwarzen Augen – Masken des Todes. Sie drängten sich aus den dunkleren Schatten in der Nähe der Mauern.

»Seid ihr Kinder aus der Stadt?«, fragte jemand.

»Allerseelengebäck«, kam die Antwort.

»Allerseelengebäck gibt es morgen früh zu Allerheiligen, das wisst ihr genau. Verschwindet von hier. Kommt morgen wieder, und ihr sollt euer Allerseelengebäck haben. Los jetzt!«, rief jemand und scheuchte die Kinder, die die Menschentraube umringten, mit einer hastigen Handbewegung fort.

Und dann begannen die Glocken zu läuten.

Die Menschen hoben die Hände, um sich die Ohren zu bedecken, während die Glocken der St.-Georgs-Basilika und des Veitsdoms von beiden Enden des Burghofs dröhnten. Sämtliche Glocken der Stadt tönten von jenseits des Flusses. Die Menschen drängten sich in Richtung Kirche, rempelten sich in ihrer Eile gegenseitig an.

»Niemand in Prag lässt Glocken läuten«, murmelte Ottokar, ließ Maus' Hand los und schob sich durch die Menge.

»Warum nicht?«, fragte sie. Die Kirchturmglocken für die Toten zu läuten war in Teplá stets Teil der Nachtwache gewesen. Doch Ottokar war fort.

Maus wollte ihm folgen, aber die Kinder versperrten ihr den Weg, die Köpfe tief gesenkt, während sie wie aus einem Munde riefen: »Allerseelengebäck!«

Und da wusste Maus, dass die dunklen Kreaturen sie schließlich gefunden hatten.

13

Maus beobachtete, wie die Türen der Kirche zufielen und Ottokar mit den letzten Nachzüglern in ihrem Innern einschlossen, während sie allein im Burghof mit den Kindern zurückblieb, die keine Kinder waren.

Die Masken, die sie bis eben getragen hatten, verwandelten sich in die hohläugigen Gesichter mit scharfen Zähnen der dunklen Geschöpfe vom Friedhof der Säuglinge zurück. Sie lachten wie ganz normale Kinder – hoch und verspielt –, aber Maus wusste, dass sie alles andere als unschuldig waren – ganz egal, was sie jemals gewesen sein mochten.

Eines der Kind-Wesen streckte sich nach ihr und zog an ihrer Hand. »Spielen wir?«, fragte es.

Und dann sah Maus die Kirche. Flammen tanzten an den Fenstern, ein grell leuchtender Hintergrund gegen die dunklen Silhouetten der brennenden Menschen. Feuer leckte an der Außenmauer der Basilika.

Ottokar war dort drinnen. Und Pater Lucas.

Maus rannte auf die Kirchentüren zu.

Sie roch angesengtes Fleisch, spürte die Hitze, die sie versengte, als sie den Eisengriff packte. Die Türen ließen sich nicht öffnen. Maus fiel auf die Knie, krallte sich in den Türspalt, versuchte verzweifelt, den Hebel zu finden, um sie aufzustemmen, während sich Splitter unter ihre Fingernägel bohrten. Die Schreie in der Kirche wurden lauter, bis sie sich wie das Gebrüll der Pferde anhörten, die damals im Stall des Hofschmieds in Teplá verbrannt waren.

Ganz genau wie das Gebrüll der Pferde.

Da riss Maus den Kopf hoch. Die hohläugigen Kinder spielten mit ihrem Verstand, fütterten sie mit der Vision einer brennenden Kirche. Die Schreie, die Gerüche – nichts davon war real.

»Schluss damit!«, rief sie und schritt die Treppe zu den Kreaturen hinab, die sich nun eng zusammengedrängt hatten und unnatürlich still dastanden. Maus ignorierte das Geräusch von Holz, das in der Hitze knackte, und konzentrierte sich auf das Tönen der Glocken. »Verschwindet!«

Maus' Hände ballten sich in ihren Röcken, während sich ihre wütende, zuckende Macht in ihrer Kehle aufbaute. »Ich sagte: Verschwindet!«

Die Kinder lachten, und unvermittelt verhallte das Dröhnen der Glocken.

»Kommst du und spielst mit uns?«, fragten sie und streckten flehend die Hände nach ihr aus.

Bei dem Geräusch von Schritten hinter ihr drehte sich Maus leicht zur Seite. Jemand war aus der Kirche getreten.

»Der König fragt nach dir. Kommst du?«

Maus baute sich vor Pater Lucas auf, als er sich ihr näherte.

»Ich komme gleich. Könntet Ihr ihm das von mir ausrichten?« Sie wollte ihn wieder in der Kirche wissen. Eins der hohläugigen Kinder streckte die Hand nach Pater Lucas aus.

»Gibt es Schwierigkeiten, *andílek*?«

»Passt auf, Pater!« Sie zog ihn außer Reichweite des dunklen Wesens. »Das sind keine Kinder. Es sind …« Aber Maus wusste nicht, wie sie die Geschöpfe nennen sollte.

»Ich weiß. Das sind die Dinge, die dich als Kind heimgesucht haben, nicht wahr?«

Sie nickte.

»Aber das sind nicht die verlorenen Seelen der Ungetauften, Maus.«

»Was sind sie dann?«

»Verführer.«

Der eisige Ton in seiner Stimme ließ Maus zittern. Sie wollte ihn fragen, was er meinte, doch das musste warten. Die hohläugigen Kinder schoben sich langsam näher, Zentimeter um Zentimeter.

»Ich habe versucht, sie zu befehligen, aber sie gehorchen mir nicht. Ich könnte es noch einmal probieren …«

»Nein!«

Der schroffe Befehl ließ Maus zusammenzucken.

»Ich glaube nicht, dass es etwas ändert«, sagte er diesmal weicher, doch Maus konnte die Angst in seiner Stimme hören. »Weiche langsam zurück. Wir können die Menschen besser beschützen, wenn wir in der Kirche sind.«

Die Kreaturen folgten ihnen wie Schatten, Schritt für Schritt. Maus ließ Pater Lucas zuerst durch die offene Tür schlüpfen und knallte sie zu, sobald sie die Türschwelle überschritten hatte.

»Ich glaube nicht, dass Türen diese Wesen aufhalten können«, sagte Pater Lucas.

»Wir könnten einen Schutzzauber anwenden, aber wir haben kein Salz.«

Pater Lucas nickte.

Schreie drangen aus dem Mittelschiff. Maus lauschte eindringlich, trennte mit ihren übernatürlichen Sinnen das Chaos aus Geräuschen.

»Sie sehen das Kreuz bluten«, erklärte sie Pater Lucas. »Diese Geschöpfe können Menschen dazu bringen, dass sie alles Mögliche sehen, alles Mögliche glauben. Pater, wenn wir nichts tun, werden diese Menschen leiden. Jemand wird verletzt werden.«

»Wir können Blut für den Schutzzauber benutzen, Maus. Das Salz kanalisiert nur die Macht, es ist das Blut, das wirkt«, sagte er, während sie zurück ins Vestibül traten.

»Das ist eine Menge Blut, Pater.«

»Wir haben keine andere Wahl. Ich werde das Seitenschiff zu unserer Linken abgehen bis zur Empore. Du beginnst hier und übernimmst den rechten Gang. Ich kümmere mich um das nördliche Querschiff und du dich um die Ludmila-Kapelle. Unser Blut bildet dann ein Kreuz.«

Ohne zu zögern, nahm Maus das Messer, das an ihrer Taille hing, und ritzte sich die Hand auf. Doch als sie die Klinge an Pater Lucas' ausgestreckten Arm brachte, konnte sie ihm keinen Schnitt zufügen.

»Lasst es mich allein tun, Pater. Es ist meine Schuld, dass diese Wesen hier sind. Es obliegt meiner Verantwortung …«

Er legte die Hand auf ihre und drückte das Messer in sein Fleisch.

Dann gingen sie ihrer Wege, jeder von ihnen langsam die äußeren Kirchenreihen entlang, eine Blutspur hinter sich herziehend, leise den Schutzzauber psalmodierend. Sie drehten den Rücken zur Wand und verbargen ihre blutigen Handflächen, während sie an den Menschen in den Längsschiffen vorbeischritten, die die Köpfe neigten, als der Bischof die Totengebete anstimmte.

»›Aus der Tiefe rufe ich, HERR, zu dir: Herr, höre auf meine Stimme‹«, kam das Flüstern der Gläubigen als Antwort. Die Menschen rührten sich und versuchten schubsend, sich etwas Platz zum Hinknien zu verschaffen.

Als Maus die Ludmila-Kapelle betrat, suchte sie die Menschenmenge ab, bis sie Ottokars Krone entdeckte, die im düsteren Schein der Kerzen flackerte. Sie seufzte erleichtert. Am hinteren Ende der Kapelle, wo niemand sie sehen konnte, schnitt sie sich in die andere Handfläche, während sich die andere Wunde schon wieder schloss. Sie wartete, bis sich ihre Hand mit Blut füllte, bevor sie die Reihen weiter abschritt. Als sie ihre Hälfte des Kreuzes erreicht hatte, überkam sie jäher Schwindel. Sie lehnte sich gegen die Wand neben der

Treppe, die hinauf zur Empore führte, und ließ sich auf die Knie sinken. Dann beugte sie den Kopf nach vorne.

»›Ich harre des HERRN: Meine Seele harret, und ich hoffe auf sein Wort‹«, murmelte sie mit den anderen.

Eine kühle Brise strich ihr übers Gesicht. Sie schlug die Augen auf und sah den Durchgang zur Krypta.

Hastig begann Maus, in Richtung der Stufen zu krabbeln, als Pater Lucas neben ihr auf die Knie sackte. Seine Augen waren geschlossen, das Gesicht aschfahl. Er hatte zu viel Blut verloren und sank gegen sie, drängte sie an die Mauer. Sie versuchte, ihn zu stützen, aber er war zu schwer. Der Bischof hielt in seinem Gebet inne, alle Augen richteten sich auf sie.

Mit einem Mal war Ottokar an ihrer Seite. »Lasst ihn uns zur Krypta bringen, dort ist die Luft kühler«, sagte er, schob den Arm unter Pater Lucas' Schulter und blickte zu Bischof Miklaus hoch. »Eure Exzellenz, die Menschen scheinen von Sorge erfüllt zu sein. Sie bedürfen Eurer Führung.«

Der Bischof verneigte sich und fuhr mit seinem Gebet fort, während Ottokar und Maus Pater Lucas die Treppenstufen hinab zur Krypta geleiteten. Maus hob den Kopf. Das Gold des Deckengemäldes zog ihren Blick an, als das Kerzenlicht fast im Gleichklang zum Torkeln des Paters flackerte.

Das Bild zeigte Johannes' Offenbarung des Neuen Jerusalems, mit Straßen aus Gold und einer Stadt aus Glas. Aus Maus' Perspektive sah es aus, als würde die Stadt dort oben hängen, eingefangen von den dünnen Pinselstrichen des Künstlers, nur darauf wartend, auf sie herabzufallen.

Nachdem sie Pater Lucas auf eine Bank gesetzt hatten, kniete sich Maus neben ihn. Mit geschlossenen Augen lehnte er den Kopf gegen die Säule in seinem Rücken. Maus' Hand glitt in den Saum seiner Ordenstracht und riss ein Stück Leinentunika ab. Sie versuchte, den blutgetränkten Ärmel vor Ottokars Blicken zu schützen, während sie die Wunde verband, aber er sah sie und packte Pater Lucas am Arm.

»Er blutet.«

»Es ist nicht das, was Ihr denkt, Ottokar. Lasst ihn!« Ohne nachzudenken, legte sie die Hände auf seine und zog sie dann mit einem schmatzenden Ruck zurück.

»Und Ihr, Maus?« Er hielt ihre Hände hoch, die blutigen Innenflächen nach oben. »Was ist das?«

»Gestattet, dass ich mich erst um ihn kümmere, dann werde ich Euch alles erklären.«

Er nickte und ließ ihre Hände los. Dann eilte er ein paar Stufen hinauf und gab jemandem im Längsschiff ein Zeichen. »Hol etwas Brot und Wein«, befahl er.

»Nein!«, sagte Maus. »Niemand darf die Kirche verlassen. Es ist nicht sicher.«

»Warum nicht?«, fragte Ottokar wütend.

Pater Lucas stöhnte.

»Bitte, Ottokar, vertraut mir einfach«, erwiderte sie.

»Ein Teil des Essens für das morgige Fest wurde bereits gebracht, nicht wahr?«, fragte der König den Diener, der sich auf der obersten Treppenstufe niederkauerte, die betende Masse in seinem Rücken.

»Ja, Majestät. Es lagert im nördlichen Querschiff.«

Ottokar wandte sich an Maus. Sie nickte.

Die Arme vor der Brust verschränkt, schritt er die dunklen Ecken der Krypta ab, bis der Mann mit Brot und einem Becher Wein zurückkehrte. Während Maus den provisorischen Verband verknotete, riss der König kleine Stücke des weingetränkten Brots ab und fütterte Pater Lucas damit. Trotz der Krone und des juwelenbesetzten Mantels wirkte nichts an ihm steif oder majestätisch. Maus hielt den Kopf gesenkt, um Ottokar verstohlen beobachten zu können. Sein

Gesicht war weich, gütig, seine Stimme zärtlich, als er den alten Mann zum Essen ermutigte.

Nachdem sie das Gesicht wieder gehoben hatte, erkannte sie, dass sie ebenfalls heimlich beobachtet worden war. Ein Anflug von Traurigkeit huschte über Pater Lucas' Augen, bevor er seine Gefühle überspielen konnte.

»Du musst es zu Ende bringen, *andílek*«, sagte er.

Sie nickte, als Ottokar sich ebenfalls zu ihr umdrehte.

»Was meint er?«

Maus öffnete den Mund, doch es war Pater Lucas, der Antwort gab. »Böse Seelen sind unter uns, Majestät«, erklärte er schwach. »In dieser Nacht ist es für sie ein Leichtes, die Lebenden zu quälen, und sie scheinen fest entschlossen zu sein, insbesondere an den Menschen in dieser Kirche Rache zu üben.«

»Wie?«

»Sie spielen mit dem Verstand Eurer Untertanen, lassen sie Dinge sehen und Dinge hören, die nicht echt sind.«

»Das blutende Kruzifix?«

»Ja, Majestät.«

Ottokar bekreuzigte sich. »Ist es eine verdorbene Seele, die sich an jemandem rächen will?« Maus sah, wie sich tiefe Qualen in sein Gesicht gruben. Ottokar klang fast wie ein Kind, das beruhigt werden müsste – ein Kind, das sicher war, seine auf ewig verdammte Mutter sei zurückgekehrt, um Rache zu üben. Maus legte die Hand auf seinen Arm, wollte ihm Trost spenden, ihm versichern, dass es nicht seine tote Mutter sei, die seine Untertanen quälte, doch er wusste nicht, dass sie vom Freitod der Königin gehört hatte.

Und Pater Lucas war zu schnell.

»Ja, Majestät«, log er und fachte das Missverständnis des Königs noch weiter an. »Wir müssen für die Toten beten, Majestät, um ihr Leiden zu lindern, aber gleichzeitig müssen wir uns vor ihrem Zorn schützen. Wir haben den *vade retro satana* benutzt, wie einst der heilige Prokop, der seine Herde in der Kirche beschützt hat.« Pater Lucas schloss erneut die Augen, als die Lüge seine Lippen verließ. Die Zauberformeln, die er und Maus benutzt hatten, waren von Rom nicht gebilligt.

»Aber warum das Blut?«

»Es verstärkt den Exorzismus«, sagte Maus und fingerte, an Pater Lucas' Lüge festhaltend, nach ihrem Messer. »Ein Vergießen von Leben, um Leben zu bewahren.«

»Wie ein Tier auf dem Altar«, sagte Ottokar.

Sie nickte. »Wir haben die Kirche geschützt, nicht jedoch die Krypta.«

»Bring es zu Ende«, wiederholte Pater Lucas. Er klang sonderbar.

Maus spähte zuerst in sein Gesicht und folgte dann seinem Blick. Er starrte zu einer Marienstatue, die in eine der vielen Mauernischen der Krypta eingelassen war. Zu beiden Seiten harrten Engel, die sie krönen wollten. Maus konnte nichts Ungewöhnliches an ihnen entdecken, doch als sie sich zu Pater Lucas zurückdrehte, spürte sie seine brodelnde Angst.

Und dann sah sie die Schatten, die sich bewegten und langsam nach ihnen reckten.

»Bleibt im Licht«, sagte Maus zu Ottokar, während sie das Messer über ihre Hand zog.

»Nein!« Er streckte sich zu spät nach dem Messer und bekam ihr Handgelenk zu fassen.

»Das Schlimmste ist getan, Ottokar, lasst es mich jetzt zu Ende bringen.«

Er schob ihre Hand weg und wirbelte zu Pater Lucas zurück, während Maus rasch zum Rand des Lichtscheins hastete, eine Blutspur hinter sich herziehend.

»Ihr lasst zu, dass sie das tut? Ihr habt ihr beigebracht, sich derart zu verstümmeln? Das ist Euer Metier, Pater, Eure Bestimmung. Nicht ihre! Sie ist bloß ein Mädchen«, zischte Ottokar.

»Ihr habt natürlich recht, Majestät, aber wir wissen beide, dass sie nicht bloß ein Mädchen ist.« Pater Lucas schloss wieder die Augen, bis sich Maus schwerfällig neben ihn plumpsen ließ. Argwöhnisch sah er wieder zu der Statue und lehnte dann lächelnd den Kopf zurück. »Ich denke, ich werde mich nun ein wenig ausruhen.«

Maus presste den Daumen auf die Schnittwunde in ihrer Handfläche, um den Blutfluss zu stoppen.

»Ihr seid blass. Trinkt!« Ottokar führte den Kelch an ihre Lippen. Maus nippte am Wein.

Dann streckte er die Hand aus, die sie dankend nahm. Er führte sie zu einer Bank auf der anderen Seite der Krypta und verzog beim Anblick der blutigen Grenze hinter ihnen das Gesicht, als sie sich setzten.

»Ihr werdet das nie wieder tun, Maus!«

Beim Klang seines Befehls versteifte sie sich. Das war ihr König, der da sprach, nicht mehr Ottokar. »Würdet Ihr Euren Männern dasselbe sagen, Majestät? Sich um jeden Preis in Sicherheit zu bringen, selbst wenn andere in Gefahr schwebten? Das mag ich nicht glauben.«

»Ihr seid kein Soldat«, sagte er sanfter.

»Ich kann es sein.«

Er drehte ihre Hände. Maus war froh über das verkrustete Blut, das ihre fast verheilten Wunden verbarg. »Ja, das sehe ich.« Er küsste die weiche Haut an der Unterseite ihrer Handgelenke. »Aber ich will nicht, dass Ihr … Ich will nicht zusehen müssen, wie Ihr Euch Schmerzen zufügt.« Erst als Maus bemerkte, dass sich seine Kiefer krampfhaft zusammenpressten, erinnerte sie sich, wie sich die Königin umgebracht hatte. Rasch drehte Maus die Hände um und lehnte den Kopf an seine Schulter.

»Werdet Ihr mit mir beten, Maus? Für unsere Mütter. Eure … und meine.«

Maus nickte, und sie knieten sich auf den kalten Steinboden der Krypta, die Hände ineinander geschlungen, die Köpfe geneigt, beide die erste Vesper für die Toten flüsternd. Mitten in der dritten Vesper kamen sie zum Stocken, als sie die Schreie hörten, die in den Burgmauern widerhallten und in die Krypta hinabsanken. Die hohläugigen Kinder hatten andere Opfer jenseits der geschützten Kirche gefunden, die sie quälen konnten. Es gab nichts, was Maus für sie hätte tun können. Nicht heute Nacht.

»›Stricke des Todes hatten mich umfangen, und Ängste der Hölle hatten mich getroffen‹«, stimmte Pater Lucas ein, ruhig und besonnen.

»›Ich kam in Jammer und Not‹«, sagten sie alle gemeinsam. »›Aber ich rief an den Namen des HERRN: O HERR, errette meine Seele!‹«

Maus formte die letzten Worte mit dem Mund, konnte sie aber nicht laut aussprechen.

Sie beteten die ganze Nacht hindurch. Bei den Geräuschen der Menschen, die sich im Kirchenschiff rührten, und dem ersten Anzeichen von Licht, das sich wie ein sanfter Schleier über die Dachsparren von St. Georg legte, stemmten sich Maus, Ottokar und Pater Lucas steif auf die Beine. Pater Lucas stützte sich mit einer Hand auf der Bank ab.

»›Das Volk, das im Finstern wandelt, sieht ein großes Licht, und über die da wohnen im finstern Lande, scheint es hell‹«, zitierte er, während er ins Mittelschiff trat.

Nach der Messe, als sich die anderen um Tische voller Essen drängten, führte Ottokar Maus still hinaus in den Burghof und durch das Tor des Schwarzen Turms. Er sagte kein Wort, denn es war nicht nötig. Maus schwieg ebenfalls, doch als sie unvermittelt mitten auf der Judithbrücke stehen blieben und der Morgennebel der Moldau um ihre Füße kroch, hätte sie fast etwas gesagt, um den Schrecken aus seinem Gesicht zu vertreiben.

Sie war überzeugt, dass er in Erinnerungen versunken war, und konnte die Szene vor ihrem geistigen Auge sehen – er, mit fünfzehn, wie er sich mit dem schweren Leichnam seiner Mutter in den Armen abgekämpft hatte, die Nase vom Geruch des Todes gebläht, Kummer und Verzweiflung über die verlorene Seele in sich, die ihn innerlich zerrissen. Maus fragte sich, ob er an jenem Tag genau hier stehen geblieben war und darüber nachgedacht hatte, den Leichnam über die Brücke zu werfen und seine Mutter dem Wasser zu übergeben, so wie Maus damals versucht gewesen war, die Teplá die Arbeit für sie erledigen zu lassen. Aber sie sagte kein Wort, sondern wartete, bis er bereit war, und dann überquerten sie den Fluss und schlängelten sich schweigend durch die Straßen der Stadt.

Er klopfte an die Tür des Klosters, bat jedoch nicht um Einlass, als sie sich schließlich öffnete. Die Nonne trat einfach beiseite. Maus erkannte die Familienähnlichkeit in dem ausdrucksstarken Kiefer und der hohen Stirn der Frau wieder. Dies war Ottokars Tante, Mutter Oberin Agnes.

Doch Ottokar stellte sie ihr nicht vor. Er nahm Maus bei der Hand und hastete einen Korridor hinab in einen verdunkelten Raum. Er ließ sie einen Moment allein, bevor er mit einer Kerze zurückkam. Ihr Licht verstärkte die Ringe unter seinen Augen. Er schritt an Maus vorbei in den hinteren Teil der Kammer.

Es war ein schlichter Raum. Keine Möbel, keine Wandteppiche, keine Statuen. Nur fensterloser, kalter Stein.

Maus blieb still neben dem Türrahmen stehen, bis das Kerzenlicht an der Wand von Ottokars Weinen erzitterte. Nachdem sie ihm die Hand auf den Rücken gelegt hatte, fiel er auf die Knie, als hätte sie ein unsichtbares Seil durchtrennt. Sie nahm ihm die Kerze ab und stellte sie auf den Boden, während sie sich neben ihn kniete. Da sah sie die Gravur, unscheinbar und dünn. Es war nicht mal ein Name, nur eine Blume, eingemeißelt in den Stein. Mit dem Finger fuhr sie die Rundungen der Blütenblätter nach. Es war eine Glockenblume, gleich denen, die im Frühling die Auen in ein purpurnes Blau verwandelten. Sie verstand. Hier lag die Königin begraben.

»Nein.« Ottokar schob Maus' Hand weg. »Niemand hier würde um sie trauern.«

»Ich schon.«

»Das ist nicht richtig. Sie hat es selbst getan. Meine Mutter. Mit dem Jagdmesser meines Vaters, wie mir erzählt wurde.« Er rieb sich mit der Handfläche über das stoppelige Kinn, ohne Maus anzusehen. »Sie hat es in dem Zimmer getan, in dem wir als Kinder gespielt haben, bis sie uns zur Schule fortschickten. Nicht Vlad natürlich – mein Vater wollte meinen Bruder in seiner Nähe wissen. Aber meine Schwestern und ich sollten als Bauern heranwachsen, die er nach seinem Gutdünken opfern kann.« Bitterkeit triefte aus Ottokars Worten, doch dann seufzte er, und seine Stimme nahm einen weichen Ton an. »Als wir klein waren … welchen Spaß wir da hatten! Mutter liebte es zu tanzen und zu malen. Sie verbrachte so viel Zeit wie möglich mit uns. Sie las uns deutsche Geschichten über Ritter und Ehre vor, und wir haben ihre Abenteuer nachgespielt. Sie hat den gefährlichen Drachen gemimt, den mein Bruder und ich besiegen mussten, um unsere Schwestern zu retten.« Mit einem zaghaften Lächeln, das sich in eine Grimasse verwandelte, sah er zu Maus. »Sie hat es getan, genau dort, wo wir gerungen und gelacht haben, während sie uns gekitzelt hat.«

Er verlor die Fassung, die Hände in seine Haare vergraben, zerrte er an seiner Krone. »Sie hat sich umgebracht, als meine Armee die Stadt stürmte und mein Vater um sein Leben floh. Es war ihre letzte Bestrafung für mich, die schlimmste, die man sich vorstellen kann.

Sie wollte, dass ich weiß, wie sehr sie sich für mich geschämt hat.« Seine Stimme brach.

Maus legte ihm die Hand auf den Kopf und wartete, bis sein Weinen erstarb. »Ich frage mich, ob Eure Mutter diesen Ort nicht aus einem anderen Grund gewählt hat.«

»Was meint Ihr?« Er setzte sich auf und sah sie fragend an.

»Es war ein Ort der Freude für sie, wenn ich Euch recht verstanden habe.«

»Was spielt das für eine Rolle?«

»Das sagt uns etwas über ihren Gefühlszustand zu dem Zeitpunkt, als sie starb. Sie wollte an einem Ort sein, der sie an glücklichere Zeiten erinnerte. Sie konnte diese Welt mit den Bildern ihrer Kinder verlassen, die in ihrem Bewusstsein aufblitzten, und dem Echo ihres Lachens, das in ihren Ohren widerhallte. Für mich hört sich das nicht nach jemandem an, der wütend auf seinen Sohn ist. Es klingt eher wie jemand, der sehr traurig ist und vor noch mehr Traurigkeit davonlaufen will.«

»Ja, Traurigkeit, für die ich verantwortlich war, weil ich meinen Vater hintergangen habe.«

»Warum habt Ihr es getan?«

»Was?«

»Euch gegen ihn gewandt?«

»Ihr kennt meinen Vater nicht«, sagte er leise. Nach einem kurzen Moment streckte er die Hand aus, um die Blume seiner Mutter nachzufahren, wie Maus es eben getan hatte.

»Ottokar, wenn Eure Mutter auf Seiten Eures Vaters stand, warum hat sie ihn dann auf seiner Flucht nicht begleitet?«

Er drehte sich zu ihr. »Diesen Punkt habe ich nie bedacht. Die Belagerung war chaotisch. Vielleicht konnte er sie nicht finden, aber gewiss hätte seine Wache sie …«

Maus konnte in seinen Augen beobachten, wie seine Zweifel

wuchsen. Ihr brannten weitere Fragen unter den Nägeln, während sie versuchte, das Puzzle zusammenzusetzen. »War Eure Mutter nach dem Tod Eures Bruders verzweifelt?«

»Natürlich war sie das. Sie war untröstlich, ebenso wie mein Vater. Aber sie fand keinen Ausweg aus ihrer Trauer. Ihre Frauen zwangen sie zum Essen, zwangen sie aus dem Bett, in dem sie die ganze Zeit lag und sich besudelte, ohne jeden Willen, sich zu bewegen, es sei denn, man nötigte sie. Man sperrte die Messer weg, nachdem sie sich das Haar abgeschnitten hatte. Es wuchs weiß und weich nach, wie das Fell von Lämmern.« Er streckte die Hand aus, als wollte er es berühren.

»Ihr Verstand war vor Kummer benebelt?«

Er nickte.

»Die Kirche macht Ausnahmen bei Menschen, die geistig verwirrt sind. Selbst der Talmud unterscheidet zwischen denen, die zurechnungsfähig sind, und denen, die es nicht sind. Wenn Ihr den Bischof zu einer Untersuchung drängt, könnte Eure Mutter ihren Begräbnisritus erhalten. Wir könnten Bittgebete sprechen, um ihren Schmerz im Fegefeuer zu lindern. Sie kann gerettet werden, Ottokar.«

Maus sah die Hoffnung in seinen Augen keimen und behielt den Rest ihrer Spekulationen für sich. Wenn der Verstand seiner Mutter derart getrübt gewesen war, wie war sie dann an das Jagdmesser ihres Gatten gekommen? Und was hatte ihre Tat nach einem ganzen Jahr der Antriebslosigkeit angestachelt? Der Wille eines anderen war hier am Werk gewesen, und Maus hatte einen Verdacht, wer das gewesen sein mochte.

»Gott hat Euch zu mir geschickt«, flüsterte Ottokar und riss sie aus ihren Gedanken, als sich sein Mund auf ihren senkte.

Maus glaubte, in der warmen Teplá zu treiben, die sie in genau die Zukunft führte, um die sie gebeten hatte.

14

Die Straßen waren ruhig und düster, die Menschen schlaftrunken und argwöhnisch, als Maus und Ottokar sich einen Weg zurück zur Burg bahnten. Der Geruch nach frischen Brötchen führte sie in die Celetnagasse, wo sie vor einer der Bäckereien stehen blieben.

»Ein schlimmes Halloween, Majestät, nich' wahr? Ein böses Omen für den kommenden Winter«, sagte der Bäcker, als er dem König ein Brötchen reichte.

»An jedem Allerheiligen kommen mir Geschichten über den langen Vorabend zu Ohren, von Heimsuchungen und sonderbaren Begebenheiten. Warum soll der gestrige Tag schlimmer gewesen sein als die anderen?« Ottokars Stimme war kühn und beruhigend, aber Maus hörte die Angst heraus.

»Ihr mögt recht haben, Majestät, aber es passiert nich' jedes Halloween, dass sich ein Mann in seinem eigenen Ofen verbrennt.«

»Was meint Ihr?«, wollte Maus wissen.

»War der alte Delf, jawohl. Seine Frau … jetzt Witwe … hat ihn nach seinem Jungen weinen gehört, weinen, als würde es ihm das Herz zerreißen. Sie is' grade noch rechtzeitig in die Küche gerannt, um zu sehen, wie er ins Feuer geklettert is', als würd' er nach irgendwas greifen. Er hat sich umgedreht, als sie nach ihm geschrien hat. ›Frau, es is' unser Junge, unser armer Junge. Jemand hat ihn hier reingeworfen und das Feuer geschürt‹, hat er gesagt. Und dann sind die Flammen auf seine Haare und seine Kleidung übergesprungen, und sie konnte nicht schnell genug Wasser holen.«

»Was ist mit dem Jungen?«, fragte Ottokar.

»Gütiger Himmel, sein Junge is' vor vielen Jahren am Fieber gestorben. Aber wenn das nich' schon sonderbar genug is', so behauptet seine Frau, sie hätte eine Bewegung im Feuer geseh'n, und der alte Delf hatte recht. Jemand hatte es frisch geschürt und aufflammen lassen, denn seine Frau und er hatten die glühende Kohle für die Nacht gelöscht.«

Den restlichen Weg zur Burg gingen sie schweigend nebeneinander her – Ottokar, der geistesabwesend Stücke seines Brötchens abriss, und Maus, die keinen Bissen herunterbekam. Der König verabschiedete sich gleich hinter dem Tor von ihr. Voll des Tatendrangs wollte er sich unbedingt mit dem Bischof treffen und über seine Mutter sprechen. Maus' Gedanken drehten sich bereits um die kommende Nacht. Wie viele weitere Menschen würden leiden oder ihr Leben geben, während die hohläugigen Kinder ihre Spielchen trieben? Maus könnte womöglich ihren Hunger stillen und sich ihnen opfern, damit sie die anderen dafür in Ruhe ließen, aber sie kannte nur Zaubersprüche, um sie in Schach zu halten, nicht um sie an sich zu binden. Weshalb Maus zu lesen begann, anstatt zu schlafen.

Pater Lucas hatte gesagt, dass die Geschichten in *Das Buch von Enoch*, das er ihr gegeben hatte, weniger wichtig waren als das, was sie hoffentlich darin finden mochte – einen entschlüsselten Code, um den Kodex zu entziffern, den Maus aus der Abtei gestohlen hatte. Aber sie ertappte sich dabei, wie Enochs Geschichte der Engel sie faszinierte – Hüter, wie er sie nannte –, die sich nach einem Leben wie das der Menschen sehnten. Sie wollten Kinder und verließen den Himmel, um welche zu zeugen. Enoch nannte diese Kinder Riesen, Gott hingegen böse Geister. Es gab keine Abbildungen in dem Manuskript, nur Text, weshalb sich Maus vor ihrem geistigen Auge ausmalte, wie die Kinder der Engel ausgesehen haben mochten. Das einzige Gesicht, das ihr in den Sinn kam, war teigig, wächsern und hohläugig wie das der finsteren Geschöpfe. Vielleicht waren sie die Kinder der Hüter.

Enoch schrieb, wie er sie alle in tiefen Erdlöchern angebunden hatte, damit sie die Leben der Menschen nicht zerstören konnten. Das bedeutete, dass es möglich war, wenn Maus nur einen Weg fände, sie dort anzuketten.

Sie presste sich die Handballen auf die Augen. Die Sonne erstreckte sich bis zur anderen Seite des Zimmers, der Tag neigte sich seinem Ende entgegen. Gegen eine wachsende Verzweiflung ankämpfend, schnappte sich Maus die beiden Bücher und ging in den Garten der Königin. Sie wollte die Sonne auf ihrem Rücken spüren und frische Luft atmen, um ihre Sinne zu schärfen.

Sie setzte sich auf den Boden neben dem Brunnen, die Bücher vor sich ausgebreitet. So interessant, wie die Geschichte Enochs über die Hüter gewesen war, hatte er auch Visionen und geschichtliche Chroniken niedergeschrieben. Er sprach von Geheimnissen, die die Hüter den Menschen anvertraut hatten, verborgenem Wissen über Pflanzen und Zaubersprüche und was den Himmel im Innersten zusammenhielt.

Maus spürte, wie etwas in ihrem Hinterkopf kitzelte.

In dem anderen Buch gab es Abbildungen von Pflanzen und dem Himmel und detailreiche Zeichnungen von Kreisen mit unterschiedlichen Mustern. Was wäre, wenn es Beschreibungen von Zauberformeln waren? Was wäre, wenn die Sprache dieses anderen Buchs, für Menschen unverständlich, die Sprache der Engel war?

Sanft strich Maus über die aufgeschlagenen Seiten des geheimnisvollen Buchs. Könnte dies hier das Buch der Hüter sein?

Sie schüttelte die Fragen ab, als sie sich an ihre eigentliche Aufgabe erinnerte – einen Weg finden, um die Einwohner Prags vor den Qualen dieser finsteren Geschöpfe zu beschützen. Unabhängig davon, wessen Kinder sie waren, wusste Maus, dass sie ihretwegen gekommen waren. Mit neu erstarktem Willen wandte sie sich erneut Enoch zu und suchte nach dem Schlüssel. Später wäre noch genügend Zeit, um dem Buch seine weiteren Geheimnisse zu entlocken.

Im Lauf der Jahre hatte Maus mehrere Texte für Pater Lucas dekodiert, hauptsächlich Briefe mit versteckten Informationen über apokryphe Schriften, an die er ohne das Wissen der Kirche gelangen wollte. Alle Codes, auf die sie bisher gestoßen war, basierten auf mathematischen Formeln. Die Formel müsste irgendwo in Enochs Buch stecken, wenn dies der Schlüssel war.

Hastig drehte sie sich auf den Bauch und zupfte an welken Grashalmen, bis sie einen Klumpen Erde in Händen hielt. Sie nahm einen Zweig Lavendel und streifte die Blätter ab, woraufhin die Luft leicht parfümiert roch. Ihre Hand zitterte leicht, als sie mit dem Holz in der Erde schrieb und die Erinnerung an die Zeichnung in ihr aufstieg, mit der sie das Eichhörnchen zum Leben erweckt hatte. Doch sie schob das Bild beiseite und leerte ihren Verstand, um ihn durch Enochs Worte zu jagen, während sie das Buch auf der Suche nach Zahlen durchblätterte: *Sechs Pforten, zwölf Fenster, dreißig Morgen, zehn Teile Tag zu acht Teilen Nacht, sieben große Inseln*. Sie spielte mit den Ziffern im Boden, dann wischte sie mit der Hand über die Erde, um sie andersherum zu notieren. War eine Bewegung nach Westen, in Richtung der untergehenden Sonne, eine Subtraktion oder eine Addition von Tagen auf dem Weg zum Tod? Ihr Verstand ging sämtliche Möglichkeiten durch, bis die Gleichung dort stand, schlicht und absolut, hingekritzelt in die Erde.

Sie zog das unlesbare Buch zu sich heran und begann, nach Mustern zu suchen, die dieser Formel entsprachen, suchte in den Blättern der Pflanzen, in der Anzahl der Wurzeln, die sich am unteren Rand der Seiten kräuselten. Sie fand ihren ersten Code in einer Blume, die aussah wie ein umgedrehter Berg, mit blauen und grünen und weißen Blütenblättern, die sich um den geöffneten Mund drängten, während rote Farbe an ihren Seiten hinabfloss, nur durchbrochen von weißen Zungen.

Das Muster der Blume spiegelte die mathematische Gleichung wider.

Mit klopfendem Herzen sah Maus zu den Worten, die über und um die Blume gekritzelt waren, und ihre Augen verloren jeden Fokus, damit ihr Verstand durch die Linse der Formel hindurchspähen konnte. Das erste Wort nahm Gestalt an, als sich das Muster der Buchstaben allmählich offenbarte.

Maus rieb sich die Augen. Die Buchstaben auf der Seite wollten nicht still stehen, sondern wirbelten herum und wurden dunkel.

»Hast du etwas gefunden?«

Maus setzte sich rasch auf, überrascht, dass sie ihn nicht gehört hatte.

»Ja, Pater«, sagte sie atemlos. »Ich denke, ich habe den Schlüssel gefunden, aber es wird noch eine geraume Weile dauern, den Text zu entziffern.« Sie blickte zum Himmel empor, wo sich die hellen Sterne und der funkelnde Mond gegen ein sich verfinsterndes Blau abhoben. »Aber wir haben keine Zeit«, sagte sie und zog das Buch nahe an ihre Nase, während sie erneut versuchte, das erste Wort zu entschlüsseln.

Und dann hatte sie es. Einen Namen – einen der Hüter, den Enoch aufgelistet hatte.

Mit einem Mal fügten sich die Buchstaben zusammen wie nasse Tinte auf Papier. Als Maus erkannte, welche neuen Bilder sie geformt hatten, war es schon zu spät. Tausende Spinnen strömten aus dem Text, krabbelten ihr die Arme und das Gesicht hinauf. Kreischend ließ sie das Buch fallen, aber es kamen immer mehr, den Ausschnitt ihrer Tunika hinab und unter ihren Schleier. Die Tiere krallten sich in ihren Haaren fest, und als Maus die Hände senkte, waren sie mit schwarzen Spinnen übersät. Während die Tiere die Zähne in Maus schlugen, verflüssigten sich ihre Körper und sickerten unter ihre Haut, ein dunkler Schatten in Maus' Venen.

»Lasst von ihr ab!«, schrie Pater Lucas und klappte das Buch mit dem Fuß zu, kniete sich neben sie und wischte die Spinnen weg.

Aber Maus wälzte sich, schlug auf ihre Körper ein und versuchte, den sengenden Schmerz da zu stoppen, wo sie sie unter ihrer Kleidung bissen.

Pater Lucas schob die Arme um Maus. »Beruhige dich, mein Kind! Lass mich dich tragen.« Er hob sie hoch und in das Wasser des Brunnens, wo sich die Röcke um sie bauschten. Er schöpfte Wasser und goss es Maus über den Kopf. Sobald es die Spinnen berührte, lösten sie sich auf. Er wiederholte es wieder und wieder, bis der Brunnen pechschwarz war.

Maus kauerte sich im Brunnen auf Hände und Knie und würgte entsetzlich.

»Maus?«, rief Ottokar, während er im Laufschritt um die letzte Ecke des Irrgartens bog. Er hatte ihre Schreie gehört. »Was habt Ihr getan?«, fauchte er Pater Lucas an und schubste ihn beiseite, um zu Maus zu gelangen. Sie wimmerte, als er die Arme um sie schlang und sie an sich presste. Schwarze Rinnsale rollten aus ihren Haaren an ihrem Gesicht herab.

»Sie wurde von etwas gebissen, Majestät. Einer Art Insekt, wie es scheint.« Pater Lucas legte Maus eine zitternde Hand auf die Stirn und wischte die wässrigen Überreste der Spinnen weg.

»Zeigt es mir!«, befahl Ottokar.

»Es ist fort. Verschwunden, Majestät«, sagte er, während er die Bücher aufsammelte.

»Semjaza«, flüsterte Maus.

»Was sagt sie da?«

»Das weiß ich nicht, Majestät«, log Pater Lucas. Auch er hatte das *Buch von Enoch* viele Male gelesen, seit er es von dem Mann in Tunis erstanden hatte, und er kannte die Namen von Enochs Hütern. Semjaza war der Anführer der gefallenen Engel gewesen und hatte die Menschen geheime Zaubersprüche und Pflanzenkunde gelehrt.

Maus' Zähne klapperten, als ein erbittertes Beben sie packte und ihr Kopf an Ottokars Hals kippte.

»Sie brennt vor Fieber!«

Die Nacht war aufgezogen, als Maus endlich trocken und zugedeckt in ihrem Bett lag, zitternd, die Augen geschlossen. Abgesehen von einem gelegentlichen leisen Stöhnen, sobald sengender Schmerz durch ihren Körper peitschte, war sie still.

Pater Lucas' Besorgnis nahm zu, je länger sie dort lag. Er hatte Maus noch nie krank erlebt und wusste von den Selbstheilungskräften ihres Körpers, aber offensichtlich war sie machtlos gegen das Spinnengift.

»Ihr müsst jemanden holen, der sie zur Ader lässt, damit das Gift aus ihr herausläuft«, sagte er mit belegter Stimme zum König, während Maus sich vor Schmerz krümmte. »Bitte, Majestät. Ihr Zustand verschlimmert sich.«

Ottokar verschwand und kam wenige Minuten später mit dem Hofarzt zurück. Nachdem er Maus untersucht hatte, sah er den König ernst an. »Ich werde alles in meiner Macht Stehende tun, Majestät, aber ihr Fieber ist sehr hoch, und ihr Herz schlägt viel zu schnell.«

Er steckte die Hand in ein Glas, das er mitgebracht hatte, und zog einen langen, schleimigen Blutegel heraus, den er auf Maus' Handgelenk legte. Das Tier schlängelte sich ganz langsam, während es ihr Blut saugte. Ein weiteres Dutzend platzierte der Arzt auf ihren Armen und am Hals.

»Bei allen Heiligen!«, keuchte er, als sein Blick auf den Blutegel an ihrem Handgelenk fiel. Das Tier lag geschwärzt und zusammengerollt da wie ein toter Wurm. Einer nach dem anderen verkümmerte und starb, während sie ihr verdorbenes Blut schluckten.

Maus' Atem ging flach und schnell.

»Versucht etwas anderes!«, befahl Ottokar.

»Ich kann einen Bader holen, Majestät, der einen Aderlass vornimmt«, stammelte der Mann.

»Dafür haben wir keine Zeit. Ich werde es selbst tun«, erklärte Pater Lucas. »Gebt mir ein Messer.«

»Aber Pater, die Kirche verbietet Euch ein solches Tun, ebenso wie mir«, entgegnete der Wundarzt.

»Und ich werde mir nicht verbieten lassen, dieses Mädchen zu retten.« Pater Lucas streckte die Hand aus und wartete auf das Messer.

Ottokar zückte seine eigene Klinge und tränkte sie mit dem Wein, den sie zuvor Maus hatten einflößen wollen. »Das hat sie getan, bevor sie mich aufgeschnitten hat«, erklärte er, die Waffe Pater Lucas reichend.

Ottokar hielt Maus die Hand, während Pater Lucas die Klinge in die Vene ihrer Armbeuge stach. Ein Schwall Schwarz schoss heraus.

»Gott steh uns bei! Welche Krankheit mag das sein?«, rief der Wundarzt.

»Raus mit Euch!«, befahl Ottokar. »Und falls Ihr mit irgendjemandem darüber reden solltet, werdet Ihr keine Zunge mehr haben, um jemals wieder etwas zu sagen.«

»Ja, Majestät«, stammelte der Arzt, während er rückwärts zur Tür stolperte.

Pater Lucas ritzte den anderen Arm auf, und Gitta hielt eine Schüssel darunter, um die tiefschwarze Flüssigkeit aufzufangen. Ottokar beobachtete, wie Maus' Gesicht von gerötet zu aschfahl erblasste. »Genug«, befahl er.

»Nein, Majestät, erst, wenn ihr Blut wieder rot ist«, sagte Pater Lucas.

»Die Schüsseln sind fast voll, und sie ist ein solch kleines Ding. Sie wird noch an Blutarmut sterben.«

»Sie ist stärker, als Ihr denkt, Majestät, und wir müssen alles Gift aus ihr herausholen.«

Ottokars Arm schoss vor und packte den Pater an der Schulter. »Was wisst Ihr von all dem hier?« Er nickte zu der schwarzen Flüssigkeit, die sich allmählich mit dem Rot vermischte, während sie aus Maus' Armen quoll. »Weitere Eurer bösen Geister?«

Als wäre er erhört worden, hallten die ersten Schreie der Nacht durch die Innenhöfe der Burg.

»Das Böse kam, als Ihr kamt, Pater«, sagte Ottokar mit eisiger Stimme.

»Nein.« Maus rührte sich und versuchte sich aufzusetzen. »Das ist alles meine Schuld«, flüsterte sie.

»Bleib still liegen, kleine *andílek*, während ich deinen Arm verbinde.« Pater Lucas nahm eingerolltes Leinen von Gitta entgegen und presste es auf Maus' Ellbogen.

»Wie soll das Eure Schuld sein?«, fragte Ottokar und beugte sich hinab, um ihr einen Kuss auf den Scheitel zu drücken.

»Ich …«

»Die Bibel lehrt uns, dass das Böse die Folge aller Menschen Sünden ist. Kein einzelner Mensch trägt Schuld«, unterbrach Pater Lucas sie.

Die schrillen Schreie eines verängstigten Kindes durchbrachen die Stille, und Maus drehte sich zu Pater Lucas. »Wir müssen etwas tun, Pater.« Sie wollte sich an den Rand des Betts rollen, aber Ottokar schob sie sanft zurück.

»Nein, Maus.«

»Ich werde gehen und tun, was ich kann, mein Kind«, sagte Pater Lucas. »Du musst dich ausruhen.«

»Die Bücher?«, fragte sie.

»Ich glaube nicht, dass du …«

»Ihr wisst, dass ich keine andere Wahl habe.«

Seufzend holte Pater Lucas die Schriften aus seinem Beutel und legte sie ans Bettende. »Aber nicht gleich. Ruh dich aus. Wir haben später noch Zeit.«

Maus wollte entgegnen, dass ihnen die Zeit davonlief – die Nacht war angebrochen, die Schreie hatten längst eingesetzt, und ein Kind könnte sich selbst ertränken oder eine Mutter in den Tod springen wegen der bösen Streiche dieser dunklen Geschöpfe … aber sie konnte sich nicht bewegen, ohne dass ihre Muskeln krampften und ihr übel wurde. In Ottokars Gesicht las sie zudem, dass er fest entschlossen war, sie nicht aufstehen zu lassen.

Als Pater Lucas die Tür hinter sich schloss, schwebten neue Schreie von jenseits der Burg zu ihnen. Maus bedauerte, ihn allein ziehen zu lassen.

»Bleibt Ihr bei mir?«, fragte sie Ottokar, und ihre Hand umfasste seine.

»Ich glaube nicht …«

»Gitta wird bei uns sein.«

Er nickte und setzte sich neben sie aufs Bett. Beide schreckten beim Klang weiterer Schreie zusammen, diesmal aus dem Innern der Burg.

»Erzählt mir etwas«, bat sie, schlang den Arm um ihn und lehnte den Kopf an seine Schulter. Hier bei ihr war er in Sicherheit.

Nachdem er ihr von seinem Treffen mit dem Bischof berichtet hatte – dem Einverständnis seiner Exzellenz, eine Untersuchung einzuleiten, und seiner Zusicherung, dass der Königin sämtliche Bestattungsriten gestattet werden würden –, sprach Ottokar über seine Pläne, eine Kirche im Kloster von Oberin Agnes zu erbauen. Er sprühte vor Ideen, wie er seiner Mutter den Weg durchs Fegefeuer erleichtern könnte.

»Sobald ich der alleinige Herrscher über Böhmen bin, Maus, werde ich Städte für die Menschen bauen. Und große Kirchen. Und

Schulen. Ich werde Gesetze erlassen, um die Schwachen vor der Willkür des Adels zu schützen. Auf diese Weise werde ich das Andenken an meine Mutter ehren.« Seine Stimme klang träumerisch, bevor bleierne Erschöpfung ihn schließlich übermannte.

»Es wird ein goldenes Zeitalter für Böhmen sein und Ihr sein Goldener König«, sagte Maus und lauschte seinem Atem, der im Schlaf tief und gleichmäßig war.

Obwohl sie ebenso müde war, durfte sie dem Schlaf nicht nachgeben, sondern rutschte stattdessen ans Fußende.

Ihre Hände zitterten, als sie den Buchdeckel aufschlug, angespannt vor Besorgnis, die Schrift könne ihre Geheimnisse erneut verteidigen. Maus blätterte zu dem Teil, den sie im Garten gelesen hatte, und fand eine weitere Abbildung, die dem Muster entsprach: eine Zeichnung mit ineinander verschlungenen Medaillons, deren Speichen auf Buchstaben in der unbekannten Sprache zeigten. Indem sie die Formel benutzte, zog sie behutsam Wörter aus dem Text und beobachtete die Buchstaben nach irgendeinem Anzeichen von Bösartigkeit, doch sie blieben unbewegt auf der Seite stehen. Vielleicht hemmten der Zauber, mit dem sie das Zimmer belegt hatte, sowie das Blut und das Salzkreuz, das sie vor den dunklen Geschöpfen beschützte, auch die Macht, die in dem Buch steckte. Vielleicht waren die Spinnen neben der Verschlüsselung auch der einzige Schutz des Buchs. Ein Schutz, der aufs Töten aus war, machte jede andere Abwehr unnötig, und kein gewöhnlicher Mensch hätte das Gift der Spinnen überlebt.

Maus verbrachte die ganze Nacht mit Lesen – und zumindest einen Teil seiner Geheimnisse gab das Buch ihr nun preis. Kurz vor Sonnenaufgang rollte sie sich neben Ottokar zusammen und vergoss stille Tränen in den Ärmel seiner Tunika. Sie wusste jetzt, was zu tun war.

Noch am selben Tag würde sie ihn verlassen.

15

Ottokar küsste sie, bevor er am Morgen das Zimmer verließ, und befahl ihr, im Bett zu bleiben. Maus wartete, bis sie seine Schritte im Gang nicht mehr hören konnte, dann erhob sie sich mit einem leisen Ächzen, ihr Körper erschöpft und wund vom Fieber.

»Gitta, könntest du mir beim Ankleiden behilflich sein?«, bat sie, während sie sich am Bettpfosten festhielt, bis sie sicher war, dass ihre Beine genügend Kraft hatten. »Das blaue Kleid … du hast es doch geflickt, oder?«

»Natürlich, Gräfin, aber dann habe ich es Gräfin Moravecs Zofe gegeben. Ich habe nicht angenommen, dass Ihr es nach dem Vorfall im Wald noch einmal tragen würdet. Außerdem unterstreicht das grüne Eure Augen besser. Obwohl das rote, so blass, wie Ihr heute seid, Euch besser stünde.«

»Ich brauche etwas Robusteres, Schlichteres. Etwas für die Reise.«

»Fahren wir irgendwo hin, Gräfin?«

»Nicht wir. Ich.«

»Aber …«

»Bitte, Gitta. Keine weiteren Fragen. Bring mir einfach ein Kleid, das ich tragen kann.«

Als Gitta wieder zurück war, hatte sich Maus die Haare geflochten und die Bücher und das kleine Etui mit den medizinischen Utensilien in ihre Tasche gepackt.

»Gräfin Harrachs Reitkostüm«, erklärte Gitta und legte die Kleidung aufs Bett. »Sie meinte, sie könne sich nicht vorstellen, dass sie jemals wieder hineinpassen wird, und da kann ich nicht widersprechen, so breit, wie sie mit dem Kind geworden ist. Aber er ist es wahrlich wert, dieses kleine Kerlchen mit den süßen Wangen!«

Maus war aus der Tür, sobald das letzte Band zugeknotet war. Die Wache, die sich beim Tor an ihre Fersen hängte, beobachtete sie argwöhnisch, als sie langsam die Straßen zum Kloster Strahov entlangmarschierte, die Arme fest vor der Brust verschränkt, während der Nachhall des Fiebers sie immer wieder packte. Sie war überzeugt, dass sich Pater Lucas im Kloster aufhielt.

Der Mönch, der ihr die Tür öffnete, war nicht gerade glücklich, sie zu sehen. »Gräfin Emma«, sagte er, ohne sich auch nur die geringste Mühe zu geben, die Verärgerung aus seiner Stimme herauszuhalten. »Ich habe Euch schon mehrmals gesagt, dass Euch der Eintritt verwehrt ist. Nichts hat sich verändert. Nichts wird sich jemals verändern. Geht weg.«

Sie legte die Hand auf die Tür, als er diese unwirsch schließen wollte. »Ich will nicht hinein. Ich will, dass Pater Lucas herauskommt.«

»Er ist in der Stadt, Gräfin.«

Sie fand den Abt schließlich in der Nähe des Burggrabens, wo er gegen die Mauer gelehnt saß.

»Pater«, rief sie und schüttelte ihn sanft. Da bemerkte sie seine blutigen Handflächen und einen leeren Beutel auf dem Stein neben ihm, aus dessen Öffnung ein wenig Salz rieselte, und sie wusste, wie er die Nacht zugebracht hatte.

»Holt bitte ein Stück Brot.« Sie reichte der Wache eine Münze. »Macht schnell! In Gegenwart des Paters bin ich gewiss sicher.«

»Heute Nacht werden wir Hilfe benötigen, Maus«, sagte der Pater, sobald sie unter vier Augen reden konnten. »Wir müssen uns etwas ausdenken, um den Bischof zu überzeugen, die Menschen in die Kirchen zu beordern. Wir könnten heute von Haus zu Haus gehen und …«

Maus schüttelte den Kopf. »Ich habe etwas im Buch gefunden. Einen Bindezauber, denke ich.«

»Du kannst es nun lesen?«

»Nicht alles. Ich vermute, es gibt unterschiedliche Codes in Enoch, die bei verschiedenen Kapiteln des Buchs gegeneinander angewendet werden müssen. Ich hatte bisher nur Zeit, ein kurzes Stück zu entschlüsseln, den Semjaza-Teil, aber dort geht es um Seile und Ketten, die durch Zauber binden, und Anleitungen für etwas, das sich wie ein Zauberspruch liest.«

»Was brauchst du?«

»Im Grunde einfache Dinge. Blaue und grüne Steine, die am Wegrand gesammelt wurden, Muttermilch, Wurzeln einer Pflanze, die im Buch ›Lebensatem‹ genannt wird, aber für mich klingt sie nach Engelwurz. Den Saft einer weiteren Pflanze, vermutlich Chicorée, und Blut.« Bei der letzten Zutat seufzte sie. »Immer Blut.« Sie strich mit dem Finger über die Handfläche von Pater Lucas und wirbelte herum, als sie die Wache zurückkommen hörte. »Ihr könnt zur Burg zurückkehren. Pater Lucas wird auf mich aufpassen«, sagte sie und nahm das Brot entgegen.

Die Wache wartete einen Moment und marschierte dann widerwillig zurück zur Brücke.

»Du kannst sie also binden, *andílek*, aber woran?«, fragte Pater Lucas zwischen zwei Bissen.

Maus zuckte mit den Schultern, als sie ihr eigenes Stück Brot hinunterschluckte. »An mich, denke ich.«

»Nein.« Er schüttelte vehement den Kopf.

»Welche andere Möglichkeit haben wir? Enochs Beschreibung der Feuergruben und Dunkelheit, in die Gott die bösen Geister wirft, sind in seinen Visionen nur sehr schemenhaft beschrieben. Auf mich wirken sie eher wie Legenden. Außerdem kann ich mir nicht vorstellen, dass der Engel Uriel herabsteigen und mir den Weg weisen wird.

Aber falls es mir gelingen sollte, die dunklen Kreaturen zu mir zu locken, dann kann ich sie wegführen, zu einem Ort ohne Menschen, die sie verhöhnen und quälen können.«

»Und was ist mit dir?«

Maus blickte in Richtung Burg. »Solange ich weiß, dass er in Sicherheit ist, genügt mir das.« Sie drehte sich zu Pater Lucas zurück. »Noch dazu ist es meine Schuld. Ich habe sie hierhergeführt.«

»Aber sie werden an dich gebunden sein, Maus. Du wirst dich ihrer nicht erwehren können. Sie werden deinen Geist malträtieren, bis er bricht.« Er packte sie am Arm, seine Stimme belegt vor Angst um sie.

»Vielleicht ist das mein Sinn im Leben, Pater. Vielleicht hat Gott mich so geschaffen, damit ich die Kraft habe, einen Teil des Bösen in der Welt abzuschöpfen und die Menschheit davor zu bewahren.« Wasser schlug leise gegen die Steinmauer des Burggrabens wie das teilnahmslose Klatschen von Zuschauern.

»Wir werden alles zusammensuchen, was du brauchst, und dann von hier verschwinden.« Seine Worte waren entschieden, fest entschlossen wie ein Schlachtruf, und seine Augen leuchteten vor Inbrunst, als er sich näher zu Maus beugte. »Aber wir werden sie nicht an dich binden. Es gibt eine Grube, Maus, genau wie in Enochs Geschichte.« Ein Lächeln legte sich auf sein Gesicht. »Und ich weiß, wo sie liegt.«

Sie schlugen getrennte Wege ein – Maus, um alles zu holen, was sie für den Zauberspruch bräuchte, und Pater Lucas, der sich um Pferde und Vorräte für ihre Reise kümmerte. Es dauerte fast den gesamten Vormittag, bis Maus die Steine und Pflanzen gefunden hatte, aber die Milch war leicht zu beschaffen, da sie nur Gräfin Harrach um ein Glas Muttermilch bitten musste, angeblich für eine Tinktur, um einen Kranken zu heilen. Behutsam packte Maus das Glasgefäß, eingewickelt in ein Fell, in ihre Tasche.

Dann machte sie sich auf die Suche nach Ottokar. Als Maus geglaubt hatte, es gäbe keine Hoffnung auf eine Rückkehr, hatte sie sich ohne ein Lebewohl davonschleichen wollen, aber nun bestand zumindest eine kleine Chance, dass sie zurückkäme – falls es, wie von Pater Lucas behauptet, diese Grube tatsächlich gäbe, falls sie in dem Buch tatsächlich einen Bindezauber gefunden hatte, und falls sonst nichts schiefliefe.

Ottokar beobachtete gerade im südlichen Burghof seine Männer beim Schwertkampf. Die Mittagssonne schwand, ein schneidender Wind drängte schwere Wolken aus Südwest heran.

»Ich dachte, ich hätte Euch aufgetragen, im Bett zu bleiben«, sagte er mit einem Lächeln, als er ihre Hand nahm, sie küsste und nicht wieder losließ. »Allmählich habe ich das Gefühl, ich hätte meinen Männern denselben Befehl geben sollen. Sie sind träge.«

»Es war für alle eine schlimme Nacht, Majestät«, sagte Maus.

Seine Augen huschten zu ihr, sein Lächeln war verschwunden. »Die nächste wird wohl nicht besser werden.«

»Darüber wollte ich mit Euch sprechen. Geht Ihr ein kleines Stück mit mir spazieren?« Sie zog ihn hoch und führte ihn zum Tor am Südturm.

»Wohin sollen wir gehen? Ein Sturm scheint aufzuziehen, wir sollten in der Nähe bleiben.« Ihre Mäntel blähten sich und peitschten im Wind.

»Dann vielleicht ins Wäldchen?«

Er nickte und winkte die Wachen fort, die ihnen gefolgt waren, als sie sich anschickten, die Burg zu verlassen. Sobald sie die Waldgrenze überschritten hatten, zog er sie an sich. »Ich will Euch küssen, Maus. Ein richtiger Kuss.«

Sie nickte kaum merklich, besorgt, ihre Stimme könne brechen, und als sich sein Mund auf ihren legte und sie seine Arme um ihren Körper spürte, sein Herz hörte, das im Gleichklang mit ihrem hämmerte, wusste sie, dass sie nun ebenso an ihn gekettet war, als hätte er sie mit einem Bindezauber belegt. Selbst als sie ihm die Hand auf die Brust legte und ihn von sich drückte, um Abschied von ihm zu nehmen, schwor sie sich und vor Gott, dass sie zu ihm zurückkommen würde.

»Ich muss Euch etwas sagen, Ottokar«, erklärte sie und legte den Kopf leicht in den Nacken, sein Atem immer noch auf ihrer Wange. »Ich muss für kurze Zeit weg.«

»Was?« Er wich einen halben Schritt zurück, die Hände auf ihren Schultern.

»Nicht lang. Tage, vielleicht ein paar Wochen.«

»Warum?« Durch die Art, wie er fragte, wusste Maus, dass er die Antwort bereits ahnte.

»Wir, also Pater Lucas und ich, wir glauben, wir können …«, stammelte sie.

»Nein.«

»Lasst mich zu Ende reden, Ottokar.« Sie wollte mit dem Mann sprechen, nicht mit dem König. »Wir können das Böse austreiben, das nach Prag gekommen ist.«

»Gut. Lasst das den Pater tun. Das ist seine Aufgabe, nicht Eure.«

»Es ist auch meine.«

»Ihr seid bloß ein …« Er brach unvermittelt ab, erinnerte er sich doch an die Zurechtweisung des Paters. »Was werdet Ihr tun, das der Pater nicht allein tun kann? Soll er doch bluten, Maus, nicht Ihr.« Er presste sie wieder an sich. »Ich will, dass Ihr hier bei mir seid. Ich brauche Euch.« Sein Gesicht schmiegte sich an ihren Kopf, während er ihren Duft in sich einsog. »Ich habe Angst, dass ich mich hier verliere, Maus … zu dem werde, was sie von mir wollen. Aber Ihr … ich kann es nicht richtig ausdrücken … Ihr gebt mir das Gefühl, wieder ich *selbst* zu sein, oder zumindest die Person, die ich sein will, und wenn Ihr weggeht …«

»Ich werde zu Euch zurückkommen, Ottokar. Versprochen. Aber Pater Lukas kann das nicht allein bewerkstelligen. Ich muss ihn begleiten.«

Ein Donnergrollen rollte über die Hügel, der Wind zerrte an den Bäumen. »Kommt zurück zur Burg. Der Sturm bricht gleich los.« Ottokar packte ihre Hand, während sie sich zwischen den Bäumen zum Turm schlängelten.

Der Regen setzte genau in dem Moment ein, als sie das Tor erreichten, und sie suchten Schutz unter dem Steinportal. Maus sah Pater Lucas kommen, der zwei Pferde über den schlammigen Burghof führte. Auch Ottokar bemerkte ihn.

»Nicht, Maus. Ich erlaube es nicht!«

»Ich habe keine andere Wahl, Ottokar. Ich muss …« Zuerst glaubte sie, es handele sich bei dem Geräusch, das sie vernahm, um einen weiteren Donnerschlag, doch als es näher kam, konnte sie einen gleichmäßigen Rhythmus ausmachen. »Pferde«, sagte sie. »Jemand nähert sich.«

Ottokar wirbelte herum und blickte zu den Bogenschützen auf der Mauer. »Du, Konrad, siehst du Pferde?«

»Nein, Majestät. Aber es ist schwer, in diesem Regen irgendetwas zu sehen.«

Ottokar drehte sich zu Maus zurück. »Wisst Ihr, aus welcher Richtung sie kommen?«

»Mit dem Sturm. Aus Süden.«

»Schau nach Süden, Konrad. Schau genau!«

»Ich sehe sie, Majestät!«

»Schließt die Tore!«, rief eine Wache.

»Nein, wartet! Ich sehe ein Banner«, rief Konrad. »Es ist der Adler, Majestät! König Vaclav kehrt nach Hause zurück!«

Binnen eines Augenblicks veränderte sich Ottokar. Sein Körper erstarrte, sein Gesicht war wie versteinert, als wäre er in eine unsichtbare Rüstung geschlüpft.

»Was ist los?« Maus legte ihm die Hand auf den Rücken, aber sie konnte ihn nicht erreichen.

Mit leerem Blick starrte er zum Tor, bis das erste der vielen Pferde hindurchdonnerte. Sie trugen die Fahnen des Königs, klitschnass vom Regen. Als weitere Tiere durch das Tor strömten, wurden Maus und Ottokar gegen die Mauer gedrängt. Dann ritt König Vaclav in den Burghof. Von seinem Schlachtross spritzte Wasser und Schaum, als es sich mit stampfenden Beinen aufbäumte.

Maus sah den König im Profil – und seine starke Ähnlichkeit mit Ottokar: das markante Kinn, tief liegende Augen, obwohl seine dunkel waren, während Ottokars die Farbe von wilden, in den Feldern hinter der Abtei wachsenden Hyazinthen hatten.

»Willkommen zu Hause, Vater«, sagte Ottokar. »Wie schön, dass du genesen bist.«

Vaclav drehte sich leicht, um zu seinem Sohn hinabzublicken, und jegliche Ähnlichkeit war für Maus wie weggeblasen. Eine lange Narbe lief an Vaclavs linker Gesichtsseite herab und durch die Augenhöhle, wo früher sein Auge gewesen war. Doch es war nicht die Entstellung, die Maus entsetzte. Es waren die dünne, harte Linie seines Munds und der kalte, tote Blick, der sich auf Ottokar senkte, die ihr den Atem raubten. Mit dem Mann stimmte etwas nicht.

Und dann fiel sein eines Auge auf Maus, und sie spürte eisige Kälte, die sie durchbohrte.

»Vater, darf ich dir mein Mündel vorstellen, Gräfin Emma, die kürzlich aus dem Kloster Teplá angereist ist. Gräfin Emma, mein Vater, König Vaclav.«

»Majestät«, sagte sie mit einer Verneigung.

»Gräfin Emma.« Seine Stimme war glatt wie Metall. Und dann war er mit ihr fertig. »Ich bin froh, dass du noch in Prag weilst. Deine Männer ebenfalls?«, fragte er Ottokar.

»Ja.«

»Gut. Nun, verschwinden wir aus diesem verfluchten Regen. Ich will ein Feuer und warmes Bier und ein wohlgeformtes Paar Beine, das sich um mich schlingt.« Sein Auge huschte wieder zu Maus, aber sie senkte rasch den Blick. Dann stürzte er durch den Wolkenbruch in Richtung Bergfried.

Ottokar wollte ihm schon folgen, doch Maus packte ihn am Arm und zeigte mit dem Kopf auf Pater Lucas, der hinter dem Torbogen auf sie wartete.

»Die Pferde sind bereit. Ich muss gehen«, flüsterte sie.

»Ottokar!«, rief König Vaclav.

»So wie ich.« Ottokar sah zu ihr hinab. »Ich möchte nicht, dass Ihr geht, aber ich werde Euch keine Steine in den Weg legen.«

Maus hatte das Gefühl, als würde sein Blick sie in Stücke reißen, aber sie hatte keine andere Wahl. »Ich muss gehen, Ottokar. Ich werde so schnell wie möglich zurückkehren.«

Seine Augen blitzten vor Zorn, doch alles, was er sagte, war: »Lebewohl!« Mit diesem einen Wort kehrte er ihr den Rücken und stürmte seinem Vater hinterher.

Maus folgte Pater Lucas' Pferd, ohne ihrem eigenen Anweisungen zu geben, das in einen leichten Galopp verfiel, wenn sein Pferd es tat, und langsamer wurde, wenn es sicher war, den Anschluss nicht zu verlieren. Maus hielt die Zügel locker in der Hand und den Kopf gesenkt, während der Regen sie anfangs stach und dann in einem trägen Vorhang an ihrem Gesicht herabrann. Ihre Gedanken kreisten um Ottokar und die Endgültigkeit seiner Verabschiedung.

Die schweren Wolken und der unablässige Regen verdeckten die Sonne, und es war schier unmöglich, die Tageszeit zu bestimmen, aber irgendetwas in Maus spürte den Einbruch der Dämmerung. Sie wusste nicht, ob es eine zunehmende Anspannung oder gar eine Art Vorfreude war, die sie dazu brachte, ihrem Pferd die Sporen zu geben.

»Wie weit noch?«, fragte sie.

»Dort«, sagte Pater Lucas und zeigte auf eine sanft ansteigende Hügelkette.

»Hier ist Niemandsland.« Maus konnte kein Anzeichen eines Hauses oder Dorfs ausmachen, keine Flüsse oder Teiche, nur Wildnis, die sie umschloss. Als sie die Anhöhe hinaufritten, erhoben sich die Bäume vor ihnen, groß und alt, aber im Gegensatz zu anderen alten Wäldern war dieser mit Unterholz und Farngewächsen überzogen, bis Maus und Pater Lucas schließlich gezwungen waren anzuhalten.

»Von hier müssen wir zu Fuß gehen«, sagte Pater Lucas beim Absteigen. Er band die Pferde an, während Maus von ihrem Tier glitt und die Ziege losmachte, die auf dem Rücken von Pater Lucas' Pferd festgebunden gewesen war. Das Tier blökte Maus leise an, als sie es auf den Boden stellte.

»Ich bin nicht deine Freundin«, sagte sie, während sie sich die Taschen mit den Vorräten über die Schulter schlang und sich einen Weg durch das dichte Gestrüpp bahnte, ohne auf die Äste zu achten, die an ihrer Kleidung und ihrem Gesicht kratzten. Maus brauchte Pater Lucas nicht mehr als Führer, sie konnte den Ort regelrecht spüren, wie ein Magnet, der vom Norden angezogen wird.

Pater Lucas hievte die Ziege auf die Schultern und folgte Maus. Es ging nur langsam voran. Immer wieder mussten sie stehen bleiben und sich einen Weg um die Rümpfe riesiger, herabgestürzter Eichen oder Linden bahnen. Das Gewirr aus Rankengewächsen und Farnen brachte sie zum Stolpern, während es allmählich dunkel wurde und sie so tief in den Wald vordrangen, dass sie nur noch schattenhafte Umrisse erahnen konnten. Pater Lucas' Augen waren fest auf Maus geheftet, die sich wie ein Fisch an der Angel einholen ließ von dem, was auf sie wartete.

Die Nacht schluckte die letzten fahlen Sonnenstrahlen. Doch als

Maus versuchte, ihr Tempo zu erhöhen, hörte sie das trockene Rascheln toter Äste in der Dunkelheit zu ihrer Rechten. Sie machte einen Schritt auf Pater Lucas zu und blieb dann wie angewurzelt stehen, als sich ein riesiger Bär aus den Schatten schälte. Maus ging in die Hocke, auf einen Angriff wartend. Doch trotz des tiefen Knurrens, das in seiner Kehle grollte, hielt der Bär unterwürfig den Kopf gesenkt.

Da ertönte direkt hinter ihnen ein Heulen. Maus wirbelte herum. Zwei große graue Wölfe schlichen wenige Meter entfernt auf und ab und bewegten sich, eine unheimliche Choreografie aufführend, im völligen Gleichklang. Mit einem Schlag blieben sie stehen und blickten Maus mit schräg gelegtem Kopf an.

»Warum sehen sie dich so an?«, fragte Pater Lucas ehrfürchtig. »Als würden sie auf etwas warten.«

Maus schauderte und schüttelte dann den Kopf. »Das ist doch egal. Auf uns wartet Arbeit.«

Behutsam ging sie einen Schritt vor, die Augen auf den Bären und die Ohren auf die Wölfe hinter sich gerichtet. Sonderbar taumelnd torkelte der Bär im Gleichschritt mit Maus. Die Wölfe hängten sich an ihre Fersen.

Maus führte sie durch das Unterholz, indem sie tastend von einem Baum zum nächsten schlich, bis ihre Hand etwas Rindenloses und Weiches berührte – einen Holzpfahl. Eine Wand erstreckte sich zu beiden Seiten. Sie standen an der Ecke irgendeines Bauwerks. Maus blickte hoch, aber die Bäume drängten sich so nah an die Holzwand, dass sie sich weiterhin unter dem Blätterdach des Waldes befanden.

Zögerlich glitt sie an der Wand entlang nach links, mit Pater Lucas, der ihr folgte, und den Tieren, die sie flankierten. Sie hielt inne, als die Pfosten einem Tor mit Eisenringen an der Außenseite Platz machten. Maus war verwirrt. Die Ringe müssten innen am Tor angebracht sein, damit ein Holzstock oder eine Eisenstange durchgeschoben werden konnte, um Eindringlinge auszusperren und die Menschen im Innern zu schützen.

Dies hier war jedoch so entworfen worden, um etwas davon abzuhalten, nach draußen zu gelangen.

Maus zog an einem der Eisenringe, und das Tor glitt knarzend auf. Als sie eintrat, konnte sie den Umriss eines Gebäudes wenige Meter vor ihr ausmachen. Blinzelnd blickte sie nach oben und wartete auf den Regen in ihrem Gesicht, aber ohne die Bäume sah sie den sich aufklarenden Himmel – ein paar dünne Wolkenfetzen schwebten zwischen ihr und dem Mond. Mit dem trüben Mondlicht gelang es ihr, weitere Details ihrer Umgebung zu erkennen. Die Bäume wirkten wie Riesen, die über die dunkle Grenze der Wände hinübergreifen wollten. Lange eiserne Spitzen ragten oben aus dem Holz ins Innere des Bauwerks. Zerrissene Seile baumelten herab, andere waren an den Spitzen befestigt und streckten sich wie ein riesiges Spinnennetz über den Innenhof.

Zentimeter für Zentimeter schob sich Maus in Richtung Gebäude, immer auf der Suche nach einer Tür. Irgendetwas knirschte und knackte unter ihrem Fuß. Sie ging in die Hocke und tastete den Erdboden ab, bis sich ihre Finger um etwas Hartes schlossen. Sie hielt es ins Mondlicht. Ein Vogelschädel.

»Pater, wo sind wir hier?« Sie flüsterte wie ein Kind in der Nacht, verängstigt und gleichzeitig aufgeregt.

»In einer alten Festung. Sie heißt Houska.«

»Was für eine Festung?«

»Sie wurde vor mehr als hundert Jahren erbaut, obwohl ich mir vorstellen kann, dass es schon zuvor eine gab.«

»Wer hat sie gebaut?«

»Viele Menschen haben sie eine Zeit lang für sich beansprucht, aber sie verschwinden immer – auf die eine oder andere Art. Selbst die Kirche war einst hier und hat sich im Lauf der Jahre mehrmals zurückgezogen. Wie es scheint, ist die Feste im Moment verlassen.«

»Warum?«

»Ich weiß nicht, warum die Menschen fortgegangen sind.«

»Nein. Ich meine, warum wurde sie gebaut?«

»Warum baut jemand eine Festung?«

»Es gibt hier nichts, was man beschützen könnte. Keine Straße, die es zu bewachen gilt, kein Dorf, das verteidigt werden müsste. Es gibt nichts von Wert. Wir sind von dichtem Wald und Sumpf umgeben.«

»Sobald wir im Innern sind, wirst du verstehen.«

»Ich kann kaum die Hand vor den Augen sehen«, sagte sie, während sie mit den Fingern in einer der Taschen wühlte und eine Kerze herauszog.

»Nein«, sagte Pater Lucas. »Warte, bis wir drinnen sind.« Er schritt zur Tür.

Sie wartete, bis er weit genug weg war, und schlang dann die Hand um den oberen Teil der Kerze. Argwöhnisch betrachtete sie all das Holz – Zaun und Baum und Festung –, aber sie war fest entschlossen, im Vorfeld zu wissen, was sie erwartete, bevor sie dieses Gebäude betrat.

Mit Daumen und Zeigefinger bildete sie eine Öffnung und legte den Mund daran. »Brenn«, flüsterte sie und riss die Hand weg, als der Docht Feuer fing. Die Wölfe liefen im Kreis um sie herum und versuchten, sich gegenseitig zu schnappen, während der Bär bellend schnaubte, fast als würde er lachen.

Maus hielt die Kerze hoch, die ein fahles Licht über den schmalen Innenhof warf. Der Boden war mit Tausenden toter Vögel übersät, einige bereits zu Knochen zerfallen, andere allmählich verrottend, der Rest immer noch im Federkleid und so frisch, als wären sie gerade erst vom Himmel gefallen. Falke und Spatz, Eule und Fink.

»Wo sind wir hier?«, wiederholte sie ihre Frage.

»Komm und sieh selbst«, rief Pater Lucas vom Türrahmen aus. Die Ziege blökte im Hintergrund.

Maus ging zum Tor und trat ein.

16

Der Raum war riesig und vollkommen leer. Keine Möbel. Keine Fenster. Keine Türen bis auf die, durch die sie gekommen waren und die Pater Lucas rasch schloss, als sich die Wölfe der Türschwelle näherten. Maus konnte eine weitere Etage sehen, aber keine Möglichkeit, diese zu erreichen – es gab keine Treppe und keine Leiter. In der Mitte des Saals befand sich eine Feuerstelle, allerdings keine Spur davon, dass dort jemals ein Feuer gebrannt hätte. Mitten in der Feuerstelle lag ein Vogelschädel, der durch den Rauchabzug im Dach gefallen sein musste.

Maus fuhr erschrocken auf, als die Tür durch das Gewicht des Bären ächzte, der sich mit aller Kraft gegen das Holz stemmte, um sich Einlass zu verschaffen.

»Hier entlang«, sagte Pater Lucas von der anderen Seite des Raums. Mit seiner weißen Ordenstracht, die das Kerzenlicht auffing, erinnerte er Maus an einen Geist. Er hatte sich wieder die Ziege über die Schultern geworfen.

Maus bemerkte die Wendeltreppe erst, als ihr Fuß die oberste Stufe berührte. Die Öffnung war schmal wie ein Sarg und durch die Wand verdeckt. Klein, wie Maus war, konnte sie mühelos die enge Treppe hinabsteigen, Pater Lucas hingegen musste sich seitlich drehen. Dunkle Schmieren überzogen die Wände, doch Maus vermochte nicht zu sagen, was sie verursacht hatte. Im Lauf ihres Abstiegs wurde die Luft trocken und kalt. Als sie den untersten Treppenabsatz erreicht hatten, bildete ihr Atem frostige Wolken in der Luft.

Sie standen auf einer Kalksteinplatte. Soweit Maus es im Lichtkranz der Kerze erkennen konnte, folgte der Stein dem sanften Anstieg des Hügels, war Teil der Erde, unbeweglich. Sie sah die Pfosten, die die Festung entlang der schattenhaften, ausladenden Wände stützten.

Maus konnte in dem Raum aufrecht stehen, Pater Lucas musste Kopf und Schultern einziehen.

Alles hier erschien ihr unnatürlich. Es gab keine Spinnweben an der Decke über ihnen, weder Schmutz noch Tierausscheidungen und keine Spur der Lebewesen, die sonst in den finsteren Tiefen der Welt hausten. Hier gab es keinerlei Leben.

Und dennoch spürte Maus eine Gegenwart, das Dasein des Wesens, das sie hierhergelockt hatte und selbst jetzt noch nach ihr rief. Vorsichtig schritt sie zu der klaffenden Dunkelheit auf dem steinernen Hügel.

»Pass auf, *andílek*!« Pater Lucas setzte die Ziege ab und nahm Maus an der Hand.

»Wo sind wir hier?«, fragte sie wieder.

»Laut der Kirche ist es ein Tor zur Hölle.«

»Woher weiß sie das?«

»Es gibt Geschichten über widernatürliche Dinge, die aus diesem Loch klettern.«

Maus schlich zum Rand der Grube, tastete sich behutsam mit den Zehen über den Kalkstein. Das Erdloch war uneben, zerklüftet und an den Kanten erhöht, nicht natürlich verwittert oder im Lauf der Zeit verformt, sondern als hätte sich etwas mit aller Gewalt einen Weg aus der Erde gebahnt und durch den Stein gepresst. Das Loch war nicht sehr groß, etwa so lang und breit wie ein Mann, aber als sie in die Öffnung spähte, sah sie nichts als Dunkelheit.

»Was ist dort unten?«

»Das weiß niemand.«

»Niemand ist bisher hinabgestiegen? Um nachzuprüfen, was dort ist?« So beunruhigt, wie sie war, dass die unsichtbare Gegenwart des Wesens an ihrem Bewusstsein kitzelte, war sie dennoch eher neugierig als verängstigt.

»In Legenden ist von vielen Menschen die Rede, die in die Grube abgeseilt wurden, aber keiner von ihnen konnte je darüber reden, was sie gesehen haben, nachdem sie wieder hochgezogen worden waren.«

»Ihr glaubt diese Geschichten?«

Er drückte ihre Hand ein bisschen fester. »Einer dieser Männer war mein Vater.«

»Euer Vater?«

»Meine Familie stammt aus der Gegend. Er war ein Ritter im Dienste des Großvaters von Eurem jungen König. Er war gut im Töten und erlangte die Gunst des Königs, was ihm ein Anwesen hier in der Nähe einbrachte. Er war ebenfalls gut im Trinken und Spielen. Eines Nachts forderte ihn jemand heraus, hierher zu kommen und in das Loch zu steigen. Sie haben ihn lachend in die Tiefe abgeseilt. Er ist als junger Mann hinabgestiegen, doch als sie ihn schreien hörten und wieder hochzogen, war er alt, verdorrt und weißhaarig und hatte den Verstand verloren.«

»Das tut mir leid, Pater.« Maus hob seine Hand an ihre Wange.

»Wir alle erfahren Kummer, kleine Maus. Wir können daran zerbrechen und griesgrämig werden oder durch Gottes Güte daran wachsen und stärker werden. Ich habe diesen Ort studiert, die Geschichten gelesen und mit Menschen gesprochen, die in der Nähe wohnen. Es gibt ein Anschwellen und Abflauen des Bösen, das dieser Grube entspringt, mit längeren Zeiträumen, in denen alles ruhig scheint und die Erzählungen fast aus dem Gedächtnis verschwinden, die Menschen selbstzufrieden und träge werden und an Wachsamkeit verlieren. Ich vermute, dass dieses Tor immer wieder versiegelt war und dann in Vergessenheit geriet, bis das Böse, das hier haust, sich einen Weg zurück in die Welt der Menschheit bahnt. Ich möchte es heute Nacht wieder verschließen und gewissenhaft darüber wachen.«

»Und wir werden meine dunklen Wesen in das Loch werfen, bevor wir es versiegeln.«

»*Deine* dunklen Wesen?«, fragte er mit einem schneidenden Unterton in der Stimme.

»Sie suchen mich heim. Sie folgen mir überall hin. Ich habe sie auf dem Friedhof für Säuglinge erweckt, und jetzt wollen sie etwas von mir. Sie verletzen andere, um mich zu zwingen, es ihnen auszuhändigen. Sie sind meinetwegen hier, und ich werde mich ihrer entledigen.« Sie spuckte die Worte in die Grube, als wollte sie das Wesen im Innern herausfordern.

»Was wollen sie, Maus?«

Sie schüttelte den Kopf. »Das werdet Ihr schon bald sehen. Es ist der Zucker, der sie hierher lockt.« Sie wich einen Schritt von der Grube weg, setzte die Taschen ab und begann, die Zutaten für den Zauberspruch herauszusuchen, den sie aus dem geheimen Buch dechiffriert hatte.

»Wir brauchen die anderen Kerzen, Pater.« Ihre Stimme hallte gegen den Stein wider, hohl und kalt.

Während Pater Lucas die Kerzen entzündete und um die Grube verteilte, zerdrückte Maus den Engelwurz in einer mitgebrachten flachen Schüssel. Sie goss das kleine Fläschchen Chicoréesaft hinein, das sie gepresst hatte, und gab dann Gräfin Harrachs Muttermilch hinzu. Als Letztes warf sie die gesammelten blauen und grünen Steine in die Schale, bestrich sie mit der Flüssigkeit und legte ein weiteres Steinpaar, grau und stumpf, beiseite. Anschließend kroch sie zur Grube zurück.

Am einen Ende des Risses, genau dort, wo der Stein angefangen hatte aufzuplatzen, presste Maus die Messerspitze in den Kalk und kratzte eine dünne Linie in den Stein, der laut aufzukreischen schien. Als sie fertig war, stand sie auf und ließ den Blick über das Pentagramm gleiten, das sie gezeichnet hatte, mit dem Loch in seiner Mitte.

»Hierhin«, murmelte sie mehr zu sich selbst als zu Pater Lucas, während sie die Kerzen verrückte, knapp außerhalb des Pentagramms schob. »Und jetzt die Steine.«

Pater Lucas reichte ihr die Schüssel, die sie geistesabwesend mit geschlossenen Augen nahm, während sie sich die Abbildung aus dem Buch vergegenwärtigte, das Muster und die Lage der Steine. Maus trat in den Umriss des Pentagramms, schob einen blauen Stein hierhin, einen grünen dorthin. Ihre Finger wurden klebrig von der Flüssigkeit, mit der sie überzogen waren, und das Gemisch tropfte auf den Kalkboden.

»Was ist mit den grauen?«, fragte Pater Lucas und reichte ihr eine Handvoll übrig gebliebener Steine.

»Sie müssen rot gefärbt sein«, erwiderte sie, während sie den Arm nach ihnen ausstreckte.

»Ah«, entgegnete er vielsagend und zupfte am Ärmel seiner Ordenstracht. Sein Arm war immer noch verbunden, eine dünne rote Linie hatte das Leinen verfärbt.

Doch Maus schüttelte den Kopf. »Das Blut muss aus einer einzigen Quelle stammen.« Sie bückte sich, um die Steine vorsichtig entlang der Linien zu platzieren, die sie in den Stein geritzt hatte, und blickte zu der Ziege, die neben der untersten Stufe der Wendeltreppe stand. »Bringt sie zu mir«, sagte sie mit heiserer Stimme, während sie zur Spitze des Pentagramms ging und sich setzte.

Pater Lucas legte ihr die Ziege in den Schoß. Maus strich mit den Fingern über den Kopf des Tiers, und es hob blökend das Gesicht nach einer weiteren Streicheleinheit. Gleichzeitig entblößte es seine

Kehle. »Es tut mir so leid«, flüsterte sie und bohrte ihm mit zitternder Hand das Messer in den Hals. Maus hielt die Ziege über das Pentagramm und schmiegte den Kopf in das Fell. Während das Blut aus dem Hals des Tiers strömte, folgte es auf unheimliche Weise perfekt Maus' eingeritztem Muster, floss nach links und rechts, über die grauen Steine hinweg, die sich rot einfärbten, bis sich die roten Linien vereinten und an der entgegengesetzten Spitze innehielten. Schließlich rollte der Kopf der Ziege schlaff gegen Maus' Knie. Alles Leben war aus dem Tier entwichen.

»Nun ist es wohl an der Zeit, die bösen Geister anzulocken«, sagte Pater Lucas. »Wie willst du das bewerkstelligen?«

»Ich werde sie mit dem ködern, was sie wollen.«

»Und das wäre?«

Sie hob den Kopf, konnte Pater Lucas aber nicht in die Augen sehen. »Die Gabe vom Leben nach dem Tod.«

»Was meinst du, mein Kind?« Maus konnte sein Herz rasen hören. Er hatte Angst.

»Ich bin kein Kind mehr. Schaut mir zu!«

Er schüttelte den Kopf, doch sie merkte es nicht.

»Lebe!« Das Wort hüpfte zwischen dem Stein und Holz hin und her. »Lebe!«, wiederholte Maus.

Die Ziege trat mit den Beinen und hob schläfrig den Kopf. Ihre Augen rollten nach ob, um Maus einen Moment lang anzusehen.

»Willkommen zurück, Kleine«, sagte Maus, als sich die Ziege schwankend aufrappelte, ihr Maul in stillem Blöken aufgerissen, die Augen so groß wie das Loch in ihrer Kehle.

»Was hast du getan?«, flüsterte Pater Lucas mit belegter Stimme.

Sie wollte schon zu einer Antwort ansetzen, da erscholl draußen, wo das Holz der Feste in der Erde steckte, ein Winseln. Maus schnappte sich eine Kerze und spähte in die Dunkelheit, darauf gefasst, dass die Schatten Gestalt annähmen und sich der Raum mit den hohläugigen Kindern füllte. Stattdessen sah sie Klauen, die sich in die Erde gruben. Die Wölfe versuchten, sich Einlass zu verschaffen.

»Wo sind die Kinder?«, fragte sie und wandte sich verwirrt an Pater Lucas.

»Seit wann weißt du von dieser Fähigkeit, *andílek*?« Er hatte immer noch die Arme fest vor der Brust verschränkt und sah sie mit angsterfülltem Gesicht an, obwohl er sich offenkundig bemühte, ihre neue Gabe zu akzeptieren. Sein Puls beruhigte sich, nachdem er langsame, gleichmäßige Atemzüge nahm.

Maus erzählte ihm von dem Eichhörnchen und dem Besuch der dunklen Kreaturen und erst dann, mit zusammengebissenen Zähnen und geballten Fäusten, von Gräfin Harrachs Säugling. »Er hat sein Leben allein mir zu verdanken«, sagte sie entschlossen, fast herausfordernd.

»Aber Maus, Gott gibt Leben. Gott nimmt Leben. Sein Wille geschehe, nicht deiner.«

»Das ist mir auch in den Sinn gekommen, aber er sagt ebenfalls, man solle die Kranken heilen, die Verwundeten pflegen. Und wenn er mir diese Gabe gegeben hat, ist es dann nicht sein Wille, dass ich sie einsetze?«

»Oh, Maus!« Die Traurigkeit in seiner Stimme erschreckte sie. Sie hatte das Gefühl, als wolle er noch mehr sagen, aber er verschränkte die Finger und hob sie an seinen Kopf, bevor er sich von ihr wegdrehte.

Maus kaute auf ihrer Lippe und trat in das Pentagramm, kniete sich neben die eingeritzte Furche und warf einen Blick über den Rand in den Abgrund. Sie konnte nichts sehen. Nichts riechen. Nichts hören.

»Warum kommen sie nicht?«, wiederholte sie ihre Frage und richtete sich auf.

»Sie wollen, dass du sie diese neue Gabe lehrst?« Er gesellte sich zu ihr ans Loch.

Sie nickte.

»Das Eichhörnchen war deine erste Wiederauferstehung, und sie sind zu dir gekommen, aber sie sind dir erst nach Prag gefolgt, als du … nach der Sache mit dem Säugling.« Pater Lucas seufzte. »Es bedarf wohl mehr als nur einer Ziege, um sie hierher zu locken.«

Maus erstarrte, als sie die Schlussfolgerung erkannte.

»Das werde ich nicht tun«, sagte sie.

»Du musst.«

Beide fuhren zusammen, als der Bär den Wölfen unter markerschütterndem Bellen zu Hilfe eilte und gemeinsam mit ihnen an der Erde und dem Holz scharrte.

»Maus, denk daran, was diese Wesen in Prag anrichten. Genau in diesem Moment könnten sie eine Mutter in den Fluss führen und ihr weismachen, sie würde ihr ertrinkendes Kind retten. Oder ein Kind durch eine Täuschung in die Flammen eines Feuers locken, wie bei dem Bäcker. Oder deinen jungen König quälen, bis sein Verstand bricht.« Inbrunst lag in seinen Worten und ließ seine Augen leuchten, als der religiöse Krieger in ihm seine Besorgnis über ihre Fähigkeit, die Toten zum Leben zu erwecken, beiseiteschob. »Du musst tun, was notwendig ist, um die verdorbenen Seelen hierher zu holen, damit wir sie in den Abgrund sperren können, wo sie hingehören.«

Maus fuhr sich mit den Händen durch die Strähnen, die sich während der Reise durch den Wald aus ihrem Zopf gelöst hatten. »Aber ich kann das nicht tun. Ich liebe Euch.«

»Mehr als all die Unschuldigen, die in der Stadt leiden?«

»Ja.«

»Und was ist mit dem König? Was ist mit Ottokar?«

»Zwingt mich nicht zu dieser Entscheidung«, flehte sie. »Ich werde es nicht tun.«

»Dann habe ich in deiner Erziehung versagt. Ich wollte dir Christus' Liebe näherbringen, damit du lernst, für das Gute Opfer zu erbringen, selbst wenn es deine eigenen Wünsche durchkreuzt.«

»Und das würde ich jederzeit tun, Pater.« Maus weinte längst. »Ich würde mein Leben für sie geben. Ich würde ihr Leid auf mich nehmen. Aber wie könnte ich Euer Leben auslöschen? Wo Ihr der Einzige seid, der mich liebt?« Sie hob die Hände und bedeckte ihr Gesicht.

»Dann werde ich es selbst tun.«

»Nein!« Im Bruchteil einer Sekunde war sie bei ihm und packte seine Hand, die nach dem Messer an seiner Hüfte griff. »Wenn Ihr Euch selbst das Leben nehmt, landet Ihr womöglich an einem Ort, von dem ich Euch nicht zurückholen kann, und falls ich scheitern sollte, wärt Ihr für immer verloren.« Ihr Kopf war erfüllt von Ottokars Besorgnis um seine Mutter. Sie würde nicht zulassen, dass Pater Lucas ein solches Risiko auf sich nähme.

»Dann musst du es tun, *andílek*. Um meiner Seele willen.«

Maus nickte und hob das tränennasse Gesicht, das vom Blut der Ziege verschmiert war. Sie gab dem Pater einen Kuss auf die Wange und führte ihn dann zur Spitze des Pentagramms, wo sie eben die Ziege geschlachtet hatte.

Sie knieten beide nieder, die Gesichter einander zugewandt, und Pater Lucas reckte das Kinn, damit sie ihm die Kehle durchschneiden konnte.

»Nein, nicht die Kehle.« Sie sah zur Ziege, die am äußersten Rand des Lichtkranzes stand, so weit wie möglich von Maus entfernt. Das Tier versuchte immer noch zu blöken, aber ein feuchtes Gurgeln war alles, was zu hören war. Frisches Blut tropfte aus der Wunde an seinem Hals.

Maus riss Stoffstreifen von ihrem Unterkleid und kramte Nadel und Faden aus dem Beutel an ihrer Hüfte. »Um Eure Wunden zu versorgen … später«, erklärte sie. Dann rollte sie die Ärmel seiner Ordenskutte hoch. Als sie die Klinge in die Haut seines Handgelenks presste und das Fleisch an seinem Unterarm aufschnitt, glitten ihre Gedanken erneut zu Ottokars Mutter. Nachdem sie beide Arme auf dieselbe Weise malträtiert hatte, drehte sich Pater Lucas, um das Blut auf das Pentagramm sickern zu lassen. Wiederum folgte es perfekt den eingeritzten Linien, bis der Drudenfuß im Kerzenschein rot glitzerte.

Das Blut floss in einem stetigen Strom aus Pater Lucas heraus. »Ich habe Angst«, sagte er, während er nach vorne sackte.

Maus fing ihn auf und bettete seinen Kopf in ihren Schoß. »Ich bin hier, Pater. Ich werde Euch retten. Versprochen.« Sie versuchte, zuversichtlich zu klingen, beruhigend, aber ihre Worte waren von Schluchzern durchdrungen.

»Kind, da gibt es etwas, das ich dir sagen muss«, flüsterte er schwach, das Gesicht aschfahl. »Bevor ich …«

Maus strich ihm Haarsträhnen aus dem Gesicht. »Nicht jetzt, Pater«, sagte sie und schluckte schwer, um überhaupt einen Ton herauszubekommen. »Wartet bis später. Bis ich … bis Ihr wieder zurück seid.«

»Es ist wegen deines …« Er nahm einen zitternden Atemzug. »Deines Vaters.«

»Das könnt Ihr mir später noch erzählen.« Sie legte ihm die Finger auf die Lippen. Er sollte sein Geheimnis für sich bewahren, als ein Versprechen, sie nicht im Stich zu lassen. Sie beobachtete, wie sich seine Augen allmählich trübten.

»Ich liebe Euch, Pater.« Sie gab ihm einen Kuss auf die Stirn und drückte die Lippen auf seine Haut, bis sie hörte, dass sein Herz nicht mehr schlug.

Mit zitternden Händen fädelte sie die Nadel ein und beugte sich erst über das eine Handgelenk und dann das andere, wo sie die tiefen

Schichten seines Fleisches zusammennähte und anschließend die Haut. Die ganze Zeit über ermahnte sie sich, das Atmen nicht zu vergessen. Immer wieder huschte ihr Blick zu seiner unbewegten Brust, den toten Augen, die sie nicht schließen würde. Nachdem sie den letzten Stich getätigt und die Wunden mit Leinen verbunden hatte, beugte sie sich an sein Ohr, die Stirn gegen den Kalkstein gepresst.

»Kommt zurück zu mir«, flüsterte sie. »Lebt.« Sie drehte seinen Kopf, damit sie in seinen geöffneten Augen Anzeichen von Leben finden konnte.

Maus suchte und wartete.

»Lebt, Pater«, sagte sie nachdrücklicher. Sie barg das Gesicht in seinen Haaren, die über dem Boden ausgebreitet waren.

Sie spitzte die Ohren, um einen ersten Atemzug, einen ersten Herzschlag zu hören.

Nichts.

»O Gott, was habe ich getan? Bitte lass ihn leben, bitte. Ich schwöre, ich werde es nie wieder tun, nie wieder! Nie wieder töten, nie wieder einen Menschen auferstehen lassen, nie wieder einem anderen meinen Willen aufzwingen. Das schwöre ich! Ich habe verstanden … das steht allein dir zu. Bitte, Gott, lass ihn leben!«

Sie setzte sich rittlings auf Pater Lucas, packte ihn an beiden Seiten des Kopfs, hob ihn vom Boden hoch. »Lebt, habe ich gesagt!«, schrie sie ihn an. Sein Kopf rollte in seinen Nacken, als sie das Ohr lauschend an seine Brust drückte.

Stille.

Von Panik erfüllt versuchte sie wimmernd, einen klaren Gedanken zu fassen. Sie war wütend gewesen, als sie den Säugling von den Toten zurückgebracht hatte, wütend auf Gott und sich selbst. Diese Wut ließ sie erneut in sich keimen. Ihr Gesicht war nur Zentimeter von Pater Lucas' entfernt, ihre Tränen und ihre Spucke spritzten auf seine Haut.

»Ich befehle Euch zu leben!« Die Stimme gehörte nicht ihr. Maus spürte, wie sie in ihrer Kehle kratzte, schmeckte das Blut in ihrem Mund. Sie versuchte, die gurgelnden Schreie zu unterdrücken, doch es gab kein Zurück, und sie platzten aus ihrer Brust, ließen sie atemlos nach Luft japsen.

Maus sackte neben Pater Lucas' reglosem Körper zusammen. Und dann, plötzlich, unvermittelt setzte er sich auf. Sein Mund öffnete und schloss sich, wie ein Fisch an Land, bis er schließlich einen keuchenden Atemzug in sich einsog. Maus legte eine Hand auf seinen Rücken, aber er wich ruckartig von ihr weg und hob abwehrend die Hand, als sie sich ihm wiederum näherte.

»Bitte, Pater. Ich muss wissen, dass es Euch gut geht.« Es war eine Halbwahrheit. Sie konnte sein Herz und seine Lungen hören, die gleichmäßig und stark arbeiteten. Doch sie müsste mit ihm reden, damit sie sicher sein konnte, dass er wohlauf war, normal war, *ihr* Pater Lucas war, zu ihr zurückgekehrt.

»Pater?«, fragte sie zögerlich, als sie erneut auf ihn zukroch.

Erfreut stellte sie fest, dass sich sein Gesicht allmählich verfärbte, aber er sprach immer noch kein Wort, sondern blickte an ihr vorbei, als wäre sie nicht da.

»Pater?«

Er zeigte hinter sie.

Maus drehte sich um.

Die Schatten wuchsen.

»Sie kommen! Pater, bitte, wir haben nicht viel Zeit.« Maus schlich zur Spitze des Pentagramms, bereit, die Worte des Zauberspruchs aufzusagen. Doch nur ein einziges ausgemergeltes, hohläugiges Kind machte einen Schritt aus den tiefen Schatten zum Rand des Lichts. Mit geballten Fäusten streckte Maus den Arm aus, packte Pater Lucas und zog ihn hinter sich her.

»Willst du spielen?«, fragte das Kind-Wesen.

»Wo sind deine Freunde?«, kam Maus' Gegenfrage.

»Sie sind beschäftigt und haben Spaß mit den anderen. Sie werden erst kommen, wenn ich sie rufe.«

»Ruf sie!«

»Wirst du uns dein Spiel beibringen?« Der Blick des Kind-Wesens huschte zu Pater Lucas.

»Ja, wenn die anderen hier sind.«

Es lächelte und klatschte in die Hände. Die Schatten am Rand der Feste kräuselten sich unter Dutzenden Augen, die Maus aus der Dunkelheit anstarrten.

»Wir sind zum Spielen gekommen«, sagten sie wie aus einem Munde.

»Das Geheimnis ist dort unten.« Maus zeigte zum Loch.

Sie reckten die Köpfe in Richtung des Spalts, doch keiner von ihnen kam einen Schritt näher.

»Ihr müsst dort hinunter, um mein Spiel zu lernen«, sagte Maus.

Die Kind-Wesen drehten sich zu demjenigen, der als Erster gekommen war, demjenigen, der am meisten Mut hatte und am nächsten am Feuer stand. Mit schief gelegtem Kopf sah es Maus an. »Du zuerst.«

Maus hatte es geahnt. Sie schritt auf den Abgrund zu.

»Nein!« Pater Lucas umklammerte ihre Hand.

»Ihr wisst, dass ich keine andere Wahl habe.« Sie reichte ihm das Ende eines langen Seils, das sie aus dem Netz über dem Innenhof der Festung geschnitten hatte. Das andere Ende band sie sich um den Bauch.

Maus setzte sich an den Rand und ließ die Füße über den dunklen Spalt baumeln. Kleine Arme legten sich von hinten um ihren Hals, als das Kind-Wesen auf ihren Rücken kletterte.

»Ich komme mit dir.« Es drehte den Kopf und sprach ihr direkt ins Gesicht, aber sie spürte keinen Atem, der ihre Wange berührte.

»Was ist mit den anderen?« Damit der Plan funktionierte, mussten ausnahmslos alle in die Grube steigen.

»Wir bewegen uns im Dunkeln. Sie werden sich unten mit uns treffen.« Und noch während Maus zusah, zogen sich die Kind-Wesen in die Schatten zurück und verschwanden. Sie drehte sich um, hob die fast gewichtlose Last auf ihren Rücken und schob sich über den Rand des Abgrunds, wo der scharfe Stein ihre Finger aufritzte. Ihre Füße suchten in der Steinwand nach Halt. Das Seil war straff gespannt und presste sich in ihre Rippen.

Mit einem letzten Blick auf Pater Lucas seilte sich Maus in den Eingang zur Hölle ab.

17

Die Dunkelheit war undurchdringlich. Nicht einmal das kleinste Flackern von Kerzenlicht sickerte von oben in den Spalt, doch was Maus am meisten verunsicherte, war das Fehlen jeglicher Geräusche.

Sie wusste, dass Pater Lucas längst begonnen hatte, die Zauberformel aufzusagen, die sie ihn gelehrt hatte, die Worte, die in dem Buch verschlüsselt gewesen waren und mit denen sie den Eingang versiegeln und die Kreaturen in der Grube einsperren würden. Doch sie konnte ihn nicht hören, nicht einmal ein leises Murmeln, selbst mit ihren geschärften Sinnen. Sie wusste, dass die hohläugigen Kinder hier in der Dunkelheit bei ihr waren, aber sie konnte sie nicht hören. Als sie merkte, dass sie nicht einmal ihren eigenen Atem oder ihren Herzschlag ausmachen konnte, nahm sie besorgt die Hände von der Steinwand und presste sie auf ihre Brust. Ihr Körper drehte sich, das Seil zog pendelnde Kreise. Erleichtert seufzte sie auf, als sie das regelmäßige Pochen ihres Herzens spürte, doch sie hielt sich immer noch eine Hand über Nase und Mund, um sich des Luftzugs beim Ein- und Ausatmen auf ihrer Haut zu vergewissern.

Sie schluckte die Galle hinunter, die in ihrer Kehle brannte, und kämpfte den Drang nieder, am Seil zu ziehen und wieder ins Licht hinaufzuklettern. Behutsam drehte sie sich zur Felswand zurück und tastete im Dunkeln den Stein ab, bis sie wieder Halt fand. Dann seilte sie sich weiter in den Abgrund ab, der scheinbar endlos in die Tiefe reichte.

Das Ding auf ihrem Rücken barg das Gesicht in ihren Haaren.

Wenige Augenblicke später wurde der Stein weich und wand sich unter ihren Fingern. Anfangs glaubte sie, es seien die hohläugigen Kinder, doch dann ertastete sie spindeldürre Beine und fette Körper.

Spinnen, die über die Wände der Felsspalte huschten. Es war zu dunkel, um etwas zu sehen, aber Maus stellte sich größere Spielarten dessen vor, was sich aus dem geheimen Buch ergossen und sie im Garten angegriffen hatte.

Maus riss die Hände weg, woraufhin sie wieder baumelnd am Seil herumwirbelte. Sie knallte mit dem Rücken gegen den Stein. Panisch vor Angst drehte sie sich um und stemmte ihre Füße gegen die Mauer und dann, überzeugt davon, dass sie spürte, wie die Spinnen an ihren Beinen hinaufkrabbelten, löste sie einen Fuß von der Wand und schüttelte ihn heftig aus, dann den anderen. Das Kind-Wesen schlug mit der Hand die Spinnen weg, die sich auf das Geschöpf stürzten, während es um Maus herumkletterte und sich an ihre Brust klammerte.

Maus wand sich und wirbelte herum, stellte sich Tausende krabbelnde Tierchen vor, die überall an den Wänden umherhuschten. Sie schüttelte den Kopf und strich sich mit der Hand durchs Haar, fest überzeugt, dass sich die Tiere von oben auf sie fallen gelassen hatten.

Der Kampf gegen die unsichtbaren Spinnen schien ewig zu dauern, bis Maus' Herz wild hämmerte und ihre Muskeln vor Erschöpfung bebten. Gewiss hatte Pater Lucas längst den Zauberspruch beendet. Warum ließ er sie hier unten in der Dunkelheit? Völlig ermattet weinte sie herzzerreißend, während sie schlaff gegen die Steinwand prallte und keine Kraft mehr hatte, sich den Spinnen zu erwehren.

Als sie die Hände ausstreckte, um endlich Halt zu finden, erkannte sie, dass der Stein endlich wieder nur harter Stein war.

»Keine Tricks mehr!«, zischte sie in das Gesicht des Wesens, die

Stirn an seine gepresst, auch wenn sie nichts sehen konnte, nicht mal ein Glitzern von Feuchtigkeit in seinen Augen.

Maus war nicht sicher, ob das dunkle Geschöpf sie gehört hatte, doch dann presste es seinen Mund an ihr Ohr. »Nicht ich. Dieser Ort«, sagte es, die Worte kaum mehr als ein Flüstern, als ihr Verstand sie schließlich vernahm. Es schlang seine kalten Arme um Maus' Gesicht. Das Kind-Wesen klang ebenfalls müde. »Bring uns dein Spiel bei und lass uns gehen.«

Sie mussten sich seit Stunden in dem Loch befinden, vielleicht sogar seit vielen Tagen. Maus verstand nicht, warum Pater Lucas sie noch nicht hochgezogen hatte. War ihm etwas zugestoßen? War das Leben, das sie ihm eingehaucht hatte, wieder entwichen, nachdem sie sich in die Grube abgeseilt hatte? Sie reckte den Hals, um zur Oberfläche zu spähen, doch da war nichts als Dunkelheit.

»Bring es uns bei und lass uns zurückkehren«, wiederholte das Wesen und schmiegte den Kopf an ihre Wange.

Maus überkamen allmählich Zweifel, die Kind-Wesen an einen solchen Ort zu sperren. Sie wirkten so verängstigt. Wie könnte sie sie für immer in die Dunkelheit verbannen?

Das schwarze Nichts schluckte das Fauchen, bevor sich die Zähne in Maus' Wange verbissen.

»Du hast uns an der Nase herumgeführt!«, schrie es und spuckte ihr Blut ins Gesicht.

»Es tut mir leid«, sagte sie angespannt, ohne das zerfetzte Fleisch beim Reden zu bewegen.

Ganz in der Nähe hörte sie ein Zischen und dann noch eins und noch eins. Sie erstarrte, nur darauf wartend, dass auch die anderen dunklen Geschöpfe sie beißen oder an ihr zerren würden, aber nichts geschah.

Maus erschrak, als das Wesen stattdessen ihre Hand nahm und sie sanft auf seine Brust legte. »Wir vergeben dir, wenn du uns vergibst«, sagte es. »Gib uns nur das, was du den anderen gegeben hast.« Das Kind-Wesen klopfte einen sanften Rhythmus auf ihre Hand: einen Herzschlag.

Maus verstand. Die hohläugigen Kinder wollten leben. Sie waren verwaist in einer Welt gestrandet, die keinen Platz für sie bot, und sehnten sich danach, menschlich zu sein.

Genau wie sie.

Maus könnte ihnen geben, wonach sie verlangten, doch zu welchem Preis? Vielleicht wären sie wie normale Kinder, und sie könnte sie lieben und sich um sie kümmern. Oder sie würden das Leben, das sie ihnen schenkte, dazu benutzen, um sich im Licht wie auch in der Dunkelheit zu bewegen und mehr Menschen zu quälen und immer mächtiger zu werden.

»Bitte«, flüsterte das Kind-Wesen an ihrem Ohr.

Kummer, Hoffnung und Angst wallten in ihr auf. Gutgläubig neigte sie den Kopf und legte ihre aufgerissene Wange an die tote, kalte Wange des Wesens. In ihrem Auge verfing sich ein sonderbarer Lichtschein von unten. Zum ersten Mal konnte sie sehen, wie sich der Schacht weitete, je tiefer es ging. Dennoch konnte sie den Boden nicht ausmachen. Ein schwerer Nebel, der in dem unheimlichen Licht glühte, waberte langsam auf sie zu.

Die Luft wurde so frostig, dass sie glaubte, ihre Haut würde verbrennen. Das Innere von Maus' Nase wurde hart und platzte in der eisigen, trockenen Luft auf. Die Kälte leckte an der Feuchtigkeit in ihren Augen, bis sich jedes Blinzeln anfühlte, als würde Sand unter ihren Lidern kratzen.

Maus blickte wieder hoch und hoffte inständig, den Ausgang der Grube und Pater Lucas' Silhouette zu erspähen. Doch über ihr war alles Dunkelheit, und von unten rollte der eisige Nebel herauf. Als Maus schließlich erkannte, was hinter der frostigen Wolke war, schrie sie entsetzt auf, aber die Stille schluckte jeden Laut.

Sie wirkten fast menschlich, waren jedoch missgestaltet – mit ausgekugelten Armen und Fleisch, das sich stellenweise ausbeulte und dann wieder fest um Knochen schmiegte, Haut, die bläulich weiß schimmerte und unbehaart war. Sie bewegten sich eigentümlich, hasteten in ruckartigen Bewegungen an den Wänden entlang, mit Beinen, die sich an den unterschiedlichsten Stellen bogen. Sie waren riesig und hatten wie die hohläugigen Kinder Münder voller vorstehender, zerklüfteter Zähne. Dies mussten Enochs gezeugte Riesen sein, die Anakim, das Resultat des lustvollen Verlangens nach den Töchtern der Menschheit.

Maus war wie erstarrt und unfähig, sich zu rühren oder wegzusehen. Auch die Zeit erstarrte. Es war, als würden Jahre verstreichen, während sie vor Entsetzen gelähmt darauf wartete, dass die Monster sie endlich erreichten. Als sie bei ihr waren, labten sie sich an den Kind-Wesen. In dem gespenstisch blauen Licht beobachtete Maus, wie sie sich ein hohläugiges Kind nach dem anderen einverleibten. Sie schlugen ihre Zähne in ihre Bäuche und lutschten an ihnen, während die kindhaften Wesen die Rücken durchstreckten und kreischten – nicht lebendig genug, um zu sterben, aber doch, um den Schmerz zu verspüren, gefressen zu werden.

Es war ihre Schuld. Sie hatte sie hierher gelockt, hatte ihr Verlangen als Boshaftigkeit missdeutet. Und für diese Tat würde sie mit ihrem Leben bezahlen. Die brutale Wahrheit legte sich wie ein kaltes Gewicht auf sie: Sie war mit den hohläugigen Kindern in der Grube gefangen und würde niemals wieder hinauskommen. Ihre Geheimnisse – ihre Willfährigkeit zu töten, ihre Gabe, andere wiederauferstehen zu lassen – würden hier unten mit ihr sterben.

Maus schloss die Augen und spähte in ihr Innerstes. Sie sah nichts als Dunkelheit.

18

Maus wartete, als die Monster immer näher kamen. Sie waren entsetzlich langsam und zielstrebig, während sie einen Körper nach dem anderen verschlangen. Bei all der Gewalt stumpfte Maus' Bewusstsein ab, und die Hoffnungslosigkeit zerfraß sie innerlich, bis sie nichts weiter wollte, als dass es endlich vorüber war.

Sie spürte kaum, dass sich das Seil scharf in ihre Brust grub. Ihre untersten Rippen brachen, aber sie schrie nicht auf. Sie rührte sich nicht. Sie sah nur zu, wie sie immer weiter von den Monstern und den Überresten der hohläugigen Kinder weggezogen wurde.

Pater Lucas keuchte erschrocken auf, als er Maus über den Rand des Abgrunds zerrte. Er hob sie hoch, trug sie über die Grenze des Pentagramms und legte sie vorsichtig auf dem Kalkstein ab, bevor er sich zum Loch zurückdrehte. Er schritt, den letzten Absatz des Bindezaubers murmelnd, zum Umriss des blutgetränkten Drudenfußes. Das letzte Wort kam ihm über die Lippe, als er an der obersten Spitze stehen blieb. Flammen schossen von den blutigen Steinen und folgten den eingeritzten Linien, bildeten ein züngelndes Pentagramm mit einem schwarzen Loch in seinem Herzen. Und dann erstarb das Feuer ebenso schnell und mit ihm die wutschnaubenden Schreie der Kreaturen in der Grube. Das Heulen des Bären und der Wölfe verstummte.

Maus lag ebenfalls still und reglos da, die Augen geöffnet, die Pupillen weit aufgerissen, das helle Grün dunkel verfärbt.

Pater Lucas hob sie wieder behutsam hoch, ihr Körper nichts weiter als Haut und Knochen, und trug sie die Treppe hinauf. Er entfachte ein Feuer in der Mitte der großen Halle, bevor er die toten Vögel zur Seite wischte. Maus' Zunge war ausgetrocknet, ihre Lippen, die ihre Zähne nicht berührten, eingerissen. Er hielt ihr einen Lederbeutel an den Mund, aber der Großteil des Wassers rann ihr an Kinn und Hals hinab, und nur ein paar Tropfen benetzten ihre Kehle. Er erhitzte Wasser in der Schüssel, die Maus mitgebracht hatte, tauchte Streifen seiner zerrissenen Ordenstracht hinein und verband ihr Hände und Füße, geschwärzt von den vielen Frostbeulen, die Nägel an ihren Fingern und Zehen so lang gewachsen, dass sie sich bogen und einrollten. Ihr Körper zeigte den Alterungsprozess vieler Jahrzehnte, genau wie in den Geschichten über die anderen, wie bei seinem Vater, der als junger Mann in die Grube hinabgestiegen und als sterbender Greis zurückgekehrt war.

Pater Lucas strich ihr die verfilzten Strähnen aus dem Gesicht. Ihre Haare waren immer noch dunkel, ihr Gesicht glatt, aber sie war älter – eher zwanzig als fünfzehn Jahre. Er beugte sich vor und gab ihr einen Kuss auf die Stirn. Sie blinzelte nicht. »Oh, was habe ich dir nur angetan, kleine *andílek*?«

Er flößte ihr kleine Schlucke Wasser ein, drehte sie vom Rücken auf die Seite, massierte ihr die Arme und Beine, redete mit ihr. Als die Vorräte zu Ende gingen, verließ er die Feste, um Essen zu holen, der nächste Ort ein winziges Dorf eine knappe Tagesreise entfernt. Als er zurückkam, hatte Maus sich nicht bewegt.

Er schälte sie aus ihrer schmutzigen Kleidung, wusch den Stoff in dem wenigen Wasser, das er entbehren konnte, und legte ihn zum Trocknen in die Sonne. Dann wusch er Maus und schnitt ihr die Nägel. Er betete.

Als ihre vertrockneten Muskeln und lederne Haut wieder zum Leben erwachten, stieß sie gellende Schreie aus. Ihr Körper krampfte und zitterte im Heilungsprozess.

»Ihr habt mich vergessen«, sagte sie zwischen zwei Bissen eingeweichtem Brot mit Beeren, als sie wieder sprechen konnte.

Der Pater schluchzte vor Erleichterung. »Das habe ich nicht. Das würde ich nie.«

»Ihr habt mich vergessen.«

Er sah den schmerzhaften Stich des Verrats in ihren Augen. »Ich schwöre bei meine Seele, Maus. Was dir wie Jahre erschienen ist, waren in Wirklichkeit nur wenige Minuten. Was ist dort unten passiert?«

Maus starrte ihn einfach nur an, ohne eine Antwort zu geben.

Eines Morgens erwachte Pater Lucas, und Maus war nicht in der großen Halle. Er suchte im Innenhof nach ihr, wo sie angefangen hatte, kleine Spaziergänge zu machen, die toten Vögel zusammenzusammeln und einen großen Haufen aufzuschichten, aber sie war nicht dort. Das Tor war immer noch geschlossen.

Da wusste er, wo sie war.

Sie war nicht weiter als bis zur letzten Stufe der Wendeltreppe hinabgestiegen und saß dort, den Kopf auf die Knie gestützt, während sie sich vor- und zurückwiegte. Er setzte sich hinter sie.

»Wir dürfen nicht zulassen, dass sich die Grube jemals wieder öffnet. Sie sind hungrig.« Ihre Stimme war immer noch tot, so wie ihre Augen.

»Wer, mein Kind?«

»Ich bin kein Kind mehr.«

»Was hast du dort unten gesehen?«

»Das Böse.«

Das Wissen, dass sie sein Entkommen verhindert hatte, war der einzige Trost, an den sich Maus während ihrer Genesung geklammert hatte. Albträume weckten sie, ihr Mund zu einem stillen Schrei aufgerissen wie ein Loch, ihr Körper steif von all den Anfällen. Sie kämpfte gegen Bilder von Pater Lucas, der tot in ihrem Schoß lag, gegen die Angst in den eingefallenen Augen der Kind-Wesen, gegen die Monster, die sie auffraßen. Doch selbst als sie die Verantwortung für all diese Toten auf sich nahm, kannte Maus ihre Bestimmung. Sie hatte das Böse gesehen, nicht nur die Schändlichkeit der Menschen, sondern das ursprüngliche, echte Böse. Dies war der Feind.

Engel oder Heilige oder Hexe oder nur sonderbar, von adliger Abstammung oder auch nicht, Gott hatte sie zu einem Soldaten erkoren, trotz allem, was Ottokar gesagt hatte. Niemand außer ihr hätte den Code entschlüsseln können. Niemand außer ihr hätte in die Grube hinabsteigen und überleben können.

»Ich muss hier Wache halten. Wie Ihr sagtet, wir dürfen in unserem Bestreben nicht nachlassen und anfangen zu vergessen, so wie die anderen vor uns.« Sie klang sehr alt.

»Wie lange wird der Bindezauber halten?«, fragte Pater Lucas.

»Das weiß ich nicht. Vielleicht nur so lange, wie sich jemand an ihn erinnert, ähnlich einer Schildwache, die nach dem Feind Ausschau hält. Es spielt keine Rolle.« Sie klang müde. »Jemand muss hier in Houska Wache halten. Aber bevor ich meine Mahnwache beginne, gibt es ein Versprechen, das ich einlösen muss. Ich werde zu Ottokar zurückkehren, um mich zu verabschieden.«

»Du bist nicht allein, Maus. Es ist auch meine Bürde.« Pater Lucas legte ihr die Hand auf den Kopf und trauerte um das Mädchen, das er in der Grube verloren hatte. »Wir werden uns hier ein Leben aufbauen. Du und ich. Wachend. Aber wir brauchen Vorräte. Du reist nach Prag. Ich werde einen Brief an den Bischof schreiben, in dem ich ihm aufliste, was er uns schicken soll. Es würde helfen, wenn du die Unterstützung des jungen Königs erhältst.«

Seufzend ließ Maus die Träume los, die sie sich für sich selbst und Ottokar ausgemalt hatte. Sie würde sich mit dem Leben abfinden, das sie von nun an führen musste. Sie fühlte sich zu versehrt, um an Träumen festzuhalten. Prag und Ottokar waren so weit weg.

Erschöpft stemmte sie sich hoch. »Schreibt Euren Brief. Ich werde sogleich abreisen.«

Tage später, in der Dämmerstunde des Morgens, erreichte sie das Burgtor. Sie war so müde, dass sie kaum stehen konnte, ihr Körper steif vor Kälte. Wie ein Geist war sie aus Houska fortgewandert und zurück in die Welt eingetaucht, aber nichts davon schien real. Die Augen vor den grellen Farben zusammenkneifend und beim Klang der Vögel zusammenzuckend war sie losgegangen, bis sie nicht mehr konnte. Dann hatte sie sich in die Kuhle am Fuß einer Linde gekauert, war, sobald sich ihre Lider geschlossen hatten, in einen tiefen Schlaf gefallen und wenige Stunden später erwacht, wund und mit Krämpfen in den Beinen, nur um sich wieder aufzurappeln und weiterzuziehen. Sie machte einen großen Bogen um Dörfer, da alle Menschen zu hell, zu schwungvoll, zu lebendig waren.

Trotz ihrer verschmutzten und zerrissenen Kleidung erkannten die Wachen sie sogleich und gewährten ihr Einlass in die Burg. Sie ging geradewegs zum Haus des Bischofs, den Brief von Pater Lucas in Händen, den er mit Beerensaft auf eine herausgerissene Seite seines Breviers geschrieben hatte. Auch der Geistliche hatte sie nicht vergessen, als er ihr die Tür öffnete. Er bat sie herein, presste sich jedoch die Hand auf die Nase, als sie an ihm vorbeischritt.

Bischof Miklaus saß an einem schweren Tisch neben dem Feuer seines Empfangszimmers. »Ihr seid nicht wohlauf, Gräfin Emma. Setzt Euch.« Maus lehnte bereits schwer auf dem Stuhl. »Bruder«, sagte der Bischof zu dem Mönch, »holt etwas Wein und Brot.«

»Vielen Dank«, sagte Maus.

»Und wo ist Pater Lucas?«

»Er ist immer noch in Houska. Hier, er erklärt alles in seinem Brief.«

Sie beobachtete das Gesicht des Bischofs, während er die Zeilen überflog. Pater Lucas hatte nur ein paar vage Anspielungen auf unnatürliche Geschöpfe und Mächte des Bösen gemacht, während er nach der Kirche rief, die in Houska zur Waffe greifen müsse, doch selbst diese nebulösen Dinge schienen Bischof Miklaus tief zu beunruhigen, dessen Augen sich beim Lesen weiteten. »Ich muss Rom benachrichtigen«, murmelte er vor sich hin.

Als der Mönch mit dem Essen und Wein eintrat, blickte der Bischof erleichtert auf.

»Hier, Gräfin, Ihr solltet Euch frisch machen. Bruder, richtet Gräfin Emma bitte das westliche Gästezimmer her. Sie wird sich nach ihrer Reise ausruhen wollen.«

»Vielen Dank, Exzellenz«, erwiderte Maus, »aber ich beabsichtige, erst bei Ihrer Majestät, König Ottokar, vorzusprechen. Er weilt immer noch in Prag, oder?«

»Er ist hier, Gräfin, aber …«

Der Anflug von Angst in der Stimme des Bischofs versetzte Maus' Sinne in Alarmbereitschaft. Ihre Müdigkeit war wie weggeblasen. Sie rutschte an den Rand ihres Sitzes. »Aber was?«, fragte sie.

Bischof Miklaus räusperte sich und sah dem Mönch nach, bis dieser die Tür hinter sich geschlossen hatte. »Viel ist in den Wochen seit Eurer Abreise geschehen, Gräfin Emma.«

»Was meint Ihr?«

»König Vaclav ist zurückgekehrt.«

»Das weiß ich.«

Der Bischof zuckte zusammen. »König Vaclav und sein Sohn haben nicht immer in Frieden gelebt.«

»Das weiß ich ebenfalls.« Anspannung verhärtete Maus' Stimme. »Bei allen Heiligen, erzählt mir, was geschehen ist!«

»König Vaclav behauptet, es sei der jüngere König, der den Giftanschlag auf ihn verübt habe.«

»Das ist eine Lüge.« Sie las in seinem Gesicht. »Und Ihr wisst das.«

»Bei allem gebührenden Respekt, Gräfin, wer seid Ihr, dass Ihr die Aussage des Königs anzweifelt?«

»Das ergibt keinen Sinn, Bischof. Jemand hat versucht, Ottokar umzubringen. Hat einen seiner Männer für den Anschlag bezahlt. Er ist verwundet, fast tot nach Teplá gekommen. Wer auch immer das Attentat auf Ottokar geplant hat, ist höchstwahrscheinlich dieselbe Person, die auch Vaclav vergiften wollte.« Der Bischof kaute an seinem Finger. Der Mann stank nach Angst, und Maus spürte, wie dasselbe Gefühl auch die Zähne in sie schlug. »Was hat er mit Ottokar gemacht?«

Der Bischof sah sie nicht an. »Ich weiß nicht, ob ich es Euch sagen sollte. Es geht die Kirche nichts an.«

Maus sah die politischen Ränkespielchen, die im Kopf des Mannes herumwirbelten. Es waren dieselben wie in den Köpfen der Damen im Solar. Verbündete man sich mit dem falschen König, dem unterlegenen König, könnte man seine Privilegien verlieren oder gar den Kopf auf einem Holzpfahl auf der Judithbrücke wiederfinden – richtig und falsch spielte keine Rolle.

»Wo ist Ottokar?«, fragte sie.

»Das geht Euch ebenfalls nichts an.« Sie spürte, wie er die schützende Mauer wieder um sich hochzog. Er würde keine Partei ergreifen. »Unter den gegebenen Umständen wird es schwierig werden, aber ich bin sicher, dass wir Euch Vorräte nach Houska mitschicken können. Wir werden morgen weiterreden, sobald Ihr Zeit hattet …«

Maus erhob sich und stützte sich auf dem Tisch ab. Der Bischof hielt bei ihrem Geruch den Atem an und blickte nervös zur Tür.

»Seht mich an«, sagte sie leise und entschlossen. Er drehte das Gesicht zu ihr. Sie hatte ihn nicht mit ihrer Macht, sondern mit ihrer Verzweiflung befehligt. »Ist Ottokar tot?« Sie stählte sich gegen die Antwort.

»Soweit ich weiß, noch nicht.« Seufzend lehnte er sich in seinem

Stuhl zurück. »Der König fürchtet einen Aufstand. Deshalb wartet er ab.« Er senkte wieder den Blick, nahm eine Feder zur Hand und schob Pergamente auf seinem Schreibtisch zu einem Stapel. »Jetzt muss ich aber meine Arbeit beenden, Gräfin Emma. Der Bruder wird Euch zu Eurem Zimmer geleiten.«

»Vielen Dank, Eure Exzellenz.« Maus versuchte, sich zu verneigen, aber ihre Beine zitterten vor Erschöpfung. »Wäre es zu viel verlangt, wenn ich um meine Zofe Gitta bäte? Vermutlich ist sie immer noch im Bergfried.«

»Natürlich, Gräfin. Gebt einfach dem Bruder Bescheid.«

Maus fiel auf das Bett in der Kammer, die ihr zugewiesen worden war, und rollte sich zu einer Kugel zusammen.

»Bin ich Hiob, dass du mich derart prüfst?«, flüsterte sie. »Soll das bedeuten, dass du mich doch liebst?« Sie schloss die Augen und suchte nach einer Antwort von Gott, sah jedoch weiterhin nur Dunkelheit in sich. »Das habe ich mir schon gedacht«, sagte sie verbittert.

Sie stemmte sich hoch und legte den Kopf auf die Knie, während sie das Problem wie eine Partie Schach anging. Das Spiel, das hier gespielt wurde, war gefährlich. Als Erstes musste sie die Figuren verstehen, die mitwirkten, und welche Züge sie ausführen konnten. Ottokar und Vaclav kannte sie. Sie musste herausfinden, wer sonst noch mitspielte.

Kurz darauf erschien Gitta mit einigem, was sie brauchte – frische Kleidung und Nachrichten. Maus freute sich auf das Wiedersehen, trotz der Neuigkeiten, die die Zofe zu erzählen hatte: Viele von Ottokars Männern waren zusammen mit ihm in den Schwarzen Turm gesperrt worden. Andere waren gemeinsam mit ihren Ehefrauen auf ihre Familienstammsitze geflohen. Hier am Hof würde Maus keine Verbündeten finden.

Als sie später die Frühmesse besuchte, war sie auf die zahlreichen unbekannten Gesichter vorbereitet. Sie spürte das Brennen neugieriger Augen auf sich, als sie nach dem Gottesdienst zum Bischof trat. »Exzellenz, meine Rückkehr zu Pater Lucas wird sich leider etwas hinauszögern. Ich muss mich zuerst um dringende Angelegenheiten hier in Prag kümmern.« Trotz seiner hochgezogenen Augenbrauen lächelte sie ihn nachdrücklich an und sprach mit lauter Stimme, damit die Umstehenden sie verstanden und der Bischof keine andere Wahl hatte, als ihrer Bitte nachzukommen. »Ihr könnt gewiss einen Bruder mit den Vorräten schicken, nicht wahr?«

»Gräfin, ich glaube, es wäre besser, wenn Ihr …« Bischof Miklaus hielt abrupt inne, als er über Maus' Schulter blickte und sich rasch verneigte. »Majestät.«

Maus drehte sich um und erkannte König Vaclav hinter sich. »Majestät«, sagte sie, ebenfalls mit einer Verbeugung. Verwundert fragte sie sich, ob er sich an ihre kurze Begegnung am Tor an jenem regnerischen Tag erinnerte, und falls ja, ob er sie als eine Verbündete seines Sohns erachten würde – und eine Bedrohung für seine eigene Person.

Der König nahm ihre Hand. »Gräfin Emma, wenn ich mich nicht täusche? Ottokars *Mündel.*« Sein Mund verweilte auf dem Wort, die Lippen wie zu einem Kuss geschürzt, bevor sie sich zu einem spöttischen Grinsen verzogen.

»Ja, Majestät.« In seinen Augen suchte sie nach Neuigkeiten über Ottokar, sah allerdings nichts außer Begierde.

»Darf ich Euch meinen guten Freund vorstellen, Graf Rozemberk?«

»Ich kenne ihn …« Sie verstummte jäh, als sie den Mann bemerkte, der hinter dem König stand. Er kam Maus tatsächlich vage bekannt vor, aber er war nicht der Graf Rozemberk, den sie meinte.

»Ich bin sicher, dass wir uns nie begegnet sind, Gräfin«, sagte der Mann aalglatt. »Ihr müsst mich mit jemandem verwechseln.«

»Sie muss deinen Sohn kennen, deinen jüngsten … Vok«, sagte der König.

»Er ist nicht mehr mein Sohn. Er ist ein Verräter und verdient das Radebrechen.«

»Na, na. Er ist ein jüngerer Sohn, so wie meiner. Aufgrund ihrer Stellung greifen sie mit aller Verzweiflung nach Macht, wann immer sie können, wie auch immer sie können. Wir werden sie schon bald Demut lehren.«

Als sich dieser andere Graf Rozemberk dem König zuwandte, erblickte Maus sein Profil und wusste, dass sie ihn schon einmal gesehen hatte. An jenem Abend beim Essen war er der Mann auf der anderen Seite von Graf Olomouc gewesen. Es war der Abend, als sie getanzt hatte. In ihrer Erinnerung wiederholte sie seine Worte: *»Der Jüngere König wird wohl bald erkennen, dass er mehr Feinde hat, als er vermutet.«* Es war ein weiteres Puzzleteil und dieser Mann eine weitere Spielfigur, aber sie konnte das alles noch nicht recht zusammensetzen.

»Ihr seht blass aus, Gräfin«, sagte König Vaclav und hob ihr Gesicht mit einem Finger unter ihrem Kinn an.

»Ich war krank, Majestät. Das war der Grund für meine Abreise.«

Bischof Miklaus, der das angespannte Gespräch nervös beobachtete, fuhr rasch dazwischen: »Ich werde sie zurück auf ihr Zimmer in meinem Haus bringen, wo sie Ruhe finden kann. Sie muss morgen zu Pater Lucas zurückkehren.«

Maus war bewusst, dass er nur versuchte, in letzter Sekunde ihren Hals aus der Schlinge zu ziehen, doch für Ottokar war sie gewillt, den Kopf hinzuhalten, falls sie ihn dadurch retten könnte. »Vielen Dank, Exzellenz, aber ich …«, setzte sie an und wurde dann vom König unterbrochen.

»Schickt jemand anderen zu Eurem Pater Lucas, Bischof. Gräfin Emma wird bei uns bleiben.« König Vaclav bot ihr den Arm an.

»Lasst mich Euch zum Rittersaal geleiten. Etwas zu essen wird Euch gewiss guttun. Wo sollen wir Euch nur unterbringen? Der Bergfried quillt fast über.« Maus hielt tapfer an ihrem aufgesetzten Lächeln fest, obschon sie vor ihrem geistigen Auge sah, wie sich das Seil um ihre Kehle zuzog.

»Ich bin sicher, dass Eure Schwester, Mutter Agnes, im Kloster einen Schlafplatz für mich haben wird.«

»Nein«, erwiderte Vaclav scharf. »Ottokars Schlafgemach ist frei. Ihr könnt dort nächtigen. Die vertraute Umgebung wird Euch womöglich Trost spenden, und Ihr kommt schneller wieder zu Kräften.«

»Und wo ist König Ottokar?«, fragte sie unschuldig, ohne die Unterstellung von der Hand zu weisen, dass sie viel Zeit in den Gemächern seines Sohns verbracht hatte.

»Nicht hier«, sagte er schlicht.

Das Lächeln auf Maus' Gesicht fühlte sich an wie eingemeißelt, unnatürlich, als sie sich auf ihren angestammten Platz neben dem König setzte. *Ottokars Stuhl*, sagte sie trotzig zu sich selbst.

»Er schien Euch gemocht zu haben«, murmelte Vaclav und beugte sich von hinten zu ihr herab. »Sehr sogar, wenn ich mich nicht täusche.«

Sie konnte geradezu sehen, wie er ihren Wert veranschlagte, da sie nun ebenfalls zu einer Spielfigur aufgestiegen war.

»Ich mag Euch ebenfalls«, sagte er.

Trotz des Schauders, der sie ergriff, blieb sie vollkommen still sitzen, während sein eines Auge über ihre Rundungen glitt. Vaclav sprach von Ottokar bereits in der Vergangenheit.

Maus blieb wenig Zeit, und sie brauchte Hilfe.

19

Später, als Vaclav und seine Männer zur Jagd ausritten, schlüpfte Maus aus dem Bergfried und über die Judithbrücke, die mit aufgewirbeltem, schmutzig grauem Schnee bedeckt war. Panik trieb sie zu dem einzigen Menschen, der sich womöglich bereiterklären könnte, ihr zu helfen. Sie versuchte sich zu beruhigen, während sie mit pochendem Herzen in einem ihr fremden Zimmer auf- und abschritt. Die Minuten verstrichen nur zäh. Als sich die Tür schließlich öffnete, fuhr Maus erschrocken zusammen.

»Mutter Agnes.« Maus verneigte sich.

»Ich kenne Euch.« Die Augen der Oberin verengten sich zu Schlitzen und musterten Maus, doch die Äbtissin kam keinen weiteren Schritt ins Zimmer. »Ihr wart mit meinem Neffen hier, um … *sie* … zu sehen.«

»Ja«, erwiderte Maus, und Erleichterung stieg in ihr auf. »Ich brauche Eure Hilfe.«

»Weshalb?« Ihr Blick senkte sich auf Maus' Bauch.

»Es ist nicht das, was Ihr denkt«, erwiderte Maus energisch. »Wir müssen Ottokar retten.«

»Vor wem?«

»Eurem Bruder, dem König.«

»Vaclav erteilt Ottokar eine Lektion in Sachen Gehorsam«, sagte Mutter Agnes und wollte schon wieder gehen. »Aber der König wird seinem einzigen Erben kein Härchen krümmen.«

Mit raschen Schritten durchquerte Maus den Raum und packte

die Frau am Arm. »Da liegt Ihr falsch. Mir ist zu Ohren gekommen, dass er seinen Sohn umbringen will.«

»Das glaube ich nicht.« Mutter Agnes riss ihren Arm weg. »Und außerdem wäre ich Euch keine große Hilfe. Ich habe längst keinen Einfluss mehr auf Vaclav. Früher einmal zählte ich zu seinen engsten Vertrauten, aber nicht mehr … seit die Königin gestorben ist.«

»Er hat Angst vor Euch.« Bei ihrem Vorschlag, im Kloster zu wohnen, hatte Maus die Furcht in Vaclavs Stimme herausgehört. Etwas an Mutter Agnes schüchterte ihn ein. Maus musste wissen, was es war, damit sie es gegen ihn verwenden konnte.

»Er hat vor vielen Dingen Angst.«

»Wovor?«

»Warum sollte ich mein eigen Fleisch und Blut an eine Fremde verraten?«

»Ich bin keine Fremde. Ihr habt mich hier mit Ottokar gesehen. Gewiss wollt Ihr nicht, dass Eurem Neffen Leid angetan wird.«

Mutter Agnes wich einen Schritt zurück in Richtung Tür. »Ich muss mich auf die Andacht vorbereiten.«

Maus streckte wieder die Hand aus und berührte diesmal sanft den Arm der Oberin. Ihre Stimme zitterte vor angestauter Angst, als sie ihr letztes Gesuch vorbrachte. »Könnt Ihr mir zumindest helfen, einen Weg zu finden, ihn zu sehen? Um mich zu überzeugen, dass das, was Ihr sagt, der Wahrheit entspricht … dass er unversehrt ist und es sich nur um eine väterliche Zurechtweisung handelt? Dann werde ich abreisen. Aber ich kann nicht ruhen, bis ich weiß, dass es Ottokar gut geht. Bitte. Ihr habt seine Mutter trotz der strengen Kirchenvorschriften aufgenommen. Ihr habt gesehen, wie er trauert. Ihr müsst ihn ebenfalls lieben. Bitte helft mir.«

Mutter Agnes seufzte. »Es gibt eine Wache … Havel, der Sohn des Schmieds. Ich habe seiner Familie in einer Notlage aus der Patsche geholfen. Richtet ihm aus, dass ich Euch schicke, um nach meinem Neffen zu sehen.«

»Vielen Dank, Mutter Oberin.«

»Ich will wissen, was Ihr in Erfahrung gebracht habt«, flüsterte sie im Hinausgehen.

Maus schickte Gitta, damit diese den Dienstplan der Wachen auskundschaftete, während sie zum Abendessen und den allabendlichen Unterhaltungen in den Rittersaal hinunterging. Der Plan lautete, dass Gitta ihr Bescheid geben sollte, falls Havel gerade Wache schob. Dann würde Maus eine Unpässlichkeit vorschützen und sich entschuldigen. Doch sie hatte nicht mit König Vaclavs zuvorkommender Behandlung gerechnet. Er zog ihren Stuhl so nah heran, dass er seinen eigenen berührte, und schnitt ihr das beste Stück Fleisch ab, obwohl sie es nicht aß.

»Tanzt für mich«, befahl er, als die Minnesänger ein fröhliches Lied anstimmten.

»Majestät, bitte …«

»Ich habe gehört, dass Ihr für Ottokar getanzt habt. Es soll sehr … unterhaltsam gewesen sein.« Er drehte sich leicht zu dem älteren Graf Rozemberk um, der leise kicherte. Er hatte also tatsächlich an jenem Abend neben Graf Olomouc gesessen.

Ein Gedanke nagte an ihr. »Ihr seid mit Graf Olomouc befreundet, nicht wahr?«, fragte Maus Graf Rozemberk.

»O ja, sie waren früher einmal Freunde«, antwortete der König statt seiner. »Die beiden haben mehr als nur …«

Maus drehte sich zum König zurück. »Aber es war Graf Olomouc, der Euch vergiftet hat, nicht wahr?«

Graf Rozemberk beugte sich vor. »Als wir jünger waren, Gräfin, haben die äußeren Umstände Olomouc und mich häufig zusammengebracht, aber wir haben uns seit vielen Jahren nicht mehr gesehen. Ich hätte nicht ahnen können, dass er einmal zum Verräter wird.«

Graf Rozemberk war ein eiskalter Lügner, doch sein Herzschlag verriet ihn.

»Was war es?«, fragte sie.

»Wie bitte?«

»Welche Art Gift war es?«

»Tollkirsche, meinte der Arzt.« Vaclav leerte seinen Kelch in einem Zug und gab dann dem Diener zu verstehen, dass er nachschenken solle. »Er sagte, er hätte es im Wein gerochen.«

»Wie habt Ihr überlebt?« Maus war misstrauischer denn je. Falls das Gift stark genug gewesen war, dass man es über den süßen Wein hatte riechen können, wäre es tödlich gewesen, egal, welche Behandlung eingeleitet worden wäre.

»Der Arzt hat schnell reagiert«, warf der ältere Graf Rozemberk ein. Eine weitere Lüge.

»Was hat er getan?«

»Warum so viele Fragen?« Graf Rozemberk musterte sie mit schmalen Augen.

»Ich bin nur neugierig. Ich wurde als Heilerin ausgebildet«, sagte sie zuckersüß.

»Vielleicht werde ich mich einmal von Euch untersuchen lassen.« Das eine Auge des Königs zuckte beim Reden sonderbar, seine Worte kamen gelallt.

Da entdeckte Maus ihre Zofe im Türrahmen. Sie schob ihren Stuhl zurück und wollte ihre einstudierte Ausrede vorbringen. »Majestät, ich fühle mich nicht …«

»Ihr seid eine wunderschöne Frau, Gräfin Emma.« Der König nahm ihre Hand.

»Vielen Dank, Majestät. Ich denke, ich …«

»Wie ich gehört habe, seid Ihr in einem Kloster groß geworden?«

»Ja, Majestät.« Sie versuchte, ihre Hand freizubekommen, aber sein Griff war eisern.

»Und Eure Eltern?«

»Ich weiß nichts über sie.«

»Ihr seid mit gewissen Reichtümern zu den Schwestern gekommen.«

»Wirklich?« Maus wollte ihm nicht mehr preisgeben, als er ohnehin schon wusste.

»Ihr durftet ein Schmuckstück Eurer Mutter behalten, wenn ich mich nicht täusche? Ein Armband?«

Das Lächeln schwand für einen Moment aus Maus' Gesicht. Ottokar hätte diese Information seinem Vater gewiss nicht anvertraut, aber eine Lüge wäre unnütz, da Vaclav die Antwort bereits kannte. »Ja, Majestät. Es ist alles, was mir von ihr geblieben ist.«

»Vor ein paar Wochen erreichte mich ein Brief aus Frankreich, in dem stand, dass in Euer Armband ein Wappen samt Siegel eingraviert sei – eine Schwalbe, wie ich hörte.«

Maus' Mund wurde trocken. Er hatte den Brief abgefangen, der für Ottokar bestimmt gewesen war. Wahrscheinlich wusste Vaclav mehr über sie als sie selbst.

»Ich kenne die Familie, die die Schwalbe für sich beansprucht. Es ist die Krone von Aragonien.«

»Die Krone?« Sie hatte sich zurückhalten wollen, um ihm nicht die Genugtuung zu gönnen, Neuigkeiten preiszugeben, die ihn nichts angingen. Sie hätte es von Ottokar erfahren wollen. Aber sie konnte ihre Neugier nicht zügeln.

»Ja. Die Krone von Aragonien, der Zusammenschluss von Königreichen entlang des Mittelmeers, über die Jakob I. herrscht. ›Der Eroberer‹, wie sie ihn nennen.«

»Meine Mutter?« Die Hoffnung auf irgendeinen Hinweis ließ ihre Stimme brechen.

»Das weiß ich nicht. In dem Brief heißt es nur, dass sie weiterhin Nachforschungen wegen des Armbands anstellen, aber ich habe fast Lust, selbst einen Boten nach Aragonien zu schicken. Womöglich war Eure Mutter eines der Mädchen von Alfons dem Keuschen und Ihr ihr Bastardkind. Aber von wem? Besitzt Ihr nichts von Eurem Vater? Gab es keine Juwelen oder Schmuck, der ihm gehörte?«

»Nein, Majestät.« Maus schloss für einen Moment die Augen. In ihrer Erinnerung konnte sie die Silhouette ihres Vaters sehen, das tiefe Grollen seiner Stimme hören, ihn riechen – er hatte etwas an sich, das sie nicht einordnen konnte, und alles an ihm wirkte sonderbar verschwommen –, aber nichts davon hätte seine Identität preisgegeben. Dieses Aufblitzen einer Erinnerung an ihn bei ihrer Geburt war alles, was sie über ihn wusste.

»Ich kann mir nicht vorstellen, dass einer der Aragonen mit jemandem gesündigt hätte, der nicht zumindest dem Adel angehört.« Er lachte, als er ihr wieder die Hand unters Kinn legte und ihr Gesicht zum Kerzenlicht hob. Er beugte sich vor, sein betrunkener Atem auf ihren Lippen. »Und ich sehe nichts Gewöhnliches oder Verdorbenes in Eurer Zeugung.«

Maus wich zurück und versuchte, ihren Abscheu zu verbergen, da fiel ihr Blick wieder auf Gitta, die vor der Tür auf- und abging.

»Majestät, es ist an der Zeit, dass Ihr Euren Vogel auswählt.« Graf Rozemberk deutete mit dem Kopf auf zwei Männer vor ihnen, die wunderschöne Hähne in Händen hielten, das Federkleid aus satten Braun- und Goldtönen. Die Männer traten vor, um sie dem König zu zeigen.

Vaclav wählte einen und drehte sich mit einem verstörenden Kichern zu Graf Rozemberk. »Mein Hahn ist größer als deiner, so wie alles an mir.«

Maus erhob sich. »Verzeiht, Majestät, aber mir ist leider unwohl. Ich werde mich lieber zurückziehen.«

»Ich werde vielleicht auch früh zu Bett gehen und mich in meinen Gemächern mit einem saftigen Hühnchen vergnügen.« Vaclav stürzte vor und packte Maus.

»Majestät, ich denke, Ihr habt schon genug getrunken.« Graf Rozemberk nahm den Arm des Königs und drückte seinen Freund auf den Stuhl zurück.

»Nein, nicht genug! Wo steckt dieser Junge von mir? Jetzt kann er beweisen, dass er trinkfest ist.«

Maus sah, wie Vaclav eine Schweißperle das Gesicht hinabrann. War er so betrunken, dass er vergessen hatte, Ottokar in den Turm weggesperrt zu haben?

»Wo ist Vladislaus? Er liebt Hahnenkämpfe. Und kann es dabei mit mir aufnehmen. Nicht wie sein Bruder, dieser feige Welpe.«

Maus schüttelte das eisige Grauen ab, das sie gepackt hatte. Der König redete von seinem ältesten Sohn, dem Toten, als wäre er immer noch unter den Lebenden. Das war ganz gewiss mehr als Trunkenheit: Der König war verrückt.

Die Blässe auf dem Gesicht des älteren Grafen Rozemberk bestätigte ihren Verdacht. »Gräfin, entschuldigt, nehmt dem König sein Verhalten nicht übel. Der Wein hat seine Zunge gelöst und seinen Verstand benebelt.«

»Natürlich.« Sie verneigte sich steif und eilte zu Gitta. Das warnende Gackern und laute Kreischen der Vögel, das panische Flügelflattern, als die Tiere aufeinander losgingen, und das anzügliche Prusten des Königs folgten ihr zur Tür.

Hastig zog sie Gitta in den Innenhof. Die Zofe warf Maus einen dunklen Umhang über die Schultern und ging dann zum Bergfried zurück, während sich Maus, immer in die schützenden Schatten der Mauern gedrängt, einen Weg zum äußeren Burghof bahnte. Die Luft war schneidend kalt, der Schnee fiel in unnachgiebigen Flocken. Als sich Maus der ersten Wache näherte, zog sie sich die Kapuze des

Umhangs tiefer ins Gesicht und redete leise. »Ich muss Havel sprechen, den Sohn des Schmieds.«

Die Wache deutete auf eine schwere Tür, hinter der eine steile Treppe nach oben führte. Havel hielt auf dem obersten Treppenabsatz Wache. Ihn zu überreden, Ottokar sehen zu dürfen, war viel leichter, als sie erwartet hatte. Eine einzige Erwähnung von Mutter Agnes genügte, damit er die Tür zu einem dunklen Raum öffnete.

»Die anderen sind los, um sich die Hahnenkämpfe anzuschauen. Aber beeilt Euch«, sagte er, während er sie hineinschubste und die Tür hinter ihr zusperrte.

In der plötzlichen Dunkelheit, die Maus jede Sicht raubte, stieg Panik in ihr auf. Sie war zurück im Höllenschlund, hatte ihn nie verlassen und wäre für immer dort gefangen. Hastig streckte sie die Hände aus, berührte nichts und sog scharf die Luft ein. Der Geruch von Urin und Kot, Blut und ungewaschenen Körpern brachte sie in die Gegenwart zurück, und die Geräusche – kehliges Stöhnen und kindliches Wimmern – ließen sie um die Ecke taumeln. Ottokar war hier, und sie musste ihn finden. Die sterbende Glut in der Mitte des Raums spendete gerade einmal genügend Licht, dass sie die Gestalten, die sich im hinteren Teil des Saals befanden, schemenhaft ausmachen konnte.

Als Erstes traf sie auf Damek, der immer noch auf der Streckbank festgebunden war und dessen Rippen unter der gedehnten Haut hervorstanden. Ein Arm ragte in einem sonderbaren Winkel aus der Gelenkpfanne heraus, doch sein Fleisch war intakt.

Da ertönte eine Stimme – kratzig und schwach – von der anderen Seite des Feuers. »Verschwindet von hier!«

Maus drehte sich in Richtung der Stimme. Sie trat einen Schritt vor, blieb dann jedoch stehen, als sie ein neues Geräusch vernahm: das Tropfen von Wasser. Sie ging weiter. Die Augen verengt, konnte sie den Umriss eines Mannes erkennen.

»Wer ist da?«, flüsterte sie.

»Verschwindet, habe ich gesagt.« Es war Graf Rozemberk. Vok.

Er war nackt, so wie Damek, sein Körper mit Schnitten und Prellungen übersät, seine Füße und Arme gefesselt und zusammengeschnürt. Seine Zehen und Daumen waren in eine Zwinge gespannt und das Gewinde so fest gedreht, dass die Nägel gesplittert waren und bluteten, das Fleisch darunter sah aus wie gehäutet.

Als sie zu ihm trat, sah sie die Quelle des Wassers. Ein großer Kupferkessel mit einem langen, schmalen Ausguss hing über ihm. Graf Rozemberks Kopf war in einer Eisenhalterung gefangen und an den Tisch festgeschnallt, allein seine Stirn und das Gesicht waren unbedeckt. Maus beobachtete, wie sich ein Tropfen Wasser am Rand des Ausgusses formte und anschwoll, bis er sich löste und auf Graf Rozemberks Stirn fiel, dort zerplatzte und an seinen Schläfen herabrann. Sie hörte, wie sein Herz hämmerte und aussetzte, als das Wasser herabtropfte, wie sein Körper krampfte, als es ihn berührte.

Beim Geräusch des nächsten Tropfens, der vom Kupfergefäß abperlte, streckte Maus die Hand aus und fing ihn auf. Er war eiskalt.

»Nein. Lasst ihn fallen.« Er weinte jetzt.

Maus legte ihm die Hand auf die Stirn. Er schrie vor Schmerz auf.

»Das Loch. Ist es groß? Tief? Ist es bald vorbei? Ich will, dass es aufhört.«

»Es gibt kein Loch. Nur Wasser.«

»Aber mein Kopf tut so weh. Das Wasser frisst sich durch die Haut und bohrt sich durch den Knochen, wie es selbst Stein aushöhlen kann.« Ein verrücktes Lachen brodelte in seiner Kehle auf, aber er schloss die Augen und schlug die Zähne in seine Lippen, die bereits blutig und geschwollen waren. »Nein. Sie werden meinen Willen nicht brechen.«

»Da ist kein Loch, Vok.«

Seine Augen flogen auf. »Ihr müsst verschwinden. Falls sie Euch hier finden, werden sie Euch umbringen. Oder Euch benutzen. Versteht Ihr?«

Dieser Gedanke war Maus nicht gekommen – dass sie gefoltert werden könnte, um Ottokar zu brechen. »Wo ist er?«, fragte sie.

»Dort.« Sie folgte seinem Blick. »In der Kiste.«

Auf der anderen Seite des Raums stand eine Metallkiste. Orangefarbene und gelbe Finger, Spiegelbilder des Feuers, leckten über die Oberfläche. Maus rannte hinüber und kniete sich nieder. Die Kiste war viel zu klein, um Platz für einen erwachsenen Menschen zu bieten. Wie könnte Ottokar dort hineinpassen und immer noch am Leben sein?

Maus presste das Gesicht an das Eisengitter und versuchte, durch die winzige Öffnung hineinzuspähen. Der Gestank im Innern ließ sie würgen, aber sie verbot sich zurückzuweichen.

»Ottokar. Könnt Ihr mich hören?«

Sie wartete.

»Bitte, Ottokar, sagt etwas!«

Die Stille hielt an. In verzweifelter Panik begann Maus, an den Eisenriegeln zu zerren, um die Kiste zu öffnen. »Ich muss ihn von dort befreien.« Ihre Stimme zitterte in der Dunkelheit.

»Hört auf. Das würde alles nur noch schlimmer machen. Selbst wenn es Euch gelänge, ihn herauszuziehen, wohin würdet Ihr ihn bringen? Hört auf! Maus.«

Graf Rozemberk hatte sie noch nie mit ihrem Namen angesprochen. Der Klang ließ sie innehalten.

»Ich muss es zumindest versuchen.« Sie weinte jetzt und bohrte sich die Finger in den Kopf, während sie nach einem Weg suchte, sie alle zu befreien.

»Er wird noch Euretwegen sterben.«

Und dann drang ein Geräusch aus der Kiste. »Maus.«

Sie hörte es kaum, aber es war genug.

Rasch presste sie das Gesicht gegen das Gitter. »Ottokar?« Ihre Kehle war so zugeschnürt, dass sie kaum sprechen konnte.

»Maus«, hauchte er wieder.

Sie glaubte zu sehen, wie sich seine Augen öffneten, aber es war so dunkel, dass sie sich nicht sicher war. Dann wurde die Tür hinter ihr aufgerissen, und Havels Hände waren auf ihren Schultern und zogen sie weg.

»Ich werde Euch befreien. Ihr müsst am Leben bleiben«, schrie sie, während sie hinaus auf den Treppenabsatz geschoben wurde. »Hört Ihr mich, Ottokar? Ihr müsst am Leben bleiben! Ihr alle. Ihr müsst am Leben bleiben!«

Havel schlug die Tür hinter ihnen zu. »Ihr müsst gehen, Gräfin. Es würde mich und Euch den Kopf kosten, solltet Ihr noch länger bleiben.«

Maus nickte. Zu sehr fürchtete sie um Ottokars Leben, um mit dem Wachposten zu streiten, doch als sie die Treppe hinabstieg, verwandelte sich ihr Schmerz über sein unsägliches Leid in verzehrende Wut, und die Macht in ihr frohlockte. In Houska hatte sie das Versprechen gegeben, ihre Macht nie wieder einzusetzen, aber nun vibrierte sie mit einem unzähmbaren Verlangen in ihr. Sie könnte Havel dazu bringen, ihr zu helfen, Ottokar zu befreien.

Sie blieb auf der Treppe stehen und schüttelte bedächtig den Kopf. Ottokar würde die anderen niemals im Stich lassen, und außerdem würde Vaclav seinen Sohn unbarmherzig jagen. Maus mochte einem einzigen Mann ihren Willen aufzwingen können, nicht jedoch einer ganzen Armee.

Schweren Herzens eilte sie an der Wache am Burgtor vorbei. In der eisigen Dunkelheit zählte sie ihre Schritte über die Judithbrücke und beschwichtigte die Macht in ihrem Innersten, als ein dringendes Verlangen sie immer schneller laufen ließ.

Der Schneefall hatte aufgehört, aber er lag wie ein dicker Teppich auf dem Boden, knirschte unter ihren Füßen und glänzte im Mondlicht, während sie sich dem Kloster näherte. Die Schwestern mussten bei der Vesper sein, denn es dauerte lange, bis ihr jemand Einlass gewährte. Sobald sie im Warmen war und auf Mutter Agnes wartete, hastete sie wieder nervös im Zimmer auf und ab. Als Maus schließlich näherkommende Schritte vernahm, drängte sie sich an die Wand neben der Tür. Diesmal würde sie dafür sorgen, dass die Äbtissin gänzlich in den Raum kam, ihr genau zuhörte und handelte. Nachdem Mutter Agnes eingetreten war, warf Maus die Tür zu und lehnte sich dagegen.

Sie verlor keine Zeit. »Er foltert sie. Sie werden sterben, wenn wir sie dort lassen. Ihr müsst mir helfen.«

Mutter Agnes war zusammengezuckt, als die Tür krachend ins Schloss fiel, hatte sich im nächsten Moment jedoch wieder gefangen. »Vaclav mag seinen Sohn foltern – er hat den Jungen schon immer gehasst –, aber ich versichere Euch, er würde seinen einzigen Erben nicht umbringen. Dafür ist er viel zu ehrgeizig.«

»Er ist jung genug, um einen weiteren Erben zu zeugen.«

Mutter Agnes lachte spöttisch. »Er hat keine Frau und wird in seinem Alter kaum noch jemanden finden – zumindest niemanden, in dessen Adern ausreichend blaues Blut fließt, um seine Gier nach Macht zu stillen.«

»Wie es scheint, ist er dennoch auf der Suche, aber ich glaube, sein Verstand ist … irgendwie benebelt. Er redete, als wäre sein anderer Sohn, der ältere, noch am Leben.«

Mutter Agnes sank auf einen Stuhl. »Die letzten paar Jahre waren einfach zu viel für ihn. Der ständige Kampf mit dem Kaiser. Vladislaus' Tod … so unerwartet … und dann Ottokars Auflehnung und der Tod der Königin. Das ist genug, um selbst den Stärksten von uns zu brechen, und mein Bruder war nie mit einem eisernen Willen gesegnet«, sagte sie. »Es ist die Schuld meiner Mutter«, fuhr die Oberin fort. »Sie hasste ihn. Hat ihm die Schuld am Tod meines älteren Bruders gegeben. Vaclav war ein Säugling, als Vratislav starb, aber der Verstand meiner Mutter war angeschlagen, und sie war überzeugt, Vaclav hätte Vratislav den Atem gestohlen und ihn umgebracht, um eines Tages selbst König zu werden. Jedes Mal, wenn die Kirchenglocken läuteten, malträtierte sie Vaclav. Verdrehte ihm den Arm, zwickte ihn, hielt seine Beine ins Feuer, tauchte ihn ins Badewasser. Das Tönen der Glocken überdeckte seine Schreie.«

»Gab es denn niemanden, der ihr hätte Einhalt gebieten können?«

»Nur die Ammen und meine Schwestern und ich. Aber wir hatten zu große Angst vor ihr, um etwas zu tun. Als er älter wurde, vielleicht elf, brach sie ihm den Arm, und kurz darauf wurden er und ich nach Österreich geschickt. Vaclavs Arm heilte, nicht jedoch sein Verstand.« Sie blickte ins Feuer. »Bis zum heutigen Tag erträgt er das Geräusch der Glocken nicht. Ist Euch nicht aufgefallen, dass sie in Prag nicht läuten? Oder an anderen Orten, wenn der König auf Reisen ist. Eine Wache reitet vor und warnt die Menschen.«

»Die Qualen, die der König durchlebt hat, tun mir schrecklich leid«, sagte Maus, »aber er muss aufgehalten werden. Er ist nicht in der Lage zu regieren.«

Die Worte waren ein Fehler. »Wer seid Ihr, dass Ihr Euch anmaßt, über ihn urteilen zu können?«, fauchte Mutter Agnes. »Mein Bruder ist ein guter Mann. Ein großer Mann. Er hat Böhmen gegen die heidnischen Tataren beschützt und dabei ein Auge verloren.«

»Er hat seinen Sohn in einen Metallsarg gesteckt und lässt ihn in seinem eigenen Kot verrotten«, schleuderte Maus ihr entgegen.

Mutter Agnes setzte sich wieder. Das Feuer im Kamin zischte und knackte in der Stille. »Wisst Ihr, dass er Lieder schreibt? Liebeslieder.« Ihre Stimme brach. »Wie damals meine Mutter.« Sie kräuselte die Lippen und pfiff. Die sechzehn Noten der Melodie prallten gespenstisch an der Gewölbedecke ab und hallten in Maus' Kopf wider.

»Was ist das?«, fragte sie mit sanfter Stimme.

»Eines ihrer Lieder. Sie hat es ständig gepfiffen.« Mit tränengefüllten Augen sah die Äbtissin auf. »Die Menschen glauben, die Scham wegen eines gebrochenen Verlöbnisses hätte mich in die Kirche getrieben, aber ich sage Euch, es war Angst. Angst, so zu werden wie sie. Angst, jemals Mutterliebe für ein Kind zu empfinden, weil ich weiß, wie leicht eine solche Liebe in Grausamkeit umschlagen kann.«

Maus kniete sich neben sie, eine Hand auf dem Rücken der Frau.

»Was wollt Ihr von mir?«, fragte Mutter Agnes. »Ich kann ihn mit Worten nicht berühren. Er empfängt mich nicht einmal mehr in seinen Privatgemächern. Nicht seit dem Tod der Königin. Seit dieser Zeit ist es mit seinem Verstand schlimmer geworden. Ich glaube, er hält mich für unsere Mutter. Ich bin ihr wie aus dem Gesicht geschnitten.«

Und da wusste Maus, was getan werden musste: ein Plan, der vor ihrem geistigen Auge Gestalt annahm.

»Geht zu ihm und versucht, mit ihm zu sprechen. Bringt ihn dazu, dass er mit Euch redet. Ottokar zuliebe.«

Mutter Agnes nickte schwerfällig.

»Vielen Dank«, sagte Maus und erhob sich.

»Ich prophezeie Euch, es wird Ottokar nichts nützen.«

Maus zuckte mit den Schultern, aber sie wusste, dass ihr Plan funktionieren würde. König Vaclavs Nerven lagen bereits blank, und alles, was es bedurfte, war ein letzter kleiner Schubs.

Es war immer noch dunkel, als Maus pfeifend zurück über die Judithbrücke schlenderte.

20

Den frühen Vormittag des folgenden Tages verbrachte Maus mit einem Spaziergang am Flussufer, während sie über ihre Strategie nachdachte. Der erste Angriff auf den labilen Verstand des Königs müsste dramatisch sein, ein wahrer Paukenschlag, der ihn völlig aus der Bahn warf. Sie kannte die Waffe, die sie einsetzen würde, aber sie musste einen Weg finden, sie zu schwingen, ohne dabei ertappt zu werden, und sie weigerte sich, eine andere Person zu opfern, die dann den wahnsinnigen Zorn Vaclavs zu spüren bekäme.

Nachdem sie um eine Flussbiegung kam, bemerkte sie einen Schwarm Gänsegeier, die sich an dem aufgeblähten Kadaver eines Hirschs weideten. »Ruhig«, sagte sie, als die Tiere sie anfauchten und bespuckten. »Seid ruhig!« Während die Geier verstummten, spürte Maus ein Aufkeimen von Reue, weil sie die Macht einsetzte, der sie eigentlich abgeschworen hatte. Immerhin waren es keine Menschen, ermahnte sie sich und besänftigte ihre Schuldgefühle. Sie hatten keinen Willen, den Maus manipulieren konnte, nur einen Instinkt, den es zu bezwingen galt.

»Fliegt«, befahl sie. »Fliegt zum Glockenturm.« Während sie versuchte, das Bild vor ihrem geistigen Auge heraufzubeschwören, um es ihnen zu verdeutlichen, bemerkte sie den Fehler in ihrem Plan. Die Geier kannten *fliegen* und *ruhig*, sie verstünden *essen* oder *paaren* oder *kämpfen*, sollte sie es ihnen gebieten, aber sie kannten keinen Glockenturm. Und so stiegen sie in die Lüfte und flogen nicht zum Kirchturm, sondern über die Hügel zum Rand von Prag, in

Richtung der Berge. Da sie keinem ahnungslosen Mitstreiter Befehle erteilen durfte, müsste Maus das Risiko allein auf sich nehmen.

Und so schlich sie kurz nach der Mittagsstunde die Stufen des Eva-Turms in der Basilika St. Georg hinauf. Sobald sie den Glockenturm erreichte, schlang sie den Arm um das dicke Seil und wartete. Der Sieg hing vom richtigen Zeitpunkt ab. Ebenso wie ihr Leben. Würde sie zu früh beginnen, würde sie das Ziel verfehlen. Zu spät, und sie würde gewiss geschnappt werden.

Als sie das Wiehern der Pferde hörte, die in den Burghof geführt wurden, zog sie mit aller Kraft und hängte sich mit ihrem ganzen Gewicht an das Seil, bis sie spürte, wie es am Rad über ihr entlangglitt und sich straffte, dann ließ sie es wieder los. Beim zweiten Ziehen schlug der Klöppel mit einem tiefen Dröhnen gegen die Glockenwandung, und Maus begann die Sekunden zu zählen, die ihr blieben, um die Glocke vollständig zum Läuten zu bringen und dennoch genügend Zeit zu haben, um in den Altarraum der St.-Ludmila-Kapelle zu schlüpfen und unerkannt zu entwischen. Nachdem sie noch ein paarmal am Seil gezogen hatte, hallte das Läuten der Glocken wider, und Maus rannte die Treppe hinunter, ohne stehen zu bleiben, während sie einen flüchtigen Blick auf die Menschenmenge erhaschte, die sich im Burghof um irgendetwas versammelt hatte. Genau in dem Moment, als sie den untersten Treppenabsatz erreicht hatte, vernahm sie Schritte und duckte sich in eine Nische, während jemand an ihr vorbeihastete, immer zwei Stufen auf einmal nehmend.

Als sie endlich die Glocken zum Verstummen gebracht hatten, kniete Maus längst vor dem Altar der Kapelle, scheinbar versunken in ihr Gebet, ihr Atem gleichmäßig und langsam, obwohl die Vene in ihrem Hals im Gleichklang zu dem raschen Hämmern ihres Herzens hüpfte.

»Verzeiht die Störung, Gräfin.« Eine Wache stand im Eingang, ein nervöser Bischof Miklaus an seiner Seite. »Aber habt Ihr jemanden hier in der Kirche gesehen?«

»Ich habe den ganzen Vormittag gebetet. Warum? Ist etwas passiert?«

»Jemand hat die Glocken geläutet.«

»Na und? In Teplá läuten sie ständig.«

»Sie ist neu in Prag«, bot der Bischof als Erklärung.

Der Wachposten seufzte. »Aber Ihr habt niemanden gesehen? Niemanden gehört?«

»Es war ein ständiges Kommen und Gehen, aber mein Interesse galt allein ihr.« Sie nickte zu dem Fresko der heiligen Ludmila neben dem Altar. »Ihr macht den Anschein, als wäre etwas Schlimmes passiert.«

»Der König ist krank, Gräfin«, sagte der Bischof.

»Dann werde ich für ihn beten.« Sie kniete sich wieder hin und neigte den Kopf, als die beiden Männer verschwanden.

Später, als sie zurück zum Bergfried spazierte, hörte sie das Gerede der Menschen.

»Der König war steif wie ein Brett und ist von seinem Pferd gefallen. Ein Anfall, sagen sie.«

»Das hab' ich schon mal erlebt. Als der alte Einäugige noch ein junger Mann war, kurz nachdem er aus Österreich zurückgekehrt ist, haben wir zu seinen Ehren die Glocken geläutet. Es waren die Glocken, die das mit ihm gemacht haben«, sagte eine alte Frau, während sie in der frostigen Luft einen Teppich ausklopfte. »Hatte Schaum vorm Mund wie ein krankes Tier, und er hat gezuckt, als wär der Teufel höchstpersönlich in ihn gefahren.«

Maus' Herz hämmerte immer noch, als sie das Solar betrat, in dem die anderen Damen ihren Nachmittag verbrachten. Sie suchte Schutz in der Masse und dem Anschein von Normalität. Trotz der unbeabsichtigten Rückendeckung des Bischofs fühlte sie sich ertappt. Sie hatte gehofft, die Glocken im Laufe der folgenden Tage mehr als einmal läuten zu können, aber ihr war klar, dass sie das Risiko nicht eingehen konnte. Sie hatte diskretere Methoden, den Verstand des Königs anzugreifen, aber sie brauchte weitere Mitstreiter, ob sie sich ihr nun freiwillig anschlossen oder nicht.

Die Frauen verstummten, als sie den Raum durchquerte, um einer schwarz verschleierten Gräfin Lemberk, Evzens Witwe, ihr Beileid auszusprechen. Neben ihr saß eine ältere Frau. Maus ahnte, wer sie war, noch bevor sie ihr vorgestellt wurde. Vok hatte die feinen Gesichtszüge seiner Mutter geerbt.

»Gräfin Rozemberk, das ist Gräfin Emma, *Prinz* Ottokars Mündel«, sagte Gräfin Lemberk.

Bei der abfälligen Bemerkung über Ottokar biss Maus die Zähne zusammen.

»Sein Mündel?«, fragte Gräfin Rozemberk mit hochgezogenen Augenbrauen.

»Ja. König Ottokar bot mir seinen Schutz an, als ich das Kloster verließ.« Noch während sie redete, berechnete Maus das Risiko ihres nächsten Zugs. »Ich habe ihn gepflegt, als seine Männer ihn mit einem Pfeil in der Brust nach Teplá brachten. Manch einer hielt es für einen Unfall, andere vermuteten Absicht.«

Sie schärfte ihre Sinne, um die Reaktion der Frauen zu prüfen.

Puls und Atmung von Gräfin Lemberk blieben gleichmäßig, ruhig. »Ihr habt ihn *gepflegt*?«, fragte sie, und ein Feixen huschte über ihr Gesicht.

»Ich bin eine ausgebildete Heilerin, Gräfin.« Aber Maus hatte wenig Interesse, sich gegen ihre Anschuldigungen zu verteidigen. Zu sehr war sie damit beschäftigt, Gräfin Rozemberk zu beobachten. Bei der Nachricht von Ottokars Unfall war sie erblasst. Ihr Blick wanderte nach unten, ihr Herz raste.

»Ich nahm an, Euer Sohn hätte es Euch vielleicht erzählt, Gräfin Rozemberk. Er war dabei.«

»Mein Sohn?«

»Der jüngere Graf Rozemberk. Vok.«

»Ihr kennt ihn?« Mit einem Mal machte das Herz der Gräfin einen Sprung und setzte dann einen Schlag aus. Sie war besorgt um ihn.

»Ja, Gräfin, ich kenne Euren Sohn.« Maus legte so viel Bedeutung wie möglich in die Worte, ohne dass Gräfin Lemberk etwas bemerkte, die immer noch still feixte.

Etwas Dunkles huschte über Gräfin Rozemberks Gesicht. »Wenn Ihr ihn kennt, wisst Ihr sicherlich, dass er aus dem Haus der Rozemberks verbannt wurde, wie auch immer er sich nun nennen mag. Er ist nicht mehr mein Sohn.« Sie rutschte nervös auf ihrem Stuhl hin und her und drehte Maus dann den Rücken zu. Es war eine offensichtliche Verabschiedung, aber Maus wusste, dass es nur Schau war. Gräfin Rozemberk war eine Mutter, die ihren Sohn liebte, ob der Vater ihn nun verstoßen hatte oder nicht.

Maus nahm auf der anderen Seite des Raums Platz und griff nach einem Stickrahmen und Faden. Anfangs plauderte sie liebenswürdig mit einigen der Frauen in ihrer Nähe, die begierig waren, ihr zu gefallen, zweifellos wegen der Gunst, die König Vaclav ihr am Abend zuvor erwiesen hatte. Aber schon bald ließ sie die Unterhaltung einschlafen und konzentrierte sich auf ihre Handarbeit. Während sie das Garn einfädelte, es durch die Seide bohrte und wieder nach oben schob, begann sie zu summen: dieselben sechzehn Töne, immer und immer wieder. Den ganzen Nachmittag summte oder pfiff sie das Lied, bis ihre Lippen vor Erschöpfung zitterten. Die Melodie hallte leise und ruhig im Solar und vermischte sich mit den Hintergrundgeräuschen, sodass sie niemandem wirklich auffiel.

Doch dann begann die Frau an der Harfe, das Lied zu spielen.

»Die Melodie ist wunderschön. Woher stammt sie?«, fragte jemand.

»Die habe ich mir eben ausgedacht. Gefällt sie Euch?«

Auch andere Damen stimmten in das überschwängliche Lob ein, und Maus stellte hocherfreut fest, dass mehrere Frauen leise pfiffen, während sich alle zurückzogen, um sich fürs Abendessen umzukleiden.

Als der König an jenem Abend im Rittersaal erschien, sah er krank aus und bewegte sich so steif, als wäre er wund. Maus gab vor, sich auf ihr Essen zu konzentrieren, aber ihre geballte Aufmerksamkeit galt allein ihm. Als sie bemerkte, wie er unvermittelt zusammenzuckte, ließ sie den Blick im Raum schweifen, um nach dem Grund seines Unbehagens zu suchen. Mutter Agnes hatte die Halle betreten und sich an einen der hinteren Tische gesetzt. Maus konnte die Angst im Gesicht des Königs lesen. Sie wusste, dass er mit seinem verwirrten Verstand nicht seine Schwester sah, sondern seine Mutter. Maus' Plan ging schneller auf, als sie erwartet hatte.

Wenn Maus Gewissensbisse plagten, beschwichtigte sie sie, indem sie sich mit ihrem perfekten Gedächtnis an die Gerüche und Geräusche der gequälten Männer erinnerte. Sie beobachtete den König eingehend. Jedes Mal, wenn sein Blick auf seine Schwester fiel, pfiff oder summte Maus leise, während sie lächelnd den Saal betrachtete. Auch andere Damen summten die Melodie.

Vaclav erblasste bei dem Lied und zupfte sich an den Ohren. Er aß wenig und trank viel. Schließlich presste er sich die Hände auf die Ohren, woraufhin seine Krone klappernd zu Boden fiel. Graf Rozemberk musste ihn halb aus dem Rittersaal tragen.

Maus' Blick verwob sich mit dem von Gräfin Rozemberk, um ihr zu bedeuten, dass sie nun aufbräche. Sie wollte Voks Mutter die Möglichkeit für ein heimliches Gespräch unter vier Augen bieten. Sie wartete in der Nähe der Tür, die zum Garten der Königin führte, und wie erwartet gesellte sich wenige Minuten später Gräfin

Rozemberk zu ihr. Gemeinsam spazierten sie zur Bank neben dem Brunnen.

»Es ist schrecklich kalt hier draußen.«

»Das tut mir leid, Gräfin Rozemberk, aber es ist der einzige Ort, den ich kenne, an dem wir nicht belauscht werden können. Ich dachte, Ihr wüsstet womöglich etwas Diskretion zu schätzen.«

Die Gräfin ließ sich schwerfällig neben Maus nieder. »Der König ist verrückt.«

»Ich weiß.«

»Mein Gatte ist sehr loyal.«

»Ebenso wie Euer Sohn.«

»Ich wünschte, die beiden wären auch einander treu ergeben, aber die Politik der Krone und ihr persönlicher Ehrgeiz haben jede Möglichkeit darauf vor langer Zeit zerstört. Ich gebe unserem einäugigen König und seinem verrückten, völlig verdrehten Geist die Schuld. Ich hasse ihn dafür, was er meiner Familie angetan hat«, zischte sie und seufzte dann schwer. »Ottokar ist ein guter Junge. Er hat einen Großteil seiner Kindheit bei uns gewohnt. Wusstet Ihr das? Er und Vok waren Ziehbrüder.«

Maus nickte.

»Ich war hocherfreut, als er Vok Ländereien und einen Titel angeboten hat. Die Liebe einer Mutter sollte sich auf all ihre Kinder gleichermaßen erstrecken, ungeachtet dessen, ob sie Erst- oder Letztgeborene, Mädchen oder Junge sind.«

Maus erinnerte sich, was Mutter Agnes über Mütter gesagt hatte. Wahrscheinlich würde sie den Ansatz von Gräfin Rozemberk gutheißen. Ein unerwarteter Anflug von Bedauern überkam Maus, als sie erkannte, dass ein Leben in Houska an der Seite von Pater Lucas jede Hoffnung auf eigene Kinder zunichtemachen würde.

»Doch mein Gatte sah die Ehre, die Vok zuteilwurde, als eine Kränkung gegen seine eigene Person«, fuhr die Gräfin fort. »Und später, als die Adligen den Aufstand anzettelten und Vaclav zu uns gerannt kam, führte er die Axt, die schließlich das Band zwischen meinem Gatten und meinem Sohn durchtrennte.« Zitternd schlang Gräfin Rozemberk die Arme um sich. »Ich darf seinen Namen nicht einmal laut aussprechen. Mir ist jeder Kontakt zu ihm verboten.« Sie holte langsam Luft und atmete hastig wieder aus. »Ich könnte mit dem Verlust leben, wüsste ich, dass Vok glücklich und in Sicherheit ist, aber dass sie ihn oben im Turm eingesperrt haben … Ich weiß, dass sie ihm unsägliche Dinge antun. Womöglich ist er bereits tot. Mein Gatte drängt darauf. Wie kann ein Vater den Tod seines eigenen Sohnes wünschen?« Sie konnte ein Schluchzen nicht zurückhalten.

»Ich habe einmal einen Wolf gesehen, der seine eigenen Welpen gefressen hat«, sagte Maus. »Der Winter war lang, und er war kurz vor dem Verhungern. Mir scheint, dass ein ehrgeiziger Mensch alles tun wird, um seine Ziele zu erreichen.« Sie hielt inne. »Ich habe Euren Sohn gesehen. Er ist noch nicht tot.«

Gräfin Rozemberk blickte rasch auf.

Maus beschrieb die Gerüche, das tropfende Wasser und die Daumenschraube, den Zustand von Voks Bewusstsein.

»Ich werde nicht zulassen, dass mein Junge dort stirbt«, sagte Gräfin Rozemberk durch zusammengepresste Zähne. Sie setzte sich aufrechter hin. »Mein Gatte hat mit Vaclav Ränke geschmiedet, um Ottokar zu meucheln. Sie haben einige seiner Männer gekauft – bei Graf Lemberk bin ich ganz sicher. Doch mein Gatte hat ihn getötet, nachdem er die Nachricht brachte, dass der zweite Anschlag fehlgeschlagen war. Vaclav wollte keine Mitwisser am Leben lassen.«

Die Neuigkeit war für Maus keine Überraschung, aber die Schändlichkeit der Tat erzürnte sie dennoch. Gernandus und Evzen, vom Vater bestochen, um den Sohn zu töten. Es musste Evzen gewesen sein, der den Anschlag auf sie in der Nähe von Prag geplant hatte.

»Und dann haben sie Vaclavs Vergiftung inszeniert«, sagte Maus und sah die Verschwörung vor ihrem geistigen Auge ablaufen. »Sie wollten jeglichen Verdacht, den Ottokar womöglich gegen seinen Vater hegen könnte, von sich ablenken, um ihn in falscher Sicherheit zu wiegen und ihn und seine Männer ungeschützt in Prag zu wissen. Aber warum haben sie ihn nicht umgebracht? Warum warten sie?«

»Der König fürchtet sein Volk. Er hat Angst vor einem Aufstand, wenn er seinen Sohn hinrichtet. Sollte Ottokar bei einem Jagdunfall sterben oder einem Attentat zum Opfer fallen, bei dem auch mein Sohn ums Leben kommt, würde es niemand mit Vaclav in Verbindung bringen, auch wenn manch einer ihn verdächtigen würde. Aber er kann es sich nicht leisten, dass Ottokars Blut an seinen Fingern klebt.«

»Warum hat er Ottokar dann eingesperrt?«

»Das war nicht der Plan. Der König hat sich wegen irgendetwas geärgert, das Ottokar sagte, und ließ ihn in einem Wutanfall in den Turm schaffen. Nun, da sie eingesperrt sind, muss er einen Weg finden, um ihnen Hochverrat in die Schuhe zu schieben und sie hängen zu dürfen. Mein Gatte arbeitet fieberhaft daran, Beweise zu fälschen, damit er belegen kann, dass sie versucht haben, den König zu vergiften.«

»Dann müssen wir rasch handeln.«

»Ich verfüge über gewisse Verbindungen, um sie außer Landes zu schaffen, aber wie befreien wir sie aus dem Turm?«

Maus schüttelte den Kopf. Ihre Augen funkelten vor Zorn. »Sie würden nicht davonlaufen. Das würde Ottokar niemals tun. Ebenso wenig wie Euer Sohn. Nein, ich werde diesen König brechen. Und Ihr werdet mir helfen.«

Gräfin Rozemberk kannte die Frauen, die Vaclav in sein Bett holte – Zofen, junge Mädchen, Ehefrauen und Witwen – und wählte diejenigen aus, die fügsam und bestechlich waren. Sie brachte ihnen die

Melodie bei und bezahlte sie, ihm das Lied im Schlaf vorzusummen. Währenddessen verbrachte Maus die folgenden Tage damit, überall in der Burg pfeifend herumzuspazieren und die Melodie den Schmieden, Bauern, Waschfrauen und Soldaten einzupflanzen wie einen Ohrwurm. Der Burghof surrte mit dem Lied, als der Leibarzt des Königs ihm schließlich wieder einen Ausritt gestattete.

Als der König Anstalten machte, auf sein Ross aufzusitzen, beobachtete Maus ihn aus den Schatten.

Vaclav setzte den Fuß in den Steigbügel, hielt dann inne und sah sich mit wildem Blick in den Stallungen um. »Was ist das? Dieser Lärm?«, rief er. Das aufgeschreckte Tier bäumte sich auf und warf ihn zu Boden.

Augenblicklich war Graf Rozemberk an seiner Seite. »Ich höre nichts, Majestät«, sagte er und half dem König auf die Beine.

Alle, die in seiner Nähe gepfiffen hatten, waren verstummt und hielten den Atem an, neugierig, ob der König einen weiteren Anfall erleiden würde.

Vaclav schubste seinen Freund weg. »Lass mich! Ich sage dir, ich habe etwas gehört. Eine Melodie. Ich kenne diese Melodie.« Er summte sie, die Augen weit aufgerissen. »Aber das kann nicht sein!«

»Hier, Majestät, ich habe die Zügel Eures Pferds. Lasst uns ausreiten.«

»Nein! Ich will nicht ausreiten. Ich brauche einen Mann, der für mich nach Porta Coeli reitet. Sofort!«

»Warum, Majestät?«

»Jetzt sofort!«, brüllte Vaclav wieder. Die Pferde scheuten und bäumten sich auf.

»Du, Schmied. Hol einen Boten«, rief Graf Rozemberk.

»Nein, ich vertraue ihnen nicht. Womöglich tischen sie mir eine Lüge auf.«

»Weshalb sollten sie Euch anlügen?« Maus konnte die wachsende

Panik in Graf Rozemberks Stimme hören. »Bitte, lasst uns gemeinsam hinaus in die Berge reiten.«

»Nein. Du musst gehen. Schau nach, ob die Alte immer noch tot ist … immer noch begraben in Porta Coeli.«

»Aber Majestät, morgen ist Weihnachten. Bis dahin kann ich niemals zurück sein. Und der Himmel verdunkelt sich mit mehr Schnee.«

»Ich sagte, GEH!« Er packte Graf Rozemberk am Nacken und schob ihn zu seinem Pferd.

Graf Rozemberk hatte keine andere Wahl. »Euer Wille ist mir Befehl, Majestät. Immer.« Er stieg auf und ritt durch das Südtor, während neuer Schneefall einsetzte.

Maus frohlockte. Der König wäre ohne seinen Freund eine leichtere Beute. Das Glück war ihr hold, mehr, als sie zu wünschen erhofft hatte.

Doch Maus hätte die dunkle Wendung nicht vorhersehen können, die das Schicksal nehmen würde.

Die Schreie setzten ein, kurz nachdem Maus Ottokars Zimmer erreicht hatte, um sich etwas auszuruhen und vor dem Abendessen umzuziehen. Sie eilte zum Fenster und blickte in den Burghof hinab. Die Menschen liefen zur Nordseite der Feste in Richtung des Schwarzen Turms.

Ein Schauder rann ihr die Wirbelsäule hinab.

Maus wäre fast gestolpert, als sie die Treppe hinunterraste. Sobald sie den Innenhof erreichte, musste sie sich durch die Menschentraube kämpfen und sich regelrecht zwischen den neugierigen Zuschauern hindurchquetschen. Einige hatten die Hand auf den Mund gepresst und sahen weg. Andere standen wie festgefroren da und starrten zu dem Spektakel. Ihren Brechreiz niederkämpfend, bahnte sich Maus einen Weg zur Mauer und schlüpfte durch die Massen, bis sie etwas sah.

Damek war an ein großes Rad gebunden. Der König stand vor ihm und schlug mit einem Eisenknüppel auf seine gefesselten Arme und Beine ein.

Die Knochen klangen wie Äste, die nach einem Sturm unter dem Gewicht von Eis brachen. Damek, den Mund weit aufgerissen, warf den Kopf zurück, als ein trällerndes, hohes Wimmern seine Kehle hinaufkroch und anschwoll, bis es vom Steinturm zurückgeworfen wurde und bei den Menschen widerhallte.

Die Zuschauer schrien dem König zu, Gnade walten zu lassen. Doch Vaclav hörte sie nicht.

»Ruhe!«, brüllte er und holte zu einem weiteren Schlag aus. Dameks Beine standen in sonderbaren Winkeln ab, waren über und unterhalb des Knies gebrochen. Das zertrümmerte Ende eines Knochens bohrte sich durch seine Hüfte. Blut spritzte zu allen Seiten und traf den König im Gesicht. Riesige Schneeflocken fielen wie Gänsefedern auf das rot gesprenkelte Muster, während Damek vor unsäglichen Schmerzen brüllte wie ein sterbendes Tier.

»Hör mit diesem Lärm auf!«, schrie der König. Er schwang den Knüppel gegen Dameks Hals, und mit einem Mal war es im Burghof still.

Damek war tot.

Vaclav stand einen Moment da und starrte in die Ferne, die Arme schlaff an den Seiten herabhängend, dann wirbelte er herum und schleuderte den Eisenknüppel hinter sich. »Aus dem Weg!«, fauchte er die Leute in den ersten Reihen an.

Während sich die Menge teilte, sah Maus, dass sich ihr eigener Hass auf den König in den Gesichtern der anderen widerspiegelte. Diese Menschen kannten Damek. Sie wussten, dass er ein guter Mensch war – freundlich, immer bedacht auf gute Laune. Er war kürzlich Vater geworden. Er hatte eine solche Behandlung nicht verdient.

Maus drehte sich weg und ging langsam auf Damek zu. Sie dachte an den Abend, als sie zusammen getanzt hatten, und die Nacht, als sie sein Kind auf die Welt gebracht und ihm die freudige Nachricht mitgeteilt hatte. Sie fragte sich, was nun mit ihm geschähe und wer an Gräfin Harrach schreiben würde, um ihr von dem Schicksal ihres Gatten zu berichten. Würgend sank Maus auf die Knie.

König Vaclav mochte zwar den Mord begangen haben, aber sie hatte ihn zu dieser schändlichen Tat getrieben.

21

Nur Stunden später machte sich Weihnachten wie ein unwillkommener Gast in Prag breit und scheuchte die Einwohner zur Mitternachtsmette – der Engelsmesse, wie die Gläubigen sie nannten. Maus saß zwischen den Kirchgängern, die immer noch wütend, immer noch verunsichert von der Tat des Königs waren. Ihre Köpfe waren zu sehr von Dameks Schreien erfüllt, um Geschichten der Freude und Erlösung zu hören.

Bei Sonnenaufgang trafen sie sich zur zweiten Christmette. Wenige hatten Schlaf gefunden. Beim Weihnachtsspiel, während die Schäfer den Engeln in der Höhe lauschten, die vom Kommen des Herrn kündeten, begann Vaclav, an der dicken, wulstigen Narbe über seiner Augenhöhle zu kratzen. Anfangs fuhr er nur mit den Fingern über die schiefe Linie, aber als die Schäfer dem Stern zur Krippe gefolgt waren, neigte Vaclav den Kopf und bohrte sich mit beiden Händen ins Fleisch.

Gräfin Rozemberk, die neben ihm saß und leise jene sechzehn Töne summte, beugte sich zu ihm und flüsterte: »Ist etwas nicht in Ordnung, Majestät?«

»Mein Auge«, sagte er den Tränen nahe. »Jemand hat mir das Auge geschlossen.«

»Nein, Majestät. Erinnert Ihr Euch nicht? Ihr habt es damals im …«

»Helft mir! Helft mir, es zu öffnen, damit ich wieder sehen kann!«, schrie er.

Die Mönche, die das Schäferspiel aufführten, blickten verunsichert zum Bischof und hielten inne. Bischof Miklaus gab den Mönchen mit einer Handbewegung zu verstehen, dass sie fortfahren sollten, aber Vaclav sprang auf und taumelte aus der Kirche.

Nach der Morgenmette rief Mutter Agnes Maus zu sich. Dieses Mal, als Maus das Kloster betrat, wartete die alte Frau schon auf sie.

»Der Mann gestern. Wie lautete sein Name?«, fragte Mutter Agnes.

»Damek. Er und seine Frau haben gerade ihr erstes Kind bekommen. Er war ein guter Mann.«

Die Äbtissin starrte nickend ins Feuer. »Damek«, sagte sie, als wäre es ein Befehl, eine Antwort. »Sein Blut klebt an meinen Händen.« Sie schüttelte jetzt fest den Kopf, sodass sich das Gebände spannte und dann Falten warf. »Schluss damit. Vermutlich habt Ihr eine Strategie? Um meinen Neffen und diese anderen Männer zu befreien?«

»Sie wird Euch nicht gefallen, Mutter Oberin.«

Maus legte den Plan ausführlich dar, und als die Äbtissin das Gesicht in die Hände stützte, war sie überzeugt, dass die ältere Frau ihr Hilfsangebot zurücknähme. Mutter Agnes hatte einen Großteil ihres Lebens darauf verbracht, ihren kleinen Bruder zu verteidigen – sein fragiles Gemüt zu beschützen, den Jungen zu bemitleiden, der so schrecklich misshandelt worden war. Die Bitte, Maus zu unterstützen, ihn endgültig über die Klippe des Wahnsinns zu stoßen, damit er sich des Regierens als untauglich erwiese und Ottokar und seine Männer gerettet werden könnten, war grausam. Und Maus spürte den Schmerz, den sie der Äbtissin zufügte.

Doch Mutter Agnes wusste, dass sie keine andere Wahl hatten. »Schluss damit, dass Unschuldige sterben, Schluss damit, dass weitere gute Männer durch die Hand meines Bruders gefoltert werden!«

Obwohl sich Maus ihres Erfolgs nun sicherer war, war sie gleichzeitig verängstigter denn je. Der Angriff auf den Verstand des Königs wäre unerbittlich, und was das gestrige Schicksal Dameks gewesen war, könnte als Nächstes Ottokar oder Vok oder Mutter Agnes ereilen.

Nach der letzten Christmette eilten alle zum Rittersaal. Der Duft von Zedernholz und Minze und der Geruch von über dem Feuer gebratenem Fleisch entfaltete allmählich seine magischen Kräfte bei den Menschen und hob die Schwermut, die sich seit Dameks Hinrichtung über sie gelegt hatte. Die Stechpalmen funkelten im Kerzenschein, die roten Beeren schimmerten wie Perlen. Der Julklotz knisterte. Die Minnesänger stimmten ein Lied an. Die Menschen gerieten in Feierlaune.

Maus beobachtete das Treiben von ihrem Stammplatz neben dem König. Gräfin Rozemberk saß auf der anderen Seite von Vaclav. Dienstboten trugen Holzbretter und Steine herein, um in der Mitte des Saals eine Absperrung für das Weihnachtsspektakel zu errichten. Doch Maus war mehr daran interessiert, was in den hinteren Ecken der Halle geschah.

Einige der Dienstboten – eingeschleuste Helfer von Mutter Agnes, so vermutete Maus – summten leise, während sie das Essen und die Getränke servierten. Das monotone Dröhnen der Unterhaltungen und das schallende Gelächter machten einen Großteil ihrer Bemühungen zunichte, aber zuweilen ertönten ein paar Noten in den Gesprächspausen und durchbohrten den König, der jedes Mal zusammenzuckte und schauderte, als wäre er von Pfeilen getroffen worden. Mit weit aufgerissenen Augen suchte er die Hunderte von Gesichtern im Saal ab.

Da betrat eine Frau den Rittersaal. Die meisten Gäste waren zu sehr mit ihrem Essen beschäftigt oder bereits zu betrunken, um ihr auch nur die geringste Aufmerksamkeit zu zollen, aber Vaclav erspähte sie. Seine Gesichtszüge entglitten ihm, und er wurde aschfahl, während er die Frau beobachtete, die sich im Schutz der Wände einen Weg zu ihm bahnte, bis sie die Estrade erreichte und ein paar Meter vor der Wache stehen blieb.

Ein grimmiges Brüllen hallte vom Burghof wider, das einen Teil der Gäste erschreckte und dem anderen ein begieriges Lächeln aufs Gesicht zauberte. Selbst die Augen des Königs wanderten von der Frau zur Tür, und er wartete gespannt ab. Als ein Mann einen Bären an einer Leine in die Halle führte, kicherte Vaclav lautstark. Ein eiserner Maulkorb umschloss die Schnauze des Bären, eine Eisenkette lag um seinen Hals. Als sie die Mitte des Saals erreichten, versetzte der Mann dem Tier einen leichten Schlag mit dem Stock, und es bäumte sich auf den Hinterbeinen auf, ein schreckliches Geheul ausstoßend.

Galle brannte in Maus' Kehle. Sie hatte nicht mit einer Bärenhetze gerechnet. Angewidert von der bevorstehenden Gewalt und besorgt, wie der Kampf ihren Plan, den König ans Messer zu liefern, beeinflussen könnte, waren ihr die Hände gebunden und sie konnte nichts weiter tun, als abzuwarten. Und zuzusehen.

Zwei weitere Männer betraten den Saal, gezogen von vier knurrenden Hunden, denen schleimiger Geifer vom Maul spritzte, als sie die Köpfe schüttelten und versuchten, sich der Seile und ihrer Herrchen zu entledigen. Sie wollten etwas töten. Sie gierten nach dem Bären.

Als der Mann den eisernen Maulkorb des Bären löste, biss sich Maus auf die Lippe.

Der König beugte sich über den Tisch, das Kinn in die Hände gestützt, bereit für das blutrünstige Spektakel.

Und dann ließen die Männer die Hunde los.

Sie bissen dem Bären in die Schnauze, rissen ihm Fleisch aus den Flanken. Er versuchte, einen der Hunde abzuschütteln, aber die anderen drei schlugen ihm die Zähne in die Pranken und das Hinterteil. Der Bär schrie auf und warf den Kopf zu Boden, sodass der Mann, der die Leine hielt, ins Stolpern geriet. Das Tier bedeckte das Gesicht mit den Vorderpfoten und versuchte verzweifelt, sich zu schützen.

»Nein, nein, nein!«, rief der König. »Er soll kämpfen! Ich will sehen, wie er kämpft!«

Der Besitzer des Bären bohrte dem Tier den Stock in den Leib, um ihn dazu zu bewegen, sich wieder aufzubäumen.

»Er soll kämpfen!«, brüllte der König so schrill, dass er nicht mehr wie er selbst klang. Die Menschen drehten die Köpfe, um den König zu mustern, und Maus erkannte, wie der Ekel beim Anblick seines Blutrauschs in ihre Gesichter zurückkroch. Es war nicht zu übersehen, dass sie sich daran erinnerten, was er Damek angetan hatte.

Der König sprang auf und feuerte den Bären weiter an.

Und dann setzten die Glocken Prags ein, hell und klar in der kalten Weihnachtsluft.

Ein Riss ging durch den König, als wäre er aus Glas. Maus beobachtete, wie die Vernunft aus seinem Auge glitt, genauso, wie das Leben aus Pater Lucas gewichen war. Sie folgte seinem Blick. Er starrte zu der Frau an der Wand, die ihn lächelnd ansah.

Mutter Agnes trug heute nicht ihre Nonnentracht. Sie hatte ein Kleid angezogen samt Schleier, Kinnband und Haube, alles in Dunkelrot. Sie schürzte die Lippen und pfiff.

Der Schmerz in ihren Augen versengte Maus.

»Mutter.« Der König knurrte das Wort, tief und lallend, als wäre seine Zunge geschwollen.

Und dann stürzte er sich auf sie.

Der König hastete an der Wache vorbei und warf sich auf die Äbtissin, die Hände um ihre Kehle geschlungen. Seine Lippen zogen sich von seinen Zähnen zurück wie bei einem Tier mit gefletschten Fängen.

Die Glocken läuteten.

In der Mitte des Rittersaals ließ der Tierfänger die Leine los. Der mächtige Bär bäumte sich auf die Hinterbeine auf, die Vorderbeine weit ausgestreckt, und warf den geschundenen Kopf zurück. Seines Geschirrs beraubt, brüllte er und übte sogleich Rache an den Hunden, schleuderte erst den einen weg, dann den anderen, und rammte sie gegen die Holzabsperrung, wo ihr Rückgrat brach. Er baute sich vor den anderen beiden auf und ließ sich fallen, zermalmte den dritten Hund mit seinem Gewicht, während sich sein Maul um den Hals des letzten schloss. Nach einem heftigen Schütteln hing der Hund schlaff zwischen den Lefzen des Bären.

Niemand hatte den König beobachtet. Mit einem wilden Heulen schleuderte er sich und Mutter Agnes in die Mitte des Saals. »Du wirst sterben, ein für alle Mal, Mutter. Du wirst mich nie wieder foltern«, schrie er ihr ins Ohr, und Spuckefäden troffen ihr ins Gesicht, als der Bär auf die neue Bedrohung zurannte.

»Helft ihr!« Gräfin Rozemberk erhob sich kreischend. »Das ist Mutter Agnes, die Schwester des Königs. Seht ihr? Er hat den Verstand verloren. Er wird sie umbringen! Helft ihr!«

Die Wachen hasteten über den Tisch und zogen ihre Schwerter, während sie in Richtung Bär, König und Mutter Agnes eilten.

Doch Maus war bereits von der Tribüne zur Mitte des Saals gestürzt. Sie schob einen Teil der Barrikade weg und schlich mit langsamen Bewegungen seitlich auf den Bären zu. Das Tier drehte sich zu ihr um und beäugte sie. Maus war bereit, die Macht in ihr war entfesselt.

»Beruhige dich!«, befahl sie. »Hör auf zu kämpfen. Niemand wird dir etwas tun.«

Augenblicklich sank der Bär auf alle viere und legte sich dann keuchend und erschöpft auf den Boden.

Maus war sich der scharf eingesogenen Atemzüge, der flatternden Herzschläge bewusst, während die Menschen sie beobachteten.

Mit hoch erhobenem Schwert rannte einer der Wachen auf den Bären zu, aber Maus stellte sich ihm in den Weg. »Ihr werdet das Tier nicht verletzen. Es ist zahm, seht Ihr? Es ist keine Bedrohung mehr. Lasst es in Frieden.« Die Wache senkte die Waffe und wich zurück.

Eine fast greifbare Ruhe legte sich einen Moment lang auf den Saal. Und dann kreischte der König auf und schubste Mutter Agnes vor den Bären. Das Tier rührte sich nicht.

Vaclav drehte sich zu seinen Wachen um, zeigte auf Mutter Agnes, versuchte, ihnen etwas zu sagen, doch die Geräusche, die aus seinem Mund kamen, waren kehlig, lallend, hatten keinerlei Ähnlichkeit mit Sprache. Er warf sich auf den Soldaten, der ihm am nächsten stand, und griff nach seiner Waffe. Die Wache wehrte sich, packte den König und presste ihm die Arme auf den Rücken.

Maus half Mutter Agnes auf die Beine. »Jetzt ist der rechte Augenblick«, flüsterte sie der Frau zu.

Die Äbtissin stellte sich aufrecht hin, doch ihre Stimme bebte. »Mein Bruder, der König, ist krank. Werter Kämmerer, begleitet den König auf seine Gemächer und sorgt dafür, dass ihm die beste Pflege zuteilwird und er ständig unter Bewachung ist. Er darf sein Zimmer nicht verlassen. Wie Ihr alle bezeugen könnt, ist er eine Gefahr für sich und andere. Wir müssen den König beschützen und beten, dass Gott seinen Verstand heilt.« Ihr Gesicht verzog sich vor Schmerz. »Und Euch, Bischof Miklaus, obliegt es durch Euer Amt als geistiges Oberhaupt, meinen Neffen, König Ottokar, und die anderen unbescholtenen Adligen auf freien Fuß zu setzen, die zu Unrecht im Schwarzen Turm eingesperrt wurden.«

Der Bischof starrte Maus einen Moment eindringlich an, doch dann verneigte er sich vor Mutter Agnes. »Ich werde die Freilassung umgehend anordnen.«

Während der König aus dem Rittersaal eskortiert wurde, war es fast so, als wären unzählige Stricke durchtrennt worden. Die Menschen drängelten sich lautstark zu den Türen. Der Tierfänger schob sich vorsichtig zu seinem Schützling.

»Dürfte ich ihn nun zurückbekommen, edle Dame?« Er sah Maus weder an noch näherte er sich ihr.

Maus entschied, seine Furcht zu ihrem Vorteil zu nutzen. »Er hat ein angenehmes Leben verdient. Keine Kämpfe mehr. Genügend Nahrung und Schutz, habt Ihr mich gehört?«

Der Mann nickte.

»Ich werde es wissen, solltet Ihr Euer Wort brechen, Bärenfänger. Und ich werde zu Euch kommen.«

Er nickte wieder und blieb stehen, um die Leine an dem Halsband des Bären zu befestigen. Maus kniete sich nieder, die Hand auf ein Stück Fell gelegt, das von den Hunden nicht zerfetzt worden war. »Geh in Frieden. Genese und bleib gesund«, sagte sie.

Und dann waren nur noch Maus und Mutter Agnes im Rittersaal.

»Wir haben ihn gebrochen, meinen armen kleinen Bruder.« Mutter Agnes vergrub das Gesicht in den Händen und weinte bitterlich.

Maus legte den Arm um die Hüfte der Äbtissin. »Kommt, lasst uns zu Eurem Neffen gehen. Seht das Gute, das unsere Taten nach sich ziehen.«

Doch Mutter Agnes hob das Gesicht, das mit einem Schlag gealtert war, und sagte: »Ich gehe zurück zu den Kranken und Armen. Es gibt Freude unter all denen, die vom Leben geschmäht wurden. Ihr wäret dort ebenfalls willkommen, solltet Ihr das wünschen.«

Maus schüttelte den Kopf. Ein anderes Leben der Isolation und Verstoßung erwartete sie in Houska, aber zuerst müsste sie als Heilerin des Königs eine letzte Aufgabe erfüllen.

»Vielen Dank für die Einladung, Mutter Oberin, aber die Pflicht ruft vom Schwarzen Turm. Ottokar braucht mich.«

22

Ottokar lernte langsam wieder zu gehen. Seine Muskeln, geschwächt vom Hunger und geschrumpft in den Wochen, in denen sie nicht benutzt worden waren, bauten sich unter Maus' bedächtigem Blick allmählich auf. Sie ordnete sein Essen an, fütterte ihn, behandelte seine Wunden. Seine Hände waren blutige Klumpen gewesen, als sie die Kiste geöffnet hatten, und stellenweise hatte der Knochen an seinen Fingerspitzen herausgeschaut, wo er sich einen Weg in die Freiheit hatte kratzen wollen. Trotz Maus' unermüdlicher Pflege würden ihm ewig Narben bleiben.

Zumindest sein Körper heilte, wohingegen Maus sich um seinen Verstand Sorgen machte. Anfangs hatte Ottokar wenig gesprochen. Er hatte einmal nach seinem Vater gefragt, aber als ihm versichert wurde, dass Vaclav ihm oder dem Land nie wieder Schaden zufügen könnte, war Ottokar in stille Melancholie verfallen. Maus verstand ihn. Ihre Wochen des Schweigens, nachdem Pater Lucas sie aus dem Höllenschlund gezogen hatte, waren ihr noch frisch in Erinnerung, weshalb sie Ottokar nicht zum Reden drängte. Sie las ihm vor, erzählte ihm Geschichten. Seine Augen folgten ihr, wenn sie im Zimmer auf- und abschritt und sich Arbeit suchte, die sie verrichten konnte, während sie sich heiser redete.

An Ottokars Geburtstag Ende Januar war er bereits in der Lage, ein wenig in seinem Zimmer auf- und abzugehen und auf einem Stuhl zu sitzen. Barone und Grafen, viele derer, die Vaclav treu ergeben gewesen waren und jetzt nach der Gunst des Sohns heischten, schickten Genesungswünsche auf feinstem Pergament, das mit buntem Wachs versiegelt war und das kunstvolle Familienwappen zierten. Doch ihre Geschenke, die aus edlen Pferden und Jagdhunden bestanden, erinnerten Ottokar nur daran, was er nicht tun konnte. Er verbrachte den Tag damit, sehnsüchtig aus dem Fenster zu starren.

Am St.-Valentinstag schaffte er es jedoch, in die Kirche zu gehen und sich die Beine im Garten seiner Mutter zu vertreten. Als Maus und Ottokar sich auf die Bank neben dem Brunnen setzten, reichte sie ihm ein Buch.

»Was ist das?«

»Ein Geschenk. Ich hatte es an deinem Geburtstag noch nicht fertig.«

Er blätterte das Büchlein durch und blieb an den Illustrationen hängen, die in den prächtigsten Farben gestaltet waren – ein Mann, der in dem Blut eines Drachen badete, sein Körper von Purpur bedeckt abgesehen von dem Lindenblatt auf seinem Rücken. Ein Paar, das sich im gesprenkelten Sonnenlicht eines Waldes das Ehegelöbnis gab. Die erste gemeinsame Nacht, bei der sich die wohlgeformte alabasterfarbene Taille der Frau aus den Leinen schälte, während der Mann das Gesicht zu ihrem senkte. Sein Leichnam zu ihren Füßen und ihr in den Händen vergrabenes Gesicht. Sie, den Kopf eines anderen Mannes haltend, triumphierend vor Rache.

»Es ist das *Lied der Nibelungen*«, sagte Maus. »Die Geschichte des mutigen Siegfrieds und seiner Frau Kriemhild. Ich habe es einmal als junges Mädchen gelesen. Es hat mir geholfen, dass sich meine Gedanken weniger um meinen eigenen Kummer drehten, da ich erkannt habe, wie schrecklich das Leben sein kann.«

Ottokar strich mit einem Finger um den Rand des Bilds von Siegfrieds und Kriemhilds Hochzeitsnacht. »Und wunderschön. Das Leben kann auch wunderschön sein.«

»Ja, auch wunderschön.«

Die Geschichte war ihr nicht nur eingefallen als ein Weg, Ottokar zu helfen, sondern ebenfalls, um sich selbst zu heilen. Da die alles verzehrende Notwendigkeit, Ottokar zu befreien, verschwunden war, kehrte der Schrecken des Höllenschlunds zurück, genau wie die drängende Verpflichtung, nach Houska zu Pater Lucas zu reisen – samt der Verzweiflung, wie ihr Leben aussehen und was sie zurücklassen würde.

»Du hast das abgeschrieben? Die Bilder gemalt? Das alles?«, fragte er.

Maus nickte, obwohl es nicht ganz der Wahrheit entsprach. Sie hatte keine Abschrift angefertigt, sie hatte den Text aus dem Gedächtnis aufgeschrieben und auch die Bilder ohne Vorlage gezeichnet.

»Du hast eine echte Gabe, Maus.«

Bei dem Wort verzog sie das Gesicht.

»Es tut mir leid«, sagte er, und Maus blickte auf, fest entschlossen, ihm ihr Unbehagen zu erklären, doch da erkannte sie, dass er ihr Zusammenzucken nicht bemerkt hatte. Sein Gesicht war von ihr abgewandt.

»Was tut dir leid?«, hakte sie nach.

»Dass ich schwach war. Ich habe zugelassen, dass er …« Er schüttelte den Kopf, als wollte er seine Gefühle von sich schleudern. »Mich gefangen nimmt. Dass er meine Freunde quält.« Er schluckte schwer. Maus nahm seine Hand. »Damek ist meinetwegen tot. Er war ein guter Mensch. Wie konnte ich …«

Er ließ ihre Hand los, ballte die Fäuste, und sein Kopf sank langsam auf seine Knie, während sich seine Wut und angestauten Schuldgefühle endlich Bahn brachen. »Ich war hilflos, musste ohnmächtig zuhören, wie sie lachten, als sie … am liebsten hätte ich ihnen die Kehle aus dem Leib gerissen.« Die Worte schossen aus seinem Mund. »Aber es war meine Schuld. Ich habe meine Männer hierhergebracht und mich einlullen lassen wie ein dummer kleiner Junge, der sich nach der Liebe seines Vaters sehnt. Ich war im Dunkeln gefangen, habe mich eingenässt wie ein Säugling, und dann bist du …« Sein Körper zitterte.

Maus hielt ihn, als er zu weinen begann, und weinte mit ihm.

»Du bist nicht schwach, Ottokar«, sagte sie, nachdem er sich schließlich mit trockenen Augen wieder aufgesetzt hatte. »Du hast die Folter überlebt. Er hat dich nicht gebrochen.«

Er schnaubte verächtlich und hielt seine verbundenen Hände wie einen Beweis seines Scheiterns hoch.

»Verwundet, ja. Aber nicht gebrochen. Du bist hier. Du lebst. Du hast nicht klein beigegeben.« Ihre Arme glitten um seine Hüfte, ihr Kopf senkte sich an seine Brust. »Du bist stark, Ottokar. Wie Eisen. Man sollte dich den Eisenkönig nennen. Und du bist gut.« Sie schloss die Augen und gestattete sich, nach seiner Seele zu suchen, die hell und gleichförmig leuchtete. »Wie Gold«, flüsterte sie. »Der goldene Eisenkönig.«

Nach diesem Tag ging es stetig bergauf mit ihm – er redete, erzählte von sich aus Geschichten, traf sogar ein paar notwendige Regierungsentscheidungen, aber er blieb weiterhin in seinen Gemächern. Maus genoss die Abgeschiedenheit. Sie wusste, wie die Menschen sie ansehen würden, nachdem sie miterlebt hatten, dass sie einen aufgebrachten Bären allein mit ihren Worten beruhigen konnte. Sie war noch nicht bereit für die ausweichenden Blicke, das Bekreuzigen, die Ehrfurcht und Angst in den Gesichtern der anderen.

Ein Vorgeschmack dessen wurde ihr schon zuteil, wenn Gräfin Rozemberk und ihr Sohn vorbeikamen, um Ottokar zu besuchen. Nach der Rückkehr von Voks Vater, wo er von Vaclavs Arrest hörte und nun selbst mit dem Attentat auf Ottokar in Verbindung gebracht wurde, war er Hals über Kopf jenseits die Grenzen von Böhmen geflohen. Er hatte seine Gattin mitnehmen wollen, aber Gräfin Rozemberk traf die Entscheidung, bei ihrem Sohn zu bleiben, der, wenn auch leichter verwundet als Ottokar, immer noch Zeit zur Genesung brauchte.

Maus hatte sich sogar auf ihren ersten Besuch in Ottokars Gemächern gefreut, da sie hoffte, die beiden könnten ihn in ein Gespräch verwickeln, aber er hatte wenig zu sagen, und Vok wirkte in Maus' Gegenwart sonderbar ehrerbietig, fast schüchtern. Die Gräfin hielt die Augen gesenkt und sprach kein Wort, doch Maus hatte bei ihrem Eintreten das leise Gebet gehört, das die Lippen der Frau verlassen hatte: »Heiliger Vater, erlöse uns vor dem Bösen.«

Danach war Maus aus dem Zimmer geflüchtet, wenn die beiden ihren Besuch ankündigten.

Doch der geflüsterte Tratsch folgte ihr durch den gesamten Bergfried. Teils ging es darum, was sie an Weihnachten getan hatte, und teils, was sie nachts in den Gemächern des Königs trieb.

Natürlich konnte keines der Schandmäuler wissen, dass auch Gitta bei ihnen im Zimmer schlief. Oder dass sie die ganze Nacht Kerzen brennen ließen. Maus gewöhnte sich sogar an, im Schlaf das leise Zischen zu hören, hinter geschlossenen Augen die Veränderung des Lichts zu spüren, wenn die letzte Kerze zu flackern begann und erstarb, damit sie erwachte und eine neue entzünden konnte. Für Ottokar.

Obwohl Maus in der Dunkelheit gegen ihre eigenen Dämonen ankämpfte, fest davon überzeugt, wieder im Höllenschlund zu sein, wo die Bestien ihr die Zähne in den Bauch schlugen, waren es Ottokars Schreie, die sie weckten. Häufig schlief er immer noch, zerrte jedoch an der Decke, während er versuchte, sich in seinem Albtraum zu befreien. Maus lag dann neben ihm und redete sanft auf ihn ein, bis er die Augen aufschlug. Sie wollte helles Licht im Zimmer, damit er sofort sah, dass er nicht mehr in der Kiste gefangen war. Anschließend sang sie ihn in den Schlaf zurück.

Maus versuchte, sich gegen den Klatsch zu stählen, als sie und Ottokar nach dem Gottesdienst Anfang März zum ersten Mal im Rittersaal erschienen. Krokusse webten längst ihren gelben Teppich und trieben den Schnee fort, aber die Luft war immer noch frostig. Maus blieb an der Tür zurück, ließ Ottokar allein eintreten. Der Saal war voll, erfüllt von lautstarken Begrüßungen und lebhaften Unterhaltungen, doch alle Anwesenden verstummten bei seinem Anblick, erhoben sich und reckten die Köpfe, als er den Raum durchquerte und zum königlichen Tisch schritt.

»Eure Hoheit, König Ottokar«, sagte der Kämmerer mit einer Verbeugung.

Alle im Saal verneigten sich. »Eure Hoheit, König Ottokar«, wiederholten sie einstimmig.

Und so kam es, dass Ottokar der alleinige König von Böhmen wurde. Vaclav mochte den Titel zu Lebzeiten noch tragen, doch die Menschen, und es waren ausnahmslos alle, sahen auf den Sohn, der sie von nun an führen würde.

Maus schlüpfte lautlos an ihren Platz an seiner Seite, wo das Geflüster längst ihre Ohren erreicht hatte.

»Ihr seht krank aus«, sagte Vok, als er neben Maus' Stuhl zum Stehen kam. Ottokar, der sich mit Gräfin Rozemberk unterhalten hatte, drehte den Kopf und musterte Maus.

»Nur etwas müde.« Maus lächelte Ottokar beschwichtigend an. »Es war ein langer Winter.«

»Wohl wahr, aber der Frühling steht vor der Tür«, sagte Vok und drehte sich zu Ottokar zurück. »Wir sollten ausreiten, Majestät, sobald Ihr dazu in der Lage seid.«

Ottokar schüttelte den Kopf. »Es gibt hier so viel Arbeit, die erledigt werden muss. Böhmen und die Markgrafschaft Mähren sind lang genug vernachlässigt worden. Ich werde kein fauler König sein. Meine Pflichten stehen über allem.«

Maus kämpfte gegen den leisen Schauder an, der ihr den Rücken hinabrann.

»Könntet Ihr die Angelegenheiten nicht von Hluboka aus regeln, Majestät?«, erwiderte Vok. »Ich war vor einer Woche dort. Diese deutschen Handwerksmeister, die Ihr mit dem Bau Eurer Burg beauftragt habt, sind wahre Künstler. Ihr solltet Euch die Fortschritte ansehen, die sie gemacht haben.«

»Ist es ein leichter Ritt, Graf Rozemberk?«, fragte Maus aufgrund des immer noch geschwächten Zustands des Königs.

»Ja. Nicht weit, ebenes Gelände.«

Maus sah das Licht, das sich in Ottokars Augen entzündet hatte, und die Frage, die er ihr schweigend stellte. »Es scheint ein guter Plan zu sein, falls du es wünschst«, sagte sie.

Der König nickte lächelnd. »Trefft alle Vorbereitungen, Vok. Ich möchte am Gedenktag von Kyrill und Method dort sein.«

Doch Maus konnte Ottokars Freude nicht teilen. Sie hatte einen Brief an Pater Lucas mit den Vorräten mitgeschickt, die ihm Bischof Miklaus seit Ottokars Befreiung regelmäßig zukommen ließ. Sie hatte ihre Abwesenheit erklärt und versprochen, nach Ottokars Genesung unverzüglich zu ihm nach Houska zu reisen.

Ottokar hatte sie noch nichts davon erzählt.

Schließlich nahm sie einen Tag, bevor sie nach Hluboka aufbrechen wollten, allen Mut zusammen. Sie machten einen kleinen Spaziergang im Wald, nicht weit weg von der Stelle, wo sie ihm beim ersten Mal Lebewohl gesagt hatte. Wie damals hielt er auch jetzt ihre Hand.

»Ottokar, ich muss mit dir reden.« Ihre Augen waren auf den Boden geheftet.

»Du kannst mir alles sagen, Maus.«

»Du wirst nicht mögen, was ich zu sagen habe.«

»Dann raus mit der Sprache!«

»Sobald du dich in Hluboka eingelebt hast, muss ich …«

»Wenn du mir sagen willst, dass du mich verlassen und zurück ins Kloster oder zu deinem Pater gehen willst, kannst du gleich wieder aufhören. Ich brauche dich.«

»Ich habe nicht vor, sofort aufzubrechen. Erst wenn ich weiß, dass du vollkommen außer Gefahr bist. Aber dein Körper wird jeden Tag kräftiger.« Ihre Hand strich über seinen Arm. »Und die Albträume kommen seltener.«

Er ließ ihre Hand los. »Ist das alles, was ich für dich bin? Ein Patient? Ein Mann, körperlich und geistig versehrt?«

»Du weißt, dass ich das nicht gemeint habe. Du bist …« Sie schüttelte den Kopf, unfähig, ihm ihre Gefühle einzugestehen, weshalb sie stattdessen seinen Kopf zu sich zog und ihn küsste. Als Ottokar wieder aufblickte, war er atemlos.

»Kannst du mir verraten, warum du fort musst?«

Maus seufzte. »Ich kann dir nicht alles erzählen, was vorgefallen ist.« Bei der Erinnerung an die Bestien im Höllenschlund und die Schreie der hohläugigen Kinder schauderte sie. »Ebenso wenig, wie du über die Wochen im Schwarzen Turm sprechen kannst. Vielleicht irgendwann einmal. Um unserer beider willen?«

Er nickte.

»Allerdings kann ich dir sagen, dass das Böse im Herzen der Wildnis in Houska haust. Es gibt eine Festung aus Holz, die auf den Ruinen einer weiteren Feste erbaut wurde, die wiederum auf den Ruinen einer anderen erbaut ist. Seit Hunderten von Jahren bewachen die Menschen an diesem Ort das Böse.«

»Mir sind Geschichten darüber zu Ohren gekommen …«

»Sie sind wahr, aber im Lauf der Zeit geraten sie in Vergessenheit. Wir halten sie nur noch für Legenden und hören auf, wachsam zu sein.«

»Und was geschieht dann, Maus?«, fragte er flüsternd.

»Das Böse entschlüpft. Anfangs nur ein bisschen. Es probiert die Widerstandsfähigkeit seines Gefängnisses aus, die innere Stärke seiner Bewacher. Manchmal nehmen die Menschen die Bemühungen wieder auf und fangen das Böse ein, bevor es sich völlig befreien kann. Aber manchmal ... manchmal geschehen schreckliche Dinge.«

»Ist es jetzt gefangen oder frei?«

»Pater Lucas und ich haben es eingesperrt.«

»Dann müssen wir Wache halten.«

Maus nickte. »Was der Grund ist, weshalb ich ...«

»Nein.«

Maus wollte ihm widersprechen, doch er legte ihr sanft die Hand auf den Mund. »Ich weiß, du bist mehr als nur ein Mädchen ... eine Frau. Du bist eine Heilerin. Ein Soldat. Meine Retterin, unablässig und unerschütterlich. Ich zweifle nicht daran, dass du alles schaffen kannst, Maus. Aber grenzt es nicht an Arroganz zu glauben, dass allein du uns vor dem Bösen beschützen kannst? Verstehst du das?« Er senkte die Hand, damit sie ihm antworten konnte.

»Ja«, sagte sie, obwohl sie insgeheim wusste, was er nicht ahnen konnte – dass sie Gaben besaß, die niemand sonst hatte. »Aber ich ...«

»Bevor wir irgendeine Entscheidung treffen, sollten wir mit Bischof Miklaus reden. Er ist mit der Angelegenheit vertraut?«

»Teilweise. Er war nie dort.«

»Nun, das kann er nötigenfalls nachholen.« Er klang nun mehr wie ein König. »Lass uns sogleich zu ihm gehen.«

»Ich stimme Euch zu, Majestät. Houska scheint nicht der rechte Platz für ein Mädchen zu sein«, sagte Bischof Miklaus, während er den Kelch des Königs mit Wein auffüllte.

»Es geht nicht um ihren Platz in der Welt. Ihr Platz ist dort, wo ich es befehle«, sagte Ottokar scharf.

Maus zuckte zusammen. »Es geht darum, was Pater Lucas

braucht«, sagte sie. Sie wusste, dass sie zurückkehren sollte, immerhin hatte sie ein Versprechen gegeben und würde es halten, sobald Ottokar sie nicht mehr brauchte.

»Bischof, ich muss wissen«, sagte der König, »ob Ihr Euch der Gefahr vollauf bewusst seid, die von Houska ausgeht. Wart Ihr schon selbst dort?«

»Ich war hier vielbeschäftigt, Majestät. Aber ich habe ein Gespann mit Vorräten zusammen mit den Brüdern Ales und Marek geschickt, und ich habe an meinen Freund geschrieben, Bischof Bansca, der in Rom weilt. Ich habe seine Antwort erhalten, in der er ankündigt, höchstpersönlich zu kommen. Er schien außerordentlich interessiert daran, was in Houska vor sich geht. Und insbesondere an Pater Lucas' Verwicklung.«

Maus richtete sich auf und wollte schon nachhaken, doch Ottokar riss das Gespräch wieder an sich.

»Es ist schön und gut, dass sich Rom anschickt, mein Königreich vor Feinden zu beschützen, die ich auf dem Schlachtfeld nicht bezwingen kann. Ich habe nicht die Mittel, um gegen die Gefahren anzukämpfen, die in Houska lauern. Aber ich werde alles in meiner Macht Stehende tun. Wir werden eine richtige Festung aus Stein mit breiten Brustwehren bauen, die den Feind in Schach hält. Ich werde die Pläne für die Burg eigenhändig zeichnen und eine Garnison von Rittern schicken, die den Bau überwachen. Ich werde dem Heiligen Vater schreiben und eine Handvoll Geistlicher anfordern, die gegen solche Mächte des Bösen ausgebildet und in der Feste unablässig Wache halten werden.« Er wandte sich an Maus. »Mit einer solchen Verstärkung wird Pater Lucas gewiss auch ohne dich zurechtkommen?«

»Ich …«

»Bischof Bansca schreibt, dass er an Ostern in Prag zu sein gedenkt und anschließend nach Houska weiterreisen wird«, fügte Bischof Miklaus hinzu.

»Siehst du?«, sagte Ottokar und nahm Maus' Hand. »Pater Lucas wird längst Hilfe aus Rom haben, sobald du Zeit hättest, dich ihm anzuschließen. Es gibt also keinen Grund, dass du überhaupt hinfährst.«

Maus blinzelte jähe Tränen fort. Ottokar kämpfte dafür, sie bei sich zu behalten, nicht nur für eine Weile, sondern für immer. Als Mädchen war sie dem Kloster als Bürde übergeben worden, in die Hände von Pater Lucas und Mutter Kazi, und sie war als Heilerin gebraucht worden, wurde nun in Houska gebraucht, aber nie zuvor war Maus gewollt worden. Nicht so, wie Ottokar sie wollte. Gewollt zu werden war der erste Schritt, irgendwo dazuzugehören. Sie gehörte zu ihm, und die Freude überwältigte sie beinahe. Doch ihre Verantwortung für Pater Lucas und das Bestreben, die Dämonen in der Grube in Schach zu halten, lasteten schwer auf ihr. War sie arrogant, wie Ottokar angemerkt hatte, wenn sie glaubte, es sei allein ihre Aufgabe, den Höllenschlund wie eine Art gottgeschaffene Kriegerin zu bewachen? Ein normales Leben, verheiratet mit Kindern, ein einfaches Leben – hatte sie das aus Stolz abgelehnt, überzeugt davon, Gott habe sie zu etwas Besonderem gemacht, damit sie große Taten vollbrachte? Maus schüttelte den Kopf, unfähig, über das hinauszusehen, was sie *wollte*, um in aller Klarheit zu sehen, was sie tun *sollte*.

Sie würde Pater Lucas erneut schreiben und seiner Antwort harren, bevor sie eine endgültige Entscheidung traf. In der Zwischenzeit würde sie Ottokar helfen, sich in Hluboka einzugewöhnen, und die Zeit mit ihm genießen, wusste sie doch, dass diese Wochen alles wären, was ihnen bliebe, sollte Pater Lucas sie zu sich rufen.

»Wie es scheint, werden wir den Frühling zusammen verbringen, Majestät«, sagte sie lächelnd.

Den ersten Blick auf Hluboka erhaschte sie von einer kleinen Anhöhe aus, als ihre Reise aus Prag schließlich ein Ende nahm. Die Burg bestand allein aus losen Gesteinsquadern und Baugerüsten. Ottokar war dennoch zufrieden mit der Fertigstellung der Brustwehr und dem Burggraben voller Wasser, das man aus der Moldau abgezweigt hatte. Er umschloss den Hügel, auf dem die Festung stand, und die vier Türme, die die Burg einfassten.

»Eine echte Feste«, sagte Ottokar, während er langsam auf dem Platz umherspazierte, der einmal den Burghof ausmachen würde. »Es mag noch nicht so wirken, aber es wird gleichzeitig ein Kunstwerk sein, Maus.« Er nahm ihre Hand, und während er darüber sprach, was einmal sein würde, begann auch sie, es allmählich zu sehen – die hohen Spitzdächer, die filigranen Türme, der glänzende Stein, die wuchtigen Fenster, die den Rittersaal mit Licht fluten würden, die kunstvoll verzierten Torbögen über den großen Portalen, der elegante Schwung des Strebewerks. »Komm, ich zeige dir die Zeichnungen, die ich angefertigt habe.«

»Sie werden im Ostturm sein, Majestät, zusammen mit Eurem Steinmetzmeister. Ludolf hat sich dorthin zurückgezogen, um etwas Ruhe zu finden, so seine Worte.« Vok lachte, und Ottokar stimmte mit ein – Maus konnte bereits sehen, wie sich die Anspannung in ihm löste. Er liebte diesen Ort.

Sie bezogen ebenfalls Zimmer im Ostturm, da sich der Bergfried immer noch im Bau befand. Obwohl sie viel kleiner war als die Räumlichkeiten in Prag, liebte Maus ihre Kammer, die an der Außenmauer eine leichte Rundung aufwies. Von dem schmalen Bogenfenster hatte sie einen wunderschönen Blick auf den Wald, der sich bis zu einem See erstreckte und dessen Wasser im Sonnenlicht glitzerte.

Abgesehen von Gitta war keine weitere Frau aus Prag mitgereist. Gräfin Rozemberk war auf Ottokars Geheiß hin geblieben, um Augen und Ohren offen zu halten. Mit Anbruch des Frühlings waren viele Adlige zu ihren eigenen Anwesen geritten, doch ein paar waren in Prag zurückgeblieben, und obschon Ottokar wichtige Positionen mit seinen Vertrauten besetzt und seine eigenen Wachen zurückgelassen hatte, die dafür sorgten, dass sein Vater seine Gemächer nicht verlassen konnte, brauchte er eine weniger offizielle Verbündete, die Stimmungen ausmachte sowie politische Ränkespiele durchschaute.

Und so lebten sie schlicht in Hluboka – mit Essen, das über dem offenen Feuer im Burghof gekocht und gemeinsam mit den deutschen Handwerksmeistern und Dienern an der frischen Luft eingenommen wurde, so oft das Wetter es erlaubte, oder in einer unfertigen Halle im untersten Geschoss des Bergfrieds. Obwohl er sich noch im Rohzustand befand, war der Saal mit dem ungeschliffenen Holz, den glaslosen Fenstern und nackten Wänden atemberaubend. Die aufwendigen Schnitzereien der Gesichter und Tiere und Sagengestalten bedeckten die Simse, Säulen und das reich verzierte Deckengebälk und wirkten in dem unbehandelten Holz noch lebendiger. Maus konnte sich kaum zurückhalten, sie nicht ständig anzufassen, und erwartete fast, sie könnten unter ihren kitzelnden Fingern anfangen zu lachen.

»Euch gefällt meine Arbeit, Gräfin Emma«, sagte Ludolf eines Nachmittags.

»Sie wirken so echt.«

»Für mich auch. Ebenso wie das Holz. Es erzählt mir, was es sein möchte, und ich komme seiner Bitte nach.«

»Dürfte ich Euch einmal zusehen?«

Er maß sie einen Moment lang, und es entstand eine eigentümliche Pause, hatte sie doch eigentlich eine ungezwungene Zustimmung erwartet. »Ihr seid selbst Künstlerin?« Er stellte die Frage, tat jedoch so, als kenne er die Antwort bereits, und nickte, noch bevor sie etwas erwidern konnte.

»Ich zeichne und male. Nichts davon reicht an Euer Geschick heran.«

Er nickte noch vehementer. »Ihr seid eine Künstlerin. Es wäre mir eine Ehre, würdet Ihr mir beim Schnitzen zusehen, Gräfin.«

Aber er tat mehr, als sie einfach zuschauen zu lassen. Er brachte ihr ein Schnitzmesser samt Holzstücken und zeigte ihr, wie sie mit ihren Fingern dem Holz lauschen sollte.

»Schließt die Augen«, sagte er und legte ihr ein Stück Holz in die Hand. »Der wahre Künstler sieht durch die Berührung, wie ein Blinder. Das Holz spricht mit Euren Fingern, nicht wahr?« Mit ihrer anderen Hand strich er sanft über die Holzmaserung. »Es verrät Euch seine Geheimnisse. Wer es ist. Was es sein will.«

»Ich spüre es«, sagte Maus.

»Ja, ja! Das wusste ich!« Der Deutsche legte seine rauen Hände, von Splittern aufgerissen und schwielig von der harten Arbeit, über ihre kleinen, weichen Finger.

Maus öffnete lächelnd die Lider und nahm das Messer, bereit dafür, das Bild zu schnitzen, das sie vor ihrem geistigen Auge gesehen hatte. Und dann bemerkte sie Vok, der sie von der anderen Seite des Burghofs beobachtete, wo er und einige Ritter sich im Schwertkampf übten. Er wirkte grimmig und ungehalten. Maus versuchte, sich einen Reim darauf zu machen, was sie nun schon wieder angestellt haben könnte, doch sie war ihm schon immer ein Stachel des Ärgers gewesen. Mit einem Schulterzucken drehte sie sich zu Ludolf zurück und begann, das Holz zu formen.

»Für dich«, sagte sie vergnügt, als sie Ottokar Wochen später eine Holzfigur überreichte. Ihre Haare ergossen sich über das Gras, und die Blütenkelche der lilafarbenen Schwertlilien, die nach unten zeigten, sahen sie an. Neben ihr, auf die Ellbogen gestützt, teilte Ottokar ihre lange Lockenpracht in einzelne Strähnen und zwirbelte sie dann zu Türmen, die von weiteren Haarwällen umrahmt wurden.

Sie waren mit den Rittern und Vok ausgeritten und hatten sich für ein Picknick am Seeufer niedergelassen. Die Luft, nun beinahe frühlingswarm und angereichert mit den Gerüchen von Pollen, lag schwer wie eine Decke über ihnen, und viele der Männer streckten sich unter den Bäumen aus und schliefen. Vok machte einen Spaziergang am Ufer, hob Steine auf und ließ sie über das Wasser hüpfen. Maus mutete es eigentümlich an, Graf Rozemberk ausgelassen zu sehen, der normalerweise der Inbegriff an Steifheit und Förmlichkeit war. Wie er die Steine so geschickt warf, erinnerte er sie fast an einen kleinen Jungen, fröhlich und übermütig.

Hluboka tat ihnen allen gut. Ottokar schlief allein in seinem Zimmer, auch wenn er immer noch eine Kerze in der Laterne brennen ließ für den Fall, dass die Albträume zurückkehrten. Maus hatte einen leichten Schlaf und lauschte unentwegt auf seine Schreie, doch sie kamen jetzt immer seltener. Ein Brief von Pater Lucas, in dem stand, dass alles in Ordnung sei, sie bei Ottokar bleiben solle und er ihr schreiben würde, sollte er sie brauchen, hatte Maus eine schwere Bürde von den Schultern genommen. Nun konnte sie die Zeit wieder genießen und von einer anderen Zukunft träumen.

»Meine Maus ist mit den Gedanken weit weg«, sagte Ottokar und zog ihre Aufmerksamkeit in die Gegenwart zurück.

»Du hast recht. Verzeih mir. Was denkst du über meinen ersten Versuch?« Sie nickte zu der Holzfigur, die er in seinen Fingern hielt.

»Es ist mein Hund aus Kindheitstagen, Adlerauge.« Er klang sonderbar.

»Gefällt er dir?«

»Er ist das genaue Abbild von ihm, als hättest du ihn selbst gekannt. Sein schiefes Ohr, die Narben auf seinem Gesicht, seine angewinkelte Pfote, wenn er sich ausgeruht hat, genau wie damals, als er noch lebte.«

»Du hast mir von ihm erzählt, schon vergessen?«

»Ja, aber all diese Details? Und das bei deinem ersten Versuch?« Er schüttelte den Kopf.

Maus erstarrte. Ihre Stimme klang einen Hauch zu fest. »Ludolf hat mich ein Naturtalent genannt.« Aber das Wort, das ihr im Kopf herumschwirrte, während Ottokar sie ansah, war *Hexe.* »Du musst ihn nicht behalten, wenn du ihn nicht magst.«

Sie wollte die Holzfigur schon packen und sie in den See schleudern, aber Ottokar war stärker. »Ich habe nicht gesagt, dass ich ihn nicht mag.« Er wich zurück, rollte sich auf die Seite und zog Maus mit sich, während sie lachend balgten. Dann legte er sich hin, ihre Arme auf seine Brust gedrückt. »Du überrascht mich nur immer wieder aufs Neue, kleine, sonderbare Maus.«

»Gut.«

Seine Hand glitt an ihren Nacken und zog sie zu sich. Sie hatte sich an seine Küsse gewöhnt, obwohl sie ihr Herz immer noch zum Hämmern brachten und ihr die Röte ins Gesicht trieben, aber dieser war anders. Hungriger. Ottokar schlang die Arme um ihre Taille, presste ihren Körper an sich.

»Ein Sommergewitter naht, Majestät. Vielleicht sollten wir zurück zur Feste aufbrechen.« Graf Rozemberk hatte sich nicht einmal geräuspert, um sein Kommen anzukündigen.

Maus fuhr auf. Ihr Handrücken glitt peinlich berührt zu ihrem Mund.

Doch Ottokar lachte nur. »Wie Ihr wollt, edler Graf Rozemberk.«

»Eure Sittsamkeit lässt zu wünschen übrig«, sagte Vok unvermittelt auf dem Ritt zurück.

»Wie bitte?« Obschon Ottokars wachsende Begierde und ihre Verwirrung, wie sie ihr begegnen sollte und ob sie es überhaupt selbst wollte oder nicht, ihr unangenehm waren, war Maus nicht auf Vorhaltungen über ihre Tugendhaftigkeit vorbereitet.

»Unsere königliche Majestät meinte, Ihr seid eine Tochter Aragons.«

Das also erklärte Graf Rozemberks jüngste Verhaltensänderung.

Er schien ihr gegenüber toleranter zu sein, weniger herablassend, wenn auch immer noch äußerst kritisch. Maus hatte angenommen, es sei womöglich ein Gefühl der Dankbarkeit oder gar des Respekts für ihre Rolle, die sie bei seiner Befreiung gespielt hatte, die Konsequenz dessen, dass sie ihn gefoltert und hilflos gesehen hatte. Doch jetzt erkannte sie, dass es allein ihrem möglicherweise adligen Blut geschuldet war.

»Eure Vertraulichkeit mit den Bediensteten, mit den Handwerkern, mit Ludolf …«

»Und Ottokar«, fügte Maus hinzu.

Voks Mund war eine dünne Linie der Missbilligung. »Das Verhältnis des Königs zu Euch ist seine Sache, nicht meine.«

»Aber?«

»Aber die Art, wie Ihr mit den Dienstboten redet, als seien sie Euch ebenbürtig, und wie Ihr zulasst, dass Ludolf Eure Hand hält …«

»Er hat mir das Schnitzen beigebracht! Außerdem ist er alt genug, um mein Vater zu sein.«

»Und wer sagt uns, dass dem nicht so ist?«

Maus' Gesicht brannte. Sie drehte ihm den Rücken zu, beugte sich zu ihrem Pferd hinab und flüsterte: »Lauf.«

Ottokar hielt es für ein fröhliches Rennen, einen spielerischen Wettkampf. Sie alle galoppierten zurück nach Hluboka, lachend und windzerzaust, bis sie schließlich den Bergfried erreichten.

Alle außer Vok und Maus.

23

Der Frühlingsanfang läutete das Ende von allem anderen ein.

Gitta zerrte Maus vor Sonnenaufgang aus dem Bett. »Wir müssen die Hexen vorbereiten, Gräfin!«

Sie schlüpften zwischen alten Linden hindurch, über mächtige Wurzeln, die sich aus der Erde aufbäumten und wie Finger abstanden, der Wald nebelumhangen. Maus hatte diesen Hain zu lieben gelernt, der sich vor dem Bergfried erstreckte, und machte lange Spaziergänge durch die unberührte Natur, häufig mit Ottokar, aber manchmal auch allein, zum ersten Mal seit dem Überfall, der zu Lukas Erblindung geführt hatte. Hier konnte sie auf niedrige Äste klettern und sich in das verzweigte Geäst schmiegen, das sie wie eine Hand hielt. Sie konnte davon träumen, die Nachfahrin eines Königs aus einem weit entfernten Land zu sein, das sie niemals gesehen hatte, oder sich das offene Haar zwirbeln, während sie darüber nachgrübelte, wer wohl ihr Vater sei und wo sie ihn womöglich fände. Sie konnte sich der Hoffnung auf eine Zukunft mit Ottokar hingeben, die sich in ihren Gedanken hauptsächlich in Hluboka abspielte. Ottokar wollte die Burg Frauenberg nennen. Maus gab sich der köstlichen Vorfreude auf Tage hin, die sie versteckt vor der Welt mit ihm verbringen dürfte.

Das morgendliche Konzert der Singdrosseln begrüßte Maus und Gitta, als sie auf die Lichtung traten, wo die anderen Mädchen – einige Dienstmädchen von der Burg, der Großteil jedoch aus dem kleinen Dorf nahe der Moldau – im hohen Gras saßen, die Röcke wie

Blütenfächer um sie ausgebreitet, und im Licht der Dämmerung webten.

»Lasst es mich Euch zeigen, Gräfin«, sagte eines der Dorfmädchen, als Maus neben ihr auf den Boden sank. »Ihr nehmt eine Handvoll Gras.« Das Mädchen riss ein Büschel aus. »Biegt es, sodass oben eine Schlaufe entsteht. Für den Kopf, versteht Ihr?« Das Mädchen nickte zu seiner eigenen Frage. »Und dann nehmt Ihr mehr Gras und wickelt es so um den Hals der Hexe. Verknotet es und lasst es einfach herabhängen.« Sie hielt die Grashexe hoch, damit Maus einen besseren Blick auf sie hatte. »Auf diese Art habt Ihr einen Kopf und Arme und sobald Ihr das Gras ein wenig aufschüttelt, einen Rock.« Sie reichte Maus die Figur. »Eine Hexe. Fürs Feuer. Jetzt seid Ihr an der Reihe.«

Niemand im Kloster hatte Walpurgisnacht gefeiert. Einige der Laienbrüder und Schwestern waren manchmal zu den Feuern an der Teplá gegangen, aber Pater Lucas hatte Maus stets verboten, sie zu begleiten. Heute Nacht wäre das erste Mal, dass sie um die Flammen tanzte, die die Finsternis austrieben und das Herannahen des Frühlings feierten, ein Sinnbild des Lichts und Lebens.

Maus tauchte die Finger in das hohe Gras, strich mit den Handflächen über die Halme, packte sie und schnitt dann mit ihrem Messer durch das dicke Grün. Als sie mit der Hand an den Stängeln entlangfuhr und sie glättete, ritzte ihr ein Grashalm den Finger auf. Nachdem sie die Stängel genau nach Anleitung des Mädchens gebogen, sie umwickelt und den Rock aufgeplustert hatte, klebte ein Tropfen Blut knapp unterhalb vom Hals der Hexe.

»Was tue ich jetzt damit?«

»Ihr werft sie später ins Feuer, wenn das letzte bisschen Dunkelheit schwindet, bevor der Frühling einsetzt.«

»Und dann geht mein Wunsch in Erfüllung?«, fragte Maus ungläubig.

»Nein, keine Wünsche, Gräfin. Die Strohhexe saugt jegliche Dunkelheit in sich auf, die sich im Lauf des Jahres in Euch gesammelt hat, und das Feuer verbrennt sie anschließend. Dann leuchtet Euer inneres Licht wieder wie die Frühlingssonne.«

Bei Sonnenuntergang versammelten sich alle am Fluss. Im Wasser verfing sich das Spiegelbild des Freudenfeuers, des Vollmonds und der Pärchen, die um die Flammen tanzten. Maus und Ottokar waren schwarze Umrisse zwischen den anderen Menschen, die Hände ineinander verschränkt, während sie sich am Feuer zusammendrängten. Die Dunkelheit und der urwüchsige Wald, das sanfte Summen des Flusses, das Aufblitzen des Mondlichts und die Musik, die sich mit den Geräuschen der Nachttiere vermischte, erhoben sie alle von der irdischen in eine magische Welt. Maus verstand, warum die Kirche solche Feste mit Argwohn beäugte – nicht nur, weil sie die alten Sitten und heidnischen Bräuche in den Köpfen der Menschen verankerten, sondern weil sie die Grenzen der Stände und Titel verschoben, Regeln und Erwartungen in der allgemeinen Entrücktheit der Nacht verschwammen.

Sie legten nur Pausen ein, um etwas zu essen und zu trinken, und rangen auf den Bänken nach Luft, die den Rand des Lichtscheins säumten.

»Sing für mich«, sagte Ottokar. Sein Atem kitzelte sie am Nacken.

»Nicht vor all den Leuten«, entgegnete sie und drehte sich zu ihm.

Er legte das Kinn auf ihre Schulter, und sein Mund liebkoste ihre entblößte Haut. »Ich will, dass du singst.«

Maus fühlte sich wie eine Fremde, sorglos und verwegen, als sie zu den Musikern hüpfte und dann alle Mägde in einem Kreis um sich scharte. Sie flüsterte Gitta etwas ins Ohr, die dem Mädchen neben ihr das Gesagte kichernd weiterleitete. Die Mägde hielten sich an den Händen, das Freudenfeuer in ihrem Rücken, und sie tanzten, schlängelten sich ineinander und verneigten sich, während ihnen die offenen Haare um die Hüften wehten.

Und Maus sang.

»›Wieder kam der Mai ins Land, und zersprengt der Sorgen Band.‹« Ihre Stimme, weich und samtig, glitt hinaus in die Dunkelheit und berührte alle Männer, berührte Ottokar. Sie wurde ein Teil der Magie. »›In der Heide lichtes Kleid, hat er Blumen weit und breit, eingestickt voll Herrlichkeit.‹«

Ottokar saß noch aufrechter da.

Und dann stimmten die Frauen den Refrain an: »›Freut euch, ihr Jungen, Blumen sind wieder entsprungen. Singet den Reigen, froh seid und segnet den Maien!‹«

»›Wo der Lieb sich Liebe weiht, gibt der Mai wohl Süßigkeit‹«, sang Maus.

Ottokar beugte sich vor, die Ellbogen auf die Knie gestützt, und betrachtete Maus. Als sich die Mädchen drehten, bemerkte sie, dass Vok ebenfalls zu ihnen sah, und errötete bei der Sehnsucht in seinem Gesicht. Verwundert fragte sie sich, wer das Objekt seiner Begierde wohl war. Vielleicht Gitta? »›Auf, du junger, ernster Mann! Säume, träume nicht! Wohlan, zu den Kindern geh heran.‹«

Eine chaotische Mischung aus Schreien und Lachen erscholl, als mehrere Männer der Einladung folgten, in den Kreis liefen und die Mädchen packten, die sich hastig im Wald verteilten. Maus rannte mit ihnen, und Ottokar schloss sich der Suche an.

Das Mondlicht durchbrach kaum das schwere Wolkendach, nur hin und wieder traf ein Lichtstrahl einen Busch oder Ast. Der Wald hallte von Flüchen wider, als die Menschen über Wurzeln und Farngewächse stolperten, dann ein jauchzendes Kreischen, wenn jemand gefangen wurde. Maus konnte Schritte hinter sich hören, erst taumelnd, dann mit sicherem Gang. Sie schlängelte sich zwischen Bäumen hindurch und strauchelte kein einziges Mal, da sie den Hain in- und auswendig kannte. Vor ihrem geistigen Auge sah sie die Anordnung der Bäume und Stümpfe und umgestürzten Stämme. Maus hätte mühelos entwischen können, aber sie wollte gefangen werden.

Als eine Hand ihren Arm packte, schmiegte sie sich an seine Brust. Der Mann atmete schwer von dem schnellen Lauf. Sein Mund war auf ihrem, bevor sie erkannte, dass etwas nicht stimmte. Das war weder Ottokars Herzschlag noch sein Geruch. Das waren nicht seine Arme, die sie an sich pressten, dass sie kaum Luft bekam, nicht seine Finger, die an den Schnüren an ihrem Rücken rissen.

Maus drehte das Gesicht weg. »Hört auf, Vok! Lasst mich los!« Selbst in ihrer Panik war sie darauf bedacht, ihrer Stimme jede Form von Macht zu nehmen. Nie wieder wollte sie die Schuld auf sich laden, einen anderen Menschen zu verletzen oder gar zu töten, egal, welche Konsequenzen dies für sie selbst hätte. Außerdem musste Vok betrunken sein, kam ihr der Gedanke, obwohl sie keinen Alkohol an ihm riechen konnte, doch ein nüchterner Graf Rozemberk würde sie nie im Leben anfassen.

»Der König hat schon früher seine Frauen mit mir geteilt«, sagte er, während er sie gegen einen Baum schob, mit der Hand an ihrem Rücken hinunterfuhr und an ihren Röcken riss. »Er wird nichts dagegen haben, wenn ich mir auch diesmal eine Kostprobe genehmige.«

»Finger weg!« Mit voller Wucht rammte sie ihm das Knie in den Unterleib und schubste ihn nach hinten, wo er sich vor Schmerz krümmte. Ihre Spur im dunklen Wald zu verwischen war leicht, nun, da Maus nicht gefangen werden wollte. Sie versteckte sich im Hohlraum einer Linde, bis Vok an ihr vorbeigestolpert war, dann schlich sie lautlos zum Lagerfeuer zurück. Viele Pärchen saßen bereits wieder auf den Bänken, einige tanzten, andere waren im Wald geblieben. Ottokar starrte zum Fluss.

»Du hast dich zu gut versteckt«, sagte er, als sie sich zu ihm gesellte.

»Ich hatte überhaupt nicht vor, mich zu verstecken.« Ihr Verstand raste, versuchte verbissen zu verstehen, was gerade vorgefallen war. Da fielen ihr Voks Worte wieder ein, und ein unliebsamer Gedanke schob alle anderen beiseite. »Hast du überhaupt nach mir gesucht?«

»Natürlich.« Er schlang den Arm um ihre Taille, zog sie an sich und gab ihr einen Kuss.

Doch an Maus nagten Zweifel. Sie konnte sich nicht vorstellen, dass der steife, treu ergebene Graf Rozemberk eine solche Unbesonnenheit ohne die Erlaubnis des Königs begangen hätte. Doch selbst Ottokar mäßigte sein Verlangen, wenn er bei ihr war, ließ sie aus Respekt die Grenzen der Küsse und Berührungen bestimmen. Maus mochte nicht der Kirche gehören, aber ihre klösterliche Erziehung und der Gedanke, Pater Lucas enttäuschen zu können, hielt ihre eigene Begierde im Zaum. Sie wäre nicht des Königs Maus, so wie Pater Lucas befürchtet hatte, bis Ottokar ihr seinen Namen gab.

»Ich dachte, du würdest gern gefunden werden«, sagte Ottokar.

»Ja. Von dir.« Es ergab keinen Sinn, dass er etwas mit jemandem teilen würde, das er selbst noch nicht gekostet hatte. Vok musste gelogen oder die Worte des Königs missverstanden haben.

»Möchtest du noch einmal spielen? In den Wald schlüpfen, und ich folge dir?«

Voks Verhalten mochte keinen Sinn ergeben, aber die Saat des Zweifels, die er in Bezug auf ihre Bedeutung für Ottokar gepflanzt hatte, setzte ihr zu.

Kopfschüttelnd warf sie einen Blick über die Schulter zum Wald.

»Was ist los? Ist irgendetwas passiert?«

»Nur ein Versehen, nehme ich an. Jemand …«

»Jemand hat dir einen Kuss gestohlen? Wohl eher kein Versehen. Dir zuzusehen und deiner Stimme zu lauschen, die wie warmes Wasser über unsere Körper getröpfelt ist – kein Mann könnte dir widerstehen, Maus. So wie auch ich dich will.« Er zog sie an sich und küsste sie.

»Die Morgendämmerung setzt ein!«, rief eine der Frauen, und die Pärchen sprangen von den Bänken und aus dem Wald, strichen ihre Kleidung glatt und kämmten sich Blätter aus dem Haar, um sich mit den Strohhexen in Händen kreisförmig um das Feuer aufzubauen.

Maus zog zwei Hexen aus dem kleinen Beutel, der um ihre Hüfte geknotet war. Sie hatte Ottokar eine gefertigt, behielt jedoch ihren ersten, mit Blut verschmierten Versuch. Sie spielte mit der Hexe in ihrer Hand, strich mit dem Daumen über das Rot der Figur. Sie kannte die Macht von Blut in einem Zauberspruch, und selbst wenn hier niemand Worte psalmodierte, lag Magie in dem Tanz und dem Warten auf das erste Licht des Frühlings und dem Opfer, das in die Flammen geworfen wurde. Wenn die Hexe die Dunkelheit aufsog, die sich im Lauf des Jahres angesammelt hatte, um das Licht des Menschen wieder hell und klar zum Strahlen zu bringen, was würde geschehen, sollte ein Mensch überhaupt kein Licht in sich tragen? So wie Maus.

Würde sie wie die Hexe in Flammen aufgehen? Was wenn sie eine Hexe war?

»Hier kommt die Sonne!«, schrie jemand.

Und alle anderen antworteten: »Verbrennt die Hexe! Verbrennt die Hexe!« Der Schein des Feuers spielte auf ihren Gesichtern, zauberte glühende rote Streifen und tiefe Risse der Dunkelheit hinein. »Verbrennt die Hexe!«

Zitternd trat Maus aus dem Kreis zurück, verstand sie nun endlich, warum Pater Lucas ihr die nächtlichen Hexenfeste an der Teplá verboten hatte. Die Menschen dort wussten von ihrer Absonderlichkeit, einige nannten sie gar eine Hexe. Berauscht vom Sog der Nacht, wäre es da nicht denkbar gewesen, dass sie sich an Maus vergriffen und sie zusammen mit ihren Strohschwestern ins Feuer geworfen hätten?

Maus presste sich ihre blutige Strohhexe an die Brust, während ihr Tränen die Wangen herabliefen. Sie würde das arme Ding nicht opfern. Sie würde ihre anschwellende Dunkelheit für sich behalten – zumindest, bis sie sich ihres eigenen Lichts sicher war.

Als der Morgen anbrach, gesellte sich Maus zu den tanzenden Mädchen, die sich geschmeidig im Kreis drehten und anschließend Schleifen banden, die sie am Maibaum befestigten, aber sie gab penibel acht, wie sie sich bewegte, und sang auch nicht, als die anderen wieder das Maienlied anstimmten. Ottokars Vermutung, dass die anderen Männer sie mit denselben gierigen Augen ansahen wie er, und seine fehlende Sorge um sie beunruhigten sie und schürten die Zweifel, die Vok gesät hatte.

In jenen ersten Tagen nach der Walpurgisnacht redete Vok mit niemandem, hatte die Kiefer aufeinandergepresst, die Arme vor der Brust verschränkt, die Nasenlöcher gebläht, aber schließlich kehrte er zu seiner kühlen Reserviertheit zurück. Maus fragte sich, ob er Ottokar von dem Kuss erzählt hatte. Der König hatte nichts darüber verlauten lassen, und der Gedanke, dass er davon wusste, es ihn aber nicht interessierte, quälte sie.

Der Brief traf wenige Wochen später ein, als die Streifen aus buntem Leinen, mit denen sie die Bäume verziert hatten, in ausgefransten Fetzen herabhingen, zerrissen vom Sommerwind und ausgebleicht von der Sonne. Der Bote kam, als sie unten am See waren, eine Handvoll von Ottokars Rittern, die sich gegenseitig nass spritzten und untertauchten, und Ottokar und Maus, die sich im seichten Wasser neben dem Ufer die Füße kühlten. Vok stand allein im Schatten einer Eiche.

Ottokar nahm den Brief entgegen und überflog ihn rasch. »Wir werden in Prag erwartet«, sagte er und schickte sich an, zurück zur Burg zu gehen. Bei dem scharfen Ton in seiner Stimme drehten sich Maus und Vok um.

»Warum?«, fragte Maus.

»Meine Tante schreibt, dass mein Vater erkrankt ist und nach mir verlangt.«

»Ihr könnt ihm nicht trauen«, sagte Vok.

»Er ist mein Vater. Was soll ich Eurer Ansicht nach tun?«

»Lasst ihn sterben.«

Maus fühlte sich unwohl, auf Voks Seite zu sein. »Er hat versucht, dich zu ermorden, Ottokar. Mehr als einmal. Wie kannst du ihm vertrauen?«

»Ich vertraue ihm nicht. Ich bin kein Narr. Aber er ist mein Vater. Ich erwarte nicht, dass du verstehst, was das bedeutet«, sagte er zu Maus und wandte sich dann an Vok. »Ihr hingegen solltet es können.«

»Jegliche Verpflichtung ihm gegenüber ist nichtig geworden, als er Euch in diese Kiste gesperrt hat, ebenso wie meine, als mein Vater den Befehl gab, mich ans Rad zu fesseln«, fauchte Vok.

»Ich verstehe sehr wohl«, sagte Maus mit funkelnden Augen. »Er mag nicht mein leiblicher Vater sein, aber ich habe dennoch einen Vater, nämlich Pater Lucas. Ich kenne meine Verpflichtung ihm gegenüber.« Sie schluckte die Bitterkeit hinunter, als sie an ihre eigene Entscheidung dachte, bei Ottokar zu bleiben, anstatt nach Houska zurückzukehren. »Manchmal wiegen andere Notwendigkeiten schwerer. Deinem Volk, dem schuldest du Schutz und eine gesunde Führung. Du schuldest ihnen dein Leben, nicht wahr? Wie kannst du es dann für jemanden aufs Spiel setzen, der dir und ihnen solches Unrecht angetan hat?«

Einen Moment lang wog Ottokar ihren Einwand ab und setzte sich wieder ins Gras unter den Bäumen, doch dann fand er ein neues Argument. »Die perfide Verschwörung war der Krankheit seines Geists geschuldet. Meine Tante scheint zu glauben, dass er wieder er selbst und sein Geist genesen ist, auch wenn sein Körper immer schwächer wird. Und ich vertraue ihr.«

Vok seufzte vor Empörung. »Sie hätten beide hängen müssen, Euer Vater und meiner, für das, was sie uns und Damek angetan haben. Er war unschuldig, egal, welche Missetaten wir als Söhne begangen haben mochten.«

»Und ich denke, dein Vater ist für ein weiteres unschuldiges Leben verantwortlich, Ottokar, und dieser Tod riecht mehr nach vorsätzlicher Arglist als nach Irrsinn.« Maus redete leise, verunsichert, wie er auf ihren Verdacht reagieren würde, und gleichzeitig verunsichert über ihre eigenen Motive, ihre Gedanken ausgerechnet zu diesem Zeitpunkt zu offenbaren. Sie genoss es, ihn allein für sich in Hluboka zu haben, und hoffte, ihre Selbstsucht würde sie nun nicht blenden.

»Was meint Ihr?« Es war Vok, der fragte.

Ottokar starrte hinaus auf den See.

»Wie ich sehe, hast du es selbst schon vermutet«, sagte sie zu Ottokar.

»Sag es trotzdem«, entgegnete er.

»So scharf, wie deine Mutter überwacht wurde, wie war es dann möglich, dass sie an das Jagdmesser deines Vaters kam, außer es steckte Absicht dahinter? Und woher nahm sie die Willenskraft, eine solche Tat zu begehen? Eine trauernde Frau, die nicht einmal genügend Entschlossenheit an den Tag legt, um allein aus dem Bett aufzustehen? Wie konnte sie den Mut aufbringen, sich selbst zu töten?« Maus kniete neben ihm, die Hand auf seinem Arm. »Und warum sollte sie es auch tun? Ihr einziger lebender Sohn – ein Sohn, den sie großgezogen hatte, damit er die Schwachen beschützt und dem Ritterkodex folgend für die Ehre kämpft – reitet siegreich auf Prag zu, um den Thron für sich zu beanspruchen. Sie wusste, dass du deinem Vater niemals auch nur ein Härchen krümmen könntest, dafür bist du viel zu gut. Wenn sie überhaupt irgendetwas mitbekam, Ottokar, dann war sie stolz auf dich! Warum sollte sie Selbstmord begehen, außer jemand hatte sich ihre seelische Verfassung zu Nutzen gemacht und sie davon überzeugt, dass du verloren seist und sie einen weiteren toten Sohn erleben würde, womöglich durch die Hand des eigenen Vaters? Womöglich von dem Mann, der ihr sein eigenes Messer gab, damit sie die Tat vollbrachte, die er von ihr verlangte?«

»Hast du einen Beweis, Maus?« Sie hörte die Hoffnung in seiner Stimme.

»Nein.«

»Ich auch nicht, obwohl unsere Gedanken in dieselbe Richtung gehen.« Er blickte zu ihr empor. »Soll ich also glauben, dass an den Händen meines Vaters das Blut meiner Mutter klebt? Wie könnte eine solche Wahrheit mich trösten? Sie ist tot. Er ist alles, was ich habe.«

»Die Wahrheit mag keinen Trost spenden, Majestät«, sagte Vok, »aber sie wird Euch helfen, auf der Hut zu sein.«

Der König sah auf, und in seinen Augen spiegelte sich Entschlossenheit. »Ich werde nie wieder unvorsichtig sein, Vok. Das schwöre ich hier und jetzt, genau wie ich es auch Dameks Witwe und ihrem verwaisten Sohn geschworen habe. Ich werde gewiss Männer im Kampf verlieren, die meinem Befehl unterstehen, aber niemand wird je wieder sein Leben lassen wegen meiner eigenen Dummheit.« Er seufzte. »Eine farcehafte Versöhnung mit meinem Vater wird helfen, den Schaden zu minimieren, den wir dem Land angetan haben. Und sie wird meine Regentschaft erleichtern. Außerdem muss ich irgendwann nach Prag zurückkehren. Ich kann mich hier nicht ewig verstecken. Wir werden binnen dieser Woche abreisen.«

Trotz ihrer Vorbehalte war Maus, als die Zeit des Aufbruchs kam, mehr als bereit. Sie hatte einen unerwarteten Brief von Pater Lucas erhalten. Dieser war mit Zitaten überfrachtet, aber kein Teil ihres gewöhnlichen Spiels. Er hatte die Textstellen in den Brief eingestreut und sie natürlich aussehen lassen – Ermahnungen an ihr spirituelles Leben, Stellen aus der Bibel, Worte des heiligen Norberts, Ausprüche des heiligen Franziskus. Aber sie waren alles andere als natürlich, sie ergaben einen Code. Maus benötigte weniger als eine Stunde, um ihn zu entschlüsseln, obwohl sie sicher war, dass es sonst niemandem gelungen wäre – so wie sie überzeugt war, dass ein anderer den Brief vor ihr gelesen hatte.

Pater Lucas steckte in Schwierigkeiten.

Und er schien zu glauben, dass sie es womöglich ebenfalls war. Seine Botschaft war eine eindeutige Warnung: Erzähl niemandem von den Geschehnissen in Houska. Erzähl niemandem von dem dechiffrierten Code oder den geheimen Büchern. Erzähl niemandem von deinen Gaben. Zeig niemandem, wozu du fähig bist.

Sie fragte sich, ob Bischof Bansca immer noch in Houska weilte und von ihm die Bedrohung ausging. Maus fühlte sich sicher vor dem Arm Roms – was kümmerte sie ein namenloses Mädchen –, und ihre Verbindung zu Ottokar bot einen gewissen Schutz. Es war Pater Lucas, der in großer Gefahr schwebte. Die Kirche wandte die Inquisition auch an Ihresgleichen an. Hatten sie das *Buch von Enoch* und das *Buch der Hüter* bei Pater Lucas gefunden? Bücher, die auf dem Index der Kirche standen – wäre das genug, um ihn der Ketzerei zu beschuldigen?

Maus war entschlossen, von Bischof Miklaus Antworten zu erhalten und anschließend so rasch wie möglich nach Houska zu reisen.

24

Am Ende der Woche ritten sie früh am Morgen los. Sie unterhielten sich kaum. Ein kalter Regen setzte ein, als sie über die Hügelkuppe kamen und die dunklen Umrisse der Türme und Stadt erblickten. Vok rieb sich ständig über die Stirn, da sich das Wasser in seinem Haar sammelte und ihm ins Gesicht tropfte.

Sie erreichten Prag kurz nach Einbruch der Nacht, und Maus eilte unverzüglich nach der Morgenmette, während Ottokar seinem Vater einen Besuch abstattete, zu Bischof Miklaus, um sich die Erlaubnis für eine Reise nach Houska einzuholen.

»Warum nur wollt Ihr dorthin?«, fragte der Geistliche und sank auf seinen Stuhl.

»Ich möchte Pater Lucas treffen.«

»Aber er ist nicht mehr dort.«

»Wo ist er?« Eisige Kälte packte sie.

»Wahrscheinlich bei Bischof Bansca.«

»Und wo ist Bischof Bansca?«

»Das letzte Mal, als ich von ihm hörte, war er in Houska, aber er schrieb von Plänen, bald weiterzureisen. Das war vor mehreren Wochen.«

»Und wohin will er reisen?«

»Das weiß ich beim besten Willen nicht.«

»Ihr lügt, Bischof.« Sie hatte das Weiten seiner Pupillen gesehen, das kurze Aussetzen seines Herzens gehört. »Und jetzt verratet Ihr mir, wo sich Pater Lucas aufhält.«

»Oder was? Was wollt Ihr sonst tun?«

Die Angst in seinem Gesicht und die Neugier in seiner Stimme machten sie wachsam. Er wusste etwas. Er war im Rittersaal gewesen, als sie den Bären allein mit Worten und ihrer Berührung beruhigt hatte, doch was glaubte er sonst noch zu wissen?

»Habe ich Euch schon erzählt, dass Bruder Jan in Teplá zum Abt ernannt wurde?«, sagte er feixend.

»Das ist Pater Lucas' Posten.« Mit eisernem Willen zwang sie ihren zitternden Körper zur Ruhe. Wenn Bruder Jan die Informationsquelle des Bischofs war, dann steckten sie und Pater Lucas in echten Schwierigkeiten. Bruder Jan hatte ganz gewiss verlautbaren lassen, dass sie das Gesetz der Klausur gebrochen hatten, aber was wusste er sonst noch? Wie jedem in Teplá war Bruder Jan ihre ganz allgemeine Absonderlichkeit aufgefallen, doch er hatte nie gesehen, wie sie ihre Gaben eingesetzt hatte.

»Pater Lucas hat sein Amt niedergelegt, um seine Reisen fortzusetzen. Ihn haben Schuldgefühle geplagt, weil die Abtei so lange ohne Leitung war.« Er log schon wieder, und Maus hatte es satt, Spielchen zu spielen.

»Ich werde Folgendes tun, Bischof Miklaus«, sagte sie. »Ich werde den König bitten, die Angelegenheit mit Euch zu besprechen. Auch wenn Ihr mir die Information vorenthalten mögt, so bin ich sicher, dass Ihr sie ihm geben werdet.«

»Dinge, die von Rom entschieden werden, fallen nicht in den Zuständigkeitsbereich Ihrer Majestät, des Königs.«

»Ich werde ihm gern von den Grenzen seiner Amtsgewalt berichten, Bischof. Doch welches Interesse könnte Rom am Tun und Handeln eines einfachen norbertinischen Mönchs wie Pater Lucas haben?«

»Gerade Ihr solltet wissen, dass die Dinge nicht immer so sind, wie sie scheinen, Gräfin.«

Als Maus Ottokar schließlich im Burghof fand, spiegelte sein ausgelassener Übermut nicht ihre eigene Stimmung wider. Sorgen nagten an ihr. Wenn Pater Lucas etwas zugestoßen wäre, träfe sie die alleinige Schuld. Sie hätte schnellstmöglich nach Houska reisen müssen.

Während Ottokar in Schild und Rüstung mit seinen Rittern trainierte, konnte sie keinerlei Anzeichen der Verletzungen feststellen, die ihm erst vor wenigen Monaten beigebracht worden waren. In gewisser Hinsicht wünschte sie, er hätte mehr als die Narben an seinen Fingern, die ihn an die Taten seines Vaters erinnerten, insbesondere als er nun freudestrahlend von der Genesung Vaclavs erzählte.

»Die Ruhe hat ihm gutgetan. Er redet völlig klar, sein Verstand ist messerscharf.«

Maus kam in den Sinn, dass Vaclav im Vollbesitz seiner geistigen Kräfte gefährlicher klang als je zuvor, doch sie behielt den Gedanken für sich. Sie war auf Ottokars Hilfe angewiesen und wollte nicht riskieren, ihn vor den Kopf zu stoßen. »Das freut mich für dich.«

»Wirklich?«

»Ich wünsche ihm nichts Böses, Ottokar. Ich will nur, dass du in Sicherheit bist.«

»Ich weiß.« Er nahm ihre Hand. »Sein Körper ist allerdings immer noch schwach. Die Wundärzte hier haben ihm nicht gutgetan. Wärst du bereit, ihn dir einmal anzusehen, Maus?«

Die Bitte traf sie unvorbereitet. »Ich … ich kann mir nicht vorstellen, dass mich dein Vater in seiner Nähe will.«

Ottokar ließ ihre Hand los. »Es tut mir leid, dich gefragt zu haben.«

»Nein, bitte. Falls es irgendetwas geben sollte, das ich für ihn tun kann, werde ich es gern tun, Ottokar, aber hast du ihn gefragt, ob er das überhaupt will?«

»*Ich* will es. Er wird zustimmen.« Er erhob sich. »Jetzt muss ich zurück zu meinen Männern.«

»Es gibt auch etwas, worüber ich mit dir reden müsste, falls ich darf?«

Er blieb stehen, um ihr zuzuhören, setzte sich jedoch nicht mehr.

»Ich kann Pater Lucas nicht finden.«

»Ist er nicht in Houska?«

»Bischof Miklaus hat mir versichert, dass dem nicht so ist, aber er will mir nicht verraten, wohin sie gereist sind.«

»Sie?«

»Er glaubt, der Pater ist bei Bischof Bansca.«

»Nun, da hast du deine Antwort.« Mit einem Seufzen wandte er sich ab.

»Aber er will mir nicht sagen, wo sie sich aufhalten. Könntest du den Bischof fragen? Vielleicht ist er bei dir gesprächiger.«

»Ich werde versuchen, mich daran zu erinnern, ihn zu fragen, sobald ich ihn das nächste Mal treffe.« Er machte ein paar Schritte auf den Kreis aus Rittern zu, die sich immer noch beim Schwertkampf verausgabten, doch dann hielt er inne und drehte sich zu ihr zurück. »Was meinst du damit, dass er bei mir *vielleicht* gesprächiger ist?«

»Er deutete an, dass die Angelegenheit außerhalb deines Zuständigkeitsbereichs fiele, da sie im Interesse Roms liegt.« Sie wartete ab.

»Was für eine Angelegenheit? Nicht nur Houska?«

»Allem Anschein nach nicht.«

»Ich werde Erkundigungen einziehen, Gräfin Emma.« Er verneigte sich und ging zurück zum Übungsplatz.

Maus konnte die bange Vorahnung nicht abschütteln, die sich in ihr festgekrallt hatte. Schon lange war sie nicht mehr Gräfin Emma für ihn gewesen.

Ottokar hatte keine Antworten für sie, als sie ihn beim Essen im Rittersaal wiedersah – und anscheinend auch keine Zeit. Sie saß weiterhin zu seiner Rechten, aber seine Aufmerksamkeit galt den Adligen auf der anderen Seite. Kurz nach dem dritten Gang erhob sie sich lautlos, um unbemerkt in ihr Zimmer zu schlüpfen, doch Ottokar, von dem sie glaubte, er sei völlig in ein Streitgespräch über die Ländereien irgendeines Barons vertieft, streckte die Hand aus und gebot ihr zu bleiben. Sie war erleichtert, dass ihre Gegenwart immer noch von Bedeutung war, selbst wenn ihn andere Verpflichtungen in Anspruch nahmen.

Sie trat näher an seinen Stuhl heran, und er drehte sich zu ihr, sobald der Baron seine Beschwerde zum Ausdruck gebracht hatte.

»Ah, ich habe dich heute vermisst«, sagte er.

»Ich habe dich auch vermisst, Majestät.« Ihr förmliches Gebaren hing einen Moment schwer in der Luft zwischen ihnen.

»Wohin gehst du?«

»Zu Bett. Ich bin müde vom gestrigen Ritt und mehr an das geruhsame Leben in Hluboka gewöhnt.« Sie sah, wie die Erinnerung an ihre Ausritte bei Morgengrauen und ihre allabendlichen Spaziergänge über sein Gesicht huschte.

»Bist du zu müde, um dir meinen Vater anzusehen? Ich sagte ihm, wir würden ihm womöglich noch heute Abend einen Besuch abstatten.«

Das war es nicht, was sie wollte. Sie wollte ins Bett gehen, wo sie sich über Pater Lucas und Ottokars Veränderungen sorgen und dann in den Schlaf weinen konnte. Doch als sie in sein Gesicht hinabblickte, das vom Schein der Kerzen in ein weiches Licht gehüllt war, entflammten in ihr jegliche Gefühle, die sie jemals für ihn empfunden hatte, und verbrannten sie innerlich. Sie hatte sich ihm an jenem ersten Tag in Teplá verschrieben, ihr Leben im Guten wie im Schlechten mit seinem verwoben. Wie auch immer er sich verändern mochte, ungeachtet all ihrer Verantwortung für Pater Lucas und trotz aller Widrigkeiten war sie an ihn gekettet. Sie konnte das Band spüren, das sie aneinanderknüpfte. Sie schloss die Augen und sah, wie es tief in Ottokars glühender Seele verankert war, und obwohl sie in sich selbst kein Licht sah, musste auch ihr Ende des Bands irgendwo verknotet sein, denn es war fest und unnachgiebig. Es gab ihr Hoffnung, dass sie ebenfalls eine Seele hatte, selbst wenn sie sie nicht sehen konnte.

»Dein Wille ist mein Befehl«, sagte sie verschmitzt und zog Ottokar zu sich hoch.

Während sie die Treppe nach oben stiegen, blieb Ottokar immer wieder stehen, um sie an sich zu ziehen und zu küssen. In dem düsteren Korridor, der zu Vaclavs Gemächern führte, verharrte er unvermittelt, zerrte sie in eine Nische und schob sie gegen die Wand, seine Lippen in der Dunkelheit auf ihren. Sein Arm schlang sich um ihre Taille und presste ihre Hüften gegen seine, während der andere langsam an ihrer Seite nach oben glitt, bis er ihre Brust umfing. Seine Küsse waren sanft, doch als sich sein Knie zwischen ihre Beine schob und seine andere Hand gierig an ihren Röcken zerrte, drückte sie ihn sanft von sich weg. Seufzend legte er die Stirn an die Wand neben ihrem Ohr.

»Ich will dich, Maus.«

»Aber für wie lange?«

»Was meinst du? Ich will dich. Aber was willst du?«

»Ich will dich, Ottokar. Es ist nur …« Sie holte tief Luft, um den Kloß in ihrem Hals nach unten zu schieben. »Obwohl ich keinen Namen habe, keine Mutter, keinen Vater, keine Familie, die mich will, obwohl ich weiß, dass die Kirche mich nicht will …« Ihre Stimme brach. »Egal, wie oft sich jemand vor mir verneigt oder mich mit ›Gräfin‹ anspricht, bin ich ein Niemand und ich habe nichts. Aber das macht es nur noch wichtiger, dass ich mir selbst Wert beimesse.

Weil es sonst niemand tut.« Sie zitterte. »Ich will bei dir sein. Auf jede erdenkliche Art, aber …«

»Du willst ein Versprechen.«

»Ich habe keine Zukunft, Ottokar, außer derjenigen, die ich selbst gestalte.«

Er seufzte. »Und meine wurde in dem Moment für mich bestimmt, als mein Bruder gestorben ist.« Er sah sie traurig an, bevor er ihre Hand nahm und sie weiter den Flur hinabführte. Stille Schwermut legte sich über die beiden, als sie Vaclavs Krankenzimmer betraten.

»Majestät«, sagte Maus und verneigte sich, bevor sie sich dem Bett näherte, wo Vaclav auf Kissen gestützt ruhte.

Er schien ein anderer Mensch zu sein, ausgemergelt und blass, doch seine Augen blitzten, und seine Stimme war immer noch schneidend. »Seid Ihr gekommen, um Eure Magie bei mir spielen zu lassen?«

Durch Pater Lucas' Warnungen und die Unterstellungen von Bischof Miklaus war Maus auf der Hut, was andere von ihren Fähigkeiten hielten. »Ich verfüge über keinerlei Magie, Majestät, nur die Fertigkeiten, die Mutter Kazi mir im Kloster beigebracht hat. Ich hoffe, sie mögen Euch von Nutzen sein.«

»Wenn ich den Worten meines Sohns Glauben schenken darf, habt Ihr die Fähigkeiten von Rafael höchstpersönlich. Dreht Euch um. Zeigt mir Eure Engelsflügel.«

Maus spürte die bissige Spitze, doch sie wirbelte spielerisch herum, ohne sich auf einen Schlagabtausch einzulassen. »Keine Flügel, wie Ihr sehen könnt. Ich bin nur ein einfaches Mädchen.«

»Das hast du auch in jener Nacht zu mir gesagt, als du mir das Leben gerettet hast. Beim ersten Mal.« Ottokars Stimme war belegt vor Erinnerungen. »Und du bist mehr als nur ein einfaches Mädchen.«

Maus war erpicht, die Stube so schnell wie möglich zu verlassen. »Soll ich Euch nun untersuchen, Majestät?«

Auf Vaclavs Nicken hin beugte sie sich vor, um seine Lungen abzuhören. Längst hatte sie das schnelle, unregelmäßige Klopfen seines Herzens vernommen.

»Hast du dir die Sache mit Österreich durch den Kopf gehen lassen, mein Sohn?«, fragte Vaclav.

»Österreich?« Maus warf einen Blick über die Schulter zu Ottokar.

»Sie sind ohne eine klare Erbfolge. Einige von ihnen haben mich um einen Besuch gebeten. Mein Vater wünscht es ebenfalls.«

»Eine bessere Gelegenheit, dort Fuß zu fassen, wird sich uns nicht bieten. Stell dir Österreich unter der Herrschaft Böhmens vor! Und die Steiermark würde gewiss folgen. Wir könnten es dann selbst mit dem Kaiser des Heiligen Römischen Reichs aufnehmen.«

»Es bedarf mehr als eines Besuchs von mir, um zum Herzog von Österreich ernannt zu werden, Vater, und ich habe kein Interesse, Krieg zu führen.«

»Wie ich dir bereits sagte, gibt es mehr Wege als nur Gewalt, um deine Ziele zu erreichen, aber ja, es bedarf mehr als deines Charmes. Er ist nur der Schlüssel, der die Tür öffnet. Finde die richtige …«

»Und ich habe dir gesagt, dass ich jetzt nicht darüber sprechen will.« Ottokars Augen huschten zu Maus.

»Doch die Pflicht muss vor deinen eigenen Wünschen kommen. Außerdem kannst du beides haben. Später.«

Maus unterbrach sie. »Haben Eure Leibärzte eine Diagnose gestellt, Majestät?«

»Nicht wirklich. Nur eine Krankheit nach der anderen. Eine im Magen, die andere in der Brust.«

»Sie haben Aderlässe angeordnet?« Sie strich mit den Händen über die hässlichen Narben an seinen Handgelenken und Ellbogen.

»Mehrmals.«

Maus wandte sich an Ottokar. »Sie müssen aufhören. Sie haben ihm zu sehr zugesetzt und ihn geschwächt. Er braucht …«

»Nein!« Vaclav schnitt ihr das Wort ab. »Sie haben den Groll in meinem Kopf ausgeblutet. Ich werde mich nie wieder verlieren. Nicht einmal, wenn das bedeutet, dass ich sterben muss.«

Maus berührte der Schmerz, den sie in seiner Stimme hörte. »Majestät«, sagte sie sanft, »Ruhe und Stille und Gebete haben geholfen, die Krankheit Eures Verstands zu heilen, nicht der Aderlass. Habt Ihr Eure Kräfte schon einmal ausgetestet? Haben die Glocken seit Weihnachten geläutet?«

Seine Lippen waren zu einer harten Linie zusammengepresst.

Maus zuckte mit den Schultern und drehte sich zu Ottokar zurück. »Mein Rat wäre, dass er bei Sonnenschein und sauberer Luft einen Spaziergang macht. Er sollte mehr Eier und Fisch essen, mehr Getreide. Ich könnte ihm Kräutertees zubereiten oder einen Wickel – er hat beim Luftholen eine Atembeklemmung. Nachts sollte Huflattich verbrannt werden. Auf jeglichen Aderlass muss verzichtet werden. Und ich würde sichergehen, dass sein Verstand nicht überlastet wird – nichts Anstrengendes, kein Treffen von Entscheidungen, kein Schmieden von Komplotten, keine Eroberung von Ländern. Lass ihn Bücher lesen.«

Vaclav zischte. »Am liebsten würde sie mich tot sehen und dich unter ihrer Fuchtel wissen.«

»Keine der beiden Unterstellungen ist wahr. Ich wünsche Euch alles erdenklich Gute, und ich will nichts von Eurem Sohn außer sein Glück.« Das Letzte entsprach nicht gänzlich der Wahrheit. Sie wollte seine Liebe und ihm ihre ganz offen zeigen, in der Hoffnung, dies würde ihn glücklich machen.

Ottokar starrte zu seinem Vater hinab, das Gesicht unlesbar, selbst für sie. »Vielen Dank, Gräfin Emma. Wir werden die Ratschläge überdenken. Du darfst gehen.«

Als sich die schwere Tür hinter ihr schloss, verwandelte sich Maus' Wut in Verlegenheit, die ihr das Gesicht versengte und die Macht weckte, die während ihrer Monate in Hluboka geschlafen hatte. Sie wirbelte herum, die Hand auf dem Türriegel, und wollte schon hineinstürmen, eine Entschuldigung verlangen und ihnen mit ihrem unbeugsamen Willen die Belanglosigkeit ihrer Ziele vor Augen führen. Doch als das Gefühl ihrer Macht sie erfüllte, angestachelt von selbstgerechter Empörung, kehrte die Erinnerung an die Dämonen zurück, die sich an den hohläugigen Kindern im Höllenschlund gelabt hatten, ihre Gesichter vor Hunger entstellt. Maus malte sich aus, dass ihr eigenes Gesicht ganz ähnlich aussehen musste – gierig nach etwas und mächtig genug, um es zu bekommen.

Sie holte tief Atem und ging auf ihr Zimmer, doch der Gedanke, was sie tun könnte, was sie tun wollte, legte sich wie ein Schraubstock um ihre Brust. Als sie als kleines Kind mit ihrem Zorn oder ihrem Begehren gerungen hatte, hatte Pater Lucas sie Geduld und Selbstkontrolle gelehrt. Er hielt ihre Hände und ihren Verstand auf Trab, bis ihre Wut verflogen war, die Macht abgeflaut. Einmal, als sie besonders wütend gewesen war, hatte er ihr befohlen, die Blütenblätter auf einer Wiese voller Hyazinthen zu zählen. Ein andermal hatte er einen Sack Getreide im Kräutergarten ausgeschüttet und ihr aufgetragen, jedes Korn einzeln aufzusammeln.

Doch nun fiel Maus nichts ein, was groß genug wäre, um sich durchs Zählen zu beruhigen. Sie holte ein Stück Holz, das sie aus Hluboka mitgebracht hatte, und strich mit den Fingern über die Maserung, nahm dann ihr Messer und begann, mit geschlossenen Augen zu schnitzen. Erst das kantige Kinn, die Nase, die tief liegenden Augen. Die Farbe des Holzes musste perfekt zu seinen Haaren passen, kam ihr in den Sinn, während sie seine dichten Locken ins Holz ritzte. Beim Schnitzen sah sie Ottokars Züge genau so vor ihrem geistigen Auge, wie sie im Frühling gewesen waren.

Stunden später, die Skulptur war fast fertig, hörte sie einen Schrei den Korridor hinabhallen. Erschrocken zuckte sie zusammen, und die Klinge schnitt ihr in den Daumen, aber sie war aus der Tür, bevor die Wunde zu brennen begann.

Er hatte den Schrei unterdrückt, sobald er von ihm aufgewacht war, weshalb es Maus nicht überraschte, ihn aufrecht im Bett sitzend vorzufinden, die Arme um die angewinkelten Knie geschlungen, den Kopf hängend.

Die Kerze war entzündet, doch sein Diener war nirgends zu sehen. Ottokar musste ihn weggeschickt haben.

Maus kletterte neben ihn ins Bett. Er drehte sich um, packte sie an der Taille und barg das Gesicht an ihrem Körper. Er war schweißnass. Sie hielt ihn und sang, bis er sich beruhigte.

»Ich bin eines Königs nicht würdig. Ich habe wie ein Kind Angst vor der Dunkelheit.«

»Du hast keine Angst vor der Dunkelheit, Ottokar.« Maus beugte sich vor und blies die Kerze auf dem Nachttisch aus. Er sog scharf die Luft ein. Sie nahm seine Hand, darauf bedacht, ihre eigene ruhig zu halten und ihrer Stimme die Furcht zu nehmen, die sie ebenfalls zu verschlingen drohte.

»Hier. Fühl nur. Kein Metallsarg.« *Und keine Dämonen*, ermahnte sie sich.

»Nur Dunkelheit«, sagte sie. *Nur Dunkelheit.*

»Davor hast du keine Angst.« *Davor habe ich keine Angst.*

Sie saßen schweigend da. Ottokar umklammerte ihre Hand und streckte die andere aus, um in der Luft umherzutasten. Maus starrte angestrengt zum Fenster, suchte nach dem mattesten Hauch von Sternenlicht und scheuchte mit ihrer Willenskraft die Bilder der Dämonen fort.

»Es tut mir leid«, sagte er schließlich.

»Was?«

»Mein Vater.« Er schwieg eine Weile. »Ich hasse ihn, Maus, aber ich fürchte mich gleichzeitig vor seinem Tod.«

»Warum?«

»Weil ich noch nicht bereit bin.«

»Doch, bist du.«

25

Irgendwann in der Nacht war Maus zurück in ihr eigenes Bett geschlichen und blieb dort bis zum späten Vormittag, die Messe den Gläubigen überlassend und den Rittersaal denen, die dort hingehörten. Am Nachmittag ging sie Kräuter sammeln und bereitete einen Tee und einen Umschlag für Vaclav vor. Sie beauftragte Gitta, alles zum Kammerdiener des Königs zu bringen, da sie kein weiteres sonderbares Zusammentreffen wünschte – weder mit Vaclav noch seinem Sohn. Sie wartete, ob Ottokar zu ihr käme. Was er nicht tat. Widerstrebend ging Maus zum Abendessen hinunter, doch als sie sah, dass Ottokar nicht anwesend war – eine Delegation österreichischer Adliger war nach Prag gekommen und nun mit dem König in einer Besprechung –, machte sie in der nächtlichen Stille des Waldes einen Spaziergang und ging dann zu Bett.

Und so verbrachte sie ihre Tage, größtenteils allein, häufig im Garten der Königin, wo sie Unkraut jätete und abgestorbene Pflanzen zurückschnitt, während sie sich über ihre verletzten Gefühle und die Einsamkeit hinwegtröstete. Und dort kam Ottokar schließlich nach Wochen des Schweigens zu ihr.

Maus zupfte leise summend die toten Stiele der Zwergmargeriten aus, die sie im Garten hatte wild wachsen lassen.

»Ich habe es vermisst«, sagte er lächelnd, als er das Lied vernahm.

»Und ich habe dich vermisst«, sagte sie und drehte sich um. Er sah müde aus, sein Gesicht angespannt. Schuldgefühle, ihn so lange allein gelassen zu haben, überkamen sie.

Ottokar setzte sich neben sie auf den Weg, ohne einen einzigen Gedanken auf seinen feinen Seidenmantel zu verschwenden. »Du hast wohl gedacht, du könntest dich einfach in deinem Mauseloch verstecken?«

»Mir war nicht bewusst, dass ich mich verstecke«, log sie. »Ich habe mich um den Garten deiner Mutter gekümmert.«

»Das ist nicht zu übersehen.« Er ließ den Blick über ihre Arbeit schweifen, und sein Gesicht wurde weicher.

»Ich mache ihn winterfest. Er mag jetzt trostlos und karg aussehen, aber im kommenden Frühling wird er wunderschön blühen. Ich habe ihn nur gestutzt und zurückgeschnitten, nichts Neues gepflanzt, damit er der Garten deiner Mutter bleibt.« Sie starrte zu den braunen, eingerollten Blütenblättern der Gänseblümchen. »Ich dachte, es würde dir guttun, einen ruhigen, schlichten Ort zu haben, an den du dich zurückziehen kannst, einen Ort, an dem du dich ihr näher fühlen und durch sie Kraft tanken kannst.«

»Und durch dich.«

Er klang traurig. Maus musterte ihn, versuchte ihn zu verstehen.

»In den vergangenen paar Wochen hatte ich das Gefühl, du würdest dich wie eine fromme Nonne von mir abwenden, wütend auf mich, weil ich etwas von dir verlangt habe, das mir nicht zusteht. Und du hattest recht, ich war arrogant. Zu sehr wie mein Vater, dem Glauben verhaftet, nur weil ich etwas wollte, könnte ich es mir einfach nehmen.« Er legte die Hand auf ihre, die über das Stickmuster aus Hunden und Pferden am Saum seines Mantels strich. »Aber hier bist du und gibst dir weiterhin Mühe, meinen Kummer und meine Ängste zu heilen. Du überraschst mich immer wieder aufs Neue. Du beschämst mich und lehrst mich Demut.«

»Du hast eine zu hohe Meinung von mir«, sagte Maus und beugte sich leicht zu ihm. »Ich *war* gekränkt und bin in Selbstmitleid zerflossen.« Sie zuckte mit den Schultern. »Aber egal, welche Differenzen zwischen uns bestehen mögen, egal, was du tust, Ottokar, ich werde immer auf deiner Seite sein. Ich werde immer alles in meiner Macht Stehende tun, um dir zu helfen.« Hastig presste sie die Lippen aufeinander, da sie ihm keinesfalls eingestehen wollte, wie sehr sie ihn liebte. Er musste es nicht hören, um es zu wissen, und sie konnte das Risiko nicht eingehen, was er im Gegenzug sagen … oder auch nicht sagen würde.

»Du bist meine Rettung.« Er neigte sich vor und gab ihr einen Kuss auf die Stirn. »Und jetzt schuldet mein Vater dir ebenfalls sein Leben. Deine Tees und Umschläge haben Wunder bewirkt. Selbst er ist von deinen Fertigkeiten derart überzeugt, dass er die Aderlässe für eine Weile aufgegeben hat. Vielen Dank.«

»Es freut mich, dass es ihm besser geht. Aber du wirkst sehr erschöpft.«

»Wie ich bereits vermutet habe, ist das Ausklügeln von höfischen Ränkespielchen mit Rom und dem Rest der Welt anstrengender, als die heimischen Amtsgeschäfte zu führen. Die Österreicher wollen viel und bieten wenig.« Er strich sich mit der Hand durchs Haar. »Doch das ist nicht der Grund, weshalb ich dich aufsuche. Ich wollte dich um einen persönlichen Gefallen bitten. Wäre es dir möglich, morgen das Fest im Rittersaal mit mir zu begehen?«

Es kostete Maus einen Moment, um zu verstehen, von welchem Fest er sprach. Sie hatte ihre Zeit in Aufgaben, nicht Tagen gemessen, und völlig den Überblick über den Kalender verloren. Bei der Erinnerung an das vergangene Halloween schauderte sie.

Sie wollte ihren Geburtstag nicht mit den Adligen im Rittersaal verbringen, die sich mit hämischem Feixen das Maul über sie zerrissen. Allmählich hatte sie sich wieder an die Einsamkeit gewöhnt, die ruhigen Tage, die sie allein in der Gesellschaft von Gitta zubrachte. Doch sie konnte ihm diese Bitte nicht abschlagen und nickte widerstrebend.

»Hast du etwas von Pater Lucas gehört?«, fragte sie zögerlich. Ihre täglichen Besuche beim Bischof hatten jedes Mal vor verschlossenen Türen und ohne eine Antwort geendet, und trotz ihrer immerwährenden Sorge hatte ihr Stolz sie daran gehindert, Ottokar nochmals um Hilfe zu ersuchen. Aber nun, da er zu ihr gekommen war …

»Ich habe Bischof Bansca höchstpersönlich geschrieben und warte auf seine Antwort. Ich werde dir Bescheid geben, sobald ich Neuigkeiten habe.«

»Oh, vielen Dank«, sagte sie, warf ihm erleichtert die Arme um den Hals und gab ihm einen Kuss.

Sie konnte immer noch die Wärme seines Atems auf ihrem Gesicht spüren, als sie sich nach seinem Abschied wieder den toten Blumen zuwandte.

Gitta hatte ihr ein neues Kleid bereitgelegt, als es an der Zeit war, sich für das Fest umzukleiden – eine tiefrote Seidenrobe, übersät mit goldenen Schwalben, die Farben und das Siegel des Hauses Aragoniens. Ottokar hatte es speziell für sie anfertigen lassen. Auch ihr Armband war zurück. Maus fühlte sich sonderbar in der neuen Kleidung, so als trüge sie eine Maske wie die Menschen bei einem Mummenschanz oder Kirchenspiel – eine weitere unliebsame Erinnerung an die Heimsuchung der hohläugigen Kinder im vergangenen Jahr an Halloween.

Doch Ottokar fand sie wunderschön, als er sie abholte, um mit ihr gemeinsam zum Rittersaal zu gehen. »Alles, was du noch bräuchtest, wäre eine Krone, denn du bist durch und durch eine Königin.«

»Ich bezweifle …«

Er legte ihr den Finger auf die Lippen. »Heute Abend verbitte ich mir jegliche Widerrede. Ich beabsichtige, dir nach Belieben Komplimente zu machen, und du wirst sie schweigend erdulden müssen. Verstanden?«

Sie nickte, aber als er ihr sein nächstes Geschenk überreichte – eine runde Brosche aus filigranem Blattgold und verschnörkelten Reben, in deren Mitte eine auf den Hinterbeinen stehende Maus eingraviert war, die hinaus in die Welt blickte –, legte sie die Hand auf seine, um ihn daran zu hindern, ihr die Brosche knapp unterhalb des Schlüsselbeins anzustecken.

»Ich verdiene das nicht, Ottokar.«

»Du hast versprochen, keine Widerrede zu geben.« Mit diesen Worten küsste er sie.

»Aber du weißt, was die Menschen denken werden.« Und es war das, was sie sich insgeheim erhoffte – dass die Brosche ein Versprechen auf weitere Versprechen war –, und obwohl sein Verhalten seit ihrer Rückkehr nach Prag solche Hoffnungen töricht erscheinen ließ, konnte sich Maus nicht durchringen, sie abzuschütteln.

»Himmel noch mal, es interessiert mich nicht, was andere Leute denken! Nicht heute Abend.« Seine Augen verengten sich. »Und ich werde nicht zulassen, dass du dir deshalb Sorgen machst. Wir werden uns amüsieren, frei ohne jede Bürde von Status oder unserer Zukunft. Es wird wie in Hluboka sein. Würde dir das gefallen, kleine Maus?«

»Das würde mich sehr glücklich machen.«

Seite an Seite betraten sie den Rittersaal, und die gesamte Gästeschar erhob sich. Die Minnesänger spielten die Lieder, die Maus liebte. Sie und Ottokar tanzten bei den fröhlichen Stücken. Trotz der beklemmenden Anwesenheit der österreichischen Adligen verbrachten sie den Großteil des Abends in trauter Zweisamkeit. Als die Nachtwache vor Allerheiligen in St. Georg nahte, stand Ottokar auf und wartete geduldig, bis sich Stille über den Rittersaal senkte.

»Viele von uns können an diesem Halloween die Geister nicht abschütteln, zu sehr ist uns noch das vergangene Jahr gegenwärtig, jene dunklen Tage in Prag, Tage, die von Pein und Grausamkeit und einer Krankheit des Geistes überschattet waren«, begann Ottokar. »Es stimmt mich traurig, was wir alle durchleiden mussten, aber wir sollten diese Tage als ein Mahnmal erachten, um unsere Entschlossenheit zu stärken, das Richtige zu tun, selbst wenn es bedeutet, gegen Menschen aufzubegehren, die über uns stehen oder uns nahe sind.« Er straffte die Schultern. »Hier unter uns gibt es drei, die genau das getan haben, die nicht vor Angst in die Schatten geflüchtet sind. Sie haben ihren Verstand und ihren Mut eingesetzt anstelle von Schwertern und Streitäxten, doch sie haben nichtsdestotrotz wie Soldaten gekämpft und uns zurück ins Licht geführt, mit einem Vater und einem Sohn, die sich ausgesöhnt haben und deren Verletzungen oder Krankheiten verheilt sind.«

Maus hörte die Anspannung in seiner Stimme. Bevor er fortfuhr, holte er tief Atem. »Unser Land ist wieder vereint, bereit für die sonnigen Tage, die auf uns warten, und wir sind diesen drei Menschen, die uns eine solche Zukunft erst ermöglicht haben, zu Dank verpflichtet. Als Allererstes meiner Tante, Mutter Agnes, die Ihr alle wegen ihrer aufopferungsvollen Arbeit für die Kranken und Armen kennt. Sie kann heute nicht hier sein, weil sie mit ihren Klosterschwestern Mahnwache hält. Ihr habe ich versprochen, einen neuen Flügel für ihr Kloster und eine neue Kapelle zu erbauen.«

Die Männer und Frauen klopften zustimmend mit den Fäusten auf die Tische.

»Als Zweites Gräfin Rozemberk, der ich ein kleines Anwesen in der Nähe des Sees Landstein übertrage, das allein von ihr geführt wird und bis zu ihrem Tod in ihrem Besitz bleibt, bevor es an ihren jüngeren Sohn übergeht, den Grafen Rozemberk. Dem älteren Graf Rozemberk wurden sämtliche Titel und Privilegien entzogen, und seine Anwesen fallen ebenfalls seinem jüngeren Sohn zu.« Wiederum gaben die Menschen ihre Zustimmung. Ottokars Augen huschten zu Vok, der wie erstarrt dasaß. Maus wusste, dass er das Bittgesuch gestellt hatte, seinen Vater als Verräter brandmarken zu lassen, doch Ottokar hatte sich geweigert.

»Wir danken diesen Frauen für ihre Dienste, doch es gibt eine, der wir unseren tiefsten Dank schulden. Mit dem Mut eines Ritters strebt sie unerbittlich danach, jegliches Unrecht zu ächten, das sie erlebt, und aus diesem Grund verleihen wir ihr heute Abend eine besondere Ehre: die Rechte eines Ritters.« Er streckte die Hand nach Maus aus und zog sie neben sich auf die Beine. Sie war überzeugt, dass ihr Gesicht so rot wie ihr Kleid war. »Gräfin Emma, Ihr werdet heute Nacht in der Allerheiligenkapelle Wache halten und morgen früh Euren Eid vor mir und Gott ablegen und als Beschützer Böhmens zum Ritter geschlagen.«

Im Saal war es totenstill. Maus' Herz hämmerte in ihren Ohren. Keine Frau in Böhmen hatte jemals den Titel eines Ritters getragen, und es schien, dass die Adligen diese Tradition aufrechterhalten wollten. Maus kaute auf ihrer Lippe und wollte ihm schon sagen, dass sie eine solche Auszeichnung nicht verdiene, als Vok seine Zustimmung mit einem Klopfen kundtat. Ottokars Männer stimmten rasch in den Applaus ein, und schließlich auch der Rest des Rittersaals.

Ottokar beugte sich vor, seine Lippen kühl gegen die Hitze in ihrer Wange, und flüsterte ihr ins Ohr: »Du bist von unschätzbarem Wert, Maus, ungeachtet einer Familie oder eines Familiennamens, sondern ganz allein um deiner selbst willen.«

Nachdem die anderen zur St.-Georgs-Basilika aufgebrochen waren, um dort die Allerseelenwache zu halten, schlüpften Ottokar und Maus in die Allerheiligenkapelle. Maus verdrückte ein paar Tränen, als sie vor dem Altar niederkniete und Ottokar ihr Schwert und Schild aushändigte. Bischof Miklaus gab seinen gestelzten Segen und verschwand rasch.

»Sie haben mir gehört, als ich ein Junge war. Meine Mutter hatte sie eigens für mich fertigen lassen«, sagte Ottokar mit einem Nicken zu den Waffen, während er sich neben Maus kniete. »Wir nannten sie der Lange und der Breite.«

Maus lächelte. Diese alte böhmische Mär war in ihrer Kindheit eines ihrer Lieblingsmärchen gewesen.

»Sie gehören jetzt dir«, fuhr Ottokar fort. »Wie der Held in der Geschichte hast du den Turm gestürmt. Du hast den bösen Zauberer besiegt. Du hast mir einmal gesagt, du seist ein Soldat. Ich glaube dir. Und jeder Ritter braucht eine Klinge und einen Schild, auch wenn ich nicht weiß, wann du sie jemals einsetzen könntest.« Er sah zu ihr. »Glaube ja nicht, ich würde dich jemals mit in den Krieg nehmen, Ritter hin oder her.«

»Ziehen wir denn in den Krieg?«, fragte sie und war mit einem Schlag ernst.

»Nein, tun *wir* nicht, aber ich bin sicher, dass ich eines Tages Männer auf dem Schlachtfeld in den Tod führen werde. Jeden Tag lerne ich dazu, wie viel verzwickter und verwickelter die politischen Ränkespielchen der Kirche sind. Und wie weitreichend. Ich darf diesen Papst nicht als Freund verlieren, und ich bin sicher, es wird Menschen geben, die ich für Rom in die Knie zwingen muss.« Mit einem Seufzen bekreuzigte er sich. »Aber heute Nacht will ich nichts von diesen Problemen wissen. Heute Nacht müssen wir unseren Geist leeren und unsere Seelen läutern, damit wir am morgigen Tag keusch den Eid ablegen können.«

Maus neigte den Kopf. Sie zählte ihre Atemzüge und dann ihre Herzschläge, entwirrte methodisch ihr Gefühlschaos, bis sie endlich ruhig war. Doch sie war immer noch besorgt, ob sie mutig genug war zu versuchen, eine Seele zu läutern, von der sie nicht einmal wusste, ob sie überhaupt eine hatte. Sie kam nicht umhin, Ottokars glühende Seele anzustarren, während er neben ihr Wache hielt. Irgendwie war sie anders. Als Maus sie sich vor ihrem geistigen Auge vergegenwärtigte, konnte sie jedoch nicht sagen, was sich verändert hatte. Schließlich kam sie zu dem Entschluss, dass sie nicht kleiner war, sondern fester, strenger. Und dieser Gedanke beunruhigte sie.

Vor Sonnenaufgang ließ er sie kurz allein. Wider besseres Wissen wandte sie ihren besonderen Blick nach innen und suchte erneut nach dem kleinsten Flackern von Licht, irgendeinem Zeichen einer Seele, die sie läutern könnte. In der Stille der Kapelle fegte der Wind um die Fenster wie ein Wesen, das Einlass in das Heiligtum verlangte. Die Kerzen auf dem Altar flackerten, während sich seine Krallen zwischen die lockeren Fensterscheiben schoben. Maus schauderte.

»›Kommet her, höret zu alle, die ihr Gott fürchtet. Ich will erzählen, was er an meiner Seele getan hat. Zu ihm rief ich mit meinem Munde und pries ihn mit meiner Zunge.‹« Als sie Pater Lucas' Lieblingspsalm flüsterte, blitzte in ihrem Bewusstsein sein Gesicht wie eine Warnung auf. »›Gelobt sei Gott, der mein Gebet nicht verwirft noch seine Güte von mir wendet‹«, wiederholte sie unaufhörlich und versuchte, sich einen Reim auf die düstere Vorahnung zu machen, die auf ihr gelastet hatte und nun davonwehte wie Rauch von einem Kerzendocht.

Maus hörte, wie sich die Tür zur Kapelle öffnete und leise schloss, dann Ottokars Schritte, die den Mittelgang hinabkamen, das Rascheln seines seidenen Umhangs, als er neben sie trat. Er half ihr beim Aufstehen, und sie spürte die Hitze in seiner Hand, sehnte sich danach, sie an ihre Wange zu heben, seine Finger zu küssen. Das Aufwallen von Begierde fühlte sich ebenso eigenartig an wie das Aufbäumen der Angst vor wenigen Momenten. Ottokar führte sie zu einer Bank neben dem Altar.

»Und wie willst du mich zum Ritter schlagen? Werde ich von nun an Ritter Maus heißen?«, fragte sie scherzhaft, um sich mit einem

Ruck wieder in die Normalität zu holen. Sie hatte das Gefühl, als würde sie im Sturzflug nach unten tauchen und zurück in den Himmel schnellen wie ein Vogel im Flug.

»Ich denke, Gräfin Emma wird genügen, aber für mich wirst du immer Maus sein.« Er versuchte, sich ihrem Ton anzupassen, doch er wich ihrem Blick aus und spielte stattdessen mit dem Band an ihrem Ärmelaufschlag.

Sie kannte ihn gut. Er rang mit einer Entscheidung.

»Wenn du etwas auf dem Herzen hast, Ottokar, dann spuck es bitte gleich aus.« Sie flüsterte die Worte und hoffte fast, er würde sie nicht hören.

»Du bist stärker als ich.« Er sprach leise, mit der Stimme, die allein für sie bestimmt war, frei von Erwartungen und Befehlen. Er zwirbelte weiter die Schleife an ihrem Ärmel, wo ihre Hand auf seiner Hüfte lag. Sie beugte sich vor, um ihm ins Gesicht zu blicken, und steckte ihm eine Haarsträhne hinters Ohr, damit sie seine Augen sehen konnte. Normalerweise erinnerten sie Maus an die hyazinthenbedeckten Hügel in der Nähe ihrer Heimat, aber heute waren sie düster.

Er riss sich von ihr weg, packte die Balustrade und straffte die Schultern.

»Wenn du mich so ansiehst, kann ich an nichts anderes denken als …« Seine Worte kamen schwer und schnell.

Maus wollte zu ihm treten, doch sie konnte sich nicht bewegen, war wie festgefroren von einer jähen, erschreckenden Hoffnung.

Sie war sechzehn und wusste genau, was sie in ihrem Leben wollte. Aber das war unmöglich – er war unerreichbar. Dann war er wieder neben ihr, sein Atem heiß auf ihrem Mund, Lippen, die sich auf ihre pressten. Ihr Mund teilte sich für ihn, entschlossen, ihm das zu geben, was er wollte, wonach sich sein Körper verzehrte, so wie er ihr geben würde, was ihr Herz sich ersehnte – einen Namen, einen Ort, an den sie gehörte, ein Leben mit ihm. Seine Hand glitt an ihren

Hinterkopf, die andere um ihre Taille, stützte sie, während seine Lippen mit ihren verschmolzen. Maus war schwindlig und fühlte sich lebendig, doch dann schob er sie von sich weg.

Als er sich zum Altar zurückdrehte, hob sie die Hand an ihre Wange und kühlte die zarte Haut, die von seinen Bartstoppeln aufgescheuert war.

»Es tut mir leid«, sagte er.

»Mir nicht.«

»Ich denke, du weißt, was ich für dich empfinde, auch wenn keiner von uns es jemals laut ausgesprochen hat. Ich könnte sowieso nichts vor dir verheimlichen, selbst wenn ich wollte.«

Sie lächelte ihn an, zuversichtlich und zufrieden aufgrund der Offenheit, die stets zwischen ihnen geherrscht hatte.

»Aber meine Gefühle sind nicht von Belang. Ich bin der König und du …« Er schüttelte den Kopf. »Bei allen Heiligen, Maus, eine Mutter mit lockeren Moralvorstellungen, selbst wenn sie eine Verbindung mit dem Haus von Aragonien vorweisen kann, und Gott allein weiß, wer der Vater ist? Ich schwöre, ich würde ihm Mähren überschreiben, damit er einen Titel hat, falls er dich dafür an Kindes statt annimmt, aber trotz all meiner Bemühungen kann ich keine Spur von ihm entdecken. Es ist fast so, als wärst du vom Wind gezeugt.« Er biss die Kiefer aufeinander und dann, als er Maus ansah, nahm sein Gesicht einen weicheren Ausdruck an. Er setzte sich neben sie und hielt ihre Hand.

Maus' Körper krümmte sich innerlich bei der düsteren Vorahnung, die sie wieder packte.

»Du hast mir selbst gesagt, ich müsste die Bedürfnisse meines Volks über mein eigenes Verlangen stellen, wollte ich im Gegensatz zu meinem Vater ein guter König sein. Die Zeit ist gekommen, dass ich meine Pflicht erfülle. Ich muss Festungsmauern bauen, um Böhmen vor der Bedrohung eines ehrgeizigen Papstes zu beschützen. Ich bin zum Herzog von Österreich ernannt worden, Maus. Wir werden es morgen verkündigen.«

»Ich bin sicher, dein Vater ist hocherfreut«, sagte sie kühl.

»Er hat nichts damit zu tun.«

»Er wollte Österreich schon immer annektieren. Als er einsah, dass es ihm nicht gelingen würde, hat er dich benutzt, um an sein Ziel zu gelangen. Seit wir wieder in Prag sind, hat er dich bearbeitet. Er hat dich mit seinen Ambitionen angestachelt.«

»Nein, Maus. Das ist meine Entscheidung. Und um Herzog von Österreich zu werden, muss ich ihren Adligen Zugeständnisse machen. Ich muss Margarete heiraten, Heinrichs Witwe. Und du wirst …«

Maus hörte nicht, was er sonst noch sagte, denn sie erkannte, dass die Hoffnung, an die sie sich während der vergangenen Nacht geklammert hatte, verzweifelt und töricht gewesen war. Indem Ottokar seine Pflichten ihr vorzog, hauchte er dem Wahrheit ein, was in dem gehässigen Flüstern der adligen Damen am Hof und den lüsternen Blicken von Ottokars Männern angedeutet worden war. Sie war und wäre immer ein – Nichts. Hier, im flackernden Kerzenschein der Kapelle, glaubte Maus es endlich.

Die Kälte der marmornen Kirchenbank sickerte in ihre Hüften und Beine, betäubte sie. Maus wollte weglaufen, aber sie hatte kein anderes Zuhause.

»Ich liebe dich, Maus. Ich werde mich immer um dich kümmern. Und du wirst Vok heiraten. Er wird dir ein guter Ehemann sein. Dir wird an nichts mangeln und …«

»Was?«, fragte sie, als die Worte schließlich zu ihr durchdrangen. »Vok?«

»Du wirst Vok heiraten.«

»Nein.«

»Er will dich. Er wäre ein guter Ehemann und …«

»Das ist mir egal.«

»Mir ist es nicht egal.« Er klang traurig.

»Ich will nicht heiraten.«

»Wärst du lieber eine Nonne? Aber Mutter Agnes meinte …«

»Nein. Die Kirche ist nichts für mich. Lass mich einfach gehen.«

Noch während sie sprach, wusste sie, dass er sich weigern würde. Sie hatte keine Familie. Sie konnte nicht ins Kloster zurück. Maus hatte keinen Ort, an den sie sich wenden könnte. Sie war gefangen. Bei dem Gedanken, wie ihr Leben von nun an aussähe, begann sie zu zittern.

Sie wandte sich zum Gehen, da packte Ottokar sie am Arm.

»Da gibt es noch mehr. Ich würde dir keine solche Bürde aufladen, aber ich weiß, dass du es wissen willst.«

Maus hatte das Gefühl, als befände sie sich in einem Albtraum.

»Ich habe einen Brief von Bischof Bansca erhalten. Er kam heute an.« Seine Stimme klang weit entfernt, scheppernd, das Kratzen des Pergaments in seiner Hand viel zu laut. »Er erwähnt Pater Lucas.«

Sie erstarrte.

»Willst du ihn lesen?« Er streckte ihr den Brief hin.

Ihre Hand bewegte sich träge. Ihre Finger waren taub, als sie sich über dem gebrochenen Siegel schlossen. Sie wollte nicken, wollte das Schreiben öffnen, doch ihr Arm sank langsam an ihre Seite.

»Er ist krank«, erklärte Ottokar.

Die Worte rissen sie aus ihrer Starre. Hastig wirbelte sie zu ihm, zu rasch nach den vielen Stunden auf den Knien. Das Bild des heiligen Wenzels im Buntglasfenster verschwamm, und Ottokars Arme schlangen sich um ihre Taille, damit sie nicht fiel.

»Ich muss zu ihm. Wo ist er?«

»Du kannst ihm nicht helfen, Maus.«

»Ich bin Heilerin. Ich werde ihn gesund pflegen.« Die Arroganz in ihrer Stimme spendete ihr Trost.

»Ihm ist nicht mehr zu helfen.«

»Was meinst du?«

»Bischof Bansca schreibt, es sei Lepra.«

»Nein.« Das wollte sie nicht glauben. »Ich will mich selbst überzeugen. Die Nachricht stammt von Bischof Miklaus, ja? Er und Bruder Jan wollen den Pater in Verruf bringen, um ihn aus dem Weg zu schaffen, damit Bruder Jan die Abtei übernehmen kann. Sie …«

»Der Brief kommt direkt von Bischof Bansca, Maus.«

»Ich kenne diesen Mann nicht. Ich traue ihm nicht. Und außerdem, falls das wahr sein sollte, falls Pater Lucas wirklich …« Sie würgte an den Worten. »Ich kann ihn dennoch pflegen, sein Leiden lindern.« Sie weinte bitterlich.

Ottokar zog sie an seine Brust. »Und eine Ansteckung riskieren? Glaubst du wirklich, ich würde zulassen, dass du dich einer solchen Gefahr aussetzt?«

»Ich werde nie krank.« Sie klang wie ein kleines Kind. »Und er wird an einen grausamen Ort gebracht, wo sich niemand um ihn kümmert. Niemand hier will mich. Bitte lass mich zu ihm gehen. Sag mir, wo er ist, Ottokar«, schluchzte sie.

»Das weiß ich nicht.«

»Dann find es heraus!« Sie bohrte die Hände in seine Tunika. Wenn es sein musste, würde sie ihn zu einer Antwort zwingen.

»Ich vermute, dein Pater hat eine solche Reaktion erwartet, Maus. Er schreibt mir am Ende des bischöflichen Briefs ein paar Worte. Siehst du?« Er nahm ihr den zerknüllten Brief aus der Hand und faltete ihn auseinander.

Sie las die wenigen Zeilen, die eindeutig von Pater Lucas stammten, auch wenn die Schrift etwas gewöhnungsbedürftig war, so als hätte er Schwierigkeiten gehabt, die Feder zu halten: »Richtet meiner kleinen *andílek* aus, dass sie mich in Frieden gehen lassen soll.«

»Nein«, schrie sie, während die Beine unter ihr nachgaben.

Ottokar trug sie zurück zur Bank.

Sie weinte, bis sie keine einzige Träne mehr hatte.

Eine Stunde später stand sie wie tot da und ließ sich vor allen Menschen, die in die Kapelle geströmt waren, von Ottokar zum Ritter schlagen. Nichts spielte mehr eine Rolle.

In ihrem Zimmer ließ sie sich von Gitta ausziehen, während die Morgensonne viel zu grell durch das Fenster fiel.

Als Maus zu Bett ging, kümmerte es sie nicht, ob sie jemals wieder aufwachen würde.

26

Bilder von Pater Lucas, das Gesicht mit grässlichen Läsionen überzogen, die Hände verkrüppelt, die Finger aufgebläht und schwarz durch die Infektion, trieben Maus schließlich aus der Benommenheit des Dämmerschlafs, in dem sie stundenlang geschwebt hatte. Sie setzte sich auf die Bettkante und versuchte, den Willen aufzubringen, irgendetwas zu tun. Am liebsten wäre sie weggelaufen, aber es gab keinen Ort, an den sie hätte fliehen können. Doch ihr Körper wollte nicht stillhalten. Die Macht peitschte durch sie hindurch, fachte ihre Verzweiflung an und rief ihr ins Gedächtnis, dass ihr die Möglichkeit blieb, Ottokar zu befehligen, seine Meinung zu ändern, oder Bischof Miklaus zu zwingen, ihr den Aufenthaltsort von Pater Lucas zu verraten.

Maus hatte Gitta fortgeschickt, weshalb sie sich allein ankleidete und zum Bischof eilte. Der Wind der vergangenen Nacht hatte eine klirrende Kälte mit sich gebracht, und sie zog schützend die Schultern hoch, während sie sich einen Weg zwischen den eisigen Pfützen im Burghof bahnte. Sie war heilfroh um die wohlige Wärme im Haus des Bischofs, wenngleich ihr Empfang ebenso frostig war wie das Wetter. Bischof Miklaus weigerte sich, sie zu empfangen. Er sei zu beschäftigt mit Kirchenangelegenheiten, erklärte sein Diener. Und so kam es, dass Maus in den Schatten von St. Vitus wartete, wo der eiskalte Regen lange Fangzähne an den Dachtraufen der Kirche gebildet hatte. Früher oder später musste der Bischof sein Haus verlassen, und Maus legte sich mit klappernden Zähnen auf die Lauer.

Als sich die Tür schließlich öffnete und Bischof Miklaus den Weg hinabschritt, folgte ihm Maus, die ihm ohne Zeugen entgegentreten wollte. Er zog den Mantel fester um den Körper, während er in Richtung St. Georg eilte. Die frostklirrende Kälte, die nun von stechendem Eisregen begleitet wurde, hatte fast jeden in die Häuser getrieben. Der hintere Burghof war leer. Maus hatte den Gang des Bischofs beobachtet, und ihr war aufgefallen, dass er einen kaum merklichen Linksdrall hatte und ein Bein leicht nachzog. Diese Seite war schwächer. Der immer stärker werdende Regenschauer kam ihr nun ebenfalls zu Hilfe. Der Bischof würde gewiss den schmalen, überdachten Durchgang zwischen St. Georg und der Außenmauer nehmen, da er einen gewissen Schutz vor der Nässe und des schneidenden Winds bot.

Maus schlüpfte um die Vorderseite der Kirche und presste ihren Körper in das Dunkel der Mauer, wo sie mit den Schatten verschmolz, wie damals die hohläugigen Kinder.

Er sah sie nicht, als er an ihr vorbeiging.

Sie schob ihren Fuß vor sein linkes Bein, das er hinter sich herzog. Sein rechtes Knie knickte ein, als sein gesamtes Gewicht auf ihm lastete, und sein Körper verlor schwankend das Gleichgewicht und knallte gegen die Kirchenwand. Maus warf sich auf ihn, noch bevor er einen Schrei ausstoßen konnte, eine Hand auf seiner Brust, und schob ihn heftig gegen den Stein, während sich ihre andere Hand fest um seine Kehle legte.

»Sagt mir, wo Pater Lucas ist.« Sie konnte kaum sprechen, ihre Stimme war belegt und heiser von der Kälte, ihr Mund halb eingefroren.

»Ich weiß es nicht.«

Maus' Finger legten sich um seine Kehle, schnitten tief in sein Fleisch, umschlossen seine Luftröhre. Sie spürte das schwere, schnelle Klopfen seines Herzens, als ihr Daumen gegen die Arterie presste. Von Panik ergriffen weiteten sich seine Augen.

Die Macht in ihr schwoll an, angestachelt von der Wut, die wie heiße Windstöße von einem außer Kontrolle geratenen Feuer in ihr brannte. Was kümmerten sie feierliche Eide? Warum sollte sie einem Gott die Treue halten, der sie nie angenommen hatte, oder Ottokar, der sie achtlos beiseite warf?

»Sagt mir, wo Pater Lucas ist!«, befahl sie.

»Ich weiß es nicht«, keuchte der Bischof.

»Dann sagt mir, wo sich Bischof Bansca aufhält.« Maus' Hand legte sich noch fester um seine Kehle, ihre Fingernägel schnitten tief in seine Haut.

»Rom.«

»Was?« Sie spürte, wie der Knorpel allmählich nachgab, die Augen des Bischofs hervorquollen und dann zurück in den Kopf rollten. Doch es war die Hoffnungslosigkeit seiner Antwort, die ihren Zorn und die Macht so unvermittelt abflauen ließen.

Wenn Bansca zurück nach Rom gereist war, war er unerreichbar für sie. Und falls er der Einzige war, der wusste, wo sich Pater Lucas aufhielt, dann würde Maus ihn niemals finden.

Bischof Miklaus sackte in sich zusammen, als sie ihn unvermittelt losließ.

Entsetzen stürzte über sie hinweg wie eine Flutwelle und füllte die Leere in ihr. Sie kniete sich erschrocken hin und legte das Ohr auf seine Brust. Sein Herz schlug, ungleichmäßig und schwach. Er war am Leben. Doch es war allein Glück, das ihn gerettet hatte, nicht ihr Gewissen, das ihre Hand zurückgehalten hätte.

Maus rannte durch den Eisregen zum Schwarzen Turm. Sie rief den Wachen zu, dass der Bischof einen Ohnmachtsanfall erlitten habe, und dann, als sie sich um ihn kümmerten, schlüpfte sie unbemerkt durch das Tor und hinaus in den Wald. Wie betäubt, diesmal jedoch nicht vor Kälte, wanderte sie ziellos zwischen den eisverhangenen Bäumen hindurch, die wie Glas klirrten, wenn sich Äste berührten, und leise stöhnten, als der Wind die Zweige aneinanderrieb. Während sie zum Fluss hinabspazierte, vernahm sie die Stimmen der Schwestern, die, herbeigetragen vom Kloster, für Allerseelen beteten. Weder riefen die Nonnen sie zurück, noch trieben sie Maus an.

Es gab niemanden, der sie beobachtet hätte, als sie in das aufgewühlte Wasser stieg.

Vor ihrem inneren Auge stellte sich Maus die warmen, seichten Strudel der Teplá vor. Beinahe hätte sie die scharfen Zähne der fast zugefrorenen und viel tieferen Moldau nicht gespürt. Die Erinnerung an jenen Tag im vergangenen Jahr stieg in ihr auf, als sie ins Wasser gewatet war, verunsichert, was ihre Zukunft mit sich brächte, verängstigt, dass ihr Traum vom Abenteuer – Fleisch geworden mit der Ankunft des verwundeten jüngeren Königs – gestorben wäre. Sie hatte angenommen, Ottokar würde das Kloster ohne sie verlassen, und als sie den Kopf in das sanfte Wasser zurückgelehnt hatte, um sein Blut auszuwaschen, hatte ihre Enttäuschung zu dem Wunsch geführt, dass der Fluss sie weit forttrüge an einen unbekannten Ort, einer unverhofften Zukunft. Als die heftige Strömung der Moldau an ihren Röcken zerrte, wünschte sie sich dasselbe.

Und diesmal erhörte sie der Fluss.

Ein starker Sog riss ihr die Füße unter dem Leib weg, und sie holte ein letztes Mal panisch Atem, kurz bevor ihr Kopf unter Wasser tauchte. Der Fluss zog sie an den Grund, zerrte sie über Steine und Geröll. Als etwas Scharfes in ihr Bein stach, kreischte sie auf, aber der Schrei trieb in einer Blase davon, und Wasser rauschte an seine Stelle. Prustend und keuchend krallte sich Maus einen Weg an die Oberfläche, wo sie gierig Luft einsog, bevor die Moldau sie erneut packte.

Diesmal ließ der Fluss Maus nicht mehr los. Ihre Brust brannte heiß vor Verlangen, wieder zu atmen, aber als sie versuchte, sich nach oben zu kämpfen, fiel das Flussbett jäh ab, und ihr Kopf knallte gegen einen Felsen. Dunkelheit verschluckte sie.

Maus versuchte sich zu rühren, aber irgendetwas schien sie am Boden festzupinnen. Sie schlug die Augen auf und erwartete das Brennen des Flusswassers, doch es war eine trockene, kalte Luft, die ihr die Tränen in die Augen trieb. Sie vermochte nicht zu sagen, wo sie sich aufhielt. Bis auf ein unheimliches Glühen in der Ferne war alles dunkel. Genau wie in dem Höllenschlund.

Angst benebelte ihren Verstand.

Sie presste sich fest gegen die Oberfläche unter ihr. Eis knackte und fiel wie Glassplitter um sie herum. Ihre steif gefrorene Kleidung zerriss, als sie sich hochstemmte, und ihre Haut brannte, wo sie sich von dem eisigen Untergrund schälte. Während sie sich auf den Rücken rollte, konnte Maus sehen, dass das Glühen nur der Mond hinter den Wolken war. Sein schwaches Licht glitzerte auf dem Eis, das die Bäume umhüllte. Ihre Füße baumelten immer noch im Fluss.

Sie packte einen nahen Baum und zog sich daran hoch. *Ich müsste tot sein*, dachte sie, während sie durch den Wald in Richtung Bergfried taumelte. Sie musste stundenlang klitschnass am Ufer gelegen und gefroren haben. *Warum bin ich nicht tot?* Doch ihr Verstand war ebenso taub wie ihr Körper und verwehrte ihr jegliche Antwort. Ihre Haut schimmerte bläulich im trüben Licht, ihr Herz pochte träge vor Kälte.

Zwar nahm sie wahr, dass die Wache vor dem Turm sie etwas fragte, aber sie konnte ihn über dem hohen Wimmern nicht hören, das ihren Kopf erfüllte. Erst nachdem sie versuchte, etwas zu sagen, erkannte sie, dass das Jaulen von ihr stammte. Sie zwang sich, keinen Ton mehr von sich zu geben, und fiel auf die Knie. Es tat schrecklich weh, als die Wache sie hochhob, und seine Finger brannten sich durch ihre Kleidung, die knackte, als sich Maus in seinen Armen rührte. Sie sah Farbkleckse aufblitzen, hörte Geräusche.

Sie wand sich verzweifelt, als sie auf ein Bett gelegt wurde und Hände einer anderen Person auf sich spürte, die an ihrer auftauenden Kleidung zerrten, Wärme, die stechende Nadeln in sie trieb. Als der

Schmerz anschwoll, wandte sie den Blick nach innen, zurück ins Kloster, wo der Schmerz einem Zweck diente. Sie konnte die Höllenqual der Messer ertragen, die durch sie schnitten, das Pochen in ihrem Bein, das Brennen in ihrer Brust, solange sie wusste, dass es einem Zweck diente, eine Strafe für etwas, das sie getan hatte.

Und dann war Ottokar an ihrer Seite und flüsterte ihr ins Ohr: »Du bist ein Soldat, Maus. Kämpf!«

Doch das Kämpfen kümmerte sie nicht, sie hatte etwas Unrechtes getan, auch wenn sie sich zum ersten Mal in ihrem Leben nicht erinnern konnte, was es gewesen war, zu sehr war ihr Verstand von Schmerzen getrübt.

»Bitte, Maus.« Es klang, als weinte er, und sie hatte Mitleid mit ihm, aber sie stand zu nah davor herauszufinden, was sie verloren hatte, um ihm zu helfen. Als das Gesicht des Bischofs, seine hervorquellenden Augen und der weit aufgerissene Mund in ihrem Bewusstsein aufblitzten, drehte sich ihr der Magen um. Jemand schob sie auf die Seite und strich ihr die Haare aus dem Gesicht, während Maus Wasser und Galle spuckte.

»Ich liebe dich«, sagte er und wischte ihr das Gesicht mit einem warmen Lappen ab. Der Schmerz war zu groß, weshalb sie ihn einfach losließ samt der Sühne, die er geboten hätte, und im nächsten Moment einschlief.

Am nächsten Morgen, als sich abzeichnete, dass sie überleben würde, war Ottokar nicht mehr ganz so sanft.

»Was hast du getan?«, wollte er wissen.

»Ich bin spazieren gegangen, in den Fluss gefallen und habe mich dann zurück zum Bergfried geschleppt.« Bei der Lüge starrte sie ihm unverblümt ins Gesicht. Sie war mittags erwacht, hatte einen Moment mit Schuldgefühlen und Angst gerungen und sich dann auf die Frage konzentriert, wie sie überlebt haben konnte, doch nach einer

Stunde ohne eine vernünftige Lösung legte sich eine unerschrockene Sorglosigkeit über sie.

Maus kümmerte es nicht mehr.

Der Fluss hatte ihr anscheinend eine Prophezeiung offenbart, und sie war klug genug, die Lehre daraus zu ziehen: Ebenso, wie sie keine Seele hatte, hatte sie auch keine Zukunft. Sie war eine Närrin gewesen zu glauben, sie sei aus einem besonderen Grund hier, und hatte all die kostbare Zeit verschwendet, um herauszufinden, welche Aufgabe für sie bestimmt war. Sie war zu nichts bestimmt. Es gab keinen Weg, den sie beschreiten sollte, keine Bestimmung. Genau, wie sie für ihre Eltern nicht wichtig genug gewesen war und sie ihr deshalb keinen Namen gegeben hatten, kümmerte es Gott nicht genug, weshalb er ihr keine Seele oder einen Sinn im Leben gab. Sie war wie Spreu, unbrauchbarer Abfall, der übrig war, um nach Gottes Belieben verbrannt zu werden oder auch nicht. Sie konnte unter Wasser gezogen oder wieder ausgespuckt werden, ganz wie es ihm beliebte. Sie würde leben oder sterben, ganz wie es ihm beliebte. Leiden oder nicht leiden, ganz wie es ihm beliebte.

Und so entschied Maus, dass sie nur noch im Moment leben würde, im Hier und Jetzt. Sie würde keinen Gedanken an ein Morgen verschwenden oder der Vergangenheit nachhängen. Sie würde sich weder Regeln noch Meinungen beugen. Sie würde alles tun, was ihr gefiel, und wenn nötig auch vor keiner Lüge zurückschrecken.

»Versprochen, Ottokar. Es war ein Unfall. Mein Liebeskummer ist nicht groß genug, um ewige Verdammnis zu riskieren.« Selbst in ihren Ohren hörte sie sich überzeugend an.

»Ich liebe dich, Maus«, sagte er jetzt zärtlicher. »Egal, wer den Titel eines Gatten oder einer Gattin tragen wird, egal, was Land oder Kirche verlangen mögen, ich werde dich immer lieben.«

»Und ich dich.« Die Wahrheit durchdrang beinahe ihre frische Abgestumpftheit.

Als sie Tage später zum ersten Mal zum Abendessen in den Rittersaal hinabging, versuchte sie, sich mit Alkohol zu betäuben. Es überraschte sie, dass niemand sie wegen Bischof Miklaus befragt hatte, aber als sie den Mund öffnete, um sich nach ihm zu erkundigen, biss sie sich auf die Zunge und kippte sich ein weiteres Glas Wein in den Rachen. Entschlossen ermahnte sie sich, dass es sie nicht mehr kümmerte – weder, ob er genesen war, noch, ob er sie als Angreiferin angeklagt hatte.

»Ihr seid in den Fluss gefallen?« Maus hörte die Verachtung und den Zweifel in Voks Stimme. Als seine Verlobte war ihr nun der Platz neben ihm zugewiesen. Er saß zwischen ihr und Ottokar. Sie waren bereits über eine Stunde bei Tisch, und dies waren die ersten Worte, die er an sie richtete.

Ihre Antwort war ein Achselzucken.

»Dann war es wohl ein echter Unglückstag. Der Bischof ist ebenfalls böse gefallen und hat sich allem Anschein nach den Kopf angeschlagen, auch wenn er sich nicht erinnern kann, was passiert ist.«

Maus schluckte den Wein in ihrem Mund hinunter.

»Ich will, dass wir bald heiraten. Ihr habt keine Familie, und die einzige, die ich an diesem Tag bei mir haben möchte, ist bereits hier«, sagte Vok.

Aus dem Augenwinkel sah sie, wie er in Richtung von Gräfin Rozemberk nickte, die auf der anderen Seite des Königs saß.

»Wie es Euch beliebt«, erwiderte sie und rief sich in Erinnerung, dass nichts von all dem hier sie berührte. Sie hatte keine Zukunft. Nur die Gegenwart.

»Ich will ebenfalls, dass wir gleich im Anschluss zu meiner Burg im Süden reiten. Mein älterer Bruder droht, Anspruch auf das zu erheben, was rechtmäßig mir gehört. Ich muss mich dort als Herr des Hauses präsentieren. Und wir brauchen ein rauschendes Fest, um unsere Heirat zu feiern, nicht wahr?«

Sie gab sich nicht einmal Mühe, ihm zu antworten, sondern leerte stattdessen ihren Kelch Wein, die Augen auf die Pärchen geheftet, die zu dem fröhlichen Lied tanzten.

Sie spürte, wie Vok versteifte, gekränkt von ihrer Weigerung, auf seine Worte zu reagieren.

»Dann morgen.« Im nächsten Moment drehte er sich weg und sprach mit Ottokar.

Maus versuchte, sich gegen den Schmerz zu stählen. Am morgigen Tag würde sie Vok gehören. Sie würde Prag verlassen. Sie würde Ottokar nicht mehr sehen. Die ersten zwei Dinge könnte sie ertragen, das letzte trieb ihr Tränen in die Augen. Ottokar bräche kurz nach dem Martinstag nach Österreich auf, aber das hätte noch mehrere Tage bedeutet, die sie zusammen hätten verbringen können – jetzt nicht mehr.

Ottokars Stimme von der anderen Seite von Vok riss sie aus ihren Gedanken. »Morgen? Du musst dich nicht so beeilen, Vok. Ich werde meine Meinung nicht ändern. Versprochen«, sagte der König.

Offensichtlich war Ottokar nicht bereit, sich schon so bald von ihr zu trennen. Das ließ den Knoten in Maus' Kehle noch mehr brennen. Sie verkündete, dass ihr unwohl sei, und schlüpfte aus dem Rittersaal, um in dem kleinen, von einer Mauer umgebenen Garten Trost zu finden.

Das Wetter war wärmer geworden, der Abend fast angenehm lau. Doch die gedämpften Geräusche der Pferde und Hunde und der Anblick der Sterne und des Halbmonds ärgerten Maus. Es waren Zeichen von Gottes Güte und der Richtigkeit seiner Welt, die Salz in ihre Wunden streuten. Als sie schließlich den Brunnen erreichte, waren ihre Tränen getrocknet und ihre Zunge gelöst.

»Ich werde mich nicht wieder wie neulich Abend an dich wenden, um Trost zu suchen«, zischte sie gen Himmel. »Warum auch? Was bekomme ich für meine guten Taten, meinen Gehorsam und das lange

Leiden, für meinen Glauben? Nichts. Du zerstörst mich. Du entreißt mir alles, obwohl ich sowieso nur so wenig habe.« Sie schloss die Augen vor der Schönheit des Nachthimmels und sah wieder die Dunkelheit in ihrem Innern. »Und dennoch nimmst du mich nicht an. Du gibst mir keine Seele. Keine Zukunft. Keine Hoffnung. Wozu bist du überhaupt da? Du schließt die Tore deiner Kirche, versteckst dein Gesicht vor mir? Nun, sei's drum!« Sie schrie jetzt. »Ich sperre dich aus meinem Herzen. Ich wende mich von dir ab. Das schwöre ich!«

Hastig wirbelte sie zurück zum Weg, aber ein Anflug von Übelkeit zwang sie in die Knie, ihr Magen übervoll mit Säure und Wein. Sie senkte den Kopf auf die Steinbank, und die Kühle kämpfte ihren Brechreiz nieder. In der Stille stiegen Bilder der Tage in ihr auf, die sie hier mit Ottokar während seines Heilungsprozesses verbracht hatte und die nun wie Geister in ihrem Bewusstsein huschten und dann, noch eindringlicher, die Illustrationen des Buchs, das sie für ihn angefertigt hatte – Siegfried und Kriemhilds Hochzeitsnacht.

Maus wusste, was sie wollte.

Sie gäbe sich ihrem Verlangen hin, in der Hoffnung, dass es ihren Zorn und ihre Traurigkeit austreiben würde. Diese Gefühle würde sie sich für den morgigen Tag aufsparen und sich jetzt dem Moment hingeben.

Sie fand ihn in ein Gespräch mit den österreichischen Adligen vertieft und schob ihre Hand in seine. Nach einem kaum merklichen Ziehen folgte Ottokar ihr. Sie führte ihn in die Allerheiligenkapelle, wo er vor wenigen Tagen noch ihre Hoffnung, jemals seine Frau zu werden, ein für alle Mal zerstört hatte. Doch Maus würde trotzdem bekommen, was sie wollte. Wenn er nicht ihr gehören könnte, würde sie zumindest ihm gehören. Vor Gott, wenn auch nicht den Menschen, ob es Gott nun gefiel oder nicht.

»Schick die Wache fort«, sagte sie.

Er tat, was sie verlangte.

»Was tust du, Maus?«, fragte Ottokar, seine Stimme bereits vor Begierde belegt.

»Ich will dich«, sagte sie schlicht, nahm seine Hand und schlang sie um ihre Taille.

Er zog sie an sich und senkte den Mund auf ihren. Sein Bart kitzelte ihre Haut wie winzige Nadeln. Ihre Kiefer schmerzten, als er seinen Mund fest auf ihren drückte und ihre Lippen mit Gewalt öffnete. Und dann wich er zurück.

»Nicht hier. Komm.« Er schob sie in den hinteren Teil der Kapelle zu einer kleinen Tür, von der Maus wusste, dass sie zu einem Korridor im Bergfried führte. Er wollte sie in seinem eigenen Bett haben. Im Geheimen.

»Nein, Ottokar. Hier. Jetzt.«

Sie würde sich nicht in die Zahl seiner Eroberungen einreihen. Sie würde nicht zulassen, dass sie so in seinem Gedächtnis bliebe, umhüllt in seine Bettlaken, von seinem Wein berauscht, die Haare über seinem Bett ausgebreitet wie so viele andere Frauen. Maus war keine Närrin. Sie wusste, was diese Nacht bedeutete. Es war kein Versprechen oder eine Zukunft. Sie würde sich jetzt als Ehefrau sehen und am nächsten Morgen als Witwe, wenn Ottokar sie verließ. Niemand sonst würde davon wissen.

Abgesehen von Gott.

Maus zog Ottokars Gesicht nah an ihres heran und warf ihm die Hände um den Hals. Diesmal öffnete sie freiwillig den Mund. Seine Finger strichen über das Vorderteil ihres Kleids und zerrten an dem gebundenen Gürtel, der tief in ihrer Taille hing. Dann glitten seine Hände zu den Schnüren in ihrem Rücken, und Maus zitterte, als er ihr Kleid nach unten schob und die Kälte das dünne Leinenunterkleid durchdrang. Seine Hand strich über den Saum des Leinenstoffs, fuhr ihr Schlüsselbein entlang und zog ihr das Unterkleid sanft über die Schultern, bis auch diese Hülle gefallen war.

»Bei allen Heiligen, Maus, du bist schön.« Er beugte sich herab, um ihren Hals zu küssen, und presste sich an sie. Sie konnte seine harte Männlichkeit spüren. Sein Verlangen. »Die schönste Frau, die ich …«

Sie legte ihm den Finger auf den Mund. Es war nicht seine Verführung, sondern ihre. Und hier ging es nicht um Romantik. Das war nicht der Anfang von etwas. Es war das Ende, ein letzter Akt der Auflehnung. Sie senkte die Hand, um ihn zu berühren. Er stöhnte auf. Und dann hatte er keine zärtlichen Worte mehr für sie, nur noch das Grunzen seiner Begierde, die er das ganze Jahr über unterdrückt hatte. Seine Hände zerrten an ihrem Körper, die Ringe an seinen Fingern kalt an ihrem Rücken, ihrem Hintern, ihren Brüsten. Seine eigene Kleidung, aufgeschnürt, aber nicht ausgezogen, bauschte sich um sie, klatschte gegen ihr Gesicht, bedeckte sie, als sich sein Gewicht auf sie presste, wieder und immer wieder, bis er aufschrie und sie unter ihm lag, zitternd, mit wunden Lippen, Blut an den Hüften.

»Es tut mir leid. Ich wollte zärtlich sein.« Er schlang seinen Mantel um sie, während er ihren Kopf an seine Brust zog und versuchte, sie zu wärmen. »Das nächste Mal wird es leichter, Maus.« Er gab ihr einen Kuss auf den Scheitel. Aber Maus wusste, dass es kein nächstes Mal gäbe. Morgen würde sie Vok heiraten.

27

Fünf Tage ritten sie im tiefsten Schnee, Maus und Vok und Gräfin Rozemberk samt einem langen Zug aus Menschen und Karren voller Vorräte. Ottokar wollte nicht wie ein Eroberer mit einer Horde Ritter nach Österreich einmarschieren, sondern mit Glanz und Gloria eines frisch gewählten Herzogs. Und so hatte er den Großteil seiner Männer in die Obhut von Vok übergeben, damit sie allzeit bereit wären, sollte die Zukunft eine weniger angenehme Wendung erfahren. Ottokar würde sie aufsammeln, wenn er im Frühling mit Margarete zurück nach Böhmen reiste.

Dies waren die letzten Worte, die er in Prag mit Maus am Tag ihrer Abreise gewechselt hatte – das Versprechen eines Wiedersehens. Er hatte sich vorgebeugt, um sie zu küssen, war dann aber rasch zurückgewichen, mit zuckenden Muskeln im Kiefer und geblähten Nasenlöchern.

»Lebewohl«, verabschiedete er sich, während er ihr auf das Pferd half.

Genau dasselbe Wort hatte er zu ihr gesagt, als sie mit Pater Lucas nach Houska aufgebrochen war. Damals hatte sie ihm versprochen, zu ihm zurückzukehren. Sie war überzeugt, dass die Burg der Rozemberks lediglich eine andere Art von Höllenschlund mit ihren ganz eigenen Dämonen war, und diesmal gab sie kein Versprechen – außer sich selbst. Sie würde nicht in die Zukunft blicken oder in der Vergangenheit verweilen, sondern allein im Hier und Jetzt.

Sie gestattete sich einen letzten Blick über die Schulter, als ihr Pferd tänzelnd davontrabte, um Vok durch das Südtor zu folgen. Das letzte Mal, dass sie die Augen auf Ottokar richtete, sollte nicht der Moment gewesen sein, als er sie an Vok kettete. Mittags war sie mit Graf Rozemberk an ihrer Seite in der Basilika von St. Georg gestanden, wo er die eine Hand in ihrem Kreuz, die andere wie einen Schraubstock um ihren Arm geschlungen hatte, während er sie für sich beanspruchte. Ottokar war ihr einziger Zeuge gewesen. Die Angelegenheit war mit drei schlichten Worten besiegelt worden: »Ich heirate dich.« Voks Worte hatten wie ein Brandmarken geklungen, Maus' wie ein Opfer. Und eine Lüge. Sie hatte sich bereits Ottokar hingegeben.

Am Abend, als sie die Feste Rozemberk erreichten, erschöpft und halb erfroren, kam Vok zu ihrem Zimmer. Maus versteifte, als sie seine Schritte vor der Tür hörte, und sah hilflos zu Gitta, die darum gebeten hatte, mit ihr reisen zu dürfen, obgleich Maus überzeugt war, dass es auf Ottokars Geheiß hin geschah. Als sich Gitta der Tür näherte, um sie rasch zu öffnen, sollte Vok klopfen, machte er wieder kehrt. Maus seufzte erleichtert auf. Sie wusste, der Tag würde kommen, aber sie froh, dass er noch nicht eingetreten war.

Während Maus mit zwiespältigen Gefühlen darauf wartete, dass Vok entschied, wann ihr Eheleben beginnen würde, verfiel sie in eine eintönige Routine und blieb größtenteils für sich. Vok verbrachte den Großteil seiner Zeit damit, seine Männer zu trainieren und sich um die Angelegenheiten seines Anwesens zu kümmern, nun wo er offiziell der Herr auf Burg Rozemberk war. Für Maus gab es nichts zu tun, da Gräfin Rozemberk sämtliche Aufgaben im Bergfried übernahm. Immerhin war es ihr Zuhause und Maus' Erfahrungen als Burgherrin in Hluboka qualifizierten sie kaum dazu, den Haushalt auf Burg Rozemberk zu führen. Maus versuchte angestrengt, ihnen nicht in die Quere zu kommen. Gräfin Rozemberk hieß die Ehe nicht gut – sie hatte sich sogar geweigert, an der Hochzeit teilzunehmen in dem Versuch, ihren Sohn zu beeinflussen. Anfangs fragte sich Maus, ob ihre ungeklärte Familiengeschichte oder ihre Vertrautheit mit Ottokar der Grund für ihre Bedenken wären, aber das fortwährende Geflüster der Gräfin über »Hexen« und ihre gemurmelten Gebete gegen das Böse boten eine wahrscheinlichere Antwort. Mit ihrer Schwiegermutter gäbe es kein Wiederaufleben einer Freundschaft. Und so fand sich Maus, von Gitta einmal abgesehen, in völliger Einsamkeit wieder.

Sie machte kurze Spaziergänge, wenn das Wetter es zuließ, doch die Burg thronte auf einer schmalen Landzunge, um die sich die Moldau schlängelte. Die Geräusche des Flusses folgten ihr, wohin auch immer sie sich wandte, und verhöhnten sie spöttisch. Bei ihrem ersten Spaziergang durch einen kleinen Hain zwischen den Flusswindungen kam sie zu der äußeren Festungsmauer, die von Voks Männern bewacht wurde.

»Können wir etwas für Euch tun, Gräfin Rozemberk?«

Es dauerte einen Moment, bis Maus verstand, dass die Wache mit ihr sprach. Sie war jetzt Gräfin Rozemberk.

»Ich möchte passieren.«

»Verzeiht, Gräfin, aber seine Lordschaft gab den Befehl … niemanden … jenseits der Mauer zu lassen.«

Sie hörte die Lüge. Voks Befehl galt nicht allen, sondern nur ihr. Er musste Angst haben, sie könne davonlaufen. Maus war eingesperrt. Und wütend.

»Ich möchte nur einen Spaziergang im Wald machen. Dabei kann wohl niemand zu Schaden kommen.«

»Versucht Ihr immer noch, Euch über alle Dinge hinwegzusetzen, Gräfin?« Ein weiterer Mann, in die Schatten der Mauer gehüllt, sprach zu ihr. »Und wir beide wissen ganz genau, welchen Schaden ein Spaziergang im Wald anrichten kann.«

Maus kannte die Stimme, die sich wie eine weitere Bürde auf ihre Schultern legte.

»Hallo Luka«, sagte sie und beschattete die Augen gegen die Sonne, als sie zu ihm aufsah. Er musste die Augen nicht bedecken, während er zu ihr blickte, sie waren so milchig weiß wie bei ihrem letzten Treffen – damals im Wald, nachdem sie ihm das Augenlicht genommen hatte. »Wie geht es Euch?«

»Gut.«

»Ihr dient als Wache?«

Die Männer kicherten, und Luka stimmte in ihr Lachen ein. Maus war nicht sicher, ob es ein verbittertes Lachen war, doch in ihren Ohren klang es harsch.

»Nein, ich bin hier Kammerherr. Ich habe bloß nach den Männern gesehen. Und wie geht es Euch, Gräfin?«

»Erfreut, Euch wohlauf zu sehen«, sagte sie mit einem Seufzen, während Schuldgefühle an ihr nagten.

»Dasselbe gilt für mich.« Er lächelte, und die Männer brachen wieder in Gelächter aus.

Maus konnte ihren Humor nicht teilen. Sie schluckte ihre entschuldigenden Worte hinunter und drehte sich rasch um. »Ich sollte zum Bergfried zurückgehen. Auf Wiedersehen, Luka.«

Sobald sie außer Sicht war, lehnte sie sich weinend gegen einen Baum, nicht nur wegen der Erinnerung, welches Leid sie über ihn gebracht hatte, sondern weil sie wusste, dass sie Luka jederzeit das Augenlicht zurückgeben könnte, so wie sie es bei dem Minnesänger getan hatte. Und was hielt sie zurück? Im Grunde sollte ihr nichts mehr etwas ausmachen.

Sie rammte die Faust gegen den Baum und wirbelte zurück zu den Wachen. Aber sie schien wie festgefroren, konnte keinen einzigen Schritt in ihre Richtung gehen. Ihre Hand schob sich in ihren Beutel und spielte mit der geflochtenen Grashexe, die sie in Hluboka gefertigt hatte. Wenn sie Luka jetzt heilte, könnte sie genauso gut selbst ein Feuer entfachen und sich in die Flammen werfen. Maus fürchtete sich zu sehr. Die Angst vor dem, was sie nach dem Tod erwartete, verdammte sie zur Untätigkeit.

Während Maus sich der eintönigen Leere ihrer Tage hingab, schob sie ihre Müdigkeit und ihr Unvermögen, nach der Reise wieder zu Kräften zu kommen, auf ein allgemeines Unwohlsein. Sie benutzte es als Ausrede, um sich in ihrem Zimmer zu verkriechen. Vok war einmal betrunken zu ihr gekommen, hatte sie grob geküsst und an sich gerissen, war dann aber unvermittelt wieder verschwunden. Sie fragte sich verwundert, was ihn abgehalten hatte. Furcht vor Ottokar? Schuldgefühle? Was auch immer der Grund gewesen war, sie war froh, in Ruhe gelassen zu werden.

Erst als die Übelkeit einsetzte, begann Maus zu ahnen, dass sie schwanger war. Eine Woche später hörte sie den ersten schwachen Herzschlag und bekam es mit der Angst zu tun. Vok würde mit absoluter Sicherheit wissen, dass das Kind nicht von ihm war, und mit derselben Sicherheit würde er wissen, wer der Vater war. Doch nicht das war der Grund, weshalb sie sich fürchtete.

Es war das Kind selbst, das ihr Angst einjagte.

Tagelang ließ sie sich von der Bangigkeit zerfressen, bis sie schließlich bei der Engelsmesse den Mut fand, die Augen zu schließen und in sich hineinzublicken. Was sie sah, ließ sie überschäumen vor Freude. Zum ersten Mal in ihrem Leben sah Maus den Funken einer Seele in sich. Gott hatte dem Kind nicht den Rücken gekehrt, so wie er es bei ihr getan hatte. Für dieses Kind gab es Hoffnung, und für den Moment bedeutete es, dass Maus eine Zukunft sah.

Sie begann, Pläne zu schmieden. Ihre Tage waren angefüllt mit dem notwendigen Nähen, bis Gitta, die zur Verschwiegenheit verpflichtet war und noch mehr feierliche Eide schwören musste, Ottokar nicht zu schreiben, diese Aufgabe übernahm. Maus wandte sich einer angenehmeren Arbeit zu und fing an zu schnitzen, bis die Fensterbretter mit Abbildungen aller Menschen, die sie kannte, und einer

Armee von Tieren und Märchengestalten gefüllt waren. Als sie Pater Lucas' Gesicht schnitzte, den weichen Zug seiner Augen und den Umriss seiner scharfen Nase, erwachte das Verlangen in ihr, die Vorfreude mit jemandem zu teilen, den sie liebte. Selbst in seinem kranken Zustand würde sich Pater Lukas freuen, von der Schwangerschaft zu hören.

Maus schrieb Mutter Agnes in Prag und bat sie, bei all denen Erkundigungen einzustellen, die womöglich etwas über Pater Lucas' Schicksal wussten. Sie sandte ebenfalls eine Nachricht an Mutter Kazi in Teplá mit der Frage, ob sie den Aufenthaltsort des Paters kenne, und der Bitte, im Sommer nach Rozemberk zu kommen, wenn die Zeit der Niederkunft nahte.

Die Antwort aus Teplá ließ nicht lang auf sich warten – Mutter Kazi sei krank und könne nicht reisen. Außerdem hätten sie kein Wort von Pater Lucas gehört. Maus wartete immer noch auf eine Nachricht von Mutter Agnes, als Ottokar mit seiner frisch vermählten Braut nach Böhmen zurückkehrte.

Sie hörte die Pferde, als sie in dem Garten arbeitete, den sie neu bepflanzte. Die letzten Strahlen der Märzsonne schienen Maus auf den Rücken, aber sie zitterte und legte eine Hand auf ihren sich rundenden Bauch.

»Es ist nicht zu sehen, Gräfin«, versicherte ihr Gitta. »Aber er wird es in Euren Augen lesen, wenn Ihr nicht aufpasst.«

Maus behielt die Worte als Warnung im Hinterkopf, während sie sich später am Abend im Rittersaal vor Ottokar verneigte und er ihr die Königin vorstellte. Margaret war viel älter, als Maus angenommen hatte, viel älter als Ottokar selbst. Jegliches Gefühl nagender Eifersucht löste sich sogleich auf und wurde von Mitgefühl ersetzt, als sie erkannte, wie unglücklich er aussah. Er lächelte tapfer und küsste sie, aber seine Augen waren dunkel vor Sorge und Enttäuschung. Während Maus seinen Gesprächen im Saal lauschte, offenbarte sich der Grund seiner Ernüchterung – die politischen Ränkespiele in seinem neuen Königreich waren viel verstrickter, als er erhofft hatte, und der Papst plante einen neuen Kreuzzug. Wenn Ottokars Blick auf seine Gattin fiel, was selten geschah, bemerkte Maus eine noch tiefere Besorgnis in seinem Gesicht. Margarete mochte ihm Österreich gebracht haben, aber es war sehr unwahrscheinlich, dass sie ihm einen Erben schenken würde.

Fast hätte Maus eine schützende Hand auf ihren Bauch gelegt.

Aus Angst, sich selbst zu verraten, kapselte sie sich mit aller Gewalt von den Menschen um sie herum ab und konzentrierte sich allein auf das Essen, das vor ihr herumgereicht wurde, knabberte an einem Stück Brot und Früchten und lächelte ausdruckslos, versuchte jedoch, die Gespräche der anderen auszublenden. Allein den Minnesängern, die in Ottokars Gefolge mitgereist waren, hörte sie zu, Troubadouren, die ihn begleiteten, um seine österreichische Gattin zu umwerben. Maus richtete ein letztes Mal den Blick auf Margarete, um die plötzlich aufgekommene Bitterkeit im Keim zu ersticken. Sie wirkte ebenso fehl am Platz wie Maus.

»Darf ich um diesen Tanz bitten?«

Völlig in Gedanken versunken hatte sie nicht bemerkt, wie er hinter ihr aufgetaucht war.

»Vok, Ihr habt doch nichts dagegen, oder?«, fragte Ottokar mit einem Blick über ihre Schulter.

»Überhaupt nicht, Majestät.«

Es bedurfte nicht Maus' besonderer Gabe, um die Lüge herauszuhören, und als er ihre Hand nahm und sie dem König überreichte, versprach das Aufblitzen von Wut in Voks Augen, dass dieser Tanz Folgen nach sich zöge.

Für einen kurzen Moment kam ihr der Gedanke, Ottokars Bitte auszuschlagen, doch seine Nähe – sein Geruch, derselbe wie immer, stieg ihr bei seiner Verbeugung in die Nase, und das Blau seiner Augen, die bei ihrem Anblick ihren Kummer verloren – entfachte ihre alten Gefühle. Sie musste sich eingestehen, dass sie ihm auch jetzt nichts verwehren konnte.

Ottokar nahm förmlich ihre Hand von Vok entgegen, doch als sie den Tisch umrundeten, verschränkten sich seine Finger mit ihren. Die Schritte des Tanzes brachten sie nah zusammen und dann wieder auseinander, mit Händen, die sich berührten, und dann wieder nicht. Jeder noch so unaufmerksame Beobachter konnte in ihren Gesichtern lesen, was sie füreinander empfanden. Die Zeit hatte hier keine Wunden geheilt.

Sobald sich Maus atemlos und mit gebrochenem Herzen zurück auf ihren Platz setzte und nach einer Ausrede suchte, um sich auf ihr Zimmer zurückzuziehen, packte Vok sie grob am Arm und zog sie auf die Beine.

»Jetzt bin ich an der Reihe«, zischte er ihr ins Ohr.

Seine Finger bohrten sich in ihre Taille, als er sie zu dem Kreis aus Tänzern schob und sie ziehend und zerrend durch die Schritte führte. Nachdem der Tanz endlich vorbei war, riss er sie an sich, presste sie an seine Brust und küsste sie derb auf den Mund. Sie war nicht so dumm, ihn einfach wegzuschieben, und ließ es zu, dass er für Ottokar eine solche Komödie aufführte.

Der grimmige Ausdruck auf dem Gesicht des Königs, als sie zum Tisch zurückkehrten, schien Vok als Beweis für irgendetwas zu dienen, der nun lautstark nach mehr Wein verlangte, Ottokar auf die Schulter klopfte und über die Jagd zu reden begann, die er für den morgigen Tag geplant hatte. Maus konnte nicht sagen, ob er erfreut oder wütend war.

Eine Antwort darauf erhielt sie mitten in der Nacht.

Als Maus verkündete, früh zu Bett gehen zu wollen und als Ausrede Kopfschmerzen vorschob, weil sie zu viel Sonne im Garten abbekommen hätte, tat Vok prahlend seine Absicht kund, später bei ihr vorbeizuschauen. Sie wusste, dass seine Worte mehr für Ottokars Ohren bestimmt waren als für ihre eigenen. Er hatte vor mehreren Wochen aufgehört, an ihr Bett zu kommen, nachdem er erneut betrunken in ihr Zimmer geplatzt war und sie eine geschlagene Stunde angestarrt hatte, ohne auch nur eine Silbe zu sagen, und dann mit der Faust gegen die Wand geschlagen hatte. Maus hatte gehört, wie seine Knochen knackten, doch als sie aus dem Bett gestiegen war, um ihm zu helfen, hatte er sie unsanft weggeschoben und war verschwunden.

Als sie nun erschrocken aus einem Traum auffuhr, in dem sie glücklich mit Ottokar getanzt hatte, und Vok vorfand, der sich schweigend über ihr aufbaute, blieb sie still liegen und wartete darauf, dass er wieder ging.

Doch das tat er nicht.

»Ich werde nicht zulassen, dass er dich mir wegnimmt. Ich werde mir nehmen, was mir gehört!« Er riss die Bettdecke weg, woraufhin Maus, nur in ein dünnes Leinenhemdchen gehüllt, ungeschützt der kühlen Nachtluft und seinen Augen ausgesetzt war, die langsam von ihrem Gesicht hinab zu ihren Brüsten glitten und schließlich zur Rundung ihres Bauchs.

»Was soll das?« Er sprach so leise, dass sie ihn kaum hörte. Sie gab keine Antwort.

Er packte sie am Unterarm, riss sie hoch und zerrte sie aus dem Bett. Sie landete unsanft mit den Knien auf dem Holzboden.

»Wer hat das getan?«, fragte er.

Ihr Blick war weiterhin auf den Boden geheftet.

Seine Hand schoss zu ihren Haaren und riss eine Strähne nach hinten, um sie zu zwingen, ihn anzusehen. »Sag schon!«

»Das weißt du«, sagte sie so sanft, wie es ihr mit überdehnter Kehle möglich war.

»Ich will, dass du es laut sagst.«

Sie versuchte zu schlucken. »Ottokar.«

»Er hat geschworen, dich nie gehabt zu haben. Er hat gelogen, damit ich dich nehme.«

Maus erkannte, dass es nicht ihr Verrat war, der ihn schmerzte, sondern Ottokars.

»Er hat nicht gelogen. Es war die Nacht vor unserer Heirat. Ein einziges Mal. Und es geschah auf mein Drängen hin.«

Er ließ sie los.

Maus hatte die Augen geschlossen, weshalb sie seine Faust nicht sah, bevor sie sie an der Schläfe traf. Fast hätte sie das Gleichgewicht gehalten und wäre nicht gestürzt, doch dann knallte sie mit dem Mund gegen die Armlehne des Stuhls neben ihr. Sie hörte, wie sich Vok bewegte und mit dem Fuß ausholte, um sie zu treten, doch sie riss den Stuhl hoch und fing den Schlag ab. Dann stemmte sie sich auf die Beine.

»Hör auf!«, befahl sie.

Vok erstarrte keuchend, die Hände zu Fäusten geballt. Macht peitschte durch ihre Brust und auch das Ungeborene drehte sich, trat wild um sich. Sie legte die Hand auf ihren Bauch, besorgt, die Macht könne dem Kind geschadet haben, und atmete tief und langsam ein, bis sie sich wieder beruhigt hatte – ebenso wie das Ungeborene und die Macht.

»Wenn du mich noch einmal schlagen oder das Leben dieses Kindes in Gefahr bringen solltest, bringe ich dich um«, sagte sie entschlossen. »Und jetzt verschwinde aus meinem Zimmer!«

Die Prellungen und die aufgeplatzte Lippe zwangen Maus, die restliche Zeit von Ottokars Besuch in ihren Gemächern zu verbringen. Und obwohl sie sich danach sehnte, ihn noch einmal zu sehen, wusste sie doch, dass es so besser war. Als er nach Prag aufbrach, begleitete Vok ihn.

Maus genoss einen friedlichen Frühling, der trotz ihrer Sehnsucht nach Ottokar fast so angenehm wie der letzte in Hluboka war. Der Garten gedieh prächtig, und nun, da Luka die Verantwortung über die Burg innehatte, machte sie lange Spaziergänge in den Wäldern jenseits der Mauer, obwohl die Ausflüge immer kürzer wurden, je größer ihr Bauch wurde und je unbarmherziger die Hitze des Sommers niederbrannte. Nachdem Maus ihren Zustand nicht länger verheimlichen konnte, zeigte die Gräfin ein neu erwachtes Interesse an ihr.

»Du musst gut auf Voks Erben aufpassen«, warnte Gräfin Rozemberk sie und bestand darauf, dass Maus ihre Vormittage im Bett verbrachte und ihre Aktivitäten einschränkte – kein Gärtnern, keine ausgedehnten Spaziergänge jenseits der Burgmauern mehr. Maus fragte sich, warum Vok seiner Mutter nicht erzählt hatte, wer der leibliche Vater des Kindes war. Und sie fragte sich verwundert, ob er es Ottokar verraten würde.

Als an einem regnerischen Tag im Juli ein Brief eintraf, nahm ihn Maus mit zitternden Händen entgegen, fest überzeugt, er stamme von Ottokar, der seinen Anspruch auf das Kind geltend machte. Doch er war nicht mit einem Siegel verschlossen. Er war von Mutter Agnes und überbrachte schreckliche Neuigkeiten.

Pater Lucas war im Kloster Sedlec und lag im Sterben.

28

Sedlec, dachte sie, während sie zum Stall hastete. Der Ort hämmerte in ihrem Kopf, vertrieb jeden vernünftigen Gedanken. *Ich muss nach Sedlec.*

»Ich brauche ein Pferd«, sagte sie mit belegter Stimme, als sie den Stallburschen an der Schulter packte und in die Stallungen schob.

»Welches Pferd, Gräfin?«

»Egal. Sattel mir einfach irgendeins!« Während sie wartete, schritt sie nervös auf und ab, und unzählige bruchstückhafte Fragen prasselten auf sie ein. Mutter Agnes hatte in aller Eile geschrieben und keinerlei weitere Erklärungen abgegeben, außer dass die Neuigkeit von Ottokar stammte. Aber warum hatten sie Pater Lucas nach Sedlec gebracht? Es gab dort keine Leprakolonie. Und wenn er nicht bei Aussätzigen gelebt hatte, wo war er dann gewesen?

»Hilf mir hoch«, herrschte sie den Jungen an, nachdem das Pferd gesattelt war. Ihr Bauch machte sie schwerfällig, doch sobald sie aufgesessen hatte, verlor sie keine Zeit, dem Tier die Sporen zu geben, um im Trab am Bergfried vorbei und aus dem einzigen Tor hinauszureiten. Sie hoffte inständig, Luka wäre nicht dort.

»Lasst mich hinaus«, rief sie den Wachen zu, als sie sich der Mauer näherte.

Sie rührten sich nicht. Ihr Pferd, das Maus' Nervosität spürte, tänzelte trippelnd zur Seite.

»Lasst mich durch.« Maus zwang sich, ihre Stimme ruhig zu halten. »Ich möchte ins Dorf reiten. In meinem Zustand ist es zu weit zum Gehen.« Die Lüge rutschte ihr mühelos über die Lippen.

Die Wachen blickten sich unentschlossen an. »Ich bin nicht sicher …«

»Ich brauche Stoff vom Weber.«

»Lasst mich holen, was Ihr aus dem Dorf benötigt, Gräfin Rozemberk. Ihr solltet nicht reiten. Was, wenn das Pferd durchgeht und …«

»Ich danke Euch für Eure Besorgnis, und seid versichert, ich werde größte Umsicht walten lassen, aber ich weiß noch nicht genau, was ich will. Ich muss selbst sehen, was der Weber zu bieten hat.« Als die Männer immer noch keine Anstalten machten sich zu rühren, fügte sie hinzu: »Vielleicht sollte ich lieber Luka suchen? Wenn ich mich nicht recht täusche, hat er diesbezüglich bereits klare Anweisungen gegeben – dass ich mich jederzeit völlig frei bewegen darf –, aber ich bin sicher, es macht ihm nichts aus, dass seine Befehle infrage gestellt werden. Lasst mich ihn rasch holen.« Sie wendete das Pferd in Richtung Bergfried.

»Nein, Gräfin. Unser ehrenwerter Kammerherr muss nicht gestört werden. Ich wollte Euch nur zur Vorsicht mahnen.« Er nickte einem der anderen Wachen zu. »Lasst die Gräfin passieren.«

Maus schlug den Weg zum Dorf ein, bis sie sicher war, dass sie vom Turm aus nicht mehr gesehen werden konnte, dann riss sie am Zügel und drängte das Tier nach Norden. Geschickt schlängelte sie das Pferd zwischen den Bäumen hindurch, bis sie die Straße nach Kaplice erreichte. Mit geschlossenen Augen vergegenwärtigte sie sich die Landkarte, die Ottokar ihr einmal während ihrer ersten Zeit in Prag gezeigt hatte, und wählte die schnellstmögliche Route zum Kloster Sedlec.

Sie ließ das Pferd in einem steten Galopp reiten, bis weder sie noch das Tier weiterkonnten. Es reichte, um sie in sicherer Entfernung der Burg Rozemberk zu wissen. Als es so spät war, dass sie gewiss vermisst wurde, lenkte sie das Pferd tiefer in die Wälder, sodass jeder, der die Straße benutzte, sie nicht sehen würde, sie jedoch nah genug war, um einen gelegentlichen Blick auf den Weg zu erhaschen und sicherzugehen, dass sie in die richtige Richtung ritt. Als sie sich durch das dichte Unterholz und die Farngewächse schlängelte, ging es langsamer voran, was ihren Gedanken Raum zum Wandern und ihrem Körper Zeit ließ, sich zu beschweren. Würde sie noch rechtzeitig ankommen, fragte sie sich verzweifelt, während sie sich aufrichtete und versuchte, den Rücken zu strecken. Ihre Schultern und Augen senkten sich vor Erschöpfung und Kummer.

Bilder des zerfetzten Eichhörnchens krallten sich in ihrem Bewusstsein fest, und sie wachte erschrocken auf. Das Pferd war auf einer kleinen Lichtung stehen geblieben und kaute Gras. Die Sterne waren aufgegangen. Maus führte das Pferd zurück zum Weg, die Hand in ihr Kreuz gepresst, und versuchte, den Schmerz zu lindern, der sich in Wellen in sie bohrte.

Am späten Morgen legten sie in Trebon eine kurze Pause ein, damit Maus Essen für sich und das Tier kaufen konnte. Jede Faser ihres Körpers schrie ihr zu, dass sie sich beeilen sollte, um Sedlec zu erreichen, bevor es zu spät wäre, aber das erschöpfte Pferd konnte nur noch langsam traben, und ihr ungeborenes Kind protestierte bei jeder Erschütterung. Maus konzentrierte sich allein auf den Gedanken, Pater Lucas lebend vorzufinden.

Es war in der Abenddämmerung des folgenden Tages, dass sie die Spitze des klösterlichen Glockenturms erspähte. Sie bat das Pferd loszulaufen, aber das Tier konnte nicht mehr, ebenso wenig wie sie selbst, als sie mit bleiernen Beinen abstieg. Mit steifen Schritten ging sie zur Krankenstation, doch als sie an der Kirche vorbeikam, deren Türen weit offen standen, sah sie ihn auf einem Tisch am hinteren Ende der Kapelle aufgebahrt liegen.

Ihre Knie bebten, ihre Muskeln zitterten bei der Flut an Trauer, die über sie hinwegspülte. Sie schlang einen Arm unter ihren Bauch und versuchte, einen Teil der Last zu tragen, um das Brennen in ihrem Rücken zu lindern, und zwang sich dann im Schneckentempo den Mittelgang hinunter.

»Nein«, flüsterte sie, als sie ihre bebenden Hände auf seine Brust legte. Er war schon eine geraume Weile tot. Niemand hatte ihn gewaschen.

»Es tut mir leid, edle Dame. Seid Ihr Familie?« Der Mönch trat vom Altar neben sie.

Ohne ihn eines Blickes zu würdigen, schritt Maus langsam um den Tisch herum, die Hände über Pater Lucas' Körper gleitend. Sie schüttelte den Kopf, wollte es nicht wahrhaben.

»Wer hat ihm das angetan?«

»Was angetan? Wie ich gehört habe, war er krank.«

»Das sind keine Lepraspuren.« Ihre Stimme war eisig vor Wut.

»Lepra?« Der Mönch wich mehrere Schritte vom Tisch weg. »Ich … ich glaube nicht, dass er Lepra hatte. Dann hätten sie ihn niemals hierhergebracht.«

»Nein. Hatte er nicht.« Doch sie sprach nicht mit dem Mönch, sondern murmelte zu sich selbst, die Stimme ausgehöhlt von dem Schock über seinen Zustand und dem Zorn darüber, was ihm angetan worden war. »Da sind keine Knoten, keine Zeichen einer Infektion.« Sie hielt inne und beugte das Gesicht zu den nackten Füßen von Pater Lucas hinab, ihre Haare wie ein Vorhang über ihnen.

»Kommt mit. Ihr solltet ihn so nicht sehen.« Der Mönch legte ihr die Hand auf den Rücken.

Maus schoss in die Höhe, packte ihn am Arm und starrte ihm fest in die Augen. »Wer hat das getan?«

»Ich fürchte, Ihr seid verwirrt. Er war krank.«

Sie zog ihn zu Pater Lucas' Füßen. »Seht Ihr? Seine Fußsohlen sind fast schwarz.«

»Das geschieht, wenn das Fleisch …«

»Nein! Haut verfärbt sich durch Verwesung, aber seine Füße sind viel zu dunkel. Blutunterlaufen, bevor er gestorben ist. Und seine Zehennägel … seht Ihr das? Eingerissen und vom Fleisch abgelöst.« Sie sprach hastig, atemlos und zerrte den Mönch neben den Tisch. »Und schaut Euch das an … seine Daumennägel wurden auf dieselbe Art malträtiert.« Sie strich über Pater Lucas' Hände und Finger, während stille Tränen an ihrem Gesicht herabrannen. »Gebrochen, zermalmt. Folter hinterlässt solche Wunden. Keine Krankheit.«

»Folter? Wer würde einen alten, schwachen Mann foltern?« Der Mönch befreite seinen Arm aus ihrer Umklammerung. »Ich … denke, Ihr seid übermüdet.«

»Wo war er, bevor er hierherkam?«

»Das weiß ich nicht. Bitte kommt mit mir zum Abt. Wir werden ein Bett für Euch finden, damit Ihr …«

»Verschwindet!« Während sie auf die Ordenstracht des Paters starrte, die zerrissen und mit Blut und Urin beschmiert war, lauschte sie den verblassenden Schritten des Mönchs. Als sie wusste, dass sie allein war, sank sie auf die Knie.

»O Pater, es tut mir so leid!« Sie hielt seine malträtierte Hand an ihre Wange. »Ich hätte Euch suchen müssen.« Sie biss die Zähne aufeinander. »Ich schwöre, ich werde diejenigen finden, die Euch das angetan haben.« Doch die Hitze der Rache war nichts im Vergleich zu der Schwere ihres Verlusts. Da krallte sich die Macht in ihr einen Weg an die Oberfläche und flüsterte ihr leise zu.

Lazarus, komm heraus!

Mit heftig zitterndem Körper stemmte sich Maus auf die Beine und stand wieder neben Pater Lucas. Sie starrte auf sein aufgeblähtes Gesicht hinab und verstand mit einem Mal, warum Jesus geweint hatte, bevor er seinen Freund zum Leben erweckt hatte. Wie Maus war er zu spät gekommen und hatte den Freund, den er liebte, verloren.

Maus spürte den Schmerz des Versagens, der in ihrer Kehle brannte. Jesus bekam seinen Freund zurück und entledigte sich der Schuld, zu spät gekommen zu sein. Lazarus von den Toten erweckt zu haben war für jeden gut gewesen, für Maria, Martha, Jesus, Gott – jeden außer Lazarus. Und das war der Grund, weshalb Jesus weinte.

Genau wie Maus weinte, als sie sich über ihn beugte, um ihm einen Kuss zu geben.

Sein Kopf wackelte sonderbar, als sie die Stirn an seine Schläfe drückte, um ihm ins Ohr zu flüstern. Langsam ließ sie den Blick zu seinem Hals gleiten, zog die Falten seines Umhangs zurück und sah das aufgerissene Fleisch.

Sein Kopf war verdreht und von seinem Körper gerissen worden.

Maus sank zu Boden und dachte an das Eichhörnchen, mit seinen Armen und Beinen, die nicht wieder richtig zusammengewachsen waren, seinem zerfledderten Fleisch, das in sonderbaren Winkeln abgestanden hatte. Sie krümmte sich würgend, Galle spuckend, und zog sich dann an Pater Lucas' Tisch hoch, wobei ihr schwangerer Bauch ihn berührte, ihr Kopf an seinen sank. Keinesfalls würde sie ihm das Leid einer Wiederauferstehung zumuten, nicht für ihre eigenen selbstsüchtigen Gründe, nicht wenn sie wusste, dass er endlich in Frieden ruhte. Und so würde sie stattdessen leiden und ihn an dem Ort lassen, an den er freudvoll hinübergeglitten war, genau das, worum er sie in seinen letzten Worten an sie gebeten hatte.

Maus blickte zu dem Deckengemälde in der Apsis – Johannes, der Jesus im Jordan taufte, eine Taube, die über dem Heiligenschein Christi schwebte, die Hand Gottes, erstarrt über seinem Sohn, während er ihn segnete.

»Du hättest ihn ganz lassen können.« Sie schloss die Augen. »Ich hasse dich dafür«, zischte sie.

Sie schlief und erwachte erst, als die Mönche kamen, um den Leichnam zu holen.

»Verschwindet!«

Und das taten sie.

Doch sie kamen am nächsten Morgen wieder. Sie versuchten, Maus hochzuheben, aber sie schrie, bis ihre Kehle wund war, und bespuckte sie. Am dritten Tag kehrten sie zurück, mit Masken gegen den Gestank, und trugen den Leichnam fort. Maus folgte ihnen und glitt an der Außenmauer der Kirche hinab, als ihre Beine sie nicht mehr hielten.

Das Feuer tanzte knisternd in der frühmorgendlichen Luft. Maus biss sich auf die Zunge, als die Brüder Pater Lucas in den großen Kessel mit siedend heißem Wasser legten, und würgte bei dem Geruch von kochendem Fleisch. Als die Brüder die letzten, nun blütenweiß glänzenden Knochen aus dem Kessel holten und zum Beinhaus brachten, wo sie als Kandelaber oder in der Sakristei als Griffe benutzt werden würden, brach Maus schluchzend zusammen.

Jemand trat auf sie zu und kniete sich neben sie, aber es interessierte sie nicht. Sie hatte Maden im Haar, stank nach Tod.

Starke Arme hoben sie hoch.

»Es ist Zeit zu gehen, Weib.«

Auf dem Weg zur Burg Rozemberk platzte Maus' Fruchtblase, und das Fruchtwasser rann in einem steten warmen Tröpfeln zwischen ihren Beinen am Pferd hinab. Sie stieß keinen Schrei aus, und keiner von Voks Männern bemerkte etwas. Es regnete. Alles war nass. Vok ritt an der Spitze.

Nach jenem ersten Tag, als er sie ins Gästehaus des Klosters getragen, sie gebadet und ihr eigenhändig die Maden aus den Haaren gewaschen hatte, weil er auf keine Dienstmagd warten wollte, die erst aus dem Dorf hätte herbeigerufen werden müssen, hatte er kein Wort mehr mit ihr gesprochen. Er hatte bei ihr gesessen, bis sie aß, bei ihr gesessen, während sie schlief.

»Warum tust du das?«, hatte sie gefragt.

Eine Zeit lang hatte Vok sie einfach angesehen, etwas, das er nur selten tat, aber sie war zu erschöpft, zu sehr von Kummer verzehrt, um in seinen Zügen zu lesen. Schließlich hatte er die Schultern gezuckt und gesagt: »Du hast mir an jenem Tag im Gefängnis das Leben gerettet. Du hast das Wasser aufgefangen, mir einen Moment Frieden geschenkt, mir Hoffnung gegeben.« Geistesabwesend rieb er sich mit der Hand über die Stirn. »Auge um Auge«, sagte er und verschwand dann.

Am nächsten Morgen setzte er sie auf ein Pferd. Und nun lag Maus in den Wehen.

Sie lenkte ihr Ross zu dem Mann, der ihr am nächsten war, und fragte: »Wie lange dauert es noch, bis wir die Burg erreichen?«

»Ohne dieses Wetter könnten wir noch heute Abend dort sein, Gräfin. Seht Ihr?« Er zeigte nach Süden.

Maus war vor Trauer wie benebelt gewesen und hatte die gewaltigen Wolkentürme nicht bemerkt, die sich über den Hügeln anhäuften. »Wir werden wohl bald unser Lager aufschlagen, und falls das Wetter bei Sonnenaufgang mitspielt, sind wir vor der Mittagsstunde zu Hause.«

Maus kaute auf ihrer Lippe. Sie könnte Vok bitten, trotz des Wetters weiterzureiten, aber sie hatte nur zu gut verstanden, was er mit »Auge um Auge« gemeint hatte – er hatte seine Schuld beglichen. Und Maus hatte gewiss nicht vor, ihn um einen Gefallen zu bitten oder sich ihm ihrerseits wieder verpflichtet zu fühlen. Sie trieb ihr Pferd an in der Hoffnung, dass der Sturm ausbliebe. Mutter Kazi hatte von Frauen erzählt, die bei ihrem ersten Kind tagelang in den Wehen gelegen hatten. Maus hoffte, dass dieses Schicksal auch ihr vorherbestimmt war.

Doch beide Hoffnungen wurden eine Stunde später zunichtegemacht, als grelle Blitze auf die Hügel herabsausten und Maus spürte, wie die Wehen ihren Bauch hart werden ließen. Vok führte die Männer zu einer einigermaßen geschützten Stelle im Wald und befahl ihnen, das Lager aufzuschlagen.

Der Wind zerrte heftig an den Schnüren der Zeltklappe, und der Regen lief unter dem dicken Stoff hindurch, während Maus sich bis zu ihrem blutbeschmierten Leinenunterkleid auszog. Wenn möglich, schritt sie im Zelt auf und ab und hockte oder kniete sich neben das Feldbett, sobald die Wehe ihren Höhepunkt erreichte.

»Kann ich Euch Essen oder Wein bringen, Gräfin?«, rief die Wache vor ihrer Tür.

»Nein, danke«, zischte sie durch zusammengepresste Zähne, das Laken mit den Händen umklammert, den Kopf auf den niedrigen Bettrahmen abgelegt.

Als sich der Sturm verzog, erschien ein Lächeln auf Maus' Gesicht. Ihre Angst schwand, und ihre Zuversicht wuchs mit jeder Wehe, die sich aufbaute und wieder nachließ. In der Zwischenzeit schloss sie die Augen und überprüfte den Herzschlag des Kindes, der stark und gleichmäßig kam. Doch in der Tiefe der Nacht rollte eine weitere Unwetterfront heran, heftiger als die erste, mit einem unnachgiebigen Sturm, der über die Hügel peitschte und das Zelt bei jeder Böe zum Erzittern brachte.

Maus war auf allen vieren, die Finger und Zehen in den durchtränkten Teppich gekrallt, während ihr der Schweiß aus den Haaren tropfte, die Wehen in immer kleineren Abständen kamen und stärker wurden, bis Maus schließlich aufschrie und mit dem Wind stöhnte.

»Gräfin?«, rief jemand an der Zeltklappe.

Doch sie konnte nicht antworten. Die letzte Wehe hatte sie zitternd zurückgelassen, zusammengerollt auf der Seite, und sie versuchte, wieder Atem zu holen, bevor die nächste kam. Sie wollte Mutter Kazi oder Gitta. Pater Lucas. Irgendjemanden. Egal, wen. Sie hatte Angst.

Hagel hämmerte auf das Zeltdach und riss ein Loch in der Nähe des Saums in den Stoff. Kleine weiße Kugeln hüpften auf den Teppich.

Und dann überrollte sie die nächste Welle. Sie stemmte sich wieder auf die Knie, wiegte sich vor Schmerz und atmete schnell und flach. Sie versuchte, nach dem Herzen des Kindes zu horchen, aber alles, was sie hörte, war das Kreischen des Winds und ihr eigenes schrilles Wimmern. Verzweifelt wollte sie nach seinem winzigen Glühen Ausschau halten, doch sie sah nichts weiter als die blendenden Blitze des Unwetters und ihren Schmerz, der sich in grellen roten Streifen gegen die Schwärze ihrer geschlossenen Lider abzeichnete.

Jemand riss an den Kordeln, mit denen die Türklappen zugeschnürt waren, und brachte Wind und Regen und Hagel mit ins Zelt. Maus drehte sich um und sah Vok, der mit einer Laterne in der Hand über ihr stand. Ihre Flamme tanzte in einem sonderbaren Rhythmus mit der Kerze neben dem Bett. Eine Wache stand hinter ihm.

Maus zitterte wimmernd, als die Wehe einen Moment nachließ, wurde jedoch getröstet von dem Gedanken, dass zumindest am Ende der Geburt jemand bei ihr wäre. Vok würde das Kind auf die Welt bringen.

Doch er machte auf dem Absatz kehrt und trat zurück in den Sturm.

»Lasst sie in Ruhe«, rief er der Wache über dem Wind und Regen zu.

»Aber Graf Rozemberk, sie braucht …«

»Sie wird leben oder auch nicht, ganz wie es Gott wünscht. Lasst sie in Ruhe, habe ich gesagt.« Und dann war er verschwunden.

Die Wache knotete die ausgefransten Enden der Zeltklappe zu, was zumindest einen Teil des Sturms abhielt.

Maus war allein.

»Ich werde es schaffen. Ich werde leben, ob es Gott nun gefällt oder nicht.« Sie presste den Kopf auf den Boden, die Hände im nassen Haar geballt, während sich ihr Bauch verkrampfte und steinhart wurde. Ihr blieb kaum Zeit zum Atmen, als die Wehe nachließ und sich die nächste ankündigte.

»Nein, bitte, nicht schon wieder«, stöhnte sie, wiegte sich vor und zurück und schlug dann mit der Faust auf den Teppich.

Immer und immer wieder, die ganze Nacht hindurch rang sie mit Geburtswehen, bis sie schon glaubte, sie würden niemals enden. Sie hatte Angst zu sterben, fest überzeugt, dass ihr seelenloser Zustand und die Flüche, die sie gegen Gott ausgestoßen hatte, sie verdammen würden, aber es war Sehnsucht, nicht Furcht, die sie schließlich vorantrieb. Sie wollte das kleine Leben treffen, das sie in sich getragen hatte, die Seele, die sie gehegt und gepflegt hatte. Sie wollte ein Vermächtnis des Guten hinterlassen, um das Böse auszugleichen, das sie getan hatte. Sie könnte ruhig sterben, aber nicht, bevor der Säugling gesund auf der Welt war.

Und dann ging sie mitten während des tosenden Sturms, völlig allein, mit zitternden Beinen in die Hocke und gab sich dem Drang zu drücken hin. Sie biss sich lieber die Wangen blutig, als dass sie Vok die Genugtuung gegeben hätte, sie laut schreien zu hören trotz des brennenden Schmerzes, als ihr Körper zu zerreißen drohte, während sich der Kopf des Babys freikämpfte und dann seine Schultern und dann der Rest von ihm. Blutig und weinend lag ihr Sohn da, zusammengerollt auf dem durchweichten Teppich.

Maus arbeitete rasch, um die Nabelschnur zu durchtrennen und mit einem Stück Faden abzubinden, den sie sich schon am Anfang herausgelegt hatte. Sie wischte den Säugling sauber und wickelte ihn in das Laken, bevor die Schmerzen wieder einsetzten und sie die Nachgeburt herauspresste. Als es vollbracht war, legte sie sich neben ihren Sohn ins Bett, brachte ihn an ihre Brustwarze und ließ ihn dort mit den Lippen spielen, bis er endlich saugte. Sie sang ihm ein Wiegenlied – dasjenige, das ihre Mutter ihr vorgesungen und sich Note um Note in Maus' perfektes Gedächtnis eingebrannt hatte, ihr einziger Beweis, dass sie geliebt worden war. Es war ihr erstes Geschenk an ihren Sohn.

»*On t'aime, mon petit. On t'aime. Le bon Dieu, au ciel, t'aime. On t'aime, mon petit. On t'aime. Ta mère, à jamais, t'aime*«, sang sie. »Du wirst geliebt, mein Kind. Du wirst geliebt. Von Gott im Himmel wirst du geliebt. Du wirst geliebt, mein Kind. Du wirst geliebt. Von deiner Mutter, auf ewig wirst du geliebt.«

Hohn aus.« Sie nickte in Richtung der Dutzenden Männer, die das Lager abbrachen.

»Bei allen Heiligen!« Er holte mit der Hand aus. Sie zuckte nicht zurück. »Ich sagte Nein!«

Doch als sie die Hügel hinabritten und der Kirchturm der St.-Nikolaus-Kapelle über den Baumspitzen aufblitzte, schickte Vok einen Reiter voraus. Gitta und Luka warteten neben dem Priester am Altar, um Paten zu werden, und so schenkte Maus ihrem Sohn einen Namen: Nikolaus für den stillen Gabenspender, Lucas für den Vater, den sie verloren hatte, und Rozemberk, weil sie keinen anderen hatte. Als sie die Kirche wieder verließen, verspürte sie zum ersten Mal die Macht, Teil einer Familie zu sein, und eine neue Entschlossenheit überkam sie, mit Vok Frieden zu schließen und aus ihnen mehr als nur eine Familie auf dem Papier zu machen.

Ihre Hoffnung war nicht von langer Dauer.

Vok blieb weniger als eine Woche auf Burg Rozemberk. Während sich Maus in ihr Zimmer zurückzog, um sich zu erholen, Pater Lucas zu betrauern und in ihrer neugewonnenen Freude zu schwelgen, kam Vok des Öfteren unangekündigt hereingestürmt, manchmal vor Sonnenaufgang, dann wieder mitten am Tag. Mit zerfurchter Stirn sah er ihr zu, wie sie den Säugling stillte, oder er starrte in die Wiege, wo der kleine Nikolaus schlief. Voks Verhalten ängstigte Maus. Sie sah den verletzten Stolz in seinen Augen, hörte das schwere, heftige Hämmern seines Herzens. Dann rieb er sich über die Stirn und drehte sich zu ihr um, manchmal als würde er sie anflehen, manchmal als hasste er sie.

Sie war froh, wenn er das Zimmer verließ.

Als sich die Blätter blutrot verfärbten und der Wind das Versprechen des nahenden Winters mit sich führte, war Maus' Herz zum ersten Mal in ihrem Leben bis zum Rand angefüllt. Sie gehörte zu jemandem. Sie und der Säugling verbrachten ihre Tage damit, einander kennenzulernen. Nikolaus streckte immer wieder die Hand aus, um mit ihrem Gesicht zu spielen, während sie ihn stillte, fuhr sanft über ihren Kiefer, die Form ihrer Nase, den Schwung ihres Mundes, der nun fast ununterbrochen zu lächeln schien. Sie spielte mit seinen Zehen, strich ihm die feinen, lohfarbenen Locken aus dem Gesicht und sang für ihn. Und Maus lachte. Nikolaus lachte.

Zum Einschlafen erzählte sie ihm Geschichten und legte sich neben ihn aufs Bett, damit sie, wenn er träumte und jäh aufschreckte, Hände und Füße zuckend vor Panik, ihm die Hand auf die Brust legen und ihm zuflüstern konnte, dass er in Sicherheit sei, und ihm ihr Schlaflied singen konnte – »Du wirst geliebt, mein Kind. Du wirst geliebt.«

Ottokar schickte Vok zur Andreasnacht nach Hause. Maus stand zu seiner Begrüßung neben Gräfin Rozemberk und Luka. Er küsste seine Mutter, klopfte Luka auf die Schulter und schritt an Maus vorbei, ohne sie auch nur eines Blickes zu würdigen. Dann ging er zum Rittersaal und trug einem Diener auf, ihm einen Becher warmes Bier zu bringen. Maus versuchte, während des Abendessens mit ihm zu reden, ihn über Prag und Ottokars neueste Errungenschaft der Steiermark zu befragen, aber Vok wandte ihr den Rücken zu.

Sie spielte gerade mit Nikolaus auf dem Boden, als Vok am nächsten Morgen ihr Zimmer betrat.

»Und wie macht das Schaf, mein süßer, kluger Junge?«, fragte sie Nikolaus, der mit einem hölzernen Lamm spielte, das sie geschnitzt hatte.

»Da-da-da-da,« brabbelte der Kleine, bevor er das Lamm in den Mund steckte und mit geschwollenem Zahnfleisch daran kaute.

»Nein, nein«, sagte sie und nahm es ihm weg. »Du sollst es nicht essen, du Dummerchen. Und das Schaf macht ›mäh, mäh‹, nicht …«

»Ottokar will dich in Prag sehen«, sagte Vok vom Türrahmen aus.

Maus entging nicht das Fehlen jeglicher Förmlichkeit, kein »Ihre Majestät«, kein »der König«. Nur Ottokar.

»Da-da-da«, sagte Nikolaus wieder, während er sich umdrehte und Vok ansah.

Maus beobachtete, wie Voks Augen weich wurden, als er einen Schritt zu ihnen ging, doch dann hielt er inne, und sein Gesicht verzog sich wie eine verwelkende Blume.

Sie seufzte. »Warum will er mich in Prag sehen?«

»Er sagt, sein Vater sei wieder erkrankt.«

Maus blickte hinab zu Nikolaus' blauen Augen und goldenem Haar. Es würde nachdunkeln, sobald er älter wurde, genau wie das seines Vaters, aber selbst jetzt würde jedem die Ähnlichkeit auffallen, sollte man sie zusammen sehen. Die Klatschbasen am Hof würden sich gewiss das Maul zerreißen, hätten sie auch nur den Hauch einer Ahnung. Maus schüttelte den Kopf. Sie hatte kein Interesse, frische Wunden aufzureißen – nicht Voks, nicht ihre oder Ottokars.

Und Ottokar würde wissen, dass Nikolaus sein Sohn war. Er würde ihn lieben, so wie sie ihn liebte. Er würde seinen Anspruch auf ihn geltend machen.

»Nein«, sagte sie. »Nikolaus ist zu jung zum Reisen, und ich werde ihn nicht zurücklassen.«

Vok verlagerte das Gewicht. »Du widersetzt dich immer noch meinen Befehlen?«

Maus erhob sich und wickelte Nikolaus in eine Decke. »Gitta, wärst du so freundlich, den Kleinen an die frische Luft zu bringen?«

Vok war nicht wütend, weil sie nicht nach Prag reisen wollte. Er war wütend auf Nikolaus. Maus hatte Angst, was er dem Säugling antun könnte, weshalb sie ihm ein neues Ziel bot.

»Du willst, dass ich gehe?«, fragte sie, nachdem Gitta die Tür geschlossen hatte.

»Ich will …« Er schüttelte den Kopf, die Zähne aufeinandergepresst. »Ich will nicht zum Gespött der Leute werden!«

»Niemand hält dich für …«

Er taumelte zu ihr. »Du bist meine Frau, nicht seine. Meine. Dieser Körper …« Er packte sie an der Taille, legte die andere Hand grob auf ihre Brust. »… gehört mir, und ich sollte damit tun können, was mir gefällt.«

»Dann tu, was dir gefällt«, sagte sie, die Arme in die Hüfte gestemmt, und sah ihm fest in die Augen.

Er beugte sich herab, presste seinen Mund auf ihren und wich dann zurück. Zögerlich wartete er einen Moment. »Bei allen Heiligen!«, fluchte er. »Sie sagen, du seist eine Hexe. Selbst meine Mutter erzählt voll Furcht, wie du einen wild gewordenen Bären besänftigt hast. Was hast du mir angetan?«

Er schob Maus' Hand in seinen Schritt, und erst jetzt verstand sie, warum er so oft in ihr Zimmer gekommen, aber stets verschwunden war, ohne sie zu berühren.

»Ich habe nichts getan.« Sie zwang ihrer Stimme einen bedächtigen Ton auf und blickte ihm fest in die Augen.

Seine Hand schlang sich um ihr Handgelenk. »Du hältst dich für mutig. Aber du bist einfach nur dumm. Ich könnte dich jederzeit zermalmen.«

Er drückte zu.

Sie sah ihn an.

Er drückte fester zu, zerquetschte ihren Arm in dem Schraubstock, den seine Finger und sein Daumen bildeten.

Maus musste all ihre unnatürliche Selbstkontrolle aufwenden, um ihr Gesicht ruhig zu halten. Sie wusste, was geschehen würde, konnte spüren, wie sich die Knochen bogen, aber sie hatte wenige Tage nach Nikolaus' Geburt eine neue Abmachung mit Gott getroffen, als sie nachts aus Albträumen aufgeschreckt war, in denen sie ihn tot aufgefunden hatte, durch Krankheit oder durch Voks Hand oder, wie schrecklich, gestorben durch ihre eigenen unachtsamen Worte. Sie hatte geschworen, ihre Macht nicht zu benutzen, solange Gott ihren Sohn beschützte, nicht nur vor dem Tod, sondern auch vor ihrem eigenen Schicksal. Jeden Tag forschte sie in dem Kind nach Zeichen von Unnatürlichkeit, von »Gaben«. Sie bemerkte nichts. Und jede Nacht suchte sie nach dem Glühen in ihm und schlief lächelnd und zufrieden oder weinend vor Erleichterung und Sehnsucht ein.

Solange Gott seinen Teil des Pakts erfüllte, würde sie auch ihren nicht brechen, und so stand sie abwartend da, bis der Knochen mit einem widerlichen Knacken brach.

Vok ließ sie los. Gepeinigt hielt sie den Arm an ihre Brust.

»Du hast mir den Arm gebrochen. Und jetzt?«

Er verschwand, ohne ein Wort zu sagen.

Doch er kam jede Nacht zu ihr. Nach der ersten Nacht schickte Maus ihren Sohn fort, damit er bei Gitta in einem der angrenzenden Zimmer schlief, nah genug, um ihn stillen zu können, wenn er erwachte, aber in sicherer Entfernung von Vok.

Vok kam hungrig zu ihr, gierend nach ihrem Körper und ihrer Angst. Sie war bereit, ihm das Erste zu geben, aber sein Körper versagte auch weiterhin, und Maus weigerte sich, ihm ihre Angst zu offenbaren. Jede Nacht ließ er sie mit blauen Flecken oder Schrammen zurück, ohne jedoch selbst Befriedigung zu finden. Als er bemerkte, wie schnell ihre Wunden heilten, ihre Blutergüsse verblassten, bekreuzigte er sich vor ihr, aber anstatt verängstigt zu sein, schien es seine Entschlossenheit nur zu schüren, sie auf ewig als sein Eigentum zu markieren.

Kurz vor Morgengrauen am Tag der unschuldigen Kinder, bevor er sich zu den anderen Burgen und Gemeinden aufmachte, die in seinen Einflussbereich fielen, knallte er die Tür zu Maus' Gemächern auf und ging direkt zum Kamin. Er nahm den Schürhaken, stocherte in den Scheiten und fachte die Flammen an. Er war betrunken.

Maus schlüpfte aus dem Bett und huschte zur Tür, aber Vok war schneller. Er packte sie am Arm, wirbelte sie zur Feuerstelle und presste sie zu Boden.

»Das willst du nicht tun, Vok«, sagte sie, ihre Stimme gezwungen ruhig, aber ihr Atem kam abgehackt, ihr Körper war unheimlich still, während sie wartete.

»Eine Hexe verbrennen«, lallte er undeutlich und drehte sich um. »Sie als mein Eigentum brandmarken.«

Maus spürte die Hitze, lange bevor sie sich durch das Leinen in ihre Haut brannte. Sie verlor das Bewusstsein, als der Schmerz unerträglich wurde und Vok ihren Rücken mit der glühenden Gabel versengte, aber vor ihrem geistigen Auge konnte sie das Bild sehen, das er in sie einbrannte – die fünfblättrige Rose der Rozemberks –, und sie hörte ihn schluchzen.

Als Maus zu Nikolaus' hungrigem Weinen erwachte, immer noch auf dem Boden liegend, ihr Rücken brennend vor Schmerz, wusste sie, dass etwas passieren musste. Vok würde sie umbringen, und dann wäre Nikolaus allein auf der Welt, genau wie sie es gewesen war. Selbst als sie Vok später am Vormittag davonreiten sah und Gitta ihr eine Salbe auf die mit Brandblasen bedeckte Rose strich, wusste Maus, dass er irgendwann zurückkäme. Sie musste Vorbereitungen treffen.

Maus und Nikolaus hatten den Frühling und den Frühsommer für sich. Jeder Meilenstein wurde gebührend gefeiert – das freie Sitzen, das Krabbeln. Die meiste Zeit verbrachten sie draußen in dem kleinen Garten oder im Wäldchen, gemeinsam mit Gitta und Luka, während Nikolaus Blumen abzupfte und sie Maus mit einem breiten Grinsen im Gesicht reichte, oder lautstark gackerte, wenn er ihre Finger packte und die Wege entlangtapste, außer sich vor Freude über seine neu entdeckte Beweglichkeit. Selbst als sich Maus in den warmen Tagen und süßen Gerüchen und dem Glück über ihren Sohn verlor, arbeitete ihr Verstand ununterbrochen daran, einen Weg aus dem Dilemma für sie beide zu finden.

Doch egal, wie viele Wege sie entlangschritt, sie entdeckte keinen, auf dem Vok sie in Ruhe ließe – oder Nikolaus, sollte er bei ihr bleiben. Würde sie zurück ins Kloster gehen, falls Mutter Kazi es denn zulassen sollte, oder in das Konvent von Mutter Agnes in Prag, würde Vok sie holen kommen. Selbst wenn sie ihre Habseligkeiten verkaufen und stehlen würde, was sie zum Leben bräuchte, hatte sie keinen Ort, an den sie flüchten könnte, und obwohl sie bereit war, ihr eigenes Leben bei der Reise aufs Spiel zu setzen, würde sie das von Nikolaus nicht riskieren. Wieder einmal sah Maus keine gemeinsame Zukunft für sich und Nikolaus.

Als die Tage heißer wurden, musste Nikolaus das Damoklesschwert über seiner Mutter gespürt haben. Er schrie jedes Mal nach ihr, und sein kleiner Körper zitterte, wann immer sie aus seinem Blickfeld verschwand. Geschwind krabbelte er ihr hinterher und schrie: »Ma-ma-ma-ma«, zog sich an ihren Röcken hoch und streckte die Arme nach ihr aus, bis sie ihn hochhob, bevor er ihr mit offenem Mund einen Kuss auf die Wange presste, als wollte er zubeißen, überglücklich, dass die Welt wieder in Ordnung war.

Und dann, kurz vor Nikolaus' erstem Geburtstag, kehrte Vok zurück.

Anfangs schien er versöhnt und mit der Welt im Reinen zu sein, aber als Maus sah, wie er mit den anderen im Rittersaal oder im Burghof umging, fiel ihr auf, dass er niemals lächelte und kaum jemandem beim Reden ins Gesicht blickte. Entweder er schrie sie an oder redete in einem dumpfen Flüstern, aß wenig und trank umso mehr. Ständig rieb er sich über die Stirn. Maus wollte ihm helfen, aber er ignorierte sie seit seiner Rückkehr, und sie fürchtete, seine

Aufmerksamkeit auf sich zu ziehen, aus Angst um Nikolaus und sich selbst.

Es war nur eine Frage der Zeit, bis Vok zu ihr kam, stocknüchtern und mitten am Tag. Nikolaus war lachend um den Tisch getappt, die Hände zum besseren Gleichgewicht um Holzkanten gekrallt, doch beim Anblick von Voks fremdem Gesicht war er stehen geblieben, hatte sich auf den Boden fallen lassen und war so schnell wie möglich zu Maus gekrabbelt. Sie hob ihn hoch, und er barg das Gesicht an ihrer Schulter, wo er mit ihren Haaren spielte.

»Schick ihn weg. Ich will dich«, sagte Vok.

»Gitta, könntest du bitte …« Maus beugte sich zu ihr und wollte Nikolaus in ihre Obhut übergeben, doch er packte eine Handvoll ihrer Strähnen, klammerte sich an ihrer Tunika fest und verfiel in ein panisches, schrilles Heulen.

Maus zog ihn wieder an sich, und er beruhigte sich. »Nikolaus, du und Gitta macht einen Spaziergang im Wald. Ich komme gleich nach.«

Er schüttelte den Kopf, und seine Locken, fast weiß gebleicht von der Sommersonne, fielen ihm ins Gesicht. »Nein, nein, nein«, sagte er mit bebenden Lippen und legte die Hand in die kleine Vertiefung ihres Schlüsselbeins.

»Möchtest du Beeren? Du und Gitta könnt in der Küche welche holen und sie gleich zurückbringen.«

»Nein, nein, nein …«

Vok packte Nikolaus von hinten. »Weg mit ihm, hab ich gesagt!«

Nikolaus kreischte. Maus wollte nach ihm greifen, aber Vok wirbelte herum.

»Sei still!«, schrie er und schüttelte ihn.

Vor Angst erstarrt sah Maus vor ihrem geistigen Auge, wie sich alles abspielen würde, sodass es, als es dann wirklich eintrat, zu langsam und wie unscharf schien, als würde sie durch eine Regenwand blicken. Nikolaus' Kopf schnalzte zurück. Sie konnte den Schock in seinem Gesicht sehen, hören, wie er nach Luft japste, sein Schreien unterdrückte.

»Hör auf, Vok«, sagte sie, als er das Kind wieder schütteln wollte, doch die Macht, die fast ein Jahr lang in ihr geschlafen hatte, erwachte nicht. Und dann verwandelte sich ihre Angst in den Zorn einer Mutter.

»Hör auf, Vok!« Die Stimme gehörte nicht ihr, war tiefer und von einem animalischen Knurren gefärbt.

Vok erstarrte. Nikolaus, der vollkommen ruhig war, baumelte von seinen ausgestreckten Armen herab.

»Reich mir das Kind.«

Er legte ihr Nikolaus in die Arme. Das Kleinkind atmete nicht, doch als es das Gesicht seiner Mutter erblickte, stieß es weinend den angehaltenen Atem aus.

»Schsch«, flüsterte sie, während sie Nikolaus an ihre Brust drückte, wo er sich sogleich beruhigte. Maus biss sich auf die Lippe.

Sie wählte ihre Worte mit Bedacht. »Vok, du wirst auf die Jagd gehen. Heute Nachmittag mit deinen Männern. Geh jetzt!« Und dann verschloss sie die Macht in sich.

Wortlos verließ Vok ihr Zimmer.

Maus sank entkräftet zu Boden, während die Macht in ihr pulsierte, bis sie sich übergab. Nikolaus ließ sich keine Sekunde absetzen, weshalb sie beide mit Spucke und Galle überzogen waren. Sie wiegte ihren Sohn, bis er schließlich einschlief.

»Pack alles, was wir brauchen, Gitta. Die Zeit ist gekommen.« Ihre Stimme bebte, doch Maus hatte sich auf diesen Moment vorbereitet.

Und so schlüpften sie durch die Wälder und hasteten entlang des Flussufers, bis sie die Boote erblickten, wo der Roma-Clan sein Lager im Wasser errichtet hatte. Im Frühling waren die Zigeuner aus dem Böhmerwald, der westlich über den Ländereien der Rozemberks emporragte, ins Tal gewandert. Doch das Dorf hieß sie nicht willkommen, woraufhin sie sich zum Fluss wandten, ein paar Bäume fällten und sich Barkassen bauten. Mit Staken brachten sie Waren die Moldau hinauf und hinunter, aber die meiste Zeit über blieben sie unter sich – bis zwei der Kinder an Fieber erkrankten und Heilkräuter der Roma keine Wirkung mehr zeigten. Als das Clan-Oberhaupt nachts zum Dorf eilte und um Hilfe flehte, schickte der Priester ihn zu Maus.

»Hanzi, seid Ihr da?«, rief Maus, als sie und Gitta und Nikolaus den Fluss erreichten.

»Ja, Gräfin. Seid Ihr wohlauf?« Ein Mann, breit wie ein Schrank, trat aus dem Zelt auf einem der Flöße. Das dunkle Haar fiel ihm klatschend gegen den Rücken, als er ans Ufer sprang und Maus umarmte.

»Ich wünschte, dem wäre so.«

»Ah.« Seine Hände ruhten auf ihren Schultern, doch seine Augen suchten hastig das Flussufer ab. »Das Unheil, von dem wir sprachen, ist eingetroffen?«

Sie nickte.

»Dann werden wir noch heute ablegen.«

»Das Unheil könnte uns folgen. Seid Ihr sicher, dass Ihr das Risiko auf Euch nehmen wollt?« Sie blickte zu seiner Frau, die nun mit zwei kleinen Mädchen vor das Zelt getreten war.

Er legte ihr einen Finger auf die Lippen. »Ihr habt mir das Leben meiner Kinder geschenkt. Für Euch würde ich jedem Unheil trotzen.«

Hanzi hob Maus, die Nikolaus fest an sich presste, auf das Boot. Gitta folgte ihr.

Als sie mit schwankenden Schritten zum Zelt tappten, zog Hanzi an dem Seil, mit dem sie am Ufer verankert waren. *»Avri! Avri!«*, rief er mit seiner Bassstimme.

Zwei Jugendliche kamen aus dem Wald gelaufen und sprangen auf die zweite angebundene Barkasse. »Ablegen!«, sagte er zu ihnen. Einer der Jungen löste den Knoten, und der andere nahm eine lange Stake, tauchte sie in den Fluss und schob sie vom Ufer. Hanzi tat dasselbe, bis die Strömung beide Flöße mit sich riss und sie in einem gleichmäßigen Rhythmus die Moldau hinabtrieb.

30

Die Turmspitzen der Burg zeichneten sich unheilvoll in der Ferne ab, als sie die schnelleren Gewässer des Teufelsstroms erreichten und Hanzi das Boot in Richtung Ufer stieß. Maus trat aus dem Zelt, die kühle Morgenluft auf ihrer Haut, aber sie konnte sich nicht durchringen, den Fuß auf den Kies zu setzen. Sie war zurück in Prag, doch es war längst nicht mehr ihr Zuhause.

»Kommt mit uns«, sagte Hanzi zu Maus, als er neben ihr stand, die Arme um ihre Schultern. »Schließt Euch meiner Familie an.«

»Oh, Hanzi, das würde ich liebend gern.« Gerührt wischte sie sich eine Träne aus dem Auge. »Aber ich habe Euch und Eure Familie schon genug in Gefahr gebracht. Sollte Graf Rozemberk herausfinden, dass ich mit Euch verschwunden bin, wird er Euch jagen. Und falls ich mit Euch reisen sollte, wird er die Jagd nie aufgeben. Es ist das Beste, wenn Ihr es so handhabt, wie wir besprochen haben.«

»Wie Ihr wünscht. Aber wir werden noch ein wenig hier vor Anker liegen, für den Fall, dass Ihr uns brauchen solltet.«

Maus umarmte ihn und ließ sich vom Boot helfen. Sie nahm Nikolaus in den Arm und marschierte mit Gitta den Pfad hinauf.

Im Gehen sah Maus, wie die Türme der Burg allmählich Gestalt annahmen, dunkel gegen den sich heller färbenden Himmel, wie vier Finger einer Hand mit einem Daumen, der sich immer noch unter den Bäumen verbarg. Sie fürchtete, dass sich diese Finger der Burg erneut um sie legen und sie zermalmen würden, sollten sie sie wieder in ihrem eisernen Griff haben.

Die Wachen kannten sie und ließen sie passieren, nachdem sie ein wenig mit Nikolaus gespielt hatten, der zugleich fasziniert und verängstigt von ihren Rüstungen und Schwertern war. Maus spazierte allein mit dem Kleinkind zur St.-Georgs-Basilika und schickte Gitta mit einer Nachricht zum Bergfried.

Maus wartete, während die ersten Sonnenstrahlen wie farbige Speere auf das Buntglasfenster trafen. Die gemalten Augen der heiligen Ludmila beobachteten Maus, die sich im Licht hin- und herwiegte, das Kleinkind auf ihrer Hüfte schaukelte. Seine Hände zogen an der Perlenkette, die von ihrem Oberteil herabhing. Maus' Augen verließen keine Sekunde das Gesicht des Jungen, starrten auf seine Locken, seine blauen Augen, seinen runden Mund, in dem gerade ein zweiter Zahn durchbrach. Als sie das Klappern von Stiefeln auf der steinernen Treppe hörte, presste sie ihren Sohn fester an sich.

»Maus.«

Sie fühlte sich wie eine Fremde an diesem Ort, der einst ihr Zuhause gewesen war, doch als der König ihren Namen sagte, spürte sie ein Aufflackern von Zugehörigkeit. Niemand sprach sie mehr mit ihrem Namen an. Sie war »Gräfin« oder, noch seltsamer, »Gräfin Rozemberk«. Doch für Ottokar war sie immer noch Maus, und ein Teil von ihm gehörte immer noch ihr. Sie vernahm es in seiner Stimme, spürte es in seiner Hand, die sich auf ihren Rücken legte, sah es in seinen Augen, als sie sich schließlich umdrehte, um ihn zu begrüßen.

So sehr sie ihn liebte, hasste sie ihn auch für das, was sie tun musste. Doch es war ihre Schuld, nicht seine.

»Geht es dir gut?«, fragte sie, ohne ihn direkt anzusehen.

»Stets um mein Wohl besorgt.« Er lächelte. »Einigermaßen. Und dir?«

Sie zuckte mit den Schultern. Sie lächelte nicht.

»Was ist los?«, fragte er.

Sie schüttelte den Kopf. »Ottokar, ich will …«

Er seufzte. »Das habe ich vermisst. Selbst meine Gattin nennt mich ›Majestät‹.« Seine Augen verdunkelten sich einen Moment, dann streckte er die Arme aus. »Darf ich deinen Sohn halten?«

Sie nickte, unfähig zu sprechen. Sie könnte das, was sie im Begriff stand zu tun, niemals rückgängig machen, und die Last schien sie zu zermalmen.

Nikolaus ging freiwillig zu ihm, drehte sich jedoch rasch zu Maus zurück, um sicherzugehen, dass sie bei ihnen blieb. Ottokar lachte, als das kleine Kind an seinem Bart zog, das Ende in den Mund nahm und das Gesicht verzog, als die Haare ihn kitzelnd stachen. Dann jauchzte er. Endlich brachte Maus den Mut auf, den sie brauchte.

»Ottokar, das ist Nikolaus … dein Sohn.« Die Worte kamen hastig und scharf, wie das Vorschnellen eines Schwerts.

»Mein Sohn?« Hinter der Verwirrung hörte Maus Hoffnung und Freude.

»Er kann nicht …« Sie versuchte, Atem zu holen. »Er kann nicht in Rozemberk bleiben. Vok weiß, dass Nikolaus dein Sohn ist.« Ihr Herz zog sich schmerzhaft zusammen bei dem, was sie getan hatte. Doch sie würde nicht tatenlos zusehen, wie ihr Ehemann Nikolaus in einem Anfall von angetrunkener Eifersucht erdrosselte.

»Woher weiß er es?«, fragte Ottokar. »Woher weißt du es?«

Ihr Gesicht wurde knallrot, als hätte er ihr eine Ohrfeige verpasst. »Ich weiß es. Vok weiß es. Es besteht kein Zweifel.«

Er musterte sie einen Moment lang, dann schlang er den Arm um ihre Taille und zog sie an sich. »Maus.«

»Hör auf.« Sie drückte sich von ihm weg. »Wirst du ihn nehmen? Ich habe Gitta mitgebracht, damit sie hierbleiben und für ihn sorgen kann. Sie … sie liebt ihn ebenfalls.« Ihre Stimme überschlug sich vor aufgestauten Gefühlen. »Und da sind Menschen, Freunde, unten am Teufelsstrom. Es könnte sein, dass Vok nach ihnen sucht. Sie könnten dir in Hluboka von Nutzen sein. Könntest du …«

»Bleib bei mir«, sagte Ottokar. »Ich kann auch dich und Nikolaus nach Hluboka schicken und euch dort besuchen.«

»Und Vok?«

»Ich bin sein König.«

»Und Margarete?«

»Sie ist krank. Sie ist keine … echte Ehefrau.« Er legte Maus eine Hand auf die Schulter. »Wir könnten im Sommer ausreiten und am See picknicken, so wie wir es schon einmal getan haben. Wir könnten unseren Sohn gemeinsam großziehen. Er wird nach mir regieren. Wir könnten weitere Kinder haben.« Er redete rasch, fast atemlos vor Wunschdenken.

Einen Moment teilte Maus seinen Traum, doch sie kannte die Wahrheit. Vok würde es nicht kümmern, dass Ottokar sein König war. Ottokar hatte Vok Ländereien und Reichtümer überschrieben und ihm so viel Macht verliehen, dass er der Krone in fast nichts nachstand. Vok wäre ein gefährlicher Gegner, auch wenn sie bezweifelte, dass sie Ottokar jemals vom Gegenteil überzeugen könnte. Und so tischte Maus ihm stattdessen eine andere Wahrheit auf, eine Wahrheit, die er verstehen und glauben würde.

»Was würden sie in mir sehen?«, fragte sie. »Sie würden mich für deine Mätresse halten, die du jederzeit, ganz nach deinem Belieben, besuchen kannst. Du könntest dann nichts für Nikolaus tun. Du würdest Margaretes Neffen in Deutschland erzürnen. Die Kirche würde es nicht erlauben. Du würdest deine Krone verlieren. Dieser Papst ist wie Innozenz vor ihm. Er hält sich für deinen Herrn, nicht wahr?«

»Das tun sie doch immer.« Er klang müde.

Nikolaus begann zu wimmern. Er streckte die Arme nach Maus

aus, und sie nahm ihn. Müde nach einer unruhigen Nacht auf dem Boot schmiegte er den Kopf an ihre Brust und strich mit der Hand über die Haut ihres Schlüsselbeins. Maus wiegte ihn und summte ihm ihr Schlaflied ins Ohr.

»Das hast du mir auch einmal vorgesungen«, sagte Ottokar.

Sie barg das Gesicht in dem weichen Haar ihres Sohns und sog seinen Geruch in sich ein.

»Bist du sicher, Maus?«

Sie konnte nichts sagen, weshalb sie stumm nickte. Sie sah keinen anderen Weg, um ihren Sohn in Sicherheit zu wissen.

Ottokar nahm ihre Hand in seine. »Ich werde mich um ihn kümmern. Ich werde ihn lieben. Ich werde ihm von dir erzählen.«

Maus griff in den Beutel an ihrer Taille und zog eine Holzfigur heraus, an der sie den gesamten Frühling und Sommer gearbeitet hatte, seit sie wusste, was geschehen würde. Sobald Nikolaus schlief, blieb Maus wach und schnitzte an der Figur. Sie vergoss Tränen auf das Holz, rieb sie in die Einkerbungen, die sie vorsichtig ausgehöhlt hatte, und glättete mit ihnen die Maserung.

»Wirst du ihm das hier geben?« Die Worte kamen tief aus ihrer Brust, belegt vor Schmerz über ihren Verlust. Die Figur war ein Abbild von ihr, wie sie Nikolaus stillte, seine Hand auf ihrem Gesicht, ihr Mund zu einem Lied geöffnet. Auf der Rückseite hatte sie die Worte des Wiegenlieds eingeschnitzt.

Ottokar gab ihr einen Kuss auf den Scheitel. Er nahm die Figur und dann den schlafenden Nikolaus aus ihren Armen entgegen.

Maus fiel auf die Knie, als sie das Gewicht ihres Sohns nicht mehr spürte. Ottokar drehte sich um und betrat das Längsschiff.

Da erwachte Nikolaus. »Ma-ma«, rief er, erst zögerlich, dann von Panik ergriffen. »Ma-ma!«

Das Geräusch seiner Schreie durchbohrte sie. Sie grub die Finger in die Rillen des Steinbodens, um ihm keinesfalls nachzulaufen. Ihr Wehklagen zerrte an ihrer Kehle, bevor es hinauf in die Gewölbedecke aufstieg und wieder zu ihr herabfiel. Ausgestreckt lag sie am Fuß des Kruzifixes, das Gesicht in den Händen vergraben, die immer noch nach ihrem Sohn rochen.

31

Maus ließ sich vom Rücken ihres Pferds gleiten und landete im Heu. Ihre Beine waren taub vom Reiten – drei Tage im Regen von Prag zurück zur Burg Rozemberk. Sie hatte nichts gegessen. Sie hatte nicht angehalten, um zu schlafen, aber der Schlaf hatte sie übermannt, und sie hatte um den Hals des Tiers gelegen, bis sie von Träumen geweckt wurde. Sie schrie nach Nikolaus, und dann kam die Erinnerung. Nikolaus war fort.

Kurz nachdem Ottokar den Jungen mitgenommen hatte, war Maus von Gitta gefunden worden, die sie in ihr altes Zimmer in der Burg führte und ins Bett steckte. Sie wusste nicht, wie lange sie geschlafen hatte, und es interessierte sie auch nicht.

Als sie erwachte, versuchte Gitta, ihr Tee einzuflößen. »Unsere Majestät, der König, wird am Morgen zurückkehren, und er wird wütend werden, wenn es Euch immer noch schlecht geht.«

»Nein.« Maus' Ton war eiskalt, genau wie sie sich fühlte, doch ihr Verstand war wieder glasklar. Sie war überzeugt, das einzig Richtige für ihren Sohn getan zu haben – und wusste gleichzeitig, dass sie bei Ottokars Rückkehr nicht mehr hier sein durfte. »Bring mir Kleidung«, bat sie. »Männerkleidung.«

»Bitte, Gräfin …«

»Ich bin keine Gräfin. Bring mir Kleidung, oder ich werde mich selbst auf die Suche machen.«

Gitta war ihrem Wunsch nachgekommen, und Maus hatte Prag noch in derselben Stunde verlassen, in der sie sich als Mann verkleidet hatte, um allein nach Rozemberk zurückzureiten. Einem von Voks Wachen am Tor der Burg musste sie ihre wahre Identität offenbaren. Er sah sie mit weit aufgerissenen Augen an, geschockt von der Männerkleidung und dem wilden Ausdruck in ihrem Gesicht.

Noch während sie sich aus dem groben Garde-corps schälte, packte sie schon den Steigbügel, um sich vom Boden zu hieven. Sie warf die Arme über den Rücken des Pferds, damit das Tier ihr Gewicht trug und ihr Blut die Chance bekam, ihren Beinen wieder etwas Gefühl einzuhauchen. Maus schmiegte den Kopf an sein nasses Fell und ließ sich durch den Geruch von Schweiß und Regen zurück in die Welt bringen.

Die Stallungen waren leer. Maus nahm an, dass alle Bewohner im Bett waren – bis sie schwere Schritte hinter sich hörte.

»Wo bist du gewesen, Weib?«

Maus riss den Kopf herum. »Vok …«

Er prallte taumelnd gegen sie, klemmte sie zwischen sich und das Pferd ein. »Hast mit Zigeunern rumgehurt, wie ich gehört habe. Genau wie deine Mutter, du läufige Hündin.«

»Du bist betrunken. Ich werde so nicht mit dir reden. Ich bin müde und …«

Obwohl sie ihn kommen sah, tat Maus nichts, um den Faustschlag abzuwehren. Das Pferd wieherte und tänzelte seitwärts, aber Maus gab keinen Laut von sich.

»Wo ist dein Bastard?«, fragte er. Sein Blick suchte hastig die Stallungen ab, während er Maus grob am Kinn packte.

»Fort. Das ist alles, was du wissen musst.« Sie sah, wie sich seine Augen vor Überraschung weiteten.

»Du warst beim König?«

»Ja.«

Er drängte sie hart nach links. Ihr Kopf knallte auf den kalten Lehmboden, bevor sie den Sturz abbremsen konnte. Das Pferd scheute, und Maus rollte sich rasch zur Seite, um den schweren Hufen auszuweichen, die Zentimeter entfernt auf den Boden knallten.

»Er hat dich also weggeschickt? Natürlich hat er das. Nun, da er König ist, bedeutest du ihm nichts mehr.« Er spuckte ihr die Worte entgegen, nass von seinem trunkenen Geifer. »Er hat dich bereits gehabt. Er hat viele andere Frauen, die ihm das Bett wärmen. Bessere Frauen als dich. Und jetzt muss ich mich mit seinen Hinterlassenschaften herumschlagen.«

Als sie versuchte, sich vom Boden aufzustemmen, stellte er ihr den Fuß auf den Rücken und presste sie in den Lehm. Ihre Tunika verrutschte und offenbarte einen Streifen nackte Haut über den eng anliegenden Beinlingen. Er riss das Obergewand hoch, entblößte ihren Rücken und stieß ein Zischen aus.

»Ich habe dich gebrandmarkt, Weib. Wo ist die Narbe?« Er kniff in die weiche Haut an ihrem Lendenwirbel, wo er sie mit der Rozemberk-Rose markiert hatte. Ihre Macht hatte sie wie immer geheilt. Eine kleine Narbe war zurückgeblieben, selbst für Maus kaum sichtbar, aber ihre geschärften Sinne spürten das Stück wächsernes Fleisch, wenn sie mit der Hand über ihre Haut strich. Sie würde ihm nicht die Genugtuung geben, es einzugestehen.

»Ich habe nie dir gehört. Du hast nicht die Stärke, ein bleibendes Zeichen zu hinterlassen.« Sie wollte ihn verletzen. Ihr Kummer hatte jede Vorsicht weggewischt.

In dem Jahr ihrer Ehe hatte ihn seine Männlichkeit stets im Stich gelassen, selbst wenn er wollüstig vor Verlangen an ihr Bett getreten war. Er war sicher, dass es ihr Tun war, doch jetzt pulsierte eine Begierde in ihm, die er nicht unterdrücken konnte. »Deine Hexerei mag eine Narbe fortzaubern können, aber es gibt einen Weg, wie ich dich besitzen kann. Ich werde bekommen, was ich will. Deinen Bauch mit meinem eigenen Sohn schwellen lassen.« Sein Stiefel bohrte sich in den Boden, und er presste ihr das Knie in den Rücken, während seine Hände an den Innenseiten ihrer Oberschenkel hinaufglitten.

Maus stemmte sich mit aller Kraft gegen ihn, ihr Mund trocken vor Panik. Doch er war zu schwer, zu stark. Stroh und der Geruch von feuchtem Heu fluteten ihre Nase, als er ihr Gesicht zurück in den Stallboden drückte. Er zerrte an ihren Beinkleidern, und sie spuckte einen Schwall Erde aus.

Als sich Vok zurücklehnte, um seinen Gürtel aufzuschnüren, sah Maus ihre Chance gekommen. Hastig schob sie die Arme unter sich, drückte den Rücken hoch und drehte sich diesmal gleichzeitig, woraufhin er das Gleichgewicht verlor und nach hinten taumelte. Der Ausdruck von Schreck in seinem Gesicht ließ sie lächeln.

Sie erahnte seine nächste Bewegung und war vorbereitet. Als er sich auf sie stürzte, tat sie es ihm gleich und rammte ihm das Knie ins Gesicht. Er wirbelte zu ihr zurück, während ihm das Blut vom Kinn tropfte. Das Pferd bäumte sich auf und lenkte Maus für einen Moment ab, was Vok sogleich ausnützte, um sich mit einem Satz neben sie zu katapultieren. Er warf sich mit seinem ganzen Gewicht auf sie und presste sie gegen die Stallwand. Von der Wucht seines Aufpralls wurde ihre Hand nach hinten gerissen, und Maus hörte, wie ihr Handgelenk genau an der Stelle brach, wo er es schon einmal gebrochen hatte.

Instinktiv krümmte sie sich und umfasste schützend ihr Handgelenk. Vok sackte auf sie, was Maus einen unerwarteten Vorteil verschaffte. Sie drückte die Knie durch, schnellte nach oben und rammte ihm den Kopf in die bereits gebrochene Nase. Er ließ von Maus ab, griff sich schreiend ins Gesicht und taumelte im Fallen rückwärts in Richtung des Pferds, das verzweifelt an seinen Zügeln zerrte.

Maus sah voraus, was nun geschehen würde, und sie tat nichts, um es aufzuhalten.

Sie beobachtete, wie das Pferd sein Gewicht auf die Vorderbeine verlagerte und heftig nach hinten austrat. Sein Huf traf Vok mitten an der Schläfe. Knochensplitter schossen in einem Blutschwall aus seinem Schädel und durch die Haare. Er war bereits tot, als er mit dem Rücken auf dem blutigen Heu landete.

Maus beobachtete, wie der Schweif des Pferds durch das glitzernde Rot peitschte, das sich mit Pferdepisse und einer Wasserlache in der Mitte des Stallbodens vermischte. Das Tier wirkte wie ein Künstler, der seinen Pinsel im Wasser herumwirbelte, um die Farbe auszuwaschen.

Sie schnappte sich eine Pferdedecke, schlang sie sich über den Kopf und die zerrissene Tunika und nahm den Dienstboteneingang zum Bergfried der Rozemberks. Überrascht stellte Maus fest, dass in ihren Gemächern ein Feuer entzündet worden war – obwohl niemand sie erwartet hatte. Schatten tanzten an den Wänden ihres Zimmers, ließen alles fremd erscheinen. Sie ließ sich schwer auf das Bett fallen.

Ihr war bewusst, dass sie nicht bleiben konnte. Ohne Nikolaus hier bei ihr wäre das nie ihr Zuhause und könnte es auch nie werden. Sie hätte niemals zurückkommen dürfen.

Und dann entlud sich etwas in Maus, schwoll an und hüpfte vor Freude, als sie erkannte, was Voks Tod für sie bedeutete. Womöglich hatte Gott sie doch nicht aufgegeben, vielleicht hatte sie sich wie Hiob schließlich als würdig erwiesen, und Gott hatte eine Zukunft für sie auserkoren. Maus könnte hierbleiben, als Voks Witwe, und ein angenehmes Leben führen. Mit Nikolaus. Sie könnte ihren Sohn zurückbekommen. Das Frohlocken darüber schnürte ihr die Kehle zu, und trotz ihrer Erschöpfung sprang sie auf, um sich anzukleiden und zurück nach Prag zu reiten, wo sie Ottokar aufsuchen und ihren Sohn zurückfordern würde.

Sie bemerkte das Bündel erst, als es mit einem dumpfen Knall auf dem Boden landete. Maus wäre fast nicht stehen geblieben, um es aufzuheben, derart erpicht war sie, das neue Leben, das ihr Gott eröffnet hatte, sofort zu beginnen, doch sie wusste, dass es bis zum morgigen Tag warten musste. Sie musste schlafen und sich umziehen. Sie musste mit den Folgen von Voks Tod fertigwerden. Und dann würde sie als seine Witwe nach Prag reisen, um seinen Erben nach Hause zu holen.

Und so schleppte sie sich zu einem Stuhl, der nah am Feuer stand, und legte sich das Bündel in den Schoß. Der Schein des Feuers funkelte auf den Seidenfäden des prächtigen Stoffs, während sie die Schleife aufband. Ganz oben lag eine Notiz und darunter das Lederetui mit Mutter Kazis medizinischen Instrumenten. Der Brief stammte von Schwester Kveta aus dem Kloster. Darin stand in einfachen, grausamen Worten, dass Mutter Kazi tot sei. Es gab keine Erklärung wegen der Instrumente, aber Maus verstand. Sie hatten Mutter Kazi am Herzen gelegen, waren ihr einziger Schatz und ihre Ambition in einer Welt, die von Männern dominiert war, ihre geheime Identität, verborgen hinter ihrem Schleier. Und Mutter Kazi hätte gewollt, dass Maus sie bekäme.

Tränen tropften auf das Leder und machten es fleckig, während Maus um Mutter Kazi trauerte. Sie öffnete das Etui und strich mit den Händen sanft über die aus Knochen und Metall gefertigten Instrumente, die fein säuberlich in Lederriemen steckten. Maus hatte diese Bänder selbst genäht, ein Geschenk für Mutter Kazi, um diejenigen zu ersetzen, die zu eingerissen und ausgefranst gewesen waren.

Maus war nun allein auf der Welt, abgesehen von Nikolaus. Aber er wäre genug. Sie würde ihn hierherbringen und ein ruhiges Leben führen. Sie wäre nichts Besonderes, niemandes Engel, keine Heilige, nicht von Gott mit Gaben gesegnet, um Wunder zu vollbringen. Sie wäre nur eine Mutter. Sie würde ihrem Sohn beim Erwachsenwerden zusehen und ihm von Mutter Kazi und Pater Lucas erzählen. Es wäre genug.

Und dann sah sie es – oben am Lederbeutel, wo die Naht aufgeplatzt war, schaute Pater Lucas' Brevier heraus. Er hatte Maus aus diesem kleinen Büchlein die Psalmen vorgelesen, sie gebeten, sie auswendig zu lernen, und war hocherfreut gewesen, da es ihr so rasch gelungen war.

Als Maus es aufschlug, fiel ihr ein Brief in den Schoß. Ihr Porträt, das sie als Kind für Pater Lucas gemalt hatte und dessen Ecken vom vielen Anfassen leicht abgewetzt waren, flog beim Auseinanderfalten des Pergaments heraus. Das Mädchen auf dem Bild hatte die Augen weit aufgerissen, und widerspenstige Strähnen flatterten ihr ins Gesicht, wo sie fast das sanfte Lächeln verdeckt hätten.

Maus nahm den Brief zur Hand. Obwohl die Buchstaben zittrig und schwer zu lesen waren, erkannte sie Pater Lucas' Handschrift sofort. Er war an sie adressiert.

Meine kleine andílek,

vergib mir. Ich habe die Bücher verbrannt.

Bischof Miklaus schreibt, Rom wolle bald jemanden hierher nach Houska schicken, noch vor Ostern. Dieser Gedanke ist beunruhigend.

Während ich zusehe, wie sich die uralten Buchdeckel wölben und zu Asche zerfallen, muss ich gestehen, dass mich Angst dazu getrieben hat, sie ins Feuer zu werfen. Der Bischof aus Rom wird Fragen haben. Er wird jegliche Antworten wollen, die ich ihm geben kann. Wenn die Bücher nicht hier sind, wird er nicht fragen.

Ich bete, dass er überhaupt keine Fragen stellen wird.

Aber der Psalmist ist eine Warnung – »Denn, Gott, du hast uns versucht und geläutert, wie das Silber geläutert wird.« Ich weiß, was mich erwartet, und ich bin bereit.

Und auch du solltest bereit sein.

Du musst wissen, wer du bist, damit du dich gegen die Gefahren von draußen wappnen kannst. Und von innen.

In jener Nacht in Houska – bevor ich gestorben bin – wollte ich dir von deinem Vater erzählen. Aber ich bin ein Feigling. Ich wollte dich so lange wie möglich als mein eigen Fleisch und Blut behalten.

Bitte, meine Liebe, behalt mich als Vater in deinem Herzen, trotz allem, was ich dir gleich offenbaren werde. Und ich flehe dich an, wende dich nicht davon ab, was richtig und gut ist. Wende dich nicht davon ab, wer du bist – denn du bist gut, kleine andílek, auch wenn du es womöglich nicht glauben magst.

Bedenke, was andere mit deiner Macht getan, wie sie sie zu ihrem eigenen Nutzen eingesetzt hätten. Aber nicht du. Du wolltest immer nur ein einfaches Mädchen sein. Du fürchtest, was du in dir nicht finden kannst, dieses Glühen einer Seele, das du in anderen siehst, aber ich sage dir: Ich sehe dein Licht jeden Tag, es strahlt hell und rein. Du denkst immer zuerst an andere und zuletzt an dich. Du bist eine Heilerin für Körper und Geist, ein guter Engel.

Du bist mein Kind.

Und du gehörst zu Gott.

Selbst wenn es Sein Feind war, der dir das Leben schenkte.

Einige nennen ihn Samyaza oder Satariel. Andere Abaddon, den Zerstörer. Den Vater der Lügen. Satan.

Er hat dich gezeugt. Er ist dein Vater.

Aber das ängstigt mich nicht. Ich fürchte mich davor, was andere dir antun könnten, würden sie Kenntnis davon erhalten. Was mich erzittern lässt, ist der Gedanke, was du dir selbst antun könntest, nun, da du die Wahrheit kennst.

Meine Kleine, bitte geh jeglicher Gefahr aus dem Weg. Wappne dich gegen die Dunkelheit, die aufziehen wird.

Ruf dir ins Gedächtnis, was die Psalmisten uns sagen, selbst in den Feuern der Folterqualen – »Gelobt sei Gott, der mein Gebet nicht verwirft noch seine Güte von mir wendet.«

Kleine andílek, sei mir zuliebe stark und glaube an deine Güte, so wie ich es tue.

Dein dich liebender Vater.

Maus' Hand krallte sich um die Ecken des Selbstporträts, das sie als Kind von sich gezeichnet hatte. Sie zerknüllte es und schleuderte es ins Feuer.

Sie hasste dieses Mädchen und ihre naive Liebe für die Welt und alles, was sie darin erlebt hatte. Sie hasste sich für ihre Hoffnung und ihren Glauben an sich selbst. Dieses Mädchen, das in der Flamme verschrumpelte, war eine Lüge. Maus war eine Lüge. Die Tochter des Vaters der Lügen. Sie war kein Engel, nicht von Gott mit Gaben gesegnet, wie sie immer geglaubt hatte.

Pater Lucas mochte seinen Glauben nicht verloren haben. Maus schon.

Ihr Leben ergab nun Sinn. Sie war eine Abscheulichkeit, wie die Kinder, die von den Hütern im *Buch von Enoch* gezeugt worden waren, böse Geister, wie Gott sie nannte, Dämonen. Natürlich hasste Gott sie.

Maus dachte an Nikolaus und biss sich auf die Zunge, um nicht laut aufzuschreien. Diese Zukunft war ihr nun verwehrt.

Ihre Hände zitterten, als sie den Brief zurück in das Buch und das Buch zurück in das Etui steckte – genau so, wie es gewesen war, als könnte sie damit ungeschehen machen, was sie gerade gelesen hatte. Sie wickelte das Etui vorsichtig in das Bündel, strich mit den Fingern über die weiche Seide der Schleife und schob es dann in ihre Tasche. Sie verband ihr gebrochenes Handgelenk mit Leinenstreifen, die sie vom Bettlaken abriss, zog sie fest um ihre geschwollene Haut, fügte sich absichtlich Schmerzen zu. Dann ging sie den Flur hinunter in Voks Zimmer. Es war leer.

Sie fand sein Jagdmesser auf dem Tisch neben seinem Bett und setzte sich auf den Boden vor das Feuer. Lange saß sie da, drehte das Messer in ihrer Hand und beobachtete die Flammen, die auf der Klinge tanzten. Sie war innerlich zu abgestorben, um noch mehr zu trauern.

Schließlich nahm sie eine Handvoll ihrer langen Haare und begann, sie mit Voks Messer abzusäbeln. Als sie fertig war, sammelte sie den Haufen Haare ein und warf ihn ins Feuer. Der bittere Gestank ließ sie würgen, während sie zusah, wie sich die Strähnen in der Hitze aufbäumten wie ein sich windendes Schlangennest.

Kahlgeschoren und wieder in Männerkleidung gehüllt schlich Maus an der schlafenden Wache am Tor vorbei. Sie marschierte weiter, bis das Burggelände weit hinter ihr lag. Und dann, genau in dem Moment, als die Sonne über die sanft geschwungene Hügelkette hinter ihr kletterte, tauchte sie in die Finsternis des Böhmerwalds ein.

32

Maus saß am Ufer eines dunklen Sees und biss die Zähne zusammen, während sie das Messer in das verfaulte Fleisch an ihrer Ferse bohrte. Wie die Israeliten war auch sie ziellos in der Wildnis umhergestreift. Der Böhmerwald gehörte den Bären und Wildkatzen und den seltenen Wanderern, die dasselbe suchten wie Maus – einen Ort zum Verschwinden. Ihre Haare, die einst geschoren gewesen waren, hingen ihr nun in verfilzten Flechten über die Schultern und den Rücken. Es war nicht das erste Mal, dass ihre Füße bluteten und Blasen warfen und faulig wurden.

Maus zog seit über fünfzehn Jahren durch die Wälder.

Nachdem sie Pater Lucas' Brief gelesen hatte, war ihr einziger Gedanke gewesen, sofort wegzulaufen – weg von der Wahrheit, weg von allen Menschen, die sie verletzen könnte, so weit weg, dass Nikolaus und Ottokar völlig außer Reichweite schienen. Sie hoffte, die Entfernung würde ihre Sehnsucht nach ihnen mildern, doch das war nicht so.

Während ihrer ersten Jahre im Wald stellte Maus immer wieder fest, dass sie unbewusst nach Norden und Osten in Richtung Prag wanderte, als würde ihr kleiner Junge mit goldenen Haaren an ihr ziehen, wie eine Urkraft, die sie nach Hause zwang. »Mama!«

Doch dann wurden die Wälder lichter, und sie roch die Lagerfeuer und das Vieh oder hörte die Rufe der Bauern nach ihren Frauen. Dann huschte sie wie ein wildes Tier zurück in die Tiefen des Böhmerwalds. Wie eine Leprakranke musste sie in Isolation leben, damit sie den Fluch an niemanden weitergab, vor allem nicht an Nikolaus.

Doch die täglichen Gedanken an ihn, das Wissen, dass er am Leben war und sie ihn dennoch nicht sehen oder halten oder ihm vorsingen konnte – das war mehr, als sie ertrug. Sie fürchtete, früher oder später klein beizugeben und sich, verflucht oder auch nicht, zu ihm zu schleppen und Ottokar anzuflehen, wieder mit ihrem Sohn vereint sein zu dürfen. Um Nikolaus in Sicherheit zu wissen, musste Maus dafür sorgen, dass er für sie so unerreichbar war, als wäre er tot. Sie versuchte sogar, ihrem Verstand einzureden, dass dem wirklich so war, und folterte sich mit detaillierten Bildern von Tragödien, die ihrem kleinen Jungen widerfahren sein mochten. Sie stellte sich sein totes Gewicht in ihren Armen vor, die Blässe seiner Haut, mit einem Mund, der schlaff geworden war. Sie ertrug ihren Kummer so stoisch, dass er sich für sie fast real anfühlte.

Gleichzeitig kehrte sie zu den Tugenden zurück, die sie im Kloster gelernt hatte: Einsamkeit, Schweigen, Leiden. Diese waren im Böhmerwald leicht zu finden. Wenn sie die Handelswege mied, begegnete sie niemandem. Ein Stein auf der Zunge half ihr, der Versuchung zu widerstehen, laut zu sprechen, sobald sie mit einer solchen Verzweiflung eine menschliche Stimme hören wollte, dass selbst ihre eigene ausgereicht hätte. Und die Wildnis bot eine Unmenge Leid – barfuß auf unwegsamem Boden und bei stürmischem Wetter, gebrochene Knochen nach einem Sturz, eisige Kälte und Frostbeulen, der nagende Schmerz des fortwährenden Hungers.

Ein Klumpen abgestorbenes Fleisch fiel von dem Messer an ihrem Fuß, bevor hellrotes Blut in die Wunde schoss. Achtlos verband sie ihre Ferse mit einem Streifen Stoff. Die Wunde wäre bald verheilt, mit oder ohne ihre Pflege, und dann war es wieder an der Zeit weiterzuwandern. Nach fünfzehn Jahren hatte Maus das Wandern gründlich satt. Sie hatte es satt, Beeren zu sammeln und die Fasern von Rinden abzukauen, um den Hunger zu stillen, hatte es satt, Schutz vor den Stürmen zu suchen. Diese Dinge tat sie aus Gewohnheit, wie ein Tier – was sie im Grunde auch war. Alles Menschliche war ihr im Lauf der Jahre in den Wäldern abhandengekommen. Sie hatte alles satt. Die Bäume. Den Himmel. Sie hatte es satt, auf Berge zu klettern und auf der anderen Seite wieder hinabzutaumeln. Sie wollte, dass es ein Ende fand.

Maus ließ den Blick über den dunklen See zu den Fichten und Tannen gleiten, die sich herunterbeugten und deren Zweige weit hinaus über das Wasser reichten wie reuevolle Büßer, die zu einem Gott in der Mitte des Gewässers beteten. Die Gipfel der Berge erstreckten sich zu allen Seiten über ihr, eine riesige Hand, die sie und das Wasser in ihrem Handteller hielt. Dies wäre ein guter Ort zum Sterben.

Als die Nacht anbrach, entzündete sie ein Feuer am steinigen Ufer. Der See sah aus, als wäre er von Sternen übersät, deren funkelnde Lichter sich auf dem ruhigen Wasser spiegelten und das Unmögliche in greifbare Nähe brachten. Maus fiel in einen Dämmerschlaf und fragte sich benommen, ob Gott ihr Leben verlängern und sie vierzig Jahre in der Wildnis herumwandern ließe wie die Israeliten. Sie hatte nicht einmal die Hälfte hinter sich gebracht, doch es stimmte sie nicht traurig. Maus war überzeugt, sie könne keinerlei Gefühle mehr verspüren – nichts außer Müdigkeit. Ein letzter Gedanke kam ihr, bevor sie in den Schlaf glitt: Vielleicht hatte Gott Mitleid.

Als Maus am nächsten Morgen erwachte, wusste sie sofort, dass sie nicht allein war. Am Rand des dicken Nebels, der über dem See lag, konnte sie am Ufer einen dunklen Umriss ausmachen. Der Geruch des Wesens hatte sie geweckt – seine Wildheit, beißend scharf in der feuchten Luft. Sie neigte leicht den Kopf, um einen besseren Blick darauf zu erhaschen, ohne dem Ding zu verraten, dass sie wach war und seine Anwesenheit bemerkt hatte. Doch es blieb formlos und rührte sich nicht. Fest überzeugt, dass das, was es auch sein mochte, tot war, begann Maus sich hochzustemmen. Bei dem ersten leisen Fauchen fuhr sie zusammen und kauerte sich dann blitzschnell hin, bereit, den Angriff abzuwehren.

Als sich der Hügel umdrehte und bernsteinfarbene Augen sie durch den schweren Nebel anfunkelten, verkrampfte sie sich. Ein Wolf. Seine Schnauze glitt mit einem weiteren Fauchen zurück und offenbarte scharfe Fangzähne, während sein Knurren tief in seiner Brust rumorte. Maus' Herz raste, ihre Instinkte kreischten ihr zu, die Flucht zu ergreifen, bevor das Tier sie angriff, doch irgendetwas hielt sie ab. Vielleicht waren ihre Gedanken vom gestrigen Abend erhört worden. Vielleicht war das hier die Gnade Gottes.

Sie machte einen Schritt vor und schluckte schwer, als sie sich bildlich vorstellte, wie der Wolf ihr die Kehle herausreißen würde. Doch sie wich nicht zurück und schloss die Augen beim leisen Klirren von Kieselsteinen, als der Wolf sich bewegte. Bald. Bald wäre alles vorbei.

Ein Wimmern unterbrach das lange Knurren, und Maus schlug die Augen wieder auf. Der Wolf saß auf den Hinterbeinen, die Zähne immer noch gefletscht, und musterte sie argwöhnisch. Er war ausgehungert – Maus konnte die Haut sehen, die zwischen jeder Rippe eingesunken war. Seine Vorderpfote war gebrochen. Als sie sich niederkniete, um die Verletzung zu begutachten, ließ sich der Wolf auf die Seite plumpsen, die Augen weiterhin auf Maus geheftet, doch sein Mund stand nun offen, und er hechelte. Er war am Ende seiner Kräfte. Auch er war zum Sterben an den See gekommen.

Noch ein paar Tage des Leids, dachte sie wie betäubt, und es wäre vorbei. Sie fragte sich, ob sie Erbarmen mit ihm haben und ihn von seinem Elend befreien sollte. Sie blickte von dem verletzten Bein hinauf in die Augen des Wolfs. Sie hatte Schmerz erwartet, aber was sie dort sah, ließ ihr den Atem stocken. Der Wolf starrte sie hoffnungsvoll an. Er wollte Heilung, kein Erbarmen.

Und Maus war Heilerin.

Diese Wahrheit sickerte durch sie hindurch und verknotete sich in ihr, trieb ihr Tränen in die Augen – die ersten seit langer Zeit.

Der Wolf beäugte sie eindringlich, während sie entschlossenen Schritts und mit resolutem Blick in Richtung Wald marschierte. Als sie zurückkehrte, hob er nicht einmal mehr den Kopf. Maus pulte die Leinenstreifen von ihrem eigenen Fuß und drückte die Kräuter darauf, die sie gesammelt und zermahlen hatte. Der Wolf fauchte wieder, als sie sein verletztes Bein in beide Hände nahm und die Stelle ertastete, wo der Knochen herausstand und unter der Haut wieder zusammenwachsen sollte. Behutsam drehte sie ihn und schob ihn an seinen angestammten Platz, worauf der Wolf aufjaulte. Maus schiente das Bein und wickelte den Stoff darum.

Sie blieben am See. Maus brachte ihm Beeren und Käfer zum Essen, wechselte seinen Verband und brühte Tee auf, um die Infektion zu bekämpfen, bis der Wolf das Bein wieder belasten konnte. Er folgte ihr humpelnd den Berg hinauf, und beide legten immer wieder Pausen ein, damit er sich ausruhen konnte. Kurz darauf erreichten sie die niedrige Höhle, die Maus in einer Felszunge entdeckt hatte. Sie schlief in der Dunkelheit der Höhle, während er am Eingang ruhte, halb drinnen, halb draußen.

Je weiter seine Heilung voranschritt, desto mehr erwartete Maus, dass er beim Aufwachen verschwunden wäre. Wochen später, als sie die Schiene abnahm, rannte der Wolf zum ersten Mal. Er bewegte sich weder schnell noch weit weg, und nach wie vor belastete er das andere Bein stärker. Am folgenden Morgen, als er das Heulen anderer Wölfe im Wald vernahm, machte er sich auf den Weg. Als er bei Sonnenuntergang nicht zurück war, überkam Maus unerfindliches Bedauern. Niedergeschlagenheit und Verzweiflung schwollen in ihr an, während die Sonne hinter die Baumgrenze kletterte und einen letzten Lichtstrahl auf das glatte Wasser warf. In wenigen Stunden würde der Mond aufgehen und den See in ein silbriges Licht tauchen, aber Maus interessierte es nicht, das Naturspektakel allein anzusehen.

Später, als sie den warmen Körper des Wolfs spürte, der sich in der kalten Nacht unter ihren Arm schob, fragte sie sich verwundert, ob er ihr Manna war, ihr *bogdan*. Ein Geschenk Gottes.

Als sich Bogdan auf den Boden neben dem Feuer am See plumpsen ließ, lächelte Maus. Seine dicke Zunge leckte über seine Schnauze.

Sie und Bogdan hatten zwei Winter gemeinsam verbracht, mit Maus, die für Wärme und Schutz sorgte, und dem Wolf, der ihr Eichhörnchen und Kaninchen brachte, wenn ihre Vorräte an Nüssen und Beeren knapp wurden. Maus hatte aufgehört sich zu wundern, wie lang er bleiben würde oder warum er überhaupt blieb, sie war einfach nur froh, dass er es tat. Die Akzeptanz, die er ihr entgegenbrachte, war freiwillig erfolgt, ohne jegliche Erwartungen oder Beurteilung. Maus gehörte wieder zu jemandem, der sie ohne Angst oder Ehrfurcht liebte, der sie so liebte, wie sie war, genau wie Nikolaus es als Säugling getan hatte. Bogdans Liebe wirkte wie ein mächtiges Heilmittel, und Maus schaffte es, den letzten Wunsch von Pater Lucas zu beherzigen – sie ließ nicht zu, dass der Name ihres Vaters sie bestimmte, und glaubte weiter an ihre eigene Güte. Bogdan hielt sie für gut, ungeachtet dessen, ob das Licht einer Seele in ihr schimmerte oder nicht. Maus arbeitete daran, sich auf dieselbe Weise anzunehmen.

Ein weiterer Teil von ihr war ebenfalls zum Leben erwacht. Sie hatte wieder mit Schnitzen angefangen – Flockenblumen und Eisenhut, Auerhühner und Luchse. Die Künstlerin in ihr fand grenzenlose Inspiration in der unberührten Natur. Sie verstreute ihre Meisterwerke überall in den Wäldern, ein zaghaftes Lächeln auf den Lippen, wenn sie daran dachte, dass Reisende sie zufällig fänden, lange nachdem sie tot war. Sie hatte sogar lebensgroße Statuen der Erzengel geschnitzt – einen für jeden der sieben Berggipfel, die den See umgaben –, obwohl sie nicht sicher war, ob sie sie als Beschützer ansah, die über sie wachten, oder als Gefängniswärter, Enochs Hüter, aus Holz gefertigt.

Doch trotz ihrer wiedergefundenen Fähigkeit und Übung zitterte ihre Hand, als sie die Klinge gegen den dicken Baumstamm presste, der zwischen dem Feuer und dem schlafenden Bogdan lag. Es hatte Maus Tage gekostet, das Holz zu ihrem Lager zu schleppen. Entrindet, wie der Stamm nun war, wartete er nur darauf, von ihrer Hand geformt zu werden, aber es bedurfte all ihren Muts und ihrer Hoffnung, um diese ersten Schnitte zu setzen, die Lebensringe des Baums abzutragen und ihrer Kunst Leben einzuhauchen. Maus wollte, dass dies ihr großartigstes Werk wurde, das einzige Vermächtnis, das sie dieser Welt hinterlassen würde – die Statue eines kleinen Jungen, gefertigt aus einem Goldregen.

Die ganze Nacht hindurch arbeitete sie beim Schein des Feuers, und als sie schließlich ihr Messer weglegte und sich die wunden Finger rieb, hatte sich Nikolaus' Gesicht aus dem Holz geschält. Seit Langem hatte sie nicht mehr auf diese Weise an ihn gedacht. Nach so vielen Jahren, in denen sie sich seinen Tod eingeredet hatte, damit ihr Herz zu Stein verhärtete, war es schwierig, ihn sich glücklich und immer noch als ihren Sohn vorzustellen. Sie warf eine Handvoll Hobelspäne ins Feuer und nahm dann einen langen Stock, um die Flamme zu schüren. Die Sonne würde bald aufgehen, ein neuer Anfang. Und ein Ende. Heute Abend war Walpurgisnacht, und Maus beabsichtigte, eine Hexe zu verbrennen. Sie hatte die Strohhexe, die sie in Hluboka gefertigt hatte, die ganze Zeit über bei sich getragen. Immer noch mit ihrem Blut beschmiert, war sie im Lauf der Jahre vertrocknet und grau geworden. Die Graspuppe symbolisierte alles, was Maus an sich hasste, und am heutigen Abend würde sie sich ihrer entledigen.

Als das erste blasse Licht über den Berg kletterte, warf sie die Strohhexe in die Flamme, nicht so sehr, um die Dunkelheit zu verbrennen, als vielmehr ihre Angst davor auszumerzen. Das Feuer kräuselte sich und schwärzte den Rock und die Arme der Hexe, und Maus' Augen brannten vor Traurigkeit um die kleine Puppe. Dann, als die Flammen an der blutgetränkten Brust leckten, schrie Maus vor Schmerz auf. Bogdan erwachte mit einem Jaulen, als Maus in die Knie sank, die Arme um sich geschlungen, sich am Boden windend, als würde auch sie brennen. Die Macht in ihr, unterdrückt durch Maus' Disziplin während all der Jahre des Wanderns, zuckte und bäumte sich auf, als lieferte sie sich einen letzten Todeskampf. Verzweifelt schlich Bogdan wimmernd um sie herum, bis die Strohhexe sich schließlich in Asche verwandelte und in sich zusammenfiel und Maus verstummte.

Sie erwachte zum Schrei eines Falken, der im See fischte, und der Mittagssonne in ihrem Gesicht, das Feuer vom Tau gelöscht, der schlafende Bogdan neben ihr.

Maus fühlte sich endlich geläutert.

Hellorange, gelbe und rote Strahlen fielen durch die dunklen Nadelbäume um den See, als Maus und Bogdan sich auf ihren dritten gemeinsamen Winter vorbereiteten. Während Maus ihre Tage mit dem Sammeln von Nüssen und Früchten verbrachte, ging der Wolf auf die Jagd, aber bei Sonnenuntergang, wenn sie die aus Borstgras geflochtenen Körbe mit den Gaben des Waldes herbeischleppte, wartete Bogdan stets auf sie. Er jagte dann den Weg hinab, um sie zu begrüßen, und schmiegte den Kopf an ihre Hand, bis ihre Finger das Fell an seinem Hals und Rücken zerwühlten.

Doch dann, an einem von schweren Wolken verhangenen Tag, die weit aus dem Norden herankrochen und den ersten Schnee des Jahres versprachen, war Bogdan nicht da, als Maus die Spitze des Sees umrundete und den Weg nach Hause einschlug. Sie hatte sich verspätet, die Sonne war bereits untergegangen. Maus kannte den Pfad gut genug, um ihn in der zunehmenden Dunkelheit entlangzuspazieren, doch ein jähes Unbehagen beschleunigte ihre Schritte. Der Schrei erwischte sie dennoch unvorbereitet. Sie raste den Pfad hinauf. Der Korb hüpfte an ihrer Hüfte, und ein Durcheinander aus Nüssen purzelte hinter ihr zu Boden.

Als sie die Anhöhe erreichte, erblickte Maus neben dem Höhleneingang eine zum Leben erweckte Erinnerung: der Hirsch, der an einem Baum aufgehängt worden war. Die Wilderer in Ottokars Wäldern. Der Mann, der versucht hatte, sie zu vergewaltigen. Der Mann, den sie getötet hatte.

Dann durchschnitt ein weiterer Schrei die Luft.

Er stammte von dem Hirsch, der kein Hirsch war. Es war Bogdan. Seine Vorderbeine waren zusammengebunden und standen in einem sonderbaren Winkel über ihm ab, während sie das gesamte Gewicht seines Körpers hielten, der von dem Baum herabbaumelte. Sein Kopf hing, die Augen weit aufgerissen, wie der des gekreuzigten Christus herab.

Um ihn herum hatten sich Wesen versammelt, die weder Mensch noch Tier waren. Es waren keine natürlichen Kreaturen – sie waren zu dünn, mit Brustkörben, die wie Skelette herausstachen, und glatter Haut, die sich fest an sie schmiegte wie angelaufenes Silber. Die zwei zu beiden Seiten von Bogdan krochen auf allen vieren, doch der in der Mitte stand aufrecht wie ein Mensch, die Hüften sonderbar verrenkt. Er streckte die Hand nach oben und glitt mit seiner Klaue seitlich an Bogdans Brust herab, zerrte an dem Wolfspelz, bis er sich von seinem Körper schälte. Er häutete ihn. Bogdan schrie wieder.

Maus schrie ebenfalls.

Die Kreaturen, die die Beine des Wolfs hielten, ließen ihn erschrocken los und drehten sich zu ihr um.

Maus handelte, ohne nachzudenken, allein von Zorn getrieben. Immer noch kreischend rannte sie auf sie zu, wandte sich dann ab und tauchte den Boden ihres Korbs in das Lagerfeuer. Das trockene Gras entflammte, und Maus schwang den Korb vor sich her, während sie sich einen Weg zu Bogdan bahnte. Die silbernen Dämonen wichen zurück. Maus zückte das Messer, das an ihrer Taille hing, und streckte sich, um das Seil über Bogdans Kopf zu durchtrennen.

Einer der Dämonen hieb mit den Klauen nach ihr und ritzte ihr das Bein auf, während sie mit dem brennenden Korb nach ihm stieß. Schmerzgepeinigt schrie er auf, Blasen blubberten auf seiner silbrigen Haut. Als sich Maus an die hohläugigen Kinder erinnerte, bezweifelte sie zwar, dass Feuer diese Dämonen umbringen könnte, doch solange sie in ihrer körperlichen Gestalt blieben, waren sie für Schmerz ebenso empfänglich wie Menschen.

Maus stürzte sich auf die anderen beiden und trieb sie weiter in die Schatten, bevor sie das letzte Seil durchschnitt und Bogdan zu ihren Füßen auf den Boden sackte. Er rührte sich nicht. Maus wartete keine Sekunde. Sie packte das Seil, das immer noch um seine Beine geschlungen war, und rannte, ihn hinter sich herziehend, zur Höhle.

Sie hörte den Dämon kommen, noch bevor er auf ihrem Rücken landete und die Krallen in ihre Schulter schlug. Maus wirbelte herum und wollte mit dem Korb ausholen, aber die Flamme hatte sich längst durch das Gras gefressen, das nun in ihren Händen auseinanderfiel. Sie konnte den Atem des Dämons in ihrem Nacken spüren und wusste, dass er im nächsten Moment zubeißen würde. Sie warf sich in Richtung Höhle.

Als sie den Eingang überschritten, kreischte der Dämon an ihrem

Rücken auf, und Maus spürte, wie ihr eine kochend heiße Flüssigkeit die Wirbelsäule hinabrann. Hastig drehte sie sich um, schnappte sich auf allen vieren das Seil und zog Bogdan zu sich in die Höhle. Eine silberne Lache brodelte auf der anderen Seite der dunklen Linie, die den Höhleneingang markierte. Als sie und Bogdan sich entschlossen hatten, diesen Ort zu ihrem Zuhause zu machen, hatte Maus aus Gewohnheit die Schutzzauber gesprochen, die Pater Lucas sie vor all den Jahren gelehrt hatte. Niemals hätte sie geglaubt, noch mal auf sie angewiesen zu sein.

Die anderen beiden Dämonen schlichen lautlos um den Rand des Feuers, aber Maus interessierte sich nicht für sie. Sie war über Bogdan gebeugt, und was sie dort sah, brach ihr das Herz. Seine geschundene Haut war verstümmelt, zerfetzte Muskeln und Sehnen glitzerten im Schein der Flammen. Er schlug die Augen auf, als sie ihm mit der Hand über den Kopf strich. Er sah sie auf dieselbe Art an wie bei ihrer ersten Begegnung: voller Hoffnung. Er wollte leben. Er wollte bei ihr bleiben. Doch diesmal gab es keine Rettung.

Maus barg das Gesicht im Fell an seinem Hals, und Tränen kullerten an ihr herab, während sein Blut rann, beide weinend. Sie blickte ihm wieder in die Augen und schüttelte den Kopf. Und er verstand. Sie konnte sehen, wie seine Hoffnung schwand und ein weiteres Verlangen an ihre Stelle trat.

Erbarmen.

Maus umklammerte das Messer und brachte es an seinen Hals. Ein gezielter Stich, und die Sache wäre in Sekunden vorüber. Ihr Körper zitterte. Um den Schmerz in Mut umzuwandeln, biss sie sich fest in die Wange, aber es gelang ihr nicht. Sie wollte diese letzten Minuten mit ihm. Sie schleuderte das Messer weg und rollte sich um ihn, den Kopf an ihn geschmiegt.

»Ich liebe dich.« Halb Flüstern, halb Weinen, ihre Stimme belegt und heiser vom Schweigen, waren es die ersten Worte, die sie seit fast zwanzig Jahren gesprochen hatte, und als sie den Satz ausgesprochen hatte, war Bogdan tot.

Doch sie hatte keine Zeit zum Trauern.

»Was bist du?« Es hörte sich an, als würde der Dämon ein- und nicht ausatmen, während er die Laute bildete, sodass die Worte in einem unheimlichen monotonen Singsang herauskamen.

Maus setzte sich auf und blickte in Richtung des verglimmenden Feuers. Das Licht prallte von den silbrigen Körpern der Dämonen ab, die vor der Höhle auf und ab krochen.

»Du bist nicht wie die anderen«, kreischte er. »Sieh nur, was du unserem Bruder angetan hast!« Er zog eine Klaue durch die silberne Flüssigkeit, die sich am Eingang der Höhle gebildet hatte.

Ihr Kummer wich Wut. »Dasselbe werde ich mit euch tun«, fauchte sie, während sie sich fragte, ob dies nicht nur eine leere Drohung war. »Kommt her«, rief sie und wartete, dass die Macht in ihr erwachte, voller Neugier, ob ihr Befehl Gehör fände.

Die Dämonen erstarrten zwar, doch sie kamen keinen Schritt näher. Derjenige, der Bogdan gehäutet hatte, verzog die Lippen zu einem höhnischen Grinsen, während von seinen schwarzen Fangzähnen Spucke tropfte. Dann stieß er ein langes, trockenes, kratziges Lachen aus, wie Sand, der über Stein mahlte.

Umso besser, dachte Maus, während sie sich vor ihrem geistigen Auge ausmalte, auf welche Art sie sie langsam töten könnte, damit sie ebenso leiden würden wie Bogdan. Mit zusammengepressten Zähnen ging Maus einen Schritt in Richtung Höhleneingang, da streifte ihr Fuß gegen Bogdans Leichnam. Sie fiel wieder auf die Knie, niedergedrückt von dem Verlust, den sie erlitten hatte, und ihr Zorn verwandelte sich. »Warum habt ihr das getan?«, fragte sie.

»Wir wollen es.«

»Was wollt ihr?«, fragte sie, doch sie kannte die Antwort, noch bevor die Wesen den Mund öffneten.

»Die Macht. Wir spüren sie. Wir wollen sie.« Sie erklangen in diesem rauen, monotonen Summen eingesogener Worte.

Da verstand Maus. Walpurgisnacht. Ihr Blut auf der Strohhexe. Sie hatte sie ebenfalls gespürt, als die Hexe brannte und ihre Macht freisetzte. Die Dämonen waren ihretwegen hier, genauso wie die hohläugigen Kinder vor all den Jahren.

Sie spürte die Verzweiflung, die sich in ihr ausdehnte, doch als sie sich zu Bogdan zurückdrehte, fiel ihr ein, was er ihr gegeben hatte – Heilung, Liebe, Hoffnung. Ihrem Zorn nachzugeben würde all die Jahre zunichtemachen, die sie gemeinsam verbracht hatten, alles zerstören, was er getan hatte. Das konnte sie nicht zulassen. Die restlichen Jahre, die sie auf dieser Erde noch verweilen müsste, würde sie dem Vermächtnis ihrer gemeinsamen Zeit widmen.

Vorsichtig zog sie die zerfetzte Haut unter Bogdan hervor und strich sie behutsam glatt. Sie holte ihre Nadel und die Fasern, die sie benutzte, um ihre Kleidung zu stopfen, und begann mit ihrer Arbeit. Sie könnte ihn zwar nicht heilen, aber sie könnte ihn wieder ganz machen.

Sie hielt mehrmals inne, wenn ihr die Tränen zu sehr die Sicht verschleierten, und ignorierte die Sticheleien und Schreie der Dämonen. Als die Morgensonne über die Berge kroch, hob sie den Blick und beobachtete, wie die Wesen von dannen schlurften. Sie trug Bogdan den Berg auf der anderen Seeseite hinauf – Raphaels Berg, so hatte sie ihn genannt, denn in der Nähe des Gipfels stand die Statue dieses Erzengels, dem Heiler, geschnitzt aus einem fast zwei Meter hohen Ahornstamm, der vom Blitz getroffen worden war. Raphaels Arme waren weit ausgestreckt, als würde er den See und das Tal unter ihm segnen.

Maus hob Bogdan in die Arme des Engels. Am Fuß der Schnitzerei sammelte sie Kleinholz zu einem Haufen und entzündete ihn.

»Nimm ihn mit dir, wenn du gehst. Heile ihn auf deinem Weg«, sagte sie, als das Feuer den Wolf und die Statue gleichermaßen erfasste. Als sie den Kopf emporreckte und die Rauchfäden betrachtete, die mit den Wolken über ihr verschmolzen, während Schneeflocken weiß und rein herabrieselten, um in den Flammen zu schmelzen, sprach sie zum ersten Mal seit vielen Jahren wieder mit Gott. »Wende dich nicht von ihm ab, nur weil er mein Freund war. Er war besser als ich. Er hatte eine Seele. Ich habe sie gesehen.«

Maus vergoss keine Tränen, aber sie blieb, bis nichts übrig war als Asche, und dann begann sie ihre lange Reise aus dem Wald.

33

»Und wo kommst du jetzt her?«, fragte die alte Frau, während sie auf der anderen Seite der Wottawa einen Eimer Wasser aus dem Fluss zog.

Maus war tagelang gewandert und häufig den Weg zurückgegangen, um sich zu vergewissern, dass sie nicht verfolgt wurde – sie wollte die Dämonen keinesfalls zu den Menschen führen. Doch die silbernen Wesen wurden von der Macht angezogen, nicht von Maus, und wenn die Macht aus ihr entfleucht war, gab es nichts, was sie angelockt hätte. Maus hatte zumindest keine Spur von ihnen oder sonst jemandem auf ihrer Reise durch die Wälder gesehen.

Und dennoch fühlte sich Maus nie ganz allein. Aus dem Augenwinkel suchte sie ständig nach Bogdan, erwartete jede Minute, ihn zu erblicken, wie er sich zwischen den Bäumen neben ihr hindurchschlängelte. Mit gespreizten Fingern würde sie die Hand senken, wo sie die kalte, feuchte Schnauze erwartete, und dann sein weiches Fell, wenn er den Kopf an ihre Handfläche schmiegte. Sie streckte sich nachts nach seiner Wärme, und obwohl er fort war, bot allein die Erinnerung an ihn einen bittersüßen Trost. Mit der Traurigkeit kam die Erkenntnis, dass er auf diese Art immer bei ihr wäre. In ihrem Herzen.

Dieses Gefühl seiner Gegenwart verlieh ihr die Kraft, sich dem Fluss zu nähern und mit der alten Frau zu reden, obwohl jede Faser in Maus am liebsten zurückgeschreckt wäre, verängstigt wie ein wildes Tier von dem Geruch und den Geräuschen der Menschen.

»Vom See«, erwiderte Maus schließlich mit einem Fingerzeig auf die schneebedeckten Wälder in ihrem Rücken. Worte fühlten sich immer noch fremd in ihrem Mund an.

»Dem Teufelssee?« Die Frau schüttelte den Kopf und bekreuzigte sich. »Dort in den Wäldern und am Wasser leben dunkle Geschöpfe. Mein guter Bernd, Gott hab' ihn selig, hat vor vielen Jahren einmal versucht, droben am See Holz zu fällen, und er is' wie der Blitz nach Hause zurückgelaufen, besorgt um seine Seele. Armes Mädchen, wenn du dort entlangmusstest.«

Die Frau verengte die Augen und beugte sich leicht über das Wasser. »Wie kommt's, dass du da draußen in den Wäldern warst? Bist weggelaufen? Hast vielleicht deinen Mann verloren?«

Maus konnte nicht antworten, konnte der Frau nicht in die Augen schauen, aber schließlich brachte sie ein zaghaftes Kopfschütteln zustande. Sie zitterte jetzt, nicht vor Kälte, sondern wegen des Kampfs gegen all ihre Instinkte, die ihr rieten, einfach wegzulaufen.

»Steckst in Schwierigkeiten, Mädchen?«

Maus nickte.

»Dann kommst du am besten mit mir nach Hause«, sagte die Frau und winkte Maus zu sich über den Fluss. »Hier is' er nich' tief, aber eiskalt. Mein Haus steht gleich dort auf der Anhöhe. Komm schon.«

Maus war bis zur Hüfte nass, als sie ans Ufer neben die Frau trat, und beugte sich hinab, um einen der Eimer mit Wasser zu nehmen.

Die alte Frau nickte. »Ich hätt' dich fast für einen Geist gehalten, so dünn, wie du bist und dunkel um die Augen.« Sie schnalzte und schüttelte den Kopf. »Du brauchst Essen, Mädchen, und ich könnte ein bisschen Hilfe bei den Arbeitern gebrauchen, die bei mir wohnen. Sie sind hier, um die neue Stadt für unseren Goldenen Eisenkönig zu bauen.« Die unerwartete Erwähnung von Ottokar durchzuckte sie wie Eis und jagte ihr einen kälteren Schauer über den

Rücken als eben der Fluss. Der Goldene Eisenkönig – es war der Name, den sie ihm vor so vielen Jahren gegeben hatte.

Für sie war er zu einer Gestalt in dem Heldenepos eines Minnesängers geworden, aus einem Teil ihres Lebens, der schon so lange vorbei war, dass sie ihrem Gedächtnis trotz ihres unfehlbaren Erinnerungsvermögens nie ganz traute. Sie hatte diese Erinnerungen so oft weggeschoben, dass Ottokar mehr ein Geist als ein Mensch war, genau wie Nikolaus mehr Traum als Realität war. Doch nun war sie zurück in der Welt der Menschen, und hier war Ottokar. Sie dachte über Nikolaus nach.

»Ich bin Enede«, sagte die alte Frau. Sie wartete einen Herzschlag lang darauf, dass Maus ihr ihren Namen verriet, doch als nichts kam, fuhr Enede fort, weiter über die neue Stadt zu plappern, die sie bauten, und die alte, die sie abrissen. In der Hoffnung, sie würde mehr über Ottokar erfahren, und dem törichten Wunsch nachhängend, die Frau könne womöglich Nikolaus erwähnen, folgte Maus Enedes Stimme, bis sie das winzige Häuschen erreichten.

An der Tür hielt sie inne. Die Enge und die Gerüche waren zu fremd. Ein paar Schafe und Ziegen und Hühner waren an einer Seite eingepfercht, ein Holztisch und eine Handvoll Stühle standen auf der anderen. Eine dicke Schicht Stroh bedeckte den Boden entlang der Wände neben der Haustür. Es war einfach und kahl wie die Häuser, die Maus mit Mutter Kazi damals in Teplá besucht hatte, um die Kranken zu pflegen oder Kinder auf die Welt zu bringen. Maus kannte dieses Leben. Sie hatte dieses Leben schon einmal gelebt. Sie könnte es wieder leben. Sie betrat das Haus und schloss die Tür hinter sich.

An jenem ersten Tag aß Maus wenig, da sie ihrem Magen nach so langer Zeit ohne feste Nahrung nicht traute, doch das warme Hefebrot in ihrem Mund schmeckte wie köstliche Freude. Sie hielt sich mit Arbeit auf Trab, damit sie keinen Gedanken daran verlor, wo sie sich befand – die Wände, die sie umschlossen, die bedrückenden Gerüche der Menschen um sie herum, die lauten Stimmen des halben Dutzend Männer, die für Enedes Essen und ein Bett aus Stroh bezahlten. Am schlimmsten war es, wenn sie Maus direkt ansprachen. Sie fühlte sich zu sichtbar, zu sehr als eine von ihnen. Dann kämpfte sie gegen die Panik an, die ihre Brust zerquetschte, schnappte sich die Eimer und ging hinunter zum Fluss, wo sie Atem holen und lang genug allein wäre, um sich zu beruhigen. Die Männer lernten schnell, dass es das Beste war, sie einfach zu ignorieren.

Stattdessen sprachen sie über ihre Arbeit, eine neue Stadt zu bauen. Und über den König, der dies angeordnet hatte. Diese Handwerksmeister, die auf Ottokars Geheiß aus Deutschland gekommen waren, liebten ihren Goldenen König. Und Maus liebte es, sie über ihn sprechen zu hören.

»Bei allen Heiligen, Mädchen, du stinkst!«, fauchte einer der Männer, der neu bei ihnen eingezogen war, als sie sich über ihn beugte, um seinen Becher aufzufüllen. Sie war seit gut einer Woche bei Enede und hatte gelernt, ihre Angst und Nervosität zu kontrollieren, obwohl sie sie nie wirklich verloren hatte. Ihr Gesicht lief knallrot an, als alle Männer sie nun anstarrten. Auch Enede schien sie zu mustern, und Maus war sich schlagartig ihrer zerlumpten, schmutzigen Kleidung und den Spitzen ihrer dreckigen, verfilzten Haare bewusst, die ihr immer wieder in die Augen fielen. Sie knallte den Bronzekrug auf den Tisch, sodass sich Wein über den Rand ergoss, und hastete zurück zur Feuerstelle.

»Jetzt habt ihr das Kind verletzt, ihr gefühllosen Kerle«, rügte Enede die Männer, die schallend lachten, während sie derbe Witze über schmutzige Frauen rissen. Doch als die Handwerker zur Arbeit aufbrachen, legte einer von ihnen Maus die Hand auf die Schulter. »Wir haben es nicht so gemeint, Mädchen.«

Seine Berührung, die erste menschliche Berührung seit fast zwanzig Jahren, war wie Salz, das in eine offene Wunde gestreut wird. Maus wirbelte herum. »Ich bin kein Mädchen!« Sie wandte sich an Enede. »Und auch kein Kind!« Ihre Stimme klang mehr wie ein leises Krächzen, nicht wie der kraftvolle Schrei, den sie beabsichtigt hatte. Der Mann drehte sich nicht einmal zu ihr zurück, um sie anzusehen.

Doch Enede hatte sie gehört. »Recht hast du, bist eine Frau, obwohl du in meinen alten Augen wie ein Kind aussiehst. An meinem nächsten Namenstag werd' ich fünfzig Jahre alt.« Sie kicherte. »Und leider ist jede Frau für die meisten Männer ein Mädchen, bis sie in seinem Bett war. Es war nicht rechtens, dich so aufzuziehen, aber ein Körnchen Wahrheit steckt schon darin, dass du ein Bad bräuchtest und deine Haare gewaschen werden müssten. Geh und hol Wasser.«

Maus trödelte am Fluss herum, die Eimer in Händen, die Augen nach oben zum See gerichtet, während sie ihren Gedanken freien Lauf ließ. Das Leben unter Menschen war hart. Alleinsein war besser – wenn auch vielleicht nicht das Alleinsein ohne Bogdan. Seufzend drehte sie sich zum Häuschen zurück.

Das Badewasser hatte sich dunkel verfärbt, als Maus schließlich sauber geschrubbt war. Jetzt stand sie in einer alten Tunika da, die Enede aus der hintersten Ecke einer der Truhen an der Wand gezogen hatte. Das Kleid klebte an ihrer feuchten Haut, und ihre nassen Haare zogen schwer an ihrem Hals. Sie roch frisch, die Wildnis war weggewaschen.

Enede schnalzte kopfschüttelnd mit der Zunge, während sie versuchte, Maus' triefnasse Haare zu kämmen, die bis weit unter ihre Taille herabhingen. »Dir wird wohl nichts anderes übrig bleiben, als sie abzurasieren und von vorne anzufangen«, sagte die alte Frau und führte einen Rasierer an Maus' Kopf. Wie lange dunkle Seile türmten sich die Haare um ihre Füße, nachdem Enede sie abgeschnitten hatte, und irgendetwas erbebte in Maus, als ihre Augen die schwarzen Flechten eindringlich musterten. Es kostete sie einen Moment, bis sie schließlich begriff, was falsch war. Bei einer Frau von fast vierzig sollte es graue Strähnen geben, aber ihre Haare waren so dunkel wie eh und je. Ihr Kopf glitt nach vorne, als Enede eine Handvoll Haare am Nacken abrasierte und Maus von dem Gewicht befreite. Sie bückte sich und strich mit den Fingern über den Haufen abgeschnittener Haare.

»So jung, wie du bist, wird es gewiss bald nachgewachsen sein«, sagte die alte Frau beschwichtigend.

Maus begann zu zittern. Jung. Mädchen. Kind. Sie blickte Enede in die Augen und versuchte, sich in ihnen zu spiegeln.

»Beruhige dich, mein Kind. Versprochen, es wird so dick und wunderschön nachwachsen, wie es vor der dunklen Zeit am Teufelssee gewesen sein muss.«

Maus schob sich an Enede vorbei, schnappte sich den Bronzekrug vom Tisch und drehte ihn um, woraufhin ein Schwall Wein auf den strohbedeckten Boden platschte. Der glatte Boden des polierten Metalls war wie ein Spiegel, und Maus sah sich zum ersten Mal seit vielen Jahren. Enede war mit ihrer Arbeit noch nicht ganz fertig, sodass ein Teil ihres Kopfs kahlgeschoren war und auf der anderen Seite zerfranste Haarbüschel sonderbar von ihrem Schädel abstanden. Ihr Gesicht war knochig, ihre Augen in dunklen Höhlen versunken, aber das war nach all den Jahren der Entbehrungen im Böhmerwald zu erwarten gewesen. Das interessierte sie nicht.

Erschrocken strich sie mit den Händen über ihren Kiefer, um ihre Augenpartie. Alles war, wie es immer gewesen war. Maus sah ganz genauso aus wie vor zwanzig Jahren, als sie sich in den Wäldern verkrochen hatte. Sie war nicht gealtert.

Entsetzt sah sie zu Enede hoch. Die alte Frau streckte den Arm nach ihr aus. Maus packte ihre Hand und hielt sie an ihre. Enedes Hand, keine zehn Jahre älter als ihre, war fleckig und runzlig. Maus hatte die Hand einer jungen Frau, geschmeidig und glatt.

Sie schritt nervös auf und ab, rieb sich mit den Händen über den kratzigen Schädel und versuchte zu verstehen. Enede wollte sie beruhigen, aber Maus hörte sie nicht, ihr Verstand raste. Es *waren* fast zwanzig Jahre vergangen, das wusste sie. Ihr unfehlbares Gedächtnis erinnerte sich an jeden Tag – sie hatte immer gewusst, wann Nikolaus Geburtstag hatte, sie wusste, wann die Walpurgisnacht kam, sie kannte die Feiertage der Heiligen, obwohl sie sie nicht mehr ehrte. Und außerdem waren da all die Jahreszeiten gewesen. Sie konnte sie aufzählen – der vierte Winter, als sie sich das Bein gebrochen hatte, der neunte Herbst, als sie hilflos zusehen musste, wie die Wölfe den Hirsch umzingelt hatten, die Sommer mit Bogdan, die vielen Lenze.

Zwanzig Jahre, die scheinbar spurlos an ihr vorübergegangen waren.

Maus spürte, wie die Wut, die am Morgen in ihr aufgelodert war, wieder Flammen schlug. Anfangs wollte sie es Gott in die Schuhe schieben – er hatte ihr Leben tatsächlich verlängert, damit ihr Wandern kein Ende nähme, eine perfide Bestrafung. Doch dann dachte sie an Bogdan, ihr Manna vom Himmel, ihr Friedensangebot. Sie stand nicht mit Gott auf dem Kriegspfad. Sondern …

»Er«, zischte sie, was Enede erschrocken zum Schweigen brachte. »Sein Tun. Immer er.«

»Wer, er, mein Kind? Er, der dich in den Wäldern misshandelt hat?«

Maus starrte die Frau ausdruckslos an und schüttelte langsam den Kopf, als sich die Puzzleteile schließlich zusammenfügten. Ein verlängertes Leben, ihr Nicht-Altern, es war wie die anderen Zeichen ihrer Geburt – die übernatürlichen Sinne, das rasche Heilen, ihr schneller Verstand und das perfekte Gedächtnis. Maus kannte ihren Feind.

»Mein Vater.« Die Wahrheit schoss durch sie hindurch wie ihr unreines Blut.

Immer noch Enedes Hand haltend, sank Maus weinend auf die Knie. Die alte Frau hielt sie, weinte mit ihr.

»Dein Vater? Er hat dir das angetan?« Enede strich sanft über Maus' geschorenen Schädel. »Schande über ihn! Hol ihn der Teufel! Aber lass nicht zu, dass er dir weiter wehtut.«

Maus schluchzte.

»Das ist schon besser, Mädchen. Lass alles raus, dann kannst du heilen. Dann kannst du nach vorne schauen und weitermachen.«

Als die Männer an jenem Abend zurück zum Häuschen kamen, fing Enede sie an der Tür ab und flüsterte ihnen mahnende Worte zu. Maus hörte alles, aber sie war dennoch dankbar, dass keiner von ihnen auch nur eine Silbe über ihren geschorenen Kopf fallen ließ.

Ausgelaugt von den Erkenntnissen des Tages bahnte sie sich teilnahmslos einen Weg durch die Männer, während sie Eintopf in Schüsseln klatschte und Wein in Becher goss. Als sich das Gespräch wieder um Ottokar drehte, spitzte sie die Ohren.

»Hm, die Adligen mögen ihn nich', weil er sich mehr um Leute wie uns kümmert als darum, ihre Bäuche zu füllen. Aber sie können ihm nichts anhaben.«

»Vielleicht aber jetzt, wo ihn der Kaiser als vogelfrei erklärt hat«, fügte der neue Handwerksmeister hinzu.

»Was sagst du da?«

»Ich hab das aufgeschnappt, kurz bevor ich nach Prag aufgebrochen bin. Der Kaiser des Heiligen Römischen Reichs hat den König als Ketzer bezeichnet. Jeder kann ihn jetzt umbringen und muss nich' fürchten, dafür gehenkt zu werden.«

Maus ging zur Feuerstelle, um ihr Gesicht vor den Männern zu verbergen, aus Angst, es könne zu viel preisgeben.

»An diesem Rudolf is' nichts heilig oder römisch. Gott schütze unseren guten König«, sagte Enede und bekreuzigte sich.

»Gott hat da seine Hand nich' im Spiel«, erwiderte der Mann. »Hab gehört, dass der König exkommuniziert worden ist.«

Maus trat ins Freie, wollte nichts weiter hören. Es fiel frischer Schnee. Ottokar ein Geächteter, die Türen der Kirche vor ihm verschlossen. Genau wie bei ihr. Er war allein.

So unmöglich, wie es schien, ihm bei seinen Schwierigkeiten zu helfen, konnte Maus ihre innere Stimme nicht zum Schweigen bringen, die sie mahnte, zu ihm zu eilen, da er sie brauchte.

Und so marschierte sie los.

34

Was auch immer Maus von einem vogelfreien König erwartet hatte, es war nicht die Flut an Zelten, die sich vor Breslau in alle Himmelsrichtungen erstreckten, samt der Horde an Ochsen, Pferden und Ziegen, die das Flattern der weißen Fahnenstangen um den scharlachroten Pavillon in ihrer Mitte säumten.

Hier war Ottokar. Und er war gewiss nicht allein.

Nachdem Maus das Häuschen der alten Frau verlassen hatte, mit geschorenem Kopf und in die gestohlene Kutte eines Mönchs gekleidet, hatte sie sich erst nach Prag durchgeschlagen. Ottokar war nicht dort, aber während sie in ihrer Rolle als reisender Mönch auf ihrem Weg ein Kloster nach dem anderen aufsuchte, trug Maus die Puzzlestücke seiner Lebensgeschichte zusammen und erfuhr, was ihm während ihrer Zeit im Böhmerwald widerfahren war. Sie wusste nun, dass viele böhmische Adlige ihm in seinem früheren Bestreben, die Gier des Kaisers nach Land und Vermögen zu zügeln, die Unterstützung verweigert hatten. Ottokar hatte ein mächtiges Königreich erschaffen, das vor Reichtümern strotzte und in dem es von deutschen Handwerkern und jüdischen Händlern wimmelte, die von seinen gerechten Gesetzen geschützt wurden – Gesetzen, die die schrankenlose Macht beschränkten, die Vaclav vielen seiner Adligen gewährt hatte. Als der Kaiser seine Truppen sandte und Ottokar in Wien belagerte, ergriffen diese Adligen die Gelegenheit, Rache an ihrem König zu üben, und nur eine Handvoll schickten Ritter, um Ottokar zu helfen.

Ottokar war geschlagen nach Hause zurückgekehrt – von Rom gemieden und nicht nur von vielen seiner eigenen Landsleute verraten, sondern auch von den österreichischen Adligen, die ihn damals angefleht hatten, ihr Herzog zu werden. Aber er war fest entschlossen, sein Volk vor der Unbarmherzigkeit des Kaisers zu schützen. Und so hatte Ottokar anderweitig nach Hilfe Ausschau gehalten.

Als Maus nun vom Zobtenberg hinabblickte, jenseits der Felder, die bereits von den ersten Schneeglöckchen weiß gefärbt waren, erkannte sie, dass Ottokar seine Armee gefunden hatte – Tausende von treuen Böhmern und Mähren sowie Schlesiern und Polen, die fürchteten, die Gier Roms würde nicht am Riesengebirge Halt machen.

Maus bahnte sich bedächtig einen Weg den Zobtenberg hinab und schlängelte sich zwischen den Zelten und den Feldern hindurch, auf denen die Soldaten trainierten, während sich Maus verwundert fragte, was sie tun würde, wenn sie Ottokar fand. Sie konnte ihm kaum einfach entgegentreten, denn immerhin sah sie noch genauso aus wie damals bei ihrem letzten Treffen vor zwanzig Jahren. Doch irgendetwas zog sie unnachgiebig zu dem scharlachroten Zelt in der Mitte des Lagers.

»Name?«

Maus machte einen weiteren Schritt auf das Zelt zu, bevor die Hand einer Wache auf ihrer Schulter landete.

»Wie ist Euer Name, Bruder?«

»Hermann«, sagte sie. Es war der erstbeste Name, der ihr auf die Schnelle eingefallen war.

Sie versuchte verzweifelt, sich einen Grund einfallen zu lassen, weshalb ein armer Mönch eine Audienz beim König erbitten sollte, aber als ihr die Möglichkeit bewusst wurde, Ottokar wieder nah zu sein – ihm in die Augen zu sehen, seine Stimme zu hören, seinen Namen sagen zu können –, sank ihr der Mut. Von Panik ergriffen schüttelte sie den Kopf und schlüpfte rasch außer Sicht hinter das gegenüberliegende Zelt. Von dort beobachtete sie das Geschehen. Jedes Mal, wenn sich die Zeltklappe hob, hielt sie den Atem an. Jedes Mal, wenn ein Fremder kam oder heraustrat, kaute sie wieder nervös auf der Lippe und wartete ab.

Als bei Sonnenuntergang die Pferde vor das Zelt geführt wurden, wusste Maus, dass nun der Moment gekommen war, um einen Blick auf ihn zu erhaschen, doch sie war immer noch nicht vorbereitet. Der Augenblick wirkte wie eingefroren, außerhalb von Raum und Zeit, wie damals, als sie ihn vor all den vielen Jahren zum ersten Mal an der Teplá gesehen hatte, und sie kostete seinen Anblick genüsslich aus – das Weiß in seinen Schläfen und seinem Bart, das das lohfarbene Haar seiner Jugend nun durchzog, die dunklen Augenringe, die Falten, als er blinzelte, während er in die Ferne starrte. Ihr Herz raste vor Verlangen, zu ihm zu eilen.

Es war der junge Mann, der hinter dem König aus dem Zelt trat und den Bann brach.

»Nikolaus«, rief sie, bevor sich ihre Hand über ihren Mund krallte, um sich zum Schweigen zu bringen.

Er wirbelte herum, aber Maus hatte sich bereits hinter das Zelt geduckt.

Er war seinem Vater wie aus dem Gesicht geschnitten – dieselbe Nase, dieselben Augen, dieselbe Art, sich zu bewegen –, doch seine Haare waren dunkel geworden wie ihre, sein Mund wie ihrer geformt und seine Haut so hell wie ihre. Er war ihr Sohn. Angst scheuchte ihre Freude fort, und sie schauderte bei dem Gedanken, was seine Ähnlichkeit mit ihr bedeuten könnte. Hastig schloss Maus die Augen und hoffte zum ersten Mal, dass eine ihrer Gaben immer noch da wäre. Erleichtert seufzte sie auf, als sie das Glühen in Nikolaus sah, gleichmäßig und satt.

Und dann saßen sie auf den Pferden und ritten Richtung Stadt.

Maus setzte sich und genoss ihre Gabe. Sie hatte ihn tief in ihrem Bewusstsein vergraben, nie zu hoffen gewagt, dass sie ihn wiedersehen könnte, und selbst als sie sich auf die Suche nach Ottokar gemacht hatte, hatte sie nicht in Betracht gezogen, dass Nikolaus bei ihm sein könnte.

Ihn hier zu sehen erfüllte sie gleichzeitig mit Entzücken und Entsetzen. Es war, als wäre er von den Toten auferstanden. Und sie konnte sich wieder wie seine Mutter fühlen. Ihre Glückseligkeit schwoll an, bis Maus kaum mehr atmen konnte, aber zusammen mit der Freude kam die Sorge, was ihm alles zustoßen könnte, da er sich offenkundig mit seinem Vater gegen Rom verbündet hatte. Ihre Angst um ihn brachte ein erbittertes Verlangen mit sich – bei ihm zu sein, um ihn auf jedwede Art zu beschützen, zu der sie fähig war.

Und so fand Maus ein neues Ziel im Leben. Sie zog in den Krieg.

Während der Woche, bevor das Lager abgebrochen wurde, war es für Maus ein Leichtes, sich in dem Meer aus Soldaten zu verbergen. Wann immer Menschen zusammenkamen, gab es Krankheiten, selbst wenn der Krieg noch nicht aufgezogen war und einen stetigen Strom an Verwundeten hinterließ. Auf dem Zobtenberg sammelte Maus Kräuter, brühte Tees auf und bereitete Umschläge vor. Sie schlich zwischen den Kranken hin und her, die je nach ihrem Dienstgrad auf Pritschen oder Decken oder dem nackten Boden lagen. Sie pflegte sie gesund und tat so, als würde sie mit ihnen beten, wenn jemand sie darum bat.

Jeden Tag hielt Maus nach Ottokar und Nikolaus Ausschau. Sie gestattete sich täglich nur einen Blick auf sie und kam nie nah genug, um ihren Geruch zu erhaschen, nie nah genug, um versucht zu sein, mit ihnen zu reden. Doch dann fiel der Sohn eines mährischen Adligen vom Pferd und wurde niedergetrampelt, und irgendjemand erwähnte die heilenden Hände des kleinen Mönchs.

Maus blinzelte verwundert, als der Soldat sie in das dunkle Zelt führte, und ein Déjà-vu durchzuckte sie, während sie neben dem Jungen saß, der keine Luft bekam. Er schien etwa im selben Alter zu sein wie Ottokar bei ihrer ersten Begegnung. Behutsam legte sie den Kopf auf seine blutige Brust. Sie schnitt ihn rasch auf, steckte die Kanüle in seine Lunge und wich vor dem plötzlichen Schwall Blut zurück, das ihre Füße scharlachrot färbte.

»Was habt Ihr getan?«

Maus erstarrte, unfähig, sich beim Klang von Ottokars Stimme umzudrehen, der dieselbe Frage stellte, die er ihr vor so vielen Jahren gestellt hatte. Er trat neben sie, packte sie an der Schulter und wirbelte sie herum, damit sie ihn ansah. Doch es war Nikolaus. Er klang genau wie sein Vater, nur hatten seine Augen ein helleres Blau.

»Bruder, ich habe gefragt, was Ihr getan habt? Er atmet besser.«

Kopfschüttelnd senkte sie hastig den Blick.

»Der kleine Mönch redet nicht«, sagte die Wache, die sie zum Zelt gebracht hatte.

Maus kniete sich wieder hin und beugte sich vor, um durch die Kanüle zu spähen, während sie mit der anderen Hand den Bauch des Jungen untersuchte. Die Pferde hatten seine Innereien zerquetscht. Seine Rippen waren nicht einfach nur gebrochen, sondern zermalmt, Splitter hatten sich in die Organe gebohrt. Es gab keine Hoffnung für ihn.

Sie schob die Kanüle zurecht.

»Er wird überleben, jetzt, da er atmen kann?«, fragte Nikolaus.

Maus konnte die Fürsorge in seiner Stimme hören.

»Ein Freund?«, erkundigte sie sich leise und brach ihr Schweigen in der Hoffnung, ihrem Sohn Trost spenden zu können.

Nikolaus nickte. »Wird er überleben?«

Maus konnte ihre Hand nicht zurückhalten, als sie nach seiner griff. Überrascht sah Nikolaus sie an, in seinen Augen ein ausgemergelter, rußgeschwärzter Mönch, doch er zog die Hand nicht weg.

»Die Pferde haben seine Gedärme zermalmt. Es gibt nichts, was ich tun könnte.« Ihre Stimme war belegt, voller Mutterliebe.

Nikolaus nickte wieder, sein Mund war zu einer geraden Linie zusammengepresst. »Wird er leiden?«

»Das muss nicht sein.«

»Werdet Ihr ihm helfen?«

»Wenn Ihr es wünscht.«

Nikolaus drückte ihre Hand. »Wartet«, sagte er und schlug die Zeltklappe auf.

Er kehrte mit zwei Männern zurück: dem Vater des Jungen und seinem eigenen.

Mit klopfendem Herzen senkte Maus den Kopf. Sie hätte sich keine Sorgen machen müssen. Ottokar beobachtete, wie sie die Schierlingssamen zermalmte und mit Wein mischte, doch er sah nicht hinter ihren kahlgeschorenen Schädel, ihre Kutte, ihre schmutzigen Finger, ihr rußiges Gesicht. Ottokar erkannte sie nicht.

Sie hielt dem sterbenden Jungen den Kelch an die Lippen, dann trat sie zurück, damit sich sein Vater und Nikolaus vor die Pritsche knien und sich verabschieden konnten. Während sie neben Ottokar stand, sog sie seinen Duft in sich ein, beglückt, ihm so nah sein zu dürfen, und gleichzeitig verletzt, dass er sie nicht erkannte.

Maus schloss die Augen und beobachtete, wie die Seele des Jungen nach oben glitt und verschwand. Als Nikolaus zu weinen begann, legte sie ihm die Hand auf die Schulter, genau wie Ottokar. Ihre Finger berührten sich einen Moment, und das Gefühl seiner Haut auf ihrer brannte sich in sie ein.

Keuchend schlüpfte sie aus dem Zelt. Ihre Hand hatte sich über ihren Mund gekrallt, um die Worte zurückzuhalten, die sie ihm sagen wollte, doch sie konnte den Tränenfluss nicht stoppen. Als sie den Schutz des Waldes am Fuß des Bergs erreichte, wirbelte sie herum wie damals als kleines Mädchen in Adeles Armen, wie in jener

Nacht, als sie mit Damek in der Prager Burg getanzt hatte. Dann sank sie benommen auf die Knie und hob das Gesicht zu den Lichtstreifen, die durch die Bäume sickerten. Maus drehte sich vor Freude und Traurigkeit – Traurigkeit wegen des Jungen, der gestorben war, Traurigkeit, dass sie für Ottokar und Nikolaus tot war, aber gleichzeitig barst sie vor Freude, wieder bei ihnen zu sein. Die überschäumende Freude und ein solcher Verlust, untrennbar ineinander verwoben, ließen sie zitternd auf dem Waldboden zurück. Maus erhob sich erst wieder, als das Trillern der Nachtschwalben in den Bäumen um sie widerhallte und die nahende Dunkelheit verkündete.

36

Als die Armee schließlich mit behäbiger Langsamkeit in den Krieg zog, fühlte sich Maus in die Wildnis zurückversetzt, nur diesmal von einem endlosen Wald aus Männern umgeben. Die Reihen an Pferden und Soldaten und wagenziehenden Ochsen veränderte sich nie, es waren immer dieselben klirrenden Rüstungen, knarzenden Räder, schnaubenden Tiere und jammernden Männer, Woche um Woche, Tag für Tag. Maus sprach mit niemandem. Sie erhaschte keinen Blick auf Ottokar oder Nikolaus, die an der Spitze ritten und abends von anderen Adligen hinter Zeltklappen in Beschlag genommen wurden, während sich Maus zwischen Männern hindurchschlängelte, die nach dem kleinen Mönch riefen, damit er sich um eitrige Blasen und verstauchte Knöchel und nach Tagen des Wanderns im Frühlingsregen um faulende Füße kümmern sollte.

Maus gönnte sich nur hier und da verstohlene Nickerchen, während sie sich dem trägen Tempo der Männer anpasste, und wurde häufig von kurzen, heftigen Träumen gequält, in denen Nikolaus starb und sich ein rachsüchtiger Gott über seinem Leichnam aufbaute. Dann erwachte sie mit seinen Worten in ihrem Ohr: »Du erntest, was du säst.«

An der Mährischen Pforte, einem nicht ganz so hohen Pass zwischen den Sudeten und Karpaten, tauchte Ottokars Spähtrupp mit Geschichten einer herannahenden ungarischen Armee auf. Während sein eigenes Heer weiter Richtung Österreich marschierte, machten sich Ottokar und eine kleine Schar Soldaten auf den Weg, sobald sie böhmischen Boden unter den Füßen hatten, und kehrten wenige Tage später mit Tausenden zusätzlicher Männer zurück. Anscheinend war einigen der rachsüchtigen Adligen die Vorstellung eines arroganten Königs lieber als die eines ausländischen Tyrannen.

Ottokar belagerte Drosendorf an der Grenze von Böhmen und nahm die Stadt samt Burg mit wenig Blutvergießen ein. Abgesehen von ein paar kaiserlichen Wachen hießen die Menschen Ottokar als ihren rechtmäßigen König willkommen, nachdem sie sich geweigert hatten, einen dahergelaufenen schwäbischen Prinzen anzuerkennen, selbst wenn er sich selbst als König der Römer, als Kaiser des Heiligen Römischen Reichs bezeichnete.

Ottokar ließ ein paar Männer zurück und führte seine Armee weiter nach Laa. Sie beklagten ihre ersten Todesopfer, als sich ihnen die Kiptschak von der Burg hoch auf der Staatzer Klippe in den Weg stellten. Die Kiptschak, die sich wie Gletscher vom Gelben Fluss nach Europa gewälzt hatten und von einem Land zum nächsten gewandert waren, bis der ungarische König ihnen für ihren militärischen Beistand Ländereien übertragen hatte, befolgten keinen Kriegskodex. Sie trugen weder Rüstungen noch Schilde. Wie Geister schlichen sie sich schnell und lautlos aus dem Hinterhalt heran und beschossen ihre Gegner mit einer unbarmherzigen Salve Pfeile.

Nach dem Angriff zog Maus Pfeilspitzen, die wie schmale Pyramiden mit gezackten Widerhaken geformt waren, aus geschundenen Körpern, Pfeile, von den Kiptschak eigens gefertigt, um Rüstungen zu durchdringen und das Fleisch sowohl beim Eindringen als auch beim Austritt zu zerreißen. Die Schlingen der Bader und Wundärzte, die für Breitkopf-Pfeilspitzen gedacht waren, waren hier nicht zu gebrauchen. Maus skizzierte Galens Diagramme des Körpers in die Erde, um den Chirurgen die Lage der Organe und Arterien zu zeigen, und lehrte sie, wie die Pfeile durch das Fleisch und wieder hinausgeführt werden mussten, genau so, wie sie es bei Ottokar vor all den Jahren getan hatte. Dennoch war die Arbeit blutig, viele Männer starben. Sie selbst verlor zwei und hörte, die Hände in Brust und Gedärmen versunken, wie ihre Herzen aufhörten zu schlagen. Sie schloss ihnen die Augen und betrachtete ihre Seelen, die aus ihnen heraustraten, bevor sich ihr Licht allmählich in der Luft auflöste – bis nichts mehr übrig war.

Nach einem zweiten Überfall, kurz bevor das Heer Laa erreichte, ließ Nikolaus seine Kavallerie die Nachhut bilden.

Maus schlief keine Sekunde.

Sie marschierte am äußeren Rand der Männer mit, die Spitze des Zugs, wo sich Ottokar befand, nach Anzeichen von Schwierigkeiten absuchend, die Ohren nach Hufgetrappel und Pfeilen im Rücken gespitzt, auf den Tod lauschend, der womöglich ihren Sohn heimsuchte.

Die Belagerung von Laa stellte sich als beschwerlicher heraus als in Drosendorf. Ungarische Ritter beschützten die Burg, doch Ottokars Truppen waren unnachgiebig. Mit gefällten Bäumen aus den nahen Wäldern bauten sie Katapulte und beschossen die Stadtmauern mit riesigen Felsbrocken, die an dem Stein nagten und tödliche Splitter in die Soldaten und Bewohner bohrten.

Wie Jericho fiel Laa am siebten Tag, und Maus fragte sich verwundert, ob Gott auf der Seite von Ottokar war. Doch dann brachten Spähtrupps die Nachricht, dass Rudolf mit seinen Soldaten von Wien heranrückte, aus Angst, die Wiener könnten sich wie die Menschen in Drosendorf bei Ottokars Rückkehr geschlossen hinter ihn stellen. Die kaiserliche Armee wartete nun auf dem Marchfeld auf ihn. Ottokars Männer beeilten sich, um ihnen dort entgegenzutreten, und machten kurz vor der Abenddämmerung in der Nähe der March Halt, damit sich die Soldaten und Pferde für die Schlacht sammeln konnten.

Und auch Maus traf ihre Vorbereitungen.

Würde sie sich zu den Badern und der Infanterie gesellen, würde das bedeuten, dass sie während des Kampfs im Lager zurückbliebe. Dort wäre sie für Nikolaus und Ottokar nutzlos. Sie müsste in ihrer Nähe sein, damit sie zu ihnen könnte, sollten sie verwundet werden. Hastig schlängelte sie sich durch die Männer, von denen viele schliefen, andere jedoch nach dem kleinen Mönch riefen, damit er mit ihnen betete, aber Maus beachtete sie nicht. Ottokars Zelt wurde scharf bewacht, doch sie war nah genug.

Sie lehnte sich gegen eine Weide, deren lange, zarte Äste wie ein Vorhang zwischen ihr und dem Stoff von Ottokars Zelt herabhingen. Nikolaus war ebenfalls zugegen, zusammen mit den schlesischen und deutschen Adligen, die für den morgigen Tag Pläne schmiedeten. Maus ließ ihren Körper in die Vertiefungen des Weidenstamms gleiten, schloss die Augen, atmete die warme, feuchte Luft ein und konzentrierte sich, um das Zirpen der Grillen und das Klappern der bewaffneten Wachen auszublenden, bis sie Ottokars Stimme und das Pochen von Nikolaus' Herzschlag unter all den Männern ausmachte. Beinahe wäre sie bei der Erinnerung an diesen Herzschlag zusammengebrochen, der damals, als er in ihrem Bauch heranwuchs, schneller gewesen war, und dem Leuchten einer Seele, die Monate in ihr geglüht hatte.

»Rudolf wird die Österreicher zu seinem Schutz bei sich behalten und die Ungarn die ersten Scharmützel auskämpfen lassen«, hörte sie Ottokar sagen, was sie in die Gegenwart zurückkatapultierte.

»Sie verfügen hauptsächlich über leichte Kavallerie. Unseren mit Widerhaken bestückten Pfeilen haben sie nichts entgegenzusetzen«, bemerkte einer der Adligen.

»Aber sie werden schneller sein, Graf Rozemberk«, erwiderte Nikolaus.

Maus erstarrte und spitzte gebannt die Ohren, um die Stimme des anderen Mannes zu hören.

»Ich denke, ich weiß mehr über den Krieg als Ihr, immerhin seid Ihr fast noch ein Kind«, sagte er. Es war nicht Vok – der war tot. Und sein Vater wäre ebenfalls schon lange nicht mehr unter ihnen. Dies musste ein Bruder sein, der die Ländereien und den Titel geerbt hatte.

»Hütet Eure Zunge, Vitek«, fauchte Ottokar. »Mein Sohn hat recht. Bei dieser Hitze wird die schwere Rüstung von den Männern ihren Tribut fordern. Wir müssen sie darauf vorbereiten. Die Ungarn werden den Kampf auch als Vergeltungsschlag gegen mich erachten«, fügte er hinzu. »Die Rache wird sie anspornen.« Ottokar seufzte. Maus konnte die Erschöpfung in seiner Stimme hören. »Je weniger sie von mir sehen, desto besser. Und ich will Rudolf.«

»Ich werde die linke Flanke übernehmen, Vater, und die Ungarn schlagen, so wie es dir hier vor vielen Jahren geglückt ist. Anschließend soll sich ihre Rache ruhig gegen mich wenden.« Maus schauderte bei der Arroganz in Nikolaus' Stimme. Er war seines Vaters Sohn. Dennoch musste sie trotz der dunklen Vorahnung lächeln, die sie überkam, als ein Kettenhemd klirrend gegen ein anderes Kettenhemd stieß, und sie malte sich aus, wie Ottokar Nikolaus umarmte.

»Ich bin sehr stolz auf dich, mein Sohn.« Seine Stimme bebte vor Gefühlen. Ottokar hatte Wort gehalten – er liebte den Sohn, den Maus ihm geschenkt hatte.

Sie sonnte sich gerade, und während die Männer weiter über den Krieg diskutierten, gestattete sie ihren Gedanken, in die Ferne zu schweifen, bis die Stimmen immer leiser und sanfter wurden und schließlich verklangen.

Entsetzt schreckte sie aus ihren Träumen hoch – sie hatte doch niemals einschlafen wollen. Die Sonne schickte Lichtspeere durch die niedrigen Bäume im Osten. Das hintere Ende der Kavallerie ritt bereits den Hügel zum Fluss hinab.

Maus rannte los und sog die heiße, feuchtschwüle Luft in sich ein.

Schweiß rann ihr in Strömen unter den platt gedrückten Brüsten hinab, als sie die Männer endlich einholte.

»Runter! Runter!« Das Echo schallte vom Flussbett der March wider.

Die Lichtung war vom hohen Surren von Federn erfüllt, die die Luft durchschnitten, und dem dumpfen Klirren von Breitkopfspitzen, die von Rüstungen abprallten und auf dem Boden landeten. Eisenschwerter quietschten, ein Kreischen von Metall auf Metall, als die Pfeile Kettenhemden durchdrangen und sich in Fleisch bohrten.

Dann setzten die Schreie ein.

Die der Pferde, spitz und schrill, während sie sich auf der Erde rollten, um den brennenden Schmerz der Schäfte zu stoppen, die sich tief in ihre Flanken gebohrt hatten. Gedämpfte und unheimliche Schreie der Reiter, die unter ihnen zermalmt wurden. Männer brüllten, während sie nach den Pfeilen in ihren Rücken fingerten oder im Todeskampf an der blutgetränkten Befiederung rissen.

Mit ihren unnatürlichen Sinnen konnte Maus alles hören. Nicht als eine chaotische Symphonie des Kriegs, sondern als einzelne Geräusche – das Knacken von Pfeilen, wenn sie ihr Ziel trafen, das Reißen von Fleisch und das Brechen von Knochen, Blut, das wie sanfter Regen auf Stroh tröpfelte und die Erde in einen scharlachroten Schlamm verwandelte, die letzten röchelnden Atemzüge sterbender Männer.

Sie warf die Kapuze zurück, um sich mit einem tiefen Atemzug sauberer Luft zu beruhigen, aber die saure Süße der Gedärme, die sich kurz vor dem Tod der Soldaten und Pferde entleerten, gemischt mit dem scharfen Geruch von Blut in der Luft, ließen sie würgen. Während sie sich die Fäuste in den Magen rammte, um den Brechreiz niederzukämpfen, rannte sie weiter in Richtung des Flussbetts. Als sie es schließlich erreichte, waren die Überlebenden zum Schlachtfeld weitergeeilt. Die Toten stauten den Fluss auf.

Wo war Nikolaus? Wo Ottokar?

Maus schlängelte sich zwischen den Toten hindurch und watete ins Wasser.

Blut wirbelte in der Strömung. Maus presste die Lippen fest zusammen, als ihr das Wasser fast bis zum Hals stieg. Sie spürte, wie der Zorn in ihr anschwoll, an ihr nagte. Wut über all das unnötige Sterben. Wut auf die Menschen und ihr Streben nach Macht und ihren Stolz. Während ihr Zorn wuchs, begann der Fluss vor Hitze zu schäumen, rollte in wütenden Strudeln um sie herum und klatschte flussaufwärts gegen die niedrige Mauer aus aufgestapelten Leichen. Maus erstarrte bei dem Gedanken, dass sie der Grund dafür war – dass sich ihr Zorn in den Zorn des Flusses verwandelt hatte.

Die brodelnde March bahnte sich schließlich einen Weg durch die angewinkelten Arme und Knie der Toten und brach den Damm der Unglückseligen auseinander. Der Schwall Wasser riss Maus samt Leichen flussabwärts, bis sie den Fuß in die Farnwedel eines Brachsenkrauts am Grund des Flusses verhaken konnte und sich daran festkrallte, während die Toten an ihr vorbeitrieben. Dann kletterte sie am Ufer empor, wobei sie gegen ihre schwere, durchnässte Kutte ankämpfte und sich am Stamm einer Birke festkrallte. Als sie den Abhang erklommen hatte, erhaschte sie endlich einen ersten Blick auf die Schlacht auf dem Marchfeld.

Die gesamte Ebene war von Männern und Pferden übersät. Es war ein einziges Hacken und Stechen. Schreien. Sich Aufbäumen.

Maus strich sich über den geschorenen Schädel. »Ihr gottverdammten Narren!«

Alle unter hübschen Flaggen, die in der drückenden Luft wehten, während eine Armee auf eine andere traf. Alle Fahnen rot, verziert mit brüllenden Löwen oder Adlern, die Flügel weit ausgebreitet, die Krallen geschärft.

Böhmer. Mähren. Schlesier. Ungarn. Österreicher. Männer des Kaisers.

Sie glaubte, Nikolaus' rot-weißes Banner am anderen Ende des Schlachtfelds zu erspähen, aber sie konnte Ottokar nirgends entdecken. Verzweifelt rannte sie die Anhöhe am äußeren Rand der Schlacht entlang und suchte nach ihm. Und dann erblickte sie ihn inmitten einer kleinen Gruppe Ritter, die von hinter der Frontlinie in Richtung des ankommenden, von kaiserlichen Soldaten umgebenen Rudolfs drängten.

Während sie sich ins Kampfgetümmel stürzte, beobachtete sie, wie Ottokars Ritter mutig kämpften und sich durch eine Reihe feindlicher Soldaten nach der anderen schlugen.

Und dann: »Die Schlacht ist verloren!«

Maus drehte sich zu der Stimme um und sah einen Mann mit einem Schild, auf dem eine fünfblättrige Rose prunkte – Graf Rozemberk. Er war knapp hinter ihr am Rand des Schlachtfelds, wandte sich bereits wieder um und galoppierte ans sichere Ufer. »Ottokar, flieht! Rette sich, wer kann!«, schrie er.

Da sah Maus das Lächeln, das sich um Graf Rozemberks Lippen kräuselte. Ottokar wurde verraten.

Verwirrt blickten die Soldaten auf und sahen ihren König, der aus dem Zentrum des Schlachtfelds wegritt. Wie geplant galoppierte Ottokar in Richtung Rudolf, der sich von der vordersten Front ferngehalten hatte. Graf Rozemberk kannte den Schachzug, die Soldaten jedoch nicht. Er setzte auf ihren Argwohn und ließ sie glauben, ihr König habe sie im Stich gelassen.

»Nein!«, brüllte Maus. »Ottokar hat es auf den Kaiser abgesehen. Kämpft weiter!«

Doch niemand hörte sie. Einige von Ottokars Männern gaben nicht auf, aber in dem heillosen Chaos überfluteten die Ungarn sie wie Blut, das aus der Kehle eines geschlachteten Tiers schoss, und viele folgten dem Beispiel des Verräters Rozemberk und brachten sich in Sicherheit.

Das Kreischen von Metall auf Metall ließ Maus zurück zu der Stelle wirbeln, wo Ottokar und seine Männer den Kaiser bedrängten. Sie beobachtete, wie Ottokar losstürmte und seine Waffe gegen Rudolf erhob. Sein Pferd stürzte, und mit ihm Rudolf. Ottokars Ritter rissen siegreich die Arme empor, ohne zu ahnen, dass die Schlacht hinter ihnen bereits verloren war. Ihre Gefährten liefen längst um ihr Leben, als ein neuer Schwall Kiptschaker, die von dem heimtückischen Kaiser gegen sämtliche Ehrenkodexe des Kriegs versteckt worden waren, durch den böhmischen Flügel brach und zu Rudolf galoppierte.

Ein Vorhang aus Braun und Blau, den Farben der Kiptschaker, schloss sich um Ottokar.

Schreiend rannte Maus los, duckte und schlängelte sich durch die Massen, während sie versuchte, durch die Mauer aus Schilden und Pferdebeinen zu sehen, und dann packte der Kreis aus kiptschaker Kriegern Rudolf und ritt davon, um sich in sicherer Entfernung zu sammeln.

Unvermittelt wie ein Sog schluckte die Stille die Geräusche der Armee, und Maus erstarrte. Sie konnte ihren eigenen Atem hören, ihren eigenen Herzschlag, während sie beobachtete, wie sich Ottokars Ritter bekreuzigten und dann, einer nach dem anderen, von ihm lösten und zurück in die Schlacht hasteten.

Als Maus ihn endlich erreichte, war Ottokar allein.

Sie hob seinen Kopf in ihren Schoß, presste die Hand auf seine Brust und versuchte, den Blutfluss zu stillen, obwohl sie wusste, dass es zwecklos war.

Wieder spürte Maus, wie der Zorn in ihr anschwoll. Wenn die Macht immer noch in ihr schlummerte, könnte sie ihn mit einem einzigen Wort erretten. Selbst als sie ihren Blick nach innen richtete und verzweifelt suchte, diesmal nicht nach dem Leuchten einer Seele, sondern nach irgendeinem Zeichen dieser dunklen Macht, diesem Vermächtnis ihres Vaters, spürte sie nichts.

Ottokar schrie und wand sich in unerträglichem Leid.

Sie schmiegte die Wange an seine Stirn. »Bitte, bitte«, flehte sie, aber sie wusste, niemand würde ihr antworten. »Ich bin hier, Ottokar. Du bist nicht allein.« Ihre Tränen vermischten sich mit den Rinnsalen an Schweiß, die ihm die Schläfe hinabrannen. »Ich bin hier.«

»Maus?« Er hauchte das Wort. Es war das erste Mal seit mehr als zwanzig Jahren, dass sie ihren Namen hörte.

Kummer legte sich um ihre Kehle, aber es war der Zorn, der sie versengte, ihren Atem glühend heiß werden ließ. Sie verbrannte innerlich.

Sie hob die Augen gen Himmel. »Dann nimm ihn zu dir! Verdammt! Du blinder, abwesender Gott! Was für ein Vater bist du? Nicht meiner! Nicht meiner!«

Trauer zerfetzte, was noch von ihr übrig war, und sie senkte den Kopf an Ottokars Ohr.

»Ich liebe dich. Geh hin in Frieden. Jetzt.« Sie nahm einen letzten abgehackten Atemzug. »Stirb!«

Und sie spürte, wie die Macht in ihr explodierte.

Diese Macht nahm das letzte Wort, das nur für Ottokar bestimmt gewesen war, und barst nun nach all den Jahren, in denen sie in ihrem Innersten begraben und erstickt worden war, an die Oberfläche. Maus wusste mit einem Mal, dass die Macht die ganze Zeit über nur gewartet hatte. Sie sah das unheimliche Glühen, das in pulsierenden Wellen von ihr ausging und völlig außer Kontrolle geriet. Sanft wie ein Kuss berührte die Macht Männer und Jungen und Pferde und trank von ihnen. Einer nach dem anderen sank zu Boden.

Maus stürzte vor, kraftlos und erschöpft. Sie sah, wie die Halme des Jungfernkrauts verwelkten, und dann sah sie nichts mehr.

Als Maus erwachte, hörte sie nichts. Kein Summen von Insekten. Kein Wiehern eines Pferds. Kein Vogelgezwitscher. Sobald sie die Augen aufschlug, erkannte sie den Grund. Alles war tot. Das Gras. Die Bäume. Die Armeen um sie herum. Ottokar in ihrem Schoß.

Sie hatte sie alle umgebracht.

Hastig stemmte sie sich auf und ließ Ottokars Körper zu Boden gleiten. Sie stieg über eine Leiche nach der anderen, prägte sich jeden schlaffen Mund und jeden leeren Blick ein. *Nicht Nikolaus,* dachte sie bei jedem neuen Gesicht. *Nicht Nikolaus.*

Zehntausend waren tot.

Schließlich erspähte sie Nikolaus' Fahne, die in der schwachen Brise flatterte. Seine Männer, allesamt tot, lagen überall verstreut. Sie konnte sich nicht durchringen, nach seinem Gesicht zu suchen. Jede Hoffnung, Gott könne ihn verschont haben, war längst erloschen. Gott war nicht barmherzig.

Sie bahnte sich einen Weg zwischen den Leichen zu Ottokar zurück. Ihre Hand schloss sich um das Heft seines Schwerts und zog es an sich. Sie war zu schwach, um es in die Höhe zu heben, weshalb sie sich einfach niederkniete. Erde klebte an dem zähflüssigen Blut auf der Klinge. Als Maus die Klinge an ihre Kehle drückte, hörte sie die ersten Aaskrähen über den Fluss zum Schlachtfeld fliegen.

36

Was habe ich nur getan?, fragte sich Maus und kauerte sich in die hinterste Ecke der Krypta, als der Mönch den ersten Stein setzte. Sie hörte, wie die Brüder ihre Seelenmesse anstimmten, doch seit der Schlacht auf dem Marchfeld hatte sie sich schon mehrere Male tot geglaubt.

Sie war auf dem Feld erwacht, ihre Kleidung steif von ihrem eigenen Blut und die tiefe Wunde in ihrer Kehle verheilt. Eine dicke, hässliche Narbe war der einzige Beweis, dass sie sich das Leben genommen hatte – eine letzte Todsünde, die sie verdammen würde. Völlig abgestumpft, der Verstand und das Herz tot, der Körper jedoch lebendig, wanderte sie ziellos umher, auch wenn ein unsichtbarer Faden sie nach Norden in ihre Heimat zog, über die Grenze zurück nach Böhmen.

Verzweiflung war wieder über sie gekommen, und sie hatte sich an einem Baum neben der Thaya aufgehängt, doch der Stoff ihres behelfsmäßigen Seils war ausgefranst und gerissen, und Maus war wieder erwacht.

Sie hatte sich von einem Steilhang des Berges Brdy geworfen. Sie hatte gespürt, wie ihr Rücken an einem der Felsen zertrümmerte, ihre Arme und Beine zerfetzt wurden, als sie durch das Blätterdach der Bäume fiel und die Dunkelheit sie zu sich nahm.

Doch Maus war wiederum zu sich gekommen.

Und nun konnte sie nicht länger stillsitzen, während sie dem Mönch lauschte, der einen Stein in den sandigen Mörtel presste und die Mauer baute, die sie letztendlich von der Außenwelt abschirmen würde. *Inclusus*, nannte die Kirche es – eine Strafe für Ketzerei und für viele ein Todesurteil.

Maus hatte darum gebeten.

Die Brüder von Podlazice hatten sie am Teich gefunden, aus dem sie gemeinsam mit Ziegen getrunken hatte. Algenfetzen hingen von ihren Fingern, und sie starrte vor Dreck. Es machte den Anschein, als wäre sie durch den Schlamm dorthin gekrochen. Sie war zu schwach, um aufrecht zu stehen, und bekam keinen Ton über die Lippen. Als die Brüder sie hochhoben und ins Kloster trugen, stöhnte sie. In ihrer Kutte und mit den geschorenen Haaren hielten die Mönche sie für einen von ihnen. Sie hatte Schwierigkeiten, sich daran zu erinnern, wer sie war – ein Junge oder ein Mädchen, ein Mensch oder eine Maus. Im Lauf ihres Lebens, so glaubte sie, war sie alles davon schon einmal gewesen. Sie war Maus, aber nicht wirklich ein Mensch. Sie war ein Mädchen, das sich in einen Jungen verwandelt hatte.

Sie hatten sie gefüttert und ihr sauberes Wasser gegeben, doch Maus weigerte sich, von ihnen angefasst oder gebadet zu werden. Einer der Mönche saß nachts an ihrem Bett und spendete ihr flüsternd die letzte Ölung. Am nächsten Morgen war die Überraschung groß. Ein Wunder, riefen sie.

Maus wusste es besser.

Sie wusch sich und aß wieder. Sie konnte sich nicht erinnern, seit dem Marchfeld gegessen zu haben. Sie bat um ein Gespräch mit dem Bischof. Er feilschte um ihr Seelenheil.

»*Inclusus?*« Der Bischof maß das ausgemergelte Gesicht des Bruders vor ihm.

»Die Einsamkeit ist notwendig, Exzellenz«, erwiderte Maus.

»Zu welchem Zweck? Was könnt Ihr getan haben, das ein solches Opfer verlangt? Um lebendig eingemauert zu werden?« Obwohl der junge Mönch keine Antwort gab, erkannte der Bischof den Schmerz und die Schuldgefühle in Maus' Gesicht. »Ich kenne nicht einmal Euren Namen, Bruder.«

»Hermann«, sagte sie ausdruckslos. »Und ich kann Euch etwas geben, Exzellenz.« Maus sah die Zweifel in dem Mann, aber sie würde jedem Handel zustimmen, um das zu bekommen, was sie wollte: für die Welt gestorben zu sein, damit sie niemandem mehr Leid zufügen konnte. »Ich werde Euch ein Buch schreiben, das wie kein anderes ist. Versprochen. Es wird das gesamte Weltwissen umfassen. Ein Wunder.«

»Unmöglich.« Doch das Begehren des Bischofs war geweckt, und Maus wusste es.

»Es wird Euch berühmt machen, mächtig. Ihr werdet schon sehen.«

Und so hatten die Brüder sie zu einer Zelle in der Krypta geführt. Maus lehnte den Kopf an die geschlossene Tür und lauschte, während sie den Schlüssel umdrehten, hörte das Platschen von Tropfen, die auf dem Steinboden landeten, und das Schmatzen des bischöflichen Rings, als er sein Siegel hineindrückte.

Keuchend schritt Maus in ihrer winzigen Zelle von einer Wand zur anderen. *Was habe ich nur getan?*, fragte sie sich bei jedem Schritt.

Sie legte den Kopf an die Tür. Das Metall der Kelle, die der Mönch führte, kratzte dumpf gegen das Holz und dann kreischend über den Stein. Die Mauer war fast fertig. Ein willkürliches Grab wie das von Jesus Christus.

Sie holte mehrmals rasch Atem und kämpfte gegen ihre Panik an, die sie in engen Räumen befiel, doch der saure Geruch nach Mörtel stach ihr in die Nase und Kehle, und sie trat einen Schritt zurück. Jemand schob Fässchen mit Tinte durch den schmalen Schlitz am Boden in ihrer Tür. Wie flüssige Ameisen reihten sie sich neben einem Packen Kerzen und einem Stapel Pergamente auf. Der Bischof war entschlossen, sein Buch zu bekommen.

Maus würde es ihm geben. Jeder niedergeschriebene Buchstabe eine Buße für eine Seele, die sie genommen hatte, jede leuchtende Illustration ein Vergießen dessen, was noch Gutes in ihr war, bis sie sich vollständig leerte und hoffnungsvoll verkümmerte und zu Staub zerfiel.

Ich muss dieses Buch schreiben, dachte sie immer wieder und versuchte, sich gegen den Schwall Angst zu stählen, der in ihrer Brust anschwoll und ihre Kehle hinaufkroch, während sie beobachtete, wie das letzte bisschen Licht, das zwischen Türspalt und Rahmen hindurchsickerte, aufflackerte und verlosch, nachdem der Mönch den letzten Stein gesetzt hatte.

Und er wälzte einen großen Stein vor die Tür des Grabs und ging davon, zitierte sie im Stillen.

Nun war Maus allein in der dunklen Zelle, die von einer einzigen flackernden Kerze erhellt wurde. Lebendig begraben. Sie wimmerte, als die Schatten sie umschlossen. Ihr Atem ging schnell und flach.

Das Buch. Rasch kniete sie sich vor das Pergament, nahm eine Schreibfeder und tauchte sie mit zitternder Hand in die Tinte. Sie hatte nicht den blassesten Schimmer, wo sie beginnen sollte, ihr Verstand war zu sehr von Geistern erfüllt, als dass sie sich an Worte erinnert hätte.

»Am Anfang«, kam eine Stimme aus der Dunkelheit.

Maus wirbelte zur hintersten Ecke ihrer Zelle herum, doch sie sah nichts. Keine hohläugigen Kinder, die sich aus der Schwärze schälten. Keine Dämonen aus dem Höllenschlund. Keine silbernen Kreaturen.

»Es beginn mit ›Am Anfang‹«, wiederholte die Stimme sanftmütig, fast lachend.

»Wer ist da?« Maus hatte fast nicht genug Atem für ein Flüstern.

»Sei gegrüßt, Tochter.« Die Stimme kicherte. »Ich dachte, es wäre an der Zeit, dass wir uns begegnen.«

EPILOG

Gegenwart

»Einst wurde es als ein Wunder der Welt erachtet, das größte Buch seiner Zeit, das die gesamte Bandbreite des mittelalterlichen Wissens beherbergte – die Vulgata-Version der Bibel, eine überraschend detaillierte Sammlung von medizinischen Informationen sowie der böhmischen Geschichte.«

Professor Jack Gray ließ den Blick über die versteinerten Gesichter der anderen Historiker schweifen und versuchte zu entscheiden, ob sie gelangweilt waren oder die Ausführungen ihres jüngeren Kollegen einfach nur missbilligten. Er ging das Risiko ein, drückte den Knopf auf seiner Fernbedienung und blätterte eine neue Vorlage seiner PowerPoint-Präsentation auf.

Die Gelehrten im Saal rutschten nervös auf ihren Plätzen hin und her, als sie das Bild sahen, das nun auf sie herabstarrte: eine Gestalt mit Krallenhänden und einer gespaltenen Zunge, die zwischen zwei Reihen scharfer Zähne herausschnalzte.

»Der *Codex Gigas*, besser bekannt als die Teufelsbibel dank des berühmten, ganzfigurigen Porträts des Mannes und der geheimnisvollen Legende, die sich um die Entstehung des Buches rankt. Trotz jahrhundertelanger intensiver Forschung können wir immer noch nicht die primäre Frage zu seiner Erschaffung beantworten. Wer hat es geschrieben?« Er machte eine wirkungsvolle Pause. »War es der Teufel, wie die Legende behauptet? War sich der arme Mönch Hermann, eingemauert in seiner Zelle, schließlich der Unmöglichkeit seiner Buße bewusst – ein einziges Buch mit dem gesamten Weltwissen zu schreiben – und rief Satan an, um ihn zu befreien?«

Im Saal kicherte es, und Jack Gray wusste, dass er seine Zuhörer hatte. Sein erstes Buch *Wer schrieb die Teufelsbibel?* wartete in kleinen Stapeln auf einem Tisch im Vorraum. Aber er wollte mehr als nur Bücher verkaufen. Jack Gray wollte Karriere machen.

Das Lächeln schwand aus seinem Gesicht, als er mit ernster Stimme sagte: »Ich glaube, wir haben die ganze Zeit an der falschen Stelle nach dem Autor der Teufelsbibel gesucht.« Er hielt einen Moment inne, abgelenkt von einer jungen Frau, die sich erhoben hatte und zum Ausgang am hinteren Ende des Vanderbilt-Sarratt-Hörsaals ging.

Sie ließ die Doppeltüren leise ins Schloss fallen, sodass die Stimme von Jack Gray verhallte, während er mit seiner Vorlesung fortfuhr. Tief einatmend lehnte sie sich gegen den kühlen Backstein im Vorraum und zwang ihr Herz, langsamer zu schlagen. Verwundert fragte sich Maus, ob die siebenhundert Jahre alten Geister sie schließlich doch noch eingeholt hatten.

DANKSAGUNG

Auf der ersten Danksagungsseite meines ersten Buchs habe ich mich gefragt, ob ich mit meinem Dank ganz am Anfang beginnen sollte – bei meinen Eltern, die mich gezeugt haben, meinem älteren Bruder, weil er mich nicht zerquetscht hat, und meiner Lehrerin in der zweiten Klasse, Mrs. Covey, weil sie die Bibliothekarin überredet hatte, mich jedes Buch ausleihen zu lassen, das ich wollte (Hallo, *Moby Dick*!). Aber eingedenk Ihrer begrenzten Zeit habe ich mich entschieden, mich auf die Menschen zu konzentrieren, die mir speziell bei diesem Buch geholfen haben.

Vorableser sind lebensnotwendig für den Schaffensprozess von Autoren und Autorinnen, weil es Menschen sein müssen, denen man vertraut – sie müssen achtsam mit der Geschichte umgehen und gleichzeitig ein ehrliches Feedback geben. Leanne Smith hat Maus ebenso geliebt wie ich, und sie hat mir beigestanden, meinen Weg zu finden, als ich gegen Zweifel anzukämpfen hatte. Jamie Blaine hat mir geholfen, ein paar der heftigeren Teile der Geschichte eleganter zu erzählen, und Tessa Hoefle hat mir die Augen geöffnet, wie ich eine verzwickte Stelle während Maus' Reise glätten konnte. Weitere Vorableser, die mir gezeigt haben, was funktioniert und was nicht, waren Rachel Craddock, Rebecca Smith Crimmins und Chris Nelson. Paige Crutcher las zu einem späteren, aber äußerst entscheidenden Moment, als allein ihr Enthusiasmus mich aufrechterhielt.

Ich bin ebenfalls unendlich dankbar für die Unterstützung, die ich durch Clay Stafford und sein Team bei Killer Nashville erfahren habe.

Der Claymore Award stellte für Maus alles auf den Kopf. Er führte mich zu Iris Blasi, meiner unglaublichen Lektorin bei Pegasus Books. Die Begeisterung, mit der sie und ihr restliches Team (insbesondere Claiborne Hancock, Katie McGuire, Becky Maines, Charles Brock, Linda Biagi, Mary Hern, Maria Fernandez und Michael Levatino) sich einsetzten, um Maus' Geschichte zu veröffentlichen, damit andere sie lesen können, und Iris' unermüdliche Bemühungen, mich durch meine erste Rohfassung bis zur Veröffentlichung zu führen, widerspricht allem, was ich von Verlegern gehört oder gelesen hatte. Die Leute bei Pegasus sind einzigartig, und ich fühle mich geehrt, mit ihnen zusammenarbeiten zu dürfen.

Meine Agentin Susan Finesman war eine treue Gefährtin und Freundin, die mit mir durch die dunkelsten Orte ging – Absagen und Krankheiten – und nie aufgab. Ich bin so froh, mit ihr gemeinsam diese Reise angetreten zu haben.

Ich bin dankbar, dass mein kleiner Bruder, Shane Chamblee, von Dingen Ahnung hat, über die ich nichts weiß, und so großzügig mit seiner Zeit und seinen Computerkenntnissen ist. Ich schulde ihm viel (obwohl all die vielen Male, als ich mich verkleidet und hinten im Garten mit ihm Rambo gespielt habe, für irgendetwas gut gewesen sein müssen).

Meine Seelenverwandte, Beth Spencer Cummings, erfüllt mich mit kreativer Energie, leitet mich mit ihrer Weisheit an und teilt den Schmerz und die Freude des Schreibens und Lebens mit mir, wie es nur eine Schwester im Geist schafft.

Mein Ehemann Greg hat den Roman als Erster und Letzter und mehrmals dazwischen gelesen. Allmählich kann er wahrscheinlich daraus zitieren. Diese Art unermüdlicher Leser ist für eine Autorin unbezahlbar, doch es war ein anderes Geschenk, das er mir gegeben hat und ich noch mehr schätze – einen sicheren Hafen. Er hielt das tägliche Chaos in Schach, damit ich schreiben konnte. Er hat mich verrückte Ideen ausprobieren und schlechte Sätze schreiben lassen, ohne mich zu verurteilen. Er hat nicht zugelassen, dass ich in Selbstzweifeln versinke oder wegen der Kinder von Schuldgefühlen zerfressen werde. Er ist mein sicherer Hafen.

Und die Schuldgefühle wegen der Kinder waren selbstauferlegt. Die Kinder haben sich nie beschwert (nun ja, zumindest nicht über das Schreiben). Stattdessen haben sie angefangen, ihre eigenen Geschichten und Bücher zu schreiben. Sie haben mich inspiriert und mir ins Gedächtnis gerufen, dass die Reise Spaß machen sollte. Sie haben mich dazu gebracht, dass ich träume. Und das tun sie immer noch.

Rebecca Alexander

Entdecke das Geheimnis der Unsterblichkeit!

»Ein wunderbarer Fantasy-Roman!«
The Independent on Sunday

»Ein fantastisches Abenteuer voller Gefahren, Magie und Zauberei!« *Historical Novel Society*

»Atemberaubend spannend – dieses Buch kann man nicht mehr aus der Hand legen.«
crimereview.co.uk

978-3-453-31613-3